THOMAS ERLE

DAS LIED DER WÄCHTER

DAS GESETZ

THOMAS ERLE

DAS LIED DER WÄCHTER

ROMAN

DAS GESETZ

GMEINER SPANNUNG

Bisherige Veröffentlichungen im Gmeiner-Verlag:
Das Lied der Wächter – Der Gesang (2019); Das Lied der Wächter – Das Erwachen (2018); Mörderisches Freiburg (2018); Hochburg (2017); Höllsteig (2015); Freiburg und die Regio für Kenner (2015); Blutkapelle (2014); Teufelskanzel (2013)

Besuchen Sie uns im Internet:
www.gmeiner-verlag.de

Im Ehnried 5, 88605 Meßkirch
Telefon 07575/2095-0
info@gmeiner-verlag.de

2. Auflage 2020

Lektorat: Claudia Senghaas
Herstellung: Mirjam Hecht
Umschlaggestaltung: U.O.R.G. Lutz Eberle, Stuttgart
unter Verwendung eines Fotos von: © hfox / fotolia.com
Das Gedicht auf Seite 7 stammt aus: Rilke, Das Stundenbuch – Das Buch vom mönchischen Leben, 1899.
Druck: GGP Media GmbH, Pößneck
Printed in Germany
ISBN 978-3-8392-2354-3

WAS BISHER GESCHAH:

Seit einem verheerenden Atomunfall am Oberrhein vor 16 Jahren gilt der Schwarzwald als verstrahlt und unbewohnbar. Nach der Totalevakuierung der Bevölkerung haben die Behörden die gesamte Region zur Sperrzone erklärt. Am Tag seines 16. Geburtstages erfährt Felix von der Frau, die er für seine Mutter hielt, dass seine Eltern an jenem verhängnisvollen Tag auf einer Bergtour unterwegs waren und seither als vermisst gelten. Er fühlt sich getäuscht, ist wütend und verzweifelt. Doch das Testament seines verstorbenen Onkels weckt die Hoffnung in ihm, dass seine Eltern noch leben könnten.

Felix beginnt seine abenteuerliche Suche. Es gelingt ihm, in die streng bewachte verbotene Zone vorzudringen, wo er erfährt, dass die Regierung seit Jahren ein falsches Spiel spielt. Denn die Gefahr, die in dem verstrahlten Gebiet lauert, ist so viel größer, als sich die Menschen vorstellen können.

Die Natur und die wenigen überlebenden Menschen haben sich auf geheimnisvolle Weise verändert. Nach einem umfassenden Stromausfall ist überall die elementarische Welt erwacht. Die Wege sind nicht sicher. Und immer wieder begegnet Felix der unheimlichen Kraft, die niemand erklären kann und die alles Leben bedroht. Die unverhoffte Begegnung mit Chiara, einer mysteriösen jungen Frau, führt ihn in eine Welt, die ihn fasziniert und gleichzeitig seinen Verstand und seine Vorstellungskraft auf eine harte Probe stellt.

Als es Felix nach etlichen Irrwegen und Herausforderungen gelingt, seine Eltern zu finden, ist seine Suche noch nicht zu Ende. Das Rätsel der geheimnisvollen Macht zwingt ihn, eine Entscheidung zu treffen, die sein Schicksal für immer verändern wird.

»Ich lebe mein Leben in wachsenden Ringen,
die sich über die Dinge zieh'n.
Ich werde den letzten vielleicht nicht vollbringen,
aber versuchen will ich ihn.

Ich kreise um Gott, um den uralten Turm,
und ich kreise jahrtausendelang,
und ich weiß noch nicht: bin ich ein Falke, ein Sturm
oder ein großer Gesang.«

Rainer Maria Rilke (1875 – 1926), österreichischer Erzähler und Lyriker

7. KAPITEL

Das Gestrüpp aus Stechpalmen, Efeu und Schlingpflanzen wurde immer undurchdringlicher. Am schlimmsten waren die Brombeeren, in deren stacheligen Ranken er sich immer wieder verfing.

Felix fluchte. Je mehr er versuchte, sich von den holzigen Dornen zu befreien, die sich in seiner Kleidung verhakt hatten, desto mehr steckte er fest. Nach mehreren vergeblichen Versuchen, die Barriere zu überwinden, gab er es auf. Es war sinnlos, die eingeschlagene Richtung beibehalten zu wollen. Nur mit größter Mühe gelang es ihm, sich seitwärts dorthin zurückzuschlagen, wo die Büsche weniger dicht standen. Etliche schmerzhafte Risse und blutende Kratzer später hatte er sich endlich aus den Fangarmen der Ranken befreit. Schwer atmend ließ er sich auf einem umgestürzten Baumstamm nieder. Der Schweiß lief ihm in Strömen herunter. Sein Hemd klebte auf seiner Haut.

Wenige Augenblicke später war Leo an seiner Seite. Mit einem kräftigen »Wuff!« versuchte sein vierbeiniger Gefährte, Felix aufzumuntern.

»Ja, ja. Du warst natürlich wieder einmal schlauer als ich«, brummte Felix. Leos Fell glänzte so wie jeden Tag. Er hatte offenbar von vorneherein darauf verzichtet, ihm in das Gestrüpp zu folgen. »Kannst du mir vielleicht auch sagen, wohin es weitergehen soll?«

Felix kletterte auf den moosbewachsenen Stamm und sah sich um, so gut es ging. Das unvorhergesehene Hindernis hatte seiner Orientierung einen weiteren Dämpfer versetzt. Von seinem Platz aus sah er erst jetzt, wie groß und ausladend die Hecke war. Dahinter erhob sich zu allen Seiten eine abweisende Wand aus dicht aneinanderstehenden Bäumen.

Er zog den Kompass aus der Tasche, den er von Carlo zum Abschied geschenkt bekommen hatte. Doch er merkte schnell, dass ihm auch die Himmelsrichtungen wenig nutzten, solange er nicht wusste, wo er war.

»Tja, alter Junge. Es sieht aus, als hätten wir uns verirrt.« Felix legte den Kompass zur Seite und streifte den Rucksack ab. Dann fasste er seinen Hund hinter dem Kopf und streichelte ihn an der Stelle, wo es ihm besonders gefiel. Leos Schwanz bewegte sich kaum merklich. Mit großen Augen sah er zu Felix empor. Leo schien seine Ratlosigkeit zu spüren. »Jetzt heißt es, genau zu überlegen.«

Dabei hatte alles so gut angefangen. Er hatte sich ausführlich mit Tobias und Rainer, den Söhnen der Nachbarn in Menzenschwand unterhalten. Sie konnten sich noch gut an den Weg über Bernau ins Wiesental erinnern, den sie nach mehreren vergeblichen Versuchen entdeckt hatten. Allerdings hatten sie ihm mehr als deutlich von einem neuerlichen Versuch abgeraten. »Die Spinne hat uns fast verrückt gemacht. Ständig waren die Grenzen in Bewegung. Dazu das unheimliche Singen. Wir waren froh, als wir endlich zu Hause waren!«

Felix hatte alle Warnungen in den Wind geschlagen. Nichts konnte ihn von seinem Vorhaben abbringen. Die unheimliche Kraft, die Spinne, der Gesang, der seltsame Wegweiser. »Ich muss wissen, was dahintersteckt. Eher finde ich keine Ruhe«, hatte er zu seinen Eltern gesagt.

Doch war es das wirklich, was er wollte? Er hatte das Ziel erreicht, weswegen er im Frühjahr in Freiburg aufgebrochen war. Er hatte seine Eltern wiedergefunden. Einen wunderschönen Sommer hatte er zusammen mit ihnen und seinen beiden jüngeren Schwestern verbracht. Sie hatten sich viel erzählt und viel miteinander gelacht. Er hatte schwer gearbeitet, war kräftiger und ausdauernder geworden. Dennoch war kaum ein Tag vergangen, an dem er nicht an die seltsamen Erlebnisse denken musste, die er in den Monaten zuvor gehabt hatte. Er hatte gelernt, mit der unheimlichen Kraft umzugehen und ihre Warnzeichen rechtzeitig zu deuten. Die Fragen waren dennoch geblieben. Woher kam das alles? Wer waren die Uralten? Wo konnte er den Fischmenschen wiederfinden?

Felix goss ein wenig Wasser aus seiner Flasche in die kleine Schüssel aus dem Rucksack und stellte sie vor Leo auf den Waldboden. Sofort begann der Hund gierig zu schlabbern. Normalerweise musste er sich nicht darum kümmern, wie Leo sich versorgte. Doch seit sie am Tag zuvor aufgebrochen waren, waren sie erst ein einziges Mal an einer Quelle vorbeigekommen, die zudem nur wenig Wasser geführt hatte. Er schüttelte die Flasche, um zu hören, wie viel er noch hatte. Dann nahm er einen kleinen Schluck. Er musste sparsam sein.

Noch einmal nahm er den Kompass zur Hand. Er drehte die Windrose so, dass sich die Nordrichtung mit dem Zeiger deckte. Die Sonne stand schräg über ihm. Nach seiner Schätzung musste es später Nachmittag sein. Nach den Erzählungen von Rainer und Tobi hätte er keine drei Tage bis ins Wiesental gebraucht. Doch daran war nicht zu denken. Im Gegenteil. Seit er am Rande des Bernauer Hochtales angelangt war, wurde er den Eindruck nicht los, dass er sich mehr und mehr von der vorgesehenen Richtung entfernte. Es gab Felsabbrüche, die so steil waren, dass er keine Möglichkeit sah hinunterzuklettern und er gezwungen war, einen anderen Weg zu wählen. An manchen Stellen schlug sein Wegweiser unvermutet an und zwang ihn zurückzuweichen. Sogar die Natur schien ihm dies verstehen zu geben. Eine Fuchsmutter hatte ihn so feindselig angebleckt, dass sogar Leo respektvoll zurückgewichen war. Die riesige Brombeerhecke, der er gerade mit Mühe entronnen war, breitete sich ausgerechnet in die Richtung aus, die er sich vorgenommen hatte. Felix hatte schmerzhaft erleben müssen, dass es keinen Sinn machte, etwas mit Gewalt durchsetzen zu wollen. Er hatte seine Lektionen gelernt – das Bild des Soldaten am Fuße des Kandel, der von einem Moment auf den anderen zu einer willenlosen Marionette geworden war, hatte sich ihm tief eingebrannt. Die Mächte, die ihn umgaben, waren unangreifbar. Er hatte es beim vergeblichen Aufstieg an dem Wasserfall ebenso erfahren müssen wie auf der Straße vom Hexental hoch nach Sankt Märgen, als Lena ihn in letzter Sekunde vor dem Sturz in die Anderwelt bewahrt hatte. Es war besser, auf die Signale zu hören. Wenn er es nüchtern betrachtete, deutete alles darauf hin, dass der Weg nach Westen in Richtung Wiesental in diesem Teil des Schwarzwaldes für ihn versperrt war.

»Ich fürchte, wir müssen etwas anderes versuchen«, meinte er zu Leo. »Wenn wir nicht durchkommen, werden wir eben außen herumgehen.« Felix packte Schüssel und Wasserflasche wieder ein, steckte den Kompass in die Tasche und schulterte seinen Rucksack. Den Wegweiser nahm er in die Hand und hielt ihn leicht ausgestreckt vor sich, so wie er es schon oft getan hatte. Felix lief die Hecke entlang und wandte sich dabei ein Stück in südliche Richtung. Sogleich hatte er das Gefühl, besser voranzukommen. Der Wald wurde lichter, der Bewuchs unter den Bäumen spärlicher. Am Fuße eines kleinen Abhangs, der dicht mit Heidelbeerbüschen bewachsen war, gelangte er plötzlich ins Freie. Der Anblick, der sich ihm bot, war überwältigend.

Er hatte den Eindruck, am Ufer eines violetten Meeres zu stehen. Das offene Gelände, das sich vor ihm auftat, war über und über mit blühenden Stauden bewachsen. Zwischen großen grünen Blättern reckten Tausende von Lupinen ihre lang gestreckten, dicht mit kleinen lila Blüten bewachsenen Stängel dem Himmel entgegen. Felix kannte die Pflanze. Die Nachbarn in Herdern hatten eine von ihnen in ihrem Vorgarten, die allerdings weiß blühte. Verschiedentlich hatte er unterwegs einzeln stehende Büsche gesehen. Doch hier schien die Heimat sämtlicher Lupinen der Welt zu sein. Felix blieb ein paar Minuten stehen und genoss das unerwartete Schauspiel. Die in der Nachmittagssonne leuchtenden Farben wirkten wie Balsam auf seiner Seele und erleichterten ihm die düsteren Gedanken. Die Luft war frisch und nicht mehr so stickig wie im Wald unter dem dichten Dach der Bäume. Am freien Himmel über ihm kreiste ein Bussard. Bis zum gegenüberliegenden Waldrand waren es etwa 200 Meter. Nach rechts hin stieg die Wiese sanft zu einer Kuppe an, über die Felix von seinem Platz aus nicht hinübersehen konnte. Dafür entdeckte er einen schmalen Streifen, der sich durch das Blütenmeer schlängelte.

»Leo, das sieht nach einer Straße aus! Wenn wir Glück haben, geht es jetzt endlich voran.« Der Hund schien Felix' Aufregung zu spüren. Er sprang hin und her, blieb jedoch an seiner Seite.

Vorsichtig bahnte sich Felix einen Weg durch die violette Farbenpracht. Er ging langsam und achtete darauf, möglichst wenig Blätter und Blüten zu verletzen. Es schien ihm wie ein unerlaubtes Eindringen in ein Paradies, das seit Anbeginn der Zeiten unberührt war. Er hatte richtig vermutet. Bald darauf stand er am Rand einer Straße. Die vielen Winter hatten den Asphalt an mehreren Stellen aufgebrochen. Zusätzlich war im Lauf der Jahre Erde von der Wiese herangespült worden. Überall wuchs Gras, dazwischen hatten sich ein paar zu stattlicher Größe herangewachsene Birken- und Ahornschößlinge angesiedelt. Lupinen wuchsen hier nur wenige. Es sah fast so aus, als scheuten sie sich, aus der großen Gemeinschaft herauszutreten.

Felix wandte den Blick zurück, von wo er gekommen war. Die Sonne stand schon tief und schickte sich an, hinter den Baumwipfeln zu verschwinden.

»Eine Weile wird es noch hell sein. Wir sollten die Zeit nutzen.« Leo hob die Schnauze und lief ein Stück die Straße entlang. Dann drehte er sich um und blickte Felix erwartungsvoll entgegen.

»Mit dir brauche ich keinen Wegweiser«, lachte Felix, als er Leos Eifer sah. Trotzdem sah er bei jeder Gelegenheit auf das vertraute Rindenstück. Er wollte keine unliebsamen Überraschungen erleben. Alles sah gut aus. Die irisierenden Farben bewegten sich ruhig und leuchteten kräftig.

Die ehemalige Landstraße erinnerte bis auf die Asphaltreste und vereinzelt am Rande umherliegende Leitpfosten in keiner Weise mehr an die Hunderte von Autos, die früher einmal täglich hier vorüberfuhren. Große und kleine Hindernisse gab es überall. Seit Felix zum ersten Mal die Sperrzone in Waldkirch betreten hatte, hatte er gelernt, sich auch in unwegsamem Gelände geschickt und rasch fortzubewegen. Die Sonne war inzwischen hinter den Bäumen verschwunden, als Felix die Kuppe erreichte. Kurz bevor er zum oberen Rand kam, hielt er inne und ging mit langsamen Schritten weiter. Die Erfahrung hatte ihn gelehrt, dass er an solchen Übergangsstellen besonders vorsichtig sein musste. Doch der Wegweiser zeigte keinerlei Auffälligkeiten. Dafür änderte sich das Gelände. Der Weg führte nun abwärts, das Gelände wurde steil, der Bewuchs ging deutlich zurück. Lupinen gab es hier keine mehr. Stattdessen ragten nackte Felsen hervor, zwischen denen seltsam verdrehte, niedrige Fichten wuchsen. Ein paar Haselbüsche waren dicht mit Früchten besetzt. Dazwischen leuchteten gelbe und rosa Blüten von Blumen, die Felix noch nie gesehen hatte. Wohin die Straße führte, konnte er nicht erkennen. Von allen Seiten drängte nun der Wald heran und verwehrte den Blick zum Horizont.

Der Weg schien gefahrlos, dennoch behielt Felix seinen langsamen Schritt bei. Der Kompass sagte ihm, dass er sich in Richtung Südwesten vorwärtsbewegte. Wenn er Glück hatte, stieß er im Tal unter sich auf einen Bach oder einen Fluss, an dem entlang er weiter in Richtung Rhein gehen konnte. Irgendwo würde er schon eine Möglichkeit finden, in das westlich von ihm gelegene Wiesental vorzudringen.

Als Felix bereits nicht mehr damit gerechnet hatte, meldete sich der Wegweiser in seiner Hand. Die Reaktion der Farben auf dem Rindenstück ähnelte der, die er bei seinem ersten Zusammentreffen mit einer der verstrahlten Stellen beobachtet hatte. Die ineinanderfließenden Linien änderten unvermutet ihre Richtung, es tauchten Farben auf, die seltsam künstlich wirkten. Das Licht blieb zwar hell, doch es begann, wie bei einer alten Neonröhre, unruhig zu flackern. Felix wollte kein Risiko eingehen und verließ die Straße. Im Scheitelpunkt der Kurve bog ein kaum wahrnehmbarer Pfad nach links ab. Er war fast vollständig mit Gräsern zugewuchert, dennoch war der Boden so festgetreten, dass Felix in diese Richtung weitergehen konnte. Erneut gelangte er in ein Waldstück, wo er schon bald die vertrauten Wanderzeichen entdeckte. Unter den Bäumen war der Bewuchs nicht ganz so stark, sodass Felix gut vorankam. Zu seinem Ärger musste er feststellen, dass es wieder leicht bergauf ging und er dadurch von seinem geplanten Weg abkam.

Gerade als er sich mit dem Gedanken vertraut machte, die Nacht im Wald zu verbringen, gelangte er ins Freie. Schon in der nächsten Kurve merkte Felix, dass er gar nicht so weit vom Weg abgekommen war, wie er gedacht hatte. Ein schmales Tal lag direkt unter ihm, am Fuße duckten sich graue Hausdächer eng aneinander. Die Abendschatten hatten bereits den Talgrund überzogen, dennoch sah Felix deutlich die Straße, die durch den Ort führte, dicht daneben ein Fluss.

Für einen Moment befürchtete Felix, dass er auf Umwegen wieder nach Sankt Blasien gekommen sei. Sofort kamen ihm Erinnerungen an den verrückten Orgelspieler, der ihn tagelang in den Gewölben des Domes gefangen gehalten hatte. Doch die große Kuppel war nirgends zu sehen, ebenso wenig wie die Einkaufspassage neben der Alb. Dies musste ein anderer Ort sein, den er nicht kannte. Konnte es sein, dass er durch eine Verkettung glücklicher Umstände das Wiesental erreicht hatte?

Felix folgte der Straße, die in ähnlichem Zustand war wie die, welche er vor einer Weile verlassen hatte. Sie führte in weiten Serpentinen nach unten.

Er war etwa eine Viertelstunde gegangen, als er in einer Kurve ein Schild entdeckte. Ein paar Farbreste zeigten, dass es ursprünglich einmal grün mit gelbem Rand gewesen sein musste. Die Buchstaben waren verblasst, aber noch gut erkennbar. Die Aufschrift machte ihn neugierig. »Der Gute Weg – Seminare, Workshops, energetisches Arbeiten«. Den Namen, der darunter stand, hatte der Rost unleserlich gemacht.

Inzwischen war es fast dunkel geworden. Die Vorstellung, die Nacht in dem Dorf unter ihm zu verbringen, bereitete Felix Unbehagen. Er erinnerte sich an Lena, seine einstige Gefährtin, die ihn ein paarmal gewarnt hatte. »Es ist nicht sicher«, hatte sie gesagt. »Du weißt nie, was dich erwartet.«

»Der Gute Weg«. Es klang so, als habe er gefunden, was er brauchte. Spontan entschloss sich Felix, an dieser Stelle die Straße zu verlassen. Ein schmaler Fahrweg führte in ein paar Kurven durch den Wald. Nach etwa einem halben Kilometer sah er hinter einer Biegung das Haus vor sich. Felix war überrascht. Bei dem Namen hatte er ein heimeliges altes Schwarzwaldhaus erwartet, in dem stressgeplagte zivilisationsmüde Großstädter während eines Event-Wochenendes die Illusion nährten, zurück zur Natur zu kommen und sich dabei selbst zu finden. Stattdessen war dem Gebäude auch noch nach Jahren des Leerstandes anzusehen, dass es einst modern und großzügig konzipiert war. Der Stil mit umlaufendem Balkon und herabgezogenem Dach folgte der Tradition. Im Gegensatz dazu erstreckte sich direkt davor eine großzügige Veranda, die von einer niedrigen Mauer umgeben war. Stühle, Tische und Liegesessel, die kreuz und quer durcheinanderlagen, deuteten darauf hin, dass sie rege genutzt worden waren. Die Fenster zu den Räumen in beiden Etagen waren großzügig dimensioniert, auf dem Dach entdeckte Felix mehrere Sonnenkollektoren. Schräg nach hinten versetzt stand ein weiteres, deutlich kleineres Gebäude mit einem großen Tor, das halb offen stand. Das Ganze war von Bäumen umrahmt, die einst ausgesucht und gepflanzt worden waren, um das besondere Ambiente der Anlage zu unterstreichen. Bäume, die Felix eher im Freiburger Stadtpark als im abgeschiedenen Hochschwarzwald vermutet hätte. Die Anlage, soweit Felix sie in der einsetzenden Dunkelheit überschauen konnte, klebte am Hang wie ein Schwalbennest. Nur wenige Meter vor der Veranda fiel das Gelände steil ins Tal ab, hinter dem Haus stieg der Hang schroff an und verlor sich nach oben in der dunklen Kulisse des Waldes.

Der hintere Teil der Veranda wurde durch den breiten Balkon nach oben abgeschirmt. Das schien Felix der ideale Ort zu sein, seine Schlafsachen auszubreiten. »Leo, es sieht so aus, als hätten wir heute Nacht ein Sterneresort zur Verfügung.« Er ging langsam auf das Haus zu. Seltsamerweise sprang Leo nicht, wie er es von ihm gewohnt war, neugierig vorne weg. Stattdessen hielt er sich an seiner Seite und witterte aufmerksam.

Felix zögerte. Die Zeit mit seinem Begleiter hatte ihn gelehrt, dass Leo ein sehr feines Gespür für alles Außergewöhnliche hatte. Auch wenn Felix' Sinne nach den vielen Monaten unterwegs überaus geschärft waren, übertraf ihn Leo immer noch mühelos. Er wollte vorsichtig sein. Felix streckte die Hand mit dem Wegweiser aus und betrachtete sorgfältig das Farbenspiel auf seiner Handfläche. Außer einem leichten Flackern war nichts Auffälliges zu erkennen. Nichts, was Grund zur Besorgnis gewesen wäre.

Felix blieb stehen und lauschte. In den Baumwipfeln rauschte es leise. Ein zartes Ächzen klang aus den Zweigen und Ästen, im Unterholz knackte es kaum hörbar. Aus dem Wald tönte ein unterdrücktes Zwitschern, irgendwo hinter dem Haus gluckerte es leise. Die Stimmen des Waldes bei Einbruch der Nacht. So wie Felix sie inzwischen schon oft erlebt hatte. Er schüttelte unwillig den Kopf und gab sich einen Ruck. »Genug. Es wird schon schiefgehen.«

Die Veranda war mit Natursteinplatten ausgelegt, zur Hauswand hin gab es einen niedrigen Absatz aus Holz. Neben der Eingangstür lagen die Überreste eines Sofas, das vollkommen zerfressen war und bei der ersten Berührung zusammenfiel.

»Das wäre zu schön gewesen. Komm, wir kuscheln uns dort in die Ecke.« Felix breitete seine Decke aus und holte etwas zu Essen aus dem Rucksack. Seine Mutter hatte ihm unter anderem zwei runde flache Brote mitgegeben, dazu aß er eine Karotte und etwas Käse. Leo hatte sich inzwischen beruhigt und lag zusammengerollt auf dem von der Mittagssonne noch warmen Holz neben ihm. Er hatte sich wie immer längst selbst versorgt. Trotzdem freute er sich, als ihm Felix zwischendurch ein Stückchen zusteckte. Nachdem er fertig gegessen hatte, verstaute Felix alles wieder sorgfältig. Wie er es schon oft getan hatte, baute er sich aus dem Rucksack und ein paar Kleidungsstücken ein Kopfkissen; den einfachen Schlafsack, den ihm Lenas Mutter genäht hatte, zog er über sich. Die Luft war immer noch angenehm warm. Nach wenigen Minuten fielen ihm die Augen zu.

*

Es war stockdunkel, als Felix aufwachte. Der Himmel war mit Wolken bedeckt, in Richtung Osten gab es keinerlei Anzeichen eines beginnenden Tages. Felix drehte sich zur Seite und versuchte, seinen Traum wiederzufinden. Er war mit seinen Klassenkameraden mit dem Fahrrad zum Opfinger Baggersee gefahren, auch Birte war dabei. Seltsamerweise sprach niemand mit ihm. Die anderen sahen durch ihn hindurch, als wäre er nicht da. Als Felix auf seine Hände sah, waren sie mit einer feinen Rinde überzogen, auf deren Oberfläche dünne Farblinien entlangliefen und ein schwaches phosphoreszierendes Licht ausstrahlten. Er wollte es Birte zeigen, doch auch sie schien ihn nicht zu bemerken, selbst als er sie an der Schulter berührte. Seine Hände gingen durch sie hindurch wie durch Nebel. Jetzt bemerkte Felix, dass auch die anderen nicht mehr waren, als flüchtige Schatten, auf deren Oberfläche Bilder schimmerten, Bilder von Menschen, die er einst gekannt hatte. Das spielerische Geplapper, das Necken und Scherzen vermischte sich und wurde zu einem leisen Rauschen, zum Umherfliegen brauner Blätter im Herbstwind. Das Flüstern wurde zu Stöhnen, das Stöhnen zu Wehklagen. Alle um ihn herum waren tot, und sie wussten es. Jetzt erst schienen sie Felix wahrzunehmen. Die weißen Schatten umringten ihn, kamen auf ihn zu, streckten sich aus, versuchten, ihn zu erreichen. Um ihn wurde es kalt. Sein Herzschlag verlangsamte sich, seine Lunge wurde eng.

Felix war starr vor Schreck. »Ich … bin … nicht … tot!« Seine Stimme war nicht mehr als ein müdes Krächzen, jede Silbe verlangte von ihm eine enorme Willensanstrengung. Es half nichts. Immer näher kamen die Gestalten, umhüllten ihn, saugten alle Kraft aus ihm heraus, den Rest Leben, den er noch in sich spürte …

»Nein!«, schrie er so laut er konnte. Gleichzeitig fuhr er hoch. Leo zuckte erschrocken zusammen und knurrte. Felix atmete schwer, seine Hände zitterten. Seine Müdigkeit war wie weggeblasen.

Er stand auf. Irgendetwas stimmte hier nicht. Er hatte das Gefühl, dass ein Stück seines Traumbildes zu ihm herüberreichte. Das Haus hinter ihm kam ihm mit einem Mal vor wie ein riesiges, gefräßiges Ungeheuer, das im nächsten Moment über ihm zusammenstürzen würde. Rasch suchte er seine Sachen zusammen und stopfte alles in seinen Rucksack. Er musste weg von hier, so schnell es ging.

Hinter den Wipfeln der Bäume schimmerte es hell. Felix schätzte, dass die Sonne in einer Stunde aufsteigen würde. Doch so lange wollte er nicht warten. Er trat an den Rand der Mauer, die die große Terrasse nach vorne begrenzte, und sah hinunter. Das Tal lag im Dunkel, über den Dächern hatte sich heller Nebelschleier festgesetzt. Im Wald waren die ersten Vögel zu hören.

»Komm, Leo, wir gehen. Je schneller wir von hier wegkommen, desto besser.« Wie schon bei ihrer Ankunft gestern Abend reagierte der Hund merkwürdig. Dieses Mal schien er Felix etwas zeigen zu wollen. Er sprang in die Richtung, wo Felix die exotischen Bäume gesehen hatte, kam zurück, knurrte und winselte leise. Dann wandte er sich um und sprang erneut davon.

Felix wurde neugierig und folgte ihm. Vielleicht hatte Leo einen Abstieg entdeckt, der von dem Haus direkt hinunter in das Dorf führen würde. Seine Augen hatten sich an das Schummerlicht gewöhnt, sodass er zumindest erahnen konnte, wie es einmal ausgesehen haben musste. Anscheinend hatten die Besitzer hinter dem Haus eine Art Park angelegt. Ein Kiesweg führte unter den Bäumen entlang zu einem kleinen Rondell, in dessen Mitte eine Skulptur stand. Was sie darstellte, konnte Felix nicht erkennen. Dafür sah er, dass in unregelmäßigen Abständen Bänke an der Seite standen. Überall wucherten Rosenhecken, deren Duft sich langsam ausbreitete. Dazwischen lagen mehrere Hügelbeete, die dicht mit

Farn überwuchert waren. Felix ging an der Skulptur vorbei und folgte dem Weg, der zu seiner Enttäuschung nach etwa 20 Metern abbrach. Auch die beiden Abzweigungen führten ins Nichts. »Wir werden keinen Weg finden, Leo. Du hast dich getäuscht. Wir gehen zurück zur Straße.«

Doch Leo folgte nicht. Es sah so aus, als habe er zwischen den Hügeln etwas entdeckt. Er scharrte mit den Pfoten zwischen den Farnwedeln im Boden, dazwischen knurrte er und stieß ein leises Winseln aus.

»Du suchst dir wohl dein Frühstück? Mäuse hat es hier sicher genug.« Felix wollte sich eben abwenden, als er auf dem Boden ein Brett liegen sah, auf dem einige Buchstaben zu erkennen waren. Er hob es auf und hielt es so, dass er es lesen konnte. »Klaus, 32 Jahre.« Noch ehe er darüber nachdenken konnte, entdeckte er zwischen den Farnwedeln ein zweites Schild. Er wischte mit der Hand darüber, um besser lesen zu können. »Margarethe, 53 Jahre.« Leo hatte Felix' Aufmerksamkeit bemerkt und schleppte nun seinerseits ein Stück Holz heran. Felix nahm ihm das Brettchen aus dem Maul. »Hanspeter, 48 Jahre.«

Je heller es wurde, desto mehr konnte Felix erkennen. Überall zwischen den Hügeln lagen große und kleine Bretter, manche waren in den Boden gesteckt, andere zu einem groben Kreuz zusammengefügt. Überall las Felix Namen. Sein Herz schlug schneller. Eine Ahnung stieg in ihm auf, die so ungeheuerlich war, dass er glaubte, wieder in seinen Traum zurückgefallen zu sein. Doch je mehr er unter den Bäumen umherlief, desto stärker wurde die Gewissheit. Dies waren keine Hügelbeete. Dies war ein Friedhof.

Noch während er mit offenem Mund das Gräberfeld betrachtete, spürte er, wie es sich um ihn herum zu regen begann. Die üppigen Farnwedel bewegten sich leise. Ein Flüstern hob an, aus der Tiefe tönte dumpfes Gemurmel. Wie zuvor in seinem Traum spürte Felix, wie ihn seltsame Wesen umringten, wie gestaltlose Finger nach ihm griffen. Doch dieses Mal reagierte er sofort. Mit einem Satz sprang er los, lief über den Pfad so schnell er konnte zurück zu der Veranda. Leo folgte ihm in großen Sprüngen. Er verschnaufte kurz, dann wandte er sich zu der Straße. Aber etwas hielt ihn zurück. Das unheimliche Gefühl war so rasch verschwunden, wie es gekommen war. Felix sah sich um. Es war inzwischen so hell geworden, dass das Haus und das Gelände gut einzusehen waren. In spätestens einer Stunde würden die Strahlen der aufgehenden Sonne die Sonnenkollektoren auf dem Dach zum Glänzen bringen. Die Bäume verbargen das Gräberfeld, alles sah friedlich aus. Was war das? Hatten ihm seine Nerven einen Streich gespielt? Oder war er inzwischen derart sensibel geworden, dass die Grenze zwischen Fantasie und Wirklichkeit ins Schwimmen geriet? Sein Blick fiel auf das Schild, das er als Erstes entdeckt hatte und das er immer noch in seiner Hand hielt. Klaus. Ein junger Mann, fast doppelt so alt wie er. Ein Schild mit seinem Namen. Viele Schilder. Was hatte das zu bedeuten? Felix atmete ein paarmal tief durch. Vielleicht bedeutete all das etwas völlig anderes. Einige der Namen klangen schweizerisch. Vielleicht hatten Klaus, Margarete, Hanspeter, Büdi und Christina den »Guten Weg« mit einer gehörigen finanziellen Spende unterstützt und dafür einen für jeden Besucher sichtbaren äußeren Dank erhalten.

Felix war unschlüssig. Die Bedrohung war verschwunden, doch das seltsame Gefühl klang in ihm nach. Wie so oft erwachte seine Neugier. Vielleicht fand er in dem Haus etwas, was ihm seine Fragen beantwortete. Er ließ den Rucksack am Rande der Veranda stehen, dann nahm er den Wegweiser und ging langsam die Front der Fenster ab.

Die Haupteingangstür war verschlossen. Sämtliche Fensterscheiben waren so beschlagen und milchig, dass er nicht nach innen schauen konnte. Endlich fand er eine Nebentür, die ein altes Schloss hatte und die er mit etwas Kraft aufdrücken konnte. Er fand sich in einem leeren Flur wieder. Durch ein paar Oberlichter an der linken Wand fiel spärliches Licht herein, nach rechts führten zwei Türen weiter ins Innere. Felix drückte bei der ersten die Klinke herunter, doch sie war abgeschlossen. Die zweite stand angelehnt.

Inzwischen war es hell genug, sodass Felix sich ohne Probleme zurechtfand. Die Zimmer im Erdgeschoss erinnerten an eine Jugendherberge. Es gab mehrere Abstellräume, mehrere Duschen sowie eine Küche. In der Mitte, direkt hinter der Haupteingangstür, war eine Art kleiner Empfangssaal mit mehreren Sesseln, Bänken und Blumenkübeln. Alles war mit einer dicken Staubschicht überzogen, dazwischen sah Felix Abdrücke und Spuren wie von Mäusen oder anderen kleinen Tieren. Nichts Auffälliges. Eine gut erhaltene Holztreppe führte hinter dem Empfang nach oben. Dort sah es etwas anders aus. Hinter dem Balkon, den Felix von unten gesehen hatte, führte ein langer Flur um das halbe Haus herum. Von dort gelangte man in Wohn- und Schlafräume. Jedes Zimmer hatte ein Waschbecken, Betten, Stühle, Schränke, ein paar Regale mit Büchern. Alles war schlicht gehalten und sah so aus, als sei es erst vor Kurzem verlassen worden.

Je weiter er vordrang, desto mehr machte sich in Felix Enttäuschung breit. Weder fand er etwas, was für ihn nützlich gewesen wäre, noch deutete irgendetwas darauf hin, dass dieses Haus etwas Besonderes gewesen war. Eine Begegnungsstätte, in der Menschen zusammenkamen, wo Vorträge und Seminare gehalten wurden. Vielleicht sogar eine Art Sanatorium für Kurgäste.

Er wollte eben zur Treppe zurückgehen, als er an eine Tür kam, die im Gegensatz zu den übrigen abgeschlossen war. Felix rüttelte an der Klinke, doch es regte sich nichts. Leo schnüffelte aufgeregt an der Ritze am Türrahmen, dann bellte er mehrere Male. Felix überlegte, ob er es mit Gewalt versuchen sollte. Aber die Tür sah äußerst stabil aus, ebenso das Sicherheitsschloss. Er sah sich um, und ihm fiel auf, dass der Flur genau an dieser Stelle einen Knick machte und um das abgeschlossene Zimmer herumlief, sodass die Fenster dieses Raumes nach außen zeigen mussten. Rasch hatte Felix den Ausgang zum Balkon gefunden. Er hatte richtig vermutet. Das Zimmer ging tatsächlich direkt auf den Balkon hinaus. Zu seiner Überraschung war die Balkontür nicht abgeschlossen. Vorsichtig drückte Felix sie nach innen auf. Er war auf vieles gefasst. Doch nicht auf das, was er jetzt sah.

Der Raum war leer bis auf ein Bett. Es war an die hintere Wand gerückt und stand so, dass es mit dem Fußende zum Balkon zeigte. Es war mit einem Laken bezogen, darüber lagen mehrere Decken. Auf dem Boden daneben lagen mehrere Mineralwasserflaschen, die allesamt leer waren. Die Gestalt auf der Matratze hatte den Oberkörper leicht aufgerichtet, der Kopf war zur Seite geneigt. Das Gesicht sah aus wie das einer ägyptischen Mumie. Die Augen waren geschlossen, die Wangen eingefallen. Der Kopf wurde umrahmt von einer Fülle langer brauner Haare. Eine Frau. Unter den Resten einer bunten Jacke erkannte Felix das, was übrig geblieben war. Graue, pergamentartige Haut spannte sich über dem Skelett. Schultern, Arme und Hände waren deutlich zu erkennen. Die Tote war so gut erhalten, dass er fast erwartete, dass sie sich im nächsten Moment bewegen würde. Felix schwankte zwischen Furcht und Neugier. Er trat näher heran und berührte den Arm. Die Haut war trocken wie Pappe, seine Fingerspitzen hinterließen keinerlei Abdruck.

Felix erinnerte sich an den schrecklichen Anblick der vielen Toten in den Eisenbahnwaggons am Bahnhof in Bärental. Dort war von den Gesichtern nichts mehr zu erkennen gewesen, nach 16 Jahren hatte der Zerfall ganze Arbeit geleistet. Hier war es anders. Sollte es möglich sein, dass die Frau erst vor Kurzem gestorben war?

Langsam ging Felix um das Bett herum. Beim Versuch, die oberste Decke ein Stück zurückzuschlagen, fiel etwas zu Boden. Sofort war Leo zur Stelle, doch Felix hielt ihn zurück. Er bückte sich und hob das Buch auf, das der Toten aus den Händen geglitten war. Es hatte keinen Umschlag, dafür einen festen Einband. Es war etwas größer als das Heft, das Anna ihm mitgegeben hatte und erinnerte Felix an ein Notizbuch. Er trat nahe ans Fenster und schlug die erste Seite auf.

»Die letzte Welt.« Felix las den Titel, der in großen Druckbuchstaben geschrieben worden war. »Aufgezeichnet von Regula Bernhardt.« Darunter stand kaum leserlich, so als sei es von einer alten Frau mühsam und zittrig hinzugefügt worden, »Am Ende aller Tage.« Dazu ein paar Worte, die Felix nur schwer entziffern konnte. Der Name eines Ortes? Eine Adresse vielleicht? Vorsichtig blätterte er die nächste Seite um. Vor ihm reihten sich in sorgfältiger Schreibschrift Wort an Wort, Satz an Satz. Die ganze Seite war eng beschrieben, ebenso die nächste und alle folgenden. Felix ließ die Seiten durch seine Finger gleiten. Etwa nach der Hälfte des Buches brachen die Aufzeichnungen plötzlich ab. Der Rest des Heftes war leer. Am liebsten hätte Felix sofort angefangen zu lesen. Doch es schien ihm unpassend, an diesem Ort neben dem Totenbett länger zu verweilen als nötig. Er zog die Decke über der Frau so weit nach oben, wie es ging. Ein Tuch, das an der Seite zu Boden gefallen war, breitete er sorgsam über den Kopf. Mit einem letzten Blick verabschiedete er sich, trat hinaus auf den Balkon und zog die Tür hinter sich zu. Dann ging er rasch denselben Weg nach draußen zurück, den er gekommen war.

Im Osten wurde es jetzt hell. Zwar war die Sonne noch nicht zu sehen, doch die Spitzen der Tannen und Fichten leuchteten bereits golden, der neue Tag schickte die ersten hellen Strahlen über die Terrasse. Hinter dem Haus erhob sich das Morgenkonzert der Waldvögel. Felix überlegte. Natürlich wollte er unbedingt wissen, was in dem Heft stand. Vielleicht fand er nicht nur die Erklärung für die seltsamen mit Namen beschrifteten Bretter, sondern Antworten auf die Geheimnisse, die ihn seit Wochen beschäftigten. Dennoch war ihm dieser Ort nicht geheuer. Sein inneres Auge nahm deutlich den düsteren, unheilvollen Schatten wahr, der über dem Ganzen lag.

Er trat an den Rand des Abhangs vor dem Haus und schaute nach unten. Das Dorf lag im Schatten, dennoch konnte er deutlich mehr Einzelheiten erkennen. Die Häuser fügten sich in ein schmales Tal, das sich vor seinen Augen nach Süden fortsetzte. Auf derselben Höhe wie »Der Gute Weg« sah er auf der gegenüberliegenden Talseite ein Gebäude, das von seinen Ausmaßen her überhaupt nicht an diesen Ort zu passen schien. Vielleicht ein Hotel? Ein Kurhaus? Deutlich sah er den Fluss. Er würde ihm nur zu folgen brauchen, um irgendwann einmal an den Rhein zu kommen, an das Ende der Sperrzone.

Leo zeigte Felix auf seine Weise, was er für die beste Entscheidung hielt. Immer wieder sprang er in Richtung der Zufahrtsstraße, bellte, rannte zu Felix zurück und stieß ihn sanft, aber deutlich mit der Schnauze ans Bein.

»Du willst los, nicht wahr?« Unschlüssig hielt er das Heft in der Hand. Was, wenn er darin etwas fand, was ihn dazu zwang hierzubleiben? Gab es ein verstecktes Geheimnis, eine Botschaft, die es zu entschlüsseln galt?

Er beschloss, zumindest die ersten Seiten gleich zu lesen. Die Terrassenmauer bildete an einer Stelle eine Ausbuchtung, in die eine steinerne Bank eingemauert war. Felix stellte den Rucksack ab, legte seine Decke auf den Sitz und ließ sich nieder. Leo bellte ein paarmal, dann trollte er sich und begann, das Gelände zu erkunden.

Schon nach den ersten Sätzen wurde deutlich, dass sie von der Frau stammen mussten, die auf dem Bett gelegen hatte.

»Ich habe mich entschlossen aufzuschreiben, was geschieht. Bevor alles vorbei ist. Ich werde das Buch versteckt halten. Man kann niemandem mehr trauen. Mit Patrick kann ich noch reden, wenn er seine lichten Momente hat. Er ist der Einzige, bei dem das Menschliche noch lebendig ist. Aber er wird mit jedem Tag schwächer. Er sagt, er will nicht mehr. Ein schlechtes Zeichen.

Seit 21 Tagen sitzen wir hier fest. Wir waren 18, dazu die Seminarleitung, Jochen und Bettina. Die Hauswirte waren zum Einkaufen in die Stadt gefahren. Ich habe sie nicht wiedergesehen.

Ferdinand, der Briefträger, war der Erste, den es erwischte. Er hatte sich auf ein Gläschen überreden lassen, wie es hier üblich ist. Er blieb zu lange. Er fuhr mit seinem Wagen einfach geradeaus, über den Rand der Straße. Ich höre das Geräusch heute noch, als er unten aufprallte, dumpf, metallen, splitternd. Klaus und Mocki, der Spaßvogel, sprangen zuerst auf und rannten ihm nach, wir sahen von Weitem, was mit ihnen geschah. Es sah aus, als seien sie mitten in der Bewegung zu Eis erstarrt. Fast komisch. Für einen Moment schwankten wir zwischen Schrecken und Lachen. Dann kam die Angst. Die Ratlosigkeit. Das Chaos. Die Resignation.

Ferdinand, Klaus und Mocki waren die Einzigen, die wir nicht begraben konnten. Und natürlich diejenigen, die von sich aus das Ende suchten. Später. Als der Tod erstrebenswerter wurde als das Leben.«

Felix hielt inne. Die Worte tanzten vor seinen Augen. Eine Katastrophe. Und er wurde nach all den Jahren zum Zeuge.

»Am schlimmsten war die Ungewissheit. Telefon und Handys fielen innerhalb weniger Minuten aus. In den ersten Stunden funktionierte noch das Radio. Die Meldungen überschlugen sich. Dann war Stille.

Am selben Nachmittag sahen wir, wie sich unten in der Stadt die Menschen sammelten. Busse, Autos, ein Militärlaster. Fahrräder. Alle folgten der Straße nach Wehr. Wir versuchten, uns bemerkbar zu machen, wir schrien im Chor, so laut wir konnten, wir schwenkten Bettlaken und schlugen auf alles ein, was irgendwie Lärm verursachte. Es half nichts.

Ein paar von uns kletterten den Hang hinunter, andere versuchten es auf dem Zufahrtsweg. Alle hatten gesehen, was mit Ferdinand und den beiden Männern geschehen war, und waren deshalb vorsichtig. Nicht vorsichtig genug. Obwohl es ihnen gelang umzukehren, waren sie nicht dieselben wie zuvor.

In den nächsten Tagen versuchten wir herauszubekommen, was passiert war. Die letzten Meldungen, die wir über das Radio empfangen konnten, ehe es ausfiel, sprachen von einer Reaktorkatastrophe am Oberrhein. Der Schwarzwald drohte, radioaktiv verseucht zu werden, die Bevölkerung wurde evakuiert.

Jeder hatte Angst, dass es für uns zu spät sein konnte, wenn wir nicht sofort von hier verschwinden würden. Doch wir konnten nichts tun. Eine Weile hatten wir die Hoffnung, dass ein Suchhubschrauber auftauchen würde. Spätestens nach einer Woche wurde es auch dem Letzten klar, dass man uns vergessen hatte.«

Felix spürte, wie in seinem Hals ein Kloß aufstieg. Die Verzweiflung der Menschen musste unglaublich gewesen sein.

Und er spürte etwas anderes. Er hatte sich oft mit seinen Eltern darüber unterhalten, wie sie die ersten Tage und Wochen nach dem Auftreten der unheimlichen Kraft erlebt hatten. Das, was er hier las, war eindeutig. Die Hausgemeinschaft war im Netz der Spinne gefangen gewesen.

Felix wurde unruhig. Offenbar hatte die Spinne inzwischen den Ring um das Haus gelöst, sonst wäre er nicht hierhergekommen. Er hatte keine Anzeichen von Gefahr bemerkt, weder über den Wegweiser noch von Leos Witterung. Aber das hatte nichts zu bedeuten. Was war, wenn die Spinne zurückkam? Es konnte schnell gehen. Schneller, als er reagieren konnte. Felix beschloss, keine Zeit zu verlieren. Er steckte das Heft in seine Jacke, stopfte die Decke unter den Rucksackdeckel und lief los. Sofort jagte Leo neben ihm her und eilte mit großen Sprüngen auf die Zufahrtsstraße. Noch einmal drehte sich Felix um. Die Sonnenstrahlen krochen nun rasch von der Terrasse über die Vorderseite des Hauses nach oben. Die Fenster hinter dem Balkon leuchteten auf. Deutlich sah er das Zimmer, in dem er die Frau gefunden hatte. Bis zuletzt hatte sie diesen Anblick vor sich gehabt. Das Tal, die aufgehende Sonne. Bis zum Ende.

Er drehte sich um und hastete den Weg unter den Bäumen entlang. Kaum zwei Minuten später hatte er die Kehre der Straße erreicht. Leo sprang bereits ein Stück abwärts voraus. Auch wenn dies normalerweise darauf hindeutete, dass keine Gefahr drohte, blieb Felix vorsichtig. Immer wieder schaute er auf den Wegweiser, immer wieder blieb er stehen, ob er nicht die Anzeichen des Gesanges hörte, den er so fürchtete. Doch alles ging gut, nichts geschah. Ein paar Kurven weiter kam er direkt an die große Straße, die er von oben gesehen hatte. An der Kreuzung gab es ein Café mit einer Terrasse und dem vielversprechenden Hinweisschild »Durchgehend warme Küche – Bikers Welcome«. Darüber hingen die kläglichen Reste einer Markise, Tische und Stühle standen und lagen überall verstreut. Mehr noch interessierten Felix die Straßenschilder. Die Straße, die er heruntergekommen war, führte nach Sankt Blasien. Rechts ging es nach Todtnau und Freiburg, links das Tal abwärts. Nach Wehr waren es 17 Kilometer, nach Bad Säckingen 30. An der Abzweigung in den Ort hinein sah er endlich, wo er sich befand. Todtmoos, Landkreis

Waldshut. Felix versuchte sich zu erinnern, was er bei seinen Gesprächen in Menzenschwand gehört hatte. Von Todtnau war die Rede gewesen, ein Ort, durch den Tobi und Rainer gekommen waren. Dazu Todtnauberg, ein weiteres Dorf in der Nähe. Aber Todtmoos? Seine Richtung war klar, dennoch würde er sich sicherer fühlen, wenn er sich besser orientieren könnte. Eine Karte. Er brauchte eine Übersichtskarte.

Felix überquerte die Landstraße und ging weiter in Richtung Dorfmitte. Die beiden Supermärkte und die Tankstelle am Ortseingang ließ er unbeachtet. Er wusste, dass nach 16 Jahren dort nichts Brauchbares mehr zu finden sein würde. Außerdem hatte er in seinem Rucksack das Nötigste dabei. Das Essen, das er von seiner Mutter mitbekommen hatte, würde bei gutem Einteilen noch mindestens vier Tage reichen. Was er suchte, war ein typischer Souvenirladen. Die ehemalige Fußgängerzone musste früher einmal sehr hübsch gewesen sein. Links und rechts einer gepflasterten Straße reihten sich Geschäfte und Läden, die allesamt dazu gedient hatten, Touristen ebenso wie Tagesbesuchern ein Gefühl zu vermitteln, hier ein Stück Schwarzwaldromantik mit nach Hause nehmen zu können. Oder zumindest das, was sie dafür hielten.

Durch manche der Schaufenster konnte Felix ins Innere sehen. Es gab Holzschnitzereien in allen Größen und Geschmacksrichtungen, Trachtenpüppchen, Teddybären, Honiggläser und Kirschwasser ebenso wie Schafsfelle, Wanderstiefel, Walkingstöcke und Bollenhüte für Kinder. Für Schwarzwälder Thaimassage wurde ebenso geworben wie für Tagesbusreisen nach Basel, zum Rheinfall nach Schaffhausen oder auf die Insel Mainau an den Bodensee. Zwischen den Läden gab es Cafés, Eisdielen, ein Hotelrestaurant und zwei Pizzerias. Das alles erinnerte Felix an Hinterzarten und Sankt Blasien. Die Schwarzwälder hatten das Beste aus dem gemacht, was ihnen möglich war.

Schon im zweiten Souvenirladen fand Felix, was er suchte. Eine große Auswahl an Wanderkarten. Er entschied sich für eine Karte, die von Todtmoos bis ins Wiesental und im Westen bis zum Belchen reichte. Wichtig war, dass die Flüsse und Bäche möglichst genau eingezeichnet waren. Zurück auf der Straße fand er eine Bank, auf der er die Karte ausbreitete. Der Fluss, der von hier aus zum Rhein floss, war die Wehra. Er konnte ihr bis Wehr folgen und von dort aus versuchen, den Bergrücken zu umgehen, um über Schopfheim und Zell ins Wiesental zu gelangen. Er faltete die Karte sorgfältig zusammen und steckte sie in eine der Außentaschen des Rucksacks. Mehr brauchte er nicht. Wenn alles gut ging, konnte er bis zum Abend in der Nähe des Rheins sein.

Er ging weiter die Straße hinunter und hatte schon bald das Ortsende erreicht. Rechts über sich am Hang sah er jetzt deutlich das große Gebäude, das er heute Morgen von Weitem gesehen hatte. Eine Straße bog von hier aus ab, die Schilder wiesen darauf hin, dass dort oben eine Kurklinik war. Felix wandte sich dagegen nach links. Nach wenigen Schritten erreichte er eine Brücke. Am Rand der Wiese dahinter führte die Straße nach Süden. Die 17 Kilometer bis Wehr waren ein gutes Stück zu gehen. Aber besser ein Umweg, als wieder ziellos durch den Wald zu irren. Noch einmal drehte Felix sich um. Über dem Dorf sah er deutlich das Haus, bei dem er die Nacht verbracht hatte. Von Weitem sah es aus, als ob das Gebäude auf einem Felssporn über das Tal ragte. Felix schluckte. Es musste eine schreckliche Situation gewesen sein. Die Menschen standen auf der Terrasse und sahen alles zum Greifen nah – das Dorf, die Straßen, die Geschäfte. Märkte mit Lebensmitteln. Und doch hatte keiner von ihnen die Möglichkeit, die kurze Distanz zu überwinden. Felix wandte sich ab und ging los. Er konnte nichts tun. Das Haus zum »Guten Weg« würde für immer Friedhof bleiben. In ein paar Jahren würden die Gräber endgültig dem Waldboden gleich sein. Und die tote Frau in ihrem Bett, die bis zum Ende alles aufgezeichnet hatte …

Die verfluchte Spinne! Die unsichtbare Kraft hatte sich um das Haus gelegt wie eine gläserne Glocke. Niemand hatte eine Chance. Eine Insel der Todgeweihten. Felix spürte, wie der Zorn in ihm hochkam.

Warum?

Felix kam allmählich zu Bewusstsein, dass er sich diese Frage noch nie gestellt hatte. Was wusste er eigentlich? Seit dem Reaktorunfall hatte sich der Schwarzwald verändert. Es war, als sei etwas wach geworden. Etwas, was von da an die Herrschaft des Menschen abgelöst hatte. Das stärker war als Elektrizität und Radioaktivität. Etwas, was unberechenbar war. Aber war es das wirklich? Konnte es sein, dass hinter all dem eine Absicht steckte? Wer war der wirkliche Herrscher? Felix hätte viel dafür gegeben, endlich eine Erklärung zu finden. All die Menschen, die er bisher getroffen hatte, hatten ihm nicht wirklich weiterhelfen können. Sie hatten sich eingerichtet, sie hatten gelernt, mit den Auswirkungen und Gefahren umzugehen. Doch darüber hinaus gab es nur Vermutungen. Chiara hatte ihm ein Tor geöffnet. Doch die Bilder waren vage geblieben. Der Fischmensch hatte sich ihm entzogen. Hatte es überhaupt einen Sinn, die Antworten in der Anderwelt zu finden? Was, wenn die Uralten den Kontakt mit ihm und anderen Menschen überhaupt nicht wollten?

Am Ortsende bog eine Landstraße nach links ab. Herrischried, Görwihl, Rickenbach. Namen, die Felix noch nie gehört hatte. Wie es in diesen Dörfern wohl aussah? Dörfer, die weiter als Todtmoos entfernt waren von der Außenwelt, von Rettungstrupps, die damals unterwegs gewesen waren. An der Einmündung zur Hauptstraße waren im Lauf der Jahre große Mengen Erde und Geröll herabgespült worden und hatten sich ungehindert ausgebreitet. Felix musste sich durch ein wild wucherndes Gestrüpp kämpfen, ehe auf der anderen Seite der Weg wieder auftauchte. Direkt dahinter verengte sich das Tal. Straße und Fluss rückten aneinander, die Hänge wurden steiler, der Wald dahinter schwarz und abweisend. Felix kam nur langsam voran. Die Straße erinnerte ihn an das Stück bei Wildgutach, an dessen Ende er und Lena zur Hexenlochmühle gekommen waren. Sie war schmal und übersät mit Steinen, Felsbrocken und Geröll. Mehrere heruntergestürzte Baumstämme zwangen ihn zum Klettern oder zu Umwegen. Die meiste Zeit orientierte sich Felix an Leo. Nach dem düsteren Halt im Seminarhaus blühte er sichtbar wieder auf. Unaufhörlich zog ihn seine Nase vorwärts, vorbei an allen Hindernissen. Alle zwei, drei Kilometer kamen sie an einem Stück Wiese vorbei, dessen ehemalige Besitzer den wenigen Raum in einer Flussschlinge als karge Weide genutzt hatten. Vor einem ehemaligen Sägewerk lagen Bretter, sorgfältig gestapelt. Ein kaum mehr entzifferbares Brauereischild an einem völlig zerfallenen Holzhaus wies darauf hin, dass es hier einmal ein Gasthaus gegeben hatte. Eine winzige Kapelle mit zerschlagenen Scheiben und heruntergebrochenem Putz stand auf einer Anhöhe. Der Schwarzwald hatte es den Menschen nie einfach gemacht. Dennoch hatten die Siedler zu allen Zeiten versucht, ein Auskommen zu finden.

Die Sonne stand schon hoch am Himmel und sandte ihre Strahlen bis hinunter in den Talgrund. Die wenigen Gräser und Stauden, die entlang der Wehra wuchsen, hatten ihre Blüten geöffnet. Bienen und Insekten schwirrten umher. Alle, die hier lebten, mussten die kurze Zeit des Jahres nutzen, die ihnen blieb, um ihren Fortbestand zu sichern. In unregelmäßigen Abständen hatten die Straßenbauer einen kleinen Teil des Waldabhanges freigeräumt oder Nischen in den Fels geschlagen, damit Fahrzeuge einander ausweichen konnten.

An einem schattigen Stück entschloss Felix sich, eine Rast einzulegen. Das große »H« einer Bushaltestelle, eine verwitterte Schautafel und ein umgestürzter Pfahl mit etlichen Blechschildern erinnerten daran, dass dies früher wohl ein Wanderparkplatz gewesen war. Nach einigem Suchen fand er die Stelle auf seiner Karte. Hier hatte einst ein Wanderweg die Straße gekreuzt. Felix sah sich um. Wenn es jemals einen Pfad in den Wald hinein gegeben hatte, so war er längst verschwunden. Doch wichtiger war, dass er bereits gut die Hälfte des Weges geschafft hatte. Felix aß eine Scheibe Brot, füllte seine Wasserflasche auf und machte sich wieder auf den Weg. Er wollte das schöne Wetter nutzen und nicht zu lange verweilen. Schließlich hatte ihn die Erfahrung gelehrt, dass ihm unterwegs alles mögliche Unvorhergesehene passieren konnte.

Er mochte etwa eine weitere halbe Stunde gegangen sein, als er seine Befürchtungen bewahrheitet sah. Seit dem Parkplatz war die Schlucht enger geworden. Der Waldabhang war zu beiden Seiten schroffem Fels gewichen. An einer Stelle wurde es so schmal, dass die Straße keinen Platz mehr hatte und stattdessen wie ein Balkon halb über dem Flussbett hing. Ausgerechnet an der engsten Stelle hatte es einen Felssturz gegeben. Die riesigen Steinbrocken versperrten nicht nur den Weg, sondern hatten sich im Wasser so ineinandergeschoben, dass die Wehra an dieser Stelle zu einem See gestaut wurde. Das Becken war nicht sonderlich groß, natürlich hatte sich der Fluss längst neue Wege gesucht. Das Wasser reichte dennoch von einer Talwand zur anderen. Felix war ratlos. Verzweifelt irrte sein Blick über die Felswände an beiden Seiten. Sie waren so steil, das an Klettern nicht zu denken war. Die einzige Möglichkeit war der Felssturz selbst. Doch zwischen ihm und den ersten Steinen lagen mindestens 50 Meter Wasser. Wasser, das trotz des Sommers eiskalt war. Er spielte alle Möglichkeiten durch, die ihm einfielen. Er konnte versuchen, an den flacheren Stellen durch den See zu waten, er konnte schwimmen oder aus ein paar Baumstämmen ein behelfsmäßiges Floß bauen. All das würde bedeuten, dass er nass werden würde, vielleicht sogar sein Rucksack mit den Dingen, die er notwendig brauchte. Die Strömung sah nicht ungefährlich aus. Was, wenn er weggerissen wurde und sich so verfing, dass er nicht mehr freikam? Was war mit Leo? Konnte er sich in den Wellen halten, ohne weggedrückt zu werden? Felix sah nach oben. Noch war die Sonne zu sehen, doch spätestens in einer Stunde wäre sie so weit weitergezogen, dass es schattig wurde. Und damit kalt. Wenn er das Hindernis nicht auf Anhieb schaffte, stünde ihm eine äußerst unangenehme Nacht bevor. So sehr es ihn auch vorwärtsdrängte, entschied sich Felix zur Umkehr. Er musste einen anderen Weg finden. Der Wanderparkplatz! Er faltete die Karte auseinander. Der eingezeichnete Tourenpfad führte auf der Westseite der Schlucht oberhalb entlang der Wehra mehr oder weniger auf dem Kamm parallel zur Landstraße nach Wehr im Süden. Ihn musste er finden und hoffen, dass er einigermaßen begehbar war.

Zurück an seinem vorherigen Rastplatz begann er sofort, den Straßenrand abzusuchen. Im Gebüsch entdeckte er ein Schild »Schluchtensteig«. Leider war das Holz längst abgefault, sodass die ursprüngliche Richtung nicht mehr zu erkennen war. Trotzdem wurde Felix ermutigt weiterzusuchen. Mit beiden Händen bog er die tief herunterhängenden Zweige der dicht stehenden Hainbuchen und Haselbüsche auseinander. Wieder einmal war es Leo, der ihn die richtige Spur entdecken ließ. An einer Stelle, die Felix nicht bemerkt hatte, schlüpfte er unter das Gebüsch und verschwand. Sekunden später hörte er ihn kräftig bellen. Felix kroch ihm nach. Auf allen vieren zwängte er sich vorwärts. Wenn es hier jemals einen Pfad gegeben hatte, war er nicht mehr zu erkennen.

Doch inmitten des wuchernden Grüns entdeckte Felix etwas anderes. Im Hang direkt vor ihm sah er eine Treppe. Obwohl es nur noch kümmerliche Reste waren, wusste Felix sofort, dass er den Weg gefunden hatte. Stück für Stück kämpfte er sich nach oben, bis er an einen Fels kam. In seinem Schatten stand eine Aussichtsbank, daneben erwartete ihn Leo, der freudig mit dem Schwanz wedelte.

Felix kraulte ihn an seiner Lieblingsstelle am Hals direkt hinter dem Kopf. »Gut gemacht, Alter! Du hast dir ein Leckerli verdient.« Er dachte an den Beutel mit Keksen, den ihm Chiaras Ziehgroßmutter mitgegeben hatte. Natürlich war längst nichts mehr übrig. Doch einen davon hatte Felix aufbewahrt. Er stellte den Rucksack ab, griff in eine der Seitentaschen und holte eine Papiertüte hervor. Der Hundekuchen war staubtrocken und steinhart. Leo schien zu ahnen, was Felix ihm reichte. Er schnupperte ausgiebig und stieß ein leises Winseln aus, ehe er ihn verschlang.

Einen Moment hielt Felix inne. Es war die letzte äußere Erinnerung gewesen, die ihn mit Chiara verbunden hatte. Außer Leo natürlich. Ob er das Mädchen jemals wiedersehen würde? Den Gedanken an eine Rückkehr zu Chiaras Familie hatte er noch immer nicht ganz aufgegeben. Doch das Haus der Kellers war unendlich weit entfernt. Felix wusste nicht einmal, ob er es finden würde.

Felix sah, wie Leo ihn erwartungsvoll anblickte. »Na dann los! Jetzt zeige, was du kannst!«

Mit einem Satz sprang Leo los. Es erwies sich, dass der Wanderpfad hier oben deutlich besser erhalten war. Bald schätzte Felix, dass er inzwischen die Stelle erreicht haben musste, an der der Felssturz ihm den Weg versperrt hatte. Für einen Moment erwog er, dahinter wieder abzusteigen und der Straße zu folgen. Solange sie so dicht entlang der Wehra lief, drohte ihm zumindest von der Spinne keine Gefahr. Zudem war eine mit Steinen übersäte Straße immer noch leichter zu gehen, als sich hier durch den Wald zu kämpfen.

Felix entschied sich, zuerst eine kleine Pause einzulegen. Mit einem Seufzer ließ er sich nieder und streckte die Beine aus. Am liebsten hätte er ein wenig geschlafen, so müde war er. Doch er hatte nicht vor, die Pause zu sehr auszudehnen. Stattdessen zog er das Heft der Toten heraus und begann zu lesen. Während er las, spürte Felix, wie das Grauen in ihm aufstieg. Eine Gruppe Menschen, die von jetzt auf nachher auf engstem Raum leben mussten, ohne jegliche Verbindung nach draußen. Er ahnte, dass ihnen das Schlimmste noch bevorgestanden hatte. Die folgenden Seiten erzählten von den Versuchen, dem Gefängnis zu entkommen. Die Gruppe hatte alles unternommen, was möglich war. Ein paar hatten sich den Steilhang vor der Terrasse abgeseilt. Es war ebenso vergeblich gewesen, wie der waghalsige Aufstieg über den Fels hinter dem Haus. Dabei war es zu weiteren schweren Unfällen gekommen. Einen der Männer konnten die anderen nur noch tot nach oben ziehen, ein zweiter war den Fängen der Spinne zwar entkommen, doch er war völlig verwirrt, lag apathisch im Bett und starb zwei Tage später.

»24. Tag. Überall macht sich Resignation breit. Die meisten sitzen und liegen nur noch teilnahmslos herum. Auf die wenigen, die die Hoffnung auf Rettung nicht aufgegeben haben, hört keiner mehr. Günther, der Rechtsanwalt aus Lörrach, läuft stundenlang herum, schreit und schlägt auf alles ein, was er findet, bis seine Fäuste blutig sind. Dann sackt er zusammen und heult. Auch auf ihn achtet keiner. Ich bin mit Patrick die Essensvorräte durchgegangen, es sieht schlecht aus. Die Sachen aus dem Kühlschrank und aus der Tiefkühltruhe sind längst alle. Ich will gar nicht daran denken, was passiert, wenn die letzten Kartoffeln gegessen sind. Wenigstens ausreichend zu trinken gibt es. Das Wasser von dem kleinen Rinnsal, das vom

Fels herunterkommt, scheint genießbar zu sein. Aus dem Hahn kommt nichts.

26. Tag. Günther ist verschwunden. Ein paar haben gehofft, dass er einen Durchgang gefunden hat und abgehauen ist. Den ganzen Tag war Bewegung in den Leuten. Patrick glaubt, dass er sich den Hang hinuntergestürzt hat und irgendwo im Wald liegt.

27. Tag. Die Leute werden aggressiv. Die zwischenzeitliche Hoffnung hat sie nur umso mehr zur Verzweiflung getrieben. Ich befürchte das Schlimmste.

30. Tag. Eine Katastrophe! Die drei jungen Männer aus Winterthur sind in die Vorratskammer eingebrochen und haben alle Reste an sich genommen. Als die anderen das gemerkt haben, begann der Tumult. Am Ende lagen zwei der Männer erschlagen am Boden. Jeder hat sich gerafft, was er irgend konnte.

31. Tag. Die Ordnung bricht völlig zusammen. Dafür haben sich kleine Gruppen gebildet. Alles, was zu finden ist, wird als Waffe benutzt.

34. Tag. In der Nacht hörte ich Schreie. Ich kann mir denken, was passiert ist. Aber ich will es mir nicht vorstellen. Es ist zu schrecklich.«

Felix atmete tief durch. Das Ganze kam ihm vor wie ein Film. Ein schlechter Film. Und doch war es geschehen. Er presste die Lippen zusammen und zwang sich weiterzulesen.

»35. Tag. Gegen Abend fiel plötzlich ein Reh die Steilwand herunter, prallte auf das Dach und blieb vor der Veranda liegen. Das Tier war noch jung, wahrscheinlich erst in diesem Jahr geboren. Es lebte noch, aber nicht lange. Die Leute waren nicht zu halten. Sie rissen es förmlich auseinander und stopften das rohe Fleisch in sich hinein. Es war das Widerwärtigste, was ich in meinem Leben bisher gesehen habe.«

Felix klappte das Heft zu und legte es zur Seite. Er musste aufhören. Seine Müdigkeit war völlig weggewischt. Die Bilder überwältigten ihn. Ängstlich sah er sich um. Es war nichts Auffälliges zu entdecken. Die Bäume, die am Hang etwas lichter standen, abgerissene Zweige, ein paar moosbewachsene Felsbrocken. Heidelbeerbüsche. Dennoch war es ihm, als habe sich der Schrecken, der von dem Bericht ausging, um ihn herum ausgebreitet. Als würde die Bedrohung durch die Spinne im nächsten Moment Wirklichkeit werden. Er stand auf und packte seine Sachen zusammen. Felix achtete nicht auf seine schmerzenden Füße und ging los. Er wollte nur rasch weg von hier. Wenige Schritte weiter zweigte ein schmaler Pfad nach links schräg den Hang abwärts. Felix überlegte nicht lange und bog ab. Er musste zurück zum Wasser. Es konnte nicht weit sein, bis er zurück zum Fluss kam.

Als er sich dem Talgrund näherte, stieß er auf einen befestigten Schotterweg am Rande eines großen Sees. Bis zum gegenüberliegenden Ufer mochten es etwa 200 Meter sein. Nur wenige kleine Wellen kräuselten die Oberfläche, auf der bereits die langen Schatten der Dämmerung lagen. Obwohl die Böschung zum Wasser hinunter steil war, fand Leo sofort einen Weg. Er trank ausgiebig, dann sprang er zurück zu Felix, der in der Zwischenzeit auf dem Boden die Karte ausgebreitet hatte. Wieder einmal war er auf einen der vielen Stauseen im Schwarzwald gestoßen. Er schloss den südlichen Ausfluss der Wehra ab, von hier war es nicht mehr weit bis zum Rhein.

Der Weg, auf dem Felix stand, schien den See zu umrunden. Als er sich nach rechts wandte, sah er bereits von Weitem die Staumauer. Sofort stiegen in ihm die Erinnerungen an den Schluchsee hoch. Ob die Streuner inzwischen Brunos Leiche geborgen hatten? Felix war gespannt, was ihn erwarten würde. Je näher er der Mauer kam, desto mehr Einzelheiten konnte er erkennen. Der Wasserstand war niedrig, der obere Teil der Staumauer war mit grauem Schmutz überzogen. Nur wenige Meter vom Uferrand entfernt sah Felix eine metertiefe Bresche, durch die das Wasser abfloss. Er ging ein paar Schritte die Straße entlang, die über die Deichkrone führte. Unter ihm setzte sich das Flusstal fort, die Wehra floss in sanften Windungen Richtung Süden. Kaum einen Kilometer weiter begannen die ersten Häuser des Ortes. Am Horizont erhob sich eine Bergkette, Felix vermutete, dass diese bereits zu den Schweizer Alpen gehörte. Ehe er sich weiter orientieren konnte, wurde Felix jedoch von einem unerwarteten Anblick gefesselt. Am schmalen Flussufer, direkt unterhalb der Lücke in der Staumauer, sah er etwas, das er zunächst kaum erkannte. Der ungeordnete Haufen erinnerte auf den ersten Blick an einen Schrottplatz. Verstreut lagen Metallgestänge, Blech und verbogene Eisenstücke, ein paar Schritte daneben ein Polstersitz inmitten von Glasscherben. Überall wucherten Brennnesseln. Erst allmählich wurde Felix bewusst, was er sah. Eines der seltsam verkrümmten Metallteile erinnerte an einen großen Ventilator. Es war unschwer zu erkennen, dass es sich um die Reste eines Rotors handeln musste. Der Heckrotor eines Hubschraubers. Blitzartig setzte sich das Bild vor Felix' innerem Auge zusammen. Natürlich hatten die Behörden damals alles versucht. Wo es möglich war, wurden die Menschen aus der verstrahlten Zone evakuiert. Man wollte das Ausmaß des Unglücks rasch überblicken und entsprechend handeln können. Und vielleicht gab es einige wenige Überlebende, denen man helfen konnte.

»Eine Weile hatten wir die Hoffnung, dass ein Suchhubschrauber auftauchen würde.«

Die Erwartung der Menschen im Haus zum »Guten Weg« war nicht völlig abwegig gewesen. Doch niemand konnte ahnen, was damals wirklich geschehen war. Als die Elektronik plötzlich ausfiel, hatten die Piloten nur wenige Sekunden Zeit zu reagieren. Es war vergeblich. Die Menschen hatten keine Chance. Sie störten nur. Der Schwarzwald war erwacht und zeigte seine Macht. Wieder spürte Felix, wie das Grauen in ihm aufstieg. Er wünschte sich weit, weit weg – irgendwohin, nach Kanada oder in die Südsee. Was sollte ausgerechnet er, Felix, hier alleine ausrichten können? Was ergab es für einen Sinn, wenn er Antworten suchte auf Fragen, die er selbst nicht verstand? Warum setzte er sich freiwillig einer Gefahr aus, die nicht nur allgegenwärtig, sondern auch unberechenbar und gnadenlos war? Vielleicht war die Spinne schon hinter ihm her, vielleicht erwartete sie ihn an einem Ort, an dem er nicht damit rechnete. Er würde genauso hilflos sein wie die anderen vor ihm. Und genauso verzweifelt. Er sollte aufgeben. Von hier aus waren es nur wenige Kilometer bis zum Rhein. Er konnte sich bis in die Schweiz durchschlagen, und von dort aus über Basel zurück nach Freiburg gelangen. Er würde zu Tante Veronika zurückkehren, zurück in die Schule, zurück zu Birte. Er konnte ein ganz normales Leben führen wie alle anderen. Und er musste keine Angst mehr haben.

Noch einmal zog Felix die Karte zu Rate. Die Wehra floss von hier aus vorbei an Wehr Richtung Süden und mündete hinter Öflingen in den Rhein. Noch heute konnte er in Sicherheit sein. Noch heute konnte er den Schrecken hinter sich lassen. Er wandte sich um und ging über die Staumauer zurück zu dem Wirtschaftsweg, auf dem er gekommen war. Ehe er weiterging, holte er den Wegweiser aus der Tasche. Er wollte keine unangenehmen Überraschungen erleben. Jetzt galt es, so rasch wie möglich einen Abstieg zum Fluss zu finden. Schon bald erreichte er eine Vorstadtsiedlung. Zu beiden Seiten wechselten sich großzügige Einfamilienhäuser mit mehrstöckigen Wohnblocks ab. Die Straße zog sich entlang des Wassers, sodass er gut vorankam. Er passierte eine Tankstelle. Die angrenzenden Häuser wiesen deutlich sichtbare Brandspuren auf, anstelle der Fenster gähnten dunkle Löcher. Ob auch dies ein Werk der Spinne war – Felix konnte nur erahnen, was geschehen war. Doch dieses Mal hatte er keine Zeit, düsteren Gedanken nachzuhängen. Denn bereits an der nächsten Kreuzung änderte sich seine Stimmung schlagartig. Sofort sah er, dass es nicht weitergehen würde. Er hatte völlig verdrängt, dass es irgendwann einmal so weit sein musste.

Der Zaun!

Es war schon reichlich düster, die Schatten lagen tief. Dennoch erkannte Felix sofort die Ähnlichkeit mit dem, was er von Freiburg kannte. Die eng aneinanderstehenden, an die drei Meter hohen Metallstäbe, der Fahrweg davor. Zusätzlich gab es Stacheldrahtrollen und eine befestigte Mauer mit einer Drahtabsperrung auf der Krone. Etwa 50 Meter weiter erhob sich ein Wachturm, ein einfaches Gebäude, das wie ein Leuchtturm emporragte und bei dem etwa in der Höhe eines zweistöckigen Hauses ein rundum verglaster Aussichtsraum zu sehen war. Felix erholte sich rasch von seiner Überraschung. Er wusste, dass der Aufenthalt in der Nähe des Zaunes gefährlich war. Damals hatte er geglaubt, dass direkt dahinter die verstrahlte Zone beginnen würde. Jetzt, da er es besser wusste, fiel ihm ein, dass der Zaun selbst ungefährlich war. Doch es gab Soldaten, die ihn bewachten. Und es gab Patrouillen. Patrouillen, die jederzeit auftauchen konnten. Felix reagierte sofort. Er rief Leo zu sich und bedeutete ihm, an seiner Seite zu bleiben. Es galt zunächst, sich in Sicherheit zu bringen. Er vermutete, dass er nirgendwo sicher war, solange er in der Stadt blieb. Überall konnte es Soldaten geben. Was geschehen würde, wenn er entdeckt wurde, konnte er nur erahnen.

Felix hastete ein Stück die Straße zurück. In den Querstraßen war es überall ruhig, ebenso in den Häusern, von denen die meisten heruntergekommen und verlassen aussahen. Dennoch ging Felix rasch weiter, um möglichst viel Abstand zu der Sperre zu gewinnen. Als er an einem ehemaligen Getränkemarkt vorbeikam, entdeckte er eine offene Tür im Zaun und schlüpfte hinein. Im Hof standen stapelweise volle und leere Kisten, dazwischen hatte sich Unkraut ausgebreitet. Felix blieb stehen und lauschte, dann verkroch er sich hinter einer Palette mit Bierkästen, deren Flaschen durch die Kälte der vielen Winter längst zersplittert waren. »Pass auf deine Pfoten auf, Leo«, mahnte er. Doch der Hund bewegte sich geschickter als er. Als Felix sich abstützte, um sich hinzusetzen, fuhr er erschrocken zurück. In seinem Handballen steckte eine drei Zentimeter lange Scherbe. Die Wunde begann rasch zu bluten.

»Verdammter Mist!« Vorsichtig zog Felix den Glassplitter heraus und warf ihn weg. Sofort pulste das Blut umso stärker heraus. Er steckte die Hand in den Mund, mit der anderen riss er ein Stück von seinem Hemd ab. Dann wühlte er in seinem Rucksack, bis er einen der Socken fand. Er faltete den Hemdstreifen zusammen, presste ihn auf den Handballen, band den Socken darüber und zog das Ganze fest zusammen. Für den Moment musste es reichen.

Leider war der Maßstab der Karte nicht so groß, dass auf ihr Details zu erkennen waren. Anhand der Himmelsrichtung konnte er nur vermuten, wo er ungefähr war. Das Ortsende würde er am ehesten erreichen, wenn er zurück zum Stausee ging, doch das wollte er nicht. Nach Westen hin war eine größere Straße eingezeichnet, die südlich zum Rhein führte und nach Norden Richtung Schopfheim ging. Direkt dahinter war Wald und hügeliges Gelände. Das Ganze schien nicht weit entfernt zu sein. Felix' Notverband war bereits völlig blutdurchtränkt. Er warf ihn weg und entschied sich, einen weiteren Stoffstreifen zu opfern. Dieses Mal presste er ihn auf den Handballen so fest er konnte, die blutige Socke verwendete er noch einmal.

»Das war keine gute Idee hierherzukommen«, sagte er zu Leo, der das Ganze neugierig beobachtete. »Aber vielleicht haben wir doch noch Glück!« Er packte alles zusammen, setzte den Rucksack auf und trat hinter dem Kistenstapel hervor. Das Bürogebäude war nur wenige Schritte entfernt. Die Tür war abgeschlossen, doch das Fenster ließ sich leicht öffnen. Trotz seiner Schmerzen kletterte Felix hinein und fand sich in einem einfachen Büro wieder. Es war gerade noch hell genug, dass er nach einigem Suchen das fand, was er sich erhofft hatte. Unter einem Stapel Werbeprospekte lag auf einem Schränkchen ein grüner Erste-Hilfe-Kasten. Mit dem Wasser aus seiner Feldflasche reinigte Felix die Wunde so gut es ging. Dann riss er eines der Päckchen auf. Der Inhalt hatte den typischen Geruch verloren, schien jedoch brauchbar. Felix benötigte eine Weile, bis er mit Hilfe seiner freien Hand und seiner Zähne einen Verband gelegt hatte, mit dem er zufrieden war. Die anderen Päckchen steckte er zusammen mit zwei Binden in die Tasche, den Rest ließ er liegen. Gerne hätte er ein paar Pflaster mitgenommen, doch die waren im Lauf der Jahre völlig verklebt und hart geworden. In dem Büro gab es sonst nichts Brauchbares. Ehe er hinausging, betrachtete er für einen Moment den Kalender, der an der Wand hing. Er zeigte den romantischen Blick auf einen See umringt von Bäumen, eines der typischen Schwarzwaldmotive. Darunter das Jahr, der Monat und die einzelnen Tage, die jeweils auf altmodische Art mit einem roten Plastikrahmen gekennzeichnet wurden. Es war das Jahr von Felix' Geburt. Und es war der Tag, von dem an alles stillstand.

Mit einem Seufzer wandte sich Felix ab. Die Tür zum Büro ließ sich von innen leicht öffnen. Er trat hinaus, nicht ohne zuvor sorgfältig nach allen Richtungen zu lauschen. Zurück auf der Straße wandte er sich nach links. Schon bald hatte er die letzten Häuser des Ortes erreicht. Die Straße ging nach wenigen Metern in einen asphaltierten Feldweg über, an dessen Anfang ein Durchfahrt-Verboten-Schild stand. Inzwischen war die Sonne untergegangen. In der Dämmerung konnte Felix genügend erkennen, sodass er ohne Probleme den Weg fand. Er war gut erhalten, und Felix nahm an, dass er von Zeit zu Zeit von den Soldaten benutzt wurde. Vielleicht war es am Randgebiet der Sperrzone sogar möglich, mit Fahrzeugen zu fahren. Felix hatte genug Abstand zu dem Zaun gewonnen, dennoch blieb er aufmerksam. Hinter jeder Biegung konnte er auf Soldaten stoßen. Er mochte etwa ein, zwei Kilometer gegangen sein, als er eine kleine Anhöhe erreichte. Von hier aus sah er, dass der Zaun entlang der Straße führte, die er auf der Karte entdeckt hatte. Natürlich! Es war das einfachste. Der Zaun musste nicht unbedingt genau der Grenze des gefährlichen Gebietes folgen. Die aufwendige Konstruktion brauchte Platz und musste für die Bewacher gut zugänglich sein. Was bot sich besser an, als Straßen und Wege zu nutzen, die sowieso vorhanden waren! Jetzt, da er sich einigermaßen in Sicherheit fühlte, war Felix unschlüssig, wie es weitergehen sollte. Er beschloss, die Entscheidung auf morgen zu vertagen. Die Blutung an seiner Hand hatte aufgehört, doch unter dem Verband mahnte ein schmerzhaftes Pochen, dass er dringend Ruhe brauchte. Vor ihm tauchte im Dunkel die Silhouette eines Hauses auf. Dort wollte er versuchen, einen geschützten Platz für die Nacht zu finden.

Er wollte eben aus dem Schutz der Bäume hervortreten, als Leo plötzlich den Kopf hob und witterte. Felix kannte seinen Begleiter inzwischen so gut, dass er sofort reagierte. Er sprang zurück ins Unterholz und duckte sich. Aus der Richtung des Hauses drangen deutlich Stimmen. Felix legte Leo seine Hand auf die Schnauze. Er schob sich ein Stück nach vorn und lauschte erneut. Es schienen zwei Männer zu sein. Was sie sagten, konnte er nicht verstehen. Seit dem Aufbruch aus Menzenschwand hatte Felix keinen Menschen mehr gesehen. Es war ihm bewusst, dass er irgendwann auf jemanden stoßen musste. Doch in der Nähe des Grenzzaunes konnte eine Begegnung nichts Gutes bedeuten. Er erinnerte sich an die Erzählung seines Vaters, der versucht hatte, über das Albtal einen Ausgang Richtung Süden zu finden und einer Gruppe Soldaten in die Hände gefallen war. Auch Gottlieb von den Streunern hatte ihn darauf hingewiesen, dass die Grenze nach Süden in Richtung Schweiz besonders gut bewacht sei. Was sollte er tun? Er konnte bleiben, wo er gerade war. Verhielt er sich ruhig, war es wenig wahrscheinlich, dass die Männer ihn fanden, zumal es inzwischen dunkel war. Wenn er sich weiter in den Wald zurückzog, konnte es sein, dass er auf andere Soldaten stieß. Schließlich siegte die Neugier. So leise er konnte, lief Felix geduckt den Waldrand entlang, bis er fast am Haus angekommen war. Noch konnte er die Männer nicht sehen, ihre Stimmen wurden jedoch lauter, je näher er kam. Dafür vernahm er hinter dem Haus einen schwachen, flackernden Schimmer. Mit ein paar wenigen Sprüngen erreichte er das Haus und presste sich sofort eng an die Wand. Dann bewegte er sich langsam vorwärts und folgte dem Schimmer, bis er zur Hausecke kam. Dort kauerte er sich auf den Boden und schaute vorsichtig über die Kante hinaus. Vor sich sah Felix einen kreisförmigen gepflasterten Platz, der in eine schmale Straße überging und wenige Schritte weiter im Dunkel verschwand. Zu beiden Seiten waren Holzstapel aufgeschichtet. Eine Reihe von Stufen führte zu einer Eingangstür. Auf ihnen saßen zwei Männer. Zwischen ihnen brannte ein Feuer, sodass Felix die Einzelheiten gut erkennen konnte. Schon auf den ersten Blick war er sicher, dass er zwei Soldaten vor sich hatte. Beide trugen eine Art Uniformjacke mit breitem Gürtel, an dem an der Seite kleine Taschen hingen. Ihre Füße steckten in kräftigen Stiefeln, der größere der beiden hatte seine Mütze in den Nacken geschoben und beide Beine breit ausgestreckt. Der andere saß vornübergebeugt, sodass sein Gesicht im Schatten lag. Er hielt einen Stock in der Hand, an dem er eifrig mit einem Messer herumschnitzte. Schusswaffen konnte er im flackernden Licht keine sehen, doch das hatte nichts zu bedeuten. Felix war in der Nähe des Grenzzaunes und damit an der Grenze der Sperrzone. Hier konnten Bedingungen herrschen, die sich kaum von denen außerhalb unterschieden. Vielleicht gab es sogar Strom. Und wenn die Soldaten ihre Gewehre ohne Gefahr nutzen konnten, würden sie dies ohne zu zögern tun. Das Vernünftigste wäre gewesen, sich auf dem schnellsten Weg davonzumachen. Er wusste, dass er hinter dem Zaun von vorneherein als Bedrohung galt. Was die Soldaten mit ihm anstellen würden, wenn sie ihn erwischten, konnte er sich nur vorstellen. Doch etwas ließ ihn zögern. Er hätte zu gerne verstanden, was die beiden miteinander besprachen. Leo war nur mit Mühe zu halten. Er winselte kaum hörbar, Felix spürte, wie angespannt er war. »Komm mit«, flüsterte er. »Wir wollen etwas anderes versuchen.« Vorsichtig drehte er sich um und schlich den Weg zurück zur Frontseite des Hauses. Derweil waren die ersten Sterne am Himmel aufgegangen, gedämpftes blaues Licht drang durch die Nacht. Ein Schild mit großen Lettern über dem Eingang wies darauf hin, dass dies einmal ein Bahnhof gewesen war. »Hasel, Baden«, las Felix. Links neben der Tür hingen in einem Kasten die Reste eines Zugfahrplanes, daneben die Abfahrtszeiten der Busse. Auf der anderen Seite hingen eine kleine Speisekarte und das Messingschild einer Brauerei.

Die Eingangstür ließ sich leicht öffnen. Felix schlüpfte hinein, Leo folgte ihm nach kurzem Zögern. Im Innern war es stockdunkel. Felix tastete sich die Wände entlang, ängstlich darauf bedacht, nirgendwo anzustoßen oder etwas umzuwerfen. Am Ende des Ganges stieß er auf eine Tür. Als er das Ohr an das Holz presste, hörte er gedämpfte Stimmen. Das mussten die Männer sein! Zu seinem Leidwesen verstand er weniger als draußen. Vorsichtig versuchte er, die Tür wenigstens einen Spalt aufzuziehen, doch sie bewegte sich nicht. Wahrscheinlich war sie abgeschlossen. Von der Eingangstür fiel ein schwaches Licht herein. Es genügte, dass Felix eine Treppe entdeckte, die nach oben führte. Nach wenigen Stufen fand er sich erneut in einem Flur, von dem zur Seite hin zwei Türen abgingen. Das einzige Fenster an der Stirnseite des Flures war mit einem Laden verschlossen, durch dessen Ritzen spärliches Licht drang. Der Holzboden knarrte, als Felix Schritt für Schritt auf das Fenster zuging. Sein Herz klopfte. Für einen Moment war es draußen still. Felix regte sich nicht. Selbst sein Atem schien ihm zu laut. Wenn die beiden ihn entdeckten, würde er ihnen kaum entkommen können. Nach kurzer Pause begannen die Männer wieder zu reden. Felix atmete auf. Dennoch blieb er vorsichtig. Er verließ die Mitte des Flures und tastete sich in an der Wand entlang. Ehe er den Fenstergriff drehte, hielt er den Atem an. Doch alles ging gut. Er zog die beiden Flügel so weit auseinander, dass er dicht an den Sims herantreten konnte. Der Holzladen bestand nur aus wenigen Leisten, die in traditioneller Art schuppenförmig aneinandergefügt waren. Durch die zentimeterbreiten Ritzen konnte Felix gut hindurchsehen. Das Feuer brannte genau unter ihm. Daneben kauerte der kleinere der beiden Männer, der an seinem Holz herumschnitzte. Von dem anderen sah Felix lediglich die Beine. Obwohl sich beide in gedämpftem Ton unterhielten, verstand Felix nun jedes Wort.

»… mit deiner ewigen Schnitzerei. Du könntest ein bisschen Holz nachlegen!« Die Stimme klang leicht gedämpft. Felix vermutete, dass sie von dem Großen kam, der im Türeingang unter ihm saß und von dem er nur die Füße sah.

»Ja, ja. Schon gut.« Die Stimme des Kleinen hörte sich deutlich höher an. »Wie lange das wieder dauert. Allmählich habe ich die Schnauze voll!« Der Mann stand auf, griff nach ein paar Holzprügeln und warf sie ins Feuer. Dann setzte er sich. »Dass du einfach so ruhig dasitzen kannst.«

»Wenn ich mich aufrege, kommen die anderen auch nicht schneller. Außerdem sind wir zu früh dran.«

»Zu früh, zu früh!«, äffte ihn der andere nach. »Ich will heim. Ab morgen habe ich Urlaub. Es wird höchste Zeit, dass ich mal etwas anderes sehe.«

Ein paarmal flogen die Sätze hin und her, dann wurde es ruhig. Für eine Weile war lediglich das Knistern der Flammen zu hören. Ab und zu zerplatzte ein harziger Kiefernzapfen mit leisem Knall.

Felix spürte, wie seine Beine allmählich steif wurden. Er wagte es immer noch nicht, sich zu bewegen und seine Stellung zu ändern. Er überlegte gerade, ob er hinuntergehen sollte, als der Kleine zu reden begann.

»Dieser Wachdienst ödet mich an. Wenn wenigstens die Kohle stimmen würde.«

»Sei froh, dass nichts passiert. Ist doch ein schlauer Job, den wir haben. Um nichts auf der Welt möchte ich bei der Innenpatrouille sein. Hast du schon vergessen, was mit Franks Truppe passiert ist? Von fünf Mann sind zwei zurückgekommen, einen von ihnen mussten sie ins Schopfheimer Camp einliefern. Die andern ...«

»Ja, ich weiß. Es ist gefährlich. Die Wege ändern sich ständig. Und die Anführer scheinen auch nicht immer zu wissen, was Sache ist.« Er warf das geschnitzte Holz in die Flammen und griff sich einen neuen Stock. »Aber wenigstens haben sie die Chance auf einen Treffer. Das bringt eine saftige Prämie.«

Noch ehe Felix überlegen konnte, was mit einem Treffer gemeint sein könnte, fuhr die hohe Stimme fort. »Philipp hat erzählt, dass sie drüben im Wiesental einen erwischt haben. 500 Euro für jeden und drei Tage Sonderurlaub. Das kann uns hier nicht passieren!« Die Stimme klang sarkastisch.

»Trotzdem. Das, was ich sonst so höre ... Ich habe lieber meine Ruhe. Außerdem muss ich an meine beiden Kinder denken. Und an Sabine. Wenn mir etwas passiert ...«

»Ist ja schon gut«, fiel ihm der andere ins Wort. »Du und dein Gejammer. Zwei Monate dabei und immer noch Schiss. Du solltest dir einen anderen Job suchen. Kannst ja Zeitungen austragen.« Er ließ ein meckerndes Lachen hören. »Übrigens haben sie sie mitgenommen.«

»Mitgenommen?«

Der Kleine erhob sich, warf ein weiteres Scheit in die Flammen und blieb am Rande des Feuers stehen.

»Philipp hat es mir erzählt. Der Befehl ist seit drei Jahren eindeutig. Alle Jungen kommen zuerst ins Camp. Die anderen ...« Felix sah deutlich, wie er mit der flachen Hand an seinem Hals entlangfuhr. Eine eindeutige Geste.

»Die Kleine muss ein Prachtexemplar gewesen sein. So um die 14, 15, knackig, lockige Haare, tolle Figur. Sie hatte einen Hund dabei, der ist abgehauen.«

In Felix keimte ein Gedanke auf. Sollte ...? Aber das war unmöglich! Wie sollte Chiara hierhergekommen sein? Und warum? Nein, es musste jemand anderes sein.

»Sie hat sich gewehrt wie eine Katze – gebissen, gekratzt, um sich geschlagen. Drei Männer waren notwendig, sie zu bändigen und zu fesseln.« Wieder lachte er. »Da wäre ich gerne dabei gewesen! Ich mag Wildkatzen!«

»Woher wussten die, dass sie nicht von draußen war?«

»Du meinst eine von den Spinnern, die sich Jungwölfe nennen? Mal eben zum Spaß über den Zaun in die Zone? Von denen gibt es keine mehr. Seit Jahren nicht. Nein, die Kleine war eindeutig eine geborene Wälderin. Philipp hat erzählt, die hatte Narben, die kriegst du nur dort. Wenn dich zum Beispiel ein Luchs erwischt.«

Wieder horchte Felix auf. Die Narbe an Chiaras Bein hatte er noch gut in Erinnerung. Damals, als …

»Hatte sie etwas Wertvolles dabei? Man erzählt sich, im Wiesental hätten sie Silber gefunden.«

Der Kleine schüttelte den Kopf. »Nein. Nur dieses Zauberzeug, das man auch schon bei anderen gefunden hat. Irgendein Schmuck, der leuchtet. Und eine nachgemachte Brosche. Billiger Plunder.«

Felix stockte der Atem. Ein Anstecker? Er ahnte, was das gewesen sein könnte. Er drückte vorsichtig den Holzladen ein Stück weiter auf und beugte sich vor, um besser hören zu können.

»Und sie war ganz allein? Weiß man, woher sie kam?«

»Nein. Bei Zell haben sie sie aufgegriffen. Sie schien von Todtnau heruntergekommen zu sein. Man vermutet schon lange, dass dort ein paar Wälder leben sollen. Aber von uns traut sich keiner dorthin. Nicht einmal mit Prämien!« Er schnaubte verächtlich.

Felix war wie elektrisiert. Die Beschreibung stimmte, die Richtung stimmte. Er schob sich etwas weiter vor. Mit einer Hand hielt er sich am Fensterkreuz fest, mit der anderen stützte er sich am Sims ab, so gut es ging.

»Dann wirst du wohl …«

Felix spürte plötzlich, wie das Fensterbrett unter ihm nachgab. Er versuchte, sich abzufangen und gleichzeitig das Brett festzuhalten. Beides misslang. Felix schwankte und rutschte an der Wand herunter, das Holzbrett fiel mit einem dumpfen Aufprall zu Boden.

Felix biss die Zähne zusammen, um nicht laut aufzuschreien. Beim Versuch, sich abzustützen, war er mit seinem Gewicht auf den verwundeten Handballen geraten. Der

Schmerz ließ ihn fast ohnmächtig werden. Leo war erschrocken aufgesprungen und sprang aufgeregt an seiner Seite. Aufmerksam lauschte Felix für einen Moment. Das Gespräch im Hof war verstummt. Sie mussten es gehört haben! Felix überlegte fieberhaft. Er musste sofort verschwinden. Doch wohin? Wenn er im oberen Stock blieb, hatte er keine Chance. Die Treppe war so schmal, dass er nicht vorbeikommen würde. Aufs Dach? Er würde wie die Maus in der Falle sitzen. Seine Augen hatten sich inzwischen so weit an die Dunkelheit gewöhnt, dass er rasch den Weg zur Treppe fand. Auf halber Höhe fiel ihm siedend heiß ein, dass er seinen Rucksack am Fenster vergessen hatte. Er drehte um und lief wieder nach oben, um ihn zu holen. Doch als er am Fuß der Treppe angelangt war, war es bereits zu spät. Von draußen hörte er Stimmen. In diesem Moment konnte Leo nicht mehr an sich halten und bellte ein paarmal laut. Das ist das Ende!, dachte Felix. Aber ich werde mich wehren! Er brach ein Stück des hölzernen Treppengeländes ab. Vielleicht gelang es ihm, einen der beiden außer Gefecht zu setzen und zu entkommen. Zu seinem Erstaunen schienen die Männer zu zögern.

»Ein Hund! Irgend so ein streunender Hund!«, hörte Felix einen der beiden.

»Die Tür ist zu!« Die Stimme des Kleinen klang lauernd. »Wie soll der Hund dort hineingekommen sein?«

»Durch irgendein Fenster vielleicht. Oder durch den Keller. Das alte Zeug ist doch längst baufällig. Da gibt es überall Löcher.«

»Vielleicht hast du recht. Wir sollten trotzdem nachsehen. Vielleicht ist da jemand.«

»Ich weiß nicht. Sollten wir nicht besser auf die Ablösung warten?«

»Du bist ein Schlaffi! Die lachen uns aus!« Felix hörte, wie die Stimme näher kam. »Ich gehe jetzt da rein. Du kannst ja draußen warten!«

Felix sank der Mut. Rasch drehte er sich um. Die Tür auf der rechten Seite des Eingangs war verschlossen, ebenso die nach hinten hinaus. Die Tür auf der linken Seite unter der Treppe ließ sich hingegen öffnen. Felix schlüpfte hinein, Leo blieb eng an seiner Seite. Felix legte erneut seine Hand auf die Hundeschnauze. Leider ließ sich die Tür von innen nicht verriegeln. Der Raum war dunkel bis auf einen zarten Lichtstreifen, der durch einen Bodenspalt hereindrang. Felix stolperte über irgendwelches Gerümpel, dann erreichte er eine weitere Tür. Auf den ersten Blick sah er, dass sich dahinter die Toilette befand. Der Boden war mit Steinplatten ausgelegt, die Wände gekachelt. Ein paar Fliesen waren herausgebrochen. Drei Schüsseln hingen nebeneinander, davor ein völlig verdrecktes Waschbecken. In einer Ecke des Raumes war eine Kabine abgeteilt, deren Tür offen stand. Das wenige Licht, das den Raum erfüllte, kam durch die Milchglasscheibe eines Oberlichts. Felix hielt den Atem an, als er im selben Moment Schritte vom Eingang her hörte. Doch sie kamen nicht näher. Ein paar Sekunden blieb es still, dann glaubte Felix zu hören, wie der Mann langsam und vorsichtig die Treppe hinaufstieg. Das Geräusch war aus dem oberen Stock gekommen, er musste vermuten, dass sich der Hund dort herumtrieb. Felix war sofort klar, dass er sich die Gelegenheit nicht entgehen lassen durfte. Das Waschbecken sah nicht so aus, als ob es sein Gewicht halten würde, die Schüsseln hingen zu niedrig. Felix hastete zu der Klokabine. Zum Glück gab es auch hier ein Oberlichtfenster. Felix kletterte über den Sitz auf den Wasserbehälter. Von hier aus konnte er das Fenster gut erreichen. Der Holzrahmen war morsch und verfault, sodass er mit einem Ruck die ganze Scheibe herausreißen konnte. Obwohl seine Hand immer noch unerträglich schmerzte, gelang es ihm, den Rahmen geräuschlos zu Boden gleiten zu lassen. Unter Aufbietung all seiner Kräfte gelang es Felix, Leo so weit hinaufzuwuchten, dass der Hund mit den Pfoten das offene Fenster erreichte. Leo zögerte und fiepte kaum hörbar, schließlich folgte er Felix' Befehl und sprang hinaus. Noch einmal stieg Felix herab und holte seinen Rucksack. Er warf ihn durch die Öffnung, dann kletterte er erneut nach oben und schwang ein Bein über den Rand der Öffnung. Mit einem Satz sprang er hinaus und landete in einem Brennnesselgebüsch.

»He, da ist etwas!«

Felix erschrak. Die Stimme des Großen klang von der Eingangstür herüber. Jetzt half nur rasche Flucht. Er schlüpfte durch die meterhohen Wedel, bis er festen Boden unter sich spürte. Zeit zum Überlegen blieb ihm nicht. Er rannte sofort los. Am Waldrand schlugen die tief hängenden Zweige über ihm zusammen, spitze Nadeln stachen ihn im Gesicht und am Hals. Doch Felix achtete nicht darauf. Er versuchte, möglichst wenige Geräusche zu verursachen, doch das gelang ihm nicht. Auf dem Boden lag eine Menge altes Holz, das bei jedem Schritt knackte. Schon hörte er, wie die Männer hinter ihm her waren. Ob er sich verstecken sollte? Felix sah sich verzweifelt um. Er war umgeben von Baumstämmen in allen Größen, dunkel und stumm wie Steinsäulen, zwei eingefallene Holzstapel am Rande eines Waldweges, ein paar Büsche. Nichts, was ihm helfen konnte. Er musste weiter. Er entschied sich, ein Stück den Weg entlangzulaufen. Dort hatte er zwar keinen Sichtschutz, aber er kam deutlich rascher voran als im Wald. Und er war leiser. Noch waren die Verfolger so weit entfernt, dass sie ihn nicht sehen konnten. Felix blieb stehen und lauschte. Deutlich hörte er die beiden Männer hinter sich, die sich im Wechsel einzelne Sätze zuriefen, die er nicht verstand. Es war schwer, in der Dunkelheit abzuschätzen, wie viel Vorsprung er hatte. Er musste es darauf ankommen lassen. Ein paar Schritte lief er auf dem Weg weiter, dann schlüpfte er erneut ins Unterholz. Er rannte nun nicht mehr, sondern setzte vorsichtig Schritt für Schritt. Größere Zweige umging er, die kleinen Aststücke und Zapfen verursachten kaum mehr als ein leises Knirschen, als er darauf trat. Als er so weit gegangen war, dass er den Rand des Weges nicht mehr sehen konnte, verbarg er sich hinter dem Stamm einer Eiche. Seine Verfolger mussten inzwischen den Weg erreicht haben. Ihre Stimmen waren deutlicher, doch Einzelheiten konnte Felix nicht verstehen. Wieder flogen ein paar Worte hin und her. Dann hörte er, wie sie sich langsam von ihm entfernten. Es war deutlich, dass sie aufgegeben hatten.

Felix atmete auf. Eine Weile blieb er unbewegt stehen, dann ging er langsam zurück. Er folgte dem Weg, der nach wenigen Hundert Metern aus dem Wald heraus ins Freie mündete. Felix fand sich am Rande eines Abhanges wieder. Vor ihm lag freies Gelände. In der Talsenke erkannte er schemenhaft die Straße und den Zaun, dahinter zog sich ein Waldstück aufwärts. Felix hätte zu gerne gewusst, wo er sich befand, doch für Karte und Kompass war es zu dunkel. Über die Richtung, die er einschlug, wollte er ohnehin erst am Morgen entscheiden. Wichtig war jetzt, dass er sich möglichst weit vom Zaun entfernte. Im Dunkel tauchten die ersten Häuser auf. Wie gestern in Wehr mündete der Wirtschaftsweg in eine asphaltierte Straße. Dies konnte Hasel sein, der Ort, dessen Name er auf dem Bahnhofschild gelesen hatte. Doch warum stand das Gebäude so weit entfernt? Und warum hatte er nirgendwo Gleise gefunden?

Alles war stockdunkel. Felix war nicht wohl, als er die Straße entlang weiter in den Ort hineinlief. Die Häuser hatten etwas Bedrohliches, die Luft lastete wie eine unsichtbare schwere Decke. Er hatte das Gefühl, dass seine Beine mit jedem Schritt schwerer wurden. Felix hatte das schon ein paarmal erlebt. Jeden Moment erwartete er, das unheilvolle Singen zu hören. Konnte es sein, dass er direkt ins Netz der Spinne tappte? Er blieb stehen. Der Wegweiser in seiner ausgestreckten Hand war unverändert. Auch von Leo kam kein Zeichen. Er hätte längst durch sein Verhalten die Gefahr signalisiert. Stattdessen streunte er irgendwo im Dunkel herum. In der Zwischenzeit waren Wolken aufgekommen. Nur vereinzelt waren Sterne zu sehen, der Mond war noch nicht aufgegangen. Wenn er Pech hatte, war es in kurzer Zeit so dunkel, dass er die Hand nicht vor den Augen sehen würde. Spätestens dann hatte es keinen Sinn mehr, ziellos durch die Nacht zu stolpern. Es war höchste Zeit, dass Felix sich einen Ort suchte, an dem er sich ausruhen und schlafen konnte. Als er eben überlegte, eine offene Tür zu suchen und sich in einem der Hausflure niederzulassen, entdeckte er einen schwachen Schimmer. Felix erschrak. Konnten das die beiden Soldaten sein? War er etwa im Kreis gelaufen? Oder hatten sie ihn irgendwie überholt? Er näherte sich leise und vorsichtig der Gartentür des Hauses, hinter dem der Lichtschein hervorkam. Alles in ihm mahnte zur Flucht. Doch wieder siegte die Neugier. Er huschte durch das hochgewachsene Gras zur Haustür. Plötzlich erstarrte er.

Es war wie ein schlechtes Déjà-vu. Aus der Dunkelheit blitzte eine Lampe auf und blendete ihn. Das Licht war so stark, dass er die Arme hochriss und seine Augen schützen musste. Noch ehe er wusste, was los war, hörte er direkt vor sich eine Stimme.

»Wen haben wir denn da?«

Männer. Licht. Der Zaun. Ein Hund. Der Zaun im Wald über Freiburg. In Sekundenbruchteilen flogen Erinnerungsfetzen durch seinen Kopf. Doch dieses Mal war Felix nicht vom Alkohol betäubt. Er reagierte blitzschnell. Er sprang nach vorn und versetzte dem Mann einen Stoß vor die Brust. Mit dem Fuß trat er gegen die Lampe, sodass sie meterweit über die Straße schlitterte. Dann drehte er sich um und lief so schnell er konnte. Die nächste Straßenecke war nur wenige Schritte entfernt. Felix bog ab, doch er hatte Pech. Nirgends gab es eine Möglichkeit, sich zu verstecken. Von Weitem hörte er das schrille Geräusch einer Trillerpfeife. Lautes Rufen hallte durch die Nacht. Felix lief einfach weiter, Leo dicht neben ihm. Bei der nächsten Gelegenheit bog er erneut ab. Hier standen ein paar Häuser mit Vorgärten. Er schwang sich über den Zaun in eine Garagenzufahrt, zwängte sich durch ein Gebüsch mit Ziersträuchern und lief an der Rückseite des Hauses zum Nachbargrundstück, von dort aus zurück auf die Straße. Nach links, nach rechts – er hatte keine Ahnung, wohin er sich wenden sollte. Er wusste nur, dass sie ihn nicht erwischen durften. Wieder rannte er los, stolperte, fiel, raffte sich auf. Hinter ihm bellte ein Hund, der rasch näher kam. Schräg vor sich sah er flackerndes Licht zwischen den Häuserzeilen. Noch einmal schlug er einen Haken. Er überquerte eine Brücke, rannte über einen Kreisverkehr, bog in eine weitere Straße ein. Schließlich musste er seinen Schritt verlangsamen. Er war völlig außer Atem. Es war sinnlos. Er spürte, wie die Verfolger immer näher kamen. Sollte er seinen Rucksack aufgeben? Es waren immerhin einige Kilos, um die er sich erleichtern konnte. Würde es überhaupt etwas nützen? Aus dem Dunkel sprang der Hund auf ihn zu. Der Aufprall warf Felix zu Boden. Sein Handballen schmerzte höllisch, als er versuchte, sich abzufangen. Im nächsten Augenblick spürte er den heißen Atem des Tieres vor seinem Gesicht. Die Zähne schnappten nach seinem Hals. Felix warf sich mit letzter Kraft herum, trat um sich und versuchte, den Angriff abzuwehren. Das machte den Hund nur noch wilder. Erneut setzte er zum Sprung an, doch von der Seite schoss Leo heran.

Die beiden Tiere überschlugen sich, verkeilten sich ineinander und zuckten in wilden Bewegungen. Felix stand auf. Die Stimmen kamen rasch näher. Von Weitem sah er Fackeln. Es mussten mindestens fünf Männer sein. Felix war wie gelähmt. Sein Trieb, so rasch wie möglich zu fliehen, kämpfte mit dem Drang, seinem Hund zu helfen zu wollen.

»Da vorne ist er! Wir haben ihn!«

Felix riss sich vom Anblick der kämpfenden Hunde los und drehte sich um. Auch von der anderen Seite hörte er Rufe. Plötzlich spürte er, wie ihn jemand am Arm packte und von der Straße zog. »Komm mit, rasch!« Felix war so verblüfft, dass er nicht reagieren konnte und sich stattdessen mitziehen ließ. Im Halbdunkel tauchte in einer Baulücke ein von einem hohen Drahtzaun umgebener Spielplatz auf.

»Hier hinein!«

Felix hörte an der Stimme, dass es ein Mann war. Sein Gesicht konnte er nicht erkennen. Der Fremde stieß die Tür auf. Felix kam wieder zu sich. »Aber das ist eine Falle! Und Leo …«

»Keine Sorge. Mach nur rasch!« Der Mann bedeutete Felix, ihm zu folgen. Die beiden stürzten vorbei an einer Wippe und einer Schaukel, die nur noch an einer Kette hing, in den hinteren Teil. »Jetzt bleibe dicht bei mir!« Er warf sich ins Gebüsch, Felix folgte direkt hinter ihm. Die Zweige schlugen ihm ins Gesicht, doch er kämpfte sich vorwärts. Nach ein paar Schritten erreichten sie eine fensterlose Hauswand. Der Mann wandte sich sofort nach links. Er lief so zielstrebig, als sei er schon öfter hier gewesen. Wieder überquerten sie eine Straße, und dann noch eine. Zu seiner Überraschung verließ der Mann am letzten Haus die Straße und sprang in die Hofeinfahrt. Für einen Moment blieben sie stehen. Felix atmete schwer, auch dem Fremden merkte man die Anstrengung an.

»Wir haben einen kleinen Vorsprung!«, keuchte er. »Es wird etwas einfacher, aber wir dürfen nicht nachlassen!«

Erst jetzt bemerkte Felix, dass die Rückseite des Hauses an einen Hang gebaut war. Er war nicht steil, an manchen Stellen ragten schroffe Felsen heraus. »Hier hoch!« Der Mann begann sofort, nach oben zu klettern. Felix blieb hinter ihm, so gut er konnte. An manchen Stellen musste er sich mit beiden Händen festhalten, sodass immer wieder ein zuckender Schmerz durch seinen Handballen fuhr. Je höher sie kamen, desto steiniger und steiler wurde der Hang. Der Mann bewegte sich zielstrebig und geschickt, seine Bewegungen erinnerten Felix an Lena, als sie versuchten, den Wasserfall hochzuklettern. Felix hingegen merkte, wie er langsamer und schwächer wurde. Seine Knie wurden weich, die Kraft in seinen Armen ließ mehr und mehr nach. Gerade, als er erschöpft niedersinken wollte, verschwand der Fremde direkt vor seinen Augen. Felix starrte verblüfft in die Dunkelheit. Dann hörte er eine dumpfe Stimme, die aus der Tiefe der Erde zu kommen schien.

»Hier herunter. Es ist steil, pass auf!«

Felix konnte den Spalt zwischen den beiden Felsen kaum erkennen. Er war unter einem Vorhang von tief herabhängendem Efeu verborgen. Felix bog die Zweige zur Seite, ein dunkles Loch tat sich auf, gerade so breit, dass er sich mit Mühe hindurchzwängen konnte.

»Halte dich an der rechten Wand. Und sei vorsichtig.«

Es war, als ob er in einen Topf mit schwarzer Tinte tauchte. Schon nach den ersten Schritten war es stockdunkel. Felix atmete tief durch, dann tat er, was der Mann gesagt hatte. Die steinerne Wand, an der er sich entlang tastete, war feucht und kalt. Der Boden schien sandig zu sein, er musste aufpassen, nicht wegzurutschen.

»Gut so. Hierher zu mir. Es ist nicht weit.«

Felix konnte nur ahnen, woher die Stimme kam und was »nicht weit« bedeutete. Immerhin beruhigte ihn der Klang so weit, dass er sich konzentrieren konnte. Vorsichtig setzte er einen Fuß vor den anderen wie ein Seiltänzer, dem das Licht in der Manege ausgeknipst wurde. Dann war plötzlich alles vorbei. Er wurde von einer kräftigen Hand am Arm gepackt.

»Du bist unten. Jetzt weiter. Licht darf ich keines machen. Bleibe dicht hinter mir und lege die Hand auf meine Schulter.«

Der Mann schien sich gut auszukennen. Er schlug ein langsames, aber gleichmäßiges Tempo an. Nicht ein einziges Mal musste er überlegen, in welche Richtung es weiterging. Dazwischen machte er Felix auf Hindernisse aufmerksam, bei denen er sich bücken sollte oder wo es besonders eng wurde. Am Anfang bemühte sich Felix, etwas zu erkennen. Doch es war vergeblich. Er konnte sich nicht erinnern, jemals eine derartige Dunkelheit erlebt zu haben. So vertraute er völlig auf die Führung. Obwohl Felix erschöpft war, war er wieder hellwach. Die Luft war feucht und stickig. Der Boden wechselte von Sand zu leichtem Geröll, an manchen Stellen gingen sie über blanken Stein. Die Wände blieben die meiste Zeit feucht, ab und zu glitten seine Finger über etwas Glitschiges. Die Decke des Ganges konnte er nur erahnen. Ab und zu hörte er ein Tropfen oder ein leises Gluckern, das aus der Wand zu kommen schien. Ansonsten war außer ihren Schritten nichts zu hören.

Felix wusste nicht, wie lange sie gegangen waren, als der Mann plötzlich anhielt. »Was ist?«, fragte er in die Dunkelheit. Ohne es zu wollen, flüsterte er, so als habe er Angst, jemanden zu stören. Der Fremde antwortete nicht. Stattdessen hörte Felix das Geräusch von Stoff, dann ein leises Klicken. Im nächsten Moment flammte ein Feuerzeug auf. Obwohl die Flamme nur winzig war, war Felix wie geblendet. Er erkannte, wie der andere eine einfache Fackel entzündete.

»Ich habe hier immer ein paar liegen«, erklärte er. »Halte mal.« Er drückte dem überraschten Felix die Fackel in die Hand. Es war ein einfaches Stück Holz, das Felix an einen

Hammerstiel erinnerte. Um das vordere Ende war etwas mit einem Stück Tuch gewickelt. Das Licht brannte mit kleiner Flamme. Es roch angenehm nach Harz.

»Selbst gebastelt!«, sagte der Mann. »Ich habe einige Versuche gebraucht, bis ich die ideale Mischung und die richtige Menge gefunden habe.« Er steckte eine zweite Fackel in seinen Gürtel, dann wickelte er eine Decke um die anderen, steckte das Ganze in einen Plastiksack und stopfte es zurück in eine Nische über ihnen in der Wand. Am Ende nahm er Felix die Fackel wieder ab.

»Eine muss genügen. Jetzt weiter.«

»Wohin gehen wir?«

»Dorthin, wo es sicher ist.« Der Mann hatte offensichtlich wenig Lust auf weitere Erklärungen. Er wandte sich um und lief los.

Felix stolperte hinterher. »Aber ich muss zurück«, keuchte er. »Leo! Ich muss Leo helfen!«

Der Mann antwortete nicht. Felix überlegte für einen Moment, ob er alleine zurückgehen sollte. Doch der Gedanke an den dunklen Weg, der hinter ihm lag, ließ ihn schaudern. Ob er Leo überhaupt finden würde? Was sollte er auch tun? Alleine hatte er gegen die Männer draußen keine Chance. Vielleicht hatten ihn die Soldaten längst … Es blieb ihm nichts anderes übrig, als weiterzugehen. Der Mann war inzwischen einige Schritte voraus. Felix konnte im Fackelschein erkennen, dass er sich in einem Höhlengang befand. Trotz der Dunkelheit zuvor hatten ihn seine Sinne nicht getäuscht. Überall um ihn war Stein, nur an ein paar wenigen Stellen schaute das Erdreich heraus. Die Wände waren erstaunlich glatt, so, als hätten Bergleute einen Stollen herausgehauen. Überall glänzte es feucht im Licht der Fackel. Mit jedem Schritt spürte Felix, wie die Müdigkeit zurückkam. Am liebsten hätte er sich auf der Stelle auf den Boden geworfen und geschlafen. Endlich machte der Mann halt. Er ließ Felix aufschließen und deutete mit ausgestrecktem Arm nach vorn.

»Schau!«

Felix war dankbar für die Pause. Er warf seinen Rucksack zu Boden und lehnte sich erschöpft an die Wand. Doch was er sah, ließ ihn rasch wieder zu sich kommen. Im ersten Moment wirkte es, als seien sie aus dem engen Gang endlich wieder ins Freie gelangt. Dann erkannte er, dass er sich getäuscht hatte. Er stand am Eingang einer Halle, deren Größe er nicht überschauen konnte. Die Wände traten zur Seite zurück, die Decke verlor sich im Dunkel nach oben. Direkt vor ihm fiel ein Hang leicht nach unten ab. Im Licht der Fackel sah Felix seltsame Gestalten. Direkt neben dem Höhlenausgang ragte ein mannshoher Fels in die Höhe, der so aussah, als sei flüssiges Wachs von der Decke heruntergetropft. Die Wand auf der anderen Seite war von unzähligen dünnen langen Zacken überzogen, die dem Ganzen das Aussehen eines riesigen Kammes verliehen. Auf dem Boden türmten sich merkwürdige kleine Säulen, die Felix an übereinandergestapelte Maulwurfshügel erinnerten.

»Was ist das? Wo sind wir hier?«, fragte er.

»Die Halle der Berggeister. Hier sind wir sicher.«

»Geister?« Felix erschrak. »Was bedeutet das?« Hastig griff er nach seinem Wegweiser, den er seit seiner Flucht vor den Soldaten nicht mehr benutzt hatte. »Die Spinne …«

Zum ersten Mal, seit er ihn getroffen hatte, hörte er den Mann leise lachen. »Keine Sorge. Hier wird dir nichts passieren.«

Der Fremde schien recht zu haben. Die Farben des Wegweisers leuchteten lebendig und kräftig. Ein zarter bläulicher Schimmer umhüllte das Rindenstück in Felix' Hand. Der Mann hob die Fackel in die Höhe, dann wandte er sich schräg nach links. Felix sah, dass er einem schmalen Pfad folgte, der aussah, als sei er aus dem Fels herausgeschlagen worden. »Du wirst müde sein«, sagte er. »Ein paar Schritte noch, dann sind wir am Ziel.«

Felix zögerte. Er war noch immer nicht überzeugt. Was hatte der Mann mit ihm vor? Woher kam er überhaupt? Wenigstens das Verhalten des Wegweisers war beruhigend. Dennoch beschloss er, weiter auf der Hut zu sein. Der Felspfad verlor sich schon nach wenigen Schritten auf dem Boden der Höhle. Felix kam aus dem Staunen nicht heraus. Im Lichtkreis der Fackel erschienen die seltsamsten Gebilde. Felix erkannte nun, dass sie allesamt aus Stein waren. Es gab Säulen in allen Größen, Formen und Stärken. Manche sahen aus, als wüchsen sie aus dem Boden heraus, andere hingen von der Decke herab wie riesige gefrorene Eiszapfen. Wieder andere waren in der Mitte zusammengewachsen und erinnerten an eine überdimensionale Sanduhr. Das flackernde Licht und die tanzenden Schatten ließen alles um ihn herum lebendig erscheinen. Vor einem ungeschlachten Riesen, der sich auf eine grobe Keule stützte, tanzten auf dem Boden Zwerge mit spitz zulaufenden Mützen. Ein Wald aus hängenden Kürbissen wölbte sich über einer schlafenden Katze, die sich mitten in einem Feld von Pilzen zusammengerollt hatte. Über die Wände liefen seltsame Tiere mit Hörnern auf dem Rücken und Flügeln unter ihrem Leib.

Felix war inzwischen so müde und erschöpft, dass seine Fantasie und das, was er sah, sich immer mehr ineinander verwoben. Er merkte kaum, wie der Weg, den sein Führer ging, sich nun wieder nach oben wandte. Breite Rippen im Stein bildeten eine natürliche Treppe, an deren Ende zu Felix' Überraschung eine einfache Metallleiter an der Wand lehnte. Der Mann stieg hinauf und reichte Felix die Hand. »Komm, wir sind da!«

Felix spürte, wie er mit kräftigem Griff nach oben gezogen wurde. Der Mann ging weiter und bog um eine Ecke, bis er endlich haltmachte. Eine Nische, Stuhl, Matratze, Decke –

Felix nahm kaum mehr wahr, was er vor sich sah. Er ging in die Knie, der Rucksack glitt zu Boden, etwas Weiches, Warmes schob sich über ihn. Dann umhüllte ihn die Nacht. Er wollte nur noch schlafen.

*

Die Träume hoben ihn empor aus der Schwere. Felix fühlte sich leicht wie eine Wolke, die alles unter sich gleichgültig vorüberstreichen ließ. Es gab keinen Schmerz und keine Sorge, keine Gefahr und keine Bedrohung. Die düsteren Erinnerungen verblassten, die grauen Bilder wurden zu einem Teppich aus frischem Grün, junges Gras spross überall, frische Triebe rankten sich nach oben. Felix setzte sich an den Rand eines leise plätschernden Baches. Über dem Wasser begrüßten winzige Sommermücken den neuen Tag mit einem Tanz, dessen Bewegungen so fein und unbestimmt waren wie der Wind, der sanft über die Wiese strich. Von weither brachte er eine Melodie, erfüllt mit Schmerz und Trauer. Als die Töne ihn erreichten, spürte Felix, dass es das Weinen eines Kindes war, ein Hilferuf, der sein Herz schneller schlagen ließ. Er streckte die Hand aus, versuchte zu antworten. Sein hilfloses Gestammel schlug einen Riss in seinen Traum. Er fuhr hoch, er hatte die Stimme erkannt! Doch im selben Moment verschwand alles so rasch, wie es gekommen war. Die Wiese verblasste, ein letztes leises Wimmern verging irgendwo in der Ferne, ehe Felix wieder in den gnädigen Schlaf der Erschöpfung und des Vergessens zurückfiel.

*

Als Felix die Augen aufschlug, umhüllte ihn dämmriges Licht. Langsam kam die Erinnerung zurück. Er war mit einem Fremden in eine Höhle geflüchtet, sie waren unter der Erde durch dunkle verwinkelte Gänge gelaufen. Irgendwann hatte ihn die Erschöpfung überwältigt und er war eingeschlafen. Aber wo war er? Um ihn war es völlig still. Felix drehte sich um und stützte sich auf die Ellbogen. Er lag auf einer weichen Unterlage, eingehüllt in zwei grobe Decken. Neben ihm lag sein Rucksack auf dem Boden. Der Raum, in dem er sich befand, war nicht groß. Boden, Wände, Decke, alles war Fels, nur an seinem Fußende gab es eine niedrige Öffnung, durch die er hereingekommen war. Es roch nach dem kalten Harz der abgebrannten Fackel. Der Mann war nirgends zu sehen. Als Felix aufstand, musste er den Kopf einziehen. Die Decke über seiner Schlafstätte war niedriger als eine Zimmertür. Erst auf der anderen Seite des Raumes wölbte sie sich so weit nach oben, dass er sich ausstrecken konnte. Dort führte ein schmaler Schacht steil aufwärts. An seiner Innenseite wuchs Moos, nach oben hin sah er herunterhängenden Efeu. Ein kaum wahrnehmbarer Hauch frischer Luft ging von der Öffnung aus. Vom Ende des Schachtes drang Licht herein. Leider war die Öffnung zu schmal und zu steil, um nach oben zu klettern. Dennoch genügte sie, um diesen Teil unter der Erde merklich anders sein zu lassen als die Höhle, durch die er gekommen war. Es war deutlich wärmer, die Wände waren trocken und mit Flechten überzogen, auf dem Boden wuchs an einzelnen Stellen sogar Gras.

Felix sah sich weiter um. Außer dem Stuhl, den er gestern schon im Halbschlaf entdeckt hatte, fand er keine weiteren Möbel. Dafür gab es in der Wand mehrere unterschiedlich große Nischen. Sie dienten offenbar als Vorratsstätte. Felix bemerkte zwei weitere Decken, dazu ein paar Jeans, einen Pullover und ein paar Gummistiefel. In einem Tuch waren mehrere Fackeln eingewickelt, so wie sie der Mann gestern benutzt hatte. In einer Holzkiste lagen ein Feuerzeug, zwei Taschenmesser, Essbesteck, eine Schere und Nähzeug, daneben eine volle Wasserflasche. In einer Ecke des Raumes war trockenes Feuerholz aufgestapelt, daneben lehnten ein Beil und eine Schaufel. Felix kramte aus seinem Rucksack die Reste seiner Vorräte heraus. Es war nicht mehr viel, ein kleines Brot, ein Stück Käse, zwei Äpfel, ein paar Trockenfrüchte. Obwohl er großen Hunger hatte, entschied sich Felix, sparsam zu sein. Solange er nicht wusste, wie es weitergehen würde, wollte er auf alles gefasst sein. Während er aß, kamen die Erinnerungen an den vergangenen Tag zurück. Er war nur äußerst knapp davongekommen. Er hätte es wohl kaum geschafft, wenn der Unbekannte ihm nicht geholfen hätte. Wer war er? Zur Patrouille und zu den Soldaten gehörte er nicht, im Gegenteil. Dass er ihm geholfen hatte, ließ vermuten, dass er sich vor ihnen ebenso in Acht nehmen musste wie Felix. Seine Stimme hatte einen deutlichen Schweizer Einschlag. War er von der anderen Rheinseite her über den Sperrzaun gekommen? Aber was machte er hier? Und was war mit Leo? Er erinnerte sich an den wütenden Kampf. Felix hatte ihm nicht helfen können. Oder doch? War es richtig, sich von dem Fremden in Sicherheit bringen zu lassen und seinen treuen Freund zurückzulassen? Hätte er nicht bleiben sollen, selbst auf die Wahrscheinlichkeit hin, dass beide überwältigt worden wären – oder Schlimmeres? Vielleicht lag Leo inzwischen irgendwo auf der Straße und … Felix schossen die Tränen in die Augen. Er wollte nicht daran denken.

Felix packte die Reste des Essens sorgfältig ein. Dann fiel ihm seine Hand auf. Er wunderte sich, dass er nicht früher daran gedacht hatte. Die Schmerzen waren fast völlig verschwunden. Über dem Handballen lag ein frischer Verband. Felix roch daran, ein zarter Duft kam ihm entgegen. Der Fremde schien sich in Kräuterkunde auszukennen. Felix rührte den Verband nicht an, vielleicht war es gut, wenn er eine Weile blieb, wo er war. Er überlegte, was er tun konnte. Sollte er auf die Rückkehr des Fremden warten? Er hatte keine Ahnung, wie lange das dauern konnte. Eine Nachricht hatte er nicht hinterlassen. Am liebsten wäre Felix irgendwie den Schacht hochgeklettert. Obwohl sein Unterschlupf einigermaßen erträglich war, drängte es ihn, an die frische Luft zu kommen und die Helle des Tages zu spüren. Doch auch beim näheren Hinsehen entdeckte er keine Möglichkeit, nach oben zu gelangen. Er schob den Stuhl unter den Schacht und stieg darauf. Mit den Händen konnte er gerade so den unteren Rand erreichen. Doch die Öffnung nach draußen war mindestens drei Meter über ihm. Selbst wenn es ihm gelang, in den Schacht zu kommen, konnte er sich nirgendwo festhalten. Sollte er den Weg suchen, den sie gestern gekommen waren? Er hatte unterwegs keine Abzweigungen entdeckt, vielleicht konnte er es auf diesem Weg schaffen. Hinter dem Eingang zu seiner Schlafkammer war es stockdunkel. Felix entzündete eine der Fackeln. Die Öffnung war kaum brusthoch und so schmal, dass er sich seitlich hindurchwinden musste. Ein schmaler Gang führte um mehrere Ecken, ehe er sich nach draußen öffnete. Felix kletterte die kleine Leiter nach unten, bis er zu einem kaum handbreiten Sims kam. Staunend blieb er stehen. Obwohl er nicht mehr so überrascht war wie gestern, war Felix von dem Anblick überwältigt. Die Halle war riesig. Der Schein der Fackel reichte kaum zur gegenüberliegenden Wand, das Ende verlor sich irgendwo im Dunkel hinter bizarren Felsen und mächtigen Säulen. Die Decke war hoch über ihm. Tropfsteine in allen Formen und Größen hingen herab, von unten wuchsen ihnen ihre Gegenüber kräftig entgegen. Überall rieselte Wasser über Wände, entlang der Steine, herab von der Decke. In unregelmäßigen Abständen erklang leises Tropfen. Überall ließ das Spiel von Licht und Schatten lebendige Gestalten entstehen, die aus dem Nichts zu kommen schienen. Felix atmete tief durch. Jegliches Gefühl für Zeit und Raum verflüchtigte sich, es schien, als würde seine Seele aus seinem Körper herausgezogen. Stimmen begannen zu flüstern. Es war ihm, als klinge sein Name im steinernen Skelett des Berges. Er zwang sich zur Konzentration. Woher waren sie gekommen? Der Zugang von außen musste in der Wand irgendwo am Ende der Höhle liegen. Felix erinnerte sich schwach, dass sie über den Grund der Halle gelaufen und am Anfang und Ende über eine Treppe gestiegen waren. Im Flackerlicht sah alles wie Stufen aus. Risse, Linien, Schichten, Vorsprünge, manche scheinbar zufällig übereinander, andere regelmäßig wie nach einem Plan angelegt. Vorsichtig stieg Felix abwärts. Es war, als bewege er sich in einer Gletscherlandschaft aus Eis und Schnee, es knirschte unter seinen Füßen wie verharschte Kristalle. Als er den Grund erreicht hatte, spürte Felix, wie ihm kalter Schweiß auf der Stirn stand. Der Abstieg war nicht gefährlich, selbst wenn er abgerutscht wäre. Dennoch war es ihm, als bewege er sich auf einem lebendigen Wesen, das in jedem Moment durch den Tritt seiner Füße aus dem Kälteschlaf erwachen konnte. Für ein paar Sekunden hielt er inne und sah sich um. Hier gab es nichts mehr, an das er sich erinnern konnte. Es war ihm sogar, als sei die Halle, auf deren Sohle er stand, eine völlig andere als am Tag zuvor. Eine mahnende Stimme klang in ihm. »Sei vernünftig! Dreh um und gehe zurück. Du wirst hier nicht weiterkommen. Wenn du dich verirrst, bist du verloren.« Felix drehte sich um zu dem Hang, den er heruntergekommen war. Ein paar Meter über ihm meinte er, das Ende der Leiter zu erkennen, die zum Unterschlupf des Fremden führte. Solange er diese noch sah, war es einfach. Und es war vernünftig. Er musste nur zurückgehen und auf die Rückkehr des Mannes warten. Außerdem stand sein Rucksack noch oben. Er brauchte nur …

»Warum gehst du nicht weiter? Hast du Angst?«

Felix fuhr herum. Was war das? Diese Stimme war anders. Spöttisch und verführerisch zugleich. Sie kam irgendwoher aus der Tiefe des Berges.

»Du kannst dich nicht länger verstecken«, klang es weiter. »Sage nicht, was du denkst. Sage, was du willst!«

In Felix keimte eine Erinnerung, die seine Seele erzittern ließ. Er kannte diese Stimme. »Ich will ... eine Antwort!« Er stand starr und fühlte gleichzeitig, wie ein eisiges Feuer durch ihn hindurchfuhr.

»Antworten?« Ein seltsames Lachen erklang. »Du willst Antworten und kennst noch nicht einmal die Fragen! Hier wirst du nichts finden.« Die Stimme ließ Felix los und zog sich zurück. Ihr Echo verklang in der Tiefe der Halle.

»Warte!«, rief Felix, der sich wieder regte und nach allen Seiten spähte. »Wo bist du? Was kann ich tun?« Er packte die Fackel fester und sprang in die Richtung, aus der er glaubte, die Stimme zuletzt gehört zu haben. Es war nichts zu sehen. Um ihn herum standen schweigend die steinernen Säulen. Die Fackel in seiner Hand knisterte leise, der Harzgeruch der Flamme stieg in seine Nase. Wasser tropfte von der Decke. Felix lauschte. Kam nicht ein entferntes Echo aus dem hinteren Teil der Halle? Er hob die Fackel hoch, doch es war nichts zu sehen. Wieder kam ein leises Rascheln, das an das Spiel von Birkenblättern im Wind erinnerte. Oder waren es Worte? Felix bahnte sich den Weg über den feuchten Höhlengrund. Alle paar Schritte blieb er stehen und sah sich um. Zur Seite hin öffneten sich mehrere Gänge, immer öfter musste er Pfützen auf dem Boden ausweichen. Die Decke der Halle wurde immer niedriger. Nach ein paar weiteren Schritten konnte er sich nur noch gebückt vorwärtsbewegen. Das Wasser zu seinen Füßen vereinte sich zu einem kleinen Bach. Unvermutet gelangte Felix ans Ende der Halle. Nach links und nach rechts öffneten sich zwei Spalten in der Wand, der Bach versickerte in einer schmalen Spalte zu seinen Füßen. Felix horchte aufmerksam. Doch außer dem Gluckern des Wassers war nichts zu hören. Er leuchtete in die Öffnung auf der linken Seite und ging ein paar Schritte hinein. Sofort sah er, dass der Gang an einer Felswand endete. Die Höhlung auf der anderen Seite schien auf den ersten Blick noch weniger erfolgversprechend. Es sah aus, als hätten Bergleute eine Nische in die Wand geschlagen. Überall war nackter Fels. Nur der Boden war mit feuchtem Sand bedeckt, auf dem seltsamerweise keinerlei Steine lagen. Es sah aus wie ein Stück Strand, das regelmäßig von Wellen überspült wurde.

Felix wollte sich eben umwenden, als er das Summen hörte. Ein unendlich ferner Ton, kaum wahrnehmbar. Er war anders als der, den er von der Spinne kannte. Es kam ihm so vor, als befinde sich tief im Innern des Berges eine riesige Trommel, deren Fell, von unsichtbarer Hand bewegt, langsam und stetig schwang. Felix konnte nicht anders. Er legte seine flache Hand auf die Felswand. Jetzt spürte er es noch deutlicher. Eine feine Vibration erfüllte den Stein und ging durch die Hand auf seinen Körper über. Felix verspürte keine Furcht, im Gegenteil. Das Gefühl war angenehm und erinnerte ihn an eine Vertrautheit, die er lange nicht erlebt hatte. Trotzdem zwang er sich, den Wegweiser aus der Tasche zu ziehen, um ganz sicherzugehen. Doch alles war gut, die Farben bewegten sich wie gewohnt und leuchteten vertraut. Das Summen wurde stärker. Felix hatte das Gefühl, als ob der Ton aus unzähligen Fäden gewoben war und langsam begann, ihn einzuhüllen. Die kühle Höhlenluft wurde warm und angenehm. Alles war gut. Felix breitete seine Arme aus und presste sich mit seinem ganzen Körper an die Wand. Die Fackel fiel herunter und erlosch mit einem dumpfen Zischen. Im selben Moment begann der Boden, sich zu bewegen. Der Sand neigte sich zur Wand hin, Felix glitt aus, strampelte und rutschte nach unten. Seine Hände versuchten vergeblich, Halt zu finden. Mit jedem Versuch, sich festzuklammern, rutschte er ein Stück tiefer, mit jeder Bewegung strömte von oben Sand auf ihn herunter. Felix schlug verzweifelt um sich, seine Lunge wurde zusammengepresst, Sand drang in seine Augen, seine Ohren und seine Nase. Ein letztes Aufbäumen – dann umfing ihn konturenlose Schwärze.

*

Ein dumpfer Schmerz an seiner Stirn ließ ihn wieder zu sich kommen. Er stöhnte auf und warf den Kopf hin und her.

»Bleib ruhig liegen. Es ist alles gut.« Felix öffnete die Augen. Über sich sah er im Halbdunkel das Gesicht des Fremden.

»Was ist …?«

»Nicht sprechen jetzt. Lass dir Zeit.«

Mit einem Seufzer ließ Felix seinen Kopf nach hinten sinken. Die Stimme des Mannes beruhigte ihn. Er atmete ein paarmal tief aus und ein, dann richtete er sich auf. »Was ist passiert?«

»Ich weiß nicht. Du lagst ohnmächtig auf dem Boden, direkt unter diesem großen Stalaktiten. Wahrscheinlich hast du dir den Kopf angerannt.«

Felix befühlte mit seinem Finger die Stirn. Der Schmerz ließ ihn zurückzucken. »Wie hast du mich gefunden?«

Der Mann stützte Felix im Rücken, sodass er sitzen konnte. »Als ich zurückkam, warst du weg. Da du den Rucksack zurückgelassen hast, nahm ich an, dass du dich nur irgendwo erleichtern wolltest. Als du nicht zurückgekommen bist, habe ich dich gesucht.«

Felix erinnerte sich an die fernen Stimmen, die er gehört hatte. »Hast du mich gerufen?«

»Nein, das war nicht nötig. Wir sind nicht weit von meinem Lager entfernt. Du lagst mitten auf dem Weg, gar nicht zu übersehen.« Er half Felix beim Aufstehen. Dann hob er seine Fackel. »Siehst du, dort hinten ist der Aufstieg zur Leiter. Außerdem«, fuhr er fort, »ist es nicht ratsam, lauter zu sein als nötig. Die Erdmänner wollen nicht gerne gestört werden.«

»Erdmänner?« Felix sah ihn erstaunt an. »Was soll denn das sein?«

Der Mann sah sich nach allen Seiten um, ehe er antwortete. »Zwerge, Gnome, Wichtel – es gibt viele Bezeichnungen für das Kleine Volk. Sie haben es nicht gerne, wenn man ihnen zu nahe kommt.«

Felix horchte auf. Noch bis vor wenigen Monaten hätte er jeden, der einen solchen Satz sagte, für verrückt erklärt. Doch inzwischen hatte er genügend erfahren, dass es eine Welt gab, die weit über den Bereich der Vorstellung hinausging.

»Was weißt du darüber?«

»Die Menschen, die hier lebten, nannten dieses unterirdische Reich Erdmannshöhle. Sie werden ihre Gründe gehabt haben«, antwortete er. Felix hatte den Eindruck, dass er der Frage auswich. Doch er hielt sich für den Moment zurück, zumal der Mann plötzlich das Thema wechselte. »Warte hier auf mich, ich werde deinen Rucksack holen.«

»Wozu das?«

»Wir ziehen um. Wir müssen möglichst rasch raus.«

»Schön«, meinte Felix, den die Aussicht auf die Rückkehr in die Außenwelt und an das Tageslicht sogleich verlockte. »Ich kann selber …«

»Klar. Aber so geht es schneller. Ruhe dich ein bisschen aus. Ich bin gleich zurück. Außerdem habe ich eine Überraschung für dich. Wie heißt du eigentlich?«

»Felix. Felix Bührer. Was für eine Überraschung?«

Der Fremde reichte ihm die Hand. »Ich bin Urs. Ursus der Bär«, lächelte er. »Draußen. Du wirst dich freuen.«

Er klemmte die Fackel in eine nahe Felsspalte und huschte ins Dunkel der Höhle. Felix stand auf und ging ein paar Schritte auf und ab. Jetzt erst wurde ihm bewusst, wie kühl es hier unten war. Eine Überraschung? Seit er zum Stausee über Wehr heruntergeklettert war, war sein Bedarf an Überraschungen gedeckt. Der Hubschrauber, die Tankstelle, der Zaun, die Soldaten, seine Flucht aus dem alten Bahnhof. Und natürlich das Gespräch, das er belauscht hatte. Konnte es wirklich sein, dass Chiara ganz in seiner Nähe war? Was wollte sie hier? War etwas zu Hause am Feldsee passiert? Und vor allem – wie hatte sie den Weg am Feldberg vorbei nach Süden gefunden? Er musste Gewissheit haben. War es wirklich Chiara, die in einem der geheimnisvollen Camps gefangen gehalten wurde, musste er alles daran setzen, sie zu befreien. Wenn es noch nicht zu spät war.

Schon kurze Zeit später trat Urs in den Feuerschein. Er hatte neben Felix' Rucksack einen Beutel mitgebracht, den er über die Schulter geworfen hatte. Zudem sah Felix eine zweite Fackel, die in seinem Gürtel steckte.

»Für alle Fälle«, meinte Urs, der seinen Blick bemerkt hatte. »Im Moment reicht uns die eine. Wir sollten sparsam sein. Kannst du laufen?«

Felix nickte. »Gib mir den Rucksack, ich kann ihn gut selber tragen.« Er wollte sich keine Schwäche anmerken lassen. Der Schmerz an seiner Stirn hatte zwar deutlich nachgelassen, doch gleichzeitig spürte er, wie ihm schwindlig war. Zudem stieg eine unangenehme Übelkeit in ihm auf.

»Wie du willst.«

Sie zogen los. Dieses Mal hatte Felix kein Auge für die bizarre Wunderwelt um ihn herum. Er hielt den Kopf gesenkt und mühte sich, mit Urs Schritt zu halten.

Gerade als Felix fragen wollte, wie weit sie noch gehen würden, löschte sein Führer plötzlich die Fackel. Sanftes Dämmerlicht erfüllte den Gang, an dessen Ende eine grün-graue Wand auftauchte.

»Warte, ich will sehen, ob die Luft rein ist.« Urs drückte Felix die Fackel in die Hand, ging leise ein paar Schritte weiter und lauschte. Dann winkte er Felix, näher zu kommen.

Das Grün erwies sich als ein Vorhang dichter Blattranken, der den Ausgang völlig überdeckte. Urs fasste mit den Händen hinein und bog ein paar der Zweige zur Seite und spähte hinaus. »Los jetzt.«

Die beiden schlüpften hinaus. Felix fand sich in einer Bodensenke wieder, die knietief mit alten dunkelbraunen Buchenblättern gefüllt war. Am oberen Rand breitete sich ein Gebüsch aus Stechpalmen aus, deren dichtes immergrünes Blattwerk den Blick auf die Mulde verwehrte. Urs kletterte nach oben und sah sich sorgfältig nach allen Seiten um. Dann hielt er sich an einem der Stämmchen fest, reichte Felix die Hand und zog ihn nach oben.

»Du bist sehr vorsichtig«, bemerkte Felix, während er schwer atmend am glatten Stamm einer Buche lehnte.

»Die Höhle ist mein sicherstes Versteck. Wenn es entdeckt wird, muss ich es aufgeben.«

»Versteck? Hast du nicht gesagt, die Erdmannshöhle konnte man früher besichtigen?«

»Schon. Aber nur den vorderen Teil. Dort gibt es auch befestigte Wege, Treppen und Geländer. Man konnte alles mit Lampen erleuchten, und es gab sogar Führungen. Diesen Bereich haben die Soldaten schon seit Jahren abgesperrt. Aber in den hinteren Teil der Höhle trauen sie sich nicht. Meine Chance.«

Felix deutete auf das Loch unter ihnen. »Und das ist dein geheimer Eingang?«

»Einer davon. Durch den anderen sind wir gestern Nacht hineingekommen. Und es gibt noch ein paar mehr.«

»Wohnst du da unten?«

Urs schüttelte den Kopf. »In den letzten Jahren habe ich vieles entdeckt, Gänge, Stollen und Höhlen, von denen niemand etwas weiß. Auf diese Weise konnte ich schon mehr als einmal Nutzen daraus ziehen. Wohnen will ich dort nicht. Auf Dauer ist es nicht sehr gemütlich. Außerdem ...« Urs zögerte, dann fuhr er fort. »Außerdem gibt es Grenzen. Grenzen, die ich respektieren muss und will.«

»Grenzen? Was meinst du damit?«

»So wie ich es vorhin schon sagte. Das Erdvolk hat es nicht gerne, wenn man ihm zu nahe kommt.«

Felix sah erstaunt auf. Der Mann sprach so, als ob er es völlig ernst meinte. Waren die Halluzinationen, die ihn erschreckt hatten, als er bewusstlos unter dem Tropfstein lag, am Ende Wirklichkeit? Gab es eine Welt unter ihm, die so völlig anders war als die, die er kannte? War es das, was ihn seit Wochen in seinen Träumen begleitete und in seinen Visionen Angst machte?

»Sprichst du mit ihnen?«, fragte Felix.

Urs wiegte den Kopf. Einen Augenblick lang senkte er den Blick, dann sah er Felix an. »Die Anderwelt ist da. Ich bin ihr begegnet. Und ich habe mich entschieden.«

»Entschieden?«

»Ich habe ...« Urs stockte. Es sah aus, als kämpfe er mit dunklen Erinnerungen. »Es braucht Stärke, die Begegnung auszuhalten. Stärke und Mut. Ich fürchte, dass ich noch nicht so weit bin.« Er presste die Lippen zusammen und schwieg.

Wie konnte es sein, dass Urs, der auf ihn einen selbstbewussten, starken und schlauen Eindruck machte, derart verzagt und kleinmütig klang? Felix hätte gerne mehr gefragt. Doch er spürte, wie schwer es Urs fiel, darüber zu sprechen.

Ein paarmal war er selbst schon über die Schwelle gegangen, und er wusste, wie schwer es war, die Begegnungen und Erlebnisse nicht nur in treffende Bilder zu fassen, sondern auch Worte zu finden für das, was mit Worten nicht zu beschreiben war. Er musste es einfach wieder und wieder versuchen. Und er wusste immer deutlicher, dass er nur selbst für sich die Antwort finden konnte.

»Wo wohnst du denn wirklich?«, fragte Felix.

Urs gab sich einen Ruck. »Wir reden später darüber. Es gibt einiges zu tun. Wir sollten uns zuerst um das Wichtige kümmern. Außerdem wollen wir ihn nun nicht mehr länger warten lassen.«

»Ihn?« Hatte Urs einen Begleiter, von dem er nichts wusste? Siedend heiß stieg plötzlich das Misstrauen in Felix hoch. Hatte er ihn am Ende völlig falsch eingeschätzt? War er zu vertrauensselig gewesen? Hatte Urs ihn nur deshalb vor den Soldaten gerettet, um ihn einer schlimmeren Gefahr zuzuführen?

»Es ist nicht weit. Es geht sogar schneller als unter der Erde.« Ehe Felix Zeit hatte zu begreifen, was Urs damit meinte, war dieser losgelaufen. »Bleib trotzdem leise und vorsichtig!«, mahnte er und schlug die Richtung ein, die von den Felsen, zwischen denen sie herausgekommen waren, zum Waldrand führte.

Als sie unter den schützenden Büschen hervorkamen, sah Felix, dass die Sonne bereits hoch am Himmel stand. Er musste viele Stunden geschlafen haben. Nach der Zeit in der kühlen Höhle begann er in kurzer Zeit zu schwitzen. Dennoch fühlte er sich gut erholt und hatte wenig Mühe, mit Urs Schritt zu halten. Der Schmerz hinter seiner Stirn hatte sich in eine leichte Benommenheit verwandelt, die ihn jedoch nicht störte. Die Verletzung in seinem Handballen spürte er nur, wenn er irgendwo hängen blieb oder aus Versehen darauf drückte. Nach etwa 300 Metern verließ Urs ein weiteres Mal den Waldrand. Die Felsen, die sie an der Seite begleitet hatten, fielen leicht nach unten ab. Der Ort lag zum Greifen nah unter ihnen, nach Westen hin erhob sich hinter dem Tal ein Bergrücken mit Obstbäumen und Wiesen, nach oben hin schloss sich eine bewaldete Kuppe an. Felix glaubte, von Weitem den Sperrzaun entlang der Straße zu sehen, als er plötzlich ein freudiges Winseln hörte.

»Leo! Das ist Leo!« Felix vergaß alle Vorsicht und stürmte nach vorn. Der Hund lag neben einem Spalt im Fels klein und zusammengekauert unter einem Busch, dessen Blätter notdürftig Schatten spendeten. Als Leo Felix sah, hob er den Kopf und versuchte aufzustehen, doch es gelang ihm nicht. Die Beine knickten ein und er sackte auf den Boden zurück. Lediglich ein mattes Schwanzwedeln zeigte seine Freude über das Wiedersehen. Felix kniete sich nieder und schlang Leo seine Arme um den Hals. Wieder und wieder streichelte er den Kopf des Hundes, während Leo mit letzter Kraft versuchte, seine Finger abzulecken.

»Sei vorsichtig mit ihm«, mahnte Urs. »Er ist äußerst schwach. Ich habe ihm etwas Wasser gegeben. Aber zu Fressen wollte er nichts. Oder er konnte nicht.«

Jetzt sah Felix, dass Leo an mehreren Stellen verbunden war. »Er ist ja verletzt!«, rief er erschrocken. An beiden Vorderbeinen schimmerte es rot unter der Binde hervor. An Schulter und Seite waren mehrere Fellbüschel herausgerissen. Die größte Wunde war an der Seite, die Felix zugewandt war. Der Verband darüber war handtellergroß und zusätzlich mit mehreren Streifen Klebeband befestigt.

»Ich habe getan, was ich konnte. Aber es geht ihm nicht gut.« Urs kniete sich ebenfalls an der Seite nieder und befühlte vorsichtig die Verletzungen.

»Was ist passiert? Wie hast du ihn gefunden?«

»Ich bin heute früh am Morgen aufgestanden, weil ich wissen wollte, ob die Soldaten in der Nähe sind. Normalerweise trauen sie sich nicht hierher, doch sie waren so aufgebracht, dass ich befürchten musste, dass sie sich über ihre Angst hinwegsetzen. Deinen Leo habe ich so gefunden, wie du ihn siehst. Ich nehme an, dass er nach dem Kampf mit dem Wachhund deine Spur aufgenommen hat. Den Felsen, den wir hinaufgeklettert sind, kam er nicht hoch, zumal ihn die Verletzungen sehr geschwächt haben. Trotzdem hat er dich gefunden.«

»Er hat mich gefunden? Wie denn?«

Urs deutete auf die schwarze Öffnung, die neben ihnen in den Berg hineinführte. »Das ist der Ausgang des Schachtes, unter dem du heute Nacht geschlafen hast. Niemand kann hier rein und raus, er ist zu eng und zu steil. Leo konnte nicht mehr weiter, also hat er hier auf dich gewartet.«

Felix streichelte Leo sanft an der Stelle hinter dem Kopf, die er am liebsten hatte. Ein leises Winseln war die Antwort. »Dann war es doch kein Traum. Ich habe dich gehört heute Nacht. Oh Leo, wenn ich das gewusst hätte! Ich hoffe, du kannst es mir nachsehen.« Felix holte seine Flasche heraus und reichte Leo Wasser aus seiner Hand. Dann wandte er sich zu Urs. »Glaubst du, er ist schwer verletzt?«

»Ich weiß es nicht. Die Wunden sehen schlimm aus, aber sie werden verheilen. Wie es im Innern aussieht, kann ich nur vermuten. Vor allem der Biss an der Seite macht mir Sorgen. Hoffentlich sind die Zähne nicht bis zu einem inneren Organ vorgedrungen. Auf jeden Fall werden wir Leo tragen müssen.«

Felix war verwirrt. »Tragen? Warum denn?«

»Wir können nicht hierbleiben. Die Stelle ist zu leicht zugänglich. Im Moment sind wir in Sicherheit. Aber die Soldaten können jederzeit auftauchen. Wir müssen verschwinden. Und du wirst nicht wollen, dass Leo ein weiteres Mal zurückbleibt.«

»Natürlich nicht. Ich lasse dich nicht mehr im Stich«, sagte er zu Leo gewandt und drückte seinen Kopf erneut an sich. »Nie wieder.«

»Wir könnten ihn abwechselnd tragen, aber so wie es ihm geht, scheint es mir zu riskant. Wir sollten eine Trage bauen.«

»Eine Trage? Kannst du so etwas?«

»Wenn du mir hilfst. Hast du ein Messer? Wir brauchen ein paar feste, kräftige Zweige.«

Felix nahm vorsichtig Leos Kopf von seinem Schoß und bettete ihn liebevoll zwischen dessen Vorderbeine. Dann stand er auf, holte sein Schweizermesser aus dem Rucksack und folgte Urs zu den Büschen unter dem Waldrand. Nicht weit entfernt fanden sie einen Haselstrauch, der so groß war, dass er ihnen alle Äste lieferte, die sie brauchten. Urs zog ein paar Seile hervor und band zwischen die beiden kräftigsten Zweige mehrere kürzere Äste. Dazwischen flochten sie so viel Laub, dass eine halbwegs bequeme Liege entstand.

»So, Leo«, sagte Felix, nachdem sie wieder zurückgekommen waren. »Jetzt musst du tapfer sein.«

Leo jaulte leise auf, als die beiden Männer ihn langsam und vorsichtig anhoben und auf die Trage legten. Doch er schien zu spüren, dass sie ihm helfen wollten, und so gab er keine weiteren Laute von sich.

»Wohin gehen wir?«, fragte Felix.

»Es wird das Beste sein, wenn du mit Leo für ein paar Tage verschwindest. Die Soldaten sind sehr unruhig. Bei meinem Erkundungsgang heute Morgen habe ich mehr gesehen als sonst üblich.« Er packte die restlichen Sachen in seine Umhängetasche. »Geh mir einfach nach. Es sind etwa vier Kilometer. Gegen Abend sollten wir da sein.«

»Gegen Abend? Aber es ist doch noch heller Tag!«

»Am liebsten würde ich sogar warten, bis es dunkel ist. Aber hier zu bleiben, ist noch riskanter. Die Soldaten waren früher schon öfter hier oben. Wenn sie uns entdecken, wäre es schwierig davonzukommen. Schon gar nicht mit Leo.«

Felix' Herz klopfte bei dem Gedanken, dass Urs' Versteck nur wenige Meter unter der Erdoberfläche lag. Wenn er sich dort verborgen hatte, musste er ihre Schritte ganz nah gehört haben. »Und wohin gehen wir?«

»An einen Ort, der sicherer ist.«

Die beiden hoben die Trage an. »Gut so?«, fragte Urs. »Möglichst gerade halten. Und sag rechtzeitig, wenn du nicht mehr kannst.«

»Kein Problem.« Felix war fast beleidigt, dass Urs ihm so wenig zutraute. Er fragte sich, was schwierig sein sollte, Leo zu tragen. Er war zwar ein großer Hund, doch Felix hatte in den letzten Monaten deutlich an Kraft dazugewonnen.

Eine halbe Stunde später musste Felix eingestehen, dass Urs' Vorsicht berechtigt war. Der Rucksack lastete ungewohnt drückend auf seinen Schultern. Leo war schwerer als gedacht. Die Trage in jedem Moment auszugleichen, erforderte Konzentration und Kraft. Zudem war der Weg, den Urs einschlug, schwierig zu gehen. Sie waren nur kurze Zeit im Freien am Waldrand geblieben, ehe sie ins Unterholz eintauchten. Der Boden war übersät mit Steinen und größeren Felsbrocken, überall lag abgebrochenes Holz, dazwischen wucherte ein Meer von Heidelbeersträuchern in allen Größen.

Felix war nahe daran, Urs um eine Pause zu bitten, als sein Begleiter anhielt. Sie setzten die Trage vorsichtig ab. »Wir sollten alle etwas trinken. Von hier aus wird es schwieriger.«

Schwieriger? Felix fragte sich, was nun kommen würde. Er nahm einen kräftigen Schluck aus der Flasche, dann wandte er sich zu Leo. Der Hund hatte kaum die Kraft, mit seiner Zunge zu trinken. Felix musste ihm das meiste direkt ins Maul träufeln. So hatte er ihn noch nie erlebt. Zum ersten Mal kam ihm der Gedanke, dass Leo es nicht schaffen würde. Es war nicht auszudenken, wenn ... Ein Leben ohne Leo konnte er sich überhaupt nicht vorstellen. »Du musst durchhalten«, sprach er leise zu ihm. Leo sah ihn mit großen Augen an. »Es wird alles gut.« Felix war, als ob er nicht nur seinem Hund, sondern sich selbst Mut zusprechen wollte.

Urs hatte in der Zwischenzeit ein paar lockere Zweige an der Trage neu befestigt. »Von hier an müssen wir vorsichtig sein.«

»Soldaten?«, fragte Felix. Unwillkürlich sah er um sich.

»Die Soldaten weniger. Die Chance, dass wir auf sie stoßen, wird mit jedem Schritt geringer. Vielleicht noch mal unten am Bach. Weiter werden sie sich nicht trauen.« Er griff in sein Hemd und zog einen taubeneigroßen Stein heraus, den er um den Hals trug.

Felix sah sofort, was es war. »Ein Wegweiser!«

Urs nickte. Er ging prüfend ein paar Schritte in alle Richtungen. »Wir kommen jetzt in ein Gebiet, wo uns eine ganz andere Gefahr droht.«

»Die Spinne!«, rief Felix aus. Sofort fuhr seine Hand ebenfalls in die Tasche und zog das Rindenstück heraus. Auf den ersten Blick konnte er bei den Farben keine Veränderungen sehen. Allerdings bemerkte er den schwachen Schleier, der das Leuchten kaum wahrnehmbar abdämpfte und den er am Mathisleweiher zum ersten Mal gesehen hatte. »Die Kraft, die alles lähmt!«

»Nicht nur das«, meinte Urs, der sich nachdenklich am Bart kratzte. »Es gibt verstrahlte Stellen, denen wir nicht zu nahe kommen dürfen. Vor allem weiter unten am Bach. Wir werden ein paar Umwege gehen müssen. Keine Sorge, ich weiß, wo sie sind. Bei dem anderen kann man nie sicher sein.« Er senkte seine Stimme. »Es kommt und geht. Es ist lebendig. Es ändert sich.« Er blickte sich langsam um. »›Spinne‹ sagst du? Woher hast du diesen Namen?«

»Bei Lena ... von einer Frau habe ich ihn zum ersten Mal gehört. Und dann immer wieder.«

»Wo war das?«

»Bei Waldkirch. Im Elztal. Am Feldberg.«

»So ist es also auch dort ...«, murmelte Urs. »Du musst mir unbedingt mehr erzählen! Aber nicht jetzt. Später werden wir genug Zeit haben. Wir müssen zuerst den Weg finden.«

Urs hatte recht. Der Abstieg war umständlich und mühsam. Alle paar Meter mussten sie anhalten und Leo absetzen. Urs ging dann ein paar Schritte weiter und prüfte sorgsam den Weg. Zweimal mussten sie sogar ein Stück zurückklettern, nachdem sie in eine Sackgasse geraten waren. Auf diese Weise dauerte es nach Felix' Schätzung gut zwei Stunden, ehe sie den Talgrund erreicht hatten. Die Hitze, die Anstrengung und die ständige Anspannung machten ihm mehr zu schaffen, als er zugeben wollte. Am Ende musste er seine ganze Willenskraft aufbieten, sich jedes Mal wieder aufzuraffen und das nächste Stück weiter abzusteigen. Das Ufer des Bachs, den sie schließlich erreichten, war dicht bewachsen. Felix hoffte, dass Urs ihnen nun eine Pause gönnen würde, doch er hatte sich getäuscht.

»Wenn es noch Soldaten gibt, dann hier«, meinte Urs, während er seine Flasche mit frischem Wasser füllte. »Ich glaube es zwar nicht, aber es ist besser, ein Stück weiterzugehen.«

Felix hörte nicht. Am Ufer warf er sich auf den Boden, trank in langen Zügen und warf sich mit beiden Händen Wasser über Gesicht und Schultern. Dann gab er Leo zu trinken und füllte ebenfalls seine Flasche.

Urs schien zu merken, dass Felix an seinen Grenzen angelangt war. »Na gut«, sagte er nach kurzem Zögern. »Ein paar Minuten. Aber nicht mehr.« Er verzichtete darauf, sich zu setzen und auszuruhen. Stattdessen stieg er ein paar Meter die Böschung auf der gegenüberliegenden Seite hoch und spähte aufmerksam in die Richtung, in die der Bach floss.

»Weiter. Von hier aus geht es besser.« Felix fielen gerade die Augen zu, als Urs zurückkam. »Denk an Leo.«

Felix musste zugeben, dass Urs recht hatte. Sein Hund, der normalerweise kraftvoll umhersprang und ihn schon viele Male durch sein freudiges Bellen aufgemuntert hatte, lag apathisch auf dem Geflecht aus Zweigen und Blättern. Felix wollte die Hoffnung nicht aufgeben. Es war Zeit, dass Leo einen Platz zum Ausruhen fand. Die Böschung hinauf in den Wald forderte Felix' ganze Kraft. Dann ging es mit einem Mal besser. Urs führte sie auf einen gut ausgebauten geschotterten Wirtschaftsweg, auf dem außer heruntergebrochenen Ästen und altem Laub nur sporadisch einige Hindernisse im Weg lagen. Sofort spürte Felix, wie sein Mut und seine Zuversicht zurückkehrten. Er überließ sich völlig Urs' Führung, sogar das Tempo konnte er halten. Er war daher überrascht, als Urs schon nach kurzer Zeit erneut befahl, die Trage abzusetzen.

»Ich kann schon noch«, beeilte er sich zu sagen. »Von mir aus brauchen wir keine Pause.«

Urs ging nicht darauf ein. »Warte hier. Und sei leise.« Er wandte sich um und ging alleine auf dem Weg weiter. Felix folgte ihm ein paar Schritte. Von Weitem war zwischen den Bäumen ein Haus zu erkennen. Ob das ihr Ziel war? Er bezähmte seine Neugier und ging zurück zu Leo. Der Hund hielt die Augen geschlossen und atmete so flach, dass sich sein Brustkorb kaum bewegte. Felix' Hand fuhr zärtlich an die Stelle hinter dem Kopf. Er erschrak, als er spürte, dass Leos Haut ganz warm war. Ob Hunde Fieber haben konnten? Felix goss ein wenig Wasser in seine hohle Hand und kühlte Leos Kopf. Erneut versuchte er, ein paar Tropfen in das halb geöffnete Maul zu träufeln. »Wir schaffen es. Ganz bestimmt.« Er versuchte, ihm Trost zuzusprechen, doch seine Stimme klang hohl.

Er war der Verzweiflung nahe, als Urs endlich zurückkam. »Es ist alles in Ordnung«, sagte er. »Wir sind da.«

Das Haus stand am Rande einer Lichtung. Die Bäume ringsum wölbten ihre Blattkronen und warfen lange Schatten. Vor dem Gebäude war mit einem groben Bretterzaun ein großer Platz eingefriedet, auf dem ein Autowrack stand. Dahinter schloss sich eine Terrasse an, ähnlich der, die Felix bei dem Seminarhaus oberhalb von Todtmoos gesehen hatte. Welche Farbe das Haus ursprünglich gehabt hatte, war nicht mehr zu erkennen. Vom Dach, das mit Flechten überzogen war, hing Efeu in langen wirren Ranken herunter, überall wuchs Moos. Die hölzernen Fensterläden schienen locker, von der ehemaligen Stromleitung waren kümmerliche Enden zu sehen. Über der Eingangstür grüßte ein verblichenes Schild. »Zur Waldeslust«, konnte Felix das Wort entziffern, an dessen Seite die ehemalige Getränkewerbung durchschimmerte.

»Es war schon lange vorher kein Gasthaus mehr«, erklärte Urs. »Die Betreiber müssen es schon in den 90er-Jahren aufgegeben haben.« Er winkte Felix, die Trage mit Leo auf der Terrasse vor der Hauswand abzustellen. »Fürs Erste haben wir nichts zu befürchten. Wir lassen Leo ausruhen.«

Felix stellte seinen Rucksack auf den Boden neben Leo, zog seine Jacke heraus und breitete sie über ihn. »Es sieht nicht gut aus«, stieß er hervor. »Er ist so schwach.«

»Schwach, aber zäh. Ich habe ihn die ganze Zeit beobachtet. Er wird es schaffen.«

Felix hob den Kopf. »Das sagst du, um mich zu trösten.«

»Du musst Geduld haben.« Urs kniete sich auf den Boden neben Leo. Er fuhr mit der Hand durch sein Fell, befühlte vorsichtig die Wunden und horchte auf seinen Atem.

»Bist du Arzt?«, fragte Felix.

»Man lernt so einiges im Laufe der Zeit. Warte, ich komme gleich zurück.«

Felix wunderte sich, dass Urs nicht die Haustür benutzte, sondern um die Ecke nach hinten verschwand. Kurz darauf kam er zurück. Zu Felix' Erstaunen brachte er ein Tablett mit, auf dem allerlei Verbandszeug lag – eine Kompresse, Watte, mehrere Mullbinden, Pflaster und eine Tube, die fast neu aussah.

»Woher hast du das?«, fragte er.

»Keine Sperre ist unüberwindlich«, antwortete Urs. »Ich erkläre es dir später. Jetzt ist zuerst Leo dran.« Noch einmal verschwand Urs hinter dem Haus. Dieses Mal kam er mit einem Eimer Wasser zurück, dazu ein Schwamm und ein Tuch. Ohne weitere Worte zu verlieren, begann er, Leos Verletzungen zu säubern. Felix setzte sich daneben und bettete Leos Kopf auf seinem Schoß. Der Hund zuckte, als Urs die große Wunde an der Seite abtupfte, doch er hielt still.

»Was meinst du?«, fragte Felix.

Urs strich ein wenig Salbe auf, legte ein paar getrocknete Blätter darüber und verband alles sorgfältig. Ähnlich verfuhr er mit den übrigen Wunden. »Die Blutung hat aufgehört. Er ist auf dem Weg der Besserung.«

»Und der heiße Kopf? Glaubst du, er hat Fieber?«

»Kann sein. Der Körper arbeitet. Das ist nichts Aufregendes. Ich denke, in ein paar Tagen ist er wieder fit.«

Urs' Worte klangen so vertrauensvoll, dass Felix spürbar erleichtert war. »Das werde ich dir nicht vergessen. Du hast Leo geholfen, und du hast mir geholfen. Dabei hättest du leicht erwischt werden können. Du hast dein Leben für mich riskiert.«

Urs antwortete nicht. Er räumte sorgfältig die Sachen zusammen. »Reden wir nicht davon. Leo braucht noch eine Decke. Und dann wollen wir essen. Heute ist ein Tag, an dem wir uns etwas Besonderes verdient haben.«

Felix folgte ihm zur Rückseite des Hauses. Dort öffnete Urs eine Tür und sie traten ein. Durch ein Fenster fiel ein wenig Licht auf den Flur. Allerlei Gerümpel lag herum – ein alter Tisch, ein zerbrochener Stuhl, ein paar Schuhe. Der Boden war schmutzig und voller Dreck. An der Wand lehnte ein zerbrochener Spiegel. Überall lag Staub, Spinnweben hingen in den Ecken.

»Hier ist dein Versteck?« Felix schaute ungläubig.

»Ich wohne hier!«, lachte Urs. »Unter anderem!«, fügte er hinzu. Felix' Verwirrung war komplett. »Aber das sieht aus, als sei hier seit Jahren niemand mehr gewesen!«

»Das freut mich. Genau so soll es aussehen. Es ist zwar kein perfekter Schutz. Aber es ist besser als nichts. Es ist zwar unwahrscheinlich, dass sich jemals ein Soldat hierher verirrt, doch in diesem Fall würde er nichts finden, was ihn auf meine Fährte bringt. Zumal Soldaten sowieso nicht gerne in solche Gebäude gehen.« Er führte Felix zu einer Garderobe, an der zwei verschlissene, löchrige Mäntel hingen. »Pass auf.«

Urs schob die Mäntel zur Seite und griff nach einem kleinen Hebel. Die Wandbretter schwangen zur Seite und gaben eine Öffnung frei.

»Eine Treppe!«, rief Felix.

»So ist es«, erwiderte Urs nicht ohne Stolz. »Und jetzt zeige ich dir mein Reich.«

Am Ende der Treppe stieß Urs eine Bodenklappe auf, dann waren sie oben. Durch die Schlitze in den Fensterläden fiel genügend Licht, sodass Felix sich in dem Raum umsehen konnte. Auf den ersten Blick kam er sich vor wie in einer Ferienwohnung. Ein einfaches Bett, ein Tisch mit Stühlen, ein Sessel. An der Wand mehrere Schränke und Bilder, auf dem Boden lag ein Teppich. An Stelle des Waschbeckens gab es zwei Eimer und eine Emailschüssel. Statt einer Deckenleuchte entdeckte Felix direkt neben der Tür eine Petroleumlampe.

Urs stieß die beiden Fenster auf und öffnete die Läden. »Zeit zu lüften. Ich war seit ein paar Tagen nicht mehr hier.«

Felix staunte immer mehr. An der Wand standen auf dem

Boden Körbe mit Äpfeln, Nüssen und Zwiebeln, dazu mehrere Flaschen. In einem der Regale stapelten sich Dosen und Gläser. Neben dem Bett stand ein Ständer mit einer Kerze und Streichhölzern daneben. In einem weiteren Regal lagen Bücher und ein paar Zeitschriften.

Urs öffnete einen der Schränke und legte das Verbandsmaterial hinein. »Das Einzige, was ich manchmal vermisse, ist ein Kühlschrank. Im Winter habe ich eine Kühlkammer draußen. Aber bei der Hitze kann ich vieles nicht lange aufheben.«

Felix war an eines der Regale herangetreten. Was er sah, ließ sein Herz höher schlagen. Die Aufschriften auf den Dosen, Gläsern und übrigen Verpackungen war vielversprechend: Ravioli, Spaghetti, Reis, Wurst, Knäckebrot, Oliven, Tee, Kaffee, Haferflocken, Essiggurken, Tomatenmark, Kekse. Sogar eine Tafel Schokolade. Es sah aus wie in einem Tante-Emma-Laden aus früheren Zeiten.

»Woher hast du das alles?« Felix drehte ein Glas mit Bohnen hin und her.

»Ich sagte dir doch schon: Keine Sperre ist unüberwindlich.«

»Du weißt, wie man über den Zaun kommt? Ich dachte, die Sperre sei streng bewacht?«

»Ist sie auch. Aber die Wachen können nicht überall sein. Und sie können nicht alles wissen.« Er trat neben Felix. »Such dir etwas aus. Allerdings will ich heute darauf verzichten, ein Feuer zu machen. Selbst wenn ich es klein halte – es raucht. Die Hunde könnten es riechen. Ich denke, es ist sinnvoller zu warten, bis sich der Aufruhr gelegt hat.« Er griff nach einer der Dosen. »Aber vielleicht findest du auch so etwas Schmackhaftes. Ich habe noch Leberwurst. Oder Fisch. Nur auf frisches Brot und Butter musst du verzichten.«

Kurze Zeit später saßen sie am Tisch. Felix biss abwechselnd in eine mit Wurst bestrichene Scheibe Pumpernickel und eine Essiggurke, die er in der anderen Hand hielt. Er hatte den Geruch und den Geschmack fast schon vergessen und kaute voller Genuss.

»Lecker! So etwas habe ich seit meinem Geburtstag nicht mehr gegessen. Und du kannst wirklich über den Zaun, wann du willst?«

»Wenn es sein muss. Zum Beispiel, um meine Vorräte aufzufüllen. Wenn ich so lebe, wie ich will, kann ich mich hier nicht gänzlich selbst versorgen. Im Sommer ist es einfacher. Solange man sich auskennt, bietet der Wald fast alles, was man zum Leben braucht. Aber die Winter können hart sein. Und manchmal habe ich eben auch Lust auf etwas Besonderes!«, fügte er lachend hinzu, während er sich eine Olive in den Mund schob.

»Das Versteck in der Erdmannshöhle, das Zimmer hier – hast du noch andere Behausungen?«

Urs nickte. »Ein paar. Vielleicht lernst du sie noch kennen.«

»Und überall hast du deine Vorräte?«

»So gut es geht. Fast alle sind so eingerichtet, dass ich ein paar Tage dort bleiben kann.«

Felix griff sich eine weitere Gurke. »Du könntest dich einer Gemeinschaft anschließen. Oder gibt es das hier nicht?«

»Schon. Die gibt es. Aber das ist nicht mein Ding. Ich will unabhängig bleiben. Das ist auch der Grund, weshalb …« Er unterbrach sich und huschte zum Fenster. Vorsichtig spähte er nach allen Seiten.

»Was ist? Hast du etwas gehört? Soldaten?« Auch Felix hörte auf zu essen und horchte.

Urs lief an ihm vorbei zur Treppe. »Keine Soldaten! Aber ich muss nach unten. Vorsichtshalber.«

»Leo!« Felix ließ das Brot fallen und stürzte hinterher. Er hatte seinen Hund alleingelassen. Hoffentlich war nichts passiert.

Als er zu Urs aufschloss, stand dieser bereits auf der Terrasse und horchte aufmerksam. Neben ihm lag Leo. Felix war erleichtert, als er ihn unversehrt sah. Doch das war nicht alles. Leo hatte sich aufgerichtet, so gut es ging, und hielt seine Schnauze nach oben gerichtet. Ein leises Winseln zeigte, dass er etwas gewittert hatte.

»Was ist los? Siehst du etwas?«

Urs legte den Finger auf die Lippen und ging langsam ein paar Schritte das Haus entlang. Sein Blick war aufmerksam auf das Waldstück gerichtet, das sich in der Fortsetzung des Weges hinter dem Haus den Hang emporzog. Jetzt hörte Felix ein Knacken. Irgendjemand bewegte sich dort im Wald. Oder irgendetwas. Die Angst stieg in ihm hoch. Was konnte das sein? Hatten die Soldaten sie doch gefunden und umzingelt? Dann hatten sie keine Chance, noch nicht einmal zur Flucht. Man würde sie abknallen wie Hasen.

Felix sah Urs fragend an, als dieser wieder neben ihm stand. Der Mann schüttelte langsam den Kopf, so, als ob er mit sich selbst nicht zufrieden wäre. »Ich bin ein Dummkopf!«, murmelte er. »Wie konnte ich das vergessen!«

»Was meinst du? Was ist da draußen?«

»Leo. Wir hätten ihn nicht hier liegen lassen sollen.«

»Aber er ist doch ganz ruhig. Er hat nicht gebellt und ist nicht herumgelaufen. Niemand kann etwas gemerkt haben!«

»Niemand? Allein seine Anwesenheit ist eine Einladung für den ganzen Wald. Ein wehrloses Tier alleine überlebt nicht lange.«

Felix erschrak. »Gibt es hier Wölfe?«

»Auch Wölfe. Nicht so oft, die sind weiter oben in den Wäldern. Aber es gibt genug andere Tiere. Wildschweine natürlich, die sind überall. Dachse, Füchse, Marder, Wiesel, Ratten, die vielen Vögel …«

»Ratten?« Felix schüttelte ungläubig den Kopf. »Im Wald?«

»Was denkst du? Ratten sind schlau. Und sie fressen alles.«

Felix wurde flau im Magen bei dem Gedanken, dass Leo schutzlos den scharfen Zähnen der Nager ausgeliefert sein könnte. Selbst wenn er gesund wäre, würde er sich einem Angriff kaum erwehren können. »Aber die Tiere haben doch nicht nur Leo gewittert, sondern auch ...«

»... auch uns, meinst du?« Urs kratzte sich nachdenklich seinen Bart. »Du hast völlig recht. Es ist etwas, was ich bis heute nicht verstanden habe. In den vielen Jahren, in denen ich hier lebe, habe ich alles erlebt. Tiere, die aggressiv und gefährlich waren, genauso wie andere, die sofort geflüchtet sind, wenn sie mich bemerkt haben. Es gab Begegnungen mit Füchsen, die sich streicheln ließen, und Wölfen, die mich tagelang verfolgt haben. Es kommt mir so vor, als ob ihre natürlichen Instinkte durcheinandergeraten sind seit ... seit damals.« Er streichelte Leos Fell und gab ihm einen ermunternden Klaps auf das Hinterbein. »Es ist nicht der Garten Eden, den ich mir im Stillen erhofft hatte. Deshalb bin ich vorsichtig geblieben. Kann sein, dass ich mich unnötig gesorgt habe und die Tiere des Waldes nur neugierig waren.«

»Sollen wir Leo nicht besser ins Haus schaffen?«

Urs wiegte den Kopf. »Ich glaube nicht, dass das klug ist. Er braucht viel Ruhe. Ihn hoch in mein Zimmer zu schaffen, würde ihn unnötig quälen. Dazu eine neue, fremde Umgebung ... Ich weiß nicht.«

»Was schlägst du vor? Sollen wir ihn bewachen?«

»Wir können unser Essen ebenso gut im Freien fortsetzen. Und es ist warm. Warum schlafen wir nicht alle drei vor dem Haus?«

Felix war sofort einverstanden. Um nichts auf der Welt hätte er Leo alleingelassen. Urs ging nach oben und trug in einem Korb das Essen herunter. Beim zweiten Mal brachte er ein paar Decken und Kissen mit. »Für Leo und für uns«, lächelte er. »Und das ist für dich!« Er drückte Felix die Tafel

Schokolade in die Hand. »Ich könnte mir vorstellen, dass du so etwas schon lange nicht mehr gegessen hast.«

Direkt vor der Hauswand breiteten sie eine Decke auf dem Boden aus, dann hoben sie Leo so vorsichtig sie konnten von der Trage herunter und betteten ihn darauf. Felix nahm eine zweite Decke und zog sie über den Hund, sodass nur noch der Kopf herausschaute. »Jetzt schlafe. Ich bleibe bei dir.«

Nachdem sie fertig gegessen hatten, deutete Urs auf die beiden anderen Decken. »Die kannst du haben, wenn du willst. Mach es dir gemütlich.«

»Und du? Schläfst du in deinem Bett?«

»So ungefähr«, meinte Urs und grinste. Er verschwand kurz im Hausflur, dann brachte er ein Bündel, das aussah wie ein zusammengelegtes Netz. Mit ein paar geschickten Griffen befestigte Urs die beiden Enden an zwei vorspringenden Holzbalken.

»Eine Hängematte!«, rief Felix. »Du bist voller Überraschungen!«

Urs prüfte kurz die Festigkeit, schwang ein Bein über den Rand und rutschte hinein. »Es gibt nichts Besseres!«, sagte er und versetzte die Liege in leichten Schwung. »Luftig, immer bequem, keine krabbelnden Biester. Leider kann ich sie nicht überall hin mitnehmen.« Er griff in seine Hemdtasche und brachte Pfeife und einen Tabaksbeutel hervor. Mit bedächtigen Bewegungen stopfte er den Kopf und zündete sie an. Sofort stieg ein rauer und gleichzeitig würziger Duft auf.

»Jetzt erzähle mal. Was macht ein junger Bursch wie du in dieser Gegend? Verirrt wirst du dich wohl kaum haben. Hast du etwas ausgefressen?«

Felix antwortete nicht. Lena hatte ihm wieder und wieder eingeschärft, nicht allzu vertrauensselig zu sein. »Die Menschen sind seltsam geworden«, hatte sie gesagt. »Unberechenbarer.« Doch Felix zögerte nur kurz. Der Mann hatte ihm geholfen, er hatte ihm seine beiden Verstecke offenbart. Und die Art, wie er sich um Leo gekümmert hatte, konnte nicht zu einem Menschen gehören, der etwas Heimtückisches im Hintergrund plante. Außerdem hatte er eine Ahnung, dass Urs ihm bei der Suche nach Chiara helfen konnte und er ihn brauchen würde.

»Die kurze oder die lange Version?«

Urs zog genüsslich an seiner Pfeife und stieß nacheinander mehrere kleine Wölkchen aus. »Wir haben Zeit.«

Felix war etwas überrascht, dass Urs ihn am Anfang öfters unterbrach und viele Fragen stellte. Er wollte vor allem alles über die Organisation wissen, der Felix' Onkel angehört hatte und die sich »Wölfe« genannt hatte. Mehrmals nickte er und brummte etwas Unverständliches vor sich hin. Doch dann verlegte er sich mehr und mehr auf das Zuhören.

Erst als Felix von seinem makabren Erlebnis in dem Seminarhaus bei Todtmoos erzählte, wurde Urs neugierig. »Hast du das Heft noch? Kann ich es sehen?«

Felix zog es aus seinem Rucksack hervor und reichte es ihm. »Ich fand es schaurig. Das Ende konnte ich schon nicht mehr lesen.«

Es war dämmrig geworden, dennoch genügte Urs das Licht, die wenigen Seiten rasch zu überfliegen. »Am Ende hat sie noch den Letzten begraben, ehe sie sich zum Sterben hingelegt hat.« Urs stopfte sich eine neue Pfeife. »Eine starke Frau! Es muss die Hölle gewesen sein.«

»Sagt dir der Name etwas?«

Urs dachte einen Moment nach, dann schüttelte er den Kopf. »Regula Bernhardt. Nein. Den Namen habe ich noch nie gehört. Aber die Adresse …«

»Was für eine Adresse?«

»Das, was ganz am Ende steht. Es sieht aus wie ein Straßenname mit einer Zahl. Ganz dünn und halb verwischt. Es sieht aus, als sei es das Letzte, was sie geschrieben hat.« Er reichte Felix das Heft zurück. »Ich will es mir morgen genauer anschauen. Wenn es heller ist.«

Nachdenklich betrachtete er das Büchlein, ehe er es sorgfältig in seinem Rucksack verstaute. Urs' Entdeckung hatte seine Neugier entfacht. Warum sollte die Frau eine Adresse aufschreiben? Wohnte sie etwa dort? Oder gab es jemanden, von dem sie wollte, dass er von ihrem Schicksal erfuhr? Dem ihr letzter Gedanke galt?

»Warst du schon einmal in Todtmoos?«, fragte er Urs, der inzwischen wieder schwieg und ruhig an seiner Pfeife saugte.

»Es ist schwierig, nach Norden vorzudringen«, antwortete Urs. »Ich gehe dorthin nur, wenn es nötig ist. Es ist äußerst selten, dass jemand von dort herunterkommt. Warum bist du eigentlich nicht bei deinen Eltern geblieben? Willst du etwa wieder nach Freiburg?«

Felix hatte die Frage erwartet. Was sollte er antworten? Bei seiner Erzählung hatte er die Begegnungen mit der Anderwelt weggelassen. Er vertraute Urs. Doch vielleicht war es klug, nicht gleich alles preiszugeben. Und er hatte immer noch mit dem Problem zu kämpfen, das in Worte zu kleiden, was er selbst nicht verstanden hatte.

»Wenn ich ehrlich bin, weiß ich es selbst nicht genau«, antwortete er daher nach einer kurzen Pause. »Eigentlich wollte ich nur herausfinden, ob es einen Weg von Menzenschwand ins Wiesental gibt. Dass ich mich derart verirren und von der Richtung abkommen würde, war nicht vorauszusehen.« Es war nicht geschwindelt, was er sagte. Dass ihm die ungelösten Rätsel um die geheimnisvolle Kraft keine Ruhe ließen, musste er ihm nicht offenbaren. Ebenso wenig seine Zweifel und seine Ideen, einfach alles hinter sich zu lassen und zurück in sein gewohntes Leben zu gehen. Nicht jetzt.

»Und dann hörte ich von Chiara«, fuhr er fort. »Jetzt ist natürlich klar, was ich tun muss.«

»Was macht dich so sicher, dass sie es ist, von der die Soldaten gesprochen haben? Es könnte doch auch eine andere junge Frau sein!«

»Bei dem, wie sie die Soldaten beschrieben haben? Das Alter, das Aussehen, dazu der Hund und der Anstecker – das müsste schon ein riesiger Zufall sein. Nein, je mehr ich darüber nachdenke, desto sicherer bin ich. Und selbst wenn – ich fände keine Ruhe, solange ich mir nicht selbst Gewissheit verschafft habe.«

Eine Weile blieb es ruhig. Allmählich kroch die Dämmerung in die Waldlichtung herunter und tauchte das Haus und den Platz davor in sanftes Abendlicht. Es war immer noch angenehm warm. Ein kleiner Mückenschwarm tanzte in den letzten Sonnenstrahlen. Die seltsam knackenden Geräusche im Wald waren völlig verschwunden. Stattdessen tönte aus den Bäumen der erste Nachtgesang der Vögel. Irgendwo hinter dem Haus zirpte eine Grille.

»Dieses Camp«, begann Felix erneut. »Was ist das eigentlich genau? Kennst du es? Weißt du, wo es ist?«

Urs antwortete nicht sofort. Für einen Moment glaubte Felix, dass sein Begleiter eingenickt sei. Doch dann räusperte er sich. »Die ersten Camps wurden bereits wenige Wochen nach der Evakuierung gebaut. Die Öffentlichkeit erfuhr zunächst nichts davon. Es interessierte auch niemanden. Die Menschen waren zu sehr mit sich selbst beschäftigt. Dann kamen die ersten Gerüchte auf. Es seien Unterkünfte von Soldaten, die für Sicherheit sorgen sollten, hieß es. Andere meinten, es seien wissenschaftliche Stationen, in denen das Ausmaß der Verstrahlung und die Auswirkungen untersucht werden sollten. Als die Grenzsperren errichtet wurden, fiel zunächst nicht auf, dass die Lager allesamt innerhalb des Sperrgebiets waren. Später wurde es damit erklärt, dass dort ungestört gearbeitet werden sollte. Genaueres erfuhr man nicht.«

»Und was geschieht wirklich dort? Sind es Gefängnisse?«

»Die Wölfe waren die Ersten, die die Wahrheit herausfanden. Es war …«

»Die Wölfe?«, fragte Felix erstaunt. »Hat es sie hier auch gegeben?«

»Ich weiß nicht, wie viel dir deine Tante erzählt hat. Vieles, was die Wölfe damals unternahmen, musste streng geheim bleiben. Es war lebensgefährlich – nicht nur, weil man anfangs überhaupt nichts über das Ausmaß der Verstrahlung wusste. Die seltsame Kraft, die plötzlich überall auftauchte, erschwerte die Aktionen zusätzlich. Und dann gab es die Soldaten, deren Befehlshaber alles, was im Schwarzwald geschah, als Bedrohung auffassten. Um es kurz zu machen: Wölfe gab es überall, bis hoch in den Nordschwarzwald. Es gab ein loses Netzwerk, über das man sich austauschte und versuchte, sich zu unterstützen. Natürlich war die Kommunikation das Hauptproblem. Entweder man traf sich unterwegs, oder von Zeit zu Zeit außerhalb.«

Felix dämmerte allmählich, warum Urs bei seiner Erzählung so viel nachgehakt hatte. »Du bist selber einer, stimmt's?«

Urs schwang seine Beine aus der Matte und setzte sich auf. Er wirkte mit einem Mal nachdenklich und ernst. Felix hatte ihn bisher auf Ende 30, Anfang 40 geschätzt. Im rötlichen Abendlicht kam es ihm so vor, als habe er schon so viel erlebt wie andere in ihrem ganzen Leben.

Urs klopfte die Pfeife auf seinem Handballen aus und wischte die restlichen Tabakskrümel zur Seite. »Bin ich ein Wolf?« Seine Stimme klang so verhalten, als ob er zu sich selbst sprechen würde. »Damals haben wir uns geschworen: Einmal Wolf, immer Wolf.« Er atmete einmal tief durch. »Damals.«

»Was ist passiert?«

»Wir wollten alles gut und richtig machen. Wir wollten beweisen, dass die Regierung ein falsches Spiel spielt. Wir wollten beweisen, dass es möglich ist, im Schwarzwald zu leben. In dieser wunderschönen Gegend. Und wir wollten helfen. So wie in deiner Familie gab es damals viele Menschen, die sich nicht damit abfinden wollten, ihre Verwandten und Freunde für immer verloren zu haben. Für manche, so wie deinen Onkel, war es überhaupt der Grund, sich den Wölfen anzuschließen.«

»Und was war dein Grund?«

Wieder entstand eine Pause. Für einen Moment befürchtete Felix, seinem Gegenüber zu nahe gekommen zu sein. Er spürte, dass Urs etwas von damals in sich herumtrug, das ihn heute noch zu beschäftigen schien.

»Mein Grund? Das ist eine gute Frage.« Urs stieß einen leisen Seufzer aus. »Es gab keinen Grund. Und es gab viele Gründe. In meiner Heimat, drüben im Aargau, gab es einige Umweltschützer, vor allem, nachdem die beiden Kraftwerke gebaut worden waren. Ich war dabei, ich habe alles mitgemacht: Aktionen, Demonstrationen, Flugblätter, Besetzungen. Genützt hat es nicht viel, im Gegenteil. Du weißt vielleicht, dass es schon damals ein großes Unglück gab, das auch den Schwarzwald bedroht hat. Aber es wurde alles schöngeredet und genauso weitergemacht wie zuvor. Ich habe damals zum ersten Mal erfahren, wie schlimm es ist, wenn etwas unwiederbringlich verloren geht.«

Felix erinnerte sich an das Gespräch mit Gottlieb. Er hatte ihn damals davor gewarnt, zu weit nach Süden zum Rhein vorzudringen.

»Als dann der fürchterliche Schlag aus dem Elsass kam, stand für mich sofort fest, was ich tun musste«, fuhr Urs fort. »Ich fand Kontakt zu Menschen, die heimlich in die Zone eindrangen, ich wollte forschen und helfen. So kam ich zu den Wölfen. Meine Frau hat das nie verstanden. Als sie sich irgendwann verabschiedet hat, war es zu spät. Danach stürzte ich mich umso verbissener in die Aufgaben und entfernte mich gleichzeitig umso mehr aus meinem früheren Umfeld. Das Leben innerhalb der Zone wurde zum Alltag.«

Urs hielt einen Moment inne, als ob ihn eine schmerzliche Erinnerung beschäftigte. Er hob den Kopf zum Abendhimmel und sog tief die Luft ein. Felix sah, wie über der Lichtung die ersten Sterne funkelten.

»Ich habe mich oft gefragt, was der Grund war für das, was danach geschah«, begann Urs erneut. »Vielleicht war es auch das Ergebnis eines ganz normalen menschlichen Verhaltens. Die Aufgaben und Ziele der Wölfe wurden schwieriger und weniger. Nach und nach brachen die Ersten weg, unter den anderen entstanden Streitereien, wie es weitergehen sollte. Am Ende gab es nur noch ein paar Einzelkämpfer und kleine, kaum bedeutende Gruppen, die alle für sich agierten.«

»Und du? Was hast du gemacht?«

Urs zuckte mit den Schultern. »Ich stand zwischen allem und wusste lange nicht, was ich tun sollte. Nur eines wusste ich: Ich wollte nicht mehr zurück in mein früheres Leben im Aargau. Ich beschloss hierzubleiben. Inzwischen kannte ich mich gut genug aus, dass es mir nicht schwer fiel, ein einfaches Leben zu führen. Ich richtete mir verschiedene Behausungen ein und streife seither weitläufiger herum als zuvor. Ein paar wenige Kontakte habe ich beibehalten, ein paar Gemeinschaften habe ich neu entdeckt. Die Soldaten sind lästig, aber kein wirkliches Problem. Ich kenne ein, zwei Ausgänge nach draußen, ab und zu gehe ich hinüber. Für manches ist es einfacher, zum Beispiel wenn ich Werkzeug brauche oder ein Medikament. Oder Lust auf etwas Besonderes zu essen.« Ein leichtes Lächeln huschte über sein Gesicht.

Mittlerweile war es fast dunkel geworden. Die Grille hatte etliche Mitstreiter gefunden, mit denen sie das Abendkonzert eröffnete. An Felix' Seite schlief Leo tief und fest. Sein Atem ging gleichmäßig, ab und zu gab er ein leises Schnorcheln von sich. Felix hätte gerne noch mehr gefragt. Das, was er gehört hatte, klang nach einem Schicksal, das groß genug war, ein ganzes Buch zu füllen. Bestimmt hatte Urs genügend Erlebnisse mit der Spinne gehabt, um ihm mehr darüber erzählen zu können. Doch jetzt drängte ihn etwas anderes.

»Du hast gesagt, die Wölfe wissen, was in den Camps geschieht?«

Urs nickte. »Nicht alles. Aber vieles. Ich war selbst dort.«

Felix sah ihn erstaunt an. »Du? Aber wie …?«

»Es war noch am Anfang. Wir waren jung und unvorsichtig. Ich bin damals den Soldaten buchstäblich in die Arme gelaufen.«

»Sie haben dich erwischt? Und du bist entkommen? Ich dachte …«

»Warum ich mit dem Leben davongekommen bin? Nun, in den ersten Monaten wusste keiner so recht, wie man mit der Situation umgehen sollte. Den Stromausfall konnte keiner erklären, noch weniger die unheimliche Kraft, auf die man überall und jederzeit stoßen konnte. Es gab widersprüchliche Befehle und Vorgehensweisen. Am Ende siegte die Angst.« Er verzog den Mund zu einem ironischen Grinsen. »Wenn der Mensch etwas Bedrohliches nicht kennt oder nicht versteht, reagiert er wie schon seine Vorfahren in der Steinzeit. Entweder er flüchtet, oder er versucht es zu zerstören. So ist es heute. Keiner kommt mehr über die Absperrung nach draußen. Die Soldaten entscheiden über Leben und Tod. Wer am Leben bleibt, wird unter Bewachung gehalten und …«

Felix' Herz klopfte. »Und?«

»Vor allem die Jungen sind interessant. Diejenigen, die nach dem Unglück im Schwarzwald geboren wurden. Für die Regierung gelten sie als unberechenbare Freaks. Sie werden intensiv beobachtet und befragt. Und dann gibt es die Experimente.«

»Experimente? Was heißt das?«

»Ich weiß es nicht genau. Es hat mit Psychologie zu tun. Mit Drogen. Und mit Medikamenten.«

Felix stockte der Atem. »Chiara!«, stieß er hervor und sprang auf. »Ich muss zu ihr! Ich muss ihr helfen!«

Urs stand auf und legte den Arm um seine Schultern. »Das wirst du. Und ich werde dir dabei helfen. Aber nicht jetzt. Nicht heute. Das Ganze will gut vorbereitet sein.«

Felix atmete schwer. Am liebsten wäre er sofort losgestürmt. Aber gleichzeitig sah er ein, dass es unsinnig war. Er wusste noch nicht einmal, wo das Camp war, in dem Chiara gefangen gehalten wurde. »Du glaubst also, dass es möglich ist, von dort zu entkommen?«

»Alles ist möglich«, beruhigte ihn Urs. »Zumindest kann man es versuchen. Ob es klappt …«

»Natürlich klappt es! Du hast es ja auch geschafft!«

»Das ist lange her. Und es war sicher einfacher. Wie gesagt, es gab damals keine klare Linie. Am Ende konnte ich sie überzeugen, dass ich nur durch Zufall in ihre Hände gefallen war. Ich habe mich damit herausgeredet, dass ich jung und naiv war.«

»Und wie ist es heute?«

Urs dachte einen Moment nach. »Ich mache normalerweise lieber einen Bogen um das Schopfheimer Lager. Dort gibt es mehr Soldaten als hier draußen. Und noch einmal möchte ich nicht im Lager landen. Aber im Laufe der Zeit konnte ich einiges beobachten. Das Gelände ist inzwischen eingezäunt, es gibt Wachen und Kontrollen. Allerdings nicht im modernen Sinne. Ohne Elektrizität gibt es keine Scheinwerfer, keine Sirenen, keine Selbstschussanlagen, keinen Zaun, der unter Spannung steht. Keine Fahrzeuge. Und natürlich auch keine Kommunikation wie Handy, Funk, Telefon. Das könnte unsere Chance sein.«

»Warum wurde es dann überhaupt dort gebaut? Wenn alles so schwierig ist?«

»Die Behörden halten das Märchen von der tödlichen Verstrahlung aufrecht. In Wahrheit haben sie Angst. Die Regierung hat keine Ahnung, was im Schwarzwald wirklich vor sich geht. Genauer gesagt: was dahintersteckt und wie man sich davor schützen kann. Jeder, der aus der Zone kommt, ist eine potenzielle Gefahr. Die Regierung hat wahnsinnige Angst, dass sich durch sie die tödliche Kraft weiter ausbreitet. Alle Lager sind daher so weit hinter der Absperrung wie möglich errichtet worden. Und so weit ins Innere der Zone hinein, wie sie sich trauen.«

»Gibt es noch andere außer das in Schopfheim?«

»Ich weiß von einem kleinen Lager hinter Waldshut. Und bei Staufen soll es eines geben. Von anderen gibt es nur Gerüchte. Ich vermute, sie sind überall rund um den Schwarzwald.«

Felix hörte aufmerksam zu. Zum ersten Mal hatte er in Urs jemanden gefunden, der sich auskannte und der ihm vieles erklären konnte. Er setzte eben zu seiner nächsten Frage an, als er mit einem Mal ein seltsames Rumoren in seinem Unterleib spürte. Er hatte das Gefühl, eine riesige Kröte sei plötzlich aufgewacht und bewege sich hin und her. Fast gleichzeitig durchzuckte ihn ein heftiges Stechen. Ihm wurde schwindelig.

Urs merkte sofort, dass etwas nicht stimmte. »Was ist mit dir? Was hast du?«

Felix' Magen brodelte wie ein Topf mit Bohnen. »Ich … ich glaube, ich muss ganz schnell irgendwohin!«

»Ach so!« Urs grinste. »Die Wasserspülung ist gerade leider außer Betrieb. Aber um die Ecke steht ein Spaten. Wenn du willst …«

Felix hörte nicht mehr hin. Mit ein paar schnellen Schritten huschte er zum Rand der Lichtung und kauerte sich unter einen Busch. In letzter Sekunde gelang es ihm, seine Hose herunterzuziehen.

Ein paar Minuten später kam er zerknirscht zurück zu Urs auf die Terrasse. »Dabei war das Essen so lecker«, murmelte er kleinlaut. »Vor allem die Oliven und die Schokolade.«

»Vielleicht ein bisschen ungewohnt für deinen Magen.«

»Vielleicht. Wo ist jetzt der Spaten? Ich glaube, ich gehe gleich noch mal.«

*

Felix schlief schlecht. In seinen Träumen rumorte es wie in seinem Magen. Ein wildes Durcheinander ließ ihn nicht zur Ruhe kommen. Irgendwann musste er aufstehen und sich übergeben. Danach ging es besser. »Nie wieder!«, schwor er sich, als er versuchte, den säuerlichen Geschmack mit einer halben Flasche Wasser herauszuspülen. Als er sich wieder hinlegte, schlief er nicht sofort ein. Seine Gedanken wanderten zu Chiara. In gewisser Weise stimmte es, was Urs über die erzählt hatte, die nach der Katastrophe im Schwarzwald geboren wurden. Chiara war anders. Sogar anders als Lena, obwohl diese fast ihr ganzes Leben dort verbracht hatte. Felix erinnerte sich, wie er Chiara zum ersten Mal gesehen hatte. Ihre Augen hatten ihn fasziniert, vom ersten Moment an. Es war, als seien sie der Eingang zu einer anderen Welt. Einer Welt, die fremd war, und von der er immer stärker ahnte, dass sie etwas mit ihm zu tun hatte. Gehörten die Erdmänner dazu? Urs hatte von ihnen gesprochen, als wären sie Wirklichkeit. Eine andere Wirklichkeit hinter einer Grenze, die er respektieren wollte. Was meinte er damit? Und war Felix ihnen bei seiner unvorsichtigen Erkundung zu nahe gekommen? Waren die Zeichen für ihn eine Warnung – oder eine Aufforderung? Der Fischmensch. Felix war immer mehr überzeugt davon, dass bei ihm alles zusammenlief. Ihn musste er wiederfinden. Und beim nächsten Mal würde er stark genug sein müssen, ihn auszuhalten. Dann konnte er ihm die Antworten abringen.

Das Flüstern des Waldes brachte Felix schließlich zur Ruhe. Als er die Augen aufschlug, war es bereits hell. An seiner Seite spürte er etwas Warmes. In der Nacht war Leo zu ihm herangekrochen und hatte sich neben ihn gelegt. Als er merkte, dass Felix aufgewacht war, hielt es ihn nicht mehr. Es gelang ihm aufzustehen und Felix' Hand zu lecken. Leos Schwanz wedelte zaghaft, so als ob er ihn begrüßte.

»Leo, alter Junge!«, freute sich Felix und tätschelte dem Hund behutsam den Kopf. »Ich freue mich, dass es dir besser geht!« Ihm fiel ein Stein von Herzen, als er sah, wie sein Begleiter wieder auf den Beinen stand und zu ihm hochblickte. »Jetzt wird alles gut!«

Felix stand auf und suchte die Wasserflasche. »Bleib!«, mahnte er, als Leo hinter ihm hertrotten wollte. »Nicht übertreiben!« Er füllte eine Schüssel und stellte sie auf den Boden. Leo trank langsam. »Ob du auch schon etwas essen kannst? Aber was ist jetzt gut für dich?«

Felix sah sich um. Die Hängematte, in der Urs geschlafen hatte, war leer. Dafür lag ein verschraubtes Glas darin, an dem ein Zettel angeheftet war. »Hühnerbrühe. Wird euch beiden guttun. Hinterm Haus ist eine Feuerstelle. Heute kannst du es riskieren. Ich bin unterwegs, die Lage auskundschaften.«

Felix musste lächeln. Urs schien geahnt zu haben, dass Leo heute auf die Beine kommen würde. Und er war so rücksichtsvoll, ihn ausschlafen zu lassen. Er ging hinüber zu dem kleinen Wasserfall, der aus dem Wald auf die Lichtung herabstürzte. Urs hatte dort einen Trog aus einem ausgehölten Baumstamm angebracht, aus dem das Wasser schwappte. Die

Sonne stand bereits so weit am Himmel, dass das Haus und der Großteil der Lichtung hell beschienen waren. Außerhalb des Schattens war es angenehm warm. Das Wasser war hingegen eiskalt. Felix steckte den Kopf in den Trog, wusch sich ausgiebig und trank. Die Feuerstelle befand sich zwischen zwei brusthohen Felsbrocken und bestand aus einem Metallrost, der auf mehreren kleinen Steinen lag. Urs hatte einen Topf mit einem Schöpflöffel an die Seite gestellt und ein Feuerzeug dazugelegt. Ein paar dürre Äste lagen griffbereit. Felix füllte den Topf zur Hälfte mit Wasser, dann machte er sich daran, das Feuer in Gang zu setzen. Er suchte ein paar dickere Zweige zusammen und fütterte es, bis die Flamme regelmäßig brannte. Es zischte, als er den Topf auf den Rost stellte. Felix sah nach oben. Es ließ sich nicht vermeiden, dass eine dünne Rauchsäule aufstieg. Hoffentlich hatte Urs mit seiner Vermutung recht, dass keine Soldaten in der Nähe waren. Felix holte das Glas mit der Trockensuppe und goss den halben Inhalt in das heiße Wasser. Nach wenigen Augenblicken stieg ein verführerischer Duft auf. Felix' Magen hatte sich inzwischen so weit beruhigt, dass er sich auf die Suppe freuen konnte. Er rührte ein paarmal mit einem Stock um, dann zog er die Holzscheite auseinander, um die Hitze zu dämpfen.

Als er sich bückte, spürte er zu seiner Freude das vertraute Stupsen einer Hundenase in seiner Kniekehle. Gleichzeitig erklang ein dünnes »Wuff!«

Felix freute sich mindestens ebenso sehr wie sein Hund, der sich dicht an ihn drängte und gleichzeitig neugierig schnupperte. »Wir müssen uns nur noch ein paar Minuten gedulden.« Er ging zurück und holte die Wasserschüssel, nahm den Topf vom Feuer und schenkte Leo ein paar Löffel von der Suppe ein. Beide konnten es kaum erwarten, bis die heiße Flüssigkeit genug abgekühlt war.

»Jetzt noch ein Stück Brot, und es wäre perfekt«, meinte Felix, während er vorsichtig über seinen Löffel blies. »Und du?«

Mit Erleichterung sah er, wie Leo sich über die Brühe hermachte. Als der Hund seine Schüssel leer hatte, blickte er ihn erwartungsvoll an. »Von mir aus«, lachte Felix und goss ihm die Schüssel ein zweites Mal voll. »Ich mache lieber langsam.« Er spürte, wie die Wärme sich in seinem Bauch ausbreitete. Der Durchfall von gestern Abend war vergessen. Felix hatte kaum aufgeräumt, als Urs zurückkam. Er bewegte sich so leise, dass Felix ihn erst bemerkte, als er bereits neben ihm stand.

»Ich sehe, es geht euch beiden besser«, meinte er. Er prüfte Leos Verband und nickte zufrieden. »Wenn er Hunger hat, ist das Ärgste überstanden. Noch ein, zwei Tage, und Leo ist wieder gesund.«

»Wollen wir ihm nicht etwas jagen? Einen Hasen vielleicht, oder ein Eichhörnchen?«

Urs schüttelte den Kopf. »Sicher, Fleisch wäre nicht schlecht. Aber ich denke, wir warten noch, bis er wieder für sich selbst sorgen kann. So lange bekommt er von den Sachen, die ich habe. Schließlich sind Hunde Allesfresser. Das vergisst man nur sehr oft. Außerdem ...« Er kratzte sich am Bart, als ob er überlegte, wie er sich ausdrücken sollte. »Das ist so eine Sache mit der Jagd. Die Tiere ... oder besser gesagt, ich ...« Wieder zögerte er einen Moment, ehe er fortfuhr. »Ich jage nicht mehr. Die Tiere haben sich verändert. Ich habe mich verändert.«

»Wie meinst du das?«

»Ich kann das nicht genau sagen. Ich kann es auch nicht erklären. Jedenfalls ist es so, dass ich kein Tier töten kann. Es kommt mir nicht richtig vor.«

»Und das war am Anfang nicht so?«

»Die ersten Wochen und Monate nicht. Aber dann kam die Sache mit dem Reh. Wir waren zu viert damals. Das Tier hatten wir erlegt und abgehäutet, wir hatten eine Keule an einem Stock aufgespießt und über das Feuer gehängt. Alle waren hungrig, alle freuten sich auf das Essen. Als ich mir das erste Stück Abschnitt in den Mund stecken wollte …«

Felix sah, wie sich Urs' Gesicht sekundenlang merkwürdig veränderte. In seinen Augen spiegelten sich Erstaunen, Schmerz und Schrecken. Im nächsten Augenblick war alles verschwunden. »Es war äußerst seltsam. Der Braten duftete verführerischer, ich hatte Hunger, das Wasser lief mir im Mund zusammen. Und gleichzeitig kam von irgendwoher etwas, was mich daran hinderte weiterzuessen. Es war nicht Ekel, es war nicht Angst, es war kein schlechtes Gewissen. Es war ein Gefühl, das mich überwältigte und so intensiv war, dass ich diesen Moment nie vergessen werde.«

»Was für ein Gefühl? Ich dachte, du hattest Hunger?«

»Der Hunger war immer noch da. Aber er spielte keine Rolle mehr. Es war so, als sähe ich mir selbst zu, wie ich das Reh aufspieße, am Feuer sitze und im Begriff bin, dass tote Fleisch in mich hineinzustopfen. Ich spürte, dass es keinen Unterschied gab zwischen dem Reh und mir. Zwischen mir und dem Feuer. Zwischen dem Feuer und dem Wald und meinen drei Kameraden. Alles gehörte zusammen. Alles war eins.«

Urs hatte den Kopf erhoben und seinen Blick an Felix vorbei irgendwohin in die Ferne gerichtet. Felix hatte ungläubig und fasziniert zugleich zugehört. Dies war ein anderer Urs, als er ihn in den letzten beiden Tagen erlebt hatte. Was er erzählte, verwirrte ihn.

»Und dann?«, fragte er vorsichtig.

»Das Bild verschwand, wie es gekommen war. Aber der Eindruck ist geblieben.« Urs stieß einen tiefen Seufzer aus. Er wandte den Blick wieder Felix zu. »Seither habe ich nicht mehr gejagt und kein Tier aus dem Wald mehr gegessen. Ich kann es nicht. Es kommt mir so vor, als würde ich mich selbst verzehren.«

Felix dachte an die Vorräte, die in Urs' Zimmer lagerten. »Und die Wurst? Und die Hühnerbrühe? Zum Vegetarier bist du nicht geworden!«

Urs schüttelte langsam den Kopf. »Die Lust hat nie ganz aufgehört. Jedes Mal, wenn ich drüben in der Schweiz bin, bringe ich mir etwas mit. Ab und zu esse ich auch davon. Aber das ist nicht wichtig. Es ist der Wald. Der Wald hat mir gezeigt, was er ist. Ich habe die Wahl. Ich kann dazugehören oder nicht.« Noch einmal atmete er tief durch. Dann gab er sich einen Ruck und griff nach seiner Pfeife. Mit ein paar geschickten Handgriffen stopfte er sie und zündete sie an.

Felix betrachtete ihn von der Seite. Urs sah wieder aus wie zuvor. Sein wettergegerbtes Gesicht blickte wach und freundlich, so als hätte es die Erinnerung, von der er eben erzählt hatte, nie gegeben. Felix war sich nicht sicher, ob er alles verstanden hatte. Er erinnerte sich an den Ausflug mit Chiara an den Feldsee. Auch sie hatte voller Überzeugung davon gesprochen, wie sie mit den Mächten um sie herum in Verbindung stand. Was war das alles? Ein Traum im Traum? Welche Welt war die wirkliche?

»Du willst sicher wissen, was ich herausgefunden habe.« Urs unterbrach seine Gedanken. »Es wird dich interessieren.« Er zog ein paarmal an seiner Pfeife, ehe er begann. »Es sieht so aus, als habe dein Erscheinen und deine Flucht einiges an Wirbel ausgelöst. Es sind mehr Soldaten unterwegs als sonst. Die Patrouillen entlang des Zaunes wurden verdoppelt. Ich hatte Glück und konnte ein Gespräch belauschen.«

»Hast du etwas von Chiara erfahren?«, unterbrach ihn Felix.

»Nicht direkt. Es scheint, dass das Mädchen im Schopfheimer Lager gefangen gehalten wird. Mehr weiß ich nicht. Es gibt ein paar, die vermuten, dass du ihr Begleiter sein könntest.

Aber die meisten glauben, dass du über den Rhein gekommen bist. Die Suche konzentriert sich entlang der beiden Zäune und auf das Gebiet dazwischen.«

»Beide Zäune? Was heißt das?«

»Es gibt die innere Absperrung, die du gesehen hast. Sie ist sozusagen die letzte Grenze vor dem gefährlichen Gebiet. Dann gibt es noch die äußere Sperre, die du von Freiburg her kennst. Sie läuft um den ganzen Schwarzwald herum. Hier im Süden läuft sie mehr oder weniger am Rhein entlang, von Rheinfelden über Laufenburg bis Schaffhausen.«

Urs ließ ein paar Rauchwölkchen aufsteigen. »Es sieht also ganz so aus, als ob wir hier bei allem Aufruhr sicher sind. Die Behörden haben nicht genug Leute, um zusätzliche Erkundungstrupps nach Norden zu schicken. Vielleicht gehen sie davon aus, dass du es sowieso nicht überleben würdest, wenn du dich zu weit in die Gefahrenzone bewegst.«

Felix schluckte. Seine Hand tastete nach Leo, der an seiner Seite lag. Er konnte es kaum glauben, mit welcher kühlen Selbstverständlichkeit Urs über die Möglichkeiten von Leben und Tod sprach. Gleichzeitig wurde ihm erst richtig bewusst, in welcher Gefahr er schwebte. Wenn die Soldaten glaubten, er käme von außerhalb, wäre sein Leben nichts mehr wert. So billig wie bei seiner Begegnung mit der Patrouille in Herdern würde er nicht mehr davonkommen.

»Vielleicht haben wir genau deswegen eine Chance«, fuhr Urs fort. »Ich kenne einen Weg nach Schopfheim, der ein gutes Stück hinter dem Zaun liegt. Dort können wir unbehelligt bis zu dem Camp gelangen.«

»Und Chiara befreien!« Felix sprang auf. »Dann los! Worauf warten wir?«

Urs ließ sich nicht beirren. »Langsam. Wir können dort nicht einfach hineinspazieren. Bevor wir irgendetwas unternehmen, müssen wir so viel herausbekommen wie möglich.«

»Wie willst du das schaffen?«

»Beobachten. Belauschen. Einen Plan entwickeln. Und einen Plan B, wenn möglich.« Urs sprach so, als stelle er eine To-do-Liste auf. »Was machen wir, sollte es schiefgehen? Wie schütteln wir die Verfolger möglichst rasch und sicher ab? Und wir wissen nicht, was sie in der Zwischenzeit mit Chiara angestellt haben.«

»Was willst du damit sagen? Chiara ist fit. Sie ist kräftig. Und klug«, keuchte Felix, der sich nur mühsam beherrschen konnte.

»Es ist besser, mit allem zu rechnen«, erwiderte Urs ruhig. »Morgen führe ich uns hin. Dann werden wir schon mehr wissen.«

»Morgen? Warum erst morgen? Vielleicht ist es da schon zu spät!«

»Den Weg dorthin und zurück schaffen wir heute nicht mehr. Und denke daran, wir sollten Leo nicht über Nacht alleine lassen.«

Leo. Felix hatte ihn in der Aufregung völlig vergessen. »Also morgen?«

»Morgen. Dann solltest du allerdings etwas früher aufstehen.« Urs grinste. »Und deine Esslust im Rahmen halten.«

8. KAPITEL

In der Morgendämmerung machten sie sich auf den Weg. Leo hatte Felix mit großen Augen angesehen, als dieser ihm zu verstehen gegeben hatte, dass er nicht mitkommen könne. Fast wäre Felix schwach geworden. Über Nacht hatte sich Leo weiter gut erholt und ihn beim Aufstehen sogar schwanzwedelnd und mit freudigem Kläffen begrüßt. Doch Urs war hart geblieben. »Du solltest ihn noch schonen. Der Weg ist weit und nicht ungefährlich. Und es wird ein langer Tag werden.«

»Aber einsperren müssen wir ihn nicht, oder?«

Urs schüttelte den Kopf. »Es ist sogar besser, wenn er hier draußen herumstreunen kann. Und bis heute Abend sind wir auf jeden Fall zurück.«

Felix wollte nicht daran denken, was passieren könnte, wenn sie es nicht schafften und Leo die Nacht alleine verbringen müsste. Er schob seine Zweifel beiseite. Leo war ein kluges Tier, er würde sich schon zu helfen wissen.

Von der Lichtung aus folgten sie zunächst ein gutes Stück weit dem Bach. »Den Zaun entlang ist es bedeutend näher«, erklärte Urs, während sie hintereinander den Talgrund durch das taunasse Gras stapften. Der Morgen war angenehm frisch und dennoch warm genug, dass Felix ohne Pulli laufen konnte. »Die Sperre führt südlich an Hasel vorbei die ehemalige Bundesstraße entlang über den Bergrücken nach Schopfheim. Aber dort dürfen wir uns nicht sehen lassen. Selbst wenn wir vorsichtig sind – wir dürfen es nicht riskieren, entdeckt zu werden.«

»Was hast du vor? Das ist doch die komplett andere Richtung?«

»Du hast eine gute Orientierung«, lobte ihn Urs. »Wir gehen zuerst ein Stück nach Norden und kommen dann von der anderen Seite. Dort trauen sich die Soldaten nicht hin.«

»Die Spinne?«

Urs antwortete nicht und stapfte weiter. Felix beschloss, Urs zu vertrauen. Er wusste, wie schwierig es war, einen Bergkamm zu überqueren, seit er verzweifelt versucht hatte, vom Tal der Schwarza aus einen Weg nach Sankt Blasien zu finden. Jetzt konnte er nur hoffen, dass Urs wusste, was er tat.

Nach einer Weile hielt Urs inne. Er holte seine Wegweiser heraus, schwenkte ihn einmal um sich und deutete dann auf den Hang zu ihrer Linken. »Dort hinauf. Ich gehe voraus.«

Urs bog ein paar Zweige zur Seite und schlüpfte in den Wald. Sie bewegten sich entlang eines kaum sichtbaren Rinnsals, dessen Lauf nur zwischen etwas Moos und kleinen kleeblattähnlichen grünen Trieben zu erahnen war. Der übrige Boden war trocken und mit alten Nadeln übersät, ein paar wenige Fichtenschösslinge streckten ihre dünnen Zweige empor.

Felix folgte Urs in dichtem Abstand. Das Klettern war mühsam. Bei jedem Schritt sank er mit dem Fuß ein Stück in den dichten Nadelteppich. Ein paarmal rutschte er aus, an einer Stelle war es so steil, dass er sich mit den Händen abstützen und emporziehen musste. Nach einer Viertelstunde hatten sie ein kleines Hochplateau erreicht, von dessen Rand aus Felix über das Tal nach Süden blicken konnte. In die Richtung, in der sie weitergingen, lichtete sich der Wald rasch. Der Weg stieg zwar immer noch leicht an, war nun aber angenehmer zu gehen. Der Bach, der Urs als Anhaltspunkt gedient hatte, hatte sich inzwischen völlig unter Gras und Buschwerk versteckt.

Nach weiteren zehn Minuten erreichten sie offenes Gelände. Das Gras stand hoch, vereinzelt hatten sich auf der ehemaligen Hochweide kleine Büsche mit harten, dunklen Blättern ausgebreitet, ein paar Birken schimmerten in hellem Grün. Von Weitem waren ein paar Häuser eines Dorfes zu erkennen.

»Jetzt wird es problematischer«, meinte Urs. »Das Gelände ist nicht mehr schwierig, aber dafür heißt es aufpassen. Es ist gut, wenn du ab sofort mithilfst.«

Felix verstand, was er meinte. Er zog sein Rindenstück heraus, das er bisher in seiner Jackentasche getragen hatte. Keine Auffälligkeiten. »Gibt es einen Weg? Oder müssen wir ihn suchen?«

»Beides. Ich war schon öfter hier oben und kenne die kritischen Stellen. Aber man kann nie wissen. Wenn wir Pech haben, zwingt uns die Spinne zu Umwegen.«

Er lief los, Felix erneut dicht hinter ihm. Urs hielt sich zunächst am Rand der Wiese, ging dann wieder ein Stück zurück in den Wald und beschrieb schließlich einen großen Bogen zurück ins Freie. Von hier aus gingen sie mitten in die Wiese hinein. Sie kamen an einem zweiten Dorf vorbei, dessen schlanker Kirchturm wie ein mahnender Finger zum Himmel zeigte. Inzwischen hatte es Felix aufgegeben, sich die Richtung zu merken. An den sanften Hängen des zweiten Dorfes kamen sie an etlichen Obstbäumen vorbei, Bäume, die schon alt waren, als das Dorf noch bewohnt war. Bei manchen waren dicke Äste abgebrochen und lagen auf dem Boden, in einen hatte der Blitz eingeschlagen und den Stamm gespalten. Die eine Hälfte war nicht mehr als trostlose verkohlte Trümmer, die andere hatte inzwischen wieder munter ausgetrieben. Fast alle trugen Früchte – meist Äpfel, aber auch Birnen und ein paar wenige Kirschen. Zu Felix' Bedauern waren die Früchte noch nicht reif. Er griff nach einem Apfel, der ihm einigermaßen genießbar schien und biss hinein. Er war steinhart und sauer.

Urs lachte. »Ein paar Wochen wird es schon noch dauern. Dann kannst du mir bei der Ernte helfen.«

Felix warf den Apfel weg, das abgebissene Stück behielt er eine Weile im Mund und lutschte darauf herum. Ein paar Wochen. Was würde bis dorthin sein? Felix hatte die Gedanken über seine Pläne völlig verdrängt. Als er vor dem abgestürzten Hubschrauber stand, war er nahe daran aufzugeben.

Doch inzwischen trug er in sich die Gewissheit, dass er sich den Aufgaben stellen musste. Auch wenn die lockende Außenwelt nur wenige Kilometer entfernt war, kam es für ihn nicht in Frage, der Versuchung nachzugeben. Chiara! Die Ungewissheit über ihr Schicksal ließ ihn schier verzweifeln. Er hoffte inständig, dass sie am Leben war und dass es ihnen gelingen würde, sie zu befreien. Doch was würde er tun, wenn er sie wiedertraf? Würde er bei ihr bleiben wollen? Im Schwarzwald?

Und dann? Vielleicht würde es ihnen gemeinsam gelingen, noch einmal den Fischmenschen zu finden. Felix spürte tief in seinem Innern, dass er ihm erneut begegnen musste. Das seltsame Wesen war schrecklich und faszinierend zugleich. Doch er war sich sicher, dass er nur von ihm Antworten auf die Fragen bekommen konnte, die sein Leben bestimmten. Fragen, die immer wieder aus dem Nebel des Unbewussten aufstiegen und die er selbst noch nicht klar vor sich hatte. Und die sich verflüchtigten wie Wolken im Wind, wenn er danach greifen wollte. Für Felix wurde der Weg, den Urs vorgab, nun immer unübersichtlicher. Es kam Felix vor, als bewegten sie sich in einem Labyrinth mit unsichtbaren Mauern. Einmal meinte er sogar, wieder den Kirchturm zu sehen. Hatte Urs sich verirrt? Gingen sie etwa rückwärts? Noch einmal kamen sie zu einer Landstraße, die Urs rasch überquerte, nur um einige Meter weiter wieder zu ihr zurückzukehren.

»Wir haben es geschafft!«, sagte er zu Felix' Erstaunen. »Siehst du den Bach dort drüben?« Er deutete auf das Felix inzwischen vertraute Bild eines mit Erlen, Weiden und niedrigen Büschen gesäumten Wasserlaufes. »Von hier aus laufen die Straße und der Bach mehr oder weniger nebeneinander bis hinunter ins Tal. Spätestens in einer Stunde werden wir am Rande des Wiesentals sein.«

Es war so, wie Urs es gesagt hatte. Hinter einem Bauernhof erreichten sie eine Kuppe. Auf der rechten Seite stürzte der Bach in eine felsige Schlucht hinunter, die Straße führte in weit geschwungenen Kurven ins Tal hinab.

»Das Wiesental!« Felix ließ seinen Blick schweifen. Jetzt hatte er sein ursprüngliches Ziel doch noch erreicht. Das Tal war an dieser Stelle recht breit und öffnete sich weiter nach Westen hin. Unter ihnen lag eine größere Stadt, wie er sie seit Waldkirch nicht mehr gesehen hatte. In einiger Entfernung sah er zu seiner Rechten einen weiteren Ort, hinter dem sich das Tal Richtung Norden verengte. Dazwischen war freies Feld. Im Talgrund spiegelte sich das Sonnenlicht in einem schmalen Band, das sich in unregelmäßigen Schleifen schlängelte.

»Dort unten vor uns ist Schopfheim«, erklärte Urs, »rechts Hausen. Der Fluss ist die Wiese. Sie kommt vom Feldberg herunter und fließt von hier aus nach Westen weiter bis Basel.«

»Und Todtnau? Wie weit ist das von hier?« Felix erinnerte sich an den Ort, bis zu dem Tobias und Rainer vorgedrungen waren.

»Das Tal hinauf. Ein gutes Stück die Wiese entlang. Mindestens 20 Kilometer.«

Felix nickte. Er würde es sich merken. Vielleicht kam er doch noch eines Tages dorthin. Der Name des Ortes übte einen eigenartigen Reiz auf ihn aus. Ebenso wie der Fluss. »Wiese – ein seltsamer Name für ein Gewässer, findest du nicht?«

Urs zuckte mit den Schultern. »Schon. Mir gefällt er so gut wie jeder andere. Es gibt übrigens noch eine.«

»Noch eine Wiese? Klar, dort unten hat es genug!« Felix deutete auf das Grün zu ihren Füßen.

»Nein, noch einen Fluss. Die Kleine Wiese. Sie ist drüben im anderen Tal.« Er wies auf den Bergrücken auf der gegenüberliegenden Seite, der bis oben mit Wald bewachsen war.

»Große Wiese – Kleine Wiese. Find ich irgendwie witzig. Und die kommt auch vom Feldberg?«

»Nein, vom Belchen«, meinte Urs knapp. Er gab Felix zu verstehen, dass sie sich nicht zu lange aufhalten sollten. »Siehst du das Fabrikgelände dort unten am rechten Rand von Schopfheim?«

Felix folgte seiner ausgestreckten Hand. Am Ortsende deuteten etliche flache Dächer auf das frühere Industriegebiet hin. »Ja, was ist damit?«

»Dahinter ist eine Häusergruppe kurz vor dem Wald. Das ist unser Ziel. Dort müssen wir hin.«

»Das Camp!«, rief Felix aus. Er beschattete seine Augen mit der Hand, doch es war ihm kaum möglich, etwas zu erkennen. »Ein größeres Haus und ein paar kleine. Mitten im Grün. Ist das alles?«

»Das reicht für ihre Zwecke. Siehst du den Zaun?«

Felix nickte. In einigem Abstand zog sich ein regelmäßiges Viereck um die Häusergruppe. »Eine eingezäunte Festung. Fehlen nur die Kanonen.«

»Spar dir die Scherze. Der Zaun ist eines unserer Probleme. Dort müssen wir erstmal rüberkommen.«

»Gibt es ein Tor?«

»Sogar zwei. Der Haupteingang und ein zweites, das zum Fluss hinunterführt. Aber wir müssen es uns aus der Nähe ansehen.«

»Und wie kommen wir hin? Hat es Soldaten in Schopfheim?«

»Die Garnison ist weiter unten im Tal. In Schopfheim gibt es nichts. Vielleicht auch wegen der Strahlennester. Es hat ein paar gefährliche Stellen. Aber nach Schopfheim gehen wir gar nicht. Wir steigen nach Hausen ab«, er zeigte mit der Hand nach rechts und ließ dann seinen Finger den Saum des Waldes entlangwandern, »und gehen auf der anderen Talseite am Waldrand weiter. Auf diese Weise kommen wir von hinten und sind trotzdem ziemlich nahe dran. Dort wären wir auch am ehesten in Sicherheit, wenn uns die Befreiung gelingt.«

»Aber wie sollen wir dann wieder hier herüberkommen?«

»Das wird sich zeigen. Vielleicht müssen wir uns eine Weile verstecken. Aber wir wollen nicht weiter spekulieren, sondern lieber den Tag nutzen.« Sie gingen ein Stück die Straße weiter nach unten. In der zweiten Kurve bog Urs nach rechts ab. Ein Feldweg führte mit etlichen Windungen den Hang entlang. Auf der Höhe der ersten Häuser des Nachbarortes begann der Abstieg. Es ging besser, als Felix gedacht hatte. Nach einem kurzen Stück durch den Wald erreichten sie die Talsohle. Dicht am Waldrand überquerten sie einen weiteren Weg, kurz danach ein breites Asphaltband mit Leitplanken und deutlich erkennbaren Mittelstreifen.

»Die ehemalige B 317«, sagte Urs. »Hier fuhr man früher, wenn man von Basel auf den Feldberg wollte. Jetzt brauchen wir noch eine Brücke.«

»Ist die Wiese tief?«, fragte Felix.

»Überhaupt nicht. An den meisten Stellen könnten wir sogar rüberwaten. Aber ich habe keine Lust, den Rest des Tages mit nassen Füßen rumzulaufen.«

Statt einer Brücke entdeckten sie kurz vor dem Ortsrand die Überreste eines Wehres. Der Fluss war an dieser Stelle angestaut und bildete einen kleinen See. An der Wehrkrone hatte sich ein Wust von Ästen und Zweigen festgehakt, am Rand war ein Stück von der Uferböschung herausgespült worden.

»Du solltest die Flüsse im Frühjahr sehen«, meinte Urs, der Felix' erstaunten Blick bemerkt hatte. »Da wunderst du dich über die Wassermassen, die die Berge herunterkommen. In ein paar Jahren werden die Betonreste nichts weiter sein als eine Insel.«

Felix betrachtete respektvoll das ruhige Wasser, das gemächlich vor ihnen entlangplätscherte. Er wusste, wovon Urs sprach. Als er damals mit Lena und Bruno auf der alten

Stahlbrücke die Wilde Gutach überquerte, war er knapp mit dem Leben davongekommen. Mit Grausen erinnerte er sich an das unheimliche Tosen und die stürmischen Wellen. Zum Glück war die Bresche nicht so breit. Sie gelangten ohne Probleme auf die andere Seite.

»Wir bleiben in Deckung«, befahl Urs. Er bedeutete Felix, sich nahe an dem Fabrikgebäude zu halten, das sich direkt ans Ufer anschloss. Die nächste Abzweigung bogen sie nach links ab. »Wir sind zwar weit weg, aber man kann nie wissen. Mit Ferngläsern könnten sie uns entdecken.«

Sie kamen an einem Friedhof entlang, dahinter schloss sich eine Siedlung an, in der sich ein Einfamilienhaus mit Garten an das nächste reihte. Den Übergang zum Wald bildeten ein paar verstreute Gartenhäuschen. Über einem von ihnen hingen die Reste einer ausgeblichenen Deutschlandfahne. Das Schwarz war zu einem schmutzigen Grau geworden, das Rot nicht mehr als ein blasser Streifen.

Hinter den Gärten begann der Wald, ein Schotterweg wand sich in engen Kurven den Hang hinauf. Nach links führte auf der Grenze zwischen den Bäumen und dem offenen Feld eine schmale Straße Richtung Schopfheim. Felix konnte die Gebäude des Lagers sehen. »Ein, zwei Kilometer, schätze ich.«

»Auf der Straße«, erwiderte Urs. »Oben sitzt die Spinne, da kommen wir nicht durch. Aber wir können den unteren Teil nutzen.« Ein paar Schritte ging er den Schotterweg nach oben, dann schlug er sich nach links in die Büsche. Felix folgte ihm widerwillig. Manchmal hatte er den Eindruck, dass Urs es mit seiner Vorsicht übertrieb. Auf der Straße wären sie in einer Viertelstunde dort gewesen. Dennoch fügte er sich. Es war ihm alles recht, wenn es ihnen nur gelang, Chiara rechtzeitig zu befreien. Zwischendurch gelang Felix immer wieder ein Blick durch die Blätter nach unten, sodass er sehen konnte, dass sie sich nur wenige Meter oberhalb der Straße fortbewegten.

Mit einem Mal machte Urs Halt. Er wartete, bis Felix zu ihm aufgeschlossen hatte, dann deutete er nach unten. »Wir sind da.« Am Rand des Weges sah Felix schmale, hohe Metallstäbe durch das Blattwerk schimmern. »Der Zaun!«

Urs sah sich nach allen Seiten um und lauschte. Dann glitt er vorsichtig den Hang nach unten. Hinter einer Reihe von Haselsträuchern nahmen sie Deckung. Die Absperrung erinnerte Felix an den Zaun, der zu Hause in Herdern die Grenze des Sperrgebiets markierte. Eng aneinander stehende Metallstäbe und so hoch, dass es selbst mit einem Sprung kaum möglich war, die Krone zu erreichen. Der obere Teil war in einem schrägen Winkel nach innen abgeknickt. Wenige Meter dahinter ein zweiter Zaun aus Maschendraht, dazwischen ein fest getretener Fußweg. Das Gelände dahinter bis zu den Häusern war hoch mit Gras bewachsen.

»Das sieht nicht sonderlich schwierig aus. Zu zweit sollten wir es schaffen rüberzukommen«, meinte Felix.

»Sicher nicht«, antwortete Urs. »Unser großer Vorteil ist, dass es hier keine elektronischen Überraschungen geben wird, Lichtschranken zum Beispiel. Oder irgendwelche Explosionsdrähte. Trotzdem sollten wir mit Überraschungen rechnen.«

»Was denn?«

»Sie könnten Hunde haben. Oder …« Er brach ab, legte den Finger auf die Lippen und deutete nach links den Zaun entlang. In einiger Entfernung tauchten über dem Gras die Köpfe zweier Soldaten auf. Sie gingen langsam und schienen sich zu unterhalten.

»Duck dich!«, befahl Urs. »Wenn wir Glück haben, können wir hören, was sie sagen.«

Felix kauerte sich auf den Boden und hielt sich mit einer Hand an einem der Haselstämmchen fest. Mit der anderen bog er vorsichtig die Zweige zur Seite, um besser sehen zu können. Die beiden schienen es nicht eilig zu haben. Zwischendurch blieben sie stehen, sahen sich um, tauschten gestenreich ein paar Worte aus und gingen dann weiter. Als sie näher kamen, sah er, dass sie den üblichen militärischen Kampfanzug trugen – eine feste Jacke, derbe Hosen und Stiefel, auf dem Kopf eine Schildmütze, bis auf die Schuhe alles einheitlich olivfarben. Eine Schusswaffe konnte Felix nicht entdecken. Dies konnte nur bedeuten, dass das Lager bereits so weit in der Gefahrenzone lag, dass ihnen das Risiko zu groß war, ein Gewehr oder eine Pistole einzusetzen. Dafür sah Felix, dass beide ein langes Messer sowie einen Schlagstock an ihrem Gürtel trugen.

Die Stimmen wurden lauter. »… dann wird das dieses Jahr wieder nichts. Der Trainer sollte mehr junge Stürmer bringen. Das ist ein dermaßen lahmes Gekicke.«

»Und trotzdem gehst du jedes Mal hin!«

»Wenn es nur so wäre, Manni. Du weißt ja, am nächsten Wochenende ist Urlaubssperre. Ausgerechnet! Das Heimspiel kann ich vergessen.«

Manni lachte. »Die werden auch ohne dich nicht gewinnen. Komm, ich spendiere dir eine Zigarette.«

Die beiden blieben nur wenige Meter vor dem Versteck von Felix und Urs stehen. Felix sah, dass sie recht jung waren. Der Fußballfan hatte ein glattes, braun gebranntes Gesicht, Manni trug einen Schnauzbart.

»Alles nur wegen einer einzigen Gefangenen!« Manni nahm einen Zug, hustete, dann einen zweiten. »Verstehst du das ganze Theater, Hermann? Ich nicht. Was wollen sie denn von der? Immer heißt es, es ginge um Informationen. Informationen worüber? Was soll denn die Tante mehr wissen als das, was die Techniker und Strahlenspezialisten herausgefunden haben?«

»Manche sagen, dass es um gefährliche Krankheiten geht. Deshalb wollen sie auch nicht, dass die paar Typen, die sich im Schwarzwald herumtreiben, so ohne Weiteres herauskommen.«

»Für mich sah die völlig normal aus. Ein bisschen verwildert. Aber sonst …«

»Vielleicht ein Virus, oder so. Wenn ich der Kommandeur wäre, würde ich mich nicht zu lange damit aufhalten. Wenn der Doktor weiter nichts aus ihr herausholt …« Hermann machte mit dem Finger eine eindeutige Bewegung über den Hals. »So wie mit den anderen auch. Der beste und schnellste Weg.«

»Am besten vor dem nächsten Wochenende, was?« Manni grinste.

Felix klopfte das Herz. Die Gedanken schossen ihm wild durch den Kopf. Chiara war in höchster Gefahr! Sie mussten versuchen, sie herauszuholen, je schneller desto besser.

Die beiden Soldaten setzten sich in Bewegung. Manni warf die Zigarette achtlos weg, Hermann nahm noch ein paar Züge. Ihr Gespräch wandte sich erneut dem Fußball zu. Bald waren ihre Worte nicht mehr zu verstehen.

»Komm, wir müssen nach oben!« Urs kletterte so rasch den Hang hoch, dass Felix Mühe hatte ihm zu folgen.

»Was ist, wo willst du hin?«, keuchte er.

»Das wirst du gleich sehen.«

An der Stelle, von der sie zuvor heruntergekommen waren, stieg Urs weiter nach oben. Felix rutschte ein paarmal ab, seine Hände und die Hose waren in kurzer Zeit dreckverschmiert. Ein paar Minuten später erreichten sie einen Waldweg. Urs lief weiter, bis sie zu den Resten einer hölzernen Sitzbank kamen. Jetzt sah Felix, warum sie heraufgeklettert waren. Sie waren in einer Höhe, dass sie den größten Teil des Geländes überblicken konnten. Das Camp war zum Greifen nah. Das zentrale Gebäude ähnelte mit seinen Erkern und einem mächtigen Turm an der Außenseite einem kleinen Schlösschen. Es hatte zwei Stockwerke, darüber ein Dach mit einem spitzen Turm, auf dem eine Wetterfahne mit einem Hahn befestigt war. Ein weiterer, neuerer Bau in fast der gleichen Größe stand dicht daneben. Vor dem Eingang gab es einen größeren freien Platz, von dem aus eine Straße in Richtung Schopfheim führte. Ein paar weitere Gebäude gruppierten sich um das Zentrum – Schuppen, Garagen, ein Flachbau. Ein Stück dahinter konnte Felix das schmale Band der Wiese erkennen.

»Gerade noch rechtzeitig! Siehst du die beiden?« Urs deutete nach rechts. Felix nickte. Hermann und Manni traten eben aus dem toten Winkel heraus, der von den Bäumen am Hang unterhalb ihres Aussichtsplatzes verdeckt war. Felix konnte deutlich erkennen, dass der Zaun annähernd die Form eines großen Rechtecks hatte. Die beiden Soldaten bewegten sich langsam den südlichen Abschnitt entlang in Richtung Wiese.

»Jetzt kontrollieren sie das Tor!«, rief Felix, als Manni und Hermann an der Stelle stehen blieben, an der die Straße auf den Zaun traf.

»Das ist der Haupteingang«, erklärte Urs. »Das zweite Tor ist im Zaun gegenüber Richtung Hausen.«

Felix ließ seinen Blick die Straße hin- und herwandern. »Meinst du, wir könnten da rein?«

»Wir müssen sehen. Solange es hell ist, geht es sowieso nicht. Das Gelände ist zu offen. Selbst wenn wir die Zaunwache umgehen, würde man uns vom Haus aus sofort bemerken. Ich bin sicher, dass dort irgendwo jemand sitzt, im Turm vielleicht. Außerdem müssen wir sehen, wie stark die Tore befestigt sind.«

»Weißt du, wie viele Wachen es gibt?«

»Keine Ahnung. Ich nehme an, dass die Gefangenen eingeschlossen sind, ähnlich wie in einem Gefängnis. Es wird ein, zwei Wärter geben, vielleicht zusätzliche Posten im Haus. Wie viele es außen gibt, müssen wir sehen.«

Die Soldaten waren weitergelaufen. Ein paar Minuten später waren sie hinter den Gebäuden verschwunden. »Jetzt laufen sie die Wiese entlang. Es scheinen tatsächlich nur die beiden zu sein. Das ist gut.«

»Warum?«

»Das bedeutet, dass sie immer nur den Teil des Geländes und des Hauses sehen, vor dem sie sich gerade befinden. Das könnten wir ausnützen. Wir müssten nur wissen, wie lange sie für ihren Rundgang brauchen.«

»Eine Uhr wäre nicht schlecht«, seufzte Felix. »So können wir nur schätzen oder nach Gefühl gehen.«

»Ich habe eine Uhr.«

Zu Felix' Überraschung zog Urs eine uralte Taschenuhr hervor. Das Metallgehäuse war zerbeult und hatte unzählige Kratzer und Flecken, das Deckglas ausgeblichen. Zeiger und Ziffern waren nur zu erahnen.

»Wo hast du denn die her?«

Urs verzog den Mund zu einem schelmischen Grinsen. »Gefunden, sozusagen. Sie kam zu mir auf einer meiner vielen Gänge. Ich weiß auch nicht, warum ich sie mitgenommen habe. Vielleicht, weil mein Großvater eine ähnliche hatte.«

Felix bestaunte den Deckel auf der Rückseite. Mit etwas Fantasie konnte er den Hirsch erkennen, der früher einmal eingeprägt gewesen war. »Hübsch«, meinte er. »Aber sie nützt uns nichts. Alle Uhren sind nutzlos, solange es keinen Strom gibt.«

»Die braucht keinen Strom. Das ist noch gute alte Handarbeit. Pass auf.« Urs nahm die Uhr zurück und drehte an der geriffelten kleinen Schraube über dem Ziffernblatt. Nach ein paar Versuchen hörte Felix ein deutliches Ticken. »Ich ziehe sie nur auf, wenn es notwendig ist. Und jetzt ist es notwendig.« Er stellte die Zeiger auf drei Uhr. »Das stimmt natürlich nicht. Aber so können wir gut ablesen, wie lange die

Wachen brauchen.« Hermann und Manni kamen eben hinter dem Gebäude hervor und bewegten sich langsam zum nördlichen Zaun. Felix staunte. Mit Muskelkraft und cleveren Ideen waren sogar manche der modernen Maschinen ersetzbar. Er erinnerte sich an das durchdacht konstruierte Kühlhäuschen, das die Riesles über einem Brunnentrog gebaut hatten. An Uhren hatte er lange nicht gedacht. Die Zeit war vom Menschen auf die Natur zurückgegangen. Statt durchgetakteten Plänen richtete man sich wieder nach dem Rhythmus des Tages und der Jahreszeiten. So wie es jahrtausendelang zuvor gewesen war.

»Was machen wir jetzt? Wir können doch nicht nur herumsitzen und zusehen, wie die Wachen ihre Runden drehen! Hast du gehört, was die beiden gesagt haben? Wir müssen dringend etwas unternehmen, ehe es zu spät ist. Chiara ist in Lebensgefahr. Wir dürfen nicht nur beobachten und tagelang Pläne schmieden. Und abends jedes Mal zurück zu deinem Unterschlupf. Wir müssen sie befreien, am besten gleich!«

Urs wiegte den Kopf. »Nach dem Gespräch zu schließen, müssen wir mit allem rechnen. Trotzdem sollten wir kühlen Kopf behalten. Klappt es nicht auf Anhieb, sind sie gewarnt und es wird umso schwieriger. Wenn wir erwischt werden …«

»Reden wir nicht davon!«, unterbrach ihn Felix. »Hast du eine Idee?«

»Ja, so ungefähr. Aber ich habe noch etwas anderes. Auch ohne Strom.« Urs griff ein weiteres Mal in die Tiefen seiner Umhängetasche.

»Ein Fernglas! Kann ich mal durchsehen?«

Urs reichte es ihm. Felix richtete den Feldstecher auf die beiden Soldaten und stellte die Schärfe ein. »Prima! Damit kann ich sogar deutlich ihre Gesichter sehen.«

»Schau lieber, ob du etwas Besonderes an den Häusern entdeckst.«

Felix ließ seinen Blick über das Hauptgebäude wandern. »Im Turm sind schmale Fenster. Sieht aus wie Schießscharten. Und im Dach sind zwei Gauben mit Fenstern. Ansonsten …« Er bemühte sich, mehr zu erkennen, doch es fiel ihm nichts Weiteres auf.

Urs sah nun ebenfalls hindurch. »Das Haus auf der linken Seite ist mit dem Schlösschen verbunden. Kann sein, dass es dort einen Durchgang gibt. Und ich sehe einen kleinen Wasserkanal, der von der Wiese herkommt. Leider ist der Zugang auf der anderen Seite. Wäre eventuell eine Möglichkeit hineinzukommen.«

»Wenn wir wenigstens wüssten, wo Chiara gefangen gehalten wird. Bis wir alles durchsucht haben … Wir können schließlich nicht einfach so herumspazieren.«

»Ich glaube, ich weiß, wo!« Urs drehte ein weiteres Mal am Schärfenrad. Dann nickte er und reichte das Glas an Felix weiter. »Schau dir mal beim großen Gebäude die Fenster im Erdgeschoss an.«

Felix musste zweimal ansetzen, bis er sah, was Urs meinte. Hinter dem Glas, in dem sich die Mittagssonne spiegelte, erkannte er schmale graue Streifen. »Da ist irgendwas, aber ich sehe es nicht genau.«

»Das sind Gitter. Metallstäbe.« Er kniff die Augen zusammen, um besser sehen zu können. »Alle Fenster, die ich von hier aus sehe, sind gesichert. Und das von innen, wie in einem Gefängnis. So kann niemand hinausgelangen.«

»Und oben?«

Wieder nahm Urs sich Zeit, der Reihe nach alle Fenster sorgfältig zu betrachten. »Oben sehe ich nichts. Doch, warte, da ist eines. Direkt neben dem Turm.«

»Das ist es!«, stieß Felix aufgeregt hervor. Er ballte die Fäuste. »Diese Schufte!« Er sah Urs wütend an. »Wir müssen es heute versuchen. Unbedingt.«

Urs kratzte sich am Bart, wie jedes Mal, wenn er nachdachte. »Wir sollten zwar nichts überstürzen, aber ich denke, du hast recht. Es bringt nichts, nachher ins Haus zurückzugehen und morgen wieder herzukommen. Mehr werden wir morgen kaum erfahren. Und ein paar Sachen, die uns nützlich sein können, habe ich sowieso immer dabei. Ein Messer, ein Seil. Auch eine Zange habe ich mitgenommen.«

»Super! Dann brauchen wir nur zu warten, bis es dunkel ist, und …« Felix hielt plötzlich inne. »Mist! Ich habe Leo vergessen! Leo ist ja noch im Haus.«

»Es ist deine Entscheidung«, meinte Urs.

»Wenn er fit wäre, hätte ich keine Sorgen um ihn. Aber so …« Felix war hin- und hergerissen. Sollte Leo etwas zustoßen, würde er sich das nie verzeihen. Andererseits hatte sein Hund schon ein paarmal bewiesen, dass er gut zurechtkam. Er hatte ihn nach seiner Gefangenschaft im Domgewölbe in Sankt Blasien wiedergefunden, er hatte den Abstieg ins Albtal entdeckt. Doch da war er gesund und kräftig gewesen. Ob er sich gegen einen Angriff wehren konnte?

»Wie denkst du?«, fragte er.

»Er hat in den zwei Tagen erstaunliche Fortschritte gemacht. Er sah Felix ruhig an. »Du entscheidest.«

Felix atmete ein paarmal tief durch. »Du hast recht, Leo ist ein kluges Tier. Aber Chiara hat alleine keine Chance, sich zu wehren. Wenn es dunkel genug ist, versuchen wir es.«

Urs nickte. »Es wird ein paar Stunden dauern, bis es so weit ist. In der Zwischenzeit wollen wir weiter beobachten. Schau, die Wachen sind wieder da!« Die Zaunpatrouille kam eben unter den Bäumen direkt unter ihnen hervor. Die beiden bewegten sich Richtung Eingangstor. Felix beobachtete durch den Feldstecher, wie sie die Sicherung prüften. »Das Tor ist abgeschlossen«, sagte er. »Darüber hängt eine Kette mit einem Vorhängeschloss. Nicht sonderlich kräftig. Wie groß ist deine Zange?«

»Lass sehen!« Urs sah zu, wie Manni ein paarmal am Tor rüttelte. »Die Kette könnte klappen«, meinte er. »Das Schloss sieht stabil aus.«

»Du überlegst, wie wir wieder herauskommen?«

»Natürlich. Das wird schwieriger sein, als einzubrechen. Für das Schloss bräuchten wir ein Stemmeisen. Oder den Schlüssel.«

»Wir könnten die Wachen überfallen!«

»Machst du Witze? Das sind zwei starke Kerle. Und sie haben Knüppel. Da reicht ein Schlag, um dir den Arm zu brechen. Nein, es bleibt nur der Weg über den Zaun.«

»Was ist dein Plan?«

»Das ganze Gelände ist so gesichert, dass niemand herauskommt. Die Gitter an den Fenstern, der Zaun, der nach innen überhängt. Die Aufmerksamkeit der Wachen wird in erster Linie dem Haus gelten. Keiner rechnet damit, dass jemand von außen eindringen will. Das sollten wir uns zunutze machen. Zum Glück gibt es keinen Stacheldraht. Wir klettern über den Zaun, wenn die Wache möglichst weit entfernt ist. Das Seil lassen wir hängen und gehen an derselben Stelle wieder hinaus.«

»Und das Haus?«

Urs strich sich über den Bart. »Wir schleichen uns an eines der Nebengebäude an. Von dort versuchen wir, möglichst nahe heranzukommen. Alles andere wird sich zeigen. Kannst du klettern?«

Felix nickte. »Geht so.« Die Erinnerung an den schwankenden Wachturm der Streuner blitzte in ihm auf. Sofort überfiel ihn ein leichter Schwindel. Doch er versuchte, sich nichts anmerken zu lassen.

»Die Eingangstür ist bestimmt zu oder bewacht. Durch die Fenster unten kommen wir nicht. Also müssen wir es anders versuchen. Vielleicht gibt es einen Kellerzugang, den wir knacken können. Oder eben von oben. Wir können nur hoffen, dass das Mädchen kräftig genug ist, dass sie mit uns mitkann.«

Felix riss die Augen auf. »Du meinst …?«

»Ich meine gar nichts. Ich sage nur, dass wir mit allem rechnen müssen. Sieh mal!« Urs deutete in Richtung Wiese. »Sie kommen wieder hinter dem Haus hervor.« Er sah auf die Uhr. »30 Minuten für eine Runde. Schnell sind sie nicht gerade. Jetzt müssen wir abwarten, wie regelmäßig sie gehen.«

»Meinst du nicht, wir könnten noch mal runter an den Zaun? Vielleicht schnappen wir etwas auf, wenn sie vorbeilaufen.«

»Ich glaube nicht, dass wir mehr erfahren. Das Einzige, was uns fehlt, ist zu wissen, wie viele Leute in dem Gebäude sind. Insbesondere Wachen. Es wäre Zufall, wenn sie gerade in dem Moment darüber sprechen. Dafür ist es zu gefährlich. Keiner rechnet damit, dass wir hier sind. Und den Vorteil sollten wir nicht aufs Spiel setzen. Wir sollten lieber hier oben bleiben und abwechselnd ein bisschen schlafen. Die letzten Tage waren anstrengend, und heute Nacht müssen wir beide sehr konzentriert sein.«

Obwohl Felix innerlich ziemlich aufgewühlt war, stimmte er Urs' Vorschlag zu. Er ging ein paar Schritte zurück durch den Wald zu der Bank, formte aus seiner Jacke ein Kissen und legte sich hin. Mit den Gedanken bei Chiara nickte er nach wenigen Minuten ein.

*

Er erwachte mit Kopfweh. Wie lange er geschlafen hatte, wusste er nicht. Erst als Urs ihm die Uhr zeigte, sah er, dass er über zwei Stunden auf der Bank gelegen hatte.

»Die beiden haben fünf Runden gedreht, alle um etwa eine halbe Stunde. Erstaunlich gleichmäßig. Vor zehn Minuten war

Ablösung. Die anderen kamen aus dem Haupteingang und sind dann zum Tor. Dort haben sie übernommen.«

»Ich habe verschlafen, das wollte ich nicht. Jetzt lass mich beobachten.«

»Schon recht«, brummte Urs. »Du hattest es nötiger als ich. Sonst habe ich nichts gesehen. Nein, warte, einmal kam ein Wagen mit einem Pferd, etwa vor einer Stunde.«

»Was war da drauf?«

»Ich konnte es nicht erkennen. Ein paar Kisten und Kartons, das Ganze war mit einer Plane abgedeckt.«

»Okay. Jetzt kannst du dich hinhauen.« Felix sah nach oben. Die Sonne stand bereits hinter dem Bergrücken im Westen. »Es wird noch eine Weile dauern, bis es dunkel ist.«

Urs übergab ihm die Uhr und das Fernglas, dann ging er ein paar Schritte zum nächsten Baum und setzte sich ins Moos. Felix richtete sofort den Blick auf die neue Patrouille. Sie waren ebenso gekleidet wie die anderen, beide trugen die Schlagstöcke an der Seite.

»Vergiss nicht, auf die Uhr zu schauen«, klang es hinter ihm.

»Ja, ja.« Felix war noch nicht ganz wach. Was sollte schon Aufregendes passieren? Er nahm sich das südliche Tor als Fixpunkt und stellte die Uhr darauf ein. Dann beobachtete er den Weg, den die beiden Soldaten zurücklegten. Den Zaun entlang zum Fluss, ein Stück verdeckt hinter den Gebäuden, die Geländeecke nach Norden, der Nordzaun mit der Zugangstür, die Strecke unter ihnen, die er nicht einsehen konnte, zurück zum Tor. 30 Minuten. Das Gleiche in der nächsten Runde, erneut eine halbe Stunde mit kaum einer Abweichung. Es war, als hätten die Soldaten eine Uhr eingebaut. Sonst passierte nichts. Urs war immer noch hinter ihm, sein Kinn war auf die Brust gesunken, er atmete ruhig und regte sich nicht. Ob er schlief, konnte Felix nicht erkennen. Immer wieder richtete Felix das Glas auf das Gebäude, sein Blick suchte das Fenster im Obergeschoss neben dem Turm. Das Abendlicht spiegelte sich rot in den Scheiben, die Gitter waren nur noch zu erahnen. Wie mochte es Chiara gehen? Was geschah in diesem Moment in dem Zimmer hinter dem Fenster? Es war nicht auszudenken, würde er zu spät kommen. Wenn die Geduld des Kommandanten zu Ende ging, bevor sie eingreifen konnten. So wie er Chiara kennengelernt hatte, würden sie nichts aus ihr herausbringen. Niemals würde sie verraten, wo Rosalia, Franz und ihre Eltern wohnten. Aber würde sie Schmerzen standhalten können? So wie Felix es verstanden hatte, waren die Camps der Regierung rechtsfreie Zonen, in denen vieles erlaubt war. Wer sich darüber hinwegsetzte, hatte Mittel zur Verfügung, an die Felix mit Schrecken dachte. Und es gab noch eine Möglichkeit, die schlimmste von allen. Felix wurde schwindlig, wenn er nur daran dachte. Ein paarmal hatte er gehört, dass die Behörden die Überlebenden nicht wie normale Menschen behandelten. Sie galten wahlweise als verseucht, krank, mit Viren behaftet oder sogar als Psychopathen. Was war, wenn sie aus Chiara gar keine Informationen herauspressen wollten, sondern sie als Forschungsobjekt betrachteten? Als exotisches Tier, das man nach Belieben untersuchen und manipulieren durfte, mit dem Experimente durchgeführt wurden, die über physische Schmerzen hinausgingen? Felix ballte die Fäuste. Er würde alles versuchen. Er würde kämpfen bis zum Schluss. Und wenn es ihm nicht gelang, würde er lieber sterben, als mit dem Gedanken weiterzuleben, dass Chiara … Felix gab sich einen Ruck. Er durfte sich nicht von Schreckensvisionen überwältigen lassen. Im Gegenteil. Umso wichtiger war es, alles dafür zu tun, dass sie Erfolg hatten. Jede Beobachtung, jede Kleinigkeit konnte von Bedeutung sein, konnte zum Erfolg ihres Planes beitragen. Doch so sehr sich Felix bemühte, er konnte aus der Entfernung nichts wahrnehmen, was für sie nützlich gewesen wäre. Bis auf die vergitterten Fenster im Hauptgebäude und den bewachten Zaun um das Gelände sahen die Häuser aus wie andere auch. Vielleicht etwas besser in Schuss als diejenigen, die er in den letzten Monaten gesehen hatte. Die Fenster waren sauber, die Dächer ohne Löcher oder herabgefallene Ziegel. Felix betrachtete die wenigen Bäume, keiner stand so nah am Hauptgebäude, dass man ihn zum Hochklettern benutzen konnte. Felix setzte das Glas ab. Es strengte an, längere Zeit konzentriert hindurchzuschauen. Die beiden Soldaten waren kurz vor dem Ende ihrer dritten Runde und machten sich daran, das Tor zu prüfen. 30 Minuten. Der Bergrücken, von dem Felix hinabschaute, warf inzwischen lange Schatten über das Tal. Der Gegenhang im Osten hinter der Wiese war in warmes Abendlicht getaucht.

Wieder nahm Felix das Glas zur Hand. Er versuchte, die Stelle zu finden, an der sie am Mittag abgestiegen waren, doch sie lag zu weit im Süden, als dass er sie erkennen könnte. Das Wehr vor Hausen, über das sie geklettert waren, lag hinter den Ufersträuchern verborgen. Das hohe Gras um das Lagergelände ... Felix hielt inne. Was war das? Fast hätte er die schwache Bewegung übersehen. Felix' Blick wanderte zurück. Da war es. Wie ein einzelner dünner Windhauch, der über das Feld strich. Die Halme beugten sich für einen Moment und richteten sich wieder auf. Eine Schleife im Gras, eine Kurve, noch eine. Still.

Felix wartete. Minutenlang passierte nichts mehr. Er wollte sich schon abwenden, als er die Bewegung erneut wahrnahm, ein paar Meter entfernt in Richtung Zaunaußenseite, in engen Windungen, dann wieder ein paar Meter völlig gerade. Es war, als ob er an einem See die Spur eines Fisches verfolgte, den er nicht sehen konnte, weil er unter der spiegelnden Oberfläche verborgen blieb.

»Hast du es auch bemerkt?« Urs stand unvermutet neben ihm. »Es ist mir schon heute Nachmittag aufgefallen.«

»Was kann das sein? Vielleicht noch jemand, der sich anschleicht? Jemand, der das Lager beobachtet?«

»In gewisser Weise schon«, gab Urs zurück. »Sieh noch einmal genau hin!«

Wieder sah Felix angestrengt durch das Fernglas. Die seltsame Spur im Gras bewegte sich in Richtung der Straße, die zum Haupttor führte. Für einen Moment sah Felix einen Schatten, der über den Weg huschte, dann verschwand er auf der gegenüberliegenden Seite. Kurz darauf erneut eine vorsichtige Bewegung. Zwischen den Halmen erschien etwas, das Felix wie eine Schnauze vorkam.

»Ein Hund!«, rief er erstaunt.

Urs nickte. »Das glaube ich auch. Ich habe ihn heute Mittag eine ganze Weile beobachtet. Er hält sich immer an denselben Stellen um das Tor herum auf, mal näher daran, mal weniger nah.«

Felix runzelte die Stirn. »Aber was sollte ein Hund hier wollen? Wenn er zu dem Lager gehört – warum lassen sie ihn nicht herein? Und wenn nicht, warum haut er nicht ab?«

»Ich denke nicht, dass er zum Lager gehört. Trotzdem will er etwas von dort.«

Der Gedanke überkam Felix wie ein Blitz. »Natürlich!« Er schlug sich mit der Hand vor die Stirn. »Das ist Laika! Und ich weiß, was sie sucht!«

Jetzt war es Urs, der verständnislos schaute. »Laika?«

»Aber ja!« Felix wäre vor Aufregung fast den Hang hinuntergerutscht. »Ich habe dir doch von dem Gespräch hinter dem alten Haslacher Bahnhof erzählt, das ich mitbekommen habe. Das Mädchen, um das es ging, war Chiara. Und sie war nicht allein. Der Hund, den sie dabei hatte, sei abgehauen.«

»Und du meinst …«

»Ganz klar. Die beiden verstehen sich auf eine Weise, die wir uns nicht vorstellen können. Ich vermute, dass Chiara, als sie merkte, dass sie keine Chance mehr hatte, ihr bedeutet hat abzuhauen. Laika hätte sie sonst verteidigt bis zum Ende. So wie Leo mich in Wehr.«

»Und jetzt weiß sie, wo Chiara ist und sucht eine Gelegenheit, zu ihr zu kommen.« Urs hatte staunend zugehört. »Obwohl sie keine Möglichkeit hat. Das ist Treue!«

»Es ist mehr als das«, meinte Felix. »Ich bin überzeugt, die Verbindung zwischen den beiden ist immer noch da.« Er sprang auf. »Auf jeden Fall muss ich zu ihr. Sie kennt mich, und …«

»Moment!« Urs packte ihn am Arm und zog ihn zurück in Deckung. »Du musst gar nichts. Du bleibst hier!«

»Aber …«

»Sei vernünftig. Was bringt es, wenn du zu dem Hund hinuntergehst? Du würdest euch beide nur unnötig in Gefahr bringen. Du kannst mit ihr nichts anderes ausrichten als das, was wir uns vorgenommen haben. Ein Hund an unserer Seite wäre eher hinderlich. Er kann nicht klettern und würde uns durch sein Gebell sogar verraten.«

»Laika würde nicht bellen!« Felix grummelte missmutig, doch dann fügte er sich. Natürlich hatte Urs recht. Sie mussten bei ihrer ursprünglichen Idee bleiben. Ohne Laika.

»Du kannst sicher sein, dass Laika es sofort mitbekommt, wenn Chiara draußen ist.« Urs beruhigte ihn. »Spätestens dann kommt sie sowieso dazu.«

Felix wurde allmählich bewusst, dass sie sich der Entscheidung näherten. »Glaubst du, wir schaffen es?« Er bemühte sich, seine Stimme nicht verzagt klingen zu lassen.

Urs antwortete nicht. »Es dämmert. In einer Stunde wird es dunkel. Ich schlage vor, dass wir trotzdem bis in die Nacht hinein warten. Nachts hört man zwar die Geräusche deutlicher, aber gleichzeitig werden die Wachen müde sein. Außerdem will ich sehen, ob sie das Gelände und den Zaun nicht doch irgendwie beleuchten.«

Die Dämmerung senkte sich rasch über das Tal der Wiese. In der Zwischenzeit waren die Farben in den Bäumen auf der Gegenseite verblichen und hatten den Schatten Platz gemacht. Aus Grün wurde ein dunkles Blaugrau, aus Grau wurde Nacht. In dem Haus, das wie ein Schlösschen aussah, kam Licht aus ein paar wenigen Fenstern, ebenso aus einem der Nachbargebäude. Der Rest lag im Dunkel. Einen weiteren Rundgang später kamen zwei Männer aus dem Haupteingang. Es war aber nicht die neue Ablösung, wie Felix zunächst dachte. Die beiden setzten stattdessen im Hof zwei Feuerkörbe in Brand. Wenig später flammten an den vier Ecken des Sperrzaunes und hinter dem Eingangstor ebenfalls Feuer auf.

»Immerhin!«, meinte Urs, nachdem er beobachtet hatte, wie die beiden im Haus verschwunden waren. »Das macht es etwas schwieriger für uns. Aber nicht unmöglich. Bei modernen Scheinwerfern hätten wir es schwerer.«

*

Die Zeit verging für Felix quälend langsam. Als endlich die Nacht vollends über das Tal gefallen war, drängte er zum Aufbruch. Doch Urs hielt ihn zurück. Sie warteten weitere fünf Runden der Patrouille ab, ehe er endlich zustimmte. In der kurzen Zeit, in der die Wachen das Tor kontrollierten, stiegen sie so leise wie möglich den Hang zum Zaun hinunter. Das Licht der brennenden Feuerkörbe flackerte weithin sichtbar. Über dem offenen Gelände lag ein eigenartiges Leuchten.

»Siehst du die Bäume dort?« Urs deutete auf eine Stelle zwischen dem Haupttor und der südwestlichen Zaunecke. Felix nickte. Eine Gruppe Pappeln wies auf einen Bachlauf hin. Sie waren nicht groß, boten jedoch durch ihr dunkles Blattwerk zusätzlichen Sichtschutz.

Sie huschten am Zaun entlang, bis sie zu der Stelle kamen. »Jetzt müssen wir warten, bis die Soldaten hinter den Häusern verschwunden sind«, meinte Urs. »Kannst du gut klettern oder soll ich dich am Seil hochziehen?«

»Ich versuche es!«, gab Felix zurück.

»Gut. Räuberleiter! Jetzt!«

Felix stellte sich breitbeinig mit dem Rücken zum Zaun und verschränkte die Hände vor dem Bauch. Urs war nicht so schwer, wie er befürchtet hatte. Er setzte einen Fuß in den Tritt, stieg auf Felix' Schultern und drückte sich nach oben ab. Dann hakte er sich mit dem Arm in einen der Drähte und beugte sich zu Felix nach unten. Felix griff nach seiner Hand und spürte sofort, wie er hochgezogen wurde. Im nächsten Moment saß er mit Urs auf der Zaunkrone.

»Schnell. Wenn wir unten sind, laufen wir sofort rüber zu den Bäumen.« Urs schlang das Ende des Seils, das er zusammengerollt um die Schultern geschlungen hatte, um einen der Metallpfosten, verknotete es, so fest er konnte, und warf das freie Ende hinunter. Dann schwang er beide Beine zur Innenseite und sprang.

Felix zögerte einen Moment. Leichter Schwindel überfiel ihn. Der Zaun wirkte wesentlich höher, als er von unten ausgesehen hatte. Alleine hätte er sich wahrscheinlich nicht getraut. Was, wenn er sich den Fuß verstauchte?

»Worauf wartest du? Los!«

»Ich weiß nicht …«

»Lass dich am Seil herunter! Aber warte nicht länger.«

Natürlich, das Seil! Schon zweimal hatte er sich einen wesentlich steileren und längeren Hang hinabgelassen. Felix hielt sich mit beiden Händen an dem Drahtgitter fest und rutschte ein Stück nach unten. Dann schlang er sich das Seil um den Arm und stieß sich ab. Es knirschte, als er mit beiden Beinen auf dem Patrouillenweg aufkam. Felix atmete auf. Der

Maschendrahtzaun dahinter war kein Hindernis, das sie aufhalten konnte. Sie zogen das obere Ende ein Stück herunter, sodass sie ohne Mühe darüberklettern konnten. Geduckt rannten sie zu den Bäumen und brachten sich in Deckung. Das Ganze hatte keine drei Minuten gedauert. Die Wachen waren noch nicht aufgetaucht. »Das wird unser Fluchtweg sein«, sagte Urs, während Felix außer Atem neben ihm kauerte. »Wenn Chiara nicht selbst klettern kann, werden wir sie hochziehen.«

Felix spürte einen Kloß im Hals. Normalerweise würde sie nicht einmal ein Seil brauchen, um über den Zaun zu kommen. Normalerweise …

Er folgte Urs bis zu dem Baum, der den Häusern am nächsten stand. Von hier bis zu der Garage waren es nur wenige Meter. Urs winkte, dann huschte er weiter bis zu dem flachen Bau. »Wir versuchen es zuerst auf der Rückseite«, flüsterte er. Im Schatten der Wand gingen sie geduckt weiter. An die Garage schloss sich ein Holzschuppen an, dahinter mehrere kleine Gebäude, die alle im Dunkel lagen. Kein Licht kam aus den Fenstern. Auf dem kiesbestreuten Hof davor standen mehrere Schubkarren und ein Wagen mit einer langen Deichsel. »Wahrscheinlich der Stall für die Pferde. Komm weiter, wir müssen näher ran!«

Sie gingen hintereinander, eng an die Wand gepresst. Kurz bevor sie das Ende erreichten, hörten sie Stimmen und Gelächter. »Runter!«, zischte Urs und ging in die Knie. Auch Felix ließ sich auf alle viere auf den Boden. Vorsichtig lugten sie um die Ecke. Nur wenige Schritte von ihnen entfernt standen zwei Männer. Felix konnte ihre Gesichter nicht erkennen, es gab lediglich eine Fackel, die in einem Ständer steckte. Beide rauchten und redeten offensichtlich über ihre letzten Wochenenderlebnisse in ihren Heimatorten.

»… musst du unbedingt sehen. Ich war schon zweimal drin.

Jede Menge Action. Und die Drachen, ich sage dir, das sieht so was von echt aus!«

»Mal sehen. Was willst du auch sonst groß machen in dem Kaff. Ich fahre meistens nach Freiburg. Da ist schon mehr los. Oder nach Basel. Meine Freundin …«

Urs zog den Kopf zurück und lehnte sich an die Wand. Die Stimmen klangen gedämpft, waren aber trotzdem zu hören. »Vielleicht sind es Wachen?«, meinte Felix. »Sieht so aus, als hätten sie gerade Pause.«

»Scheint mir auch so. Hier kommen wir nicht weiter. Wir sollten uns nicht zu lange aufhalten. Wer weiß, wie lange die hier stehen.« Er wollte sich eben abwenden, als Felix ihn am Arm herunterzog. »Warte, ich glaube, jetzt wird es interessant.« Felix schob erneut den Kopf vor, um besser hören zu können.

»… kann ich mir nicht vorstellen, so wie die beieinander ist. Eine der Innenwachen hat erzählt, sie wäre völlig fertig. Wahrscheinlich macht sie es nicht mehr lange. Ich würde sowieso kurzen Prozess machen, nicht so ein Theater.«

»Spinnst du? Ich habe keine Lust wieder auf Außenstreife in den Wald zu gehen. Solange sie hier ist, haben wir unseren Job. Besser geht's doch gar nicht. Hier passiert sowieso nichts.«

»Und der Kerl, den sie in Wehr fast erwischt haben? Meinst du, der gehört zu ihr?«

»Weiß nicht, keine Ahnung. Warum hätten sie sich trennen sollen? Das gäbe doch gar keinen Sinn!«

»Glaubst du, es war jemand von außen?«

»Da bin ich ziemlich sicher. Das war bestimmt einer dieser Angeber aus der Schweiz. Mutproben und so. Wenn du mich fragst, ist der längst verschwunden.«

Für eine Weile schwiegen beide. Felix klopfte das Herz, als er die Soldaten über sich sprechen hörte. Wenigstens wusste er, dass Chiara noch lebte. Auch wenn es nicht gut klang, was die beiden sagten.

»Rauchen wir noch eine?«

»Nee. Ich haue mich lieber hin. Sonst schlafe ich nachher auf der Streife ein.«

»Na gut. Alleine bleib ich hier auch nicht. Wenn wir wenigstens ein Smartphone hätten. Ich habe da eine neue Sängerin entdeckt …«

Plötzlich ertönte von irgendwo der schrille Klang einer Trillerpfeife. Felix zuckte zusammen. Ein weiterer Pfiff folgte kurz darauf.

»Das ist der Außenalarm! Verdammte Scheiße. Nichts ist's mit pennen.«

»So ein Theater! Bestimmt ist wieder eines dieser Karnickel in einen Stolperdraht gelaufen. Die wühlen das ganze Gelände durch. Wenn ich einmal eines von denen erwische …«

Die Worte verklangen. Felix hörte, wie schwere Stiefel auf die Treppe schlugen. Eine Tür knallte. Von Ferne drangen Rufe durch die Nacht.

»Stolperdraht? Wusstest du davon?«

»Nein. Aber Glück gehört auch dazu. Wahrscheinlich rennen jetzt alle raus auf die große Wiese. Gut für uns!« Urs stand auf. »Komm, wir versuchen es von hinten!«

Sie liefen an der Rückseite des Hauses entlang, in dem die Wachen verschwunden waren, bis sie zur nächsten Ecke kamen. Rechts von ihnen gab es einen Hof mit ein paar Sitzbänken, links erhob sich ein großes Gebäude, dessen Silhouette alle anderen überragte. Das Haus der Wachen war durch einen überdachten Gang, der aussah als sei er nachträglich gebaut worden, mit dem hinteren Tor verbunden. Ein Zugang war nicht zu sehen. Sämtliche Fenster im Erdgeschoss, die sie von ihrem Platz aus sehen konnten, waren vergittert.

»Mist, das wäre zu einfach gewesen!«, flüsterte Urs. »Trotzdem sieht es so aus, als seien die Gitter die einzigen Sicherungen. Anscheinend rechnet keiner damit, dass jemand von außen kommt.«

»Aber was machen wir jetzt?« Felix sah sich ängstlich um. Er befürchtete, jeden Moment einen der Soldaten um die Ecke kommen zu sehen.

»Klettern! Wir müssen die Zeit nutzen, in der die Wachen abgelenkt sind. Komm!«

Das ehemalige Herrenhaus war ganz im Stil des 19. Jahrhunderts gebaut. Überall gab es Erker, Fensterstürze und Vorsprünge, die früher die Fassade geschmückt hatten. Urs deutete auf einen kleinen Balkon schräg über ihnen. »Dort hinauf!«

Wieder versuchten sie es mit der Räuberleiter. Bis zum ersten Fenster war es nicht schwierig. Felix gelang es auf Anhieb, sich hochzuziehen und an einem der Vorsprünge festzuklammern. »Der Kandel dort in der Ecke! Das müsste klappen.« Urs hangelte sich auf einem kaum fußbreiten Sims entlang, bis er festen Griff bekam. Mit der anderen half er Felix, den es alle Überwindung kostete, ihm zu folgen. Sie waren zwar kaum drei Meter über dem Boden, doch das mulmige Gefühl und die Angst herabzustürzen, griffen sofort nach ihm. »Nicht runterschauen. Gib mir die Hand.« Als Felix es bis zu ihm geschafft hatte, wandte er sich mit dem Gesicht zur Wand und umfasste das Fallrohr mit beiden Händen. »Es scheint zu halten. Und jetzt kletterst du an mir hoch.«

Felix krallte sich an Urs' Hemd fest, schwang seine Beine hoch und zog sich bis auf dessen Schultern empor. Mit wackeligen Knien gelang es ihm, sich aufzurichten.

»Kommst du ran?«

»Ich glaube schon.« Felix umklammerte mit der linken Hand das Blechrohr, mit der rechten erreichte er den unteren Teil der Balustrade.

»Pass auf, ich schiebe dich!«

Felix spürte, wie Urs sich so groß wie möglich machte. »Achtung, auf drei. Eins, zwei …« Eine kräftige Hand schob ihn mit einem Ruck nach oben. Mit beiden Händen umklammerte er die Brüstung, seine Beine strampelten in der Luft.

»Halt ruhig, wir versuchen es noch einmal.« Wieder schob Urs von unten, so gut er konnte. Beim dritten Versuch gelang es Felix, ein Bein über den Rand zu schwingen. Er verschnaufte einen Moment, dann zog er sich ganz nach oben und ließ sich erschöpft auf den Boden des winzigen Balkons fallen.

Urs war wesentlich geschickter und kräftiger als er. Sekunden später war er ebenfalls hochgeklettert und duckte sich neben Felix hinter die schmucken Säulen der Balustrade. »Bleib unten. Die Wachen sind wahrscheinlich alle auf der anderen Seite zum Wald hin. Aber man kann nie wissen.«

Felix spähte durch die Zwischenräume. Sie waren hoch genug, dass er ein Stück über die Nachbargebäude wegschauen konnte. Auf dieser Seite lag alles im Dunkel. Zu ihrer großen Enttäuschung war die Tür vom Balkon ins Innere des Hauses fest verrammelt. Zusätzlich waren die beiden Fensterchen links und rechts mit Brettern zugenagelt.

»Und jetzt?«

Urs blieb geduckt hinter der Brüstung während er zu beiden Seiten die Fassade prüfte. »Die nächsten Fenster sind zu weit weg. Wir klettern hoch. Aufs Dach.«

»Auf das Dach?«

»Erinnerst du dich, was wir durch den Feldstecher gesehen haben? Dort oben ist ein Turm mit einer Wetterfahne. Vielleicht haben wir Glück, und es gibt eine Glocke. Dann muss es auch einen Zugang ins Innere geben.«

»Aber das schaffe ich nie!«, stöhnte Felix auf. »Ich …«

»Die Höhe, ich weiß. Hab ich schon seit einer Weile gemerkt. Jetzt wäre das Seil nicht schlecht. Da haben wir beide nicht daran gedacht. Aber ich habe eine andere Idee. Ich versuche es alleine. Wenn ich hineinkomme, mache ich die Balkontür auf und lass dich rein. Falls nicht, komme ich hierher zurück.«

Felix widersprach nicht. Alleine der Gedanke, sich an einem abschüssigen Dach entlangzuhangeln, ließ ihm den kalten Schweiß ausbrechen. »Und du meinst, es gibt keine andere Möglichkeit?«

»Vielleicht. Aber jetzt sind wir hier und wollen es versuchen, solange keiner der Soldaten zurück ist. Dieses Mal hilfst du mir von unten. Steig da rauf! Und denk daran: Nicht nach unten sehen!«

Es kostete Felix äußerste Überwindung, auf die Brüstung der Balustrade zu klettern. Einen kurzen Blick nach unten konnte er dennoch nicht verhindern. Sofort begann die Fassade des Hauses zu schwanken und sich nach vorne zu neigen.

»Augen zu! Umdrehen! Festhalten!« Urs' Worte klangen wie Befehle. Felix versuchte, alle Gedanken und Vorstellungen darauf zu konzentrieren. Er klammerte sich an einem der Fenstervorsprünge fest und schloss die Augen. Er nahm kaum wahr, wie Urs über ihn hinwegkletterte, wie sein Gewicht ihm auf die Schultern drückte und wie es plötzlich leichter wurde, als Urs verschwunden war. Ein paar Atemzüge blieb Felix noch stehen, dann neigte er sich nach innen und ließ sich heruntergleiten. Von Urs war nichts mehr zu sehen. Lediglich ein leises Kratzen über ihm verriet, dass er sich irgendwo auf dem Dach entlangbewegte. Nur langsam kehrte Felix' Bewusstsein in die Gegenwart zurück. Der Himmel hatte sich inzwischen mit Sternen geschmückt, über dem Bergkamm deutete ein silbriger Schimmer auf den bevorstehenden Mondaufgang hin. Von Ferne hörte er vereinzelte Rufe, sonst war es still. Die Geräusche auf dem Dach waren verstummt. Felix blieb nichts übrig als zu hoffen, dass das ein gutes Zeichen war. Urs' Entscheidung war die einzig richtige. Dafür ärgerte er sich, dass er nichts anderes tun konnte als zu warten. Vielleicht gab es noch eine Möglichkeit. Felix betrachtete die beiden Fenster. Sie waren mit breiten Brettern zugenagelt, durch die schmalen Schlitze konnte er im Innern nichts erkennen. Er versuchte, an mehreren Stellen zu rütteln, doch das Holz bewegte sich nicht. Ohne Brecheisen, Zange oder ein anderes Werkzeug hatte er keine Chance. Zudem würde jeder Versuch, mit Gewalt einzubrechen, zu viel Lärm verursachen. Dafür untersuchte er die Tür. Sie bestand aus einem einfachen Holzrahmen, im oberen Teil gab es ein mit Butzenscheiben verkleidetes Fenster, das in der Mitte geteilt war. Das Schloss sah aus, als sei es so alt wie das Haus. Doch es war fest abgeschlossen, nichts ließ sich bewegen. Felix zog sein Schweizermesser aus der Tasche und versuchte, die Sperre irgendwie zu lockern, aber er gab rasch auf. Dann versuchte er sich an den Scheiben. Abwechselnd schob er den Sporn und das größere der beiden Messer unter den Rand. Der Kitt war bröselig und ließ sich leicht lösen, doch die runden Metalleinfassungen saßen im Holzrahmen fest. Felix stocherte und schnitzte, als sich unerwartet eine der Glasscheiben löste und nach innen fiel. Felix hielt den Atem an, als er den dumpfen Aufschlag hörte. Instinktiv kauerte er sich zusammen und lauschte. Wenn jetzt jemand in der Nähe war, musste er es gehört haben! Tatsächlich näherten sich Schritte. Eine Tür wurde geöffnet, flackerndes Licht schimmerte durch die Öffnung. Felix wich bis zum Rand des Balkons zurück. Er konnte nirgendwohin. Ohne Hilfe würde er den Abstieg nicht schaffen. Doch dann straffte er sich. Der Gedanke an Chiara ließ seinen Mut wieder wachsen. Er würde sich teuer verkaufen! Er erhob sich, packte sein Messer und presste sich eng an die Wand neben der Tür. Die Schritte kamen näher, dann hörte er, wie von innen ein Riegel beiseitegeschoben wurde.

Als sich die Klinke nach unten senkte, hielt er den Atem an. Vielleicht konnte er die Überraschung nutzen und sich an dem Angreifer vorbei ins Innere flüchten.

»Felix, alles in Ordnung bei dir?«, hörte er im nächsten Moment eine vertraute Stimme. Urs! Felix hätte vor Erleichterung fast laut aufgeschrien. »Ja, klar!«, keuchte er stattdessen.

»Die Tür klemmt, kannst du dagegendrücken? Aber Vorsicht, wir müssen leise sein!«

Felix griff mit beiden Händen die Klinke, drückte sie und presste gleichzeitig seine Schulter gegen die Tür. Mit einem dumpfen Krachen gab sie nach. Felix stolperte mit dem Schwung nach innen und wäre fast auf Urs gefallen.

»Pass auf mit deiner Waffe!«

Felix klappte das Messer zu und steckte es in die Tasche. »Bin ich froh. Ich dachte schon … Ging alles gut?«

Urs zog ihn zur Seite. Mit der Hand dämpfte er das Flackern der kleinen Fackel, die er mit sich trug. »Hab ich unterwegs im Treppenhaus entdeckt.«

Felix drängte an ihm vorbei zum Ausgang. »Und jetzt müssen wir Chiara finden!«

»Einen Moment!« Urs hielt ihn zurück. »Lass uns kurz überlegen. Nach unserer Vermutung könnte Chiara auf diesem Stockwerk gefangen gehalten werden. Ich möchte trotzdem zuerst sehen, wie wir rauskommen. Vielleicht hilft uns das Treppenhaus weiter.«

Nach dem Balkonzimmer stießen sie auf einen schmalen Gang. »Nach links!«, sagte Urs. »Von dort bin ich gekommen.« An zwei weiteren Türen zu beiden Seiten vorbei gelangten sie zur Treppe. Die steinernen Stufen waren ausgetreten und wanden sich, kaum breiter als ein Meter, spiralförmig nach oben und unten. An der Wand gab es einen durchgehenden Handlauf, der von unzähligen Fingern abgegriffen war und matt glänzte. Von unten herauf schimmerte es hell. Urs steckte die Fackel in eine der Halterungen, die an mehreren Stellen an der Wand befestigt waren. »Jetzt ganz vorsichtig!«

So leise er konnte, setzte er Schritt für Schritt, Felix folgte dicht dahinter. Wenige Augenblicke später spähten sie um die letzte Ecke vor dem Untergeschoss. Was sie sahen, überraschte beide. Die Treppe vor ihnen führte weiter nach unten ins Dunkel. Auf der anderen Seite weitete sich der Turm zu einem niedrigen halbrunden Raum, in dessen Mitte ein Schreibtisch und ein Stuhl standen. Auf der Tischplatte lagen mehrere Ordner und lose Papiere, daneben brannte eine Petroleumlampe. An der Wand dahinter lehnte ein halb geöffneter Rollschrank, auf dem eine zweite Lampe brannte, daneben ein Regal, in dessen Halterungen mehrere Schlagstöcke, Knüppel und Messer lehnten. An einer Holzleiste hingen mehrere Handschellen. Vom Schreibtisch aus hatte man den direkten Blick auf eine Tür. Sie führte ins Freie und stand offen. Niemand war zu sehen. Urs ging ein paar Schritte in Richtung Tür und spähte vorsichtig hinaus. »Das scheint mir eher eine Stube für die Soldaten zu sein.« Noch einmal sah er hinaus. »Früher war das sicher einmal eine Art Hintereingang. Dort drüben ist der Waldrand mit dem Zaun, über den wir gekommen sind. Das könnte unser Fluchtweg werden.«

»Aber wenn die Soldaten zurückkommen?«

»Noch ist es nicht so weit. Wir müssen zuerst sehen, wo Chiara ist.«

»Vielleicht hilft uns das weiter!« Felix' Blick fiel auf zwei gedruckte Skizzen, die dicht nebeneinander zwischen Tür und Schrank an der Wand hingen. »Flucht- und Rettungsplan«, las er.

»Bestens! So wie es sich für eine deutsche Amtsstube gehört!« Rasch überflogen sie die beiden Grundrisse. »Erdgeschoss, Eingang, Treppe, WC. Und hier im oberen Stock: Arztzimmer, daneben ein U-Raum. Ein Untersuchungszimmer wahrscheinlich. Am Ende Z1, Z2 und Z3.« Felix' Finger huschte über den Plan. »Das muss es sein. Das ›Z‹ steht bestimmt für Zimmer. Oder für Zelle. Dort ist Chiara! Im Obergeschoss ganz hinten!«

»Und sieh mal, was hier noch ist!« Urs deutete auf die schmale Seite des Schrankes. Dort hingen zwei Metallschränkchen übereinander. Das eine war weiß mit einem roten Kreuz, das andere stand halb offen.

»Ein Schlüsselkasten!« Felix konnte seine Aufregung kaum mehr zügeln. »Schön beschriftet. Doktor Schumacher, Zelle 1-2-3, so wie ich es vermutet habe. Balkon, Glockenturm, Keller. Und hier: Haus 1-4, Garage, sogar zwei für das Tor. Zwei verschiedene!«

»Klar, die Tür und das Vorhängeschloss. Die nehmen wir mit! Alle!« Felix nahm die drei Zellenschlüssel, Urs raffte die übrigen zusammen und steckte sie ein. »Und jetzt rasch nach oben!«

Das Ganze hatte keine zwei Minuten gedauert. Im oberen Gang brannte an jedem Ende eine Fackel. Mit der Skizze fanden sie rasch, was sie suchten. Felix konnte es kaum erwarten, zu Chiara zu kommen. Nur noch ein paar Sekunden und … Urs fasste ihn plötzlich am Arm und legte die Finger auf seinen Mund. Felix sah sofort, was er meinte. Unter dem Türspalt des Arztzimmers kam Licht hervor. Urs legte das Ohr vorsichtig an den Türrahmen.

»Wenn der herauskommt, schlägt er sofort Alarm«, keuchte Felix. »Sollen wir rein? Wir könnten ihn überraschen und außer Gefecht setzen.«

Urs schüttelte den Kopf. »Lieber nicht. Wenn es nicht klappt, haben wir keine Chance mehr. Vielleicht gibt es ein Alarmsystem, von dem wir nichts wissen. Warum ein Risiko eingehen? Niemand ahnt, dass wir hier sind. Und wir haben Schlüssel zu den Zellen. Los, weiter.«

Am hinteren Ende bog der Gang nach links ab und verlor sich im Dunkel. Auf der rechten Seite sah Felix drei Türen. »Da ist es. Fangen wir an.«

An der Wand hingen kleine Hinweisschilder mit Nummern. Ein Name fehlte. Felix schob den Schlüssel in das Schloss zum ersten Zimmer, drehte ihn vorsichtig um und drückte die Klinke herunter. Der Raum war dunkel. Durch ein vergittertes Fenster fiel spärliches Licht auf die kahlen Wände. Bis auf eine Matratze auf dem Boden in der Ecke schien das Zimmer leer. Felix wollte sich schon abwenden, als er ein leises Stöhnen vernahm.

»Chiara!«

Mit einem Satz war Felix neben der Matratze. Chiara war in eine Decke gehüllt und schien zu schlafen. Rasch legte er ihr die Hand auf den Mund. »Keinen Laut! Ich bin es, Felix! Es ist alles gut!«

Auch Urs kam hinzu. Er ging an den beiden vorbei und sah aus dem Fenster. »Es gibt noch Bewegung draußen. Wir müssen uns trotzdem beeilen. Ich schlage vor, wir verstecken uns im Keller und schleichen uns dann irgendwie hinaus, wenn alle zurück sind.«

Felix war überglücklich. Wieder und wieder streichelte er Chiara über das Gesicht und drückte sie fest an sich. Sie hatte die Augen geöffnet und sah erstaunt um sich. »Kannst du laufen?«

Ohne eine Antwort abzuwarten, zog Felix sie hoch und nahm ihre Hand. »Rasch, den Gang vor und dann die Treppe runter!«

Bei den ersten Schritten knickten Chiaras Beine ein und ihr Kopf fiel auf die Seite. »Sie wird ohnmächtig! Ich glaube, sie ist zu schwach.« Felix versuchte verzweifelt, sie zu stützen. »Du musst mir helfen, ich schaffe es nicht alleine.«

Urs sprang hinzu und warf ihren Arm über seine Schulter. Mit der anderen Hand griff er ihr um die Hüfte. Ihre Beine schleiften kraftlos über den Boden. Felix hatte sie unter den Achseln gepackt und zog sie vorwärts. Alle paar Sekunden hörte er ein leises Stöhnen.

Sie waren wenige Schritte von der Treppe entfernt, als es plötzlich hinter ihnen hell wurde. »Was ist denn hier los? Wer seid ihr?«

Felix fuhr herum. In der offenen Tür des Arztzimmers stand ein Mann in einem weißen Kittel. In der Hand hielt er eine Petroleumlampe.

Urs reagierte blitzschnell. Mit zwei gewaltigen Sätzen sprang er auf den Mann zu, legte ihm den Arm um den Hals und drückte zu, so fest er konnte. Gleichzeitig hielt er ihm seine andere Hand vor den Mund. »Keinen Laut!«

Der Arzt war so überrascht, dass er keinen Widerstand leistete. Mit weit aufgerissenen Augen ließ er sich von Urs zurück in sein Zimmer zerren. Die Lampe schlenkerte an seiner Seite. Im selben Moment, als Urs losgelassen hatte, waren Felix und Chiara zu Boden gestürzt. Gedankenschnell griff er hinter sie, um zu verhindern, dass ihr Kopf auf den Stein aufschlug. Felix richtete sich wieder auf und zog Chiara die wenigen Meter zu dem Zimmer, aus dem der Arzt gekommen war. Urs hatte inzwischen den Mann geknebelt und war eben dabei, ihn mit ein paar Binden an den Stuhl zu fesseln. Der Arzt war bleich vor Schreck. Auf seiner Stirn bildeten sich Schweißperlen. Urs zog sein Messer aus dem Gürtel und legte es vor ihm auf den Tisch. »Ich rate dir gut, keine faulen Tricks zu versuchen. Und keinen Mucks, verstanden?«

Dann half er Felix, Chiara auf die Liege zu betten, die dem Schreibtisch gegenüber an der Wand stand. »Glaubst du, sie haben etwas mitbekommen?«, fragte Felix, dem die Anstrengung ins Gesicht geschrieben stand.

»Das werden wir gleich sehen.« Urs sah sich in dem Zimmer um. Es unterschied sich bis auf die fehlenden elektrischen

Geräte nur wenig von Arztzimmern, wie Felix sie kannte. Alles war in Weiß gehalten, ein paar Schränke, ein paar medizinische Instrumente, ein Regal mit Büchern. Von einer Alarmvorrichtung war nichts zu sehen.

»Was haben wir denn da?«, sagte Urs, der inzwischen hinter den Tisch getreten war. Felix war nicht wenig überrascht, als er sah, was er meinte. Anscheinend hatte der Doktor noch gearbeitet. Auf der Tischplatte lagen mehrere aufgeschlagene Bücher, ein Spiralblock mit ein paar Eintragungen und eine bierdeckelgroße Lupe. An der Seite standen ein Mikroskop und zwei Plastikschalen. Auf einem Tuch lag ein polierter Stein.

»Chiaras Wegweiser!« Felix erkannte den Stein sofort. Er sah unversehrt aus, sogar das Lederband war an der Hülle befestigt. Die Farben strahlten wie gewohnt, winzige Leuchtspuren zogen die Oberfläche entlang. »Das nenne ich Glück!« Felix knüpfte den Stein in das Tuch und nahm ihn an sich.

Urs trat ein paar Schritte zurück in den Gang hinaus und lauschte. »Noch ist unten alles ruhig. Wir sollten machen, dass wir wegkommen!«

»Aber Chiara?« Felix tätschelte ihr Gesicht. Obwohl sie die Augen offen hatte, reagierte sie nicht. »Sie ist wie in Trance. Wie sollen wir mit ihr von hier wegkommen?«

»Ich fürchte, dieser Mensch hat ihr etwas gegeben.« Urs betrachtete Chiaras Gesicht. »Vielleicht Tabletten. Oder eine Beruhigungsspritze. Wir werden sie tragen müssen. Komm, pack zu.«

Er richtete sie auf und zog sie hoch. Wie zuvor nahmen die beiden sie in die Mitte. Urs drückte mit einer Hand die Tür zu, dann schloss er von außen ab. »Das wird ihn eine Weile aufhalten. Jetzt die Treppe runter!«

Das Wärterzimmer war immer noch so, wie sie es verlassen hatten. »Wir könnten uns im Keller verstecken«, schlug

Felix vor. »Sobald alle in ihren Unterkünften sind, schleichen wir uns raus. Vielleicht finden wir unten sogar einen anderen Ausgang.«

Urs warf einen Blick auf die Treppe, die weiter nach unten ins Dunkel führte und schüttelte den Kopf. »Im Keller sitzen wir in der Falle. Wir können uns nicht darauf verlassen, dass sie nicht auch das Haus durchsuchen. Außerdem wird dann auch wieder jemand an diesem Tisch sitzen.«

»Wir könnten einfach die Schlüssel zurückhängen«, meinte Felix. »Dann fällt nichts auf.«

»Ich befürchte, wir werden es nicht schaffen, Chiara unbemerkt über den Zaun nach draußen zu bringen«, meinte Urs nach kurzem Nachdenken. »Ich habe eine bessere Idee. Wir haben die Schlüssel und werden versuchen, durch das Tor zu kommen.«

»Aber die Wachen? Und die Soldaten?«

»Wir werden sie alle ein wenig beschäftigen!«

Sie schleppten Chiara vor die Tür. »Rasch weg vom Feuer! Die Hauswand entlang!«

Die Feuerkörbe waren heruntergebrannt, aber immer noch hell genug, dass sie damit rechnen mussten, entdeckt zu werden. Urs warf sich zu Boden und zerrte Chiara hinter sich her. Felix half, so gut er konnte. Nach etwa 20 Metern erreichten sie die Hausecke und schlüpften in den Schatten. Im Dunkel vor sich konnten sie das Gehölz erahnen, durch das sie gekommen waren.

Felix saß auf der Erde und atmete schwer. Chiara stöhnte leise. »So schaffen wir es nie!«, jammerte er. »Ich bin fix und fertig.«

»Wir schaffen es. Halte dich bereit, wenn ich wiederkomme, müssen wir sofort weiter.«

»Was hast du vor?«

»Ich sagte doch, wir werden ihnen etwas zu tun geben.«

Felix sah Urs hinterher, wie er geduckt zurück zum Eingang rannte und in der Tür verschwand. Kurze Zeit später tauchte er wieder auf. Er sprang kurz nacheinander zu den beiden Feuerkörben und stürzte sie mit kräftigen Fußtritten um. Sofort griff das Feuer auf das Gras über. Kurz darauf leuchtete es hell aus dem Wärterraum.

»Jetzt warten wir noch einen Moment.« Urs duckte sich neben Chiara an die Hauswand.

»Was hast du gemacht?«

»Ich habe das Petroleum aus den Lampen ausgegossen und ein paar Fackeln reingeworfen. Das Papier in dem Büro brennt gut. Gleich werden sie kommen.«

Es dauerte keine Minute, bis die ersten Rufe aus dem Dunkel ertönten. Kurz darauf erschienen zwei Soldaten. Felix sah, wie sie unschlüssig hin- und herliefen und versuchten, das Feuer im Hof auszutreten. Aus der Eingangstür heraus drang heller Schein, gleichzeitig war lautes Knistern zu hören. Rasch kamen die übrigen Soldaten hinzu. Nach Felix' Schätzung mussten es in dem wilden Flackerlicht mindestens weitere fünf oder sechs von ihnen sein, die allesamt ziellos herumliefen und laut schrien.

»Los!«, befahl Urs. »Das ist unsere Chance.«

Sie nahmen Chiara auf und stapften, so rasch sie konnten, in Richtung des Pappelgehölzes. Hinter ihnen tönten die Rufe der Männer, dazwischen ein paarmal eine Trillerpfeife.

»Wahrscheinlich nehmen sie das Wasser zum Löschen aus der Wiese.«

»Glaubst du nicht, dass sie eine Art Werksfeuerwehr haben?«

»Nicht so, wie du es kennst. Es gibt keine Autos, keine Pumpe, kein Wasser aus der Leitung. Wenn sie etwas haben, ist es höchstens Sand. Oder Löschdecken. Aber das kann uns egal sein.«

»Und der Arzt im oberen Stock?«, fiel Felix ein. »Das wäre furchtbar, wenn er …«

»Keine Sorge. Im Treppenhaus gibt es nichts, was brennt, das Feuer wird sich nicht bis oben hin ausbreiten. Außerdem – sobald sie eine Eimerkette organisiert bekommen, werden sie die Flammen rasch gelöscht haben.« Urs wies auf eine Stelle vor ihnen im Dunkel, die sich von dem Gras unterschied. »Das ist der Zufahrtsweg, der vom Tor her kommt. Dort kommen wir besser voran als in dem hohen Gras.«

»Aber dort kann man uns sehen. Es gibt keine Deckung.«

»Das müssen wir riskieren. Ich hoffe, die sind alle eine Weile abgelenkt.«

Sie ließen die Bäume hinter sich und waren wenige Schritte später auf dem Weg. Felix sah zurück. Der Eingang zu dem Schlösschen loderte hell, Funken stieben empor, die Flammen spiegelten sich in den Fensterscheiben der Fassade. Aus der Ferne schrillte erneut eine Trillerpfeife.

»Super Idee«, keuchte Felix. »So wie es aussieht, können wir durch das Tor hinausspazieren.« Die gelungene Flucht aus dem Haus setzte neue Kräfte in ihm frei. »Da vorne ist es schon.«

Chiara blieb auf Felix gestützt, während Urs die Schlüssel aus seiner Tasche kramte. Ohne Licht war die Beschriftung kaum zu erkennen. »Mist! Ich muss sie durchprobieren.« Urs steckte abwechselnd einen der Schlüssel in das Vorhängeschloss. Schon beim zweiten Versuch hatte er Erfolg. Er löste die Kette und zog sie durch die Metallgitter heraus. »Jetzt das andere, ich …«

In diesem Moment schrillte nur wenige Meter entfernt eine Pfeife. »Was macht ihr da? Stehen bleiben!« Aus dem Dunkel stürzten zwei Männer auf sie zu. Urs fuhr herum und empfing einen der beiden mit einem kräftigen Faustschlag. Im nächsten Moment ließ er sich zu Boden fallen und griff nach der Kette. »Versuch es weiter, los!«, schrie er Felix zu, »ich halte ihn auf!«

Felix sprang auf und griff nach den Schlüsseln. Fieberhaft versuchte er, das Schloss zu öffnen. Der erste passte nicht, beim zweiten zitterte er vor Anspannung so stark, dass er ein paarmal abrutschte. Der dritte passte. Felix drehte ihn zweimal um und stieß die Tür auf. Währenddessen hatte Urs die Kette um den Hals seines Gegners geschlungen, der sich verzweifelt mühte, Luft zu bekommen. Felix sah aus den Augenwinkeln, wie der erste der Angreifer wieder aufstand und mit erhobenem Schlagstock auf Urs zustürzte.

»Pass auf!«, schrie Felix. Doch es war zu spät. Der Schlag traf Urs an der Schulter, sodass er stöhnend zu Boden ging.

»Und jetzt zu dir, Kleiner!« Wieder holte der Soldat aus, Felix erstarrte.

In der nächsten Sekunde sah er, wie zwischen den beiden Torflügeln ein brauner Schatten hervorschoss und sich auf den Mann stürzte. Vom Aufprall gingen beide zu Boden. Ein heftiges Knurren war zu hören.

»Laika!« Felix löste sich aus seiner Erstarrung. Er sprang zu Urs und half ihm auf. Der zweite Soldat kniete neben ihm und rang nach Luft. »Schließ ihn fest.« Urs umklammerte seinen Arm, während Felix ihm die Handschellen vom Gürtel nahm und mit ihnen zuerst den Unterarm umschloss und die andere Hälfte in den Zaun hakte. »Gut, jetzt der andere.«

Laika stand über dem Mann, der auf dem Boden lag und sein Gesicht gegen die wütenden Angriffe der Hündin zu schützen versuchte. »Brav, Laika. Guter Hund!« Als Laika die vertraute Stimme hörte, ließ sie sofort von dem Soldaten ab. Mit zwei Sätzen sprang sie zu Chiara, die die ganze Zeit auf dem Boden gesessen hatte. Der Mann ließ sich widerstandslos ebenfalls an das Gitter anschließen. Der Schrecken über den unerwarteten Angriff stand ihm ins Gesicht geschrieben.

Als er Chiara erkannte, verzog er das Gesicht. »Die Hexe! Wir hätten sie längst umlegen sollen!« Er drehte das Gesicht zu Felix. »Geht doch zurück in den Wald, ihr Missgeburten! Von mir aus haut ab und kommt nie wieder!«

»Das werden wir«, sagte Urs ruhig. »Viel Spaß noch beim Löschen!« Er zog den beiden Männern die Messer aus dem Gürtel und warf sie in hohem Bogen über den Zaun ins Dunkel. Dann beugte er sich zu Chiara nieder. Laika winselte und bellte, ihr Schwanz wedelte vor Freude wie eine Weidengerte im Sturm.

»Los, pack mit an. Die anderen werden bald hier sein!« Er zog Chiara hoch und nahm sie Huckepack. »Das geht jetzt schneller. Wir verstecken uns im Wald!«

»Ich habe auch noch eine Idee!«, rief Felix. Er zog die Tür zu und schlang von außen die Kette um die Stäbe. Dann zog er, so fest es ging, und ließ das Vorhängeschloss zuschnappen. »Das bringt ein paar Minuten!«, sagte er grimmig. Dann folgte er Urs und Laika in die Nacht.

Sofort umfloss sie das Dunkel wie dicke schwarze Tinte. Das Laubwerk über ihnen war so dicht, dass nicht einmal das Licht des aufgehenden Mondes seinen Weg nach unten zum Waldboden fand. Die Baumstämme begleiteten ihren Weg als dicke Schatten, die auftauchten und wieder verschwanden wie eine stumme Prozession. Nur das Knacken unter seinen Füßen erinnerte Felix, dass sie in Bewegung waren. Es ging leicht bergan, auf dem Boden wechselten Moos, Gras und altes Laub. Er vertraute vollkommen Urs' Ortskenntnis und folgte ihm in dichtem Abstand. Er hatte keine Ahnung, wo er war. Alleine wäre er hoffnungslos verloren. Gerne hätte er Urs beim Tragen abgelöst, aber inzwischen war er so müde und erschöpft, dass er Mühe hatte, sich selbst vorwärtszuschleppen.

»Wie weit müssen wir noch?«, keuchte er. »Gibt es hier ein Versteck?«

»Ein Versteck nicht. Aber etwas Besseres. Noch ein paar Meter. Wir dürfen nicht nachlassen. Die Soldaten können in ein paar Minuten da sein. Dahinten kommen sie schon!«

Felix drehte sich um und erschrak. Ein Stück weit unter ihnen flackerten Lichter. Aus der Ferne drangen vereinzelte Stimmen zu ihnen hoch. »Fackeln! Die Soldaten!« Felix spürte, wie die Verzweiflung in ihm hochstieg. »Das schaffen wir niemals! Sie sind schneller als wir!«

»Aber sie sehen und hören uns nicht«, sagte Urs, der einen Moment stehen blieb und verschnaufte. »Sie müssen sich über den gesamten Berghang verteilen. Das ist unsere Chance.«

»Wo bringst du uns hin? Wieder in eine Höhle?«

»Zur Spinne. Dieses Mal wird sie uns helfen.«

Felix glaubte, nicht richtig zu hören. »Zur Spinne? Bist du verrückt?«

»Im Gegenteil.« Urs nahm Chiara wieder auf und stapfte los.

Sie stiegen weiter den Berg hinauf. Felix sah sich um. Urs hatte richtig vermutet, die Fackeln verteilten sich in einem breiten Streifen zu beiden Seiten unter ihnen. Dennoch hatte er das Gefühl, dass sie immer näher kamen. Felix war so erschöpft, dass ihm beim Gehen die Augen zufielen. Sterne tanzten vor ihm wie Leuchtkäfer. Am liebsten hätte er sich auf der Stelle fallen lassen und sich völlig dem ergeben, was dann folgen würde.

Weiter! Nicht stehen bleiben! Ich darf nicht stehen bleiben!

Er konzentrierte all seine restlichen Gedanken auf das bisschen Willensanstrengung, zu dem er noch in der Lage war. Ich darf nicht stehen bleiben! Chiara! Sie dürfen sie nicht wieder bekommen!

Weiter! Weiter …

Der Waldweg kam so überraschend, dass Felix stolperte und zu Boden sank. »Was ist los? Wo sind wir?«

Urs stand neben ihm, Laika dicht an seiner Seite. Er hatte Chiaras Arme vor sich auf der Brust verschränkt und atmete schwer. »Hier ist die Grenze. Weiter werden sich die Soldaten nicht wagen«, keuchte er.

Felix sah sich nach allen Seiten um. Der Waldweg führte leicht ansteigend nach oben und verlor sich in der Nacht. Der Wald auf der anderen Seite sah ebenso dunkel und abweisend aus wie der, durch den sie hochgekommen waren. »Und wo willst du dich hier verstecken? Wo ist die Spinne?«

»Sieh selber.«

Felix rappelte sich auf und folgte Urs' ausgestreckter Hand, die auf den Wald am Rand des Weges deutete. Er nahm seinen Wegweiser aus der Tasche, der sofort reagierte. Es war, als habe eine unsichtbare Macht den Farben das Leben genommen. Schwach und träge flossen die wenigen übrig gebliebenen Linien über das Rindenstück.

Felix fuhr erschrocken zurück. »Das ist zu nah! Wir müssen …«

»Ich weiß. Genau das werden wir ausnutzen.« Er wandte sich abwärts den Weg entlang und setzte sich wieder in Bewegung. »Jetzt läufst du vorneweg. Achte genau auf das, was du siehst.«

Felix zögerte einen Moment. Er erinnerte sich an den geschlossenen Ring, den die Spinne um den Weiher bei Hinterzarten gelegt hatte. Es war schwer gewesen hindurchzukommen und fast noch schwerer, einen Weg herauszufinden. Sollte es hier genauso sein? Er stolperte vor Urs und Chiara her und hielt die Hand mit dem Wegweiser vor sich ausgestreckt. Laika tänzelte unruhig neben ihnen her. Alle paar Sekunden hob sie die Schnauze in die Luft und witterte. Es war deutlich, dass sie die Anwesenheit der unheimlichen Kraft spürte. Das Aussehen des Rindenstücks änderte sich kaum. Auf ein kurzes Aufflackern folgte dicht dahinter eine Reaktion, die nicht nur die Farben, sondern auch Felix' Hoffnung abdämpfte. An einer Stelle mussten sie sogar ein Stück unterhalb des Weges durch den Wald gehen, um der Gefahr auszuweichen.

»Wir laufen den Soldaten ja wieder entgegen!«, jammerte Felix, als er bemerkte, dass der Weg deutlicher nach unten ins Tal ging. »Wir hätten in die andere Richtung gehen sollen!«

Urs antwortete nicht. In seinem Gesicht konnte Felix erkennen, dass auch er am Rande seiner Kräfte war. Chiaras Kopf lag auf seiner Schulter, die Haare hingen ihr herunter und schaukelten bei jedem Schritt. Lange würden sie es auf diese Weise nicht mehr durchhalten. Gerade, als Felix eine weitere Verschnaufpause vorschlagen wollte, sprang Laika plötzlich vorwärts. Am Rand des Weges lagen die Reste eines ehemals mindestens zehn Meter langen Holzstapels. Auf der Bergseite waren ein paar wenige der zurechtgesägten Holzstücke übereinandergestapelt, die übrigen lagen daneben. Dazwischen wucherten Pflanzen, die Felix im Dunkel nicht genau unterscheiden konnte. Laikas Nase zog sie an eine Stelle, an der sie nicht weiterkam. Sie versuchte zu springen, doch die Hölzer rollten unter ihren Pfoten weg. Darauf drehte sie sich um und bellte zweimal laut.

»Sie hat es gefunden«, rief Urs. »Achte auf den Wegweiser.«

Felix beobachtete, wie die Farben kräftiger wurden, je näher er herankam. »Das soll ein Zugang sein?«

»Wir versuchen es«, gab Urs zurück. »Gehe du vor.«

Felix kletterte vorsichtig ein Stück nach oben, das Rindenstück mit einem Auge fest im Blick. Hinter den Hölzern gab es eine zugewachsene Einbuchtung, die er erst jetzt sah. Ein schmaler Spalt führte schräg den Hang nach oben. Auch hier blieben die Farben fast unverändert.

»Wir müssen hinauf«, rief Urs. »Jeder Meter zählt!«

Felix ging zurück und half, Chiara über das Hindernis zu

wuchten. Dann kletterte er die Lücke nach oben und fasste sie an den Händen, während Urs von hinten schob. Immer noch waren keinerlei Anzeichen erkennbar, dass sie mitbekam, was mit ihr geschah. Willenlos ließ sie alles mit sich geschehen.

»Jetzt noch Laika.« Urs kletterte nach unten und brachte die Hündin, die sofort an Chiaras Seite sprang. »Noch ein paar Meter nach oben. Wenn sie uns sehen, überwinden sie vielleicht ihre Angst und versuchen, uns hinterherzukommen.«

Wieder nahm er das Mädchen wie ein Bündel über die Schultern und stapfte weiter. Halb kroch, halb schleppte sich Felix hinterher. Noch ein paar Meter! Noch ein paar Meter …

Dann war es zu Ende. Wie in Trance sah Felix, wie Urs Chiara sanft zu Boden gleiten ließ und einen letzten Blick nach unten warf. »Hier sind wir sicher«, sagte er leise. »Du kannst dich ausruhen.« Es waren die letzten Worte, die er hörte. Ein tanzender Reigen zitternder Fackeln und aufgeregter Stimmen begleitete ihn in einen traumlosen tiefen Schlaf.

*

Felix erwachte, als ihm ein Käfer über die Wange krabbelte. Er schüttelte sich kurz und hob den Kopf. Durch die Kronen der Buchen, Fichten und Tannen fiel helles Licht. Vögel zwitscherten, ein leiser Wind strich durch das Gehölz. Ein paar Schritte neben ihm lehnte Urs an einem Baumstamm und kaute. Chiara saß im Moos, sie hielt den Kopf gesenkt und strich gedankenverloren über die winzigen Keimlinge, die überall um sie herum aus dem Boden wuchsen. Ein Stück den Hügel empor streifte Laika durch die Büsche.

»Wie spät ist es?«, krächzte Felix mit belegter Stimme. Seine Lippen waren trocken, die Augenlider immer noch schwer.

»Ich schätze, es wird bald Mittag sein«, antwortete Urs. »Die Sonne steht schon hoch.«

»Mittag? Habe ich so lange geschlafen? Hast du mich zugedeckt?« Felix streifte die Jacke ab, die auf ihm gelegen hatte, und erhob sich. Fast wäre er wieder zu Boden gesunken. Seine Knie waren weich wie Pudding, Waden und Oberschenkel schmerzten ebenso wie seine Schultern und Arme. Das Innere seines Kopfes fühlte sich an, als habe er die halbe Nacht durchgezecht.

»Hier, nimm!« Urs trat neben ihn und reichte ihm eine Flasche. »Frisches Wasser. Ich habe in der Nähe einen Bach entdeckt.«

Felix trank gierig. Das kühle Getränk breitete sich rasch in seinem Innern aus und ließ seine Lebensgeister neu erwachen. Er setzte erst ab, als die Flasche leer war. »Bist du schon lange wach?«

Urs grinste. »Du fragst ganz schön viel.« Er griff nach seiner Tasche, die er an einen Aststumpf gehängt hatte, und zog einen Apfel und ein Stück Hartkäse hervor. »Schön langsam essen!«

Felix schüttelte den Kopf. »Ich will erst wissen, was mit Chiara ist.« Er kniete sich neben ihr ins Gras. »Chiara! Ich bin es, Felix!«

Das Mädchen hob den Kopf und schaute ihn an, antwortete aber nicht. Es war, als sehe sie durch ihn hindurch. Dann ließ sie den Kopf sinken und strich mit den Fingern über das Moos an ihrer Seite.

»Chiara!« Felix setzte sich neben sie und legte den Arm um ihre Schultern. Mit der anderen Hand zog er sie zu sich und streichelte ihre Wange. Ihr Gesicht war bleich bis auf ein paar rote Flecken am Hals. Die Lippen waren spröde, ihre Haare hingen ungekämmt herunter. »Chiara, was ist mit dir? Was haben sie mit dir gemacht?« Er suchte ihre Augen, doch vergebens. Der Blick, der ihn von Anfang an fasziniert hatte, war verschwunden. Das Tor, das ihn einige Male in die andere Welt geführt hatte, war verschlossen.

»Sie wird nicht antworten.« Urs war neben sie getreten und sah Felix ernst an. »Sie ist nicht zu Hause, wie man bei uns sagt.«

»Aber das ist doch Unsinn!« Felix wechselte fassungslos den Blick zwischen Urs und dem Mädchen. »Sie muss mich erkennen!« Wieder streichelte er über das Gesicht. »Chiara! Chiara, hörst du mich nicht? Ich bin es, Felix!« Sein Herz schlug schneller, als sie ein weiteres Mal den Kopf hob und ihn anschaute. »Felix! Weißt du nicht mehr – die Grube im Keller! Unsere Nacht am Bach! Der Feldsee!« Felix wurde immer verzweifelter. Chiara zeigte keine Reaktion. Es war, als redete er an eine Wand.

»Warte, ich weiß etwas!« Er ließ sie sanft zurückgleiten und stand auf. »Laika! Laika!«, rief er und winkte. Sofort kam die Hündin herangesprungen und begrüßte ihn. Wieder kniete sich Felix nieder. »Das ist Laika! Sieh doch: Laika, deine Gefährtin!« Laika drängte sich dicht an Chiara heran. Wieder und wieder stieß sie sie mit der Schnauze in die Seite.

»Sie erkennt sie nicht!« Felix war verzweifelt. »Ich verstehe das nicht.«

Urs legte die Hand auf seine Schulter. »Du musst dich damit abfinden. Chiara hat sich verschlossen. Ich glaube, sie hat sich völlig in sich zurückgezogen. In eine Welt, zu der niemand Zutritt hat.«

»Aber warum? Jetzt muss sie doch nichts mehr befürchten. Wir sind außer Gefahr, oder?«

Urs nickte. »Für den Moment schon. Aber erinnere dich, dass sie schon so war, als wir sie in ihrer Zelle fanden. Und wir wissen nicht, was im Lager alles passiert ist.«

Felix ballte die Fäuste. »Diese Schweine! Dieser irre Arzt! Wenn ich ihn in die Finger kriege, bringe ich ihn um.« Wieder stürzte er neben Chiara auf die Knie. »Wenn du doch wenigstens sprechen würdest!« Seine Erregtheit wich einem lauten Klagen. »Chiara! Was haben sie nur mit dir gemacht?«

Für eine Weile schwiegen beide. Felix hielt die Augen gesenkt und schluchzte leise, Urs stand aufrecht und sah irgendwohin über das Wiesental. Laika war wieder aufgesprungen und folgte den unzähligen Geruchsspuren, die der Wald barg. Chiara schien von alldem unberührt. Ihr Gesicht zeigte keine Regung. Nur ihre Hand bewegte sich sanft wie ein Birkenzweig im Frühlingswind. Felix war völlig deprimiert. Immer wieder schüttelte er den Kopf. Seine Freude über das Wiedersehen war einer tiefen Verzweiflung gewichen. Allen Widerständen zum Trotz hatten sie es geschafft, Chiaras Spur aufzunehmen, sie aufzuspüren, aus dem Lager zu befreien und in Sicherheit zu bringen. Konnte es sein, dass alles vergeblich war?

Urs setzte sich neben Felix und Chiara auf dem Boden. »Ich habe schon vergeblich versucht, mit ihr zu sprechen, ehe du aufgewacht bist. Ich hätte es dir sagen können, aber ich hatte gehofft, dass wenigstens du Erfolg haben könntest.«

»Was glaubst du?« Felix hob den Kopf und sah Urs müde an. »Sind wir …« Er traute sich kaum, den Satz zu Ende zu sprechen. Dann atmete er einmal tief durch. »Sind wir zu spät gekommen?«

Urs kratzte sich am Bart so wie jedes Mal, wenn er über etwas Schwieriges nachdachte. »Ich kann es dir nicht sagen. Vielleicht kommt sie allmählich wieder zu sich, vielleicht auch nicht. Ich weiß nur, dass sie in diesen Camps mit den Gefangenen alle möglichen Untersuchungen und Versuche anstellen. So wie sie jetzt ist, kommt es mir vor, als wenn sie ein starkes Medikament bekommen hätte. Vielleicht auch Drogen.«

»Drogen? So wie Ecstasy oder Marihuana? Was hätte das für einen Sinn?«

»Vielleicht, um sie willenlos und gefügig zu machen, um Informationen zu bekommen. Vielleicht, um herauszufinden, wie sie die Verstrahlung überlebt hat. Vielleicht, um der Antwort auf das große Rätsel näher zu kommen. Sie wissen nach wie vor nichts über die Spinne, den Gesang, die Macht, die sich seit damals ausgebreitet hat.«

»Aber das können sie doch nicht machen? Sie ist ja völlig fertig!«

»Sie können. Ebenso wie sie nach außen hin weiter das Märchen von der tödlichen Verstrahlung aufrechterhalten. Hier gelten andere Gesetze. Hier ist alles erlaubt, was Erfolg verspricht. Und sei es, das, was sie für bedrohlich halten, zu beseitigen.«

Felix dachte eine Weile nach. »Wir könnten sie zu einem Arzt bringen. Zu einem richtigen. Wir schaffen sie nach draußen! Hast du nicht gesagt, du kennst Mittel und Wege, um aus der Sperrzone hinauszukommen? Drüben finden wir bestimmt jemanden, der ihr helfen kann!«

»Ich habe auch schon daran gedacht. Aber ich würde es nicht tun. Wer würde unsere Geschichte glauben? Welcher Arzt würde sich auf einen Patienten einlassen, der aus dem Nichts auftaucht und offensichtlich schwer misshandelt wurde? Jeder gute Psychiater würde das sofort merken. Außerdem«, fuhr er nach einer kurzen Pause fort, »ist es alleine schon schwierig genug, die Grenze zu überwinden. Mit ihr nahezu unmöglich.«

»Aber wir müssen etwas tun! Sie isst ja noch nicht einmal etwas! Wenn sie keine Hilfe bekommt, stirbt sie! Hier können wir nicht bleiben. Wir gehen zurück zu deinem Unterschlupf im Wald und versuchen es weiter, sie irgendwie zu erreichen. Vielleicht fällt uns noch etwas ein.«

Urs stand auf und sah sich um. »Du hast recht. Noch sind wir in Sicherheit. Aber ich habe das Gefühl, dass sie dieses Mal nicht so rasch aufgeben werden.«

»Glaubst du, die Wut treibt sie weiter an?«

»Den einfachen Soldaten ist das Ganze wahrscheinlich egal. Die sind alle froh, wenn sie mit dem Unbekannten möglichst wenig zu tun haben. Für die Lagerleitung war unsere Aktion natürlich eine Blamage. Und denke an den Arzt, denke an die Leute im Hintergrund, mit denen er zusammenarbeitet. Chiara ist eine Bedrohung, für die sie verantwortlich sind.« Er setzte sich wieder, nahm ein Aststück auf und stocherte damit im Boden herum. »Vielleicht bringt es sie so weit, dass sie dieses Mal aufs Ganze gehen. Ohne Rücksicht auf Verluste.«

»Was heißt das?«

»Als Erstes werden sie es hier versuchen. Sie werden die Soldaten antreiben, sich über die Grenze zu wagen. Ein paarmal wird es nicht klappen, das werden sie in Kauf nehmen. Sie werden sich in der Erdmannshöhle in Gänge vorwagen, die sie bisher gemieden haben. Und deshalb sind wir auch in meinem Haus auf Dauer nicht sicher.«

»Also doch über den Rhein?« Felix schwankte zwischen Hoffen und Bangen.

»Nein. Ich habe eine ganz andere Idee. Eine Idee ohne Garantie auf Erfolg. Und es wird uns die letzte Kraft kosten. Aber es ist die einzige Möglichkeit, die ich sehe.« Urs warf das Holzstückchen in hohem Bogen weg. »In den ersten Monaten nach dem großen Unglück kamen nicht nur Soldaten und Ingenieure, sondern alle möglichen Experten. Spezialisten für Pflanzen, für Tiere, Mineralien, Erdbeben, Geologie, Wetterkunde und so weiter. Als die ersten Unfälle geschahen und es Tote gab, verschwanden die meisten so rasch, wie sie gekommen waren. Ein paar Hartnäckige haben es immer wieder versucht, Erklärungen zu finden. In meiner Zeit bei den Wölfen habe ich einige von ihnen getroffen.« Urs hielt einen Moment inne und lauschte. Dann schüttelte er den Kopf und fuhr fort. »Einer ist geblieben. Rudolf Furrer. Alle nannten ihn nur den Professor, den Prof. Er war anders als die anderen. Er war der Einzige, der sich nicht nur mit wissenschaftlichen Untersuchungen abgab. ›Es steckt etwas dahinter, und ich werde es herausfinden. Etwas ganz anderes.‹ Das hat er jedes Mal gesagt, wenn ich ihn getroffen habe.«

»Und? Hat er etwas herausgefunden?«

»Kann schon sein. Von dem Wissenschaftszeug verstehe ich sowieso nichts. Aber er hat viel beobachtet, hat verglichen, hat sich in Gegenden vorgewagt, die von allen gemieden wurden. Er wird inzwischen mehr über das Geheimnis des Schwarzwaldes wissen als jeder andere.«

»Aber was hat das mit Chiara zu tun?«

»Ich weiß nicht. Aber ich habe so eine Ahnung. Wenn es ihn noch gibt, ist er es, der uns am ehesten helfen kann.«

»Wenn es ihn noch gibt? Das weißt du gar nicht?« Der winzige Hoffnungsfunke in Felix drohte bereits zu verglimmen.

»Das sage ich vorsichtshalber. Das, was der Prof anstellt, ist immer riskant. Ich habe ihn vor einem Jahr das letzte Mal gesehen. In dieser Zeit kann vieles passiert sein.«

»Und wo finden wir ihn?«

»Du hast mir doch von Lena und ihrer Familie erzählt, die oben bei Breitnau leben? Der Prof hat sich einer Gemeinschaft angeschlossen, die ganz ähnlich lebt. Überlebt. Der Hof ist ganz in der Nähe. Und trotzdem so weit weg, dass sich niemals jemand von außen dort hinwagen würde.«

»Hier in der Nähe? Wie weit ist es bis dahin?«

»Alleine bräuchte ich einen Tag, vielleicht zwei. Mit Chiara …«

»Und wenn wir den Prof herholen? Wäre das nicht praktischer?«

»Auch das würde seine Zeit dauern. Außerdem hat er dort alles, was er braucht. Und vielleicht auch das, um Chiara helfen zu können. Nein, wenn wir ihn um Hilfe bitten, müssen wir zu ihm hin. Und das so rasch wie möglich.«

Felix sprang auf. »Dann los! Vielleicht kann Chiara inzwischen selber laufen. Wenn nicht, tragen wir sie, irgendwie. Wir sollten …« Er hielt abrupt inne. »Mist! Es geht ja gar nicht. Leo ist noch drüben im Wald. Und meine ganzen Sachen.«

»Ich habe mir schon meine Gedanken darüber gemacht«, meinte Urs. »Es bringt nichts, zu dritt zu gehen. Du bleibst hier bei Chiara, und ich gehe alleine und hole alles. Bis heute Abend könnte ich es schaffen, wieder hier zu sein. Wenn alles gut geht, halten die Soldaten so lange Ruhe.«

»Gute Idee. Aber sie wird nicht klappen«, meinte Felix.

»Traust du dir nicht zu, allein hier zu bleiben und auf Chiara und Laika aufzupassen?«

»Das ist es nicht. Leo. Du kannst ihn nicht so einfach holen.«

»Warum nicht? Er wird inzwischen kräftig genug sein mitzukommen.«

»Das ist es nicht. Aber er hört nur auf mich. Und ich habe ihm gesagt, er soll bleiben, bis ich wiederkomme.«

»Und wenn Laika mitkommt? Hast du nicht erzählt, sie sei seine Mutter?«

»Laika wird nicht von Chiaras Seite weichen.«

Urs überlegte einen Moment. Dann hatte er eine Idee. »Laika wird mitkommen. Und du auch. Ich weiß auch schon, wie. Gib mir etwas von dir, am besten, du ziehst dein T-Shirt aus. Und rufe Laika, auf dich hört sie.«

Felix wirkte für einen Moment erstaunt, dann verstand er. »Duftversand«, grinste er. »Wann wirst du zurück sein?«

Urs sah nach oben. Über den Himmel zogen kleine Wolken, die an den Rändern ausfransten. »Das Wetter schlägt um. Ich versuche, es bis zum Sonnenuntergang zu schaffen. Pass du inzwischen auf. Zur Not könnt ihr ein Stück nach oben ausweichen, falls die Soldaten zu nahe kommen.« Er wickelte die beiden Stoffteile zusammen und steckte sie in seinen Beutel. Dann hob er kurz die Hand und verabschiedete sich. Felix begleitete ihn mit seinem Blick, bis er auf dem Waldweg unter den Bäumen verschwand.

Schon bald, nachdem Urs gegangen war, spürte Felix, wie ihn erneut die Müdigkeit übermannte. Seit er sich vom Schluchsee aus durch das verwilderte Wehratal den Bachlauf entlanggekämpft hatte, war er nicht mehr so erschöpft wie jetzt. Nachdem sein Kopf ein paarmal nach vorn gesunken war, sah er ein, dass er nicht sitzen bleiben durfte. Er stand auf und suchte nach dem Apfel, den Urs ihm zum Frühstück gegeben hatte. Er lag auf dem Boden, daneben der Käse, auf dem bereits einige Ameisen geschäftig herumkrabbelten. Er schüttelte sie ab, steckte ein Stück in den Mund und kaute langsam. Sofort breitete sich ein würziger Geschmack in seinem Mund aus, der ihn an Rauch, Heu und Erde erinnerte. Er brach ein weiteres Stück ab und hielt es Chiara zusammen mit dem Apfel vor die Nase. Sie hob kurz den Kopf, als ob sie etwas sage wollte, doch dann wurde ihr Blick wieder glasig und sie schaute an Felix vorbei.

»Chiara! Chiara, wo bist du? Komm zurück! Ich bin da. Felix!«

Es war, als wehe seine Stimme durch sie hindurch. Sie saß vor ihm, wie er sie in Erinnerung hatte – das schmale Gesicht, die wilden Locken, das Kinn, von dem er in jedem Moment erwartete, das sie es hob, der Mund, ihre Lippen … Nichts davon geschah. Ein Haus, bei dem alle Türen und Fenster weit offen standen. Doch niemand war zu Hause. Felix zog seinen Dolch aus dem Gürtel und teilte das wenige Essen auf. Im Moment schien jeder weitere Versuch sinnlos. Doch er würde nicht locker lassen, immer wieder, selbst wenn er den ganzen Tag hungern musste.

Chiara hatte sich auf die Seite gelegt und schlief. Laika war nirgends zu sehen. Die Müdigkeit zerrte an ihm. Er versuchte sich abzulenken, schnitzte an einem Holzstück herum, ließ Käfer über seine Hand klettern und versuchte, die Vogelstimmen nachzumachen, die aus dem Wald klangen. Das Gefühl für Zeit verlor er völlig. Die Sonne schien sich nicht mehr zu bewegen, die Federwolken zogen in endloser Gleichförmigkeit über ihn hinweg.

*

Wie eine Wolke. Über allem schweben. Sich treiben lassen, wohin der Wind weht. Keine Pläne. Keine Hindernisse. Keine Sorgen. Keine Zeit. Doch dann wird es kälter. Im makellos weißen Dunst bilden sich Kristalle und Flocken, Eisblumen überziehen den Blick, die Sonne wird milchig, ihre Strahlen fallen kraftlos zu Boden. Die Wolke verdichtet sich, wird schwerer, neigt sich. In der Ferne der Ruf einer Stimme, kein Locken, es ist Befehl. Die Wolke muss folgen, wird gezogen, ohne Widerstand, heraus aus dem Himmel, heraus aus dem Licht … Sturz … Fall …

Felix riss die Augen auf. Fast wäre er vornübergefallen. Er spürte das harte Holz des Baumstammes, auf dem er eingenickt war. Sein Hals und seine Schultern schmerzten.

Er sah um sich. Die Sonne war nicht mehr über ihm, ein heller graublauer Schleier hatte sich über den Himmel gelegt. Doch es war immer noch heller Tag. Alles war wie zuvor, alles …

Chiara!

Der Platz, auf dem sie gelegen hatte, war leer. Das Mädchen war verschwunden. Felix sprang auf und knickte im selben Moment um. Sein Fuß war eingeschlafen. Er verbiss den Schmerz im Knöchel und stand wieder auf. Hektisch wendete er den Kopf nach allen Seiten. Der Hang zum Weg hinunter, die kleine Lichtung, der Wald um ihn herum. Nichts.

»Chiara!« Er rief, so laut er konnte, zweimal, dreimal. Er machte sich keine Gedanken, ob er sich und ihren Zufluchtsort verriet. Und er vergaß, dass von Chiara gar keine Antwort kommen würde, selbst wenn sie ihn hören konnte. Er schüttelte unwillig den Kopf, dann rief er nach Laika. Doch auch von ihr war nichts zu sehen und zu hören. Was war geschehen? Er war eingeschlafen, obwohl er es sich fest vorgenommen hatte, auf sie aufzupassen. Wie lange? Minuten? Stunden? Wo konnte sie sein? Konnte sie doch wieder laufen? Irrte sie irgendwo im Wald herum? Oder war sie den Hang hinuntergeklettert und den Soldaten direkt in die Arme gelaufen? Auf dem Weg war nichts zu sehen. Felix griff nach dem Wegweiser und lief ein Stück den Rand des Hanges entlang. Zu beiden Seiten wurde das Gehölz dichter, bis irgendwann kein Durchkommen mehr war. Zumindest nicht für Chiara in dem Zustand, in dem er sie erlebt hatte. Als einzige Möglichkeit blieb der Weg nach oben. Nach oben, weiter hinein in die Fänge der Spinne. Felix überfiel Panik. Chiara war nicht sie selbst. Vielleicht würde sie nicht einmal merken, wenn sie die tödliche Lähmung überfiel. Und er würde ihr nicht hinterherkommen, um ihr zu helfen. Meter um Meter stieg er aufwärts. Er hastete, stolperte, fiel, zog sich wieder nach oben. Seine Hände waren dreckverschmiert. Der Wegweiser in seiner Hand begann sich drastisch zu verändern. Die Farben flackerten, der Glanz bleichte aus. Vielleicht war er auf dem besten Wege, in ein Strahlennest hineinzustolpern. Wenn sich Chiara dort verfing, würde ihr niemand mehr helfen können. Und dann hörte er es. Er wusste sofort, dass es der Gesang war. Das seltsame, unheimliche Summen, das aus einem Ton entstand, sich ausbreitete und wieder zusammenfand. Das Summen, das einherging mit der Kraft, die niemanden näher kommen ließ und der sich doch niemand entziehen konnte. Gleichzeitig spürte er, wie seine Bewegungen langsamer wurden, wie seine Füße am Boden zu kleben schienen, wie wenn er sich durch eine zähe Masse vorwärtsbewegte. Und er sah Chiara. Sie saß auf einem mit gelben Pilzen bewachsenen

Baumstumpf, ihr Kopf war aufrecht, die Schultern gestrafft, ihre Augen glänzten im Licht der Nachmittagssonne. Als er näher kam, sah er, dass sie ihre Lippen bewegte. Und in dem Brausen, das immer stärker wurde, hörte er ihre Stimme. Es gab keinen Zweifel. Es war das Erste, was er aus ihrem Mund hörte, seit er sie wiedergesehen hatte. Eine einfache Melodie mit nur wenigen Tönen, die auf und niederschwangen, die sich mit in den großen Gesang flochten, in ihm verschwanden und dennoch zu sich zurückkehrten.

Felix lauschte gebannt. Noch nie hatte er so etwas gehört. Es klang verlockend und zugleich aus so weiter Ferne, dass es nicht zu dieser Welt zu gehören schien. Chiara schien völlig entrückt. Jede Anspannung, jede Härte waren aus ihrem Gesicht verschwunden. Die Leere der zurückliegenden Stunden war einem Leuchten gewichen. Ein zartes Lächeln spielte um ihre Lippen. Sie sah glücklich aus.

»Chiara, wo bist du?«, flüsterte Felix. Er wagte es nicht, das Bild zu stören. Jegliche Angst war verschwunden, die unbekannte Macht hatte ihren Schrecken verloren.

Er wusste nicht, wie lange er verharrt hatte, als er durch lautes Bellen aus dem Anblick gerissen wurde. Laika war seiner Spur gefolgt und sprang rasch näher. Wie Leo hatte sie bisher stets überaus sensibel auf die Nähe der Spinne reagiert. Doch jetzt schien sie alle Scheu verloren zu haben. Ihr Schwanz wedelte, das Bellen war einem freudigen Winseln gewichen. Felix konnte kaum fassen, was er sah, als im nächsten Moment erneut etwas völlig Unerwartetes geschah. Chiaras Melodie verklang, sie löste ihren Blick aus der Ferne. Dann stand sie auf und kam auf Felix zu. Sie bewegte sich aufrecht und schien mehr zu schweben als zu schreiten. Ihre Augen waren fest auf Laika gerichtet. Nach wenigen Schritten stand sie vor ihr, beugte sich nieder und streichelte ihre Hündin. Laika hielt völlig still und sah sie mit großen Augen an.

»Chiara!« Felix legte ihr die Hand auf den Arm. »Wie schön, dass du wieder da bist!«

Doch Chiara reagierte nicht auf ihn. Es war, als sei er für sie nicht vorhanden. Ihre Hand fuhr von Laikas Rücken über ihren Hals zum Kopf bis zu der Stelle, die Leo auch bei Felix so gerne mochte. Wieder war es Felix, als ob Chiara leicht ihre Lippen bewegte. Doch dieses Mal hörte er nichts. Das stumme Zwiegespräch blieb ihm verborgen.

Felix war unschlüssig, was er tun sollte. Immer noch befand er sich in unmittelbarer Nähe der Gefahr. Er musste zurück. Und er musste Chiara dazu bringen, dass sie mit ihm ging. Zu seiner Überraschung folgten ihm beide, bis alle am Ausgangspunkt angelangt waren. Chiara setzte sich erneut ins Moos, Laika blieb an ihrer Seite.

Felix versuchte noch einmal, ihr den Apfel zu reichen. Dieses Mal griff sie ihn mit ihren Fingern, doch sie biss nicht hinein. Stattdessen drehte sie ihn hin und her und betrachtete die matt glänzende Schale.

»Du musst etwas essen!« Felix bemühte sich, reichte ihr ein paar Brocken Käse auf einem grünen Blatt, dazu die Flasche mit dem Wasser. Doch es blieb vergeblich. Chiara schien weder ihn noch seine Bemühungen wahrzunehmen. Stattdessen fuhr sie immer wieder mit der Hand über Laikas Fell. Der Gesang hatte sich zurückgezogen, die Stimmen des Waldes ertönten, alles war so, als ob es die letzte halbe Stunde nie gegeben hätte. Felix war hin- und hergerissen zwischen Entsetzen und Erleichterung, zwischen Sorge und Staunen über das, was er soeben erlebt hatte. Er konnte überhaupt nicht einschätzen, was mit Chiara los war. Wie hatte sie dem Zugriff der Spinne widerstehen können? Hatte die geheimnisvolle Kraft ihre Macht über sie verloren? Und was war mit ihrem Gesang? Gab es eine Verbindung zwischen Chiara und der anderen Welt, die über das hinausging, was er bisher mit ihr erfahren hatte? Doch vor allem war er froh, dass er sie wieder unbeschadet an seiner Seite hatte. Felix beschloss, sie ab sofort nicht mehr aus den Augen zu lassen, bis Urs zurückkam. Am liebsten hätte er sie irgendwie festgebunden, damit sie nicht davonlief. Doch er wusste nicht, wie sie reagieren würde, und verzichtete darauf. Stattdessen ließ er sich schräg hinter ihr auf einem Moospolster nieder. Der Himmel hatte sich inzwischen noch mehr zugezogen, der Wind frischte auf, die Schatten krochen zusehends rascher auf der gegenüberliegenden Talseite den Hang hoch. Es würde nicht mehr lange dauern, bis es dunkel wurde.

*

Urs kam, als Felix bereits damit rechnete, die Nacht über wachbleiben zu müssen. Noch ehe er ihn sah, bemerkte er, wie Laika, die zusammengerollt neben Chiara auf dem Boden lag, plötzlich den Kopf hob, die Ohren spitzte und witterte. In der nächsten Sekunde sprang sie auf und raste wie der Blitz davon. Im selben Moment löste sich ein Schatten aus dem Halbdunkel und kam Laika entgegen. Noch nie zuvor hatte Felix einen derartigen Freudenausbruch erlebt. Die beiden Hunde schossen aufeinander zu, bäumten sich auf, fielen nach hinten und sprangen erneut vorwärts. Ihre Körper schlangen sich umeinander, ihre Köpfe schmiegte sich Maul an Maul, Lefze an Lefze. Das Ganze wurde begleitet von einem unbeschreiblichen Konzert aus Bellen, Jaulen, Winseln, Hecheln, Knurren und Heulen.

Wenige Augenblicke später trat Urs hinzu. »Das nenne ich ein Wiedersehen!«, lachte er. »Warum werde ich nicht so empfangen?«, meinte er scherzhaft. Er warf Felix' Rucksack von der Schulter, ebenso zwei Umhängetaschen. Dann setzte er sich und nahm einen langen Schluck aus der Wasserflasche.

»Ich dachte schon, du kommst heute nicht mehr«, meinte Felix. »Ging alles gut?«

»Die Idee mit der Geruchsbotschaft war goldrichtig. Ich musste Leo nur die beiden Stoffe unter die Nase halten, und schon war er dermaßen aufgeregt, dass ich ihn kaum halten konnte. Auf dem Rückweg kam er mir nicht hinterher, sondern lief voraus! Sogar durch das Labyrinth auf der Bergkuppe am Dorf.«

Als ob er es verstanden hätte, sprang Leo im selben Moment an Felix' Seite und begrüßte auch ihn überschwänglich. Felix nahm seinen Kopf in die Arme, dann kraulte er ihn an seiner Lieblingsstelle. »Der Abschied der beiden liegt lange zurück. Wer hätte gedacht, dass sich Mutter und Sohn überhaupt jemals wiedersehen?«

»Ja, wer hätte das gedacht«, nickte Urs, während ein leises Lächeln seine Lippen umspielte. Felix wusste sofort, was er meinte. Auch er hatte seine Mutter wiedersehen dürfen. Die große Freude, die starken Gefühle – wie lange lag das nun schon wieder hinter ihm! Wie es ihr wohl erging? Und seinem Vater? Es war noch nicht lange, seit er von Menzenschwand aufgebrochen war. Er schätzte, dass das Haus am Fuße des Herzogenhorns nicht allzu viele Kilometer entfernt sein konnte. Dennoch hatte er das Empfinden, dass der Sommer mit den Eltern bereits lange zurück in der Vergangenheit lag. Eine andere Zeit, eine andere Welt. Ob er jemals dorthin zurückkehren würde?

»Und wie war es bei dir?«, fragte Urs. Er hatte eine Packung Schwarzbrot aufgerissen, die er mitgebracht hatte, und kaute langsam auf einer Scheibe herum. »Wie geht es Chiara? Und was ist mit den Soldaten?«

Auch Felix bekam etwas davon. Der angenehme Brotduft erinnerte ihn daran, dass er die letzten Tage seit dem Abend in Urs' Haus nur wenig gegessen hatte. Er schlang hastig die erste Scheibe hinunter, dann begann er ausführlich zu erzählen.

Als er geendet hatte, schüttelte Urs langsam den Kopf. »Und es hat ihr nicht geschadet? Es wird immer seltsamer. Wir werden dem Prof genau berichten müssen.«

»Glaubst du, er wird ihr helfen können?«

»Ich habe kein gutes Gefühl. Sie hat glücklich ausgesehen, sagst du? Wenn das so ist, wird es mit jedem Tag schwerer, sie zurückzuholen. Es ist, als ob sie unserer Welt entgleitet. Als lebe ein Teil von ihr woanders.«

»Aber wie kann das geschehen? Ich weiß, dass sie Zugang zur Anderwelt hat, dass sie von Dingen und …« Er zögerte, »… und Wesen weiß, die wir nicht wahrnehmen können. Aber ich habe sie als lebensfroh erlebt, dass sie unsere Welt liebt, dass sie gerne auf dem Hof mit Rosalia, Franz, ihren Eltern und den Hunden lebt. Warum sollte sie all das aufgeben? Und wofür?«

»Hast du schon einmal daran gedacht, dass sie es nicht freiwillig tut?«

Felix fuhr auf. »Du glaubst, dass dieser Schuft, der sich Arzt nennt, sie im Lager manipuliert hat? Dass er auf diese Weise versucht hat, etwas über das herauszufinden, was alle ängstigt und was sich niemand erklären kann? Das wäre teuflisch!«

»Vielleicht. Vielleicht hat sie selbst den Weg gewählt. Sie konnte …«

»Was redest du für einen Unsinn! Nie im Leben würde Chiara sich aufgeben. Dafür ist sie viel zu stolz. Und zu stark, jawohl!«

»Ich rede nicht von Aufgeben. Aber je mehr ich mir das Ganze überlege, desto mehr kommt mir der Gedanke, dass sie eine Möglichkeit gewählt hat, die uns gar nicht in den Sinn käme, weil wir sie nicht kennen.«

»Ich verstehe dich nicht!«

»In einem Satz gesagt: Chiara ist in die Anderwelt geflüchtet. Von sich aus. Nur so konnte sie dem Zugriff des Arztes und anderer entkommen. Sie ist dort, wohin ihr niemand folgen kann. Abgeschottet. Die Tür ist zu.«

»Aber das ist ja schrecklich!« Felix war sich nicht sicher, was er mit Urs' Gedankenspielen anfangen sollte. »Heißt das, dass Chiara für immer verloren ist? Für mich? Für ihre Eltern? Sogar für Laika?«

»Das kann ich nicht beantworten. Die Anderwelt folgt ihren eigenen Gesetzen.« Felix sah, wie ein kaum wahrnehmbarer Schatten über sein Gesicht zog. Urs straffte sich. »Es hilft nicht viel zu spekulieren. Momentan bleibt uns nichts anderes übrig, als danach zu sehen, dass Chiara nichts zustößt. Sie wäre jedem Angriff schutzlos ausgeliefert. Mich wundert sowieso, dass von den Soldaten bisher nichts zu sehen war.« Felix musste zugeben, dass er während Urs' Abwesenheit nicht besonders aufmerksam gewesen war. »Dann sollten wir das nutzen und uns möglichst rasch davonmachen«, meinte Urs. »Wir werden einige Zeit brauchen, bis wir endgültig in Sicherheit sind.«

»In Sicherheit vor den Soldaten?«

»Sie werden einiges wagen und auch Verluste in Kauf nehmen. Aber je weiter wir uns in den Schwarzwald zurückziehen, umso weniger haben wir zu befürchten. Solange ich mich erinnern kann, hat sich ins mittlere Wiesental noch nie einer getraut. Dorthin werden wir uns wenden. Außerdem ist das die Richtung, zu dem Ort, in der der Prof lebt.« Er packte die restlichen Brotscheiben zusammen und steckte sie in seine Umhängetasche. »Wir sollten heute noch ein Stück gehen. Mir ist wohler, wenn wir rasch von hier verschwinden.«

Felix stand auf und zog sich den Rucksack über. Obwohl er die Tage ohne Gepäck genossen hatte, tat es ihm gut, das vertraute Gewicht wieder zu spüren. Auch Urs packte seine

Sachen zusammen. Die Hunde merkten sofort, dass der Aufbruch bevorstand. Sie kamen nebeneinander herangesprungen und schauten die Männer erwartungsvoll an.

Ehe sie losgingen, zeigte Urs in Richtung Lager. »Ich bin froh, dass sie dort unten noch nicht reagiert haben. Aber es tut sich was. Es wird Zeit für uns.«

Felix bemühte sich, in der Dämmerung etwas zu erkennen. Doch mehr als ein paar undeutliche Bewegungen vor dem Haus sah er nicht. Ab und zu blitzte ein Licht auf.

»Sie sammeln sich.« Urs kniff die Augen zusammen. »Wahrscheinlich haben sie auf Verstärkung gewartet. Aber sie sind weit genug weg, dass wir es bis nach Hausen schaffen werden. Weiter werden sie uns sowieso nicht folgen. Jetzt los!«

Felix war erleichtert, als Chiara ohne Widerstand aufstand und sich führen ließ. Er fasste sie an der Hand und folgte Urs, der vorausging. Urs führte sie zunächst im Zickzack den Hang hinunter, bis sie vorbei an den Resten des Holzstapels auf den Waldweg stießen. Von dort aus ging es zuerst ein Stück bergab. Unter den Bäumen war es inzwischen dunkel geworden, doch zum Glück gab es auf dem Weg nur wenige Hindernisse, die sie umgehen mussten. Solange es einigermaßen eben ging, musste er kaum auf Chiara achten. Nur beim Klettern gab es Probleme. In einem Waldstück, in dem die Bäume besonders dicht standen, hatte der Sturm eine Fichte so weit herausgerissen, dass nur noch ein Teil ihres Wurzelwerks im Boden steckte. Der mächtige Stamm lag schräg über dem Weg und war halb zerbrochen. Urs war bereits darunter durchgeschlüpft, die Hunde hatten sich ihren eigenen Weg gesucht. Chiara blieb einfach stehen. Felix bedeutete ihr, sich zu bücken und ihm zu folgen, doch sie reagierte nicht. Sie stand nur da und schaute das Hindernis ausdruckslos an. Felix versuchte es noch einmal, aber sie folgte ihm nicht. Als er versuchte, ihre Schultern sanft nach unten zu drücken, wurde ihr

Oberkörper plötzlich steif. Gleichzeitig stieß sie einen klagenden Laut aus. Es klang wie das Wimmern eines Kindes, das im Schlaf weinte.

»Damit war zu rechnen.« Urs war zurückgekommen. »Sie geht jedem Zwang aus dem Weg. Entweder sie weicht aus, oder sie blockiert völlig so wie jetzt.«

»Aber wir müssen weiter!«, meinte Felix.

»Warte, ich komme.« Urs kam auf seine Seite. »Wir gehen außen herum. Ich gehe voraus und bahne den Weg, so gut es geht.«

Sie hoben Chiara über den Rand des Weges nach unten auf den Waldboden. Es war etwas mühsam und kostete sie einige Zeit, einen Pfad zu finden, der sie um den Baum herum und schließlich zurück auf den Weg führte.

»Hoffentlich müssen wir das nicht noch öfter machen«, meinte Felix. »Wenn das jedes Mal so ist, brauchen wir ja ewig.«

»Es wird schon gehen«, beruhigte ihn Urs. »Wir steigen sowieso demnächst ins Tal hinunter.«

Nur wenige Minuten später kamen sie an den Waldrand. Links neben dem Weg gab es einen kleinen Parkplatz. Er war durch ein Schild gekennzeichnet und vollständig mit blühenden Lupinen überwachsen. Der Platz auf der anderen Seite war als Holzsammelstelle genutzt worden. Die Stämme lagen noch übereinander. Dazwischen wuchs Gras, auf dem Holz saßen Baumpilze in allen Größen.

Zu Felix' Überraschung mündete der Weg in eine Straße. »Die führt über den Berg ins Kleine Wiesental«, erklärte Urs. »Wir wollen versuchen, hier nach Hausen abzusteigen. Im Wald wäre es zwar sicherer, aber für Chiara ist es so besser.«

Felix nickte. Ihm war alles recht. Er sehnte sich nach Schlaf. »Wie weit wollen wir gehen?«

»Ich kenne einen Platz, wo wir die Nacht über bleiben können. Noch etwa eine halbe Stunde von hier.«

Ein paar Schritte weiter beschrieb die Straße eine enge Kurve nach links und wand sich von dort aus in einer weiteren Kurve um den Bergrücken herum. Kurz dahinter standen am Hang oberhalb und unterhalb die ersten Häuser. »Wir gehen nicht ganz hinunter in den Ort«, sagte Urs. »Ich bleibe lieber am Waldrand. Aber keine Sorge, dort gibt es eine Siedlung, da können wir auf der Straße weitergehen.«

*

Wie jedes Mal überfiel Felix ein merkwürdiges Gefühl, an einem Ort zu sein, der bis vor Jahren bewohnt war, wo Menschen gelebt und gearbeitet hatten, und in dem sich längst vergessene Schicksale abgespielt hatten. Alles war noch da – die Häuser, die Straßen, die Gärten, die Läden. Es gab das Rathaus und das Schwimmbad, es gab die Post und den Bahnhof. Es war, als habe jemand einen großen Schalter umgelegt und alles in einen Tiefschlaf versetzt. Doch die Menschen waren weg. Statt ihrer hatte die Natur die Herrschaft übernommen und sich ausgebreitet. Die Parks und Anlagen waren zur Wildnis geworden, in den Gärten um die Häuser waren die Zierblumen längst von den Pflanzen und Kräutern abgelöst worden, die auch ohne Zutun des Menschen hier ihre idealen Bedingungen vorfanden. Die meisten Orte, durch die er bisher gekommen war, waren keineswegs hässlich oder verwahrlost, sondern hatten ihren eigenen Reiz. Dennoch fühlte sich Felix unwohl. Ein Ort, eine Siedlung, ein Dorf – all das war mit Menschen verbunden, von Menschen gemacht. Doch die Lücke, die sie nach ihrem Abzug hinterlassen hatten, war wie eine große Wunde. Und immer wieder meinte Felix zu spüren, dass stattdessen etwas anderes davon Besitz ergriffen hatte.

»Gab es – hier einmal etwas Besonderes?«, fragte Felix,

während sie die Straße am Rande der Häuser am Hang entlang gingen.

»Du meinst, weil ich lieber hier oben bleibe?« Für einen Moment zögerte er mit der Antwort, so als ob er überlegte, was er sagen solle. »Ich sagte dir schon, ich bin nicht gerne in den Städten und Dörfern. Es sind die Erinnerungen. Nicht meine. Sondern die Erinnerungen derer, die weggegangen sind. Man sagt, dass das untere Wiesental von dem damaligen Unglück besonders betroffen war. Du weißt vielleicht, dass es Jahre zuvor auf der Schweizer Seite schon einmal etwas passiert war. Ein Störfall, wie es so schön hieß.« Urs lachte bitter. »Sie konnten uns nichts weismachen. Schon damals war die Gegend schwer geschädigt. Als dann die Sache im Elsass passiert ist …« Wieder hielt er inne. Eine kleine Weile liefen sie schweigend nebeneinander her. »Es gab einmal eine Bahnlinie im Wiesental. Vor Jahrzehnten ging sie bis Todtnau hoch, später bis Zell, der nächste Ort, zu dem wir kommen werden. Man erzählt, dass einer der Busse, mit denen die Leute weggebracht wurden, ohne Grund in den vollbesetzten Zug gerast ist. Es war, als sei plötzlich alles zum Stillstand gekommen. Nichts funktionierte mehr. Als sie die Toten bergen wollten, kam das Unbekannte. Der Schrecken, den keiner erklären konnte. Es sind nicht viele wiedergekommen.«

Felix fiel sofort der Zug ein, den er in Bärental am Bahnhof hatte stehen sehen. Er begann zu zittern. »Das Tal ist sehr schmal. Ist es nicht gefährlich, hier entlangzugehen?«

»Es ist gefährlich. Aber es hat sich vieles verändert seit damals. Die Spinne hat den Ort wieder freigegeben. So scheint es wenigstens. Außerdem gibt es keinen anderen Weg.«

Nachdem sie das Dorf durchquert hatten, kamen sie zu einer kleinen Fabrikhalle. Das Tor stand offen, im Gras davor lag einiges Gerümpel, von dem Felix in der Dunkelheit nicht erkennen konnte, was es war. Urs blieb stehen und schaute sich vorsichtig um.

»Willst du etwa hierbleiben?« Felix war unwohl. Der Platz und das Haus wirkten seltsam bedrohlich.

»Nein«, antwortete Urs. »Es ist nur … Dies ist eine Stelle, bei der ich jedes Mal besonders aufpassen muss.« Er hielt seinen Wegweiser weit ausgestreckt und lief Schritt für Schritt ein paar Meter in alle Richtungen. Schließlich trat er unter das geöffnete Tor, ging jedoch nicht hinein.

»Wann warst du das letzte Mal hier?«

»Es ist eine ganze Weile her. Vielleicht ein halbes Jahr.« Er winkte Felix zu einer Treppe hinter dem Schuppen, deren Stufen kaum erkennbar waren. »Wir müssen versuchen, Chiara hier herunterzubringen. Am besten, wir nehmen sie in die Mitte. Wenn es gar nicht geht, werde ich sie tragen.«

Chiara ließ sich ohne großen Widerstand führen, die beiden Hunde sprangen voraus. Am Ende der Treppe gab es eine einfache Absperrung aus Metallrohren, die jedoch kein Hindernis bildeten, sondern eher als Abgrenzung gedacht waren. Direkt dahinter spürte Felix, wie sich der Boden unter seinen Füßen mit einem Mal änderte. Er war etwas härter als der Waldboden und dennoch elastischer als ein Straßenbelag. Soweit er sehen konnte, war er nicht zugewachsen, lediglich vom Rand her wucherte etwas Gras.

»Was ist das?«

»Wir sind am Sportplatz. Das war einmal eine Kunststofflaufbahn. Hier dauert es etwas länger, bis die Natur sich zurückgeholt hat, was ihr gehört. Wir gehen dort hinüber.« Ein paar Schritte weiter tauchte aus dem Dunkel die Silhouette eines Gebäudes auf. »Fußballklub Zell«, las Felix auf dem Schild, das unter dem ehemaligen Tribünendach befestigt war. Daneben das Logo einer Brauerei.

»Hier werden wir über Nacht bleiben«, sagte Urs. Er öffnete die Tür, die von der Stadionseite ins Innere des Gebäudes führte. »Alles wie beim letzten Mal«, nickte er zufrieden. Er nahm zwei Kerzen aus seiner Umhängetasche und zündete sie an. Eine davon reichte er Felix. »Warte hier.«

Im Halbdunkel sah Felix, dass sie im Gastraum gelandet waren. Stühle und Tische standen überall, an der Seite war eine Theke mit Gläsern im Regal und einem Zapfhahn, in dessen verchromter Oberfläche sich das Licht der Kerze matt spiegelte. Erschöpft ließ sich Felix auf einen der Stühle fallen, Chiara blieb neben ihm stehen. Er musste nur wenige Augenblicke warten, ehe Urs zurückkam. »Es hat sich wirklich nicht viel verändert«, sagte er. »Nur, dass die Wolle etwas unter den Mäusen gelitten hat.« Er warf ein paar Decken auf den Tisch, die er mitgebracht hatte. »Zum Glück ist es nicht kalt. Das hier sollte genügen.«

Währenddessen hatte Felix seine Kerze auf einem Aschenbecher mit Wachs befestigt. Urs stellte seine daneben, sodass es hell genug wurde. »Du hast dich gut gehalten!«, lobte er Felix. »Es ist gut, dass wir es so weit geschafft haben. Hier ist es wesentlich angenehmer als draußen im Wald.«

»Du meinst, dass es immer noch gefährlich ist? Ich dachte, wir sind weit genug weg, dass uns die Spinne nicht mehr gefährlich werden kann?«

»Das auch. Aber ich denke, es wird demnächst ein Gewitter geben.« Er griff ein weiteres Mal in seine Tasche und holte eines seiner Seile heraus. Dann trat er zu Chiara, wand eine Schleife um ihr Handgelenk und verknotete sie. Sogleich stieß Chiara ein leises Wimmern aus.

»Was tust du da?«, fuhr Felix erschrocken auf.

»Ich binde sie fest. Am besten am Tisch oder an einem Stuhl. Dann kann nichts passieren.«

Felix sprang auf. »Aber siehst du nicht, dass du ihr weh tust? Außerdem – was soll passieren? Hast du nicht eben gesagt, dass wir in Sicherheit sind?«

»Ich will sie vor sich selbst schützen.«

»Du glaubst, sie will sich etwas antun?« Felix erschrak. Darüber hatte er überhaupt noch nicht nachgedacht. »Das glaube ich nicht!«

»Ich eigentlich auch nicht. Aber sie ist schon einmal davongelaufen. Was ist, wenn sie heute Nacht verschwindet? Sie bewegt sich sehr leise. Es könnte sein, dass wir sie nicht mehr finden. Und erinnere dich: Sie kann überall hin. Auch dort, wo wir nicht hinkommen.«

Felix musste zugeben, dass Urs recht hatte. Dennoch kämpfte er mit sich. »Und wenn wir abwechselnd Wache halten? Ich kann …«

»Ich bin sehr müde«, unterbrach ihn Urs. »Und du bist es auch. Wir müssen schlafen, beide. Morgen wird es ein anstrengender Tag.«

»Dann schließe uns ein! Ich gehe mit Chiara in eine der Umkleidekabinen, und du machst von außen die Tür zu. Dann können wir beide beruhigt schlafen.« Felix hielt es nicht mehr aus und löste die Fessel von Chiaras Handgelenk. Sofort wurde sie still.

»Wir können es versuchen.« Urs klang müde. »Ihr könnt gleich die erste auf der linken Seite nehmen, dort ist es einigermaßen sauber. Ich bleibe hier. Aber Abschließen halte ich nicht für eine gute Idee. Ich befürchte, dass Chiara Panik bekommt, wenn sie sich aus irgendeinem Grund an ihre Gefangenschaft erinnert. Ich werde stattdessen einen Stuhl davorschieben und etwas daraufstellen. So kannst du heraus, wenn es sein muss.«

Felix richtete mit den Decken und einigen Handtüchern als Kopfkissen eine Schlafstätte für Chiara auf der Bank, wo früher die Sportler vor und nach dem Spiel gesessen hatten. Sein eigenes Lager machte er direkt davor, sodass er sofort merken würde, wenn sie unruhig wurde. Die Oberlichtfenster waren weit genug oben unter der Decke, sodass sie ohne Hilfe nicht hochkommen würde. Er stellte die Kerze auf einen Stuhl, dann holte er Chiara. Ob sie ihn verstand, konnte er nicht sagen. Dennoch ließ sie sich auf der vorbereiteten Decke nieder und legte sich auf die Seite. Felix deckte sie zu. »Schlaf gut«, flüsterte er und drückte ihr einen sanften Kuss auf die Wange. »Es wird alles gut werden.«

»Es wird alles gut werden«, wiederholte er leise. »Hoffentlich«, murmelte er vor sich hin, als er sich daneben legte und Urs von außen die Tür gesichert hatte. Dann blies er die Kerze aus.

Felix schlief so gut wie lange nicht. Der harte Boden machte ihm ebenso wenig etwas aus wie das Grollen und Donnern, das in der Nacht über das Tal hinwegzog. Der beruhigende Klang gleichmäßig fallenden Regens legte sich wie eine schützende Decke um ihn und wusch alle störenden Gedanken weg.

*

Als er am anderen Tag vor die Tür der Gaststube trat, erwartete er einen frischen, kühlen Morgen. Doch zu seinem Erstaunen war die Wiese auf dem Sportfeld so trocken wie am Abend zuvor. Das Gras hing träge herab, an einzelnen Stellen schimmerten durch das Sommergrün die ersten gelbbraunen Flecken des nahenden Herbstes. Auf der Rückseite des Hauses sah er, was ihn getäuscht hatte. Das Fenster der Umkleidekabine, in der er geschlafen hatte, ging direkt auf ein Wehr hinaus, über das die Wiese hinabfiel. Sie führte zwar nicht viel Wasser, doch das gleichmäßige Plätschern genügte, bei geschlossenen Augen den Eindruck von Regen hervorzurufen.

»Bei manchen Bäumen ist das auch so«, lachte Urs, als Felix ihm seine Beobachtung erzählte. »Ich habe einmal auf einem Campingplatz am Hochrhein in der Nähe von Schwörstadt übernachtet. Am anderen Morgen hätte ich schwören können, dass es die ganze Nacht über heftig geregnet hatte. Es ging mir ähnlich wie dir. Es war nicht das Gluckern, das vom Rhein herumkam. Der ganze Platz war von riesigen Pappeln umstanden, deren Blätter der Wind in der Nacht zum Klingen gebracht hatte.«

»Dann war deine Voraussage von gestern nicht ganz richtig«, konnte sich Felix nicht verkneifen zu sagen.

»Warte es ab. Es ist noch nicht vorüber.«

Als sie sich nach einem kurzen Frühstück auf den Weg machten, wurde Felix sehr schnell deutlich, was Urs gemeint hatte. Der Morgen hatte Mühe, sich in das Tal vorzukämpfen. Der Himmel war verhangen, die Luft diesig und schwül. Die Sonne war nur als heller Fleck zu erkennen, als ob eine Lampe durch einen dicken Vorhang leuchtete. Es wurde rasch warm. Felix zog schon nach wenigen Minuten seine Jacke aus und hängte sie sich um die Schultern. Sie liefen zunächst auf der alten Landstraße entlang der Wiese. Auf der anderen Seite führten parallel dazu Bahngleise. Wieder führte Urs sie an, Felix und Chiara folgten dicht dahinter. Die Hunde tollten umher, wie sie wollten, blieben jedoch meist in Sichtweite. Laika und Leo freuten sich immer noch sichtlich aneinander. Sie liefen um die Wette, balgten sich und wälzten sich im Gras, bis sie erschöpft voneinander abließen. Sie waren kaum eine halbe Stunde gegangen, als Felix den Eindruck hatte, als rückten die Berghänge von beiden Seiten heran. Darauf erreichten sie die ersten Häuser des Nachbarortes.

»Das ist Zell«, erklärte Urs. »Hier wird es schwierig, einen geeigneten Weg zu finden, der außen herum führt. Mit Chiara würde es zu lange dauern. Das Beste wird sein, wir bleiben auf der Hauptstraße. Sie führt die meiste Zeit an der Wiese entlang, ich hoffe, wir kommen auf diese Weise am besten vorwärts.«

Die Bahnlinie, die sie bisher begleitet hatte, wechselte die Seite über eine Brücke mitten in den Ort hinein. Von Weitem sah Felix inmitten einiger Fabrikgebäude und Ladengeschäften einen niedrigen Bau, der ähnlich aussah wie das Sportheim, indem sie übernachtet hatten. Ein großes grünes »S« zeigte den früheren Bahnhof an.

»Von hier aus konntest du bis nach Basel fahren. Lange her.« Urs hielt sich nicht lange auf, sondern schlug sogar ein etwas forscheres Tempo an. Felix sagte nichts und bemühte sich, Schritt zu halten. Die Häuser des Ortes zogen an ihm vorbei wie die verlassene Kulisse eines Kinofilmes. Ein weiteres Loch in der Zeit. Noch mehr Schicksale, noch mehr leidvolle Erinnerungen für die, die einst hier zu Hause waren. Der Weg zog sich. Das Tal wurde schmaler und beschrieb gleichzeitig einige Kurven, sodass Felix nicht weit nach vorne sehen konnte. Auch wenn sie glücklicherweise kaum auf Hindernisse stießen und ihre Wegweiser keinerlei Anzeichen von Gefahr anzeigten, sehnte sich Felix danach, wieder ins Freie zu gelangen. »Ist es noch weit?«, fragte er.

»Bis wir durch sind, meinst du? Es geht noch ein Stückchen. Dieses ist schon der nächste Ort. Durch den wenigen Platz sind beide zusammengewachsen. Wie geht es Chiara?«

Felix betrachtete von der Seite das Mädchen, das er an der Hand führte. Sie ging mit leichtem Schritt und hatte sich willig führen lassen. Ihre Gefangenschaft schien weder Schmerzen noch andere Beeinträchtigungen bei ihr hinterlassen zu haben. Doch ihr Gesicht war so ausdruckslos wie zuvor. Die Haut war bleich wie Wachs, ihr Blick ohne bestimmtes Ziel.

»Ich weiß es nicht«, erwiderte er. Er spürte, dass ihm die Antwort einen Stich ins Herz versetzte. Chiara war so nahe bei ihm, wie er es sich erträumt hatte. Doch gleichzeitig war sie so weit entfernt, dass er nicht einmal wusste, wo er sie suchen sollte.

»Soll ich dich ablösen?«

»Nein, nein, es geht schon. Sie scheint mir irgendwie … zu vertrauen.« Oder was auch immer, dachte er innerlich, ohne es auszusprechen. Er senkte den Kopf. »Gehen wir weiter.«

»Gib mir wenigstens dein Gepäck!«

Felix protestierte nur schwach, als Urs ihm seinen Rucksack nahm, die Trägergurte verstellte und sich aufsetzte. Obwohl sie erst wenige Stunden gegangen waren, fragte er sich, wie er den Tag überstehen sollte. Trotz der guten Nacht spürte er, wie die Erschöpfung tief in ihm steckte. Auch wenn er es Urs gegenüber nicht zugab, so musste er sich eingestehen, dass ihn die letzten Tage an seine Grenzen gebracht hatten. Es nieselte leicht, als sie endlich die letzten Häuser von Atzenbach hinter sich gelassen hatten. Doch schon nach ein paar Minuten war die Luft drückend und schwül wie zuvor. Felix war froh, dass er sein Gepäck nicht mehr tragen musste. Trotzdem ging er nicht schneller als unbedingt notwendig. Immer wieder musste Urs stehen bleiben und auf ihn warten. In einem Buswartehäuschen machten sie eine Pause. Urs verteilte Wasser zur Erfrischung, auf das Essen verzichteten sie. Chiara trank aus dem Becher, den Felix ihr reichte, dann hielt sie ihn wortlos vor sich, bis er ihn ihr abnahm.

»Was mache ich nur, wenn der Professor ihr nicht helfen kann? Glaubst du, sie würde dann immer so …« Felix sprach nicht zu Ende. Je näher sie ihrem Ziel kamen, desto mehr wich seine Zuversicht. Er war vollkommen ratlos. Noch nie hatte er einen Menschen so erlebt wie Chiara an seiner Seite.

»Du darfst die Hoffnung nicht aufgeben. Warum quälst du dich mit Gedanken an eine Zukunft, von der du noch nicht einmal weißt, ob sie jemals eintreten wird.«

»Ich bin für sie verantwortlich. Ohne mich wäre Chiara niemals hierhergekommen. Vielleicht sollte ich sie zurückbringen. Vielleicht liegen wir beide falsch, und der Aufenthalt im Lager ist gar nicht schuld an dem, was wir sehen. Vielleicht hat sie schon unterwegs Dinge erlebt, von denen wir nichts wissen. Schlimme Dinge.«

»Zu viele ›Vielleichts‹.« Urs blieb ruhig. »Spekulieren bringt nichts. Du solltest tun, was dir möglich ist. Und ich helfe dir dabei, so gut ich kann.«

Felix war zum Heulen zumute. Noch nie in seinem Leben hatte er sich so hilflos gefühlt. Er atmete einmal tief durch, dann stand er auf. »Los, wir gehen weiter.«

Schon hinter der nächsten Biegung der Straße erblickten sie das nächste Dorf. Noch vor dem Ortseingang bog eine Nebenstraße ab und führte den Berg hoch nach Osten. »Todtmoos, 16 Kilometer«, las Felix. »Das ist nicht weit.« Der »Gute Weg«. Er konnte es nicht verhindern, dass die Bilder an das Tagungshaus wieder vor seinem inneren Auge erschienen. Die Terrasse, der Friedhof. Das Bett der Frau, die bis zu ihrem Tod für die Nachwelt festhielt, was geschehen war. Immer noch lag das Büchlein in seinem Rucksack. Ob er es je schaffen würde, irgendjemandem davon zu erzählen? Jemandem, der ihr nahe stand?

»Weit genug«, unterbrach Urs seine Gedanken. »Über den Bergkamm kommt keiner. Auch nicht mit dem besten Wegweiser.«

»Ich frage mich, wie Chiara es geschafft hat, von hinter dem Feldberg überhaupt hierher ins Wiesental zu kommen. Wenn ich damals ihren Vater richtig verstanden habe, gibt es keinen Weg außer dem, den ich gegangen bin. Vielleicht hatte sie schon damals die Fähigkeit, sich der Kraft der Spinne zu widersetzen. Ja, so muss es gewesen sein. Während ich einen riesigen Umweg über den Schluchsee machen musste, ist sie einfach die Straße über den Feldberg gekommen. Vielleicht …«

»Schon wieder ›vielleicht‹.« Erneut fiel ihm Urs ins Wort. »Schluss damit!« Seine Stimme klang streng wie die eines

Vaters. »Du wirst sie fragen, wenn es so weit ist. Wenn wir heute Abend da sein wollen, sollten wir unsere ganzen Kräfte zusammennehmen. Und bis dahin rate ich dir, deinen Kopf nicht mit wilden Theorien zu belasten.«

»Heute Abend?«

»Heute Abend.«

Felix entging nicht der besorgte Blick von Urs nach oben. Der trübe, verhangene Himmel hatte sich weiter verdunkelt. Die Sonne war inzwischen nur noch zu erahnen. Die feine Feuchtigkeit war völlig verschwunden. Stattdessen hatte Felix das Gefühl, um ihn herum sei die Luft mit knisternder Spannung erfüllt. Nachdem sie den Ort mit der Abzweigung nach Todtmoos hinter sich gelassen hatten, weitete sich das Tal. Die Bergkämme traten zurück, auf den Matten an den Hängen tauchten vereinzelte Höfe und Schuppen auf. Von den Höhen herunter holte sich das Gehölz die ehemaligen Wiesen zurück. Die Ausläufer des Waldes griffen mit langen Fingern talabwärts, Bäume und Büsche durchsetzten das Gras mit grünen Flecken in allen Größen und Grünschattierungen. Links und rechts der Landstraße waren die Bäume dicht an die Fahrbahn herangerückt. Eine Kurve folgte der nächsten, der Bach, der sie begleitete, war auf weite Strecken nicht zu sehen, obwohl das Spiel der Wellen und das Gluckern des Wassers sie begleitete wie eine feine Melodie, die sie daran erinnerte, dass die Welt nicht still stand. Von den sonst allgegenwärtigen Vögeln war nichts zu sehen und nichts zu hören.

Felix überlegte eben, ob er seinen müden Füßen eine Abkühlung im Wasser gönnen sollte, als Chiara plötzlich stehen blieb. Der Halt kam so unvermittelt, dass er seinen Griff losließ und fast gestolpert wäre. Seine sanfte Aufforderung zum Weitergehen blieb vollkommen ohne Erfolg. Chiara stand, als sei sie innerhalb eines Moments zu Stein verwandelt. Felix sah verwirrt um sich. Die Straße war unverändert.

Außer den üblichen Steinbrocken und alten, abgebrochenen Zweigen auf dem Boden war bis zur nächsten Kurve kein Hindernis zu erkennen. Alles war still.

Urs war wie immer ein paar Schritte vorausgelaufen. Felix wollte ihn eben rufen, als er sich umdrehte und mit beiden Armen heftig winkte. Dann kam er rasch herangelaufen. »Wir müssen aufpassen«, keuchte er. »Dort vorne ist etwas. Der Wegweiser hat angeschlagen.«

»Die Spinne?« Felix riss die Augen auf.

»Ich weiß nicht. Was ist mit Chiara?«

»Sie scheint etwas gespürt zu haben. Sie ist einfach stehen geblieben. Bleib du bei ihr, ich will selber sehen, was los ist.«

Solange Felix mit Chiara hinter Urs hergelaufen war, hatte er seinen Wegweiser nicht gebraucht. Jetzt holte er das Rindenstück aus der Tasche, hielt es vor sich und ging langsam auf die nächste Kurve zu. Nach etwa 30 Schritten begannen die Farben in seiner Hand plötzlich zu zucken. Das gleichmäßige Fließen wich einem ruckartigen Hin und Her, Blau und Grün drängten die warmen Töne zurück. Nach ein paar weiteren Schritten war es, als drehe jemand mit einem Dimmer jegliches Licht zurück, während fast gleichzeitig fahlweiße unregelmäßige Lichtblitze aufflackerten wie bei einer Neonröhre, die nicht richtig in ihrer Fassung saß. Felix wusste sofort, was das bedeutete. Bei seiner ersten Begegnung mit den radioaktiven Strahlen an dem kleinen Wasserfall oberhalb des Mathisleweihers war er in panischer Angst davongelaufen. Später hatte er gelernt, die Gefahren besser einzuschätzen. Vor allem Chiaras Vater und Gottlieb von den Streunern hatten ihm vieles von seiner Angst genommen. Dennoch hieß es, vorsichtig zu sein.

»Eine Strahleninsel«, meinte er, als er bei Urs zurück war. »Es sieht ganz so aus, als habe Chiara das schon vor uns gespürt. Wusstest du nichts davon?«

Urs schüttelte den Kopf. »Ich bin diese Straße zuvor noch nicht gegangen.«

»Man sieht den Strahlen nicht an, wie gefährlich sie sind«, meinte Felix besorgt. »Es gibt nur eine sinnvolle Möglichkeit: Wir müssen außen herum gehen. Aber was machen wir mit Chiara? Sie rührt sich nicht von der Stelle!« Er nahm ihre Hand und versuchte, sie nach hinten weg zu bewegen. Sie blieb stocksteif.

»Dasselbe wie gestern. Ich werde sie tragen.«

Felix streifte sich seinen Rucksack wieder über, dazu hängte er sich links und rechts die beiden Taschen über die Schultern. Erst jetzt spürte er am eigenen Leib, welches Gewicht Urs die ganze Zeit auf sich genommen hatte. Doch er wollte sich nichts anmerken lassen. »Was schlägst du vor?«

»Ich bin ein einziges Mal durch das Wiesental gegangen. Das war durch den Wald, auf halber Höhe den Berg hinauf. Daher wusste ich auch nichts von der Strahleninsel. Zur Not werden wir dort hinauf müssen.«

»Du willst Chiara den Berg hinauf und durch den Wald tragen?«

»Wenn es sein muss? Aber zuvor versuchen wir etwas anderes. Wenn wir Glück haben, klappt es den Fluss entlang. Und vielleicht schafft es Chiara ja doch wieder, selbst zu gehen.« Er trat vor Chiara und fasste sie um Hüfte und Beine, dann nahm er sie hoch. Für Sekunden blieb sie stocksteif, plötzlich sank sie zusammen und leistete keinen Widerstand mehr. Sie gingen ein paar Schritte die Straße zurück, bis sie eine geeignete Stelle fanden, an der sie die etwas erhöhte Böschung hinuntersteigen konnten. Felix watete als Erster durch das Bachbett. Auf der anderen Seite legte er das Gepäck ab und half Urs, für den es nicht einfach war, auf den glitschigen Steinen mit Chiara auf den Armen die Balance zu halten. Hinter dem Gestrüpp aus Büschen und Bäumen, die entlang der Wiese wuchsen, breitete sich das Feld aus. Das Gras stand brusthoch.

»Das wird schwierig«, meinte Felix.

Urs schaute sich um. »Du hast recht. Aber vielleicht müssen wir gar nicht so weit gehen. Statt einen großen Bogen zu machen, könnten wir versuchen, am Wasser entlang zu gehen. Das Gelände ist ziemlich eben, und Chiara könnte wieder selbst laufen.«

»Genau!«, stimmte ihm Felix zu. »Aber zuerst gehe ich ein Stück voraus. Ich will sehen, ob die Strahleninsel bis hier herüber reicht. Wir sollten Chiara nicht noch einmal damit konfrontieren.«

Er streckte seinen Arm aus, wie er es schon oft gemacht hatte, und schritt auf der Kuppe der Uferböschung entlang bachaufwärts. Der Wegweiser war inzwischen wieder in seinen Normalzustand zurückgekehrt, die Farben leuchteten lebendig und kräftig. Als er nach seiner Schätzung die Strecke zurückgelegt hatte, nach der er auf der anderen Seite das verstrahlte Gebiet vermutete, blieb er stehen und drehte sich einmal langsam im Kreis. Dann ging er vorsichtig weiter, den Blick fest auf das Rindenstück gerichtet. Auf der anderen Seite des Baches trat die Straße unter den Bäumen hervor. Soweit Felix sehen konnte, ging der Wald ein Stück weiter in offenes Gelände über. Felix stieg ab, watete durch den Fluss und kletterte vorsichtig die Böschung hoch. Zu seiner Freude sah er, dass der Wegweiser keinerlei Anzeichen einer Gefahr zeigte. Ein paar Schritte ging er die Straße entlang, bis er einen Heuschober an der Seite sah. Dann kehrte er um.

»Die Strahleninsel ist nicht so groß, wie wir befürchtet haben«, berichtete er und zeigte mit der Hand auf die Flussbiegung, von wo er gekommen war.

»Dann sollten wir es versuchen«, erwiderte Urs knapp. »Es ist nicht mehr sehr weit bis zu unserem Ziel. Auf der

Straße sind unsere Chancen besser, heute noch anzukommen. Und wenn wir ganz großes Glück haben, bleiben wir sogar trocken.«

Felix sah nach oben. Es konnte noch nicht Abend sein, dennoch war der Himmel so grau, als sei die Sonne bereits untergegangen. Erste Windböen frischten auf. Rasch nahm er das Gepäck auf und stapfte los, Urs trug Chiara huckepack, Leo und Laika blieben dicht daneben. Das Wetter änderte sich rasch. Mit jedem Schritt, den sie vorwärtsstapften, schien es ein wenig dunkler und verhangener zu werden. Schon wenige Minuten später konnte Felix den Bergrücken auf der linken Talseite nicht mehr erkennen. Die Windstöße schienen von allen Seiten zu kommen, das Gras wogte wie die Wellen eines großen Sees. Hinter den nachtschwarzen Wolken flackerte es auf, über den Bergen zuckten erste Blitze. Als sie die Stelle erreichten, an der Felix zuvor abgestiegen war, zerriss die Luft plötzlich ein ohrenbetäubender Knall. Felix fuhr zusammen, doch er fasste sich rasch. »Chiara!«, rief er und trat an ihre Seite. Seine Sorge war unbegründet. Sie zeigte keinerlei Anzeichen von Furcht. Ihre Augen waren geöffnet und blickten wie zuvor, so als ob sie von allem nichts mitbekommen würde.

Dem lauten Knall folgte ein dumpfes Grollen, das über das ganze Tal hinwegrollte. Ohne Übergang begann es in Strömen zu regnen. Felix war innerhalb von Sekunden klatschnass. »Drüben an der Straße habe ich einen Schuppen gesehen, dort können wir uns unterstellen«, schrie er.

»Dann nichts wie los!« Urs fasste Chiaras Arme fester und rutschte vorsichtig den kleinen Hang hinab. Felix hatte Mühe, sich gegen den Wind zu stemmen. »Ich bringe die Sachen hinüber, dann helfe ich dir!« Er versuchte erst gar nicht, auf den glitschigen Steinen zu balancieren, sondern suchte sich einen Weg durch den Flusslauf. Die Steine auf dem Grund kamen in Bewegung, das Wasser schwoll von Sekunde zu

Sekunde an. Er stolperte und ruderte mit den Armen, ehe es ihm gelang, sich an einem überhängenden Ast festzuhalten. Auf der anderen Seite stieg er nicht hoch, sondern warf das Gepäck in weitem Bogen ins Unterholz. Dann drehte er um. Obwohl Urs größer und schwerer als Felix war, hatte er große Mühe, sich aufrecht zu halten. Chiaras Beine baumelten über seinen Rücken herunter und brachten ihn zusätzlich aus dem Gleichgewicht. Felix sah sich verzweifelt um, doch er fand nichts, womit er ihm hätte helfen können. Fast hätte Urs es geschafft, als aus dem Dunkel ein riesiger abgeknickter Zweig durch die Wellen heranschoss.

»Pass auf!«, brüllte Felix, aber Urs konnte nicht mehr reagieren. Das Holz prallte auf einen der Steine, drehte sich und erwischte ihn mit seinem einen Ende in den Kniekehlen. Er knickte ein, schwankte und fiel. Noch während des Sturzes drehte er sich blitzschnell um und fasste Chiara so, dass sie über ihm blieb. Mit der rechten Hand hielt er sie fest, mit seiner Linken versuchte er, sich an einem Stein festzuklammern. Das Wasser schwoll immer mehr an, Blätter, Zweige und Äste trieben vorbei. Felix war verzweifelt. Er sah, wie Urs versuchte aufzustehen, es gelang ihm nicht. Er versuchte, ihm zu helfen, doch mit seinem Arm reichte er nicht zu ihm heran. Laika stand bis über die Beine im Wasser und bellte wie verrückt.

»Das Seil!«, schrie Urs. »Hole das Seil!«

Felix rannte zurück zu seinem Rucksack. Mit zittrigen Fingern löste er die Leine, sah sich rasch nach einer geeigneten Stelle um. Er schlang das Ende um den Stamm einer Erle, die ein paar Meter versetzt nach hinten wuchs. Dann versuchte er, das andere Ende Urs zuzuwerfen. Doch der Wind und der peitschende Regen machten es ihm unmöglich. Das Seil klatschte ins Wasser oder verfing sich in den überhängenden Zweigen der anderen Bäume.

»Du musst etwas dranbinden!«, schrie Urs. »Etwas Schweres!«

Felix verstand sofort, was er meinte. Er griff nach einem der umherliegenden Aststücke, knotete es fest und trat dann so nahe an das Wasser, wie es möglich war. Schon beim ersten Versuch klappte es. Er warf das Seilende weit genug, dass es zusammen mit dem Holzstück auf Urs zutrieb. Diesem gelang es irgendwie, es zu fassen. Sofort schlang er es sich um seinen Unterarm. Felix zog, so fest er konnte, bis Urs neben ihm zu Boden sank. Erschöpft lagen beide im nassen Gras, Chiara daneben. Laika und Leo sprangen um sie herum und drängten sich immer wieder heran, um sie mit ihren Schnauzen anzustupsen. Doch sie durften sich keine Pause erlauben.

»Wo ist die Hütte?«, stieß Urs hervor und nahm Chiara ein weiteres Mal hoch. »Die Straße entlang ein paar Hundert Meter.« Auch Felix rappelte sich auf und suchte das Gepäck zusammen. Der Regen fiel so dicht, dass Felix den Eindruck hatte, ein ganzer See würde über ihnen ausgeschüttet. Auf der Straße angelangt, versuchte Urs erst gar nicht, Chiara zum Gehen zu bewegen. Er wechselte den Griff, nahm sie wieder auf den Rücken und lief los.

Ihr Unterschlupf war ein Bretterschuppen ohne Fenster. Auf der Rückseite hing das Tor aus den Angeln, im Dach fehlten Ziegel. Doch Felix war froh, dass sie wenigstens ein bisschen Schutz vor dem Unwetter bekamen. Im Innern rostete ein verbeulter Heuwender vor sich hin, daneben lagen angefaulte Bretter, ein paar Reifen und die Reste von dem, was einmal Heu gewesen sein mochte. Die Männer konnten es nicht verhindern, dass Leo und Laika sich ausgiebig schüttelten und eine Wolke feinster Wassertröpfchen versprühten. Dennoch war es wie ein Signal. Sie hatten vorerst das Schlimmste überstanden. Mit ein paar Handgriffen machten sie es sich so bequem wie möglich. Die Reifen dienten als Sitz, die nassen

Klamotten hängten sie überall auf, wo Holzspäne, Nägel oder sonst etwas aus der Wand hervorschaute. Den Rest breiteten sie auf dem Boden aus. Es war nicht kalt, sodass sie sich bis auf die Unterwäsche auszogen.

»Es sieht ganz so aus, als kämen wir heute nicht mehr von hier weg«, meinte Urs. »Ich will versuchen, ein Feuer zu machen.«

Während Urs alles mögliche Brennbare zusammensuchte, kümmerte Felix sich um Chiara. Sie saß auf einem der Reifen und schien von dem brüllenden Chaos um sie herum nicht beeindruckt. Ohne sichtbare Regung ließ sie es geschehen, dass Felix ihr Hemd, Hose und ihre Schuhe auszog. Die Sachen in seinem Rucksack waren trocken geblieben, sodass er mit allem, was er fand begann, ihr Gesicht, die Haare und Arme und Beine trocken zu reiben. Danach wickelte er ihr seine Schlafdecke um die Schultern und begann erst dann, sich selbst abzutrocknen, so gut es ging. Am Ende suchte er alles zusammen, um auch die nassen Hundefelle einigermaßen abzurubbeln.

Währenddessen fluchte Urs vor sich hin. »So e Huriseich! Gottverdelli!« Es dauerte einige schweizerische Kraftausdrücke lang, bis unter dem qualmigen Gestank an seiner Seite ein erstes Knistern entstand, das er nur langsam zu einer bescheidenen Flamme aufpäppelte. »Viel ist es nicht«, brummte er. »Es geht nicht besser.«

Felix war trotzdem froh darüber. Das dürre flackernde Licht vermittelte wenigstens ein bisschen ein Gefühl von Vertrautheit in dem Chaos, das um sie herum tobte. Die Tür ließ sich nur halb schließen, sodass das Krachen und Donnern nichts von seiner Intensität einbüßte. Immer wieder trieben Windböen einen Schwung Wassertropfen durch die Öffnung. Die Hunde hatten sich nahe am Feuer zusammengerollt. Felix rückte Chiaras Reifensessel so nahe an das Feuer heran, wie es ging. Keiner der beiden Männer hatte Lust zu reden. Eine Weile starrten sie schweigend in die Flammen, ab und zu legte Urs etwas Holz und altes Stroh nach, das jedes Mal zuerst qualmte, ehe es Feuer fing. Erst als es ihm gelang, eines der herumliegenden Bretter zu zerschlagen und mit dem Messer einigermaßen klein zu bekommen, wurde es besser. Er hielt die ausgebreiteten Handflächen über die Wärme und rieb sie aneinander.

Felix beobachtete, wie Urs bei manchen Bewegungen zuckte, als seien sie ihm unangenehm. »Hast du dich verletzt?«

»Wird wohl ein paar blaue Flecken gegeben haben«, gab Urs zurück. Doch Felix spürte, dass dies nicht alles war. Als Urs aufstand, um ein weiteres Brett zu zerkleinern, sah er, wie er beim Auftreten zuckte.

»Was ist mit dem Fuß?«

»Ja, tut weh. Geht schon.« Die Antwort kam kurz und abweisend, so als wolle Urs nicht darüber reden. »Überlege dir lieber, was wir mit Chiara machen. Wir werden heute nicht mehr von hier wegkommen.«

»Du glaubst doch nicht, dass sie bei diesem Wetter …?«

»Es geht nicht ums Glauben. Wir wissen nicht, wie sie reagiert. Wir wissen noch nicht einmal, ob sie überhaupt merkt, was für ein Unwetter grade tobt. Ich weiß nur, dass wir unter allen Umständen verhindern müssen, dass sie weggeht.«

Felix sprang auf. »Wir könnten das Tor verbarrikadieren. Wenn wir es ganz zuziehen und alles davor aufhäufen, was wir finden, würde sie es nicht schaffen.«

»Und wir kämen nicht hinaus! Wir sind keineswegs so sicher, wie es scheint. Der Sturm ist so stark, dass er Bäume umknicken kann. Der Schuppen könnte über uns zusammenbrechen. Und: Im Moment ist sie zwar ruhig. Aber was ist, wenn der Blitz einschlägt und alles anfängt zu brennen? Nein, ich will nicht eingesperrt sein. Das kann ich nicht.«

»Du willst sie also doch festbinden?«, fragte Felix besorgt.

»Das wird nicht klappen. Ich will nicht, dass sie sich ängstigt, wovor auch immer.«

»Wir könnten uns nebeneinander auf den Boden legen. Möglichst eng. Dann merken wir sofort, wenn sie aufsteht.«

»Und wenn nicht? Wir haben schon ein paarmal gesehen, dass sie sich geräuschlos und leicht bewegen kann wie ein Windhauch. Außerdem sind wir beide müde und abgekämpft. Ich zumindest. Ich kann nicht garantieren, dass ich aufwache.«

»Ich bleibe wach! Ganz bestimmt!«, hörte Felix sich sagen. Er richtete sich auf. »Du bist verletzt und brauchst Schonung. Du musst schlafen.«

Urs lächelte. »Liebe schlägt Vernunft. Aber es hat keinen Sinn, den Helden zu spielen. Spätestens wenn das Feuer aus ist, würdest du einschlafen. Nein, wir haben es beide nötig. Wir wechseln uns ab, Wachen und Aufpassen, Schlafen und Erholen. Jeder, so lange er kann.«

Felix wollte protestieren, aber er spürte, dass ihm die Kraft dazu fehlte. Natürlich hatte Urs recht. Es war die vernünftigste Lösung. »Du hast doch deine Uhr!«, fiel ihm plötzlich ein. »Jeder eine Stunde, dann wechseln wir. Ich fange an.«

Urs kramte die Uhr heraus und zog sie auf. »Ich stelle sie auf die volle Stunde, dann ist es einfacher. Und ein Tipp: Nicht auf die Zeiger starren!« Er reichte die Uhr an Felix weiter. Aus seinen restlichen trockenen Sachen machte er sich ein provisorisches Kopfkissen, legte sich auf den blanken Boden und drehte sich auf die Seite. Schon nach wenigen Augenblicken hörte Felix sein gleichmäßiges zufriedenes Schnorcheln. Felix hängte die Uhr an der Kette über den Querholm des Heuwenders, dann richtete er, so gut es ging, für Chiara eine Schlafstätte auf dem Boden. Mit sanfter Stimme und leichtem Druck gelang es ihm, dass sie von ihrem Sitz aufstand und sich hinlegte. Die Decke ließ er ihr, dazu breitete er ein paar der

Sachen aus, die inzwischen leidlich trocken waren. Die erste Wache verging rasch. Das Konzert der Elemente, die unvermindert tobten, hielt Felix' Aufmerksamkeit in Bann. Es war, als habe die Natur in den letzten beiden Tagen all ihre Kraft zurückgehalten, um nun in einer einzigen gewaltigen Eruption loszuschlagen. Der Wind heulte ohne Pause durch die Nacht, wirbelte von allen Seiten gellend und kreischend und fuhr pfeifend zwischen die Dachbalken, die bei jedem neuen Stoß verdächtig wankten. Der Schuppen zitterte und ächzte, als würde er von einer riesigen Faust geschüttelt. Das grelle Licht der Blitze zeichnete die Umrisse der Löcher und Spalten in den Wänden und um die Tür nach, krachender Donner ließ Felix jedes Mal zusammenfahren.

Felix versuchte, sich auf das Feuer zu konzentrieren. Er setzte sich so, dass die Flammen so gut es ging von den Windstößen abgeschirmt waren, die ruckartig und plötzlich durch das notdürftig geschlossene Tor hindurchfuhren. Urs hatte einen kleinen Vorrat Brennmaterial aufgehäuft, mit dem Felix so sparsam wie möglich umging. Die Holzstücke brannten schlecht, die undefinierbare Masse aus altem Gras, Papierresten und Stofffetzen brachte mehr Qualm hervor als dass sie Wärme spendete. Der beißende Gestank zwang Felix immer wieder, sich abzuwenden und die Augen zu reiben.

Als Urs ihn nach einer Weile ablöste, war er erleichtert. Urs bot ihm sein Lager an. »Ist schon vorgewärmt«, brummte er knapp. Felix kauerte sich zusammen, während Urs seinen Platz einnahm. Doch er fand nicht zur Ruhe. Er konnte seine Gedanken nicht von Chiaras Schicksal lösen. Morgen würde es sich entscheiden. Der Professor war seine einzige Hoffnung. Das Schlimmste war, dass er nicht einmal wusste, wie es ihr ging. Ob sie sich ebenso losgelöst fühlte, wie sie sich nach außen zeigte – ruhig, von nichts berührt, sei es angenehm oder schrecklich. Oder hatte sie ihre Seele derart abgeschottet, dass keiner ahnen konnte, welche Kämpfe und Leiden sie gerade durchstand? Wenn er nur irgendetwas tun könnte, um ihr zu helfen! Am Ende seiner zweiten Wache hielt er es nicht mehr aus. Urs schaute ein wenig überrascht, als Felix nicht zurück auf das Schlaflager kroch, sondern sich stattdessen zu Chiara auf den Boden legte. Sie lag auf der Seite halb eingerollt wie ein Kind und atmete ruhig. Vorsichtig schmiegte Felix sich an ihren Rücken und legte den Arm um ihre Hüfte. Sie reagierte nur kurz, als er sie berührte, dann hörte er ihr ruhiges leises Atmen.

Was für ein Wiedersehen! Seine Gedanken gingen zurück, als er sie zum ersten Mal gesehen hatte – ihre Rettung aus dem eingestürzten Kellerloch, als sie regungslos und vor Kälte fast erstarrt gewesen war, der Abend am Rande des Baches neben dem umgestürzten Baumstamm, als er verzweifelt versucht hatte, sie zu wärmen und aufzumuntern, obwohl er selbst vor Erschöpfung kaum noch eigene Kraft hatte. Und die Nacht, in der alles zusammengekommen war. Die Nacht, die sein Leben veränderte und die er niemals vergessen würde.

*

Das Unwetter verschwand so rasch, wie es gekommen war. Es war, als habe jemand einen Schalter umgelegt. Innerhalb von Minuten legte sich der Wind, das Donnern zog sich zurück und entschwand in fernem Echo hinter den Bergen. Das Rauschen des Regens verstummte, hinterließ ein spärliches Tropfen und kam schließlich ganz zur Ruhe. Felix zog die Tür auf und spähte hinaus. Über dem Kamm der Berge leuchtete es gelegentlich auf, dann waren die letzten Zeichen des Unwetters verschwunden. Die Wolkendecke riss auf, vereinzelt blinkten die ersten Sterne am Nachthimmel. Die Stille, die nun folgte, kam Felix noch unheimlicher vor als das Getöse in den Stunden zuvor. Kein Nachtvogel war zu hören, kein Rauschen durchzog die Bäume. Nur ab und zu hörte er, wie die letzten Tropfen vom Dach ins Gras oder in eine Pfütze fielen. Durch die plötzliche Wetteränderung war Urs wach geworden. Er schüttelte sich und stieß ein schlaftrunkenes »Was ist?« hervor. Dann räkelte er sich, stand auf und sah zur Tür hinaus. Ohne ein Wort setzte er sich zu Felix ans Feuer, das inzwischen nicht mehr als ein schwelender Gluthaufen war, aus dem in unregelmäßigen Abständen kleine Flämmchen hervorzüngelten.

»Du kannst gerne liegen bleiben!«, meinte Felix.

Urs griff stattdessen nach der Uhr und steckte sie ein, ohne darauf zu sehen. »Der Morgen kommt. Wir sollten los. Bis wir zusammengepackt haben, wird es hell sein.«

»Glaubst du, dass etwas nachkommt?« Felix deutete nach oben.

»Wir sollten es nicht darauf ankommen lassen.«

Die Hunde hörten, wie die Männer miteinander sprachen, und erhoben sich ebenfalls. Sie streckten sich ausgiebig und begannen, nach etwas Fressbarem umherzuschnüffeln. Als sie sahen, dass von Felix nichts kam, schlüpften sie unter der Tür hindurch ins Freie. Auch Chiara war wach, blieb jedoch liegen.

»Eine schöne Tasse Kaffee wäre nicht schlecht«, brummte Urs. »Und ich meine richtigen Kaffee, nicht irgendeine Wäldermischung.«

»Hast du denn welchen dabei?«, fragte Felix, der nicht wusste, ob Urs sich einen Scherz erlaubte.

Urs stieß einen Seufzer aus. »Das habe ich tatsächlich. Mein letzter Vorrat von drüben. Für zwei-, drei Kannen würde es reichen. Aber sieh dir mal unseren Ofen an. Das reicht nicht einmal für lauwarmes Wasser. Und draußen ist alles nass. Dann wird es eben ein Mitbringsel für den Prof.«

Er stand auf. Felix fiel auf, dass er wie am Abend zuvor zusammenzuckte, als er den Fuß aufsetzte. Gleichzeitig bemerkte er einen braunen Fleck am unteren Hosenbein. »Du blutest ja!«

Urs winkte ab. »Das ist nichts. Über Nacht eingetrocknet.«

»Kannst du laufen?«

»Lass gut sein. In einer Stunde können wir an der Kasteler Brücke sein. Von dort ist es nicht mehr weit. Zum zweiten Frühstück gibt es dann Kaffee.«

»Und das erste Frühstück?«

»Fällt aus!«

Die Sachen, die Felix am Abend in der Hütte verteilt hatte, waren kaum trocken geworden. Er stopfte trotzdem alles zusammen in den Rucksack, dann fasste er Chiara unter der Achsel und bedeutete ihr aufzustehen. Ob sie ihn verstand, konnte er nicht erkennen. Zu seiner Beruhigung folgte sie jedoch seiner Aufforderung. Er zog ihr Hose und Schuhe an, das Hemd tauschte er gegen eines derjenigen, die leidlich trocken waren.

Urs zog das Holztor auf. Im selben Moment flogen zwei Käuzchen über sie hinweg ins Freie. »Sieh mal, wir hatten Mitbewohner und haben es nicht gemerkt!« Er sah ihnen nach, wie sie den nächsten Baum ansteuerten. Dann nahm er Chiara und trug sie über die Wiese zur Straße. Felix folgte mit dem Gepäck. Das Gras war so nass, dass nach den wenigen Schritten seine Hosenbeine aussahen, als sei er durch einen Bach gewatet.

»Wie beim letzten Mal?«

»Wie beim letzten Mal.«

Felix fasste Chiaras Hand und zog sie behutsam vorwärts. Urs schulterte den Rucksack und hängte sich die Taschen um. »Los geht's!«

Die Straße war übersät mit Pfützen und heruntergebrochenen Zweigen. Felix bemühte sich, den größten Hindernissen auszuweichen, auch wenn sie dadurch nicht so rasch vorwärtskamen, wie er erhofft hatte. Doch es war ihm lieber so, als zu riskieren, dass Chiara blockierte. Ihr Ziel war verlockend nahe, und er musste sich eingestehen, dass er keine Lust mehr hatte. Er war immer noch müde. Seine Rippen schmerzten vom harten Boden, die klamme Kleidung rieb unangenehm auf der Haut. Urs ging voraus und wies Felix den besten Weg. Besorgt sah Felix, dass sein Gefährte deutlicher hinkte als tags zuvor. Konnte es sein, dass Urs sich bei der Überquerung des angeschwollenen Baches ernsthaft verletzt hatte? Solange er es selbst nicht ernst nahm, konnte Felix nichts tun. Außer zu hoffen, dass er durchhielt.

Der Sonnenaufgang belohnte sie für die Nacht mit einem prächtigen Schauspiel. Die Wolken im Osten färbten sich rasch in allen Abstufungen von Violett, Rosa, Rot und Orange. Die Spitzen der Fichten und Tannen auf den Bergkämmen leuchteten golden, als sich der Feuerball emporhob und seine Strahlen wie Flammenschwerter nach unten ins Tal schickte. Als es heller wurde, lösten sich aus den feuchten Wiesen Myriaden feinster Tautropfen, die sich zu weißen Nebel fanden und über den Talgrund legten wie wabernde Wolken. Überall im Gras begann es zu glitzern und zu funkeln. Schon begannen die ersten Vögel mit ihrem freudigen Gruß. Der Nebel verzog sich rasch, und es wurde warm, als Felix die Brücke sah. In einem großen eleganten Bogen überspannte sie die Wiese, die sich an dieser Stelle tief in den Grund eingegraben hatte. Von oben sah das Wasser so harmlos aus, als habe es die Nacht zuvor nie gegeben.

Hinter der Brücke zog sich eine kleine Siedlung nach links den Hang hoch. Es waren kaum mehr als 20 Häuser, dazwischen eine Straße. Ein verbeultes Schild wies auf eine Pizzeria.

»Ist es hier?«, fragte Felix.

»Nein, nein. Wir müssen den Berg hoch. Du kannst den Ort von hier aus noch nicht sehen.«

»Eine Siedlung oben am Berg? Aber die Spinne …«

»Die Spinne ist überall. Wir sind schon sehr nahe am Feldberg. Selbst die Wiese entlang würde es gefährlich werden. Nein, es ist so wie bei den Siedlungen, von denen du mir erzählt hast. Hier ist eine stabile Insel, die sich aus Gründen gehalten hat, von denen niemand weiß. Und die groß genug ist, dass man dort einigermaßen leben kann. Der Zugang ist schwierig, wer ihn nicht kennt, hat keine Chance.« Er deutete nach rechts, wo ein Stück entfernt am Waldrand ein Hof stand. »Wir müssen dort hinüber!«

Das Gebäude und die Außenanlagen deuteten darauf hin, dass es hier einmal einen Pferdehof gegeben hatte. Die Stalltüren standen offen, im Innern waren Boxen zu sehen. An die Frontseite waren einige Messingschilder geschraubt, die auf die Mitgliedschaft in mehreren Vereinen hinwiesen. Direkt dahinter schlossen sich zwei Koppeln an, von deren Begrenzungszäunen standen nur noch wenige. Hinter dem Hof begann der Wald. Direkt davor teilte sich der Weg. Nach rechts führte er in eine Lichtung, Urs deutete jedoch nach links. Ein kaum sichtbarer Pfad führte unter den Bäumen steil nach oben. Der Boden war mit Steinen und Geröll übersät, am Rande stürzte ein schmaler Bach abwärts in einen mit Haseln und Schlingpflanzen überwachsenen Teich.

»Hier hoch!«

Felix sank der Mut, als er den Aufstieg sah. Er hatte Zweifel, ob Urs das schaffen würde. Während der letzten Meter hatte er sein Bein immer deutlicher hinter sich hergezogen.

»Es ist nur das untere Stück, das schwierig ist«, versuchte Urs ihn zu beruhigen. Er griff sich einen kräftigen Stock und begann, in kleinen Schritten den Steilhang zu erklimmen. Ein paarmal rutschte er weg, doch er biss die Zähne zusammen. Etwa 20 Meter oberhalb blieb er stehen, drehte sich um und winkte. »Jetzt du!«

Es war aussichtslos. Schon als nach wenigen Schritten die Steine unter ihren Füßen wegrutschten, blieb Chiara stehen. Es war ebenso wie an der Stelle vor zwei Tagen, als ihnen der Baumstamm im Weg gelegen hatte. Sie machte sich steif und rührte sich nicht. Felix versuchte alles. Er lockte, schob, zog, ging ein Stück vor und winkte sie zu sich. Vergeblich.

Urs streifte das Gepäck ab und kam zurück. »Dann werde ich sie wieder tragen«, meinte er. Wie zuvor nahm er Chiara auf den Rücken, legte sich ihre Arme um den Hals und unterstützte sie in den Kniekehlen. Doch dieses Mal hatte er sich zu viel zugemutet. Schon nach wenigen Metern musste er zum ersten Mal stehen bleiben und seine Last auf den Boden ablassen. Felix sah an seinem Gesicht, wie er mit den Schmerzen kämpfte.

»Ich helfe dir«, rief er. »Das Gepäck können wir später holen!« Er trat hinter Chiara und fasste sie unter die Schultern und zog, Urs packte beide Beine. Auf diese Weise schafften sie es bis zu der Stelle, an der der Rucksack und die Taschen lagen.

»Kurze Pause!«, stieß Felix hervor, dessen Zuversicht sank. Der Blick nach oben zeigte, dass sie kaum ein Viertel des Pfades geschafft hatten. Sie versuchten es erneut. Felix überlegte, ob sie nicht besser beide zusammen von hinten ziehen sollten. Doch etliche der Steine waren so scharfkantig und spitz, dass Chiara nach wenigen Metern blutige Schürfwunden an Rücken und Beinen bekommen hätte. So schleppten sie sich Meter um Meter nach oben. Obwohl Chiara nicht viel wog, schien es Felix, als ob sie immer schwerer wurde. Seine Muskeln begannen, vor Anstrengung zu zittern. Er musste sie absetzen.

»Es geht so nicht«, hörte er Urs sagen. »Wir brauchen Hilfe!«

»Wer könnte uns helfen?«

»Ich klettere alleine weiter. Wenn ich mich richtig erinnere, sind es noch gut 100 Meter, dann wird der Boden fester. Bald danach kommt ein Waldweg. Auf der Wiese dahinter sieht man die ersten Häuser.«

Felix wollte protestieren und es noch einmal versuchen, aber der Blick auf Urs' schmerzverzerrtes Gesicht und die leblose Gestalt Chiaras überzeugten ihn, dass der Vorschlag das einzig Richtige war. »Okay. Wir machen es andersherum. Ich gehe. Du ruhst dich aus«, keuchte er. Am liebsten hätte er sich auf den Boden geworfen, um wieder zu Kräften zu kommen, doch er wollte nicht als Schwächling dastehen. In seinen Augen wäre es gemein gewesen, Urs auch noch diese Anstrengung zuzumuten. »Und ich kann das nicht verfehlen?«, fragte er.

»Nein. Es sind nur wenige Häuser dort oben. Dem ersten, der dir über den Weg läuft, sagst du, was los ist.«

Felix half, Chiara einigermaßen bequem an einen Baumstamm zu betten, dann raffte er sich auf. Seinen Rucksack ließ er liegen. Als er sich aufmachte, ließ Leo unschlüssig den Blick zwischen ihm und Urs hin- und herwandern. »Du bleibst da!«, sagte Felix. »Passt gut auf, du und Laika! Ich bin bald zurück.«

Selbst ohne Gepäck und ohne Chiara tragen zu müssen, blieb der Anstieg schwierig. Das Geröll bot nur wenig Halt, immer wieder rutschte er weg und musste sein Gleichgewicht suchen. Schon nach wenigen Metern ging sein Atem schwer, der Schweiß lief ihm in die Augen, seine Oberschenkel begannen zu brennen. Mit viel Mühe erreichte er die Biegung, hinter der der Weg im Wald verschwand. Nach einer weiteren Verschnaufpause wollte er eben weitergehen, als er einen gellenden Schrei hörte. Sein Schreck wich im nächsten Moment ungläubigem Staunen. Ein zweiter und dritter Schrei folgten, Leo und Laika begannen laut zu bellen.

Es gab keinen Zweifel: Die Stimme gehörte Chiara! Sofort drehte Felix um. Alle Müdigkeit war vergessen. Er kletterte, rutschte, glitt über die Geröllhalde nach unten, so schnell er konnte. Was war geschehen? War Chiara aufgewacht? Oder hatte sie Schmerzen? Felix stolperte und wäre fast zu Boden gestürzt, als er die kleine Gruppe erreichte. Leo sprang auf ihn zu, Laika bellte immer noch wie verrückt. Doch es war nicht, was er erhofft hatte. Chiara reagierte nicht. Sie stand am Rand des Pfades, ihr Blick war ins Leere gerichtet wie die Tage zuvor. Felix trat trotzdem vor sie hin. Er legte beide Hände auf ihre Schultern und sah sie an.

»Chiara!«, flüsterte er. »Chiara, was ist los? Wo bist du?«

»Sie hat plötzlich geschrien«, meinte Urs. »Ohne Ankündigung und ohne ersichtlichen Grund.«

»Ist etwas passiert? Hat sie vielleicht Angst bekommen?«

Urs schüttelte den Kopf. »Ich weiß es nicht.«

»Aber ich weiß es«, ertönte plötzlich eine helle Stimme neben ihnen. »Sie ist eine Fühlige.«

Felix fuhr herum. Vor ihm stand ein schlaksiger Junge, fast so groß wie er, doch deutlich jünger. Er trug Jeans, die ihm etwas zu klein waren, ein buntes Hemd und eine Baseballmütze mit verwaschenen Buchstaben. Seine Haare waren so lang, dass sie auf seine Schultern fielen, das Gesicht braun gebrannt mit ein paar wenigen Sommersprossen auf beiden Wangen.

Felix sah ihn erstaunt an. Noch mehr wunderte er sich, als Urs ihn mit einem kumpelhaften »Salli, Jonas. Wie geht's?« begrüßte. »Du bist ja ganz schön gewachsen!« Die beiden wechselten einen Händedruck.

Jonas nickte. »Salli, Urs. Du warst lange nicht mehr da. Ist alles gut bei dir? Wen hast du mitgebracht?«

Urs legte Felix die Hand auf die Schulter. »Das ist Felix, mein Freund. Er hat eine lange Reise hinter sich. Das Mädchen heißt Chiara. Und das hier sind Laika und Leo.« Er tätschelte das Fell der Hunde, die aufgeregt um den Neuankömmling herumsprangen. Die Hunde begrüßten Jonas, als sei er ein alter Bekannter.

Felix staunte. »Ihr kennt euch?«

»Ja klar. Noch vom letzten Mal«, nickte Urs. »Jonas ist der Älteste der Fehrenbach-Buben. Und der beste Juniorbauer weit und breit!«, fügte er mit einem schelmischen Grinsen hinzu.

Jonas errötete wie ein verlegenes Kind. »Gibt ja sonst keine anderen«, knurrte er. Er versuchte, möglichst ernsthaft zu klingen, doch seine Stimme schwankte unbeabsichtigt zwischen Brummen und Kieksen. Felix musste grinsen. Er erinnerte sich gut an die peinliche Zeit, in der bei ihm der Stimmbruch begonnen hatte. Er reichte Jonas die Hand. »Wo bist du hergekommen? Wie hast du uns gefunden?«

Der Junge zeigte mit dem Finger über die Schulter den Hang hinauf. »Ich war dort oben. Ihr wart so laut wie eine Rotte Wildschweine. Und dann hat das Mädchen geschrien.«

»Aber woher ... Wie bist du ... Wir haben dich nicht gesehen«, fragte Felix, der den unverhofften Gast erstaunt ansah.

»Es scheint einen anderen Weg zu geben als über die Geröllhalde.« Urs kratzte sich am Bart. »Hab ich recht?«, fragte er Jonas.

»Der Haldenweg ist seit dem Winter zu. Die Spinne war plötzlich da, ohne Ankündigung. Aber wir haben ihn zum Glück sowieso selten genutzt.« Er deutete zu der Weggabelung, die hinter ihnen lag. »Kommt mit, ich zeige euch etwas Besseres. Ihr kommt doch zu uns, oder?«

»Genau das ist unsere Absicht«, bestätigte Urs. »Ich wusste gar nicht, dass es einen zweiten Zugang gibt. Ist es dort einfacher?«

»Viel einfacher«, meinte Jonas eifrig. »Natürlich nur, wenn man ihn kennt.« Er deutete zu Chiara, die die ganze Zeit über regungslos an der Seite gestanden hatte. Sie hatte auf Jonas bisher weder reagiert, noch hatte sie ihn angesehen. »Was ist mit ihr? Ist sie krank?«

Urs zuckte mit den Schultern. »Sie ist krank und gleichzeitig auch nicht. Sie spricht nicht. Und wir wissen nicht, ob sie uns überhaupt versteht.«

»Und wir hoffen sehr, dass euer Professor ihr helfen kann!«, fügte Felix rasch hinzu.

»Unser Professor? Wer soll das sein?« Jonas sah ihn erstaunt an. Dann blitzten seine Augen auf. »Ach, du meinst den Prof? Ja, der kann alles. Aber der ist nicht da.«

Felix erschrak. »Nicht da? Du meinst, er ist gerade nicht zu Hause? Wann kommt er wieder?«

»Keine Ahnung. Das weiß niemand so genau. Der Prof ist oft weg. Er macht Forschungen. Und Experimente. Meistens sagt er nicht, wo er hingeht. Er ist fort und wieder da. Wie er will.«

»Na dann warten wir eben«, meinte Urs ruhig. Er hatte sofort gesehen, dass Felix zusammengezuckt war. »Das Wichtigste ist, dass Chiara Hilfe bekommt. Dann sehen wir weiter. Führst du uns, Jonas?«

»Ja, klar. Oben werden sie sich freuen, dass du uns wieder einmal besuchst. Und die anderen auch. Schöne Hunde habt ihr!«

»Laika und Leo. Mutter und Sohn«, erklärte Felix. Er freute sich über das Lob ebenso wie über die Aussicht, den komplizierten Aufstieg nicht machen zu müssen. Er trat zu Chiara und nahm ihre Hand. Urs hatte das Gepäck bereits aufgenommen.

An der Weggabelung schlug Jonas den Weg ein, der den Talgrund entlangführte. Als er sah, dass Urs humpelte, nahm er ihm Felix' Rucksack ab. Er selbst trug lediglich einen kleinen Beutel um den Hals. Nach wenigen Schritten griff er hinein und zog ein faustgroßes Stück Rinde heraus ähnlich der, die Felix gehörte.

»Wenn man einen Finder hat, ist es einfach«, erklärte er und streckte den Arm mit dem Wegweiser aus. »Wenn nicht …« Er machte eine Bewegung mit der Faust, als ob er jemanden niederstrecken wollte, und verdrehte dabei die Augen, als ob er ohnmächtig würde. Felix konnte sich ein stilles Grinsen nicht verkneifen. Die lockere Art, wie Jonas mit der tödlichen Gefahr umging, konnte nur jemand haben, der im Umgang damit von klein auf vertraut war. Jonas führte sie auf ähnliche Weise, wie Urs es vor ein paar Tagen auf dem Weg von seinem Unterschlupf zum Lager getan hatte. Kurz darauf verließ er den Schotterweg in einem spitzen Winkel zur Seite, sodass sie fast wieder in dieselbe Richtung gingen, aus der sie gekommen waren. Dann wechselte er erneut die Richtung, überquerte den Weg und kletterte eine niedrige Böschung empor, um nach wenigen Metern durch den Wald auf den ursprünglichen Pfad zurückzukehren.

»Diesen Zugang hat meine Schwester entdeckt, als sie eine unserer Ziegenherden bewacht hat«, erzählte Jonas. »Normalerweise wissen die Tiere besser Bescheid als wir und halten den nötigen Abstand. Aber ein Jungtier hatte sich zu weit vorgewagt und sie musste es zurückholen. Als der Hangweg zu gefährlich wurde, haben mein Papa und Onkel Kurt die Stelle genauer untersucht und sind tatsächlich durchgekommen. Wir nutzen den Ausgang aber nur zur Not. Die Spinne ist hier unten ständig in Bewegung. Selbst das Wasser ist nicht ganz sicher.« Er wies auf einen Gruppe Schwarzerlen, die sich am Rand des Baches befanden. »Dort müssen wir hin, von den Bäumen an ist die Gefahr vorbei.« Er schlug zwei weitere Haken, dann steckte er seinen Wegweiser ein. »Willkommen im Fehrenbachland!« Er deutete eine kleine Verbeugung an.

Chiara war Felix die ganze Zeit über willig gefolgt. Selbst bei der kurzen Strecke durch den Wald hatte sie nicht gezögert. Die Hunde schienen Jonas sofort in ihr Herz geschlossen zu haben. Sie gingen mit ihm vorneweg und blieben eng an seiner Seite, bis sie die Schmalstellen hinter sich gebracht hatten. Hinter dem Erlenhain weitete sich das Tal. Der Weg blieb gut begehbar und wand sich an der linken Hangseite entlang. Dahinter ging es steil nach oben. Auf der anderen Seite trat der Wald zurück und ließ Platz für eine Wiese, in der zwischen dem Gras blaue und gelbe Blüten hervorleuchteten. Dahinter ging der Waldhang ebenso steil nach oben. Die Hälfte des Talgrundes lag im Schatten und war noch feucht von der Nacht. Felix war überrascht, als hinter der zweiten Kurve ein lang gestreckter See sichtbar wurde. Zum Wald hin war er von einem schmalen Schilfsaum begrenzt, davor breitete sich ein Teppich schimmernder dunkelgrüner Blätter aus, zwischen denen große weiße Blüten hervorschimmerten.

»Seerosen!« Felix staunte. Das letzte Mal hatte er so etwas im Freiburger Stadtpark gesehen. Doch diese hier waren weitaus schöner und größer. Im sonnigen Teil des Sees flitzten ein paar Libellen umher, von deren zarten schlanken Leibern es türkis und smaragdgrün aufblitzte. Ab und zu kräuselte sich die sonst ruhige Oberfläche des Wasserspiegels, ein schwacher Schatten tauchte auf, verschwand und hinterließ kleine Wellen, die sich kreisförmig ausbreiteten.

»Forellen!«, erklärte Jonas. »Das sind unsere Fischteiche.«

Felix sah, dass sich ein paar Schritte hinter dem See ein weiterer Teich ausbreitete. Jetzt erst bemerkte er das kleine Wehr, das den Bach nach unten hin aufstaute. »Habt ihr das alles gebaut?«, fragte er.

Jonas lachte. »Was glaubst du denn? Nein, als meine Eltern und die anderen hierherkamen, gab es die Teiche schon. Sie waren ziemlich verwildert. Aber jetzt sehen sie gut aus. Forelle ist lecker!«

»Anscheinend auch für andere!«, sagte Urs leise und deutete auf eine Stelle am Rande der Seerosen. Felix hatte den großen Vogel fast nicht gesehen. Seine schmale Silhouette stand reglos in der Nähe des Ufers. Das vom vielen Regen trübe Wasser schien ihn nicht zu stören. Schon nach wenigen Sekunden zuckte der Kopf mit dem spitzen Schnabel nach unten und kam mit einem zappelnden Fisch wieder hervor.

»Willst du ihn nicht verjagen?«, meinte Felix zu Jonas. »Der klaut euch die Fische!«

»Nicht nur der!« Jonas blieb ruhig und legte sogar seinen Finger auf die Lippen. »Ganz in der Nähe brüten zwei Paare, die kommen regelmäßig vorbei. Auch Kormorane kommen und ab und zu mal ein Storch. Onkel Kurt hat schon Marder gesehen, die sich Fische geholt haben.«

»Und ihr macht nichts dagegen?«

Jonas lachte. »Wozu? Am Anfang haben die Männer ein paar von den Netzen aufgespannt, die sie hier gefunden hatten. Aber die waren bald kaputt. Außerdem war das viel zu umständlich, ständig die Teiche zu bewachen. Seither lassen wir alles so, wie es ist. Die Tiere holen sich nicht mehr als sie brauchen, und für uns bleibt immer noch mehr als genug übrig.«

Während sie weitergingen, hob sich der Reiher und flog mit majestätisch langsamen Flügelschlag davon. Felix musste sich auf den Weg konzentrieren. Das Unwetter hatte etliche Zweige von den Bäumen abgerissen, an manchen Stellen waren Erde und Gestrüpp vom Hang herunter auf den Pfad geschwappt. Doch zum Glück gab es keine größeren Hindernisse, sodass Chiara ihm weiterhin ohne Widerstand folgte und jede Wendung mitmachte. Felix musste sie immer wieder von der Seite ansehen. Als er alleine die Halde emporstieg, hatte er es nicht für erforderlich gehalten, den Weg auf Gefahren zu prüfen. Doch wenn er Jonas richtig verstanden hatte, wäre es lebensgefährlich gewesen, weiter hinaufzuklettern. Hatte Chiara deshalb geschrien? Wollte sie ihn warnen? Bereits am Tag zuvor hatte sie die Strahleninsel gespürt, noch bevor der Wegweiser darauf reagierte. Aber die Spinne war etwas anderes. Etwas, vor dem sie keine Scheu zu haben schien, selbst dann nicht, wenn sie sich, so wie beim Zugang zu den Teichen, durch schmale Korridore bewegen musste und die tödliche Gefahr zum Greifen nahe war. Felix sah Chiara vor sich, als sie auf dem Baumstupf saß und ihre eigene Melodie in den großen Gesang einflocht. Die Kraft schien ihr nichts mehr anhaben zu können. Umso seltsamer war es, dass sie genau in diesem Moment reagiert hatte. Seit ihrer Befreiung aus dem Zimmer im Obergeschoss des Lagergebäudes hatte sie kein einziges Wort gesprochen. Ein paar Seufzer, ein leises Wimmern, als Urs ihr das Seil umbinden wollte – das war alles. Felix hatte die Hoffnung noch nicht aufgegeben. Wieder musste er zu ihr hinschauen. Doch er suchte vergeblich nach einem Zeichen, das darauf hindeuten könnte, dass sie ihn irgendwie wahrnahm. Jonas hatte sie eine »Fühlige« genannt. Was er wohl damit gemeint hatte? Er würde ihn fragen, spätestens, nachdem sie ihr Ziel erreicht hatten.

Hinter dem zweiten Teich schlossen sich Wiesen an, schmale Streifen entlang des Baches, ab und zu unterbrochen von Bauminseln oder einem Haselgebüsch. Aus dem Halbschatten gelangten sie immer mehr in die Sonne. Es war eine Wohltat, die Wärme auf der Haut zu spüren. Felix zog seine Jacke aus und hängte sie sich lose über die Schultern. Die Kleidung trocknete immer mehr ab, lediglich in den Schuhen und Strümpfen spürte er die Feuchte des gestrigen Abends. Nach einer Viertelstunde verengte sich das Tal zusehends. Am Ende teilte sich der Weg. Geradeaus führte ein kaum sichtbarer Pfad den steilen Hang hinauf und verschwand unter den Bäumen. Jonas wandte sich dagegen nach rechts. Zu seinem Erstaunen spürte Felix Asphalt unter seinen Füßen. »Eine Straße!«, entfuhr es ihm. »Hier?«

Jonas nickte. »Die früheren Bewohner sind auf diesem Weg zu den Fischteichen gekommen. Wir nutzen sie regelmäßig, es ist zwar weiter als der steile Weg, dafür ist es viel einfacher, vor allem, wenn man etwas tragen muss.«

Felix war es sehr recht. Er fürchtete weniger die Kletterei als die Möglichkeit, dass Chiara nicht weitergehen würde. Der Weg war angenehm zu gehen und überwand den Anstieg in weiten ausladenden Kurven.

Doch es war Urs, der nach einer Pause rief. »Nur einen kleinen Moment«, meinte er und setzte sich auf einen Holzstapel, der am Wegrand zum Trocknen aufgeschichtet war. Er hatte die letzten Minuten stark gehumpelt, und Felix ahnte, dass sein Fuß schlimmer sein musste, als er es zugeben wollte.

»Ist es noch weit?«, fragte er Jonas. »Ich befürchte, dass Urs nicht mehr lange durchhält.«

»Zwei bis drei Kilometer vielleicht. Ich könnte vorauslaufen und jemanden holen«, schlug er vor.

»Unsinn«, gab Urs zurück. »Solange ich laufen kann, laufe ich.«

»Dann gib mir wenigstens das restliche Gepäck.« Jonas nahm Felix' Rucksack und eine der Taschen, Felix hatte das andere übergehängt. »Und nimm einen Stock!« Jonas brach mit ein paar geschickten Griffen eine kräftige Gerte aus einem der Büsche, streifte die Blätter und kleinen Äste ab und hielt ihn Urs hin. »Du bestimmst jetzt das Tempo!«

Ein paar Kurven weiter erreichten sie ein flaches Stück. Links und rechts standen weitere Holzstapel. In der Wiese dahinter sah Felix Kühe und Ziegen einträchtig nebeneinander weiden. Ein paar verstreut stehende Apfelbäume trugen reichlich Früchte. Ein gutes Stück oberhalb sah Felix ein paar Häuser. Doch sie waren noch nicht am Ziel. Sie kamen an einem verlassenen Gehöft vorbei, in dessen früheren Wiesen und Gärten sich sonnengelbe Ringelblumen breitgemacht hatten. Hunderte der kleinen leuchtenden Blüten wuchsen überall, selbst im Hof, auf der früheren Terrasse und in den Ritzen im Asphalt standen sie dicht an dicht.

»Das ist ja herrlich!«, rief Felix aus. »So etwas habe ich noch nie gesehen!« Auch Urs war beeindruckt und schien für einen Moment seine Schmerzen zu vergessen.

»Es werden jedes Jahr mehr«, meinte Jonas. »Früher gab es hier einmal einen Garten. Es war auf Dauer zu mühsam, ihn zu pflegen. Aber die Ringeli wachsen immer. Die sehen nicht nur hübsch aus, sondern man kann sie gut gebrauchen«, erklärte er. »Ich habe schon oft mitgeholfen, wenn die Frauen sie zum Trocknen aufhängen oder Salbe daraus machen.«

Vorbei an einem alten Jauchewagen und den Überresten eines Traktors führte der Weg hinter dem Hof zu Felix' Erstaunen abwärts. »Ich denke, wir müssen dort hoch?«

»Müssen wir auch. Aber das ist zu steil für euch«, erwiderte Jonas. »Wir nehmen die Landstraße.« Er bemühte sich hörbar, seiner Stimme einen erwachsenen Klang zu geben. Felix sah ihm an, dass er sichtlich stolz war, die kleine Gruppe anführen zu können.

Laika und Leo hatten in der Zwischenzeit den Hof erkundet und waren wieder an ihrer Seite. »Die werden Mäuse gefangen haben!«, lachte Jonas. »Es gibt dort Hunderte. Genug für ein ausgiebiges Mittagessen.«

Am Ausgang der nächsten Kurve mündete der Weg auf die frühere Landstraße. Hier hatte die Natur sich längst zurückgeholt, was der Mensch ihr zuvor abgerungen hatte. Das schmale Asphaltband war nur noch an den Leitplanken zu erkennen. Der Großteil des Hanges zur Bergseite war abgerutscht, zwischen Steinen, Geröll, Moos und Gras waren Fichtenschösslinge zu beachtlicher Höhe emporgeschossen. Das Unwetter der vergangenen Nacht hatte zusätzlich kleine Bäche und Rinnsale geschaffen, in denen immer noch Wasser floss. Pfützen und Schlamm erschwerten zusätzlich das Fortkommen.

»Das soll einfacher sein?«, entfuhr es Felix. »Wäre es nicht besser gewesen, über die Wiese zu gehen?«

»Einfacher vielleicht«, antwortete Jonas. »Aber mit Sicherheit zu steil. Aber es ist nicht so schlimm, wie es aussieht.« Er wies auf einen Trampelpfad, der der Straße folgte und sich durch die Hindernisse hindurchschlängelte. Talabwärts war der Weg durch Brennnesseln und eine Hecke versperrt, die fast mannshoch die ganze Breite überwuchert hatte. Wie Jonas gesagt hatte, war der Pfad besser zu bewältigen, als Felix es befürchtet hatte. Chiara folgte ihm ohne Widerstand, Urs hatte zwar sichtlich Mühe, doch das nahe Ziel schien in ihm die letzten Reserven freizulegen.

Es dauerte eine weitere Viertelstunde, bis sie den Wald hinter sich gelassen hatten. Über ihnen öffnete sich der helle, milchig blaue Himmel. Die Sonne stand inzwischen hoch. Nur vereinzelte Federwolken erinnerten an den Sturm in der vergangenen Nacht. Vom Rande der Kurve aus hatten sie einen weiten Blick.

»Dort unten fließt die Wiese«, erklärte Jonas und deutete den Berg hinunter. »Dort drüben sind die Teiche und dort sind wir hochgekommen.« Felix sah den großen Bogen, den sie beschrieben hatten. Die Ziegen und Kühe auf der Weide, die sie passiert hatten, wirkten von oben wie kleine graue Schemen, die sich langsam bewegten. Über der Wiese auf der gegenüberliegenden Talseite zog sich ebenfalls der Berghang hoch. Das meiste war dicht bewaldet, doch Felix konnte auch einzelne Siedlungen und Höfe erkennen. Weit dahinter ragte hinter dem Bergkamm die Kette noch höherer Gipfel hervor.

»Wenn wir weiter oben sind, könnt ihr den Feldberg sehen. Und den Belchen«, sagte Jonas eifrig.

»Sind wir so nah?«

Jonas nickte. »Ja, das sind wir. Und trotzdem weit genug weg. Du brauchst keine Angst zu haben.«

»Ich habe keine Angst«, gab Felix zurück. Er ärgerte sich ein wenig über den Tonfall des Jungen, der Jahre jünger als er war. Trotzdem nötigte ihm der Gedanke an die beiden Berge einen gehörigen Respekt ab. Unwillkürlich griff er nach dem Wegweiser, der die ganze Zeit über in seiner Hosentasche gesteckt hatte. Ein Stück die Straße entlang tauchten die ersten Häuserdächer auf. Jonas steckte seine Finger in den Mund und stieß einen langen lauten Pfiff aus, dem er zwei kürzere folgen ließ. Ein paar Sekunden später wiederholte er die Folge, zusätzlich ertönten ein paar Laute, die einer Melodie ähnelten. Schon kurz darauf kam aus der Richtung der Häuser die Antwort, wenig später auch aus dem Wald hinter ihnen und irgendwoher von der Weide.

»Unser Telefon!« Jonas lachte, als er Felix' verblüfften Blick sah. »Jetzt wissen sie Bescheid, dass ich komme. Und dass ich Besuch mitbringe. Zwei kurze Pfiffe am Anfang bedeuten ›Freund‹, wenn es drei sind, wissen alle, dass sie aufpassen müssen. Aber das kommt eigentlich nie vor. Ich kann mich nicht erinnern, dass schon einmal jemand bei uns war, den wir nicht gekannt hätten.«

»Hast du das gewusst, Urs?« Felix war begeistert.

Urs nickte. »Ich kenne nur einen Teil davon. Außerdem bin ich nicht so gut im Pfeifen.«

Felix erinnerte sich daran, als ihn Chiara zum Abschied ermahnt hatte, für Leo die Pfeifsprache zu lernen. Doch nach den ersten kläglichen Versuchen hatte er entnervt aufgegeben. »Zeigst du mir, wie das geht?«, fragte er Jonas.

»Klar, ist ganz leicht. Pass auf, du nimmst Daumen und Zeigefinger, drückst die Zunge leicht nach hinten …«

»Die erste Lektion werdet ihr verschieben müssen!« Urs deutete auf eine Schar Kinder, die ihnen auf der Straße entgegengelaufen kam. Kurz darauf waren sie von neugierigen Blicken umgeben.

»Ich habe Gäste mitgebracht«, verkündete Jonas nicht ohne Stolz. »Urs kennt ihr, und das sind Felix und Chiara. Sie kommen aus dem Wiesental und wollen uns besuchen.«

Den Kindern schien die kurze Erklärung zu genügen. Sie schienen allesamt jünger als Jonas zu sein. Drei von ihnen waren so klein, dass sie sich hinter den Größeren versteckten. Ein besonders mutiges Mädchen streckte die Hand zu Leo aus, der sich nach einem kurzen Blick zu Felix bereitwillig streicheln ließ. Sofort wurden beide Hunde zur Hauptattraktion.

Die beiden Größeren, ein Junge und ein Mädchen, reichten Urs und Felix zur Begrüßung die Hand. »Fabian. Was braucht ihr?« Das Mädchen, das sich Marianne nannte, wiederholte den Gruß.

Felix war überrascht. Die Begrüßungsformel hatte er seit der Begegnung mit Carlo und den Streunern nicht mehr gehört. »Felix. Was braucht ihr?«, antwortete er und erwiderte den Händedruck mit ernstem Blick.

»Was ist mit der Frau?«, fragte Marianne. »Ist sie stumm? Sie antwortet nicht.«

Chiara hatte nicht reagiert und war still an der Seite stehen geblieben. »Sie ist nicht stumm«, beeilte Felix sich zu sagen. Er hatte wenig Lust, den Kindern auf die Schnelle seine Geschichte zu erzählen. »Sie ist nur sehr erschöpft von der langen Wanderung. Wir wollen sie so rasch wie möglich ins Bett legen.«

Fabian blickte etwas skeptisch, doch Marianne nickte und stieß ihm den Ellbogen in die Seite. »Sie kann bei uns wohnen! Sie kann bei mir im Zimmer schlafen, und ich habe endlich mal jemanden, der mir alles erzählen kann, was in der Welt passiert.«

»Was weißt du schon von der Welt.« Jonas gab sich überlegen. »Außerdem hast du das nicht zu entscheiden. Am besten ist es, ihr lauft voraus und gebt Mama Bescheid.«

Marianne zog eine Schnute, doch dann packte sie ihren Bruder am Ärmel und rannte los. Die Kleinen waren mit Laika und Leo beschäftigt.

»Wir hatten auch Hunde«, erklärte Jonas, als sie langsam weitergingen. »Einen Schäfer und einen Dackel. Aber vor zwei Jahren sind sie kurz nacheinander gestorben.«

»Wenn wir nicht aufpassen, werden sie unsere beiden zu Tode lieben!« Felix musste lachen, als er zusah, wie Laika und Leo unter einem Knäuel von Kindern verschwanden. Sie waren den Häusern näher gekommen. Talwärts begleitete sie die riesige Weide, auf der anderen Seite gab es eine feuchte Senke mit einem Bach, an dessen Rand ein paar bizarre Kopfweiden standen.

Am Rand der Straße stand ein Ortsschild. »Hof. Gemeinde Fröhnd. Landkreis Lörrach«, las Felix. »Ein Ort, der ›Hof‹ heißt. Seltsam.« Über das Wort »Hof« hatte jemand mit großen Buchstaben »Fehrenbach« geschrieben. Wenig später staunte Felix noch mehr. Eine kleine Siedlung mit kaum mehr als einer Handvoll Häuser duckte sich vor ihm an den Hang. Am Ortseingang begrüßte sie ein stattliches Schwarzwälder Bauernhaus mit dunklen Balken, dem typischen und umlaufenden Balkon und einem tief heruntergezogenen Dach. Ein Stall und zwei Schuppen standen daneben, ein paar Schritte weiter erhob sich hinter einigen mächtigen Kiefern ein weiterer Hof, der noch älter aussah. Die Straße, durch die sie kamen, teilte sich. Vor ihnen reihten sich ein paar weitere Höfe aneinander, nach rechts standen den Hang hinauf zwei neuere Wohnhäuser. Vor der Abzweigung erweiterte sich der Weg zu einem Platz, an dessen Rand ein Meter langer Röhrenbrunnen fröhlich vor sich hin plätscherte. Überall liefen Hühner herum. Auf einer

Bank saß eine alte Frau in einem weiten Kleid und mit einem Kopftuch und strickte. Sie hob neugierig den Kopf, als sie die Ankömmlinge sah, sagte jedoch nichts.

»Wir wohnen dort oben!« Jonas deutete zu den beiden Häusern. Eben öffnete sich eine der Eingangstüren, und Fabian kam ihnen entgegen. »Mama ist zu Hause. Sie kommt gleich.« Jonas half Urs, die letzten Schritte zu gehen, ehe dieser sich erschöpft auf eine Bank fallen ließ, die vor dem Haus am Weg stand.

»Wo sind denn all die anderen? Die Erwachsenen?«, fragte Felix, der sich ein wenig darüber wunderte, dass sie von keinen Neugierigen empfangen wurden.

»Arbeiten«, erwiderte Jonas knapp. »Sie werden später kommen.«

Felix war es recht. Jonas' Mutter begrüßte sie herzlich und bat sie sofort in die Wohnung. Sie war eine kleine, stämmige Frau um die 40. Ihr rotes Gesicht glänzte, so als ob sie eben von einer anstrengenden Arbeit gekommen wäre. Die Haare hatte sie hinter dem Kopf mit einer verzierten hölzernen Spange zusammengebunden. Sie trug ein einfaches Kleid, darüber eine aus vielen bunten Flicken genähte Schürze.

»Ich bin Hanna«, stellte sie sich vor. »Die meisten meiner Bande habt ihr ja schon getroffen. Marianne hat mir berichtet. Was ist denn passiert?«

Es bedurfte nur weniger Worte. Hanna begann sofort, sich mit Unterstützung ihrer Großen um das Nötigste zu kümmern. Urs' Fuß sah schlimm aus. Dicht neben der Ferse war die Haut aufgeplatzt und blutete. Der Knöchel war dick geschwollen. Bei jeder Berührung zuckte er zusammen. Hanna holte warmes Wasser aus einem altmodischen Ofen ähnlich dem, an dem Rosalia gekocht hatte. Sie säuberte vorsichtig die Wunde und umhüllte den Fuß mit einem sauberen Tuch. »Sofa! Hochlegen!«, befahl sie knapp, als sie das Ganze mit einem Stoffgürtel lose zusammengebunden hatte.

Urs gehorchte ohne Widerspruch. Der Weg vom Heuschober, in dem sie die Nacht verbracht hatten, bis hier hoch musste ihn eine unglaubliche Anstrengung gekostet haben. Er legte den Kopf zurück auf das Kissen, das Fabian gebracht hatte, und atmete schwer.

Zu Felix' Erstaunen ließ Chiara sich von Hanna ohne ersichtlichen Widerstand aus- und anziehen. In eine Decke gehüllt, lag sie anschließend auf einem zweiten Sofa und hielt die Augenlider gesenkt, so als ob sie einschlafen wollte. Felix hatte sich in der Zwischenzeit gewaschen und genoss das Gefühl der frischen Kleidung, die Marianne ihm gebracht hatte. Dazwischen kam eine weitere Frau hinzu, die als »Tante Lissy« begrüßt wurde. Sie machte sich ohne Umschweife am Herd zu schaffen, von wo nach kurzer Zeit verführerische Düfte herüberwehten. Eine halbe Stunde später saßen Felix und Urs am Tisch, jeder mit einem großen Teller dampfender Suppe. Die Kinder wurden nach draußen geschickt, sodass sie in Ruhe essen konnten. Die beiden Frauen schienen zu spüren, dass ihre Gäste vor allem Ruhe brauchten. Urs erzählte in wenigen Sätzen über die letzten Tage, Felix ergänzte nur wenig. Es war deutlich, dass man warten wollte, bis die übrigen Familienmitglieder von der Arbeit zurückkamen.

Felix konnte es dennoch nicht abwarten, nach dem Professor zu fragen. Zu seiner Enttäuschung konnte ihm Hanna nicht mehr berichten, als Jonas schon gesagt hatte. »Er ist nicht da. Schon lange nicht mehr. Es müssen Monate sein, vielleicht sogar ein Jahr.« Sie überlegte kurz. »Jetzt fällt es mir ein. Wann warst du das letzte Mal da, Urs? Kurz nachdem du gegangen warst, ist er aufgebrochen. Dazwischen kam er einmal wieder und hat ein paar Sachen aus seiner Werkstatt geholt. Ziemlich verwildert hat er ausgesehen. Aber es ging ihm gut.«

»Wo ist er hin?«, fragte Felix gespannt.

»Er hat wenig gesagt. Er wolle dort sein, wo die Erde über dem Wasser schwebt, wo Luft und Feuer sich begegnen. Für mich klang das ziemlich verworren. Das waren alle von ihm gewöhnt. Vielleicht kann dir mein Bruder Kurt mehr erzählen. Er hatte von uns allen am meisten mit ihm zu tun.«

»Wann kommt er?«

»Heute Abend, schätze ich. Zu dieser Zeit gibt es immer viel Arbeit. Oft bleiben die Männer über Nacht draußen, manchmal sogar ein paar Tage. Aber sie werden neugierig sein.«

Urs legte sich nach dem Essen wieder hin. Lissy hatte in der Zwischenzeit den Tisch abgeräumt und heißes Wasser aufgesetzt. »Jetzt gibt es einen schönen Tee!« Sie nahm aus verschiedenen Töpfen Kräuter und warf sie in das heiße Wasser. »Das bringt euch wieder zu Kräften!«, sagte sie.

»Kann ich Felix nachher herumführen und alles zeigen?«, fragte Jonas, der die ganze Zeit neugierig dabeigestanden hatte.

Hanna warf ihm einen strengen Blick zu. »Und was ist mit deiner Arbeit? Das Dach des Holzschuppens flickt sich nicht von alleine. Es könnte sein, dass das Wetter heute Nacht zurückkommt!«

»Aber ich halte es für eine gute Idee«, meinte Felix. »Ich helfe ihm auch anschließend. Zu zweit schaffen wir das leicht.«

»Na schön, wenn ihr mir das versprecht! Ich kenne meinen Schlingel«, meinte sie und fuhr ihm mit der Hand durch die Haare. »Hat immer eine gute Entschuldigung, sich zu drücken!«

Jonas strahlte. »Dann nichts wie los!«

Das kleine Dorf trug seinen Namen zu Recht. Unterhalb des Hauses der Fehrenbachs schlossen sich ein paar wenige weitere Höfe, Ställe und Häuser an, mehr gab es nicht. Die Straße am Hang mündete wenig später in einen Waldweg, in die andere Richtung gab es die Reste eines Skilifts.

Nach dem, was Jonas erzählte, wurde deutlich, dass das Miteinander sehr dem ähnelte, was Felix bei Lena, Anna und den Riesles bei Breitnau erlebt hatte. Außer den Fehrenbachs wohnten weitere Familien am Ort, doch bei der Fülle von Namen und Verwandtschaftsbeziehungen, die Jonas vor ihm ausbreitete, verlor Felix rasch den Überblick. Und so wusste er am Ende immer noch nicht genau, wie viele es waren und wer zu wem gehörte.

Doch mehr interessierte es Felix, wo der Professor gewohnt hatte. »Er wollte dazugehören, aber auch gerne für sich sein«, meinte Jonas, als sie vor der ehemaligen Talstation des Schleppliftes standen. Das schlichte Gebäude erstreckte sich über zwei Ebenen. Die wenigen Fenster waren mit Läden verschlossen. »Er hat sich das damals eingerichtet und alles Mögliche geforscht und experimentiert. Kinder durften nicht hinein. ›Zu gefährlich!‹, hieß es immer. Wir haben natürlich durch die Fenster gespickt, wenn er da war. Aber keiner hat etwas verstanden. Es sah aus wie in einer Werkstatt. Und ein ganzer Haufen Bücher.«

Felix brannte darauf, in das Haus hineingehen zu können, doch es war abgeschlossen. »Er war der Einzige im Dorf, der abgesperrt hat. Aber nur, wenn er nicht da war.«

Die Sonne stand bereits eine Handbreit über dem Bergkamm hinter den Häusern, als beide von ihrem Rundgang zurückkamen. Jonas führte Felix die Straße ein Stück weiter den Berg hoch, wo am Rande des Dorfes nacheinander drei Schuppen in verschiedenen Größen standen. An einem von ihnen lehnte eine Leiter.

»Das Wetter hat ein paar Schindeln abgedeckt«, meinte Jonas.

Während sie auf dem Dach saßen und arbeiteten, begann sich der Himmel zu verfärben. Während die Schatten rasch länger wurden, schimmerten die ersten Wolken rosa und wurden zu einem Rot, das zusehends kräftiger wurde. Gleichzeitig zogen aus dem Wiesental von Süden herauf niedrige lang gestreckte graue Ausläufer einer neuen Wolkenfront. »Mutter hatte recht«, musste Jonas zugeben. »Sie hat ein Gespür für so was. Es wird noch einmal regnen.« Sie beeilten sich, die letzten losen Ziegel zu befestigen, dann stiegen sie herunter und räumten alles auf. Auf den letzten Schritten zurück zum Haus erhoben sich die ersten Windböen.

Zum Abendessen gab es einen riesigen Topf Kartoffeln, dazu gelbe und rote Rüben, Lauch, Zwiebeln und anderes Gemüse. Die Stühle um den großen Tisch in der Küche waren alle besetzt. Selbst Leo und Laika hatten sich wieder eingefunden und schnupperten neugierig die verführerischen Düfte vom Herd. Jonas' Vater Walter war, wie Hanna es vorausgesagt hatte, extra von der Weide zurückgekommen, ebenso Kurt, dazu Hanna und Lissy. Luise, eine mit Falten und Runzeln freundlich blickende Großmutter, erwies sich als die Alte, die Felix bei ihrer Ankunft am Brunnen gesehen hatten. Chiara war anfangs etwas misstrauisch beäugt worden, doch nachdem Felix seine Geschichte erzählt hatte, staunten alle.

»Wir kennen uns natürlich alle ein bisschen mit Krankheiten aus, vor allem Lissy und Karl, ihr Mann«, meinte Hanna. »Er wird morgen kommen. Aber ich befürchte, das mit Chiara geht weit über das Übliche hinaus. Der Prof ist tatsächlich der Einzige, der weiterhelfen kann.«

»Ich gehe morgen mit dir in die Werkstatt«, meinte Kurt. »Vielleicht finden wir einen Hinweis, wohin er gegangen ist.«

»Hast du einen Schlüssel?«, fragte Felix.

Kurt antwortete nicht, sondern wiegte nur mit einem verschmitzten Lächeln den Kopf. »Wenn es nötig ist, komme ich schon hinein.«

Nach dem Essen wollten die beiden Männer alles über die Soldaten, das Camp und die Flucht aus dem Lager wissen.

»Da wäre ich zu gerne dabei gewesen!«, meinte Kurt anerkennend. »Das geschieht denen recht. Wenn sie uns doch nur in Ruhe ließen!«

Danach verteilten Hanna und Lissy an jeden eine Schale kühlen Joghurt mit einer Fruchtsoße zur Freude der Kinder als Nachtisch. »Zur Feier des Tages«, meinte Walter. »Sonst ist Hanna nicht so großzügig«, lachte er und lutschte genussvoll an seinem Löffel.

»Marianne, bringst du etwas dem Großvater? Er kann kaum noch laufen«, fügte sie für Felix hinzu. »Er muss den ganzen Tag liegen.«

Der Rest des Abends verging wie im Flug. Kerzen wurden angezündet, ein Krug Limonade auf den Tisch gestellt. Vor allem Felix stand im Mittelpunkt. Immer mehr Einzelheiten seiner Wanderung musste er erzählen, hin und wieder unterbrochen von staunenden Kommentaren und bewundernden Blicken. Es war schon spät, als die Fensterscheiben vom ersten Donnerschlag erzitterten. Der Wind erhob sich und pfiff um das Haus. Der Regen setzte wie tags zuvor ohne Ankündigung ein.

In der kleinen Kammer, die Hanna zum Schlafen zurechtgemacht hatte, stand Felix eine ganze Weile am Fenster und sah hinaus in die Dunkelheit. Es war anders als letzte Nacht. Dieses Mal war er satt und ausgeruht, ein weiches Bett mit einem frischen Laken stand bereit, Chiara war in Sicherheit. Wieder einmal war er am Ziel angelangt. Und wieder einmal wurde ihm zur Gewissheit, dass es noch nicht zu Ende war.

*

Felix wachte auf, als es draußen noch dämmrig war. Das Bett war bequem, und er drehte sich um, um weiterzuschlafen. Doch obwohl er gestern sehr erschöpft gewesen war, fühlte er sich gut ausgeruht und wach. Er stand auf, schlüpfte in seine Kleider und trat ans Fenster. Der Himmel war grau, über dem Tal hingen vereinzelte Wolkenfetzen. Der Regen hatte aufgehört. Von unten hörte Felix Stimmen und das Poltern schwerer Stiefel. Kurz darauf sah er auf dem Weg vor dem Haus Walter und Kurt. Jeder trug eine Umhängetasche, Walter hatte zusätzlich eine Stellsäge geschultert. Beide gingen den Hang hinauf und waren rasch aus Felix' Blick verschwunden.

Als er in die Küche kam, waren Hanna und die Kinder eben mit Abräumen beschäftigt. Auf dem Tisch standen die Reste des Frühstücks.

»Guten Morgen!«, begrüßte ihn Hanna. »Bist du etwa schon wach?«, fragte sie erstaunt. »Wir wollten dich nicht wecken. Setz dich!«

Im nächsten Moment stand vor Felix eine Schüssel mit warmem Brei. Hanna streute geschnittene Obststückchen darüber und reichte ihm einen Löffel. »Wenn du willst, kannst du nachsüßen. Es gibt Honig oder Dicksaft.«

Felix tauchte den Löffel ein und versuchte. »Schmeckt prima!«, sagte er. »Da brauche ich nichts dazu. Wo ist Urs? Wie geht es Chiara?«, fragte er.

»Urs war schon früh wach. Der Fuß tut ihm noch weh. Er hat mit uns gefrühstückt und sich dann noch einmal hingelegt. Er ist in einem der oberen Zimmer.«

Durch die offene Küchentür kam Leo hereingestürmt. Er begrüßte Felix begeistert und ließ sich ausgiebig kraulen. Dann verschwand er so schnell, wie er gekommen war.

»Und Chiara?«

»Urs meinte, wir dürfen sie nicht alleine lassen. Roman und Bettina sind bei ihr. Und Laika. Marianne hat es geschafft, dass sie eine Tasse Tee getrunken hat. Ich werde ihr für später eine Suppe machen.« Sie setzte einen Topf mit dem restlichen Gemüse vom Vortag auf, dann öffnete sie die Herdklappe und legte zwei Holzscheite nach. »Ich soll dir übrigens von Kurt ausrichten, dass er heute über Mittag heimkommt. Er will dir die Werkstatt des Prof zeigen.«

»Hast du eine Vermutung, wo er hin ist?«

Hanna setzte sich mit einer Tasse Tee zu ihm an den Tisch. »Ehrlich gesagt, bin ich nie so richtig schlau aus ihm geworden. Er war ein Eigenbrötler, von Anfang an.« Sie nahm einen kleinen Schluck, blies über die heiße Flüssigkeit und trank erneut. »Es war im dritten Jahr, nachdem wir diesen Ort für uns gefunden hatten. Eines Abends stand er da, mit nichts als einer riesigen Tasche voller Papiere, Plänen, Karten, Bücher und seltsamer Instrumente. Er war fast verhungert, als er ankam.«

»Was wollte er bei euch?«

»Ich glaube, es war eher Zufall, dass er zu uns gefunden hatte. Und riesiges Glück. Wir nahmen ihn bei uns auf, gaben ihm ein Haus zum Wohnen und Essen. Anfangs half er bei allen Arbeiten bereitwillig mit, aber …« Sie hielt einen Moment inne, als überlege sie, wie sie es ausdrücken sollte.

»Er zog sich immer mehr zurück, vergrub sich nächtelang in seiner Werkstatt. Oder er war irgendwo unterwegs, oft mehrere Tage. Wir haben es akzeptiert, zumal er auf andere Weise nützlich war. Er verstand einiges von Medizin und Pflanzen. Und er kannte sich bestens aus mit der Spinne.«

»Und warum nanntet ihr ihn Prof?«

Hanna lächelte. »Walter nannte ihn so, weil er ihm so gescheit vorkam. Erst nach einer Weile haben wir herausbekommen, dass er tatsächlich Professor war. Er gehörte zu den Spezialisten, die nach dem großen Unglück kamen, um die Gegend zu untersuchen, vor allem die Auswirkung der Strahlen. Doch sie sind fast alle wieder verschwunden. Es war ihnen zu gefährlich. Nur der Prof ist geblieben. ›Da steckt etwas ganz anderes dahinter. Und ich werde es herausfinden‹, knurrte er bei jeder Gelegenheit.«

Felix kratzte mit dem Löffel den Teller leer. »Urs ist überzeugt, dass er der Einzige ist, der Chiara helfen kann.«

»Ich wünsche es dir.« Hanna trank ihren Tee aus und stand auf. »Bestimmt kann dir Kurt einiges mehr erzählen, wenn er zurückkommt. Wenn du magst, kannst du so lange Jonas helfen. Das Dach ist immer noch nicht ganz dicht.«

»Mach ich!«

Felix hörte Jonas schon von Weitem. Er saß rittlings auf dem Dachfirst und klopfte mit einem Hammer auf den Brettern und Schindeln herum. »Bringst du ein paar Bretter mit?«, rief er hinunter. »Von den kürzeren.« Felix kramte einen Armvoll von dem Stapel zusammen, der im nassen Gras lag, und stieg zu ihm hinauf. Der Blick ins Tal war von hier noch eindrucksvoller als am Morgen vom Zimmerfenster aus. Es sah so aus, als hätte sich der Regen endgültig verzogen. Der Himmel wurde zusehends klarer, vereinzelte Schönwetterwolken zogen vorüber. Trotz des eindrucksvollen Panoramas spürte Felix sofort die Angst vor der Höhe. Bereits nach ein paar Sekunden musste er den Blick abwenden. Er blieb auf der Leiter stehen und klammerte sich mit der einen Hand an der Dachluke fest, mit der anderen reichte er der Reihe nach die Bretter weiter.

»Du hast Schiss, oder?«, meinte Jonas unbekümmert. »Hab ich gestern schon gemerkt.«

Felix ärgerte sich, weil Jonas recht hatte. Er hatte keine Lust, seine Schwäche zuzugeben, sondern brummte nur ein undeutliches »Mmmh.« Statt weiter darauf einzugehen, griff er auf, was Jonas über Chiara gesagt hatte.

»Du hast gestern gesagt, Chiara sei eine Fühlige. Komisches Wort. Was soll das sein? Was meinst du damit?«

Für Jonas schien die Frage nichts Besonderes zu sein. »Ein Fühliger ist jemand, der mehr mitkriegt als andere.«

»Du meinst, jemand, der besonders gut hört oder sieht?«

»Ja, das auch.« Jonas lachte. »Aber nicht immer. Im Gegenteil. Es sind die Sachen, die man normalerweise gerade nicht sieht oder hört. So wie unten, als du den Geröllweg hochgestiegen bist. Ohne Wegweiser hast du von der Spinne nichts gemerkt. Chiara schon.«

Felix dachte nach. Er bekam es nicht zusammen. Chiara schien von der Welt um sie herum nichts mitzubekommen, seit Tagen gab sie keinerlei Anzeichen, dass sie hörte, was er zu ihr sagte. Ihr Blick ging ins Leere. Dagegen hatte sie die lähmende Kraft schon von Ferne gespürt. Aber warum hatte sie geschrien?

»Bist du auch so ein … Fühliger?«

»Nicht so richtig«, antwortete Jonas. »Ich spüre etwas, wenn ich der Kraft zu nahe komme, auch ohne Wegweiser. Mehr nicht. Ich kann nicht einmal sagen, ob es bedrohlich oder angenehm ist. Marianne ist eine. Roman auch. Die Erwachsenen nicht. Aber Katharina und Johanna, Tante Lissys Zwillinge. Bei ihnen weiß man nie so genau, ob das, was sie erzählen, stimmt oder nicht. Sie sind ja auch erst drei Jahre alt.«

Felix erinnerte sich an das Gespräch der Soldaten am Haseler Bahnhof. ›Der Befehl ist eindeutig. Alle Jungen kommen zuerst ins Camp. Die anderen sind unwichtig.‹ Ein Gedanke keimte in ihm auf. »Was hat der Prof dazu gesagt? Es muss ihm doch aufgefallen sein!«

»Klar. Vor allem mit Marianne hat er sich oft unterhalten. Sie kam dann immer ganz stolz nach Hause und erzählte, was sie machen durfte und was er sich alles aufgeschrieben hat. War natürlich alles Angeberei. Typisch.« Er schlug ein paarmal fest auf das letzte Brett, das er montiert hatte, dann warf er den Hammer vom Dach ins Gras. »So, fertig. Jetzt kann es wieder regnen. Die restlichen Bretter heben wir auf fürs nächste Mal.«

*

Bis zum Mittag machte Felix sich im Haus bei Hanna nützlich. Er wusch und schälte eine Schüssel Kartoffeln, danach spaltete er einen Korb voller Holzscheite, bis sie nur noch fingerdick waren. »Zum Anfeuern!«, hatte Hanna gesagt, »mit Papier müssen wir sparsam sein.« Dazwischen lief er ein paarmal hinters Haus, um Wasser zu holen.

Hanna fragte ihn vieles über seine Zeit bei seinen Eltern in Menzenschwand. »16 Jahre! Ein ganzes Leben ohne meine Kinder – das kann ich mir nur schwer vorstellen. Deine Mutter muss schier verrückt gewesen sein vor Sorge. Ich weiß nicht, ob ich dich überhaupt noch einmal fortgelassen hätte. Wolltest du nicht bleiben? Du hast so vieles auf dich genommen, um sie zu finden!«

Felix wusste nicht, was er erwidern sollte. »Es ist gut so«, sagte er. »Sie hat gespürt, dass ich noch nicht am Ende der Reise bin.«

»Aber du weißt nicht einmal, ob ihr euch jemals wiederseht!«

»Sie ist bei mir.«

Als Kurt über Mittag von der Feldarbeit zurückkam, konnte es Felix kaum erwarten, bis er seinen Imbiss beendet hatte. Urs hatte sich ebenso dazugesellt wie die beiden Hunde. »Eine Stunde kann ich bleiben«, meinte Kurt, nachdem er einen großen Teller Suppe und zwei riesige Scheiben Brot gegessen hatte. »Die südliche Wasserleitung ist eingebrochen. Walter und ich werden zwei Tage brauchen, bis alles repariert ist. Aber vielleicht brauchst du mich ja gar nicht.«

»Du hast den Prof gut gekannt?«, fragte Felix, während sie die kurze Strecke vom Ortsrand bis zum Haus des Professors zurücklegten.

Kurt nickte. »Er war ein wandelndes Lexikon. Über alles wusste er Bescheid – Steine, Mineralien, Pflanzen, die Tiere im Südschwarzwald, das Wetter, über Krankheiten. Ich habe ihm manchmal geholfen, wenn er an seinen Apparaten bastelte.«

»Ohne Elektrizität und Maschinen?«

»Eine echte Herausforderung. Es hat aber auch Spaß gemacht. Wir haben einiges ausgetüftelt. Zum Beispiel ein Wasserschöpfrad, mit dem man den Garten bewässern konnte. Oder ein Räucherofen für die Fische von unten. Früher wollte ich mal Maschinenbau studieren, in Basel oder in Zürich«, fügte er hinzu. »Aber da ist nichts daraus geworden.«

»Das könntest du immer noch«, meinte Felix. »Urs könnte dir helfen rauszukommen.«

Kurt lachte. »Oh nein. Das ist lange vorbei. Ich bin gerne Bauer. Ich habe in den vergangenen Jahren mehr gelernt, als ich jemals an der Uni hätte studieren können. Und ich habe eine Familie. Wir gehören hierher.«

Dem schmucklosen Gebäude neben der Straße am Hang war auch nach vielen Jahren anzusehen, dass es früher einmal die Talstation eines Schlepplifts gewesen war. Über einer Stützmauer aus Beton stand ein einfaches Häuschen mit je einem Fenster an der Seite, dahinter ein Anbau in der selben Größe, aus dem kräftige Metallseile heraus und den Hang hinauf zu den ersten Stützpfeilern führten. An der Vorderfront hingen Reste von Werbebannern und Metallschildern, ein zersplittertes Thermometer sowie ein Hinweis, der die Skifahrer zum Anstellen in Zweierreihen aufforderte. Auf der gegenüberliegenden Seite der Straße gab es einen Parkplatz, der mit Gras und kleinen blühenden Blumen überwachsen war. Kurt führte sie auf die Rückseite des Gebäudes. Am Anbau gab es eine einfache Holztür, die er mit wenigen geschickten Griffen öffnete. »Eigentlich ist es nur wegen der Kinder«, meinte er. »Anscheinend war es doch nicht ganz ungefährlich, was er hier forschte. Und wegen der Tiere natürlich.« Er trat ein, stieß eines der Fenster auf und öffnete den Laden, sodass Licht und Luft hereinkamen.

»Hier hat er gewohnt und gearbeitet. Du siehst, er hat sehr bescheiden gehaust.«

Der Raum ähnelte dem Zimmer, in dem Chiaras Vater Felix den Weg zum Schluchsee und den Streunern gezeigt hatte. Er war etwas kleiner, dafür war jede freie Stelle genutzt. An sämtlichen Wänden standen Schränke mit und ohne Schubladen, Regale und Büchergestelle. Auf die Schranktüren waren Skizzen gepinnt, ganze Stapel Papier lagen überall auf dem Boden. Zwischen den Schränken und in den Ecken gab es hohe runde Körbe, aus denen zusammengerollte Karten hervorragten. In der Mitte des Raumes stand ein einfacher Tisch, davor ein Stuhl. Eine Petroleumlampe und zwei Ständer mit halb heruntergebrannten Kerzen zeigten, dass der Professor hier oft gesessen haben musste. In der Mitte des Tisches lag ein Kladde, daneben mehrere Bleistifte und zu Felix' Erstaunen ein Füllfederhalter mit einem Tintenfass, dessen Inhalt jedoch eingetrocknet war.

»Hier geht es weiter«, sagte Kurt und wies auf eine Tür, die Felix fast übersehen hätte. Auch im angrenzenden Zimmer stieß er das eine der beiden Fenster auf, um Licht hereinzulassen. Das zweite war zugestellt mit Holzkisten, darunter stand eine Kommode, dahinter ein einfaches Bett, das kaum mehr war als eine Matratze auf einem Holzständer. Die übrige Einrichtung des Raumes glich dem ersten – Schränke, Regale, Kisten, Schachteln und Papier.

»Er wurde ganz unruhig, als ihm das Papier ausging«, meinte Kurt. »Wir mussten damals mit ihm nach Todtnau. Es war lebensgefährlich, aber er war nicht davon abzubringen. Wir haben zu dritt das Schreibwarengeschäft ausgeräumt und mitgenommen, so viel wir tragen konnten«, erinnerte er sich.

Felix hatte wahllos einen der Ordner aufgeschlagen. Seitenweise hatte der Professor per Hand Zahlen und Tabellen eingetragen, versehen mit Zeichen, die wohl nur er selbst verstand. Manches war durchgestrichen, bei anderen standen Vermerke wie »noch einmal überprüfen!« oder »unwahrscheinlich!«. Ein zweiter Ordner sah ähnlich aus – Zahlenreihen, Kommentare, Zeichen.

»Was versprichst du dir eigentlich davon?«, fragte Kurt, während Felix hier und da weiterstöberte. »Glaubst du, du findest etwas, was deiner Freundin helfen könnte?«

»Bestimmt nicht«, gab Felix zurück. »Ohne den Professor wird es nicht gehen. Aber vielleicht bekomme ich raus, wo er hin ist. Was genau hat er denn gesagt, als er wegging?«

»Nicht viel. Er hat ein paar Sachen zum Anziehen mitgenommen, und Lissy hat ihm einen Korb mit Essen mitgegeben. Das hat er jedes Mal so gemacht, es war also nichts Besonderes. Niemand ahnte, dass er so lange wegbleiben würde.«

»Ob ihm etwas zugestoßen ist?«

Kurt wiegte den Kopf. »Möglich ist es schon. Er hat sich mehr als einmal in Gegenden aufgehalten, die lebensgefährlich waren. Er war von dem Gedanken besessen, das Geheimnis der Kraft und die Ursprünge des Gesangs herauszufinden. Vielleicht ist er zu weit gegangen.«

Felix erschrak. An diese Möglichkeit hatte er bisher überhaupt nicht gedacht. Es wäre das Ende seiner Hoffnungen. Doch er fasste sich rasch. »Und er hat nichts angedeutet, wo er sein könnte?«

Kurt dachte nach. »An dem Morgen sicher nicht. Aber mir fällt ein, am Tag zuvor hatten wir uns länger unterhalten. Wenn ich es recht überlege, klang es so, als wolle er gar nicht wiederkommen.«

»Was?« Felix fuhr auf. »Aber …«

»Es klang ziemlich verworren. ›Am Ende aller Wege‹, oder so ähnlich. ›Ich bin überall zu Hause‹. Und etwas ganz Seltsames, was ich überhaupt nicht verstanden habe: ›Dort, wo Erde und Wasser und Luft und Feuer zusammenkommen, will ich es finden‹.« Kurt ließ seinen Blick über die Karte wandern, die über dem Bett hing. »Vielleicht hat er irgendwo Notizen hinterlassen. Aber das sieht aussichtslos aus!«, meinte er. »Ich wüsste gar nicht, wo anfangen.«

»Vielleicht in dem Buch, das drüben auf dem Tisch liegt.«

»Möglich.« Kurt sah aus dem Fenster. »Es ist schon spät. Weißt du was, ich muss los, ich kann Walter nicht alles alleine machen lassen. Von mir aus kannst du hier bleiben, so lange du willst. Vielleicht hast du ja Glück!«

Er nahm Felix mit vor den Eingang und zeigte ihm, wie er die Tür verriegeln sollte, wenn er ging. »Und vergiss nicht, die beiden Fenster zuzumachen. Wegen der Tiere.«

*

Als Kurt gegangen war, ging Felix zurück in den Raum, in dem das Bett stand, und setzte sich auf die Decke. Die Sätze, die Kurt am Ende gesagt hatte, gingen ihm durch den Kopf. »Ich bin überall zu Hause.« Das klang banal. »Am Ende aller Wege.« Abgehoben. Der Professor schien etwas schrullig zu sein. Vielleicht konnte Urs ihm mehr erzählen. Einstweilen blieb nur die Hoffnung, dass Urs' sich in seiner Einschätzung nicht getäuscht hatte. Doch alles Spekulieren half nichts, solange er den Prof nicht gefunden hatte. Aber wie sollte er einen Hinweis entdecken? Alles, was er bisher gesehen hatte, schien mit seiner Arbeit und den Forschungen zusammenzuhängen. Er würde Wochen brauchen, bis er sich durchgekämpft hatte. Keiner wusste, was bis dahin mit Chiara passieren würde. Und selbst wenn sie in ihrem jetzigen Zustand verharrt blieb, wollte er doch mehr. Er wünschte sich so sehr, mit ihr zu sprechen, ihre Umarmung zu spüren. Und in ihre Augen zu sehen. In manchen Momenten hatte Felix den Eindruck, als seien die Augen der Schlüssel zu all seinen Fragen. Sie hatten ihn von Beginn an fasziniert, sie waren das Tor zu einer Welt, die ganz anders war als alles, was er bisher gekannt hatte. Eine Welt, in der ihn Angst und Schrecken ebenso erwartet hatten wie ein Glücksgefühl, wie er es noch nie erlebt hatte. Er wusste, dass er dorthin zurückkehren musste. Doch wo war der Schlüssel, der diese Augen wieder zum Sehen brachte? Urs hatte etwas angedeutet, ein Bild, das in Felix immer mehr Gestalt annahm. »Chiara hat sich verschlossen. Sie hat sich in sich zurückgezogen. In eine Welt, zu der niemand Zutritt hat.« Aber warum hatte sie das getan? Um sich zu schützen? Und wenn das stimmte, war sie die Einzige, die dies rückgängig machen konnte. Aber wollte sie das überhaupt? Die Gefahren, denen sie durch die Soldaten und die Ärzte im Camp ausgesetzt war, waren längst vorüber. Sie war Felix wiederbegegnet, und sogar Laika war an ihrer Seite, das Wesen, von der ihr Vater gesagt hatte, dass es ihr so nahe stehe wie eine Schwester. Und dennoch hatte es seit ihrer Befreiung keinerlei Anzeichen gegeben, dass sich an Chiaras Zustand etwas änderte.

Felix stieß einen Seufzer aus und stand auf. Er konnte nichts erzwingen, im Gegenteil. Chiara reagierte wie eine Muschel, die man versucht, mit Gewalt zu öffnen, und die sich nur umso fester zusammenzog. Doch er durfte nicht aufgeben. Solange ihm nichts anderes einfiel, blieb der Professor seine einzige Hoffnung. Er musste alles tun, um ihn zu finden. Felix entschied sich, mit dem Buch zu beginnen, das auf dem großen Tisch lag. Es war nicht mehr als eine einfache Chinakladde mit festem, schwarz glänzenden Deckel mit leuchtend roten Ecken, wie Felix es von zu Hause kannte. Die Schrift des Professors war nicht einfach zu lesen, manche Worte konnte Felix nicht auf Anhieb entziffern. Doch je mehr er sich einlas, desto flüssiger gelang es ihm. Die ersten Einträge waren allesamt mit Datum versehen und lagen etwa fünf Jahre zurück. Wie in einem Tagebuch beschrieb der Professor, was er unternommen oder erlebt hatte. »Drei

Tage unten an der Wiese, unter der Brücke geschlafen. Kalt. – Den Fehrenbachs bei der Apfelernte geholfen. Ein Korb für mich. – Die Ziegen fressen an meinen Schuhen. Ich muss besser aufpassen.« Je mehr Felix las, desto mehr machte sich in ihm Enttäuschung breit. Nach den ersten Seiten begann er querzulesen. Es war immer dasselbe – einfache Sätze aus dem Tagesalltag, die ihm nicht weiterhalfen. Felix fiel auf, dass die Spinne mit keinem Wort erwähnt wurde. Es schien, als habe der Prof die Aufschriebe lediglich genutzt, um von Zeit zu Zeit mit sich selbst zu reden. Hatte nicht Urs erzählt, dass sich der Professor hauptsächlich der Erforschung der seltsamen Kraft gewidmet hatte? War alles, was er zusammengetragen hatte, in den unzähligen Listen, Tabellen und Skizzen festgehalten? Oder gab es ein zweites Tagebuch, das er nicht so offen liegen lassen wollte?

Felix war kurz davor, die Kladde wegzulegen, als ihm auffiel, dass sich die Notizen änderten. Über ein Jahr lang hatte der Prof seine knappen Kommentare notiert, dann brachen sie plötzlich ab. Es folgte eine leere Seite, dann ein Eintrag, der anders war als alle anderen.

»Was ich von Anfang an vermutet hatte, ist heute bestätigt worden. Ich habe das Gefühl, dass mir jemand die Binde von den Augen genommen hat. Geändert hat sich nichts. Aber jetzt weiß ich, was ich tun muss.« Gleich darunter stand »Ich spüre, dass mir eine neue Welt offen steht. Ich bin gespannt und aufgeregt. Ein bisschen Angst.«

Was Felix las, kam so überraschend, dass er zurückblätterte, ob er nicht etwas übersehen hatte. Zum ersten Mal sprach der Professor über seine Gefühle. Fast klang es, als habe er sich verliebt. Was war geschehen?

Als Felix umblätterte, fiel ihm eine Zeichnung entgegen. Ein unscheinbares Strichmännchen war von mehreren Kreisen umgeben, die unschwer als Mauer zu erkennen waren.

Von dem Männchen gingen etliche Pfeile aus – lange, kurze, gekrümmte. Manche stießen an die Mauer, andere führten an den Ursprung zurück. Die meisten verliefen irgendwo im Nichts oder endeten mit einem Fragezeichen. An einer Stelle in der Mauer gab es eine Lücke, in der der einzige Doppelpfeil eingezeichnet war. Er führte in beide Richtungen: in den Raum hinein und nach außen. Um die Mauer herum hatte der Professor mehrere stilisierte Sonnen gezeichnet, die sich mit umherfliegenden Ausrufezeichen abwechselten. Felix brauchte eine Weile, ehe er begriff, was er vor sich hatte. Das Männchen konnte niemand anders sein als der Prof selbst. Die vielen kleinen Pfeile waren die Versuche, die er bisher unternommen hatte. Doch sie hatten ihn letztlich immer nur an eine Grenze geführt. Jetzt war etwas dazu gekommen. »Ich spüre, dass mir eine neue Welt offen steht.« Sonnen und Ausrufezeichen. Licht und Wissen.

Felix legte das Blatt zur Seite und las weiter. Seite um Seite begleitete er den Professor bei der Entdeckung der neuen Welt. Der anderen Welt. Es gab sogar einiges, das ihm bekannt vorkam. An mehreren Stellen wurde der Große Gesang beschrieben, den der Professor ganz ähnlich gehört und empfunden hatte. Die Begegnung mit seltsamen unbekannten Wesen, die lockten und entflohen, die schön und schrecklich sein konnten. Es war dem Professor anzumerken, dass er sich bemühte, nüchtern und sachlich aufzuschreiben, was er erlebte. Doch die Sprache vermischte sich mehr und mehr mit klangvollen Bildern, mit Worten, die mehr der Poesie entlehnt waren als einer wissenschaftlichen Beschreibung. Dazwischen tauchten immer wieder Skizzen und kleine Bilder auf, zuerst einfach, dann ausgefeilter, gegen Ende sogar mit Farben unterlegt. Felix sah Vögel mit Menschenkopf, engelsgleich und doch völlig anders, er sah tanzende Fische, leuchtende Feuerwesen und Bäume, deren Äste nach allen Seiten wuchsen und statt Blätter unzählige Augen trugen. Felix staunte immer mehr. Was er sah, war so ungewöhnlich, dass er kaum glauben konnte, dass dies derselbe Mensch war, der monatelang nichts als dürre Kommentare aufgeschrieben und den Großteil seiner Zeit damit verbracht hatte, endlose Berechnungen anzustellen und akribisch zu notieren.

Gegen Ende wurden die schriftlichen Einträge wieder spärlicher. Abschnitte wurden zu Sätzen, Sätze zu einzelnen Worten wie »Ausgleich«, »Friede« oder »Heimat«. Auf einer der letzten Seiten blieb sein Blick an einer kleinen Zeichnung hängen, die er fast übersehen hätte. Was er sah, kam ihm seltsam bekannt vor. Am Fuße einer Treppe stand eine Art Thron, auf dem eine Gestalt mit zwei Köpfen saß. An Stelle des Gesichts gab es nichts als eine freie weiße Fläche, von langen Haaren umrahmt. Doch was Felix am meisten erstaunte, war, dass der gedrungene Körper nach unten in einen Fischschwanz auslief. Es war eindeutig. Winzige Tentakel, kleine Flossen, Schuppen, am Ende die typische Schwanzflosse.

Es gab keine Zweifel: Der Professor hatte den Fischmenschen gesehen!

Mehr als alles andere hätte sich Felix ein paar zusätzliche Aufschriebe gewünscht, irgendeine Art der Erklärung, ein Hinweis. Doch die Aufzeichnungen brachen kurz darauf ab. Die letzten Seiten der Kladde waren weiß.

Felix sank zurück in seinen Stuhl. Er hatte den Beweis gefunden, dass das, was er erlebt hatte, keine Einbildung gewesen war. Der Fischmensch existierte, und der Prof hatte den Weg zu ihm gefunden. Aber wie? Nirgendwo gab es einen Hinweis, dass er wie Felix durch Chiara einen Helfer gehabt hatte. Jemanden von den Fehrenbachs oder ihren Nachbarn? Eines der Kinder, die Jonas als »Fühlige« bezeichnet hatte? Vielleicht war all das für den Prof so selbstverständlich, dass er es nicht für nötig gehalten hatte, es aufzuschreiben.

Felix stand auf und trat hinaus auf die Rückseite des Anbaus. Der Himmel hatte sich in der Zwischenzeit völlig aufgeklart, das helle Tageslicht blendete ihn. Am Ende aller Wege. Einer der Sätze, die der Prof zu seinem Abschied zu Kurt gesagt hatte, bekam nun seinen Sinn. Felix konnte den Gedanken noch nicht klar fassen. Doch seine Hoffnung kam mit einem Mal zurück. Die Anderwelt, der Professor und Chiara. Alles hing miteinander zusammen. Felix spürte, dass auch er selbst ein Teil des Ganzen war. Mehr denn je wurde ihm deutlich, dass er den Prof finden musste. Der Weg zu Chiara führte über ihn.

Felix ging zurück in das Zimmer mit dem großen Tisch und betrachtete die Regale und Schränke mit den vielen Papieren. Wenn er nur irgendeinen Anhaltspunkt hätte, wo er ihn suchen musste! Wo die Erde über dem Wasser schwebt, wo Luft und Feuer sich begegnen. Was konnte das bedeuten? Luft und Feuer begegnen sich. War damit vielleicht ein Unwetter gemeint ähnlich dem, das er in den letzten beiden Tagen erlebt hatte? Blitz, Donner und Sturm waren so mächtig, dass es einem so vorkommen konnte, als seien sie Ausgeburten einer anderen Welt, mit anderen Kräften und anderen Gesetzen. Vielleicht hatte die Katastrophe von vor 16 Jahren längst erloschene vulkanische Gewalten erweckt, Risse in der Erde, die der Prof entdeckt hatte und aus denen das Feuer des Erdinnern nach außen drängte? Aber was war mit dem anderen gemeint? Erde und Wasser gab es überall im Schwarzwald. Seit seinem Aufbruch aus Freiburg hatte Felix immer wieder gestaunt, wie viel Wasser es in den Bergen gab. Überall begegnete er Quellen, kleinen Bächen, Wasserfällen, Teichen und Seen, Sumpf und Moor. Sein langer Weg hatte ihn die meiste Zeit an Flüssen entlanggeführt – die Elz, die Wilde Gutach, der Heubach an der Hexenlochmühle, der Rotbach im Höllental, Schwarza, Wehra und Wiese. Der Schwarzwald war voller Wasser. Aber wie konnte Erde über dem Wasser schweben? Eine Insel vielleicht? Eine Insel schwebte nicht. Sie war der sichtbare Teil des Untergrunds, der aus dem Wasser herausragte, nichts weiter. Felix vertiefte sich in das Tagebuch. Er betrachtete die Skizzen, die ihm beim zweiten Mal merkwürdiger vorkamen, und er las die Einträge im zweiten Teil. Nach zwei Stunden musste er zugeben, dass er auf diese Weise nicht weiterkommen würde. Er fühlte sich in einem Paradoxon gefangen. Die Worte und Bilder waren mit dem Verstand nicht zu begreifen. Und wenn es ihm gelang, den inneren Klang und die feine Symbolik auf sich wirken zu lassen, schaffte er es nicht, sie rational zu fassen und zu verstehen.

Er legte alles wieder an seinen Platz und beschloss, für heute aufzuhören. Sorgfältig schloss er Fenster, Läden und am Ende die Tür, so wie Kurt es ihm aufgetragen hatte. Auf der Wiese empfing ihn das abendliche Zirpen der zu Hunderten im Verborgenen kauernden Grillen. Zu ihrem schrillen Konzert tanzten winzige Mücken mit den letzten Sonnenstrahlen, glänzende Spinnfäden schwammen durch die warme Spätsommerluft wie Silberfische in einem uferlosen Meer. Es war ein schöner Abend, der völlige Gegensatz zu dem krachenden Getöse, das ihn in dem alten Heuschober umgeben hatte. Die letzten Tage hatte die Natur ihre ganze Vielfalt ausgebreitet. Sie kannte kein Gut und Böse, kein richtig oder falsch. Alles hatte auf seine Weise die selbe Geltung, alles folgte einem geheimen Gesetz, das alle Erscheinungen auf unerklärliche Weise zum Vorschein brachte, wieder verschwinden ließ und dennoch zu einem großen Ganzen zusammenhielt.

»Ich bin überall zu Hause.« Felix dachte an einen der Aussprüche, an die Kurt sich erinnern konnte. Der Professor musste all das am Ende stark empfunden haben. Das Gefühl, Teil eines Ganzen zu sein, immer und überall verbunden zu sein mit dem Gesetz des Lebens in all seinen Erscheinungen. Wenn es so war, gehörte auch Chiara dazu. Und in Felix dämmerte der Gedanke auf, dass die seltsame Kraft ein Teil dessen war, das hinter allem wirkte und ohne das es die Welt gar nicht gäbe.

*

Von Weitem sah Felix ein paar Kinder, die auf dem Dorfplatz spielten. Als er sich dem Ortsrand näherte, lösten sich aus der Gruppe zwei Schatten, die wie Pfeile auf ihn zuschossen. Leo und Laika begrüßten ihn überschwänglich. Er kraulte beide ausgiebig, ehe sie wieder davonschossen. Vor dem Haus der Fehrenbachs wartete auf ihn eine Überraschung. Auf der Sonnenbank neben der Eingangstür saß Chiara, daneben Oma Luise, die ihr Strickzeug neben sich liegen hatte.

»Chiara!«, rief Felix erfreut aus und ging behutsam auf sie zu. »Geht es dir besser?« Für einen Moment schlug sein Herz höher. Sollte sie etwa …

»Das Kind muss an die frische Luft!«, unterbrach ihn Luise. Sie hatte eine überraschend kräftige Stimme. »Ich pass schon auf, keine Sorge. Urs hat mich eingewiesen.«

Felix glaubte ihr aufs Wort. Luises Augen blitzten wach und aufmerksam wie bei einer jungen Frau. Ihre Anwesenheit schien Chiara gutzutun. Ihr Gesicht hatte etwas Farbe bekommen, den Blick hielt sie nicht gesenkt, sondern auf einen fernen Punkt im Tal gerichtet. Irgendjemand hatte ihre Haare gewaschen und gebürstet, dazu trug sie eine Bluse und einen Rock, die Felix beide noch nie gesehen hatte. Er setzte sich neben Chiara auf die Bank und nahm behutsam ihre Hand. Die Berührung war warm und angenehm, und Felix stellte sich für einen Moment vor, wie es sein könnte, wenn sie ihm ihr Gesicht zuwenden und sich an ihn schmiegen würde. Doch er spürte keine Anzeichen, dass sie seinen Händedruck erwiderte.

»Ich werde es schaffen«, sagte er leise zu ihr. »Alles wird gut!«

»Sie wartet auf dich!«

Felix sah Luise erstaunt an. »Hat sie mit dir gesprochen?«

»Natürlich!«, antwortete Luise. »Wenn man so will. Nicht richtig. Aber irgendwie schon.« Sie kicherte vor sich hin. »Die jungen Leute. Alles wollen sie ganz genau wissen!«

»Es hätte ja sein können«, seufzte Felix. »Ich hoffe jeden Tag darauf. Ich weiß nicht, ob es jemals wieder so sein wird wie früher.«

Die Frau legte ihre Hände in den Schoß und lächelte. »Du hast sie gern, nicht wahr?«

Felix nickte. Er spürte, wie sich um sein Herz ein dunkler Schatten legte. Chiara! Alles, was in ihm war, drängte zu ihr hin, seine Gefühle, seine Gedanken, seine tiefsten Empfindungen. Er saß neben ihr, konnte sie berühren, ihre Wärme fühlen. Und dennoch war sie weit entfernt, so weit, dass er nicht einmal wusste, wo sie war.

»Ich habe Hannas Vater auch gern gehabt. Vom ersten Tag an, als ich ihn gesehen habe, damals beim Dorftanz in Zell. Ein ganzes Leben lang, bis er weggegangen ist. Jetzt ist er fort, aber er ist immer noch da. Wir sprechen miteinander, jeden Tag. Und wir lieben uns immer noch.«

Felix schaute sie nachdenklich an. Er war sich nicht sicher, ob er verstand, was sie meinte. Doch in seinem Innern spürte er, dass sie völlig überzeugt von dem war, was sie sagte. Diese Frau hatte ihr Leben lang nicht aufgegeben. Und obwohl der Schmerz blieb, strahlte sie eine Zufriedenheit aus, wie Felix sie nur selten erlebt hatte. Noch einmal streichelte Felix Chiaras Hand, dann stand er auf, um Urs zu suchen. Er fand ihn alleine in der Küche beim Gemüseschnippeln. Felix griff sich ein Messer und setzte sich daneben.

»Du siehst nicht besonders glücklich aus«, meinte Felix. »Hat Hanna dich zur Küchenarbeit verdonnert?«

»Eigentlich wollte sie gar nicht, dass ich ihr helfe. Ich solle mich ausruhen, meinte sie. Aber irgendwie muss ich mich nützlich machen!« Er kippte das kleingeschnittene Gemüse von seinem Brettchen in eine Schüssel, die bereits halb gefüllt war, und griff sich eine weitere gelbe Rübe. »Nein, das ist es nicht«, fuhr er nach einigem Zögern fort. »Es ist …« Er legte das Messer zur Seite. »Helga aus der Nachbarschaft war heute Nachmittag da und hat sich meinen Fuß angesehen. Sie hat einige Jahre als Arzthelferin in Todtnau gearbeitet und kümmert sich, wenn jemand krank oder verletzt ist.«

»Und?« Felix sah Urs an, dass er unglücklich war.

»Ganz sicher könnte sie nur sein, würde der Fuß geröntgt. Aber sie hat lange gefühlt und getastet und gemeint, dass Gelenk sei angegriffen. Eine Quetschung oder eine starke Prellung. Sie befürchtet, dass es sich entzündet hat. Wir hätten ein paar Tage in der Hütte bleiben müssen. Der Weg hierher war wohl zu viel.«

»Aber es wird doch wieder?«, fragte Felix besorgt.

»Helga ist optimistisch. Sie meinte, ich hätte eine gute Konstitution. Der Fuß braucht strikte Schonung. Mindestens eine Woche. Und auch dann könnte ich ihn nur langsam wieder belasten.« Er nahm das Messer auf und hackte zornig auf der Rübe herum. »Und das passiert mir! Ich bin doch sonst den ganzen Tag über unterwegs. Ich muss mich bewegen!«

»Was bleibt dir anderes übrig, als vernünftig zu sein.« Felix merkte, dass es keinen Sinn haben würde, Urs zu trösten, und wechselte das Thema. »Ich war heute ein paar Stunden im Haus des Profs. Kurt hat mir gezeigt, wie ich hineinkomme. Ich habe versucht, einen Hinweis zu finden, wo er hingegangen sein könnte.«

»Und, hast du?«

»Ich weiß nicht.« Felix erzählte in wenigen Sätzen, wie es ihm ergangen war. Seine Gedanken beim Betrachten der Bilder und der letzten Einträge verschwieg er. »Der Prof muss ein seltsamer Vogel gewesen sein«, sagte er stattdessen. »Oder wie hast du ihn erlebt?«

»Eigentlich recht vernünftig und bewusst. Klar, er hat das getan, was ein Wissenschaftler normalerweise tut. Beobachten, messen, aufschreiben, Theorien entwickeln. Davon verstehe ich gar nichts. Aber wir hatten auch spannende Gespräche. Er hat mich über alles ausgefragt, über die Erdmannshöhle, was ich über die Spinne wusste und wie ich sie erlebt hatte, ob ich den Gesang gehört hätte. Ich hatte das Gefühl, dass er sich gegen Ende immer mehr der Möglichkeit öffnete, dass das Ganze mehr war als zufällige Naturerscheinungen. Er hatte ein paar Bücher, die eigentlich so gar nicht zu einem Wissenschaftler passten.«

»Was für Bücher?«

»Bücher über die Geschichte des Schwarzwaldes. Über die alten keltischen Namen von Bergen und Flüssen zum Beispiel. Ist dir schon mal aufgefallen, dass die meisten Flüsse weibliche Artikel haben? Die Wiese, die Schwarza, die Elz, die Kander. Das sei von den Kelten und von noch früher. Dreisam, die schnell Fließende, oder Glotter, die Klare. Ich erinnere mich an einen Spaziergang. Es war an einem sonnigen Tag, von Ferne konnte man den Belchengipfel sehen. ›Siehst du, wie Belenus leuchtet? Wie gerne wäre ich einmal dort oben‹, sagte der Prof damals. Ich verstand nicht, was er meinte. Später zeigte er mir einen Text, in dem berichtet wurde, dass die Kelten den Berg als Sitz ihres Sonnengottes ansahen.« Urs kippte eine weitere Ladung Gemüse in die Schale. »Alles sehr seltsame Ansichten für einen Wissenschaftler. Aber damals interessierte er sich immer mehr für solche Spekulationen. ›Es steckt mehr dahinter‹, sagte er immer wieder.«

Felix schwieg. Was Urs erzählte, passte zu dem, was er in dem Tagebuch gefunden hatte. »Hat er mal von der Anderwelt erzählt?«, fragte er nach einer Weile.

Urs dachte nach. »Ich glaube, das stand auch in einem der Bücher. Eine Welt hinter der unseren.« Er schüttelte den Kopf. »Manchmal könnte man tatsächlich meinen, dass es so etwas gibt. Aber ich bin überzeugt, dass letztlich alles erklärbar ist.«

Die Küchentür ging auf und Hanna kam mit Marianne herein. »Hallo, ihr beiden! Wie ich sehe, wart ihr fleißig.« Sie legte im Ofen ein Holzscheit nach und begann, sich am Herd zu schaffen zu machen. »Felix, holst du Wasser?«

»Klar, gerne.« Felix griff sich zwei Eimer, die in der Ecke standen, und ging hinaus. Er stellte die Eimer unter das Wasserrohr auf der Rückseite und beobachtete das feine Gluckern. Seine Gedanken gerieten in Bewegung. »Letztlich ist alles erklärbar. Wahrscheinlich. Aber wie?«

*

Auch am nächsten Tag verbrachte Felix viel Zeit in den beiden Zimmern des Professors. Anfangs hoffte er, außer dem Tagebuch weitere Aufzeichnungen zu finden, die darauf hindeuteten, dass die Forschungen des Profs in eine neue Richtung gegangen waren. Doch obwohl er systematisch die Ordner, Schubladen und Kisten durchging, fand er nichts, was ihm weiterhalf. Das meiste verstand er ohnehin nicht. Solange das Licht reichte, breitete er die Landkarten und Skizzen auf Tisch und Boden aus. Alle hatten irgendwie mit dem Schwarzwald zu tun. Es gab große Übersichtskarten, die im Norden bis Karlsruhe, Pforzheim und Stuttgart reichten, es gab geologische Karten, auf denen man die Zusammensetzung der Gesteine ablesen konnte, Gewässerkarten, die wie ein weit verzweigtes filigranes Wurzelwerk aussahen. Dazu eine Fülle von Detailkarten, hauptsächlich zum Hochschwarzwald und der Gegend, in der Felix im letzten halben Jahr unterwegs war. Er fand einzelne Punkte, deren Namen er sich gemerkt hatte, und verfolgte mit dem Finger die Strecke, die er bisher zurückgelegt hatte mit allen Umwegen, Sackgassen und falschen Abzweigungen. Ähnlich wie Chiaras Vater hatte auch er die Karten mit etlichen Anmerkungen versehen. Es gab jede Menge Pfeile und Linien, durchgezogen, gestrichelt oder mit Punkten, es gab Schraffierungen und grob eingekreiste Stellen ebenso wie detailliert nachgezogene Bereiche mit Zeichen, über die Felix nur Vermutungen anstellen konnte. Felix kratzte sich am Kopf. Irgendwo in der Fülle der Berge, Flüsse, Felder und Siedlungen war der Ort, an dem der Professor sich aufhielt. Doch es gab eine weitere Möglichkeit, die ihm gerade einfiel. Der Prof war ein Forscher auf der Suche nach Antworten. Konnte es sein, dass er kein bestimmtes Ziel hatte? Dass er, wie Felix es getan hatte, herumzog, überall dorthin, wo es möglich war? Felix schluckte. Nüchtern betrachtet war diese Möglichkeit sogar wahrscheinlicher als alle anderen. Aber das würde bedeuten, dass es purer Zufall wäre, ihn zu finden. Er konnte auf 50 Meter an dem Prof vorbeilaufen, ohne ihn zu bemerken. Seine Hoffnungen sackten rapide nach unten.

In dem kleinen Regal neben der einfachen Bettstatt fand Felix die Bücher, von denen Urs erzählt hatte. Wo der Prof sie herhatte, war ihm rätselhaft. In den Orten, durch die Felix gekommen war, hatte er außer in Hinterzarten weder eine Buchhandlung noch Hinweise auf eine Mediathek gefunden. Hatte der Prof etwa ebenso wie Urs Möglichkeiten, mit der Welt außerhalb des Sperrzaunes in Verbindung zu treten? Oder war er bei seinen Streifzügen in den aufgegebenen Häusern der früheren Bewohner fündig geworden? Für einen Wissenschaftler waren die Titel ungewöhnlich. »Auf den Spuren der Kelten im Schwarzwald«, »Sonnenkalender und Steinkreise«, »Das geheimnisvolle Erbe unserer Vorfahren« hießen einige der Bände, die Felix herauszog. Daneben noch seltsamere Lektüren: »Feen, Elfen und Zwerge – eine Einführung«, »Begegnungen mit Naturgeistern«. Was wollte der Prof damit? Hoffte er Erklärungen für Phänomene zu finden, die er vergeblich erforschte?

Felix blätterte durch ein abgegriffenes Lexikon mit merkwürdigen Namen, deren Herkunft mit keltisch, germanisch oder schlicht volkstümlich angegeben wurde. Einige von ihnen waren angestrichen, andere mit Zeichen oder Kommentaren versehen. Gleich auf einer der ersten Seiten fand Felix einen Namen, den der Professor mehrfach umkringelt hatte. Abnoba. Eine Göttin, die von den Kelten verehrt und als Beschützerin des Schwarzwalds angesehen wurde. »Überprüfen!«, hatte der Prof an den Rand geschrieben. Ein langer Artikel mit allen möglichen Fachausdrücken folgte, von denen Felix nichts verstand. Er steckte das Buch zurück ins Regal. Für heute hatte er genug. Auf diese Weise würde er nie herausbekommen, wo der Prof war. Was konnte er tun? Die Gastfreundschaft der Fehrenbachs annehmen und warten, bis er irgendwann zurückkam? Bestimmt käme es den Leuten sogar entgegen, wenn sie einen zusätzlichen Helfer bekämen. Die Arbeit war hart, und er hatte im Sommer genug gelernt, um sich nützlich machen zu können.

Mit einem Seufzer schloss er wie am Vortag Läden, Fenster und die Tür. Es war die letzte Möglichkeit, die ihm blieb. Aber was war in der Zwischenzeit mit Chiara? Niemand konnte voraussehen, was mit ihr geschehen würde. Gab es einen Punkt, von dem aus es kein Zurück mehr gab?

Felix spürte, wie Trotz und Verzweiflung in ihm kämpften. Es konnte nicht sein! Es durfte nicht sein! Er würde zeigen, dass er nicht aufgab. Die alte Luise hatte ein ganzes Leben lang nicht aufgegeben. Er würde es auch nicht tun. Er würde weiter nach Spuren suchen. Und er würde alle fragen, bis er das letzte Detail über den Prof herausbekommen hatte.

Auf dem Heimweg lief ihm Jonas entgegen. »Du wolltest doch Pfeifen lernen?«, fragte er und ließ eine Reihe von Tönen folgen, die sich anhörten wie die Begrüßung zweier Amseln, die sich schon lange nicht mehr gesehen hatten.

Felix war überhaupt nicht danach. »Schon, aber …«

»Probier's einfach mal. Die beiden Zeigefinger, leicht gekrümmt, den Mund nicht zu weit auf, Zunge nach hinten drücken und los.«

Felix konnte gar nicht anders, als mitzumachen. Doch so sorgfältig er auch Jonas' Anweisungen befolgte, es wollte ihm nicht gelingen, mehr aus seinem Mund hervorzulocken als ein asthmatisches Keuchen.

»Versuch es mal mit einer Hand. Und nicht so fest drücken.«

Felix probierte ein paarmal, doch das Ergebnis war unbedeutender als zuvor. »Irgendetwas mache ich falsch«, sagte er resignierend. Das Ganze erinnerte ihn an einen fruchtlosen Versuch mit einer Trompete, die er bei seinem Nachbarn in Herdern hatte ausprobieren dürfen. Mehr als ein blechernes Rauschen hatte er damals nicht hervorgebracht.

»Du musst üben«, ermunterte ihn Jonas und ließ einen Triller folgen, dem aus dem nahen Wald das keckernde Schimpfen eines Eichelhähers antwortete. Er lachte. »Siehst du, bei mir klappt auch noch nicht alles. Wer weiß, was der Vogel verstanden hat.«

Auch Felix musste lachen. Es tat ihm gut, etwas abgelenkt zu werden. Dennoch konnte er seine Sorgen nicht verdrängen. »Wer außer Kurt hatte denn noch mit dem Prof zu tun?«, fragte er, während sie nebeneinander ins Dorf gingen.

»Kann ich nicht sagen. Auf so etwas habe ich nicht geachtet. Der Prof war da, und auch wieder nicht. Was suchst du eigentlich?«

»Chiara ist krank, und ich glaube, dass der Prof der Einzige ist, der ihr helfen kann.«

»Der Einzige? Wir gehen immer zu Tante Lissy. Die kennt sich aus. Frag sie doch!«

Felix wusste nicht, wie er sich ausdrücken sollte. »Es ist etwas … schwieriger«, meinte er.

Jonas zuckte mit den Schultern. »Ich kenne mich nicht aus mit solchen Dingen. Für mich sieht sie irgendwie traurig aus.«

»Vielleicht hast du recht.«

*

Die Tischrunde, zu der dieses Mal auch Walter rechtzeitig gekommen war, sah erstaunt auf, als Felix nach dem Essen alle darum bat, noch einen Moment zu bleiben. Er hatte sich entschlossen, jede Gelegenheit zu nutzen, einen Hinweis auf den Verbleib des Professors zu bekommen. Er spürte, dass der Zeitpunkt gekommen war, dass er mit offenen Karten spielte. Felix räusperte sich, dann atmete er einmal tief durch und begann. Er erzählte, wie er Chiara kennengelernt hatte, dazu von ihren gemeinsamen Tagen und dem Ausflug zum Feldsee. »Sie ist ein besonderer Mensch. Jonas hat sie gleich als Fühlige bezeichnet, und das ist sie wirklich. Ich bin überzeugt, dass sie mehr sieht als die meisten anderen.« Er sah zu Urs hinüber, der wie die anderen gespannt zuhörte. »Was wirklich mit ihr los ist, weiß niemand. Urs und ich vermuten, dass sie in die andere Welt gegangen ist. Was immer das bedeutet.«

Es wurde unruhig. Die Erwachsenen wechselten erstaunte Blicke. »Die andere Welt?«, fragte Walter vorsichtig. »Was weißt du darüber?«

Felix gab sich einen Ruck. »Ich war dort. Ich habe sie gesehen. Ich habe ihren Gesang gehört.«

»Aber du bist zurückgekommen!«

»Chiara hat mich geführt und zurückgeholt. Seither weiß ich, dass das, was ich vorher und auch später erlebt habe, mehr ist als Fantasie. Die Anderwelt ist so real, wie alles nur real sein kann. Und jetzt suche ich den Weg, der mich auf eine Weise dorthin führt, dass ich verstehen kann. Dass ich Chiara finde und sie zurückhole. Dass ich mein Versprechen einlöse.«

Am Tisch wurde es still. Nur die Zwillinge ließen sich nicht stören und löffelten weiter an ihrem Apfelmus.

»Das ist alles.« Felix holte noch einmal tief Luft. Dann setzte er sich aufrecht hin. »Und jetzt könnt ihr über mich denken, was ihr wollt. Es ist mir egal, ob ihr mich für verrückt haltet. Ich bitte lediglich um eure Hilfe, damit ich den Professor finden kann.«

Felix senkte den Blick. Es kam ihm so vor, als betrachtete er sich selbst von der Seite. Dennoch fühlte er sich ganz bei sich wie nie zuvor. Alles war gesagt.

Das Schweigen hielt nicht lange an. Walter ergriff das Wort. »Unsere Hilfe bekommst du. Was ich über dich denke, willst du wissen? Ich danke dir für deine Offenheit. Du bist sehr tapfer.« Er stand auf, ging um den Tisch herum und legte Felix die Hand auf die Schulter. »Was du beschrieben hast, ist uns nicht neu. Jeder von uns hat auf seine Weise Erfahrungen gemacht, im Guten wie im Schlechten. Allerdings sprechen wir selten darüber. Wir haben gelernt, mit dem umzugehen, wie wir es hier vorgefunden haben. Es ist unsere Heimat, und hier werden wir bleiben. Das Andere ...« Walter dachte einen Moment nach. »Es ist eine Art gegenseitiger Respekt. Jedem von uns steht frei zu tun, was er will. Die Geschöpfe der Anderwelt lassen uns gewähren, solange wir das Gesetz einhalten.«

Felix hob den Kopf und sah ihn an. »Das Gesetz?«

»Das Gesetz, nach dem alles so ist, wie es ist. Es ist die erste und älteste Ordnung.«

»Das verstehe ich nicht.«

»Wer zu weit geht, wird es spüren. Menschen wollen immer

verstehen. Doch es gibt viele Wahrheiten, Wahrheiten, die der Mensch nicht kennt und sie deshalb verleugnet. Worte verwirren oft mehr, als sie nützen. Daher werden wir jetzt handeln.« Er ging zurück zu seinem Stuhl und setzte sich. »Was willst du wissen?«

Felix schwirrte der Kopf. Was Walter sagte, klang verwirrend. Er hätte gerne weiter nachgefragt, doch das hatte Zeit bis später. Jetzt galt es, die Gelegenheit zu nutzen und das Angebot anzunehmen.

»Ehe der Professor weggegangen ist, hat er sich immer mehr und immer intensiver mit der anderen Welt beschäftigt. Kurt ist es aufgefallen, der am meisten mit ihm zusammen war. Und ich habe in den letzten Tagen in der Wohnung des Professors Hinweise gefunden, die das bestätigen. Ich vermute, dass er sich in Bereiche vorwagt, vor denen er bisher zurückgeschreckt war. Ob er überhaupt noch lebt, können wir nur vermuten. Trotzdem will ich versuchen, ihn zu finden. Ich muss ihn finden! Wenn ich es nicht schaffe, ist Chiara verloren. Nur er kann mir helfen.«

»Was können wir tun?«, fragte Hanna, die die ganze Zeit über geschwiegen hatte.

»Jeder soll versuchen sich zu erinnern, was vor einem Jahr war. Auch Jonas. Auch Fabian und Marianne. Und ich werde noch die anderen fragen. Gibt es irgendetwas, irgendeine Andeutung, wohin der Prof gegangen sein könnte?«

»Ich nehme an, er wird die Strecken abwandern, auf denen er zuvor schon war. Ins Wiesental zum Beispiel«, meinte Walter. »Flussaufwärts kommt man nach Schönau, mit Glück auch nach Todtnau. Nach Süden hin, das kennst du. Zell, Hausen, Schopfheim.«

»Vielleicht ist er den Soldaten in die Hände gelaufen«, rief Jonas dazwischen. »Vielleicht sitzt er im Gefängnis!«

»Nein, das glaube ich nicht«, warf Kurt ein. »Dort gab es

für ihn nichts Neues zu entdecken. Wenn Wiesental, dann in Richtung Feldberg.«

»Gibt es Seitentäler?«, fragte Felix. »Überall, wo Wasser ist, ist die Möglichkeit, der Spinne zu entgehen.«

»Täler gibt es nicht zu viele.« Urs kratzte sich am Bart. »Aber Wasser. Bei Schönau kommt ein Bach von Osten herunter. Dort könnte er in Richtung Bernau gegangen sein. Aus der anderen Richtung kommt Wasser vom Belchen herunter. Die Todtnauer Wasserfälle. Vielleicht hat er versucht, nach Todtnauberg zu gelangen.«

»Was ist mit dem Böllenbach?«, fragte Jonas. »Der ist keine Stunde von hier!«

Walter hob die Hand und bat um Ruhe. »So kommen wir nicht weiter. Es würde Monate dauern, dass alles abzulaufen. Ich denke, dass Felix etwas anderes gemeint hat. Es geht nicht um die Möglichkeiten, sondern um konkrete Hinweise. Etwas, von dem der Prof erzählt hat. Ein Berg. Ein Ort. Eine Hütte.«

»Er war mal bei der alten Sägemühle, drüben, auf der anderen Talseite in Fröhnd«, sagte Lissy.

»Ich weiß, dass er öfter den Hang entlang nach Ittenschwand gegangen ist. Er hat erzählt, dass er einen Übergang ins Kleine Wiesental finden wollte. Aber das ist lange her«, meinte Kurt.

»Und auch wenig konkret«, meinte Walter. »Felix, ist dir etwas aufgefallen, als du in seinem Haus warst?«

Felix schüttelte den Kopf. Seine Zuversicht nahm mit jedem weiteren gut gemeinten Vorschlag ab. Das alles war viel zu vage. Auf diese Weise bestand wenig Hoffnung. »Kurt, was war es noch einmal, was er zu dir zum Abschied gesagt hat?«

»Wo Luft und Feuer zusammenkommen und wo Erde über dem Wasser schwebt, will ich es finden.«

Alle schwiegen und sahen sich verständnislos an. »Wo Erde über dem Wasser schwebt? Was soll das denn bedeuten?«, fragte Karl, der als Erster wieder Worte fand.

»Ja, wie soll das gehen?« Jonas schüttelte den Kopf. »Erde sinkt im Wasser doch ab! Vielleicht schwimmt sie eine Weile, wenn sie leicht und trocken ist. Aber nicht mehr.«

»Für mich hört sich das nach einer Insel an«, meinte Hanna. »Es klingt irgendwie – poetisch, finde ich.«

»Eine Insel, daran habe ich auch schon gedacht«, meinte Felix. »Vielleicht hat sich der Prof nur besonders blumig ausgedrückt.« Er dachte daran, wie sich seine Skizzen und Einträge verändert hatten. Er musste Dinge erlebt haben, denen nüchterne Zahlen und Messungen nicht mehr gerecht wurden. »Nehmen wir mal an, es stimmt – gibt es hier irgendwo eine Insel?«

»Eine Insel?« Walter schüttelte den Kopf. »Es gibt hier nicht einmal einen See in der Nähe. Oder weiß jemand von euch etwas darüber?«, fragte er in die Runde.

»Titisee!«, rief Jonas eifrig. »Schluchsee!«

»Klar, und noch ein paar mehr. Aber die sind alle viel zu weit weg«, meinte Walter.

»Wir könnten Liesel und Günter fragen«, schlug Lissy vor. Sie wandte sich zu Felix. »Die beiden kommen aus der Gegend, wir haben sie damals getroffen, als wir das Wiesental heraufkamen und nach einem Ort gesucht haben, an dem wir leben können.«

»Lissy hat recht«, nickte Kurt. »Wenn wir ehrlich sind, kennen wir die Gegend um uns herum nur wenig. Warum sollte es nicht irgendwo in der Nähe einen See geben, von dem wir nichts wissen?«

»Stimmt, und der Prof hat ihn gefunden!«, rief Jonas. »Soll ich schnell rüberlaufen und einen der beiden holen?«, schlug er vor.

Hanna nickte. »Noch besser ist es, Felix geht gleich mit. Die beiden haben ein Neugeborenes zu Hause. Die werden die kleine Mona nicht gerne alleine lassen.«

»Das machen wir!« Felix stand auf. »Je schneller ich Gewissheit habe, desto besser. Wir sind gleich wieder da!«

*

Eine Viertelstunde später musste Felix zugeben, dass er sich unter »schnell rüberlaufen« das Falsche vorgestellt hatte. Jonas hatte ihn zunächst in Richtung Skilift und vorbei am Haus des Professors geführt, war dann aber auf Umwegen die alte Straße weitergelaufen. »Ich dachte, die wohnen auch in Hof?«, meinte er schnaufend, während sie sich entlang eines ehemaligen Forstweges immer weiter von dem Ort entfernten.

»Nicht direkt«, lachte Jonas. »Sie leben in einem Hof im Nachbardorf. Liesel hat erst vor ein paar Tagen ein Mädchen bekommen, deshalb war auch noch keiner da, um dich und Urs zu begrüßen.«

»Wie weit ist es noch?«

»Nicht weit. Dort unten!«

Sie waren auf einem schmalen Hügelkamm oberhalb von Hof angekommen. Nach rechts ging ein Waldstück steil weiter nach oben. Über den Baumwipfeln ragten die Rotoren eines riesigen Windrades hervor. Zur anderen Seite fiel das Gelände steil ab. Von Weitem blitzte im Tal das Wasser der Wiese in der Abendsonne. Auf halber Höhe duckten sich ein paar Höfe an den Berg.

»Ittenschwand«, erklärte Jonas, als sie den Rest des Weges auf der früheren Fahrstraße weitergingen. »Noch ein Stück weiter unten ist die Brücke, über die ihr gekommen seid.«

»Dann hätten wir auch hier hochkommen können! Hat Urs das nicht gewusst? Das wäre doch viel einfacher gewesen!«

»Schön wär's! Urs hat das sehr genau gewusst. Hinter Ittenschwand ist Schluss. Da geht es nicht hoch und nicht runter. Sieh, Günter ist im Hof!«

Der Mann mit der Axt hatte Felix und Jonas bereits erspäht. Er ließ sich in seiner Arbeit nicht stören, bis die beiden herankamen. »Salli Jonas, wie geht's?« Mit einem kräftigen Schlag spaltete er die Scheite auf dem Holzklotz in zwei Teile, die zu beiden Seiten herunterfielen. »Und du bist Felix, stimmt's?« Er hob eines der Stücke auf und schlug erneut zu.

Felix nickte und erwiderte den Gruß. »Woher weißt du, wie ich heiße?«

Die Holzscheite wurden mit jedem Schlag kleiner, bis aus dem groben Klotz handliche Ofenstücke wurden. Jonas steckte die Finger in den Mund und pfiff eine Tonfolge, die Felix an das Quietschen der Räder der Freiburger Straßenbahn in den Kurven erinnerte. »Felix!«, lachte Jonas. »Und noch ein bisschen mehr.«

Günter reichte Felix die Hand. Sie war kräftig und voller harter Schwielen. Der Mann war Felix auf Anhieb sympathisch. Er war groß gewachsen, hatte blonde lockige Haare und trug derbe Hosen und ein verwaschenes T-Shirt. Sein Gesicht war rosig und verschwitzt. Über seine linke Wange zog sich eine Narbe. »Ich weiß es seit gestern. Wir wären schon noch gekommen. Aber momentan braucht Liesel Ruhe. Die beiden schlafen gerade.«

Er griff nach einem weiteren Scheit, setzte sie auf den Klotz und schlug wieder zu. »Holzhacken stört sie nicht. Das gehört einfach dazu.« Erneut fielen zwei Stücke zu Boden. »Außerdem brauchen wir derzeit viel warmes Wasser. Wollt ihr etwas essen? Es gibt noch Brot und Salat.«

»Nein, nicht nötig«, bedankte sich Felix. »Ich brauche eine Auskunft.«

»Eine Auskunft? Von mir?«

»Die Fehrenbachs haben erzählt, dass du und Liesel euch hier gut auskennt. Ich meine«, er suchte nach den geeigneten Worten, »von früher her. Wie alles war, bevor das große Unglück kam.«

»Unglück?« Günter schlug die Axt in den Hackklotz, dann warf er das fertig gehackte Holz in einen Korb. »Das kann jeder sehen, wie er will. Für mich kam das grade recht. So habe ich wenigstens meine Ruhe. Der ganze Touristenrummel war ja nicht mehr auszuhalten. Ich habe genug gesehen. Sogar eine Seilbahn wollten sie zum Belchen hoch bauen. Von Schönau aus. Muss man sich mal vorstellen. Alles verschandelt!«

Felix wusste nicht, was er erwidern sollte. Er warf einen Seitenblick auf Jonas, der offensichtlich solche Äußerungen schon öfter gehört hatte. Der Junge kam ihm zu Hilfe. »Du hast recht, Günter«, beschwichtigte er ihn. »Wir wissen, dass dein Vater sich früher sehr dafür eingesetzt hat, dass der Wald möglichst unberührt bleibt.«

»Jawohl. Und jetzt ist es so. Und bleibt hoffentlich so für alle Zeiten! Aber weshalb seid ihr gekommen? Was wollt ihr wissen?«

»Gibt es hier in der Nähe einen See?«

Günter sah überrascht auf. »Ein See? Klar, gibt es einen.«

Felix schlug das Herz höher. »Wo ist er?«

»Gar nicht weit. Vielleicht zehn, 15 Kilometer von hier. Der schönste, den ich kenne. Leider kann man dort nicht mehr hin.« Er trank einen kräftigen Schluck Wasser aus einer Flasche, die er unter der Bank an der Hauswand hervorholte. »Wollt ihr auch?« Er trank erneut und fuhr fort. »Der Nonnenmattweiher. Als ich noch klein war, sind meine Eltern oft mit uns Kindern hingefahren. Wir konnten dort gut schwimmen. Im Sommer war das besser als jedes Schwimmbad.«

»Nonnenmattweiher? Seltsamer Name. Gibt es dort ein Kloster?«

Günter lachte. »Keine Ahnung. Früher vielleicht. Meine Mutter hat immer die Geschichte von den Nonnen erzählt, die als Strafe im Wasser versenkt wurden, weil sie nicht fromm genug waren. Ist natürlich alles Unsinn. Aber als Kind hat mich das ganz schön gegruselt. Ich habe mir manchmal vorgestellt, da greift jemand aus der Tiefe nach mir und zieht mich runter. Meine Schwester und ich haben immer ›Inselsee‹ gesagt.«

»Der See hat eine Insel?«

»Ja, obwohl er so klein ist. Da schwimmen jede Menge Pflanzen und Torf. Sogar kleine Bäume sind darauf gewachsen.«

»Erde, die über dem Wasser schwebt!« Felix ballte die Fäuste. »Der Professor hatte genau recht mit dem, was er sagte. Schöner kann man es nicht ausdrücken! Gibt es dort vielleicht eine heiße Quelle? Ein Spalt in der Erde, durch den heiße Luft kommt?«

Günter runzelte die Stirn. »Davon weiß ich nichts. Aber willst du mir nicht endlich sagen, worum es geht?«

»Ja, klar!« Felix war so aufgeregt, dass er eine Weile brauchte, ehe er Günter das Nötigste erzählen konnte. Als er geendet hatte, sah Günter ihn ernst an. »Eine unglaubliche Geschichte! Und du hoffst, dass der Prof dir helfen kann?«

»Er ist meine letzte Hoffnung.«

»Es wird schwer sein, dort hinzukommen. Wenn überhaupt. Ich kenne keinen, der seit dem großen Knall dort war.«

»Ich werde einen Weg finden!«, rief Felix. »Wenn der Prof es geschafft hat, werde ich es auch schaffen!«

Auf Günters Gesicht spiegelte sich eine Mischung aus Ungläubigkeit und Bewunderung. »Es könnte dein Tod sein«, sagte er langsam.

*

Zurück im Haus der Fehrenbachs steckte Felix mit seiner Begeisterung sofort alle an. »Das ist eine gute Nachricht«, meinte Hanna und nahm ihn in den Arm. »Marianne und ich werden dir alles mitgeben, was du brauchst!«

»Ich habe noch ein paar Bildbände und Karten vom Schwarzwald, die habe ich von früher aufgehoben«, meinte Walter. »Ich hole sie gleich.«

Urs kratzte sich am Bart. »15 Kilometer. Das kann dauern. Du weißt nicht, was dich erwartet. Und zurück musst du auch wieder. Die Straße wirst du nicht einfach so gehen können.«

»Ich begleite ihn natürlich«, sagte Jonas. »Er wird einen Führer brauchen!«

Walter kam kurz darauf mit zwei Büchern und einer Karte zurück. »Hier!« Er legte alles auf den Tisch.

»Das Wiesental, Perle des Hochschwarzwalds« und »Die schönsten Ausflugsziele rund um den Belchen« las Felix. Sofort schlug er das Inhaltsverzeichnis auf. In beiden Büchern gab es Einträge zu dem See, der abwechselnd als Naturwunder, Landschaftsschutzgebiet und mystischer Kraftort beschrieben wurde. Die Fotos waren ähnlich und zeigten den Weiher, dessen Wasser am Fuße eines Einschnitts im Fels in der Sonne leuchtete. Der Teil des Ufers, der abgebildet war, war dicht mit Wald umstanden. Gut erkennbar gab es einen dichten grünen Bewuchs, der wie ein Teppich an der Seite des Sees zu sehen war.

»Die Insel!«, rief Felix. »Ich habe sie gefunden!«

Noch eine ganze Weile, nachdem die übrigen sich schlafen gelegt hatten, brütete Felix zusammen mit Kurt und Urs über den Skizzen, die die Beschreibung des Sees ergänzten. Auf ihnen waren die Anfahrtswege bis zu einem Parkplatz ganz in der Nähe eingezeichnet. »Das nützt dir nicht viel«, meinte Urs. »Ich glaube nicht, dass du da so einfach durchkommst. Du wirst deinen eigenen Weg finden müssen.«

»Das größte Problem ist der Bergkamm hinüber ins Kleine Wiesental«, meinte Walter. »Es geht dort ziemlich hinauf. Wir haben anfangs natürlich alles erkundet. Aber es scheint, als sei der Waldrand hinter unseren Matten die Grenze. Dahinter wird es gefährlich.«

»Wasser gibt es genug«, meinte Urs, der sich inzwischen die große Übersichtskarte genauer anschaute. »Sogar entlang der Straße nach Neuenweg.«

»Stimmt, der Böllenbach. Jonas hat schon davon gesprochen. Das könnte ich versuchen.«

»Aber nach der Hälfte des Weges ist Schluss. Da kommt der Bach den Belchen runter. Und um den musst du sowieso einen großen Bogen machen!«

»Der Belchen!«, rief Felix. »Sind wir hier so nah daran?«

»Zu nah«, meinte Walter.

*

Früh am anderen Morgen lief Felix zum Haus des Professors. Jetzt, da er von dem See wusste, wollte er noch einmal nachsehen, ob der Prof nicht doch einen Hinweis hinterlassen hatte. Als Erstes las er ein weiteres Mal die hinteren Seiten des Tagebuchs. Doch die Aufschriebe blieben verworren und vieldeutig. Der Nonnenmattweiher war nirgendwo erwähnt, ebensowenig wie Anhaltspunkte zu Erkundungen, die der Prof in den Wochen vor seinem endgültigen Verschwinden unternommen hatte. Besonders genau widmete sich Felix den Karten. Den See fand er gleich mehrfach auf Wanderkarten in verschiedenen Maßstäben. Felix maß die Strecke nach. Günter hatte gut geschätzt. Nach der Legende waren es knapp zehn Kilometer Luftlinie von Hof aus in Richtung Nordwesten. Eine Straße über den Bergkamm ins Kleine Wiesental gab es außer der, über die sie gestern Abend gesprochen hatten, erst wieder im Süden bei Zell. An mehreren Stellen hatte der Prof Zeichen in die Karte gemalt. Die Pfeile, Linien und Kringel sahen ganz ähnlich aus wie die, die Felix' Onkel auf der Karte eingezeichnet hatte, die er auf dem Weg durch das Simonswälder Tal bei sich hatte. Mit Schrecken erinnerte er sich, wie er die Warnhinweise falsch verstanden hatte und beim Aufstieg nach Sankt Märgen mit knapper Not dem Unheil entronnen war. Rund um den See gab es eine Reihe von Kreuzen, die nur an einer Stelle unterbrochen war. Auf der Höhe dahinter erkannte Felix einen kleinen Blitz, um den sich kleine Striche gruppierten wie die Strahlen einer Sonne. Zum Belchen hin waren drei Ausrufezeichen eingezeichnet, eines davon in roter Farbe. Felix erschrak, als er sah, wie nahe der Nonnenmattweiher am Belchen lag. Konnte es wirklich sein, dass der Prof sich so dicht an die tödliche Gefahr herangewagt hatte? Felix schüttelte energisch seine Zweifel ab. Das alles würde sich finden, wenn er erst einmal dort war. Wichtiger war, einen Weg zu finden. Er konzentrierte sich nun auf jeden Pfeil, jede Schraffur, jede Linie. Nach einer halben Stunde kristallisierten sich drei Möglichkeiten heraus. Den großen Umweg zurück durch das Wiesental, an Schopfheim vorbei und im Tal der Kleinen Wiese nach Norden, verwarf er schon nach kurzem Nachdenken. Selbst wenn der Weg einfach wäre, würde es viel zu lange dauern. Und wie sollte er unbemerkt an den Soldaten vorbeikommen? Bestimmt waren die Einheiten inzwischen verstärkt worden. Mit Sicherheit hatten die Befehlshaber erhöhte Wachsamkeit befohlen, vielleicht suchte man sie sogar immer noch. Ein zweites Mal würde er nicht davonkommen.

Ob er es direkt über den Kamm versuchen sollte? Auf der Karte mit dem größten Maßstab gab es mehrere blaue Linien, Bäche, von denen die wenigsten einen Namen hatten. Sie sahen durchaus geeignet aus, wenngleich sich Felix an die mühevolle Suche erinnerte, als er aus dem Schwarzatal hinüber nach Sankt Blasien wollte. Wenn er Pech hatte, konnte es Tage dauern. Und es war keineswegs sicher, dass es in den oberen Regionen einen Durchschlupf durch das Spinnennetz geben würde. Blieb die Landstraße mit dem

Böllenbach an seiner Seite. Felix verfolgte die Strecke Stück für Stück. Der erste Teil schien unproblematisch. Doch dann kam das, wovor Walter schon am Abend zuvor gewarnt hatte. Auf halbem Weg beschrieb der Bach einen Bogen nach Norden, zum Belchen hin. Spätestens dort würde Felix wieder auf sich gestellt sein. Und es war nahe. »Zu nah«, hatte Walter gesagt. Felix faltete die Karte mit den Wegzeichen und steckte sie ein. Die übrigen rollte er zusammen und versorgte sie. Ein letzter Blick, dann schloss er die Läden, Fenster und Tür und lief zurück ins Dorf.

Urs saß zusammen mit Chiara und Oma Luise am Frühstückstisch. Die Alte mühte sich geduldig, dem Mädchen etwas warme Milch einzuflößen. Sie hatte einen Becher halb gefüllt und hielt ihn ihr so hin, dass Chiara mit den Lippen den Rand berührte. Ein paar Tropfen rollten über ihr Kinn herab, doch dazwischen fuhr ihre Zunge immer wieder heraus und leckte. Felix spürte einen Stich im Herz. So wie Chiara vor ihm saß, glich sie einem kleinen Kind, das noch nicht gelernt hatte, selbstständig zu essen. Oder einem alten Menschen, der es gegen Ende seines Lebens wieder vergessen hatte. Mehr denn je wurde ihm deutlich, dass er keine weitere Minute mehr zögern durfte. Er hatte sich entschieden. Er würde noch heute aufbrechen.

*

Keine zwei Stunden später verabschiedete sich Felix von Hanna. Sie hatte es sich nicht nehmen lassen, ihn mit Lebensmittel für eine Woche auszustatten. »Dann wirst du zurück sein und erfolgreich gewesen sein!« In seinen Rucksack hatte er außerdem das Nötigste eingepackt – Ersatzkleidung, die Decke, die er wie einen Schlafsack benutzen konnte, sein Messer, ein kleines Essgeschirr, ein Seil. In der Außentasche steckte die Karte des Professors, den Wegweiser trug er in der Hosentasche. Oma Luise hatte ihm zum Abschied ein winziges Strohpüppchen geschenkt, das sie mit wenigen geschickten Handgriffen zusammengebunden hatte. »Dein guter Geist«, lächelte sie sanft. »Er hilft, wenn du an ihn glaubst!« Felix bedankte sich herzlich. »Ich will es versuchen«, sagte er, obwohl er im Stillen an der kindlichen Vorstellung der alten Frau zweifelte. Wenigstens nahm er auf diese Weise ein Stück greifbare Erinnerung mit sich. Die wenigen Begegnungen mit ihr hatten ihm den Mut und die Zuversicht gestärkt. Beides würde er brauchen. Urs konnte man deutlich ansehen, wie schwer es ihm fiel, Felix nicht begleiten zu können. »Ich will ehrlich zu dir sein«, hatte er gesagt. »Mit dem kaputten Fuß bin ich mehr Last als Hilfe. Wenn du zurückkommst, musst du mir alles erzählen! Ich warte auf dich!«

Der Abschied von Chiara zerriss ihm fast das Herz. Während sie mit leerem Blick auf der Bank neben Luise saß, streichelte er ihr sanft über die Wange. In seine Trauer mischte sich Trotz. »Ich werde es schaffen!«, sagte er leise. »Und wenn es mein eigenes Leben kostet.«

»Ich werde nach ihr sehen!«, sagte Luise. »Und du, sei vorsichtig!«

Felix bat Hanna, die anderen von ihm zu grüßen. »Sag ihnen, ich konnte nicht länger warten. Sie werden es verstehen.«

»Das werden sie!«, rief Hanna hinter ihm her und winkte.

Noch während er packte, hatte Felix sich entschieden, den Weg den Bach entlang einzuschlagen. Alles andere hätte zu lange gedauert und nicht einmal dann die Gewähr geleistet, dass er überhaupt einen Weg fand. Natürlich boten auch die Straße und der Bach keine Garantie. Doch er musste es riskieren.

Jonas hatte sich nicht davon abbringen lassen, Felix wenigstens bis ins Tal zu begleiten. Die beiden verließen den Ort auf demselben Weg, auf dem sie gekommen waren. Leo sprang aufgeregt um sie herum. Er war seit Felix' Rückkehr von dem Haus des Professors nicht mehr von seiner Seite gewichen, so als ob er geahnt zu haben schien, was ihnen bevorstand. Laika begleitete sie ein Stück, bis die Häuser außer Sicht waren, dann rieb sie ihre Schnauze an der ihres Sohnes, bellte kurz auf und rannte in großen Sprüngen zurück.

Kurz bevor sie die Stelle erreichten, an der sie von den Höfen mit den Ringelblumen gekommen waren, hob Jonas die Hand und blieb stehen. »Es gibt hier eine Abkürzung durch den Wald. Der Weg ist steiler, aber so sparst du mindestens eine halbe Stunde.«

Der Pfad, auf den er Felix führte, war fast nicht zu erkennen. Zwischen den Bäumen breitete sich überall meterhoher Farn aus. Während er mit beiden Armen die großen Wedel teilte, um voranzukommen, war es Felix, als schwimme er durch ein Meer von Grün. Die wenigen Sonnenstrahlen, die sich unter das dichte Laubdach verirrten, ließen die filigranen Blättchen fast durchsichtig scheinen. Jonas folgte dicht hinter ihm, Leo suchte wie immer seinen eigenen Weg. Je weiter sie voankamen, desto steiler wurde es. Der Boden wurde feuchter und rutschiger, der Farn wurde lichter und ging allmählich in Gras und Moos über. Mit einem Mal stand Felix bis zu den Knöcheln im Wasser. Es schmatzte und gurgelte, als er seinen Schuh herausziehen wollte.

»Es geht nicht weiter«, meinte er zu Jonas. »Wie weit ist es noch?«

»Eigentlich müssten wir schon am Bach sein. Wir müssen es zumindest versuchen. Es gibt keinen anderen Weg.«

Der Blick nach links und rechts bestätigte ihm das. Zu beiden Seiten standen die Bäume und Sträucher so dicht, dass an ein Durchkommen nicht zu denken war. Dazwischen lagen überall abgebrochene feuchte Äste, dick mit Moos bewachsen. Ein paar Meter weiter konnte Felix durch herabhängende Ranken den Bach erkennen. Der Uferschlamm wurde tiefer. Mit jedem Schritt sank Felix mehr ein. »Es ist besser, wenn wir uns an der Hand fassen«, schlug er vor. Je näher sie kamen, umso deutlicher wurde, dass der Bach seinen Lauf in die Breite ausgedehnt hatte. Zwischen den großen Findlingen, die überall verstreut lagen, hatte sich Holz angestaut. Eine verfilzte Sperre aus Gras, Laub, kleinen Zweigen zwang das Wasser, sich daran vorbei am Waldrand einen Weg zu suchen.

»Die Landstraße ist auf der anderen Seite«, sagte Jonas. »Dort ist es einfacher.«

»Erstmal müssen wir hinüberkommen. Gibt es eine Brücke?«

Jonas schüttelte den Kopf. »Ein gutes Stück weiter den Bach hinunter. Hier nicht. Wir müssen durch das Wasser gehen.«

Felix deutete bachaufwärts. »Komm, wir gehen ein Stück nach links. Dort scheint es flacher zu sein.« Er wendete sich um und ging ein paar Meter zurück in den Wald. Der Hang hinter dem Farnweg, den sie gekommen waren, war so steil, dass sie an nur wenigen Stellen einen Tritt fanden. Mit beiden Händen mussten sie sich an überhängenden Zweigen festhalten und sich entlanghangeln. Dafür wurde das Bachbett zu ihrer Rechten tatsächlich flacher. Felix zog Schuhe und Strümpfe aus und wickelte die Hosenbeine hoch. »Hier können wir es versuchen.«

Jonas tat es ihm gleich. Gegenseitig halfen sie sich, auf den schlüpfrigen Steinen das Gleichgewicht zu halten. Wenn die Steine zu weit auseinanderlagen, fassten sie sich an den Händen und wateten vorsichtig weiter. Felix hatte keine Lust auszurutschen und mit nassen Kleidern weiterzulaufen. Obwohl der Spätsommer sich seit den beiden Gewittertagen von seiner besten Seite zeigte, war das Wasser eiskalt. Zudem lag der

Taleinschnitt im Schatten und war unangenehm kühl. Felix war erleichtert, als sie endlich das andere Ufer erreichten. Ein paar Meter oberhalb ragten die Leitplanken aus dem Gestrüpp hervor. Sie kletterten die Stützmauer nach oben und zogen ihre Schuhe an. Leo schüttelte sich und ließ einen Sprühregen auf sie niederschweben.

»So eine Gemeinheit!« Felix musste lachen. »Jetzt haben wir uns so angestrengt, nicht nass zu werden!« Leo bellte zweimal kurz auf und machte sich sofort im Unterholz zu schaffen.

»Um Leo beneide ich dich. Einen tollen Hund hast du«, sagte Jonas. »Schade, dass wir keinen zu Hause haben.«

»Ohne ihn wäre ich nicht hier. Und umgekehrt.« Während sie die Straße bergaufwärts weitergingen, erzählte er, wie er zu ihm gekommen war. Als er vergeblich versucht hatte, einen der Hunde zu sich zu rufen und wie Leo schließlich von selbst gekommen war.

»Willst du damit sagen, dass er dich ausgesucht hat?« Jonas sah ihn ungläubig an. »Dann muss er aber ein ganz besonderes Tier sein!«

»Er ist mein Freund.«

Die Freude über den befestigten Weg dauerte nur kurz. Schon wenige Meter weiter wand sich die Straße dicht um einen Felsabhang. Dort waren große Felsbrocken heruntergestürzt, die bis hinunter zum Bach den Weg blockierten. Sie hatten ein paar der Fichten mit sich gerissen, die sich an der oberen Kante festgekrallt hatten.

»Mir bleibt nichts erspart«, seufzte Felix, als er vor dem Hindernis stand. Er sah den Hang nach oben. Der Abbruch erinnerte an eine offene Wunde, die erst kürzlich geschlagen worden war. Der Bewuchs war spärlich, über den nackten Fels rieselte Wasser. Ein paar größere Felsbrocken hingen verdächtig wackelig über ihm.

»Das war im Frühjahr noch nicht«, meinte Jonas und schaute misstrauisch nach oben.

»Du warst schon einmal hier?«

»Ja, mit Vater. Einmal im Jahr gehen er und die anderen Männer unser Wohngebiet ab, um zu sehen, ob sich etwas verändert hat. Vor allem natürlich wegen der Spinne.« Jonas kickte einen Stein von der Straße hinunter in den Bach. »Das ist auch der Grund, warum ich bis hier mit dir mitgehen durfte. Mama macht sich immer Sorgen.«

Felix kletterte auf einen Erdhaufen und reckte den Hals, um weiter nach oben sehen zu können. »Sie hat recht. Das sieht ganz schön gefährlich aus. Die Felsen dort oben können jeden Moment absacken. Weißt du, wie es dahinter aussieht?«

»Ja … nein …« Jonas druckste etwas herum. »Ich …«

Felix ahnte, worum es ging. »Du willst wieder umkehren, stimmt's?«

»Natürlich nicht!« Jonas gab sich empört. »Am liebsten würde ich den ganzen Weg mit dir gehen. Das ist bestimmt ein tolles Abenteuer! Aber Mama …« Er wand sich. »Ich musste ihr versprechen, nicht weiter als bis zum Parkplatz mitzugehen. Und der kommt schon bald. Hinter der nächsten Kurve.«

Felix lächelte. »Ich verstehe. Das musst du natürlich. Und wenn du sowieso gleich umkehren musst, brauchst du auch nicht mit mir hier drüberzuklettern.«

»Ich helfe dir gern!« Jonas' Protest klang schon etwas schwächer.

Felix sah ihm an, wie erleichtert er war. »Das weiß ich«, tröstete er ihn. »Du hast mir schon viel geholfen. Ohne dich wäre ich nicht so schnell hierhergekommen.«

»Ehrlich?« Jonas strahlte.

»Ja, klar! Wirst du es denn alleine schaffen, wieder über den Bach und durch den Sumpf zu kommen?«

»Ich laufe die Straße entlang. Das ist weiter, aber das macht mir nichts.«

»Dann sieh zu, dass du zurück bist, ehe es dunkel wird. Eines kannst du mir noch verraten. Der Parkplatz – ist dort euer Gebiet zu Ende?«

»Fast. Ein Stück weiter geht es noch bis zum Wasserfall. Weiter ist niemand gegangen. ›Das bringt uns nichts‹, hat Vater gemeint.«

»Na gut.« Felix gab Jonas die Hand. »Komm gut nach Hause und grüße alle. Drück mir die Daumen!«

»Das werde ich.« Jonas strahlte. Er war sichtlich stolz, dass er Felix hatte begleiten dürfen. »Bis bald.«

*

Felix rückte seinen Rucksack zurecht, suchte nach einer geeigneten Stelle. Er winkte noch einmal, dann konzentrierte er sich auf den Aufstieg. Die ersten Schritte schaffte er ohne Schwierigkeiten, auch wenn ihm Gesicht und Hände von den Brennnesseln juckten, die sich überall breitgemacht hatten. Die herabgestürzten Bäume machten ihm größere Probleme. Die dicht mit Nadeln besetzten großen Wedel waren so ineinander verkeilt, dass es kein Durchkommen gab. Auf einigen der Äste lagen Steine, sodass er befürchten musste, dass sie ihm entgegenschlugen, wenn sich die Spannung löste. Er entschloss sich, möglichst nahe am Abbruch entlangzuklettern und zu hoffen, dass nicht ausgerechnet jetzt ein weiterer Steinschlag von oben herunterkam. Er atmete erst auf, als es ihm gelungen war, sich zwischen einem der riesigen Wurzelteller und dem Fels hindurchzuzwängen. Dahinter schien es einfacher zu werden. Doch der Hang blieb tückisch. Kaum hatte er die Hindernisse überwunden, gab der Boden unter ihm nach. Er verlor den Halt und rutschte in einer Wolke von

Steinen und Erde mehrere Meter abwärts, schlug sich sein Knie an einem Fels an und konnte sich erst kurz oberhalb des Baches fangen. Für einen Moment blieb er benommen liegen, dann kletterte er ein Stück nach oben zurück auf die Straße.

Vorsichtig ging er ein paar Schritte, doch es schien ihm außer ein paar Schrammen an den Händen und am rechten Bein nichts Ernsthaftes passiert zu sein. Er prüfte kurz den Rucksack, dann ging er los. Hinter dem Felssturz wurde das Tal deutlich enger. An manchen Stellen zwängten sich die Fahrbahn und der Bach eng nebeneinander durch den steilen Einschnitt. Felix war froh, auf der Straße gehen zu können. Zwar war von der Fahrbahn nicht mehr viel zu sehen, dennoch war es allemal angenehmer, hier zu laufen, als sich durch das Bachbett mit nassen Füßen vorwärts kämpfen zu müssen.

Obwohl über Felix blauer Himmel zu sehen war, war es um ihn herum schattig und kühl. Er war daher froh, als er einige Kurven weiter an eine Ausbuchtung kam. Der Hang trat an dieser Stelle ein Stück zurück und ließ Raum für ein Stück Wiese. Ein paar wenige rote und gelbe Blütentupfer hoben sofort seine Stimmung. Ein verbeultes Schild deutete auf einen ehemaligen Wanderparkplatz hin, wobei Felix sich fragte, wohin die Besucher damals gelaufen waren. Über den Bach gab es keine Brücke, und um die Lichtung herum stand der Wald dicht und ließ keinen Durchgang. Die beiden Bänke in der Mitte waren nicht mehr zu gebrauchen. Die Steinplatte davor, die früher als Tisch gedient hatte, war zusammengebrochen und lag auf dem Boden. Felix suchte sich einen einigermaßen flachen Stein am Rande der Wiese, auf dem er sitzen konnte. Hier schien die Sonne bis ins Tal herunter. Hanna hatte ihm ein paar Brote gemacht. Eines davon war mit Butter und Käse bestrichen, zwischen den beiden Scheiben lagen Salatblätter und ein Stück Gurke. Der Geruch stieg Felix in die Nase, und er merkte erst jetzt, wie hungrig ihn die letzten Stunden gemacht hatten. Die Wasserflasche trank er halb leer und füllte sie am Bach sofort wieder nach.

Nach seiner Schätzung musste es irgendwann am Nachmittag sein. Günter hatte von zehn Kilometern als der kürzesten Entfernung von Ittenschwand zum Nonnenmattweiher gesprochen. Auf der Straße dauerte es mit Sicherheit um einiges länger. Schließlich musste er damit rechnen, dass er im weiteren Verlauf des Wegs auf weitere Hindernisse stoßen würde. Der Belchen rückte näher, und bald würde er sich von dem Bach als seinen Begleiter verabschieden müssen. Den Professor würde er heute nicht mehr finden. Es sah so aus, als müsse er sich auf eine Nacht im Freien einrichten. Trotzdem wollte Felix vor Sonnenuntergang so weit wie möglich vorwärtskommen. Er packte den Beutel mit dem Essen ein und ging weiter. Die nächste Stunde verlief wenig abwechslungsreich. Das Tal blieb eng, manchmal rückte der Wald bis an den Bach heran, dann wieder öffneten sich kleine Buchten, in denen an einer Stelle ein Heuschober stand.

Der Wasserfall war ganz anders, als Felix ihn sich vorgestellt hatte. Die Stelle, an der der Bach herunterstürzte, bestand aus nicht mehr als zwei Felsen, die sich nach oben hin aneinanderlehnten und zwischen ihnen einen schmalen Einschnitt ließen. Nach unten hin trat der Stein zurück und bildete eine Höhlung, über dessen Kante lange Moosbärte herabhingen. Am Fuße der Felsen hatte das Wasser einen kleinen See ausgewaschen, aus dem etliche bizarr verformte Wurzeln und Äste herausragten. Die Straße, die ein gutes Stück lang immer höher über die Bachschlucht angestiegen war, war an dieser Stelle aus dem Hangfels herausgeschlagen, beschrieb einen Bogen und näherte sich wieder dem Wasser. Danach wurde das Tal zu beiden Seiten deutlich weiter. Hinter einer kleinen Brücke, die Felix fast übersehen hätte, führte ein Weg zu einer großen Weidenlichtung. An einer dunkelbraunen

Holzhütte stand ein alter Traktor, daneben ein paar in Plastik eingeschweißte riesige Heuballen. Ein paar Krähen flogen vom Dach auf und strichen über den nahen Wald davon. Felix fragte sich, warum die Fehrenbachs ihr Gebiet nicht bis hierhin ausgedehnt hatten. Die Wiese unterschied sich in nichts von denen, die sie in Hof um ihre Häuser herum bewirtschafteten. Ob es zu beschwerlich war, hierherzukommen und das Heu nach Hause zu schaffen? Oder gab es andere Gefahren? Felix war gewarnt worden, sich nicht zu nahe an den Belchen heranzuwagen. War er bereits zu weit vorgedrungen? Er streifte den Rucksack ab und breitete die Karte aus. Sie war so detailliert, dass er seinen bisherigen Weg gut nachverfolgen konnte. Die Abkürzung durch den Wald hinunter zum Bach, der Wanderparkplatz, der Wasserfall. Doch jetzt sah er deutlich, was ihm zuvor nicht aufgefallen war. Die Straße und der Bach wechselten die Richtung und führten von nun an deutlich nach Norden. Wenn er diesem Weg weiter folgte, lief er direkt auf den Belchen zu! Felix war unschlüssig, was er tun sollte. Im Stillen hatte er gehofft, möglichst lange am Bach entlang und auf der Straße gehen zu können, um dann irgendwie über den Kamm ins Nachbartal zu gelangen. Doch jetzt sah es so aus, als sei er zu blauäugig gewesen. Walter hatte es vorausgesagt: Der Belchen war zu nah. Mit jedem Schritt stieg die Gefahr, in die Fänge der Spinne zu geraten. Und Felix wusste, dass dies trotz Wegweiser von einem Moment auf den anderen geschehen konnte. Leo hatte ihm schon ein paarmal geholfen. Konnte er sich darauf verlassen, dass es wieder so sein würde? Nicht auszudenken, wenn auch er so plötzlich von der tödlichen Lähmung überfallen wurde, dass es kein Entrinnen mehr gab! Er wusste nicht, was er tun würde, wenn sein treuer Gefährte vor seinen Augen zugrunde ging und er ihm noch nicht einmal würde helfen können. Trotzdem war jeder Meter, den es voranging, ein Gewinn. Mit jedem

Schritt kam er Chiaras Rettung ein Stück näher. Felix wusste, dass es nur einen Weg gab. Er nahm den Wegweiser aus seiner Hosentasche und ging entschlossen vorwärts. Von nun an musste er auf alles gefasst sein.

*

Es dauerte nicht lange, bis sich die Landschaft um ihn herum erneut änderte. Zwischen den Bäumen öffneten sich immer mehr freie Flächen, auf denen niedriges Gras wuchs. Große Findlinge ragten aus dem Grün heraus. Die Straße wurde steiler und folgte nun nicht mehr allein dem Böllenbach, sondern wand sich in serpentinenartigen Kurven Meter um Meter nach oben. Immer noch stand die Sonne am Himmel, doch die Schatten wurden zusehends länger. Felix hatte seit dem Wasserfall seinen Schritt verlangsamt, immer wieder blieb er stehen und prüfte die Umgebung. Dabei achtete er auf die kleinen Zuflüsse, die von überallher den Hang herunterplätscherten. Alle waren bis über das Ufer zugewuchert, doch Felix hatte gelernt, an der Art der Bäume und niedrigen Pflanzen einzuschätzen, wo es Wasser gab. Leo schien von seinen Sorgen wenig berührt, er freute sich sichtlich, dass sie nach den Tagen in Hof wieder unterwegs waren, sprang neugierig umher und ließ sich von seiner Nase auf alle möglichen aufregenden Fährten locken. Dennoch fiel Felix auf, dass er nicht, wie in vergangenen Tagen, längere Zeit völlig verschwand. Er lief zwar ein gutes Stück voraus und nach den Seiten, blieb aber stets in Sichtweite, als ob er sich dauernd vergewissern wollte, dass Felix noch da war.

Walters Worte vom Vorabend gingen ihm nicht aus dem Kopf. »Die Geschöpfe der Anderwelt lassen uns gewähren, solange wir das Gesetz einhalten. Alles ist so, wie es ist. Es ist die erste und älteste Ordnung. Wer zu weit geht, wird es spüren.« Was er sagte, klang beruhigend und gefährlich zugleich. War es tatsächlich nur die Sorge um Chiara, die ihn vorwärtstrieb? War da nicht mehr? Stand nicht auch er unter diesem einen Gesetz? Die innere Unruhe, die in ihm erwacht war, seit er von zu Hause aufgebrochen war, die Spinne, der Gesang, der Wegweiser. Der Fischmensch. Gehörte das nicht alles zusammen? Wo war sein Platz, wohin gehörte er? Was war sein Schicksal? Felix war eben auf eine kleine Kuppe neben dem Weg geklettert, als er den Gipfel des Belchen zum ersten Mal sah. Seine Kuppe war kahl und fast rund, an seinen Hängen ragten nackte Felsen empor, vereinzelt wuchsen Bäume, die sich nach unten hin mehr und mehr zu zusammenhängenden Waldstücken vereinten. Der Anblick berührte Felix auf eine seltsame Art. Vom ersten Moment an spürte er, dass dieser Riese anders war als alle anderen. Die Strahlen der Nachmittagssonne verliehen ihm einen eigenartigen Glanz. Das Leuchten, das von seinem Gipfel ausging, schien aus dem Innern zu kommen. Es war, als sei der Berg lebendig. Als sei er mit allen anderen umliegenden Erhebungen, Hügeln, Buckeln und Anhöhen verbunden wie ein alter weiser Wächter, der über seine Kinder wachte.

Felix vergaß die Zeit. Er wusste nicht, wie lange er in den Anblick versunken war. Erst als die Schatten ihn eingehüllt hatten, wurde ihm deutlich, dass der Tag längst in den Abend übergegangen war. Es war Zeit, dass er sich nach einem Nachtlager umsah. Bereits nach der nächsten Kurve erblickte er eine Ansammlung von Häusern. Nach der Karte musste dies Böllen sein, der Ort, an dem der Bach vom Belchen herunterkam und nach dem er seinen Namen bekommen hatte. Felix blickte sich aufmerksam um. Überall sonst gab es Wiesen, Weiden und kleine Waldstücke. Wenn er es schaffte, wenigstens bis zu den Häusern zu gelangen, konnte er hoffen, einen geeigneten trockenen Unterschlupf zu finden.

Es kam aus dem Nichts. Auf halbem Weg zum ersten Haus am Ortsrand begann die Luft um Felix mit einem Mal kaum merklich zu flirren. Ein feiner Nebel stieg auf und ließ die Konturen der Dinge seltsam weich werden. Die Farben der Gräser, Feldblumen und Bäume leuchteten von innen heraus, als würden sie zu leben beginnen. Gleichzeitig erhob sich unter Felix' Füßen ein dumpfes Dröhnen, ein unfassbar tiefer Ton, dessen Vibration Fels, Stein und Erde in Bewegung brachte. Felix kam sich vor, als sei er auf einem riesigen Gong festgebunden, dessen metallenes Summen bis in die letzten Windungen seines Körpers vordrang. Er war völlig fasziniert. Gleichzeitig war sein Kopf klar. Der Wegweiser in seiner Hand leuchtete so strahlend, wie er es noch nie gesehen hatte. Seltsamerweise verspürte er keine Angst. Er fühlte sich warm und geborgen. Alles war gut.

Die Kuppe des Belchen glänzte in der Abendsonne. Von seinem Gipfel breitete sich ein seltsames Licht aus. Es war auf eine Weise verlockend und schön, wie Felix es nie zuvor erlebt hatte. Er ließ den Wegweiser sinken und ging langsam vorwärts. Alles um ihn versank in Bedeutungslosigkeit. Er lächelte über Leos verzweifeltes Jaulen ebenso, wie er über die giftig-grünen Blitze hinwegsah, die das Rindenstück in seiner Hand durchzuckten. Es gab keinen Zweifel mehr: Das war der Weg, und dort war sein Ziel!

Erst als das Singen anhob, regte sich in ihm der letzte Funke dessen, was ihn zu dem gemacht hatte, das Felix hieß. Sein Schritt wurde langsamer, er spürte das Klebrige, den Sumpf, der ihn heranzog, die Schwere in den Gliedern, das benommene Dröhnen in seinen Gedanken. Er stieß einen Schrei aus, zwang sich mit dem letzten Aufbäumen zum Anhalten, zum Umdrehen, zum Gehen, erst zäh, dann rascher, schneller den Hang hinunter. Schritt für Schritt, Sprung für Sprung befreite er sich, wurde leichter, wurde wieder er selbst. Er überquerte die Straße, überschlug sich, als er die Böschung hinunterstürzte, prallte hart auf, spürte den Schmerz.

*

Den vertrauten Schmerz. Der Körper brachte ihn zu sich. Felix lag auf der Seite, sein Rucksack halb unter ihm. Die rechte Hand hielt den Wegweiser fest umklammert, mit der linken stützte er sich mühsam hoch. Eine Kuhle, kaum größer als eine Badewanne, hatte seinen Sturz gebremst, um ihn herum war freies Feld, den Boden bedeckte hüfthohes Gras. Leo strich um ihn herum und winselte aufgeregt.

Felix schaute zurück. Der Berg thronte über ihm, ein gutes Stück entfernt. Um den Gipfel hatte sich ein Kranz dunkler Wolken zusammengezogen, das gleißende Licht war verschwunden, der Gesang nicht mehr zu hören. Trotzdem meinte Felix, die drohende Gefahr noch zu spüren. Er rappelte sich auf, zog sein Gepäck zurecht und lief weiter. Weg, nichts wie weg! Der Berg hatte ihm seine Lektion erteilt. Vor seinen Augen tanzten Sterne, sein Atem ging keuchend. Felix lief, ohne sich umzusehen, bis die Beine unter ihm nachgaben. Mit letzter Kraft schleppte er sich zu einer Bank am Rand eines früheren Wanderparkplatzes, dann knickte er zusammen. Der Blick auf den Wegweiser zeigte ihm, dass die Gefahr für den Moment vorüber war. Er war so erschöpft, dass er das Gefühl hatte, sofort einschlafen zu müssen. Die Aufregung hielt ihn wach. Er musste unbedingt wissen, wo er sich befand. Sein Plan, an geeigneter Stelle den Böllenbach hinter sich zu lassen, um dann einen Weg nach Westen zu finden, war gründlich danebengegangen. Zum Glück hatte er bei seiner Flucht die Karte nicht verloren. Anhand des Berggipfels und der tief stehenden Sonne versuchte er, sich zu orientieren. Er stand auf und hinkte zum Rand des geschotterten Platzes.

Augenblicke später hatte er Gewissheit. Wenn er sich nicht irrte, hatte er sogar Glück im Unglück gehabt. Die Straße, auf der er gekommen war, der kleine Ort am Fuße des Belchen – alles war da. Unmittelbar vor ihm fiel das Gelände steil ab. Etwa 100 Meter unter ihm gruppierten sich um eine Straßenkreuzung etliche Häuser, auf einer Anhöhe stand eine Kirche mit einem Friedhof. Hinter dem Dorf führte ein Weg steil nach oben, am Ortsausgang talabwärts blitzte ein Bach in den Strahlen der Abendsonne, die vereinzelt ihren Weg in den Talgrund fanden. Hastig verglich Felix die Karte mit dem, was er sah. Es gab keinen Zweifel, unter ihm lag Neuenweg, und nicht weit hinter dem Hügel dahinter musste der Nonnenmattweiher sein!

Er entschied sich, einen Abstieg zu suchen. Am Rande des Parkplatzes stand eine Hinweistafel, deren Karte jedoch völlig verblichen war. Dafür bestätigten mehrere Emailleschilder an einem Pfosten, was er vermutet hatte. Unter ihm lag Neuenweg! Hinter der Tafel gab es einen Pfad, der direkt nach unten führte und schon nach wenigen Schritten in eine asphaltierte Dorfstraße überging. Die ersten Häuser links und rechts tauchten auf. Fast hatte er die Straßenkreuzung in der Dorfmitte erreicht, als Leo plötzlich stehen blieb und witterte. Felix wusste sofort, was das bedeutete. Er zog den Wegweiser heraus und hielt ihn in der ausgestreckten Hand vor sich. Langsam ging er weiter. Als er endlich neben Leo stand, waren die Farben bereits deutlich blasser geworden. Inzwischen hatte er eine solche Situation schon ein paarmal erlebt, sodass er nicht sofort in Panik verfiel. Alles konnte passieren. Eines stand fest: Die friedliche Idylle, die er von oben gesehen hatte, war trügerisch. Der Berg griff mit seinen Spinnenfingern weit nach unten ins Tal!

Was sollte er tun? Er erinnerte sich an die Technik, die er damals am Mathisleweiher erfolgreich ausprobiert hatte. Er bewegte sich so langsam vorwärts, dass er jederzeit rasch reagieren konnte. Dabei bewegte er das Rindenstück langsam von rechts nach links und zurück und beobachtete es aufmerksam. Schon nach wenigen Schritten wurde deutlich, dass die Gefahr zum Berg hin zunahm, während talabwärts die Farben sofort kräftiger leuchteten. Da auch Leo an seiner Seite blieb und keinen Alarm schlug, entschied er sich weiterzugehen.

Ein mächtiges Gebäude am Rande der Straße, dessen kunstvoll verziertes Schild auf ein ehemaliges Hotel hinwies, kennzeichnete die Mitte des Ortes. Schräg gegenüber gab es ein Café, davor, ähnlich wie in Hinterzarten, einen Informationsstand. Sein Blick fiel auf ein großes handgemaltes Panoramabild des Ortes mit dem Belchen im Hintergrund. Daneben waren auf kleinen Kärtchen sämtliche Pensionen, Restaurants und Übernachtungsmöglichkeiten aufgelistet. Ein paar Schritte weiter standen zwei Bänke mit einem Brunnen, dessen steinerner Trog bis zum Rand mit Erde, Holzstückchen und altem Laub verstopft war. Die Namen auf dem Straßenschild vor dem Hotel zeigten, dass sich in Neuenweg mehrere Richtungen kreuzten. Nach Süden ging es nach Schopfheim, in die Gegenrichtung nach Schönau und ins Wiesental. Eine dritte Straße führte den Hang hinauf Richtung Badenweiler und Müllheim. Doch es war das kleine Wort darunter, das Felix elektrisierte. »Nonnenmattweiher«, stand in gelber Schrift auf grünem Hintergrund. Jetzt konnte es nicht mehr weit sein! Felix' Hoffnung, in einem der Häuser eine angenehme Nacht verbringen zu können, schwand jedoch rasch. Es wurde deutlich, dass er sich am Rande der gefährlichen Zone entlangbewegt hatte. Der Wegweiser reagierte zunehmend heftiger, auch Leo wurde so nervös, dass Felix einsehen musste, dass der größte Teil des Dorfes in den Fängen der Spinne zu sein schien.

Es sah so aus, als sei ihm der direkte Weg verwehrt. Bisher war alles gut gegangen, und er wollte es nicht darauf ankommen lassen, so kurz vor dem Ziel sein und Chiaras Leben aufs Spiel zu setzen. Er wandte sich nach links und lief ein paar Meter, so lange, bis der Wegweiser sich beruhigt hatte. Dann studierte er erneut aufmerksam die Karte. Die »Kleine Wiese«, die mitten durch den Ort floss, begleitete die Straße nach Schopfheim talabwärts. Nach der Karte kam ein Stück unterhalb der Bach von der Seite, der in Verbindung zu seinem Ziel stand. Der Umweg um den Bergrücken würde ihn zwar ein paar Stunden zusätzlich kosten, doch er entschloss sich, kein Risiko mehr einzugehen. Nach Süden hin wurde das Tal rasch enger. Bis zum Ortsschild standen nur noch vereinzelt ein paar Häuser. Felix versuchte der Reihe nach, einen Einlass zu finden. Die Bewohner hatten bei ihrem Weggang die Türen verschlossen. Zusätzlich waren bei den meisten Fenstern die Läden heruntergelassen. Felix scheute sich, mit Gewalt irgendwo einzubrechen. Trotzdem hatte er für heute genug. Er war müde und seine Füße schmerzten.

Das letzte Haus am Straßenrand war eine ehemalige Pension. Das Schild hing neben der Eingangstür, der Name des Besitzers war nicht mehr leserlich. Auch hier war die Tür verschlossen. Dafür gab es hinter dem Haus eine großzügige Veranda, deren frühere Überdachung leidlich intakt war. Im Hof fand er eine zusammengerollte Plane aus festem Leinen. Er schleppte sie ein paar Stufen nach oben und breitete sie so aus, dass er nicht auf dem blanken Boden schlafen musste. Zusammen mit seiner Decke und dem Allzweckschlafsack schuf er sich eine leidlich gemütliche Ecke. Die Dunkelheit war rasch das Tal hochgezogen. Felix aß und trank etwas, dann streckte er sich aus. Leo rollte sich dicht neben ihm auf dem Boden zusammen. Er brummte zufrieden, als Felix ihm mit der Hand durch das Fell fuhr.

»Wir sind mal wieder unterwegs. Nur wir beide. Ich bin froh, dass du bei mir bist.« Als ob er es verstanden hätte, hob Leo den Kopf und stieß seine Schnauze in Felix' Seite. Das gleichmäßige Gluckern des Baches begleitete Felix in den Schlaf.

In dieser Nacht erschien Felix zum ersten Mal seit vielen Tagen im Traum seine Mutter. Seltsamerweise wusste Felix, dass es ein Traum war. Ein Traum, der dennoch so wirklich war, als ob sie ihm direkt gegenüberstünde. Er sah lediglich ihr Gesicht, das ihn liebevoll und ernst zu gleich anschaute.

»Mutter!« Felix streckte die Hand nach ihr aus, doch er griff ins Leere. Dennoch spürte er, wie ein Strom von Wärme und Licht von ihr ausging und ihn umhüllte. Er hatte das Gefühl, dass sich all seine Zweifel und Ängste auflösten und ihm stattdessen Kraft und Hoffnung zuwuchs. »Alles ist gut!«

Als das Bild verblasste, schlug Felix die Augen auf. Alles war dunkel. Leo lag neben ihm, unter der Veranda plätscherten leise die Wellen der Wiese. Aus weiter Ferne meinte Felix etwas zu hören, eine Stimme, ein Gesang, ein Heulen. War dies die Wirklichkeit oder träumte er es nur?

Er drehte den Kopf zur Seite und fiel in einen tiefen traumlosen Schlaf.

*

Am nächsten Morgen dauerte es eine Weile, ehe er in den Tag fand. Das Licht unter dem Dach der Veranda war genauso diffus wie das blinde Plexiglas über ihm. Der Platz neben ihm war leer, er nahm an, dass Leo so wie an jedem Morgen unterwegs war, sich sein Frühstück zu suchen. Felix stand auf und trat hinaus auf den Hof. Der Himmel war bedeckt, er konnte nur schätzen, wie weit der Tag vorangeschritten war. Mit der Hand schöpfte er ein paar Schluck Wasser aus dem Bach, dann wusch er sich Gesicht, Hals und Arme, ehe er sich auf dem Hof umsah. Was er gestern für den Teil des verwilderten Gartens gehalten hatte, erwies sich beim näheren Hinsehen als zwei ehemalige Fischteiche. Sie waren inzwischen völlig verlandet und zugewachsen. Lediglich an der steinernen Einfassung und den Resten einiger Abdecknetze, die vor räuberischen Vögeln schützten, erkannte Felix ihren ehemaligen Zweck. In die andere Richtung führte die Straße vom Haus aus zur Ortsmitte weiter, von der er gestern gekommen war. Dahinter stieg das Talende stetig an. Waldstücke und Wiesen wechselten sich ab, vereinzelt waren Höfe und Schuppen zu sehen. Der Gipfel des Belchen war in Wolken gehüllt. Felix fuhr ein Schauder über den Rücken. Die Gegenwart des Berges war auf eine Weise spürbar, wie er sie noch nie empfunden hatte. Es war, als ob ihn etwas zu ihm hinzog – eine unhörbare Stimme, eine unerfüllte Sehnsucht. Felix war froh, dass er gestern Abend ein Stück weitergegangen war.

Er ging zurück zu seiner Schlafstelle und räumte alles zusammen. Auf das Frühstück verzichtete er. Er hatte keinen Hunger, außerdem wollte er nicht länger warten. Wahrscheinlich hatte er schon genug Zeit vergeudet. Kaum war Felix zurück auf der Straße, als Leo herangesaust kam. Er bellte freudig und ließ sich ausgiebig seine Lieblingsstelle hinter dem Kopf kraulen. Dann sprang er los und setzte seine unermüdliche Erkundungstour fort.

Als Felix das Ortsschild passierte, blieb er mit einem Mal überrascht stehen. Auf dem oberen Rand saß eine riesige Krähe. Ihr Gefieder glänzte pechschwarz mit einem zarten metallisch-roten Schimmer, ihr langer spitzer Schnabel war nach vorne geneigt, ihre dunklen Augen sahen ihn an. Felix hatte den Vogel überhaupt nicht bemerkt. War er doch noch nicht ganz wach? Und warum zeigte das Tier überhaupt keine Scheu, obwohl Felix zum Greifen nah vor ihm stand? Selbst Leo, der nur wenige Meter entfernt herumsprang, schien die

Krähe nicht zu stören. Felix konnte den Blick nicht von dem Tier lassen. Es hätte ihn nicht überrascht, wenn es im nächsten Moment den Schnabel geöffnet und zu ihm gesprochen hätte. Doch nichts geschah. Der Vogel saß einfach da und schaute. Langsam ging Felix weiter. Nach wenigen Schritten sah er den zweiten Vogel. Die Krähe saß auf dem Dach einer ehemaligen Bushaltestelle. Auf dem obersten Holm der Sitzbank saß ein dritter. Auch diese beiden regten sich nicht und sahen ihn nur an. Felix überkam ein eigenartiges Gefühl. Es schien, als ob die Tiere ihn beobachteten und darauf warteten, was er tun würde. Dennoch war er mit einem Mal unsicher. Bisher hatte er nie davon gehört, dass ein Vogel einen Menschen angriff, außer vielleicht, wenn man dem Horst eines Falken oder eines Bussards während der Brutzeit zu nahe kam. Aber Krähen? Die Erinnerung an einen alten Horrorfilm kam ihm in den Sinn, als Scharen von Möwen, Spatzen und auch Krähen ein Dorf an der Küste belagerten. Die Hauptdarsteller waren nur knapp und schwer verletzt mit dem Leben davongekommen. Felix sah sich um, als erwarte er, überall in den Bäumen, auf Strommasten und Leitplanken Tausende von Vögeln zu sehen. Doch außer den dreien gab es keine weiteren.

Felix beschleunigte den Schritt vom Gehen ins Laufen. Er hielt erst wieder inne, als die Vögel bereits weit hinter ihm aus dem Blick verschwunden waren. Er klatschte sich mit der Hand links und rechts auf die Backe. »Du bist ein Dummkopf!«, schalt er sich. »Deine Fantasie geht mit dir durch! Sieh lieber nach, dass du nicht die Abzweigung verpasst!«

Er blieb stehen und vergewisserte sich auf der Karte, dass er noch ein Stück zu gehen hatte. Der Berg auf der gegenüberliegenden Seite des Tales versperrte den Weg nach Westen. Dennoch achtete er genau auf die Wiese, damit er den Zufluss nicht übersah. Eine Viertelstunde später erreichte er die Stelle. Über eine einfache Brücke kam ein Feldweg von rechts auf die Landstraße, begleitet von einem Bach, der kurz dahinter in die Wiese mündete. Noch einmal prüfte er die Karte, dann bog Felix ab. Nach seiner Schätzung konnte er den See in etwa zwei Stunden erreichen. Wenige Schritte hinter der Brücke musste Felix feststellen, dass er zu optimistisch gedacht hatte. Von dem ehemaligen Feldweg war so gut wie nichts mehr zu sehen. Der Bach war so schmal, dass er kaum auszumachen war. Vor ihm lag ein Meer aus Gras. Mühsam kämpfte Felix sich vorwärts. Mit beiden Armen teilte er die Halme, um sich einen Weg zu bahnen. Viele der langen, schmalen Blätter waren hart und scharf und schnitten in seine Hände und sein Gesicht. Winzige Samen flogen auf und erschwerten ihm das Atmen, andere verfingen sich in seinen Haaren und rutschten ihm ins Genick, sodass es schon bald überall brannte und juckte. Felix begann zu schwitzen. Salzige Tropfen reizten seine Augen. Auf seiner Haut und den Kleidern krabbelten unzählige Käfer, die Luft war erfüllt von Schwärmen winziger Mücken. Irgendwie schaffte es Felix, die Richtung beizubehalten. Als er nach scheinbar endloser Quälerei einen kleinen Bauernhof erreichte, schien ihm das bescheidene Gebäude wie eine Erlösung. Vor der Eingangstür fand er einigermaßen Platz, durchzuatmen und sich notdürftig zu säubern. Er schlug eine Bremse weg, die sich an seiner Wade festgesaugt hatte, schüttelte Hemd und Hose aus und fuhr sich so lange durch die Haare, bis sie einigermaßen sauber waren. Leo war es noch schlimmer ergangen. Von der Schnauze bis zur Schwanzspitze wimmelte es von Blütenblättern, abgerissenen Dornen und unzähligen Samen in allen Größen. Seine Augen waren blutunterlaufen, die Nase und die Lefzen so trocken, wie Felix es bisher nie erlebt hatte. Während er mehr als eine Handvoll Kletten aus Leos dichtem Fell zog, streichelte er ihn. »So geht es nicht weiter. Wir müssen uns etwas einfallen lassen.«

Felix kletterte auf einen niedrigen Holzschuppen, um einen besseren Überblick zu bekommen. Der Blick zurück zeigte ihm, dass sie nicht einmal einen Kilometer hinter sich gebracht hatten. Nach vorne in das Tal hinein dehnte sich die Wiese weiter aus, soweit er sehen konnte. Die Hänge zu beiden Seiten waren steil und so dicht bewachsen, dass es sich nicht lohnen würde, es dort zu versuchen. Die einzige Hoffnung, die er hatte, war der Bach. Was ihm aus der Nähe nicht aufgefallen war, bemerkte er jetzt von Ferne. Die Pflanzen, die entlang des Wassers wuchsen, hoben sich deutlich von den anderen ab. Sie waren meist niedriger, dafür waren ihre Blätter größer und das Grün kräftiger, sodass sich der Bachlauf wie eine gewundene Linie abzeichnete. Wenn er ihr folgte, würde es vielleicht einfacher werden, zumal ein Stück weiter hinten das Gras von den ansonsten gewohnten Begleitern abgelöst wurde. Gelang es ihm, die niedrigen Weiden und die in Gruppen zusammen stehenden Schwarzerlen zu erreichen, hatte er das Schlimmste überstanden.

Felix wusch sich den Schweiß aus dem Gesicht, dann lief er weiter. Dieses Mal ließ er den Feldweg völlig außer Acht und hielt sich so eng an den Bach wie möglich. Die wenigen Steine umging er, an manchen Stellen lief er lieber durch das Wasser, als sich der Grashölle auszusetzen. Leo hatte sofort verstanden, was Felix vorhatte. Er wich nicht mehr von seiner Seite und genoss es sichtlich, im Wasser herumzuplantschen. Felix nahm es gerne in Kauf, wenn sein Begleiter sich ab und zu schüttelte und ihn mit einer Wolke feinster Wassertröpfchen überzog. Sie kamen auf diese Weise zwar nicht viel schneller voran, doch wenigstens das Jucken hörte auf, und Felix musste nicht mehr auf die scharfen Blätter achten. Das Wichtigste war jedoch, dass die Richtung klar vor ihm lag.

*

Bei der ersten Weide, die sich in den Ufersaum gekrallt hatte und deren lange Zweige bis zum Wasser herunterhingen, gönnte er sich eine Pause. Er erfrischte sich und aß das letzte der Brote, die Hanna ihm mitgegeben hatte. Er dachte an den Professor. Bisher hatte er sich keine Gedanken gemacht, was sein würde, wenn er sein Ziel erreicht hatte. Würde er ihn überhaupt finden? Er konnte irgendwo in den Wäldern seine Unterkunft haben. Und was, wenn der Prof seine selbst gewählte Aufgabe am See beendet hatte und längst woanders war? Obwohl der Weg ihn ziemlich erschöpft hatte, stand Felix auf, gleich nachdem er den letzten Bissen gekaut und mit einem kräftigen Schluck Wasser hinuntergeschluckt hatte. Er durfte sich nicht zu lange aufhalten. Und er wollte seinen Kopf nicht mit Grübeleien belasten, die ihn sowieso nicht weiterbrachten.

Das Gelände zu beiden Seiten des Bachs änderte sich zusehends. Die Grasstreifen wurden schmaler und liefen allmählich in ein morastiges Gebiet aus, in dem unzählige Sumpfdotterblumen blühten. Die Sonne spiegelte ihr Licht in den dicht an dicht stehenden goldenen Kelchen. Libellen huschten umher, ein paar Schmetterlinge taumelten von Blüte zu Blüte. Das Bachufer wurde nun mehr und mehr gesäumt von den Bäumen, die das Wasser liebten. Aus dem Schilf, das an manchen Stellen bis weit ins Wasser hineinwuchs, tönte zartes Piepen. Schon bald wurde das Tal so eng, dass der Wald bis zum Wasser heranreichte. Der Wegweiser blieb unauffällig, und Felix suchte sich nun den Weg, wo immer es ihm möglich war. Er kletterte über Steine, watete im Wasser oder hangelte sich unter den Bäumen entlang. Als sich die Büsche etwas lichteten, stieg er auf eine knorrige Weide, um besser sehen zu können. Er stellte fest, dass das Tal mit dem Bach einen großen Bogen beschrieben hatte. Die Landstraße im Kleinen Wiesental hinter ihm war längst aus seinem Blick verschwunden. Auf der linken Seite ging es durch dichten Wald steil nach oben. Zu seiner Rechten ragten zudem blanke Felsen zwischen den Bäumen hervor. Der Taleinschnitt setzte sich weiter nach links fort. Genau im Scheitel der Biegung lagen übereinandergetürmt herabgestürzte Steinbrocken, deren oberer Teil wie eine kleine flache Plattform zusammengeschoben war.

Genau in der Mitte stand ein Wolf.

Felix stockte der Atem. Das Tier verharrte völlig regungslos. Sein graues Fell hob sich kaum von den umgebenden Felsen ab, der große Schädel war leicht gesenkt, das Gesicht mit der schwarzen Schnauze schaute genau zu ihm her. Obwohl er noch ein gutes Stück entfernt war, meinte Felix, die gelben Augen sehen zu können. Sein Herz schlug schneller. Für einen Moment war er wie gelähmt, dann kletterte er zurück ins Bachbett und rief Leo zu sich. Hatte der Wolf ihn bemerkt? Rasch blickte er um sich, ob er weitere Tiere sah, doch dieser schien der Einzige zu sein. Mühsam unterdrückte er den Drang, sofort umzukehren und der Gefahr so schnell wie möglich zu entfliehen. Stattdessen überlegte er fieberhaft, was er tun konnte. Wenn er großes Glück hatte, war das Tier allein und hatte ihn noch nicht bemerkt. Es gab Einzelgänger, das wusste er von Erzählungen der Streuner und von seinem Vater, aber auch von seinem Erlebnis am Schluchsee, als er Carlo in letzter Sekunde vom Dach gerettet hatte. Doch die Wahrscheinlichkeit, einem Rudel zu begegnen, war größer. In der Nacht hatte er das Heulen gehört. Hatten sie ihn schon in Neuenweg aufgespürt und warteten auf die beste Gelegenheit? Vielleicht war Leo der einzige Grund, dass sie sich bisher zurückgehalten hatten. Wieder stieg der Drang in ihm auf, so rasch wie möglich zu fliehen. Mit etwas Glück konnte er die Straße und das Dorf erreichen und sich dort verstecken. Doch er konnte nicht. Nie hätte er sich verziehen, wenn er nicht alles versucht hätte, Chiara zu helfen. »Und wenn es mein eigenes Leben kostet.« Hatte er nicht zum Abschied ein Versprechen gegeben?

Er mahnte Leo, nicht wegzulaufen und stieg noch einmal die Äste der Weide so hoch, bis er den Steinhaufen sah. Das Tier stand immer noch da, als sei es aus dem Fels gemeißelt. Felix versuchte, seine Möglichkeiten abzuschätzen. Im Wald darüber musste die Straße nach Badenweiler entlangführen. Doch dieser Weg blieb ihm verwehrt, die Spinne würde ihn nicht vorbeilassen. Der Hang gegenüber sah so steil aus, dass er es selbst mit dem Seil kaum schaffen würde hochzuklettern. Und was war mit Leo? Er würde ihn tragen müssen. Felix presste die Lippen zusammen und ballte die Fäuste. Es war unmöglich. Was blieb, war, dem Bach wie bisher weiter zu folgen. Die Felsplattform lag etwa zehn Meter oberhalb der Talsohle und einen Steinwurf vom Bachbett entfernt. Zudem schien der Bewuchs entlang des Wassers dichter als bisher. Wenn er sich langsam und leise bewegte, gab es immerhin die Möglichkeit, ungesehen vorbeizukommen. Felix kämpfte mit sich. Würde Leo stillhalten? Würde ihn der Wolf nicht doch wittern, selbst wenn er ihn nicht sehen konnte? Und was, wenn ihn das übrige Rudel längst eingekreist hatte und ihn aus dem Nichts überfiel?

Leo schien Felix' innere Anspannung zu spüren. Er drängte sich nahe an ihn heran und sah immer wieder zu ihm empor. Felix beugte sich nieder und fasste Leos Schnauze mit beiden Händen. »Bleib ruhig. Alles wird gut, wenn wir zusammenhalten.« Er strich ihm über den Kopf und wiederholte die Worte. Leo sah ihn unverwandt an, während ein kaum hörbares Winseln aus seiner Kehle drang. Felix nickte, richtete sich wieder auf. Zweimal atmete er tief ein und aus. Dann flüsterte er leise »Chiara!« und lief los.

Felix hatte inzwischen gelernt, sich geräuschlos fortzubewegen. Er versuchte, die drohende Gefahr auszublenden, und konzentrierte sich auf den Bach und das Ufer. Vorsichtig setzte er Schritt um Schritt, achtete darauf, dass er nicht abrutschte, und vermied alles, was ihn verraten könnte. Das Wasser war kalt, und unter den Bäumen war es schattig und dunkel. Dennoch brach Felix nach kurzer Zeit der Schweiß aus. Es kam ihm vor, als sei er viel zu laut. Jedes Knirschen, wenn er in den angespülten Ufersaum trat, jedes Steinchen, das ins Wasser plumpste, sogar jedes Mal, wenn seine Schultern die herunterhängenden Zweige streiften, schien ihm wie ein Signal, mit dem er dem Wolf ankündigte, wo er war. Leo schien verstanden zu haben, was Felix von ihm erwartete. Er blieb dicht an seiner Seite und sah immer wieder zu ihm hoch. Seine Läufe tauchten geräuschlos ins Wasser, kein Laut kam aus seinem Maul. Ob er den Wolf gewittert hatte? Schon oft hatte er Felix mit seiner feinen Wahrnehmung verblüfft. Doch dieses Mal hielt er still. Umgekehrt war es natürlich genauso. Felix durchzuckte ein Gedanke, der ihm einen Riesenschreck einjagte. Je näher sie dem Wolf kamen, desto mehr musste er befürchten, dass dieser den scharfen Hundegeruch in die Nase bekam. Doch es gab nichts, was Felix tun konnte. Im Verborgenen bleiben und sich möglichst geräuschlos bewegen – es war seine einzige Chance.

Felix' Bewegungen wurden durch die ständige Anstrengung verkrampfter. Er spürte, wie ihm Rücken und Beine wehtaten. Wenn er wenigstens sehen könnte, wie weit er gegangen war! Noch hatte er nichts Verdächtiges wahrgenommen. Vielleicht war der Wolf in der Zwischenzeit sogar verschwunden und kümmerte sich gar nicht um ihn. Felix lehnte sich an den Drillingsstamm einer Erle, an dem er sich gut abstützen und einen Moment verschnaufen konnte. Der Bach hatte sich an dieser Stelle bis auf Schulterhöhe in den Wiesenboden eingegraben, sodass das Ufer eine gute Deckung bot. Felix atmete ein paarmal tief durch, dann beschloss er, das Wagnis einzugehen. Er griff in einen der niedrig hängenden Äste, dann fand er Tritt in einer der nächsthöheren Astgabel. Jetzt konnte er sich so weit nach oben ziehen, dass er über die Uferböschung hinwegsehen konnte. Vorsichtig bog er einen Zweig zur Seite …

Der Felssturz mit dem Wolf war direkt vor ihm!

Felix war starr vor Schreck. Er musste seine ganze Willenskraft aufwenden, um nicht sofort loszulassen und wegzulaufen. Der Wolf stand in derselben Haltung, wie er ihn von Weitem gesehen hatte – aufrecht, Kopf und Nacken leicht geduckt. Felix sah jedes einzelne Haar im Fell des Tieres, den grauen Leib, das Weiße auf der Brust mit seinem hellbraunen Schimmer, er sah die Muskeln, die sich unter der Haut abzeichneten. Und er sah, wie der Wolf den großen Kopf langsam drehte. Die schlanke Schnauze mit der schwarzen feuchten Nasenspitze war genau auf ihn gerichtet. Hinter den gelben Pupillen drang ein Blick hervor, wie Felix ihn noch nie gesehen hatte. Es war, als würde er aus seinem Körper herausgezogen, nackt, schutzlos dem Gegenüber preisgegeben. Eine seltsame Kraft ließ ihn nicht los, sie durchdrang ihn, er spürte jede Faser seines Körpers und seiner Seele. Und dann war es plötzlich vorbei. Das Bild verschwamm und löste sich auf. Als habe sich eine Riesenfaust, die ihn gepackt hatte, mit einem Mal geöffnet, kam er wieder zu sich. Der Wolf bewegte sich leicht und wandte seinen Blick ab.

Felix ließ den Zweig sanft zurückgleiten und kletterte vorsichtig nach unten. Er wusste nicht, was geschehen war, doch er wollte auch nicht darüber nachdenken. Wenn das Tier für den Moment darauf verzichtete, ihn anzugreifen, musste er die Gelegenheit nutzen. Er strich Leo, der die ganze Zeit über keinen Laut von sich gegeben hatte und unruhig hin- und hertänzelte, über den Kopf. Er setzte sich in Bewegung, den Bach entlang, langsam. Mit jedem Schritt wurde sein Bewusstsein klarer. Was war geschehen? Warum hatte der Wolf ihn nicht angegriffen? Mit dem alten Einsiedlerwolf am Schluchsee war es ihm damals ähnlich ergangen. Dieses Mal hatten ihn die gelben Augen für einen zeitlosen Moment in eine Welt gezogen, in der die Unterschiede aufgelöst schienen. In der es keine Feindschaft gab. Doch war es wirklich der Wolf, der dies vermocht hatte? Konnte ein wildes Tier seine Triebe beherrschen? Felix' Sinne waren so angespannt, dass es wehtat. Jeder Atemzug brauste in ihm wie ein Sturm, jeder Herzschlag ließ seinen Brustkorb erbeben wie ein riesiger verborgener Gong. In jedem Moment konnte sich alles ändern. Im nächsten Augenblick konnte das Heulen des Rudels den Totengesang für ihn anstimmen, konnte ein gewaltiger Aufprall ihn zu Boden werfen, konnte er den heißen Atem in seinem Nacken spüren.

Felix war der Ohnmacht nahe. Er bewegte sich so vorsichtig, wie es ihm möglich war. Mit jedem Schritt, mit dem er sich weiterkämpfte, klammerte er sich mehr an das winzige Stück Hoffnung. Hoffnung, die irreal war und dennoch das Einzige, was ihm blieb. Wie ein gestaltloser Schatten glitt er geräuschlos durch das Ufergebüsch, er kam an einem kleinen Bach vorbei, der von der Seite hereinplätscherte, an dicht mit Moos bewachsenen Steinen, an zarten Grasrispen, an deren Enden winzige Wassertropfen hingen. Er nahm alles in sich auf, als sehe er es zum letzten Mal, als verabschiede er sich von der Welt, wie er sie kannte. Irgendwann blieb er völlig erschöpft stehen. Er war mit seinen Kräften am Ende. Mit letzter Kraft hielt er sich an einem Ast fest, um nicht zu Boden zu sinken. Er hatte getan, was er konnte. Die Erlösung war nah, er musste nur loslassen. Einfach loslassen …

Von einer Sekunde auf die andere schoss Leo vorwärts. Das Wasser spritzte auf, ein zorniges Kreischen erhob sich, Flügelgeflatter, lautes Gebell, noch mehr Vögel, die aus dem

Röhricht emporstoben. Leo war nicht mehr zu halten. Er sprang hin und her, bellte, schnappte nach allem, was sich bewegte. Felix stand mit weit aufgerissenen Augen daneben. Dann konnte auch er nicht mehr. Seine ganze geballte Beherrschung löste sich in einem gewaltigen Schrei. Und er sprang mit einem Satz vorwärts. Er vergaß alles um sich herum und rannte los. Das Wasser spritzte hoch auf, Blätter schlugen ihm ins Gesicht, er stolperte, ruderte wild mit den Armen, raffte sich auf, stürmte weiter. Er zwängte sich durch die erste Lücke im Ufergebüsch, fand sich auf einem schmalen Wiesenstreifen wieder, sank mit den Füßen ein, stapfte weiter, fand festen Boden, erreichte den Waldrand, brach ins Unterholz, fiel zu Boden, die Hände wühlten sich in einen Berg Tannennadeln, das Schienbein blutig. Der Sturz brachte ihn für einen Moment zur Besinnung. Das Brausen in seinem Kopf verstummte, seine Ohren öffneten sich, und er hörte das Heulen. Dem ersten antwortete ein zweites, ein drittes und viertes folgten. Jetzt gab es keine Zweifel mehr: Die Wölfe waren los. Und sie waren hinter ihm her!

Felix rappelte sich erneut auf, schüttelte sich und atmete ein paarmal tief ein und aus. Leo! Wo war er? Er wusste, dass Leo einem Kampf nicht aus dem Weg gehen würde, wenn es galt, Felix' Leben zu verteidigen. Sein Herz tat einen Sprung, als er seinen Gefährten unter den Bäumen am Bach hervorkommen sah. Er schien unversehrt zu sein. Doch jetzt durfte er keinen Moment länger zögern. Schnelligkeit war seine einzige Chance. Und die Richtung weiter das Tal hinein war die einzige Möglichkeit. Er war in einem Waldstück gelandet, dessen Boden dicht mit niederen Sträuchern bewachsen war. Dazwischen lagen überall haufenweise abgebrochene Zweige und kleine, vom Wind umgestürzte Bäume. Felix ignorierte die Schmerzen, die er überall am Körper spürte, und lief los. Die vielen Hindernisse zwangen ihn immer wieder zum Ausweichen. Trotzdem kam er, da er sich nicht mehr leise und vorsichtig bewegen musste, deutlich besser voran. Und für seine Verfolger würde es ebenfalls nicht einfach werden. Er fragte sich, wie viel Vorsprung er hatte. Er konnte nicht abschätzen, wie weit das Heulen von ihm entfernt gewesen war. Er wusste, dass sich die Tiere schnell und geschickt bewegen konnten. Vor allem, wenn sie ein flüchtendes Opfer verfolgten.

Nach dem Wiesenstück verengte sich das Tal. Im Laufen schätzte Felix seine Möglichkeiten ab, auf einen der Felsen zu klettern, die nach Norden hin aus dem steilen Hang herausragten. Wenn er Glück hatte, konnte er es schaffen. Doch was wäre dann? Es gab niemanden, der ihm zu Hilfe kommen konnte so wie damals, als Lenas Leute ihn in höchster Not von dem einstürzenden Hochsitz gerettet und die Wölfe vertrieben hatten. Und was war mit Leo? Gegen die Übermacht würde er keine Chance haben. Für einen Moment musste er stehen bleiben und verschnaufen. Sein Herz schlug wild, seine Knie zitterten. Angestrengt horchte er. Das Heulen war verstummt, doch das beunruhigte ihn noch mehr. Er wusste, dass Wölfe nicht immer die direkte Verfolgung aufnahmen. Sie waren ebenso geschickt, ihre Beute unauffällig einzukreisen, um im geeigneten Moment zuzuschlagen. Rasch ließ er seinen Blick einmal rundum wandern. Baumstämme, Zweige mit Nadeln, hellgrün leuchtendes Laub, ein paar Büsche. Nichts war zu sehen. Dennoch hatte Felix das Gefühl, dass sie ganz in der Nähe waren, dass sie ihn bereits jetzt in einem unsichtbaren Netz eingesponnen hatten. Eine Falle, aus der es kein Entrinnen gab. Ob er es mit Feuer versuchen sollte? Es hatte schon einmal geklappt, ihm zumindest eine Atempause verschafft. Sollte es nicht doch möglich sein, mit dem Schutz eines flammenden Astes einen der Felsen zu erklimmen, Leo hinter sich her nach oben zu ziehen …

Der Schatten war nur für einen kleinen Moment sichtbar. Aus den Augenwinkeln huschte ein lautloses Etwas vorbei. Die kurze Wahrnehmung genügte, es gab keinen Zweifel.

Sie waren da!

Felix zögerte keine Sekunde. Er griff nach dem ersten besten Stecken, der in seiner Nähe lag, um den Angriff wenigstens nicht völlig schutzlos erwarten zu müssen. Dann rannte er weiter. Es war, als habe er einen Schalter umgelegt. Er achtete nicht auf die Ranken, die ihm die Arme zerkratzten, nicht auf die Zweige, die ihm ins Gesicht schlugen. Blut schoss ihm in den Kopf, sein Schädel dröhnte, kalter Schweiß lief ihm in die Augen. Nackter Überlebenswille zwang ihn vorwärts, ließ ihn alles um ihn herum vergessen. Doch der Schatten kehrte zurück, löste sich auf, erschien erneut, ein anderer, vor ihm, hinter ihm. Die Angst kreiste ihn ein, griff nach ihm mit eisigen Fingern, kroch in seine Arme, die Beine wurden schwer, die Bewegungen langsamer. Über seine Augen legte sich ein düsterer Schleier, die Bäume verschwammen, bewegten sich, gelbe Lichtpunkte tauchten auf, sahen ihn an, zwangen ihn zum Stillstand. Er wollte schreien, doch seine Brust war leer. Ein kaum hörbares Flüstern entrang sich seiner Kehle. »Chiara!«

Dann brach er zusammen.

9. KAPITEL

Felix erwachte mit einem seltsamen Geruch in der Nase. Er war nicht unangenehm und erinnerte ihn an etwas, was weit hinter ihm zurücklag. Als er die Augen aufschlug, sah er unter einer Decke im Halbdunkel hölzerne Balken, an denen allerlei Säckchen und Stofftaschen hingen. Felix richtete sich auf. Er lag auf einem Bett, zugedeckt mit einem dicken Tuch. Um das Kopfkissen waren verschiedene Kräuterbündel drapiert, von denen das eigenartige Aroma ausging. Das Zimmer war nicht groß. Die Wände waren wie die Decke und der Boden aus Holz, links und rechts gab es Fenster, durch die gedämpftes Licht hereinfiel. An der Stirnwand, nur wenige Schritte entfernt, erkannte Felix ein riesiges Küchenregal und einen Herd, an dem ein Mann hantierte. Er war groß gewachsen, sein Kopf reichte fast bis zu dem Rauchabzug über dem Ofen. Felix hörte das Klappern von Geschirr, dazwischen ein leises Summen, eine einfache Melodie, das einem Kinderlied ähnelte.

Der Mann schien gehört zu haben, dass Felix aufgewacht war. Er drehte sich um und sah zu seinem Bett herüber. »Bist du zurück? Das freut mich!« Dann wandte er sich um zum Herd und summte weiter vor sich hin.

»Leo! Wo ist Leo?« Felix versuchte aufzustehen, doch sofort wurde ihm schwindlig. Er spürte, wie sein Kopf wehtat. Seine Beine knickten ein und er sank zurück auf sein Lager. Seine Augenlider fielen ihm zu, aber er wollte nicht wieder schlafen. Stattdessen heftete er den Blick auf den Balken direkt über ihm und versuchte sich zu erinnern, was geschehen war. Er war vor irgendetwas weggerannt, vor grauen Schatten, vor gelben Lichtern. Wölfe. Konnte es wirklich sein? Als er hilflos zusammengebrochen war, musste es ein Leichtes gewesen sein, ihn zu überwältigen. Warum hatten sie es nicht getan? Hatte sie jemand vertrieben? War es der Mann, der nur wenige Meter von ihm entfernt stand? Felix hörte ein leises Winseln an seiner Seite, kurz darauf spürte er das vertraute Stupsen von Leos Schnauze an seinem Arm. Er drehte sich um und fuhr mit der Hand über Leos Kopf. Der Hund war außer sich vor Freude. Sein Schwanz wedelte hin und her, als wolle er die Luft zerschlagen, seine Zunge leckte wieder und wieder über Felix' Hand.

»So, jetzt gibt's was Gutes!« Der Mann trat an das Bett, schob ein zweites großes Kissen unter das erste und half Felix mit kräftigem Griff, sich aufzurichten. Dann reichte er ihm eine Schüssel und einen Löffel. »Es ist heiß!«

Felix sah den Mann erstaunt an. Aus der Nähe war er größer und schlaksiger, als er am Herd ausgesehen hatte. »Wer bist du?«

Der Mann verzog das Gesicht zu einem verschmitzten Grinsen. »Eine gute Frage! Eine ausgezeichnete Frage!« Er kicherte. »Das wüsste ich selbst gerne.« Er legte ein Stück grobes Fladenbrot auf das Bett und bedeutete Felix zu essen. »Du kannst Furrer zu mir sagen. Das macht es einfacher.« Wieder kicherte er.

Felix konnte im Halbdunkel wenig erkennen, doch er sah, dass Furrers Gesicht ein mächtiger Bart umrahmte, der ihm fast bis auf die Brust reichte. »Wie bin ich hierhergekommen? Wo bin ich überhaupt?«

Furrer hob die Hand, und berührte mit seinen Fingern den Mund, so als wolle er ihn beruhigen. »Du bist ein Frager, das sehe ich. Gar nicht schlecht, gar nicht schlecht.« Seine Stimme ging in ein Murmeln über. »Aber nicht immer wichtig. Jetzt iss, und dann reden wir.« Er drehte sich um und ging zurück zu seinem Herd, von wo alsbald wieder die einfache Melodie erklang.

Felix merkte, dass er Hunger hatte. Die Suppe in seiner Hand duftete verführerisch nach Pilzen und allerlei Kräutern. Er brach ein Stück von dem Brot ab, dann tauchte er den Löffel ein. Er glaubte, noch nie etwas so Schmackhaftes gegessen zu haben. Die Brühe war nicht nur dick mit Pilzen durchsetzt, sondern auch mit Kartoffelschnitzen, fein geschnittenen Rüben und kleinen halbrunden Stückchen, in denen er Esskastanien vermutete. Das Brot war grob, aber dennoch gut zu kauen. Nach kurzer Zeit hatte Felix die Schüssel nicht nur leer gegessen, sondern auch die allerletzten Reste mit Brot ausgewischt. Die schmackhafte Mahlzeit hatte Felix neue Energie zurückgebracht. Der Schwindel war verschwunden, sein Kopf wurde allmählich klar. Er stand ohne Probleme auf und brachte das Geschirr zurück. Furrer nahm es ihm ab, wusch es in einer Schüssel und stellte es zum Abtropfen auf ein einfaches Metallgitter. Dann griff er in einen der Säcke, die im unteren Teil des Regals lehnten, und füllte ein Körbchen mit Walnüssen. »Komm, wir gehen nach draußen!«

Als Felix im Freien stand, sah er, dass die Küche nur ein Teil eines größeren Gebäudes war. Die eng aufeinander gefügten schweren Holzbalken erinnerten Felix sofort an Bilder, die er von Blockhütten in Kanada und Alaska gesehen hatte. Die Fensteröffnungen waren so klein, dass man sich nur mit Mühe hindurchzwängen konnte. Das Dach war mit Holzschindeln bedeckt, aus dem Schornstein stiegen die letzten Wölkchen des Ofens. Über dem Eingang hing ein rohes Brett, in das kaum erkennbar das Wort »Fischerstübchen« eingeschnitzt war, an der Seite prangte neben einer nicht mehr lesbaren Speisekarte ein Emailleschild, auf dem ein stilisiertes Schwarzwaldmädel mit einem Glas in der Hand unübersehbar für eine lokale Biersorte warb.

Furrer forderte Felix auf, an einem schweren Holztisch Platz zu nehmen, über den ein bunter Sonnenschirm gespannt war, der ebenfalls einen Werbeaufdruck trug. »Ein Ausflugslokal?«, fragte Felix, nachdem er sich erstaunt umgesehen hatte. »Wo sind wir hier?«

»Dein Herrchen frägt einem Löcher in den Bauch!« Furrer streichelte Leo über den Rücken. Felix war erstaunt, dass sich der Hund von einem Fremden anfassen ließ. Doch Leo schien die Berührung zu genießen. »Ein gutes Tier. Er hat dich gerettet.«

»Leo hat mich gerettet? Wie denn?«

»Er kam aus dem Wald hierher und hat nicht eher Ruhe gegeben, bis ich ihm gefolgt bin. Unten auf der Wiese habe ich dich gefunden und dann hier hergetragen.«

»Und die Wölfe?«

»Die Wölfe? Ich habe keine Wölfe gesehen. Gehört habe ich sie. Gestern zum ersten Mal seit Langem wieder. Dann heute Morgen noch einmal. Ich habe schon geahnt, dass etwas Besonderes geschehen würde.«

»Du … du hast sie verjagt?«

»Wie hätte ich das tun sollen? Außerdem – sie hätten dir nichts getan.«

»Wie bitte? Aber sie haben mich verfolgt, sie waren ganz nah! Ich hatte unglaubliche Angst!«

»Das glaube ich dir. Mit Wölfen ist nicht zu spaßen. Aber du hättest nicht weglaufen dürfen. Das hat ihren Jagdtrieb erst geweckt. So wie ich es sehe, war es nur ein Spiel.«

Felix fuhr auf. »Ein Spiel? Seit wann spielen Wölfe mit Menschen? Ich hätte tot sein können!«

Furrer nickte nachdenklich. »Es ist vieles anders geworden in den letzten Jahren. Seit jeher hat der Mensch den Wolf gejagt. Dann war es umgekehrt. Und jetzt …« Seine Augen blitzten. »Alles fügt sich zusammen. Ich beobachte und staune.«

»Du bist der Professor, nicht wahr?«

»Das bin ich. Das war ich.« Furrer brachte wieder sein fröhliches Kichern hervor. »Nenne es, wie du willst. Die Namen sind nicht wichtig.« Er griff nach zwei Nüssen, packte sie in die Faust und zerdrückte sie mit einem kräftigen Griff. »Bedien dich! Sie sind vom Vorjahr, aber schmecken jetzt erst richtig gut.« Er las die Nussstückchen aus den Schalen heraus und steckte sie sich in den Mund. Felix versuchte es ebenfalls, doch es rührte sich nichts, selbst als er es mit beiden Händen versuchte.

»Du musst die Seiten aneinanderhalten. Dort ist der Widerstand am geringsten. Grade umgekehrt wie bei einem Ei.« Er schmunzelte und zerdrückte auf Anhieb mit einer Hand zwei weitere Nüsse. »Vielleicht bin ich doch noch Professor. Es interessiert mich eben alles, was ich sehe.«

Felix brauchte zwei weitere Versuche, ehe es ihm gelang, die festen Schalen aufzuknacken. Er kaute ein wenig auf den Kernen herum, nach der reichhaltigen Suppe hatte er keinen Hunger mehr. Furrer hatte sich inzwischen ausgestreckt und die Hände hinter dem Kopf verschränkt. »Und jetzt erzähle!«

Felix begann erst stockend, dann sprudelte es aus ihm heraus. Er begann, wie er Chiara kennengelernt hatte, und endete mit ihrer Wiederbegegnung als Gefangene im Schopfheimer Lager. Er beschrieb ebenso seine Erlebnisse am Feldsee, wo sie ihn in die schwankende Welt voller Rätsel und seltsamer Bilder geleitet hatte, wie ihre vollständige Apathie, die sie seit ihrer Befreiung umfangen hielt. »Keiner weiß, was mit ihr los ist«, schloss er. »Urs meinte, du seist der Einzige, der ihr helfen könne. Deshalb habe ich dich gesucht. Deshalb sitze ich jetzt hier.«

Furrer hatte ihn kein einziges Mal unterbrochen. »So, so, hat er das gemeint, der Urs«, sagte er ruhig, als Felix geendet hatte und ihn hoffnungsvoll ansah. »Woher er das wohl hat?«

»Nicht nur Urs! Auch die anderen in Hof glauben das.« Vor Aufregung wurde er lauter und schneller. »Kurt hat mich in deine Wohnung geführt, ich habe in deinen Aufzeichnungen gelesen, und ich bin sicher, dass du …«

»So, so, bist du das.« Wieder unterbrach ihn Furrer mit bedächtiger Stimme. »Und du hast dir nichts dabei gedacht, einfach in privaten Räumen und intimen Aufzeichnungen herumzustöbern!« Er sah Felix an und hielt mit durchdringenden Augen seinen Blick fest. Felix kam sich vor wie ein kleiner Junge, der für etwas Verbotenes zur Rechenschaft gezogen wurde.

»Ich … Ich war verzweifelt!«, stieß er zerknirscht hervor. »Und ich bin es immer noch. Wenn du mir nicht hilfst, ist alles verloren.«

Zu seiner Verwunderung beugte Furrer sich zu ihm herüber und klopfte aufmunternd auf seine Schultern. »Du hast das Richtige getan. Ich hätte es genauso gemacht.« Er nahm eine weitere Nuss aus dem Korb und zerquetschte sie mit einem Griff. Erst jetzt fiel Felix auf, welch kräftige Hände Furrer hatte. »Ich werde dir nichts versprechen, was ich nicht einlösen kann«, fuhr Furrer fort, während er auf den Kernen herumkaute. »Aber ich will dir helfen, so gut ich kann und mit allem, was ich weiß.« Er stand auf. »Ich mache uns einen schönen Abendtee, und dann fangen wir sofort damit an.« Er verschwand in der Hütte, kurz darauf hörte Felix, wie in einem Kessel heißes Wasser blubberte.

»Dauert noch ein paar Minuten.« Furrer kam kurz darauf zurück und stellte zwei Becher und eine große Kanne auf den Tisch. Aus der Öffnung stieg ein angenehmer Duft auf. »Die Kräuter haben einen ganzen Sommer lang Wärme und Licht, Erde und Wasser gesammelt, damit sie zu dem werden, was sie jetzt sind. Wir wollen ihnen Zeit geben, dass sie ihr Bestes wieder freigeben.« Er verschwand ein zweites Mal in der Küche, dieses Mal brachte er einen Teller mit merkwürdig geformten braunen Stückchen, die Felix an zerbrochene kleine Zweige erinnerten. »Spezialität des Hauses«, schmunzelte Furrer, als er Felix' skeptischen Blick sah. Probier mal. »Lutschen musst du, nicht kauen!«

Felix griff zu und steckte sich eines davon in den Mund.

Schon nach wenigen Sekunden spürte er eine angenehme Süße zusammen mit einem leichten Prickeln.

»Getrockneter Apfeldicksaft mit Tannenspitzenhonig und zermahlener Birkenrinde.« Über Furrers Gesicht flog ein schelmisches Grinsen. »Mein eigenes Rezept!«

»Woher hast du das alles?«, fragte Felix erstaunt. »Ich dachte, du bist hier ganz allein?«

»Bin ich, bin ich. Ein Einsiedler, jawohl. Die gab es im Schwarzwald schon vor Tausend Jahren. Aber deshalb muss ich noch lange nicht völlig asketisch leben. Die Natur schenkt mir alles, was ich brauche. Und ein wenig Fantasie gehört auch dazu.« Er kicherte und steckte sich eines der süßen Stückchen in den Mund. »Der Tee braucht noch ein Weilchen. Erzähle doch solange, wie sich Chiara verhält. So genau wie möglich. Auch Kleinigkeiten sind wichtig.«

Felix wunderte sich bereits nicht mehr, wie rasch Furrer zur Ernsthaftigkeit zurückkehren konnte. Er begann, von dem Moment an zu erzählen, als er Chiara in ihrem Gefängnisraum zum ersten Mal wiedergesehen hatte. Dieses Mal begleitete Furrer Felix' Erinnerungen mit größter Aufmerksamkeit. Immer wieder unterbrach er ihn, hakte nach oder bat um eine Wiederholung. In der übrigen Zeit ließ er ein wissendes »Hm, hm« oder ein überraschtes »Na so etwas!« hören. Besonders interessierte er sich dafür, wie Chiara auf das offensichtlich verstrahlte Gelände reagiert hatte. Ihre scheinbare Unempfindlichkeit gegenüber der Spinnenkraft, als Felix sie singend auf dem Baumstumpf gefunden hatte, ließ er sich ebenso in aller Ausführlichkeit erzählen wie den Anstieg über die Geröllhalde, als Chiara plötzlich die drei Schreie ausgestoßen hatte.

»Sie isst, sie trinkt, sie geht, sie schläft«, schloss Felix seine Erzählung mit einem verzweifelten Seufzer ab. »Und das ist alles. Selbst von Leo kommt mehr. Ich traue es mich kaum zu sagen, aber ich erlebe sie wie … wie …« Er stockte und schwieg.

»Wie eine leere Hülle. Das wolltest du doch sagen, oder?«

Felix schossen die Tränen in die Augen. Er nickte. »Was ist nur mit ihr? Wo ist sie hin?«

Furrer schenkte die beiden Becher voll. Der aromatische Duft nach Minze, Verbenen, Ringelblumen und wilden Rosen breitete sich aus. Er wartete, bis Felix getrunken hatte, dann räusperte er sich. »Um ganz sicherzugehen, müsste ich sie natürlich sehen. Auch bin ich alles andere als ein Arzt. Aber ich bin mir ziemlich sicher, dass Urs mit seiner Vermutung recht hat. Chiara hat sich verschlossen. Sie hat sich in sich zurückgezogen, in eine Welt, zu der niemand Zutritt hat.«

Felix sah auf. »Ich verstehe das nicht. Für mich hört sich das an, als hätte sie das von sich aus getan. Aber warum? Und wie ist das möglich?«

Furrer nahm ebenfalls einen Schluck. »Ich muss dir etwas erzählen, was dir nicht gefallen wird. Wie du von Urs weißt, gehörte ich zu denen, die damals als Erste nach der Katastrophe in das verstrahlte Gebiet gingen. Wir waren alle Experten, Spezialisten auf unserem Gebiet. Die Regierung wollte unbedingt Klarheit über die Folgen bekommen. Es war schwierig, weil wir unsere gewohnten Instrumente nicht benutzen konnten. Dazu kam, dass sich Ereignisse abspielten, die sich keiner erklären konnte. Ein paar von uns wurden wahnsinnig, es gab Tote. Als sich sogar das Militär weigerte, sich in der Sperrzone aufzuhalten, wurde das Ganze abgeblasen. Zur selben Zeit begannen die Behörden, eine komplett neue Geschichte zu erfinden. Die Strahlung sei wesentlich gefährlicher als angenommen, alles, was nicht erklärbar war, wurde darauf zurückgeführt. Dann wurde der Zaun errichtet.«

»Wir haben ganz in der Nähe gewohnt«, rief Felix. »Für mich war das normal. Sogar in der Schule hat man es uns so erzählt. Es gab keinen Grund, daran zu zweifeln.«

»Für die allermeisten nicht. Letztlich war die Erklärung bequem. Man brauchte nicht weiter nachzudenken. Und das Wichtigste: Man musste sich nicht weiter sorgen.« Furrer nippte an seiner Tasse. »Die Wahrheit sah aber völlig anders aus«, fuhr er fort. »Was im Schwarzwald geschah, ging weit über das hinaus, was bei vergleichbaren Katastrophen in der Welt geschehen war. Und das Schlimmste war: Man konnte es nicht erklären. Weder die Lähmungen, die bis zum Tod führten, noch den Ausfall jeglicher Elektrizität. Jedem ernstzunehmenden Wissenschaftler war klar, dass das nichts mit der Radioaktivität zu tun haben konnte. Keiner traute sich, es so auszusprechen, aber es war wie in einem fantastischen Film. Der GAU hatte etwas aufgescheucht, eine tödliche Kraft, die niemand erklären konnte. Und die niemand stoppen konnte.«

»Deshalb wurde alles abgesperrt«, nickte Felix.

»Zum Schutz der Bevölkerung hieß es. In Wahrheit hatten alle Angst. Nicht nur vor dem Unbekannten im Schwarzwald. Sondern auch davor, dass es sich über die Grenzen hinaus ausbreiten könnte. Natürlich wurden hinter den Kulissen unglaubliche Anstrengungen unternommen. Die Grenzsicherung wurde immer weiter verstärkt, es wurden Camps für Sondereinheiten errichtet, die Erforschung vorangetrieben. Es gab sogar Pläne, den ganzen Schwarzwald mit gezielten Atomschlägen einer Wüste gleichzumachen.«

»Das ist nicht dein Ernst!« Felix fuhr erschrocken hoch.

»Das menschliche Bewusstsein ist einzigartig. Geschenk und Herausforderung zugleich. Es vermag, die kühnsten Ideen umzusetzen. Die gesamte Kultur auf der Welt ist durch den Menschen entstanden. Und trotzdem lauert tief im Innern die Angst. Das Unbekannte wird so lange erforscht, bis es entschlüsselt ist. Wenn dies aber nicht gelingt …«

»Und noch dazu bedrohlich wird!«, warf Felix ein.

»… reagiert er wie seine Vorfahren vor Hunderttausend

Jahren. Er flüchtet oder stellt sich zum Kampf. Oder er schafft sich Götter, denen er folgen kann.«

Furrer hielt eine Weile inne, als ob er über etwas nachdachte. Felix schwirrte der Kopf. Was er hörte, war unglaublich. Konnte es tatsächlich sein, dass die Regierung so weit ging, alles auszulöschen, nur weil sie es nicht beherrschen konnte?

Er schenkte sich eine zweite Tasse ein. Der Tee war inzwischen ziemlich abgekühlt, schmeckte aber immer noch ausgezeichnet. »Glaubst du, das würden sie wirklich tun?«

Furrer schüttelte langsam den Kopf. »Nein. Niemand weiß, was danach passieren würde. Es ist einfach zu gefährlich. Aber ich bin sicher, dass die Pläne in einer Schublade liegen, die jederzeit aufgezogen werden könnte.« Er griff wieder nach einer Nuss, dieses Mal knackte er sie nicht, sondern knetete sie in seinen großen Händen wie ein Spielzeug.

»Man hat mir damals angeboten, an den Forschungsprogrammen mitzuarbeiten«, fuhr er fort. »Weil sich keiner mehr in die Sperrzone getraut hat, konzentrierte sich alles auf die wenigen Menschen, die man zu fassen bekam. Urs hat es dir ja schon erzählt. Weil sie überlebt hatten, galten sie als Freaks oder Missgeburten und vor allem als potenziell tödliche Gefahr. Sie wurden schlimmer behandelt als Tiere. Die sogenannte Wissenschaft verlor alle Hemmungen.«

»Oh Gott!« Felix schlug die Hände vor dem Gesicht zusammen. »Chiara! Was haben sie nur mit dir angestellt!«

»Wie es ihr gelungen ist, kann ich nicht sagen. Aber sie hat einen Weg zur Flucht gefunden, auf dem ihr niemand folgen konnte. Ihr Geist ist an einem sicheren Ort.«

»Dann ist sie für immer verloren?«

»Die Gesetze der Anderwelt sind einfach, aber mächtig. Um das herauszufinden, müsste man sie dort aufsuchen, wo sie ist.«

»Kennst du den Weg?«, fragte Felix aufgeregt.

»Ich bin einen Weg gegangen«, sagte Furrer langsam, als ob er nicht sicher sei, was er antworten solle. »Aber ich bin sicher, es würde dir nichts nützen, wenn ich ihn dir zeige.«

»Aber du könntest es versuchen!«

»Du bist nicht ich. Nicht, solange wir auf dem Weg sind«, antwortete er langsam. »Jeder muss für sich gehen. Die Antworten sind die gleichen. Aber die Fragen sind anders.«

»Das verstehe ich nicht!«, rief Felix. »Du hast gesagt, du willst mir helfen!«

»So gut ich kann und mit allem, was ich weiß.« Furrer nickte. »Aber ich habe auch gesagt, dass ich dir nichts versprechen werde, was ich nicht einlösen kann.« Er legte die Nuss zurück in den Korb und stand auf.

»Wo willst du hin? Wir müssen weiter reden. Ich …«

»Es wird Zeit, dass wir das Reden beenden.« Er wandte sich um und ging ein paar Schritte auf den Weg, der vor der Hütte in den Wald führte. »Komm mit. Ich will dir den See zeigen.«

Felix schwieg. Er sah ein, dass er den Professor nicht würde drängen können, und folgte ihm, Leo an seiner Seite. Sie waren nur wenige Schritte gegangen, als sich hinter einer Kurve der Wald öffnete. Felix blieb überrascht stehen. Der See, den er vor sich sah, erinnerte ihn sofort an den Feldsee. Es war, als habe ein Riese an dieser Stelle ein kreisförmiges Loch gegraben. Steil aufsteigende Berghänge umrahmten das Wasser von drei Seiten und waren dicht mit Bäumen bewachsen. Dazwischen ragten Felsen heraus, deren nackter Stein im Schatten des Abendlichts lag.

»Der Nonnenmattweiher. Oder auch Inselsee, wie ich ihn genannt habe.«

Felix' Blick folgte Furrers ausgestrecktem Arm. Die Insel, auf die er deutete, nahm fast die Hälfte des Sees ein. Ihr dunkles Grün unterschied sich kaum von der umgebenden Wasseroberfläche. Sie war vollkommen flach, lediglich ein paar vereinzelte niedrige Bäume und Büsche wuchsen verstreut zur Mitte hin.

»Eines der größten Naturwunder im Schwarzwald.«

»Eine Insel?«, fragte Felix ungläubig.

»Eine ganz besondere Insel«, nickte Furrer. »Ich habe sie schon mehrfach untersucht. Sie besteht ganz aus Pflanzen, die sich zusammengeballt haben: Moos, Gras, Wurzeln, Blumen. Darunter ist Torf. Er schwimmt und hält alles zusammen.«

Felix verstand. »Erde, die über dem Wasser schwebt! Ich habe nicht geglaubt, dass es so etwas gibt. Ich dachte, es sei lediglich ein poetisches Bild für deine Aufzeichnungen!«

Furrer lächelte. »Es ist Poesie. Warte, bis es Tag ist, dann werde ich dir mehr zeigen können.«

»Und der Ort, wo Luft und Feuer sich begegnen – gibt es den auch?«

»Den gibt es auch. Und der ist noch geheimnisvoller. Du wirst sehen.«

Sie gingen ein paar Schritte weiter, bis sie das Ufer erreichten. Das Wasser war klar, aber so dunkel, dass Felix nur wenige Zentimeter tief hinunterschauen konnte. Obwohl kein Wind wehte, kräuselte sich die Oberfläche in winzigen Wellen.

»Gibt es hier Fische?«

»Fische, Frösche, Molche, Salamander, Libellen – der See ist ein Paradies. Es gibt Arten, die sind so selten, dass sie nur hier vorkommen.«

Felix überlegte für einen Moment. »Bist du deshalb hier? Ich meine, als Forscher?«

»Ich gebe zu, dass mein Professorenherz manchmal heftig schlägt. Aber das ist nicht der Hauptgrund.«

Er ging ein paar Schritte weiter. Zwischen zwei Schwarzerlen, deren Zweige dicht mit Zapfen bewachsen herunterhingen, stand eine Bank. Anders als bei den vielen dem Verfall preisgegebenen Ruhesitzen, die Felix unterwegs gesehen hatte, war diese gut erhalten. Alle Bretter samt der Lehne waren intakt, die Sitzfläche war sauber und poliert.

»Hier sitze ich jeden Tag.« Furrer ließ sich nieder und streckte die Beine aus. »Es gibt nichts Schöneres.«

Felix setzte sich daneben und sah auf das Wasser. Die Sonne war bereits über dem Bergkamm verschwunden, Abendruhe senkte sich über den Talkessel. Irgendwo in den Bäumen auf der anderen Seite des Sees schimpfte ein Eichelhäher.

»Er kann es nicht lassen«, schmunzelte Furrer. »Dabei kennt er mich schon über ein Jahr. Aber er tut, was er tun muss.«

Als das Keckern des Vogels im Wald verhallt war, breitete sich Stille aus. Nach einer Weile nahm Furrer den Faden wieder auf. »Nachdem sich die Dinge so entwickelten, wie ich es nicht mehr gutheißen konnte, habe ich auf eigene Faust weitergemacht. Von Anfang an hatte ich eine Ahnung, dass im Schwarzwald etwas ganz Besonderes vor sich ging. Ich sprach mit etlichen der Evakuierten. Und ich lernte Leute kennen, die mir gezeigt haben, dass das Gebiet keineswegs überall lebensgefährlich war.«

»Die Wölfe!«

»Urs war einer von ihnen. Sie erschlossen mir eine Welt, die mich bald völlig gefangen nahm. Im besten Sinne, meine ich. Als ich dann einen der Wegweiser erhielt, hatte ich endgültig meine Aufgabe gefunden. Dachte ich jedenfalls.« Er hielt kurz inne, als ob er sich an etwas erinnerte. »Als ich die Furcht abgelegt hatte, war es mir möglich, die Phänomene so zu betrachten, wie ich sie erlebte. Ich fand heraus, dass das Ganze keineswegs zufällig oder gar mechanisch passierte. Im Gegenteil. Es war, als stehe eine Absicht dahinter.«

»Eine Absicht? Von wem? Wozu?«

»Ich werde dir gerne davon erzählen. Aber du willst wissen, warum ich ausgerechnet hierhergekommen bin. Ich habe irgendwann gemerkt, dass die Methode, so wie ich sie gelernt habe, nicht weiterführt. Ursache – Wirkung. Ich hier – das andere dort. So machen es die Wissenschaftler auf der ganzen Welt. Ich habe stattdessen versucht, hinter die Dinge zu schauen. Es war, als würde der Schleier durchsichtig. Gleichzeitig wurde ich empfänglicher. Es war ein Hin und Her. Bald musste ich neue Worte erfinden, um meine Erlebnisse beschreiben zu können.«

Felix erinnerte sich an den plötzlichen Bruch im Tagebuch, in dem er gelesen hatte. »Du hast Gedichte geschrieben. Und Bilder gemalt!«

Furrer nickte. »Es war ein hilfloses Abbild dessen, was war. Aber es drängte mich, es festzuhalten, irgendwie. Und dann kam der Ruf des Hüters.«

Felix schaute auf. »Welcher Hüter?«

»Ich wusste damals nicht, wer er war. Ich weiß es jetzt noch nicht genau. Aber ich bin ihm gefolgt, bis ich ihn hier gefunden habe. Seither hat sich mein Leben verändert.«

»Er ist hier?« Felix schaute ungläubig. »Was hütet er? Und warum hast du ihn mir noch nicht vorgestellt?«

»Er hütet die Quelle. Den Ort, an dem alles entspringt. Du wirst ihn kennenlernen. Denn er wird dir helfen, den Weg zu Chiara zu finden.« Er stand auf. »Es ist spät. Ich gehe hinüber mit der Sonne. Die Nacht wartet.«

Felix sprang auf. »Aber warum nicht gleich? Und was bedeutet das alles? Für Chiara zählt jeder Tag. Vielleicht jede Minute!«

»Morgen«, gab Furrer ruhig zurück. »Sorge dich nicht. Dort, wo Chiara ist, gibt es keine Zeit.«

Alle Versuche von Felix, mehr aus Furrer herauszulocken, blieben vergebens. Der Professor stellte ihm einen Teller mit Brei auf den Tisch und wies ihm die Liege an, auf der er aufgewacht war. Dann verabschiedete er sich. »Die Nacht bricht an. Wir sollten den Tag nicht ausdehnen. Ich gehe schlafen.« Mit diesen Worten verließ er die Küche und ließ Felix ratlos zurück. Felix blieb noch eine Weile sitzen. Dann räumte er das Geschirr weg und versuchte ebenfalls zu schlafen. Doch es gelang ihm nicht. Obwohl er von dem langen Tag völlig erschöpft war, fühlte er sich aufgekratzt wie selten. Die Ereignisse seit dem Morgen tanzten in seinem Kopf herum. Die Wölfe – er hatte den Atem der Verfolger so nahe gespürt, dass er auf alles gefasst war. Trotzdem hatten sie von ihm abgelassen. Waren sie wirklich keine Gefahr für ihn, wie Furrer es behauptete? Aber was war der Grund? Gab es etwas, was stärker war als der Trieb des Raubtiers? Vielleicht sollte er sich nicht allzu viele Gedanken machen. Das Wichtigste war, dass er sein Ziel erreicht hatte. Er hatte den Professor gefunden, und er hatte versprochen, ihm zu helfen, auch wenn Felix nicht wusste, was er von ihm halten sollte. Immerhin lebte er schon lange Zeit völlig allein. Vielleicht wurde man von selbst etwas schrullig. Der Quellhüter würde ihm den Weg zu Chiara zeigen! Wie sollte das möglich sein? Gab es ihn überhaupt wirklich oder war er nicht mehr als die Ausgeburt der Fantasie eines Einsiedlers, der sich ein Gegenüber geschaffen hatte? Furrer hatte versprochen, ihn am anderen Morgen zu ihm zu führen. Er war gespannt. Immerhin – die Erde, die über dem Wasser schwebt, hatte er mit eigenen Augen gesehen, obwohl er zuerst nicht daran geglaubt hatte. Der Ort, wo Luft und Feuer sich begegnen. Er konnte gespannt sein, was sich hinter diesem merkwürdigen Bild verbarg.

*

Es war wie am Tag zuvor. Als Felix die Augen aufschlug, hantierte Furrer am Herd und summte eine einfache Melodie. Ein würziger Duft stieg vom Ofen auf und erfüllte die Luft.

Felix meinte, etwas von den Kräutern herauszuschnuppern, die er gestern im Tee getrunken hatte, doch er hatte vergessen, welche Namen Furrer ihm aufgezählt hatte. Ohne sich umzudrehen, hatte der Professor gemerkt, dass Felix wach geworden war. »Ein wunderbarer Tag! Wir können draußen frühstücken!«, rief er. »Wenn du willst, kannst du dich am Brunnen waschen!«

Felix sprang auf, schüttelte sich und fuhr sich mit den Fingern durch die Haare. Er erwiderte den Gruß und wankte schläfrig nach draußen. Die Hütte lag noch im Schatten, von der Sonne war noch nichts zu sehen. Nur die Spitzen der Fichten glänzten hell auf. Er tauchte den Kopf ein paarmal in das Becken, das aus einem Baumstamm ausgehöhlt war, dann rieb er sich den Schlaf aus den Augen und wusch sich Gesicht, Ohren und den Hals. Für mehr war es ihm zu frisch am Morgen. Vielleicht konnte er dafür im Laufe des Tages im See schwimmen gehen.

»Du hast lange geschlafen«, begrüßte ihn Furrer, der inzwischen auf dem Tisch vor dem Haus eine Schale mit Brei bereitgestellt hatte.

»Lange? Es ist ja noch nicht einmal richtig hell!«

Furrer lachte. »Der Tag ist da, auch wenn man die Sonne nicht sieht. Das ist das Einzige, was ich mir manchmal an diesem Ort anders wünsche.«

Der Brei war heiß und duftete nach Sommerwiese. Felix tauchte den Löffel ein und probierte vorsichtig. Auf der Zunge spürte er einen seltsam bitteren Beigeschmack.

»Löwenzahn und Gänseblümchen«, meinte Furrer, der Felix' überraschte Reaktion bemerkt hatte. »Macht wach, regt an und fördert die Verdauung.«

»Woher weißt du das alles? Und warum isst du nichts?«

»Ich habe es gelernt, und ich habe schon vor zwei Stunden gegessen«, antwortete Furrer knapp.

»Vor zwei Stunden?«

»Ich gehe mit dem Tag und ich komme mit dem Tag wieder. So halte ich es, seit ich hier bin. Und es tut mir gut.«

Felix fragte nicht weiter nach. Er hatte einen Riesenhunger. Obwohl er sich vor jedem Bissen zügeln musste, um sich nicht die Lippen zu verbrennen, war sein Napf nach wenigen Minuten leer.

Furrer nahm die kleine Schüssel und brachte sie kurz darauf gefüllt aus der Küche zurück. »Hier. Ich freue mich, wenn es dir schmeckt.«

Felix aß zwei weitere Löffel, dann konnte er sich nicht länger zurückhalten. »Du wolltest mich heute zu dem Quellhüter bringen?«

Furrer nickte. »Ich will es versuchen. Er weiß, dass du kommen wirst. Wenn alles zusammenpasst, wirst du ihn treffen.«

Felix beschlichen leise Zweifel. Woher sollte das unbekannte Wesen von ihm wissen? Falls es den Hüter überhaupt gab! Oder wollte ihn der Prof lediglich darauf vorbereiten, dass seine Hoffnung nicht mehr war als eine Illusion? Felix konnte sich nicht länger zurückhalten. Er musste mehr wissen. Die Worte fielen ihm ein, die Furrer gestern auf der Bank gebraucht hatte. »Du hast erzählt, dass er dich gerufen hat und du ihm gefolgt bist. Dass er die Quelle hütet, aus der alles entspringt. Willst du mir nicht mehr darüber erzählen? Dann kann ich besser vorbereitet sein auf das, was mich erwartet!«

Furrer sah ihn lange an. »Später. Je weniger du weißt, desto besser. Konzentriere dich auf das, was du willst. Mache dich so offen, wie du kannst. Allzu viel Wissen kann auch hinderlich sein.« Er sah nach oben, sog die Luft ein, als ob er nach etwas suchte. »Die Sonne ist heute müde. Das Wetter schlägt um. Wir sollten gleich aufbrechen.«

Felix staunte. »Ich merke nichts! Kommt denn der Hüter nur bei schönem Wetter?«

Furrer stand auf. Felix sah, dass er sich ein Grinsen nicht verkneifen konnte. »Für den Hüter gibt es kein gutes oder schlechtes Wetter. Aber für dich. Es macht keinen Spaß, bei Regen und Gewitter auf dem Weiher zu sein!«

Furrer schlug denselben Weg ein wie am Tag zuvor. An der Bank zwischen den beiden Erlen wandte er sich nach rechts. »Siehst du den Felsen dort hinten am Ende des Sees? Dort müssen wir hin.« Er deutete auf einen Stein, der am Ufer etliche Meter emporragte. Zu beiden Seiten fiel der Steilabhang fast senkrecht herab.

»Wie sollen wir da hinkommen?«, fragte Felix, während sie das Ufer entlanggingen. »Klettern? Mit einem Seil?«

»Nein, nein. Es ist äußerst mühsam. Und es würde nichts nützen. Ich habe es dreimal versucht. Der Hüter zeigt sich nur, wenn du über das Wasser kommst.«

»Du meinst schwimmen? Das schaffe ich leicht!«

»Das glaube ich. Aber ich zeige dir einen anderen Weg, wenn wir dort sind.«

Das Seeufer war die meiste Zeit dicht bewachsen. An vielen Stellen reichte der Wald bis an das Wasser heran. »Früher gab es einen Weg um den See herum«, erklärte Furrer. »In Hof hatte ich einen Reiseführer mit Fotos und einer Karte, auf der er eingezeichnet war. Drüben habe ich im Gestrüpp die Reste einer Grillstelle gefunden. Und es gab wohl einen abgesperrten Bereich, wo man baden konnte. Aber von alldem ist nichts mehr da.«

Felix sah auf den Weiher hinaus. Noch hatten die Sonnenstrahlen das Wasser nicht erreicht. Der See lag ruhig, die Farben waren genauso gedämpft wie am Tag zuvor. Ab und zu schnappte ein Fischmaul nach einer Mücke, die sich zu nah an die Wasseroberfläche gewagt hatte, und hinterließ eine kreisförmige Welle, die sich rasch ausbreitete und nach wenigen Metern wieder verschwand. Es fiel ihm schwer, sich vorzustellen, wie es hier bis vor ein paar Jahren den üblichen Sommertrubel gegeben hatte. Badegäste, Kindergeschrei, der Duft nach Gegrilltem – das alles war weit entfernt. Je näher sie dem Seeufer kamen, desto dichter wurde das Buschwerk, durch das sie sich schlagen mussten. Dagegen sah Felix immer deutlicher sein Ziel auf der anderen Seite. Der Fels mochte etwa zehn Meter hoch sein. Im oberen Teil gab es etwas, das wie eine Höhlung aussah. Von dort floss Wasser über den Stein herunter. Am Fuße des Felsens lagen verstreut mehrere große und kleine Steine am Ufer. Mitten im blassgrünen Röhricht tauchte plötzlich ein einfacher Holzsteg auf. Es waren nicht mehr als ein paar Balken, die in den Boden gerammt waren und über die zwei lange Bretter gelegt waren. An seiner Seite war an einem Seil ein seltsames Gebilde festgebunden, das halb im Schilf verborgen lag.

»Ein Boot!«, rief Felix überrascht. »Du hast ein Boot!«

»Sozusagen.« Furrer bog die letzten Blätter zur Seite, kletterte auf den Steg und holte das Seil ein. Jetzt sah Felix, was es war. »Als ich ankam, gab es ein Boot. Aber es war längst verrottet und nicht mehr zu gebrauchen. Das hier habe ich aus den Resten gebaut.«

Die Konstruktion ähnelte mehr einem Floß als einem Kahn. Furrer hatte zwei verbeulte Ölfässer mit verschiedensten Plastikbehältern zusammengebunden und eine alte Tür darübergelegt. Das war alles. Es sah abenteuerlich aus, aber es schien zu schwimmen.

»Ruder gibt es keine. Ich habe es versucht, sogar mit einem Segel. Das war alles zu umständlich. Aber mit einer Stocherstange geht es ganz gut. Der See ist an den meisten Stellen flach genug.«

Felix packte das Holz mit beiden Händen und kletterte auf das Floß. Die Stange war mindestens drei Meter lang und erstaunlich leicht. Er stieß das Holz nach unten und fand rasch Grund. »Müsste gehen. Wo ist die andere?«

»Es gibt nur diese. Du wirst alleine fahren. Auch Leo bleibt hier.«

»Ja, aber …«

»Dem Wächter kann immer nur einer begegnen. Jeder hat sein eigenes Leben und damit seine eigenen Fragen.«

»Aber ich weiß doch gar nicht, was ich tun soll! Ich weiß noch nicht einmal, wo genau ich hin muss!«

Furrer deutete auf das andere Ufer. »Du siehst die Steine unterhalb des Felsens. Dort landest du und steigst ab. Dann wartest du. Alles andere wird sich finden. Wenn der Wächter bereit ist, dich zu empfangen, wird er dich finden. Zuvor musst du noch etwas wissen. Du kannst nicht einfach ein Ja oder ein Nein erwarten. Manchmal gibt der Quellwächter Antworten, von denen du noch nicht einmal die Frage wusstest. Manchmal frägt er dich selber und du wirst zu deinem eigenen Orakel.«

»Das hört sich sehr verwirrend an!«

»Versuche, dich auf das zu konzentrieren, was dir wichtig ist. Und jetzt pass auf, ich schiebe dich an.« Er zog das Floß so weit nach vorn, bis es am Ende des Stegs trieb. Dann stieß er es mit dem Fuß ab und warf das Seil hinterher. »Von jetzt an bist du auf dich alleine gestellt. Sei auf der Hut!«

Durch den kräftigen Ruck geriet Felix fast aus dem Gleichgewicht, doch er fing sich rasch. Er stellte sich so breitbeinig auf wie er konnte und achtete gleichzeitig darauf, dass er nicht zu nah an den Rand kam. Dann stieß er die Stange in den Grund und versuchte, sich daran entlangzuziehen. Es dauerte ein paar Versuche, während derer sich das Floß drehte und in Richtung Uferschilf abzugleiten drohte. Erst als Felix herausfand, dass er seine Kraft gefühlvoller einsetzen musste, gelang es ihm, in etwa die Richtung einzuhalten. Er hörte noch, wie Leo ihm ein paar aufmunternde Beller hinterherschickte, dann konzentrierte er sich auf das, was vor ihm lag.

Als er seinen Rhythmus gefunden hatte, rückte sein Ziel rasch näher. Die Wasseroberfläche war ruhig, kein Wind fuhr ihm dazwischen. Nur an wenigen Stellen fand seine Stange keinen Grund, doch die meiste Zeit konnte er sich gezielt abstoßen. Dazwischen drehte er sich einmal um, von Furrer und Leo war nichts mehr zu sehen. Da er keinerlei Steuer hatte, bemühte er sich, in gerader Linie auf den Fels zuzuhalten. Bis etwa 20 Meter vor dem Ufer gelang ihm das ganz gut, dann ließ er das Floß auslaufen und korrigierte nur noch zu beiden Seiten die Richtung. Es schrammte kaum hörbar, als die blauen Plastikfässer an die Steine am Ufer auftrafen. Felix nahm das Seil, sprang herunter und band es an einem angeschwemmten Ast fest, der zwischen den Felsen herausragte. Die Stange stieß er ein Stück daneben in das Gestrüpp. Der Platz, an dem er gelandet war, war schmal und nur wenige Schritte breit. Nach links war er begrenzt durch einen Felssturz, durch den Felix nicht herumsehen konnte, zur anderen Seite schloss sich an den Fels ein Steilhang an, an dem sich dunkle Fichten drängten, die aussahen, als müssten sie jeden Moment nach unten in den See stürzen. Felix staunte über die steinerne Wand über ihm. Bis auf ein paar Risse und Spalten war sie seltsam glatt, kein Baum, kein Busch, nicht einmal Gras wuchs auf ihrer Oberfläche. Am oberen Rand hingen wie ein zerzauster Bart Wurzeln von Pflanzen herab, die er von unten aus nicht sehen konnte. Direkt darunter floss aus einer der wenigen Höhlungen Wasser heraus. Das feuchte Band glitzerte in der aufgehenden Sonne. Es war gerade so viel, dass es zu beiden Seiten einen schmalen moosigen Streifen am Leben erhielt. Am Fuß des Felsens öffnete sich eine schmale Grotte, die Felix von Weitem nicht gesehen hatte. Die Öffnung war nicht groß und so niedrig, dass Felix selbst in gebückter Haltung keinen Platz darin gefunden hätte. Ihre Wände waren dicht mit Moos bewachsen, zwischen den Steinen am Boden plätscherte ein schmaler Bach heraus, der sich direkt davor zu einem kleinen Tümpel sammelte, ehe er sich ein paar Schritte weiter in den Weiher ausfloss.

Felix war unschlüssig, was er tun sollte. Furrer hatte ihm nicht gesagt, ob er den Wächter suchen oder auf ihn warten musste. Sollte er rufen oder sonst wie auf sich aufmerksam machen? Andererseits wollte er natürlich nichts falsch machen. Nach kurzem Überlegen entschied er sich abzuwarten, was geschehen würde. Er suchte sich einen flachen Stein und setzte sich. Die Sonne war in der Zwischenzeit über den östlichen Bergkamm emporgestiegen. Noch lag der Weiher im Schatten, doch im Wald über ihm erwachte das Morgenlicht. Felix beobachtete, wie die Sonnenstrahlen von oben her über den Fels herabwanderten. Das feuchte Band leuchtete auf, das Moos begann zu glitzern. Winzige Wassertröpfchen funkelten, als das Licht die Grotte erreichte. Als ob sie ein eigenes Leben hätten, sprangen sie nach allen Seiten, hüpften auf und ab, spielten miteinander und zerplatzten in noch kleinere Teilchen. Kaum wahrnehmbar, begannen in den glasklaren Tropfen winzige Farbpunkte aufzuleuchten, zuerst in zartem Gelb, dann in Orange, Hellrot, Karmin und Zinnober. In den warmen Farbenreigen mischten sich kühle Töne von blassem Himmelsblau über kräftiges Sommerazur bis zu dunklem Nachtviolett. Kupfer, Silber und Gold schimmerten auf. Felix konnte kaum fassen, was sich vor seinen Augen abspielte. Er ahnte bereits, was als Nächstes kommen würde. Die Farbpunkte setzten sich in Bewegung, strömten nach allen Seiten, Linien, Schleifen und Kreise entstanden und vergingen, trafen sich, verschmolzen miteinander, wandten sich über- und untereinander. Über allem lag ein pulsierendes Leuchten, das nach allen Seiten strahlte, bis der ganze Fels zu leuchten begann. Feuer und Luft begegneten sich! Der Stein am Rande des Weihers war zu einem gigantischen

Wegweiser geworden! Felix war völlig hingerissen. Fasziniert betrachtete er das Schauspiel. Sein Innerstes leuchtete auf in Hundert schillernden Facetten, wie er es noch nie erlebt hatte. Aus dem großen irisierenden Reigen löste sich ein Funke und sprang auf ihn über. Der Funke wurde zu einem Ton, zu einer Melodie. Die Melodie formte sich zu Worten, zu einem Satz.

»Du bist gekommen.«

Felix war wie benommen. Er kniff die Augen zusammen und öffnete sie wieder. War das wirklich eine Stimme, die er gehört hatte?

»Ich ... ich sehe dich nicht!«, stammelte er. »Wer bist du?«

»Du weißt es!«

Felix fuhr sich mit den Händen über das Gesicht und schüttelte den Kopf, als ob er aus einer Betäubung zu sich kommen wollte.

»Ja, ich weiß es!«, stieß er hervor. »Du bist der Hüter. Aber wo bist du? Ich sehe dich nicht!«, wiederholte er.

»Wenn du mich sehen musst, dann sieh.«

Täuschte er sich oder klang in ihm ein leises Lachen? Langsam wendete er den Kopf nach allen Seiten. Der leuchtende Fels, das dunkle Wasser, der stumme Stein – niemand war da.

»Die Menschen sind achtlos. Sieh, und du wirst sehen!« Die Stimme klang wie fließendes Wasser.

Eine winzige Bewegung lenkte seinen Blick auf einen flachen Stein, der neben ihm auf dem Boden lag und zur Hälfte im Gras verschwand. Dahinter erhob sich der schmale Kopf einer Schlange, die sich langsam aus dem Grün hervorwand. Die Schuppen ihres Körpers glänzten braun, grau und silbern. Über den Rücken wand sich ein dunkles gezacktes Band. Die lidlosen Augen funkelten in gedämpftem Rot. Aus dem halb geöffneten Maul zischelte eine fein geschlitzte Zunge. Langsam kroch die Schlange auf Felix zu, bis sie nur noch eine Handbreit von seinem nackten Arm entfernt war. Felix wollte seinen Arm zurückziehen, doch er konnte es nicht. Er war wie gelähmt. Gebannt starrte er auf die Augen.

»Du hast Angst. Das ist gut. Nur ein Wesen, das Angst hat, ist lebendig.«

Felix vermochte nicht zu unterscheiden, ob die Stimme in seinem Kopf klang oder ob es die Schlange war, die zu ihm sprach. »Ich … Ich habe keine Angst!«, stammelte er. »Du bist der Hüter der Quelle. Furrer hat mich zu dir geschickt. Ich brauche Hilfe!«

Der Kopf der Schlange war einen Fingerbreit vor Felix' Hand. Er meinte fast, die feine Berührung der Zunge zu spüren. Das runde Maul öffnete sich, am Oberkiefer leuchteten zwei bleiche Zähne hervor.

»Mutig gesprochen!« Irgendwo in weiter Ferne klang ein leises Lachen. »Ich werde dir sagen, was du wissen willst. Aber hüte dich!« Ein scharfes Zischen ertönte. »Wähle deine Worte sorgfältig. Du hast drei Fragen. Wenn du weiter sprichst, werde ich dich verschlingen!« Die Schlange rollte sich auf dem Stein zusammen und zog ihren Kopf so weit zurück, bis er auf ihrem gereckten Hals langsam hin- und herschwang. Der Blick aus den geschlitzten Augen ließ ihn nicht los.

Felix nahm alle seine Kraft zusammen, dann brach es aus ihm heraus. »Wo ist Chiara? Wie finde ich sie?« Die Worte lösten seine Starre. Er riss die Hand zurück und sprang auf. »Wie kann ich ihr helfen?«, keuchte er. »Und wie finde ich den Fischmenschen?«

Der Kopf der Schlange zuckte vor und zurück. Ihre roten Augen leuchteten auf.

»Ha! Das waren vier Fragen! Jetzt werde ich dich verschlingen! Doch du sollst die drei Antworten haben.« Sie senkte den Hals und kroch langsam auf Felix zu.

»Chiara ist auf dem Thron der Sonne. In der Nacht der Waage öffnet sich die Tür zur Weißen Göttin. Chiara kann sich nur selbst helfen.« Der lange gewundene Körper hatte Felix fast erreicht. »Und den Fischmenschen wirst du niemals finden!« Ein lautes Zischen ertönte. Felix machte einen Satz nach hinten, knickte ein, stolperte weiter und fiel der Länge nach ins Wasser. Die plötzliche Kühle ließ ihn wieder zu sich kommen. Irgendwie bekam er die Stocherstange zu fassen, kletterte auf sein Floß und machte das Seil los. Die Stange rutschte an den glitschigen Steinen ab, dann fand er Grund und stieß sich ab, so fest er konnte. Für einen quälend langen Moment hing er fest, dann löste sich das Floß mit einem Ruck und schwamm frei. Wieder und wieder rammte Felix die Stange in den Boden, zog sich und das Boot vorwärts. Schweiß trat ihm in die Augen, seine Muskeln brannten, doch er achtete nicht darauf. Panik trieb ihn vorwärts. Er sah nicht, wohin er steuerte, er wollte nur weg! Die Angst hatte ihn überfallen wie ein großer schwarzer Vorhang. Jeden Moment erwartete er, dass der Wächter hinter ihm auftauchte, dass sich die gebogenen spitzen Zähne in seine Ferse bohrten.

Er ließ erst nach, als die Kräfte ihn verließen. Noch ein letztes Mal bohrte er die Stange in den Seeboden, dann holte er sie ein und ließ sich völlig entkräftet auf die Bretter fallen. Sein Herz schlug heftig, sein Atem ging schwer, in seinem Kopf brauste das Blut.

Als Felix aufblickte, sah er, wie die Berghänge hinter niedrigen Wolken verschwanden. Das Ufer des Weihers war nicht mehr zu sehen. Dichte Nebelschwaden flossen von allen Seiten auf ihn zu. Gleichzeitig kam Wind auf. Heftige Böen zerrten am Floß, es begann zu schaukeln, Felix musste sich festhalten, um nicht herunterzurutschen. Die Stange glitt ihm aus den Händen und verschwand in der Tiefe. Der Himmel über ihm zog sich zusammen und wurde schwarz. Mit einem gewaltigen Donnerschlag setzte ein heftiger Regen ein. Längst war der Fels des Hüters nicht mehr zu sehen. Die Wellen türmten sich immer höher, Gischt schlug nach oben, Nebel legte sich um ihn und nahm ihm endgültig jede Sicht, das Floß schwankte und drohte umzuschlagen. Felix warf sich flach auf die Bretter und klammerte sich mit beiden Händen fest. In der Luft erhob sich ein scharfes Zischen. Aus dem Nebel reckten sich ihm Arme entgegen, die Wellen unter ihm zogen sich zu schmalen gespaltenen Zungen zusammen, die von überall auf ihn zukamen. Das Zischen wurde zu schrillem Pfeifen, das rasch anschwoll und so laut wurde, dass ihm die Ohren schmerzten. Halb wahnsinnig warf Felix sich hin und her, sein Kopf drohte zu zerbersten. Ein tiefes Grollen ertönte. Die Nacht, der Nebel, die Wellen, das Pfeifen vereinigten sich zu einer riesigen schwarzen Faust, die sich weit über ihm erhob und mit einem einzigen Schlag auf ihn herabfiel. Das Floß bäumte sich auf, Felix wurde in die Luft geschleudert.

Dann war es still.

*

»Es scheint neuerdings zu meinen Aufgaben zu gehören, dich irgendwo zu finden und nach Hause zu bringen!«

Felix schlug die Augen auf und sah in das besorgte Gesicht von Rudolf Furrer. Er versuchte, sich aufzurichten, doch er sank kraftlos zurück. Er spürte, dass er auf etwas Hartem lag, seine Hosen und die übrigen Kleider waren völlig durchnässt. Er fror.

»Was – ist – passiert?«

»Ich weiß es nicht. Du bist am Leben. Das ist das Wichtigste!«

»Am Leben?« Felix versuchte erneut, sich hochzustemmen. Um ihn war es heller Morgen. »Wo bin ich? Wo ist das Floß?«

»Du bist in Sicherheit. Das Floß suchen wir später. Wenn es irgendwo angetrieben wurde, werde ich es finden.«

Beim zweiten Versuch schaffte es Felix, sich auf seine Ellbogen abzustützen. Er lag auf dem Boden, nicht weit entfernt von Furrers Ruhebank unter den Erlen. Um seinen Leib war eine Decke geschlungen. Neben ihm sprang Leo aufgeregt und winselte vor Freude.

»Aber das Unwetter, der Regen, das Dunkel …«

»Ich habe dich auf der Torfinsel gefunden. Anscheinend bist du ins Wasser gefallen. Geregnet hat es seit Tagen nicht.«

Felix sah ihn ungläubig an. »Wie lange war ich weg?«

»Am Mittag vor drei Tagen bist du losgefahren. Heute Morgen habe ich dich entdeckt und bis hierhergetragen.«

»Das heißt, ich war…«

»Du wirst mir alles erzählen. Später«, unterbrach ihn Furrer.

*

Eine halbe Stunde danach saß Felix in trockenen Kleidern am Tisch vor der Hütte und ließ sich von der Sonne wärmen. Furrer hatte seine Kräutermischung mit Fenchel, Melisse und etwas Chili verfeinert. Eben schenkte er ihm bereits die zweite Tasse ein.

»Der Hüter hat dir seine Macht gezeigt«, meinte Furrer und schob Felix eine Schale mit angenehm duftenden Plätzchen entgegen, die ein wenig wie dunkel gebackene Lebkuchenschnitten aussahen. »Du hast Glück gehabt. Er hat dich bestraft, aber nicht vernichtet.«

»Du meinst – das Unwetter, der Nebel, die Gesichter und Zungen hat alles der Wächter gemacht? Eine Schlange?«

Furrer wiegte den Kopf. »Nicht die Schlange. Er ist in diesem Bild zu dir gekommen, weil du ihn unbedingt sehen wolltest.«

Felix erinnerte sich, dass er die Stimme zuerst in seinem

Kopf gehört hatte. »Das stimmt. Ich wusste nicht, wie ich mit ihm reden sollte.«

»Weil er selbst gestaltlos ist, kann der Hüter in allen Gestalten erscheinen.«

Felix nahm einen weiteren Schluck. Das würzige Getränk tat ihm gut und brachte auch von innen heraus die Wärme zurück. »Drei Tage war ich weg, sagst du?« Er konnte immer noch nicht fassen, was Furrer ihm gesagt hatte. »Du meinst, ich habe so lange bewusstlos am Ufer gelegen?«

»Oh nein. Ich habe jeden Tag nach dir Ausschau gehalten. Erst heute Morgen warst du da.«

»Und es hat nicht geregnet? Und keinen Sturm gegeben?«

Furrer schüttelte den Kopf. »Der Hüter hat dich all das erleben lassen. Du musst ihn sehr erzürnt haben. Was ist geschehen?«

Felix berichtete von dem Moment an, als er unter dem Felsen ans Ufer gegangen war. Er erzählte von den Farben, die den Stein zum Glühen gebracht hatten, von der Schlange, die zu ihm gesprochen hatte und von der Angst, die ihn plötzlich überwältigt und zur Flucht getrieben hatte. »Und dann waren plötzlich die Berge verschwunden, das Ufer war nicht mehr da, selbst das Licht schien ausgelöscht. Ich glaubte, ich sei alleine auf der Welt. Mitten in einem endlosen Ozean. Dann kamen die Augen, die Zungen, die Hände – es war schrecklich!«

Felix ließ den Kopf nach hinten fallen und sah zum Himmel. Die Luft war klar, ein paar Wolken standen über ihm. Es fiel ihm schwer zu glauben, dass er sich die fürchterlichen Erlebnisse nur eingebildet hatte. »Es war keine Illusion! Alles war so wahr und real wie die Hütte, der Tisch. So wie du, wenn du vor mir sitzt und mit mir sprichst!«

Eine Weile saßen sie stumm beieinander. Im Wald klopfte ein Specht, eine Wespe setzte sich an den Rand der Schale und begann, an einem der süßen Krümel zu nagen.

»Hast du Antwort auf deine Fragen bekommen?«, sagte Furrer.

»Ja und nein. Die Worte waren verwirrend. Und dann ging alles so schnell.«

»Was ist mit Chiara? Weißt du, was du tun musst?«

Felix fuhr sich mit den Fingern über die Schläfen und versuchte, sich zu erinnern. »Ich habe gefragt, wo sie ist und wie ich sie finde. Und wie ich ihr helfen kann. Und dann ... Ich weiß nicht, was über mich gekommen ist. Ich habe gefragt, wo ich den Fischmenschen finde.«

Furrer sah kurz auf, als ob er sich an etwas erinnere. Doch er ging nicht darauf ein. »Das war eine Frage zu viel«, sagte er stattdessen.

»Ich weiß!« Felix' Stimme klang kläglich. Er spürte, wie Zorn und Verzweiflung in ihm aufstiegen. »Ich bin ein solcher Idiot! Ich habe alles kaputtgemacht!«

»Aber er hat dir doch Antworten gegeben!« Furrer versuchte, Felix zu besänftigen. »Was waren denn seine Worte?«

Felix atmete ein paarmal tief durch. »Es war genau so verwirrend, wie du es vorhergesagt hast. Ich habe nichts verstanden. Chiara sei auf dem Thron der Sonne, zu dem sich in der Nacht der Waage das Tor öffnet.« Er ballte die Fäuste. »Thron der Sonne, Nacht der Waage, Weiße Göttin – was soll ich damit anfangen?« Ein tiefer Seufzer folgte. »Die einzig klare Antwort ist auch die schlimmste. Ich könne nichts tun. Sie könne nur sich selbst helfen!«

»Hat er auch etwas zu dem Fischmenschen gesagt?«

»Nein. Doch, warte!« Felix überlegte. »Ich würde ihn nicht finden. Das war alles. Sehr ermutigend.«

Zu Felix' Überraschung huschte ein Lächeln über Furrers Gesicht. »Du bist ungeduldig, mein junger Freund! Ich finde, deine Begegnung mit dem Hüter war sehr erfolgreich.«

»Erfolgreich? Ha! Ich bin gerade so weit wie zuvor. Nein, noch schlimmer. Ich bin am Ende. Chiara ist für immer verloren.« Felix stützte den Kopf auf den Tisch und schlug die Hände vors Gesicht.

Furrer trank seine Tasse aus und stand auf. »Der Hüter mag seine Worte so wählen, dass man sie nicht gleich versteht. Aber er hat noch nie die Unwahrheit gesagt. Ich will dir etwas zeigen!« Er ging ein paar Schritte auf dem Pfad, der vom See wegführte, und winkte Felix mitzukommen. Unwillig trottete er Furrer hinterher. Am liebsten hätte er sich irgendwo verkrochen. Es gab nichts, was ihn jetzt trösten konnte. Hinter dem Röhrenbrunnen stieg Furrer ein Stück den Hügel hinauf, bis der Blick über die umstehenden Bäume hinwegging. Ein Panorama von Bergen, Tälern, Gipfeln und Wäldern tat sich auf. Felix war beeindruckt, doch er konnte keine Freude empfinden.

»Schau dort hinüber!«, sagte Furrer und wies auf die Bergkuppe, die ihnen am nächsten war. Der Gipfel war bis auf ein paar wenige Bäume unbewachsen, etwas unterhalb stand ein einzelnes Haus. Felix erkannte die Silhouette sofort. »Der Belchen! So nah!«

Furrer breitete seine Arme aus. »Der Belchen. Der Strahlende. Thron des Belenus. Der Lichtergott.«

Felix verstand nicht, was Furrer sagen wollte. Stattdessen befiel ihn ein leichtes Unbehagen, als er sich an seine überstürzte Flucht vor dem großen Gesang erinnerte. Der Berg war geheimnisvoll und gefährlich. »Ich hätte nicht gedacht, dass er so nahe ist. Hast du keine Angst, dass die Kraft dich irgendwann überwältigt?«

»Warum sollte ich Angst haben? Solange ich das Gesetz befolge, gibt es keine Gefahr. Wir lassen uns gegenseitig gewähren, sozusagen.«

Felix schüttelte ungläubig den Kopf. War Furrer jetzt völlig neben der Spur? Vieles, was er von ihm gehört und gesehen hatte, war schrullig genug. Aber wie sollte ein Mensch den Berg bedrohen können?

»War es das, was du mir zeigen wolltest?« Felix bemühte sich, seine Stimme ruhig klingen zu lassen.

»Das ist die Antwort auf deine erste Frage. Der Belchen ist der Ort, an dem für die Kelten Bel wohnt, der Strahlende. Sein Gipfel ist der Thron der Sonne. Oder wie es unser Johann Peter Hebel sagte: Die erste Station auf dem Weg von der Erde zum Himmel.«

Felix riss die Augen auf. »Also ist Chiara dort oben?« Er verstand immer noch nicht, was Furrer ihm sagen wollte. »Das kann nicht sein! Sie ist in Hof, bei Urs und den Fehrenbachs!«

Furrer nickte. »Sie ist in Hof, doch der Weg zu ihrem Geist ist dort oben. Du musst die Tür finden und warten, bis sie sich öffnet.«

»Aber ich kann nicht auf den Berg steigen. Wenn ich die Grenze überschreite, werde ich es nicht überleben!«

»Das ist wahr. Aber der Hüter weiß, wann sich die Tür öffnet, und er hat es dir gesagt.«

»›In der Nacht der Waage‹. Das waren seine Worte. Aber ich weiß nicht, was das bedeuten soll. Weißt du es?«

»Ich weiß es nicht. Aber ich habe eine Ahnung. Gib mir noch etwas Zeit.«

»Zeit, die ich nicht habe«, meinte Felix betrübt. Die Freude über Furrers Erklärung zum Belchengipfel war bereits verflogen. Selbst wenn es stimmte, was der Professor vermutete, so blieb es immer noch unmöglich, die Kraft der Spinne zu überwinden.

»Ich werde ein wenig in Ruhe nachdenken«, meinte Furrer, als sie wieder am Brunnen hinter der Hütte angekommen waren. »Die Waage ist zweifellos ein Bild für etwas, das wir Menschen anders ausdrücken würden. Aber die Heimat des Hüters ist eine Welt, in der Worte eine andere Bedeutung haben. Das Bild ist ein Rätsel, das es zu entschlüsseln gilt.«

Auf der Schüssel mit den Keksstückchen hatte sich inzwischen eine ganze Wespenfamilie niedergelassen. Dazwischen liefen Ameisen, die emsig winzige Stückchen in ihren Zangen abtransportierten. Auch ein grüngolden glänzender Käfer war vorbeigekommen. Er turnte auf dem schmalen Rand der Teekanne entlang, wobei seine langen schwarzen Fühler aufgeregt zitterten. Furrer fasste ihn vorsichtig mit Daumen und Zeigefinger und setzte ihn auf den Tisch. Von den süßen Stückchen ließ er ein paar liegen, ehe er die Schale vorsichtig aufnahm. »So haben alle etwas davon«, lachte er. »Mir ist es lieber, wenn die Gäste draußen bleiben.«

Er trug die Sachen zurück in die Küche, dann kam er mit einem Seil zurück. »Ich gehe runter an den Weiher und will sehen, ob ich das Floß finde. Vielleicht kommt mir dabei die zündende Idee. Kommst du mit?«

Felix zögerte. »Geh ruhig schon vor. Bei dem schönen Wetter wollte ich mich eigentlich endlich mal gründlich waschen.«

»Gute Idee. Warte, ich habe etwas für dich.« Furrer verschwand in dem kleinen Anbau hinter der Küche und brachte eine große Blechdose, auf der in bunten Buchstaben »Feinste Essiggurken« zu lesen war. Furrer zog den Deckel ab und hielt sie Felix unter die Nase. »Waschmittel. Selbst gemacht. Für Gesicht, Haut, Haare, Hemden, Hosen, Kissen, Handtücher. Riecht ein bisschen komisch, hilft aber ausgezeichnet.«

Felix bedankte sich. Er ging zu dem Brunnen und wartete, bis Furrer auf dem Pfad verschwunden war, dann zog er sich aus. Neben dem Trog stand eine große Blechschüssel. Er füllte sie mit Wasser und begann, sich von Kopf bis Fuß zu waschen. Er war froh, dass Furrer nicht darauf bestanden hatte, dass er mitkam. Die schrecklichen Geschehnisse auf dem Floß waren genauso in ihm lebendig wie das seltsame

Erlebnis mit dem Hüter. Alles war so real gewesen! So wirklich wie das Bild seiner Mutter, das ihm in der Nacht damals in Freiburg erschienen war. So wirklich wie die Begegnung mit dem Fischmenschen, als Chiara ihn am Feldsee über die unsichtbare Schwelle in die andere Welt geleitet hatte. War es wirklich nur Unbeherrschtheit, die ihm verbotenerweise als Viertes die Frage nach dem seltsamen Wesen herausdrängte? Hatte er nicht in den Aufzeichnungen Furrers eine Zeichnung gefunden, die darauf hinwies, dass auch der Professor ihn kennen musste? Und hatte der nicht für einen Moment seltsam reagiert, als er von der vierten Frage erzählt hatte? Felix streckte sich für eine Weile in der Sonne aus und ließ seine Haut trocknen. Dann zog er sich an und ging zurück zur Hütte. Er wusste nicht, was er weiter tun sollte. Wenn er wenigstens etwas hätte, bei dem er dem Prof helfen konnte. Er nahm sich vor, Furrer zu fragen, sobald er wiederkam. Dann stieg er noch einmal den Hügel hinauf und setzte sich ins Gras. Furrers seltsame Erklärungen zu dem Berg verwirrten ihn. Thron der Sonne! Weiße Göttin! Waren das nicht abergläubische Vorstellungen von Menschen aus längst vergangenen Zeiten? Wie sollte er da den Optimismus des Professors teilen? Die brutale Wahrheit hieß, dass ihm der Weg auf den Gipfel verwehrt war. Und selbst wenn es stimmen sollte – dann stimmte auch die Antwort zur dritten Frage. Chiara kann sich nur selbst helfen. Was konnte er dann noch tun? Noch summte und brummte es in der Wiese um ihn herum. Doch der Tag neigte sich allmählich dem Ende zu, über den Tälern lagen bereits lange Schatten. Die friedvolle Abendstimmung ließ ihn allmählich zur Ruhe kommen. Selbst der Berg hatte seinen Schrecken verloren. Der kahle Gipfel leuchtete in warmen Farben. Es musste herrlich sein, dort oben zu stehen und weit über das Land zu schauen. »Die erste Station auf dem Weg von der Erde zum Himmel.« Felix murmelte die

Worte leise vor sich hin. Vielleicht war es mehr als die poetische Beschreibung eines Dichters, der seine Heimat liebte wie kaum ein anderer. Vielleicht war es wirklich so. Er durfte sich nicht entmutigen lassen! Chiara war so lange nicht verloren, wie er daran glaubte. Und solange er alles versuchte, was in seiner Kraft stand. Er hatte den tödlichen Höhenkamm vom Schwarzatal nach Sankt Blasien überwunden, er hatte seine Eltern gefunden und er hatte mit dem Prof einen Helfer zur Seite. Und er hatte den Wegweiser. Er nahm das Rindenstück aus seiner Tasche. Das Farbenspiel faszinierte ihn so wie jedes Mal, wenn er es betrachtete. Wie oft hatte der Wegweiser ihm in der Not geholfen! Wie oft hatte er ihm die Hoffnung zurückgebracht, wenn alles verloren schien! Der Fels des Quellhüters hatte genauso geleuchtet und gestrahlt. Der Thron der Sonne. Er hatte die Antworten des Hüters gehört. Er musste nicht alles verstehen, was er gehört hatte. Aber er würde einen neuen Versuch unternehmen. Solange er den Wegweiser hatte, hatte er Hoffnung. Vielleicht gab es doch einen Weg nach oben. Er würde ihn finden, selbst wenn …

Leo sprang plötzlich auf und bellte lautstark. Felix erhob sich und sah von Weitem gerade noch, wie Furrer mit schnellem Schritt den Weg vom Weiher heraufkam und in dem Schuppen verschwand, der ein paar Schritte weiter neben der Hütte mit der Küche am Rande des Wegs stand. Was war das? So kannte Felix den Professor gar nicht. Ob am See etwas passiert war? Rasch stieg er den Hang hinunter. Die Tür zu dem Schuppen stand halb offen, daher hatte Felix keine Scheu einzutreten. Durch ein Fenster fiel gedämpftes Licht herein. Felix war nicht wenig überrascht, als er sich in dem Raum umsah. Auf den ersten Blick fühlte er sich in Furrers Studierzimmer in Hof erinnert. In der Mitte stand ein Tisch, davor ein Stuhl, auf dem der Professor saß. Schränke und Regale verdeckten die Wände, dazwischen stand ein altes Sofa. Überall waren Kisten in allen Größen übereinandergestapelt, dazu Karten und Skizzen, von denen die meisten irgendwo angeheftet waren. Nur Bücher sah Felix fast gar keine.

»Gleich! Gleich habe ich es!«, rief Furrer, als er Felix hereinkommen hörte.

Felix trat näher. »Was hast du? Warum bist du so aufgeregt?«

Furrer war über ein Buch gebeugt und fuhr mit dem Finger über die Zeilen, als ob er etwas suche. »Hier steht es. Hör zu: ›In bestimmten Abständen kommen sich die beiden Welten besonders nahe. Das sind neben den Hochfesten vor allem die Sonnwende in Sommer und Winter und die Tag- und Nachtgleiche in Frühjahr und Herbst.‹«

Felix runzelte die Stirn. »Ich verstehe überhaupt nichts. Was hat das mit den Antworten des Hüters zu tun?«

»Beide Welten kommen sich besonders nahe. Das ist das Tor, das sich öffnet! Das Tor, hinter dem du Chiara finden kannst!«

Furrer schlug das Buch zu. Jetzt konnte Felix den Titel lesen: »Die Welt der Kelten. Über die Bedeutung der Feste und Rituale.« Darunter ein Autor mit einem englisch klingenden Namen. »Keltische Feste und Rituale?«, fragte er erstaunt. »Aber das ist doch alles längst vorbei! Glaubst du an sowas?«

»Es geht nicht um das Glauben«, meinte Furrer, während er im Regal nach einem weiteren Buch kramte. »Und auch nicht um die Kelten. Ich denke, sie waren empfänglicher als wir modernen Menschen und konnten Dinge wahrnehmen, die uns verborgen bleiben. Entsprechend haben sie auch Worte und Begriffe benutzt, die für uns heute eine andere Bedeutung haben.« Er hatte ein schmales Bändchen hervorgezogen und schlug es auf. »Die Kelten waren davon überzeugt, dass die Grenze zur Anderwelt an bestimmten Orten und bei besonderen Gelegenheiten durchlässig sei. Das ist es!« Seine Stimme klang triumphierend, als er das Heft zuklappte. »Der Quellhüter hat dir genau die Antwort gegeben, die du brauchst!«

Felix schwirrte der Kopf. »Was für eine Antwort?«

»In der ersten Antwort hat er dir den Ort genannt: auf dem Gipfel des Belchen. Die zweite Antwort sagt dir die Zeit und was du tun musst. Du musst das Tor zwischen den beiden Welten durchschreiten. Dann wirst du Chiara finden!«

»Aber wie und wann? Wenn ich versuche, auf den Belchen zu steigen, komme ich nicht weit!«

»In der Nacht der Waage. Wenn Tag und Nacht gleich sind.«

»Und wann ist das?«

»Genau zweimal im Jahr. Einmal im Frühjahr, sobald die Tage zum Sommer hin länger werden. Und einmal im Herbst, dann ist es umgekehrt. Das Tor öffnet sich zur Tag-und-Nacht-Gleiche.«

Felix schaute ungläubig. »Und wann ist das?«

»Im März und im September. Immer um das gleiche Datum. Jetzt haben wir September, es ist also bald so weit.«

»Dann soll der Weg zum Belchengipfel frei sein? Das ist schwer zu glauben!«

»Der Hüter spricht immer die Wahrheit.«

Felix spürte, wie aus seiner Niedergeschlagenheit neue Hoffnung wuchs. Dennoch war er immer noch nicht überzeugt. »Ein Tag und eine Nacht. Klingt nicht schlecht. Aber das Ganze hat einen großen Haken. Wir wissen das Datum nicht!«

»Das stimmt. Das werde ich herausbekommen. Es sind ja noch ein paar Tage Zeit.«

»Wie denn? Wir haben keine Zeitung, kein Internet, keinen Fernseher, kein Telefon für die Zeitansage. Nichts. Ich habe längst vergessen, welches Datum heute sein könnte.«

»Aber ich nicht.« Furrer stand bereits in der Tür. »Ich will dir etwas zeigen. Außerdem ist es schon spät, wir wollen essen.«

*

In der Küche legte Furrer ein paar dünn geschnittene Holzspäne auf die Glut des Vormittags und pustete zum Anfachen ein paarmal kräftig hinein. Kurz danach fügte er zwei kräftigere Holzscheite dazu und schloss die Ofenklappe.

»Bis es heiß ist, will ich dir etwas zeigen.« Furrer zog aus der Tischschublade ein abgegriffenes gebundenes Notizbuch hervor. Als er es aufschlug, sah Felix, dass die Seiten sorgfältig und regelmäßig dicht an dicht mit Zahlen und Buchstaben gefüllt waren. »Mein Kalender!«, sagte er nicht ohne Stolz.

»Du hast einen Kalender? Aber woher …?«

»Selbst gemacht. Seit ich angefangen habe, im Schwarzwald zu forschen.«

Felix nahm das Büchlein und blätterte darin herum. »Tage, Monate, sogar die Wochenenden. Das war doch eine unglaubliche Arbeit?«

Furrer lächelte verschmitzt. »Gar nicht. Ich habe damit angefangen, als klar war, dass die Kommunikation in der Sperrzone schwierig werden würde, nicht nur durch die fehlende Elektrizität. Als Wissenschaftler brauchte ich verlässliche Grundlagen, also habe ich sie mir geschaffen. Jeden Tag ein Eintrag. Kleiner Aufwand, großer Nutzen.«

Felix staunte. »Und kein Tag vergessen? Auch nicht die Schaltjahre?«

»Alles berücksichtigt. Alles vollständig. Anfangs habe ich sogar Buch geführt über Feiertage wie Weihnachten und Ostern. Und Silvester natürlich. Inzwischen brauche ich es eigentlich nicht mehr. Aber die Gewohnheit ist geblieben. Jeden Morgen mache ich das als Erstes.«

Felix legte das Buch zurück auf den Tisch. »Das ist ja wunderbar! Dann weiß ich genau, an welchem Tag der Weg zum Belchen frei ist!«

»Nicht ganz!« Furrer beschwichtigte seine Begeisterung. »Der genaue Zeitpunkt wechselt über die Jahre geringfügig nach vorn und nach hinten. Aber ich bekomme das raus. Ich gehe zurück bis zu dem Zeitpunkt, an dem die Einträge vollständig sind, beispielsweise über den Mond. Der Rest ist Fleißarbeit. Hast du vergessen, was der Hüter gesagt hat? Die Tür führt zur Weißen Göttin. Damit ist der Vollmond gemeint.« Er legte das Buch zurück in die Schublade, dann legte er ein weiteres Holzscheit auf die Flammen, die inzwischen munter prasselten. »Und jetzt kannst du mir helfen.«

Furrer verschwand nach draußen und kam mit einer Schüssel zurück, die mit einem feuchten Tuch abgedeckt war. Darin stockte eine graue unansehnliche Masse, von der jedoch ein seltsam anregender Duft ausging. »Heute gibt es Chüechli. Frikadellen würdest du sagen. Du kannst schon mal anfangen. Zuerst tüchtig mischen.«

Während Furrer eine Pfanne auf den Herd stellte und etwas Öl hineingoss, holte Felix einen Teller, dann krempelte er die Ärmel hoch und begann, den Teig durchzukneten. Er war überraschend kühl, Furrer musste irgendwo einen Ort haben, an dem er seine verderblichen Lebensmittel aufbewahrte. Der Brunnenaufsatz fiel ihm ein, den er bei Lenas Familie gesehen hatte und der als praktischer Kühlschrankersatz verwendet wurde. Wahrscheinlich hatte Furrer alles schon am Morgen vorbereitet. Als die Teigmasse einigermaßen geschmeidig war, begann er mit den Händen die Küchlein zu formen. Furrer zupfte in der Zwischenzeit die unterschiedlichsten grünen Blätter zusammen und mischte sie in einer zweiten Schüssel. »Salat!«, meinte er.

»Du baust Salat an?«

Furrer hob bedauernd die Schultern. »Das leider nicht. Ich habe keine Pflanzen. Aber ich suche überall, auf der Wiese, am Weiher und am Waldrand. Du glaubst gar nicht, was es alles Essbares gibt.« Er goss zuerst ein wenig von dem Öl dazu, das er schon in die Pfanne gegeben hatte, dann ein paar Tropfen einer sauer riechenden Flüssigkeit. »Selbst gemachter Essig. Ich habe lange rumprobiert, bis ich eine schmackhafte Mischung hinbekommen habe.«

Die Frikadellen waren rasch angebraten, und schon bald saßen beide am Tisch und ließen es sich schmecken.

»Wo hast du denn die Bücher her?«, wollte Felix nach dem dritten Küchlein wissen. »Oder gibt es hier irgendwo Nachbarn, von denen ich nichts weiß?«

»Nein, außer mir lebt hier niemand. Es war mir gerade wichtig, für mich alleine zu sein. Aber das ist eine längere Geschichte. Wenn du willst, erzähle ich dir morgen davon. Die Bücher? Es sind leider viel zu wenig. Ich habe sie aus Hof mitgebracht, als ich mich entschieden hatte, hier zu bleiben. Das Papier zu bekommen, war schwieriger. Zum Glück habe ich einiges in den verlassenen Höfen in der Gegend gefunden. Schulhefte zum Beispiel. Oder Papier aus Aktenordnern, das nur auf einer Seite bedruckt war. Ich muss eben sparsam damit umgehen.« Er nahm sich ein weiteres »Chüechli«, wie er es nannte. »Eigentlich hatte ich ja gehofft, immer weniger aufschreiben zu müssen, je länger ich hier bin. Aber ich kann den Wissenschaftler in mir wahrscheinlich nie ganz ablegen.«

Nach dem Essen räumten sie alles auf und setzten sich an den Tisch vor der Hütte. Leo streunte irgendwo im Wald herum. »Das Floß habe ich leider nicht gefunden«, meinte Furrer. Beide tranken von demselben Tee, den er bereits am Abend zuvor aufgetischt hatte. »Ich muss morgen erneut los. Wenn es nicht zerstört ist, werde ich es finden. Es wäre schwierig, einen Ersatz zu schaffen.«

Felix dachte an den Sturm, der ihn um sein Leben hatte bangen lassen. »Wenn es das Unwetter in Wirklichkeit gar nicht gegeben hat, ist auch das Floß nicht untergegangen«, meinte er nachdenklich.

»Wirklichkeit?« Furrer strich sich über die Schläfe, als ob er versuchte, einen klaren Gedanken zu finden. »Das sagst du so einfach. Du hast den Sturm erlebt – war das die Wirklichkeit des Hüters oder deine? Ich habe in den drei Tagen nur schönes Wetter gehabt. Welche Wirklichkeit war das? Vielleicht hat jeder seine eigene Wirklichkeit, die er erlebt. Manchmal passt es zusammen, manchmal nicht.«

Felix bemühte sich, Furrers Worten zu folgen. Was er sagte, klang reichlich verwirrend. »Vielleicht hat das Boot seine eigene Wirklichkeit!«, meinte er halb im Scherz.

»Vielleicht.« Zu Felix' Erstaunen schien Furrer ihm allen Ernstes zuzustimmen.

*

Obwohl er allen Grund gehabt hätte, von seinen Gedanken hin und her getrieben zu werden, hatte Felix eine gute Nacht. Er schlief fest und traumlos und fühlte sich am Morgen gut erholt, als er aufwachte. Von Furrer war noch nichts zu sehen, daher beschloss er, sich nützlich zu machen. Vom Abend war Glut übrig geblieben, die er mit ein paar dünnen Spänen zu neuem Leben erweckte. Dann nahm er die beiden Eimer, die neben dem Herd standen und ging hinaus zum Brunnen. Es versprach erneut, ein schöner Tag zu werden. Die Luft war klar und frisch, nur wenige Wolken zogen über den blassen Himmel. Der feuchte Tau auf der Hangwiese deutete auf den bevorstehenden Herbst. Noch lag die Hütte im Schatten, doch im Osten zogen rasch die hellen Strahlen der aufgehenden Sonne heran und umhüllten die Tannenspitzen mit einem goldenen Saum.

Während Felix sich wusch, kam ihm kurz das gestrige Gespräch mit Furrer in den Sinn. Konnte es tatsächlich sein, dass nebeneinander verschiedene Wirklichkeiten existierten? Wie konnte es sein, dass während eines solch prächtigen Septembermorgens gleichzeitig ein dunkler Sturm über den Weiher fegte? Oder hatte der Hüter die Kraft, so in Felix' Geist einzudringen, dass er in ihm alles hervorrufen konnte, was ihm beliebte? Felix spülte ein paarmal den Mund aus, dann füllte er die beiden Eimer und ging zurück in die Küche. Er stellte eine Kanne mit Wasser auf die Herdplatte, anschließend legte er Holz nach.

»Das ist eine schöne Überraschung!«, hörte er Furrers Stimme. »Da könnte ich mich direkt daran gewöhnen.« Er lächelte und legte Felix die Hand auf die Schulter. »Ich sehe an deinen Augen, dass du gut geschlafen hast!«

»Stimmt!«, bestätigte Felix. »Mit der Sonne ins Bett, mit der Sonne auf. Hast du es nicht so formuliert?«

»Hab ich, hab ich. Aber es gibt Ausnahmen – so wie gestern«, meinte er bedeutungsvoll. »Ich konnte es nicht lassen und bin am Abend die ganzen Aufzeichnungen durchgegangen.«

»Wie – alle? Die ganzen Jahre?«

Furrer nickte. Er stellte einen zweiten Topf auf den Herd, goss Wasser hinein und setzte den Frühstücksbrei auf. »Es war gar nicht so schwer. Die Natur lebt in Rhythmen, Tag und Nacht, Sommer und Winter, Leben und Tod. Die Gestirne folgen festen Gesetzen, auf die wir uns verlassen können. Ich musste also nicht Tag für Tag vorgehen, sondern konnte manches in größeren Schritten zusammenfassen. Wie zum Beispiel die Mondphasen.«

Felix hatte sich inzwischen daran gewöhnt, dass Furrer dazu neigte, seine Antworten mit seinem enormen Wissen auszuschmücken. Doch jetzt konnte er nicht an sich halten. »Du hast den Tag herausgefunden?«

Furrer ließ sich nicht beirren. »Es sieht so aus, als sei es in diesem Jahr etwas ganz Besonderes. Denn an diesem Tag wird gleichzeitig Vollmond sein.«

»Die Weiße Göttin!«, entfuhr es Felix.

»In der Nacht der Waage öffnet sich die Tür zur Weißen Göttin. Jedes Wort des Hüters ist wahr.«

Felix spürte, wie sein Herz schneller schlug. »Und wann wird es sein?«, fragte er gespannt.

»Nächste Woche. Von heute an in sechs Tagen. Genügend Zeit, alles vorzubereiten.«

Während des Frühstücks brachte Felix kaum einen Bissen hinunter. Gedankenverloren stocherte er auf seinem Teller herum. In seine Aufregung mischten sich Freude, aber auch Skepsis. Furrer sah, dass es in ihm arbeitete. »Was hast du?«, fragte er, während er sich bereits zum zweiten Mal nachschöpfte und den Brei mit einer Handvoll gehackter Nüsse und Trockenfrüchte verfeinerte. »Glaubst du nicht, dass es stimmt, was ich errechnet habe?«

»Doch, doch. Ich bin dir dankbar, ich hätte das nie gekonnt. Ich hätte noch nicht einmal die Idee gehabt. Aber …«

»Aber?«

»Der Tag, an dem der Tag und die Nacht gleich lang sind, an dem die Zungen der Waage auf gleicher Höhe stehen, diesen Tag gibt es zweimal! Ich erinnere mich, was du gesagt hast: im Herbst, aber auch im Frühjahr.«

»Klar!«, bestätigte Furrer. »Du hast gut aufgepasst. Alles ist in Bewegung, es gibt keinen Stillstand. Deshalb gibt es ja auch den Sonnwendtag zweimal, im tiefsten Winter und im Hochsommer. Die Länge der Tage …«

Felix unterbrach ihn. »Woher willst du wissen, welcher der beiden Tage gemeint ist? Was ist, wenn der Hüter den im Frühjahr gemeint hat? Wenn ich noch ein halbes Jahr warten muss?«

»Gut gesprochen!« Furrer war ganz in seinem Element. »Aber ich kann dich beruhigen. Es ist sehr selten, dass an diesem Tag Vollmond ist. Außerdem habe ich natürlich die nächsten paar Jahre auch abgeglichen. Vorsichtshalber.«

Er schluckte den letzten Löffel Brei und trank seinen Becher Tee aus. »Wenn du willst, können wir heute mit den Vorbereitungen beginnen.« Er stand auf und räumte das Geschirr weg. »Aber zuerst will ich noch einmal versuchen, das Floß zu finden.«

Felix sprang auf. »Heute komme ich mit.« Er hatte zwar immer noch ein mulmiges Gefühl, wenn er an den Tag mit dem Hüter dachte, doch seine Neugier siegte. Was sollte schon passieren? Und dieses Mal war er nicht allein.

»Ich bin gespannt, welche Wirklichkeit wir finden«, versuchte er einen Scherz. Furrer antwortete nicht. Er legte sich das Seil um die Schultern, das er bereits gestern dabei hatte, und lief los. Sofort war Leo an ihrer Seite. Er hatte schon am zweiten Morgen gemerkt, dass beim Frühstück nichts für ihn abfallen würde, und war gar nicht erst erschienen. Doch als er merkte, dass beide unterwegs waren, schien er zu spüren, dass etwas Neues bevorstehen könnte.

*

Als sie den Weiher erreichten, hatte die Sonne die Nacht bereits so weit vertrieben, dass nur noch die östliche Hälfte der Insel im Schatten lag. Der Großteil des Wassers glänzte silbern, kleine Wellen unterbrachen die Oberfläche. Von Weitem sah Felix am Ende den Felsen des Hüters. Er unterschied sich in nichts von den übrigen Klippen, die an einigen Stellen des Talkessels aus der dunklen Wand hervordrängten. Von den Farben war nichts zu sehen, lediglich der schmale Streifen des Quellwassers funkelte aus der Ferne. Furrer wandte sich zuerst nach links in Richtung der Torfinsel. Sogleich sprang Leo in großen Sätzen voraus. Der ehemalige Wanderweg, der früher einmal um den See herumgeführt hatte, war nur zu erahnen. Furrer mahnte zur Vorsicht. »Es gibt viele Vögel, die hier wohnen. Es ist zwar momentan keine Brutzeit, aber wir wollen sie nicht unnötig stören.«

»Soll ich Leo zurückschicken?«

»Das wird nicht nötig sein. Aber es ist besser, wenn er bei uns in der Nähe bleibt.«

Sie brauchten über eine Stunde, bis sie sich durch das dichte Grün bis zur anderen Seite des Weihers durchgekämpft hatten. Die ganze Zeit suchten sie aufmerksam das Ufer ab, doch es war nichts zu sehen.

»Kein Brett, keine Stange, nichts. Wahrscheinlich liegt alles längst am Grunde des Sees«, meinte Felix. Sie hielten am Fuß eines seltsam anmutenden Hügels, der vollständig mit Gras und Büschen überwuchert war. Kurz dahinter begann der Bereich, an dem der Felssturz den Weg zum Felsen des Quellhüters versperrte.

»Nur nicht gleich aufgeben«, meinte Furrer. Er setzte sich auf einen flachen Stein, der aussah, als sei er künstlich bearbeitet worden. »Solange wir nicht zumindest eines der Plastikfässer finden, will ich nicht aufgeben. Die schwimmen auf jeden Fall.« Er scharrte mit einem Stock auf dem Boden vor seinen Füßen. »Hier war einmal eine Grillstelle. Und dort hinten«, er drehte sich um und deutete in Richtung Wald, der sich hinter dem Hügel erhob, »ging ein Wanderweg in Richtung Sirnitz und weiter nach Badenweiler und Müllheim.«

»Müllheim?« Felix erinnert sich an seine erste größere Ausfahrt mit dem neuen Motorrad. Der Kassier an der Tankstelle dort hatte ihn damals vor dem herannahenden Gewitter gewarnt. »Aber dann sind wir ganz am Rande des Schwarzwalds!«

»Wie man's nimmt.« Furrer hatte wieder sein schelmisches Lächeln aufgesetzt. »Entfernungen spielen hier keine Rolle. Wir könnten genauso gut sonst wo sein. Ganz abgesehen davon, dass es hier keine Möglichkeit gibt hinüberzukommen.«

»Woher weißt du das alles?«

»Karten, die ich studiert habe. Wegschilder. Einiges habe ich selbst erforscht.«

Leo beschnupperte neugierig den Stein und die Überbleibsel einer Bank. Als er nichts fand, was ihn interessierte, ließ er sich an Felix' Seite nieder und legte seinen Kopf zwischen die Vorderpfoten. Felix fuhr ihm mit der Hand durch das Fell.

»Warum willst du eigentlich unbedingt das Floß finden?«, fragte Felix. »Wir könnten ein neues bauen. Zu zweit müsste das doch schnell gehen. Warum brauchst du das überhaupt? Um den See laufen dauert auch nicht länger. Oder fährst du zum Fischen hinaus?«

»Das können wir später immer noch«, antwortete Furrer. »Ich will zuerst sicher sein, was geschehen ist. Und Fischen …« Er hielt einen Moment inne und sah auf den Weiher hinaus. Seit sie aufgebrochen waren, war die Sonne ein gutes Stück weitergewandert. Sie stand nun so hoch, dass auch die Insel im hellen Tageslicht lag.

»Es gibt Fische hier«, fuhr Furrer fort. »Aber ich lasse sie, wo sie sind. Am Anfang habe ich ein paarmal versucht zu angeln. Aber da war sofort dieses seltsame Gefühl. So als dringe ich unerlaubt in ein fremdes Haus ein. Wie ein Dieb. Ich habe darauf verzichtet.« Er stieß einen Seufzer des Bedauerns aus. »Obwohl ein schöner gebratener Fisch schon eine willkommene Abwechslung des Speiseplans wäre! Aber ich habe mich daran gewöhnt. Zumal ich später gemerkt habe, wie das Ganze genau zu meiner Theorie passt.«

»Was für eine Theorie? Folgst du einem besonderen Ernährungsplan? Bist du Vegetarier? Oder einfach nur Tierfreund?«

Furrer lachte laut auf. »Was dir alles einfällt! So habe ich es noch nie betrachtet!« Er warf den Stock wie einen Speer den Hügel hinunter, wo er irgendwo im Röhricht verschwand. Dann wurde er mit einem Mal ernst. »Nein, ich meine etwas anderes. Etwas ganz anderes. Obwohl …« Er legte den Kopf auf die Seite, als ob er etwas überlegte. Dann sah er Felix auf eine seltsame Weise an. »Ich weiß nicht, wie ich es ausdrücken soll«, sprach er langsam weiter. »Es beschäftigt mich seit vielen Jahren. Genau genommen, seit ich damals mit den Kollegen auf die erste Expedition geschickt wurde. Ich weiß nicht, warum, aber ich hatte schon sehr bald die Überzeugung, dass das ganze Geschehen mehr war als ein schlimmes Reaktorunglück. Viel mehr. Der Schwarzwald wurde für mich Tag für Tag, Monat für Monat mehr zu einem Geheimnis, von dem ich ahnte, dass es die Bestimmung meines Lebens sein würde. Die unheimliche Kraft war nur eine von vielen Erscheinungen, die keiner verstand. Ich auch nicht. Aber ich komme ihm näher. Theorie und Wissen sind nicht mehr weit voneinander entfernt. Wobei das Wissen …« Er brach ab. Sein Blick wurde stumpf und verlor sich in der Weite hinter dem Weiher.

Felix traute sich nicht, mehr zu fragen. Er spürte, dass Furrer für den Moment in Ruhe gelassen sein wollte. Das Geheimnis des Schwarzwalds! Konnte es sein, dass er hier in den Wäldern weitab von jeglicher Gemeinschaft von einem verschrobenen Professor endlich die Antworten bekam, nach denen er vergeblich gesucht hatte? Wegen der er seine Eltern verlassen hatte, nachdem sein ganzes Sinnen und Trachten bis dahin auf nichts anderes gerichtet war, als das Rätsel ihres Verschwindens zu lösen? Fragen, die scheinbar in den Hintergrund gerückt waren in der Sorge um Chiara? War es möglich, dass Furrer ihm den Weg weisen konnte?

»Bisher sind wir noch nicht dazu gekommen«, begann Furrer erneut nach einer Pause. »Aber wir sollten die Zeit nutzen, bis sich das Tor öffnet. Vielleicht kannst du sogar von meinem Wissen ...«, er unterbrach sich wieder und räusperte sich. »Ich nenne es jetzt einfach mal so. Vielleicht hilft dir sogar mein Wissen weiter, wenn du Chiara wiedertreffen willst.«

»Die Zeit nutzen – was meinst du damit?«

»Dass du hier bist, ist für mich ein Glücksfall, mit dem ich nicht gerechnet habe. Noch nie habe ich jemanden getroffen, der von der anderen Seite des Feldbergs gekommen ist. Jemanden, der mir vieles erzählen kann.«

»Ich soll dir erzählen?« Erstaunt sah Felix den Professor an. »Aber ich weiß nichts von dem Geheimnis! Im Gegenteil. Ich weiß nicht, was die Kraft ist, ich weiß nicht, woher der Gesang kommt. Ich weiß nicht, wie die Spinne wirkt.«

»Aber du hast alles erlebt! Und wer erlebt, weiß mehr als mancher, der nur weiß. Oder denkt, dass er es wüsste.« Furrer merkte im selben Moment, dass sich seine Worte verhaspelten. »Kurz gesagt: Du hast mir Chiaras Geschichte erzählt, und ich habe vieles gefunden, was meine Gedanken bestätigt hat. Jetzt bin ich gespannt auf das andere.« Er stand auf. »Natürlich nur, wenn du einverstanden bist. Und damit du besser verstehst, was ich meine, werde ich anfangen.« Felix erhob sich ebenfalls, zusammen schlugen sie den Rückweg ein. »Ich habe dir doch versprochen zu erzählen, warum ich hier an diesem See wohne.«

Felix horchte auf. »Stimmt, das hast du. Und der Quellhüter! Warum weißt du so viel über den Quellhüter? Und wie kommt der Fischmensch in dein Tagebuch?«

»Noch ein wenig Geduld«, meinte Furrer. Er war wieder ganz bei sich. Seine Stimme klang kräftig und bestimmt. »Zuerst müssen wir das Floß suchen!«

*

Zwei Stunden später fanden sie das Floß an derselben Stelle, an der Felix zur Überfahrt zum Fels des Hüters abgelegt hatte. Es lag genauso da, wie er es in Erinnerung hatte, nur dass es nicht festgebunden war. Es schien unversehrt, selbst die Stocherstange dümpelte nahe dem Steg im Schilf.

Zu Felix' Erstaunen schien Furrer wenig überrascht. »Ich hatte so eine Ahnung«, meinte er, während er die Stange herauszog und das Seil um einen Baumstumpf schlang. »Nicht das Floß, du warst es, der die Regel gebrochen hat. Der Hüter hat genau das getan, was er für richtig hielt.«

»Du meinst tatsächlich, er konnte das Floß steuern und hierherbringen?«

»Wie er es gemacht hat, weiß ich nicht. Wie so vieles, was mir wahrscheinlich für immer verborgen bleiben wird. Aber er hat es getan, und er allein weiß, warum.«

Respektvoll sah Felix zu dem Felsen hinüber. Die Sonne ließ seine Oberfläche aufleuchten, das Wasser glitzerte wie ein schmales Silberband im Moos. Es war, als hätte es die letzten Tage nie gegeben.

»Fährst du manchmal hinüber?«, fragte Felix.

Furrer antwortete nicht. Stattdessen drehte er sich um und schlug den Rückweg ein. Auf der Bank zwischen den Erlen setzten sie sich in die Sonne. Furrer streckte sich aus, schloss die Augen und wandte sein Gesicht zum Himmel. »Ein wunderbarer Tag! Wir haben Glück, dass der Sommer in diesem Jahr so lange dauert. Bald wird es nicht mehr so gemütlich sein.«

»Bleibst du den Winter über wieder hier?«

»Ich weiß nicht, wo ich im Winter sein werde«, antwortete Furrer nach einigem Zögern. Seine Stimme klang, als ob ihn etwas tief im Innern bewegte.

»Ich könnte bei dir bleiben«, meinte Felix eifrig. »Zu zweit ist es bestimmt einfacher. Und du bist nicht allein. Oder du kommst mit mir zurück nach Hof zu den Fehrenbachs bis zum Frühjahr.«

Furrers Blick verlor sich in der Ferne. Die Frage nach dem Winter schien etwas in ihm aufgewühlt zu haben. Felix hatte ihn noch nie so ernst gesehen. Hatte er Sorgen, von denen Felix bisher nichts wusste? Oder gab es sogar etwas, vor dem er sich fürchtete?

Felix war sich unschlüssig, ob er weiter in ihn dringen sollte, als Furrer weitersprach. »Die Zukunft liegt im Verborgenen. Manchmal ist es gut, nicht alles zu wissen.« Er drehte sich zu Felix um. »Die Menschen machen sich Gedanken über die Zukunft oder ergehen sich in Erinnerungen an die Vergangenheit. Dabei findet das Leben jetzt statt. Genau in diesem Moment. Wir sitzen hier, die Sonne scheint. Alles ist gut. Warum fällt es uns so schwer, den Moment zu genießen?«

»Aber das tun wir doch! Das ist normal, oder?« Felix wurde ungeduldig. Natürlich war es schön, hier auf der Bank zu sitzen. Aber war das, was Furrer sagte, nicht selbstverständlich?

»Irgendwie normal«, wiederholte Furrer. »Schön, wenn du es so empfinden kannst.« Er gab sich einen Ruck. »Aber wir wollen uns nicht in Küchenphilosophie verlieren. Ich will dir eine Geschichte erzählen.« Zu Felix' Erstaunen griff er in die Tasche seines weiten Hemdes und zog einen Stoffbeutel heraus. Er schnürte ihn auf und brachte einen Wegweiser zum Vorschein. Er unterschied sich nur wenig von dem, den Felix bei sich trug. Das faustgroße Holzstück, bei dem zur Hälfte die Rinde abgeblättert war, sah abgegriffen aus, an den Rändern und an der Unterseite glänzte es braun, grau und schwarz.

Furrer legte seine Hände in den Schoß und betrachtete liebevoll das Farbenspiel. »Dreizehn Jahre habe ich ihn jetzt schon. Mit ihm hat alles angefangen.«

»Ein Wegweiser! Ein schönes Stück«, staunte Felix.

Furrer lächelte. »›Wegweiser‹ nennst du ihn? Ein hübscher Name. Und gar nicht einmal so verkehrt.«

»Woher hast du ihn? Wer hat ihn dir gegeben?«

»Niemand hat ihn mir gegeben. Ich habe ihn gefunden.«

»Gefunden? Aber wie ist das möglich?«

»Eines Tages war er da. Ich weiß nicht mehr, wann, und ich weiß nicht mehr, wo. Ich weiß, das klingt seltsam, aber genau so war es. Von dem Moment an, als ich ihn zum ersten Mal sah, war es, als sei er immer bei mir gewesen. Und dennoch war danach nichts mehr so, wie es war.«

»Wie meinst du das?«

»Es war, als würde mir die Tür geöffnet zu einer völlig neuen Welt. Einer Welt, die ich bisher nicht gekannt hatte. Alles, was ich bisher getan hatte, schien mir bedeutungslos. Anfangs hatte ich keine Worte, noch nicht einmal Bilder. Ich wusste nur eines: Ich musste das Geheimnis dieser Gabe ergründen. Denn ein Geschenk war es.« Furrer hielt kurz inne, dann fuhr er fort. »Kurz darauf traf ich auf einen der Wölfe, die auf ihre Weise das verbotene Gebiet durchstreiften und die die Regierung als gefährliche Spinner abtat. Er hat mir gezeigt, wie die Farben reagieren und worauf ich achten muss.«

»Urs?«

»Nein, Urs lernte ich erst später kennen. Diesen Wolf habe ich nie wieder getroffen. Im Nachhinein schien es mir, als gehöre er zu dem Geschenk dazu. Damals war ich noch nicht so weit, die Sprache zu verstehen. Doch ich ahnte damals schon, dass der Wegweiser mir helfen würde, meine Forschungen so auszuweiten, wie ich es mir nicht hätte träumen lassen. Von da an blieb ich für mich. Es war wie ein Ruf, eine Aufforderung, das Geheimnis des Schwarzwalds zu lösen.«

Furrer wickelte das Rindenstück sorgfältig ein und steckte es zurück in seine Tasche. »Lassen wir ihn ruhen. Ich will seine Kraft nicht unnötig beanspruchen.«

»Was geschah dann?«, fragte Felix gespannt.

»Ich musste irgendwo anfangen. Als Wissenschaftler war ich gewohnt, von einer Antwort zur nächsten zu gehen und die Dinge miteinander in Verbindung zu bringen. Also nahm ich mir vor, als Erstes herauszufinden, wie der Wegweiser funktioniert.« Er lachte. »Meine Denkweise war damals noch dieselbe wie zuvor. Die Welt funktioniert. Wie eine Maschine. Alles hat einen Ursprung, alles hat eine Ursache. Ohne Ursache keine Wirkung.«

»Aber das stimmt doch!«, warf Felix ein. Er bückte sich und nahm einen Stein auf. »Wenn ich den Kiesel ins Wasser werfe, gibt es ein Geräusch und Wellen. Wenn ich es nicht tue, dann nicht. Ohne Ohren höre ich das Klatschen nicht. Die Wellen entstehen, weil der Stein sie verursacht. Wenn – dann. Sonst wäre doch alles tot!«

»Das mag so sein. Die Menschen haben es weit gebracht mit den Erklärungen. Doch die großen Fragen bleiben immer noch ohne Antwort. Oder willst du etwa die Liebe auf ein Zusammenwirken von Sinneseindrücken, Hormonen und chemischen Reaktionen zurückführen? Freude und Trauer als Ausschüttungen von Botenstoffen im Gehirn erklären? Was die Wissenschaft mit ihren Methoden erklären kann, hat sie mit viel Erfolg getan. Aber die Fragen bleiben trotzdem. Seit ich den Wegweiser hatte, spürte ich, dass ich die gewohnten Wege verlassen musste. Vieles von dem, was im Schwarzwald geschah, war mit den vertrauten Antworten nicht erklärbar. Doch ich wollte nicht aufgeben, im Gegenteil. Der Wegweiser hat mir tatsächlich einen neuen, anderen Weg gewiesen.«

»Was hast du getan?«

»Ich habe begonnen zu beobachten und zu vergleichen, ohne sofort Erklärungen zu suchen. Ich habe mit allen Menschen, die ich getroffen habe, gesprochen und sie befragt. Ich habe versucht, selbst Erfahrungen zu sammeln, mich den unbekannten Kräften zu nähern und mich ihnen auszusetzen. Seither ist vieles passiert. Nicht nur Gutes. Aber ich beginne zu verstehen. Deshalb bin ich auch so gespannt auf das, was du mir erzählen wirst.«

Furrer machte eine Pause, dann fuhr er fort. »Bei allem, was ich tat, hat mich der Wegweiser immer am meisten beschäftigt. Er war der sichtbare Beweis dessen, was hinter den Dingen geschah und bei dem mein vertrauter Verstand an seine Grenzen kam. Vielleicht war das der Grund, warum ich eines Tages in der Lage war, den Ruf des Hüters zu hören. Und dann bin ich schließlich hier an diesem Ort gelandet.«

Felix atmete tief durch. Er musste es wissen. »Wer ist der Hüter?«

»Wer ist der Hüter? Anfangs habe ich ihm viele Namen gegeben. Quelle der Erkenntnis und der Weisheit, Geist des Waldes, Wächter des Sees, Herrscher der Elemente. Ich habe ihn ebenso Geistwesen genannt wie Gedankenfantasie und reale Einbildung. Ich habe ihn als Krähe getroffen, als Fisch, als Reh und als Schlange. Er zeigt sich als das Bild, das ich von ihm habe. Inzwischen stelle ich diese Frage nicht mehr. Der Hüter ist, was er ist. Er ist gestaltlos und erscheint dennoch in vielen Formen. Er ist nirgendwo und dennoch überall. Er ist mächtig und dennoch lässt er vieles geschehen.«

Felix traute sich kaum, es auszusprechen. »Ist er – ein Gott?«

Furrer lachte. »Wenn du es willst, ist er auch das! Aber ich denke, mit dem, was sich die Menschen üblicherweise darunter vorstellen, hat das nichts zu tun. Für mich hütet er den Quell zu den Geheimnissen des Lebens, deshalb nenne ich ihn so, wenn es nötig ist.«

»Besuchst du ihn manchmal? Ist das der Grund, warum du das Floß brauchst?«

»Ja, manchmal. Obwohl es nicht nötig ist, ihn dort drüben am Fels aufzusuchen.«

»Und der Wegweiser?« Das Bild des in allen Farben leuchtenden Felsens stieg vor seinem inneren Auge empor. »Hast du sein Geheimnis herausgefunden? Hat der Hüter ihn gemacht?«

Furrer nickte bedächtig. »So wie ich es verstehe, ist es so. Der Wegweiser hat auf seine Art den Weg zurück zum Ursprung gewiesen.«

»Dann haben die Gerüchte doch gestimmt, die ich am Schluchsee bei den Streunern gehört habe!« Felix war aufgesprungen. »Und das, was die beiden Menzenschwander bei ihrer Reise nach Todtnau über die Wegweiser herausgefunden haben. Sie sollen alle irgendwo aus dem Wiesental kommen!«

»Alle haben recht. Und auch nicht. Die Kraft, die den Wegweisern Leben schenkt, ist hier. Doch die Rindenstücke, Hölzer, Steine, Wurzeln können überall auftauchen. Es liegt an den Menschen. Wer Augen dafür hat, wird sie finden. Sobald dies geschieht, geht es ihnen wie mir. Sie vergessen Zeit und Raum. Nur eine Ahnung bleibt zurück. Ein Sehnen, das sie für den Rest ihres Lebens begleitet.«

»Aber wie wirken sie? Wie kommt es, dass sie anzeigen können, wenn Gefahr durch die Spinne droht? Oder die unmenschliche Strahlung?«

»Der Wissenschaftler in mir hat es längst aufgegeben, nach dem Wie zu fragen. Doch ich nehme wahr und beobachte. Ich sehe, was ich sehe. Letztlich hat jeder seine eigene Geschichte. Es kommt ganz darauf an, was der Träger damit macht. Wer sie zum Guten einsetzt, dem werden sie helfen. Wer sie egoistisch nutzt, den werden sie in die Irre führen oder zerstören.«

»Bruno!«, entfuhr es Felix. Auf Furrers erstaunten Blick erzählte er mit wenigen Sätzen, wie sein anfänglicher Weggefährte den Wegweiser von Lena, ihrer Anführerin, geraubt hatte und für den Überfall auf das Streunerlager nutzen wollte. Am Ende hatte er den Verstand verloren und war vom Wahn in den Tod getaumelt.

»So etwas ist schrecklich. Zum Glück musste ich nie so etwas erleben«, meinte Furrer ernst. »Aber es bestätigt das, was ich vermute. Die Mächte des Schwarzwalds haben die Menschen nicht ganz aufgegeben. Der Wegweiser hilft, das Gleichgewicht der Schöpfung zu wahren. Gleichzeitig ist er die sichtbare Mahnung des Hüters: Achte das Gesetz!«

Das Gesetz. Felix erinnerte sich an das Gespräch mit Walter kurz vor seinem Aufbruch in Hof. Das Gesetz, nach dem alles so ist, wie es ist. Es ist die erste und älteste Ordnung. »Wie kann ich lernen, das Gesetz richtig zu deuten?«, fragte er langsam.

»Es ist ganz einfach, so wie alle großen Wahrheiten. Es ist nicht mit Worten zu benennen und trotzdem wirklicher als alle Wirklichkeiten. Ob du es richtig verstehst? Die Frage stelle ich mir andauernd, obwohl es keinen Sinn macht, darüber zu sprechen. Es ist das Gleichgewicht zwischen den Welten, zwischen innen und außen, zwischen Leben und Vergehen. Je besser du dies empfindest, desto näher kommst du an das, was das Gesetz will.«

»Weißt du es? Es klingt für mich, als hättest du verstanden, was es bedeutet.«

»Ich bin ein Mensch. Und die Menschen haben das Große Gesetz verletzt. Wie kann ich da behaupten, dass ich es weiß? Ich ahne es, ich fühle es, ich versuche zumindest, mein Leben so zu leben, wie es richtig ist. Der Weg hört nie auf.«

Felix wurde hellhörig. »Die Menschen haben das Große Gesetz verletzt? Wie kommst du darauf? Und wie soll das geschehen sein?«

»Es ist fast 17 Jahre her, dass die Verantwortlichen eine Grenze überschritten haben, die sie nie hätten antasten dürfen. Es ist viel Schlimmes passiert damals, es gab viel Leid unter den Menschen. Aber es war mehr als das. Es gab eine Reaktion, mit der niemand gerechnet hat. Zum ersten Mal hat sich die Schöpfung gewehrt. Seither ist der Schwarzwald nicht mehr das, was er war.«

Felix stockte der Atem. »Du meinst – die Spinne?«

Furrer strich sich mit den Händen über die Schläfen und schloss für einen Moment die Augen. Dann stand er auf. »Es ist spät. Für heute ist es genug. Wir wollen morgen weiter reden.«

Notgedrungen musste Felix einverstanden sein, obwohl er noch viele Fragen hatte. Aber er hatte den Eindruck, dass den Professor das Gespräch angestrengt hatte. Sein Gesicht war blass, die Augen matt, als sei er müde. »Ist dir nicht gut? Was hast du?«, fragte Felix.

»Kein Grund zur Sorge.« Er versuchte ein Lächeln. »Ich bin es nur nicht mehr gewohnt, so lange und so viel zu reden. Und außerdem habe ich Hunger!«

*

An diesem Tag sprachen sie nicht mehr viel. Nach einer reichhaltigen Gemüsesuppe und dem für Felix schon zur Gewohnheit gewordenen Kräutertee zog Furrer sich zurück in den Schuppen. Zuvor bat er Felix, ihn für eine Weile alleine zu lassen. Er wolle noch einmal in aller Ruhe den Kalender überprüfen, um ganz sicher zu sein. Felix war es recht. Er wusch das Geschirr ab und räumte die Küche auf. Hinter der Tür fand er einen Besen, mit dem er den Raum gründlich ausfegte. Schließlich setzte er sich mit der halb vollen Kanne auf die Bank vor der Hütte. Der Tee war inzwischen längst abgekühlt, hatte dadurch aber erstaunlicherweise ein paar neue zusätzliche Aromen freigesetzt und schmeckte immer noch ausgezeichnet. Felix versuchte, seine Gedanken zu ordnen. Vieles von dem, was Furrer erzählt hatte, hatte er nicht verstanden. Der Hüter – das Gesetz – der Wegweiser. So wie Furrer es schilderte, schien alles irgendwie zusammenzuhängen. Aber wie? Konnte er mit seinem Verstand überhaupt eine Welt begreifen, in der das Verstehen anders funktionierte, als er es all die Jahre gewohnt war? In der Worte eine andere Bedeutung bekamen und mehr verwirrten, als zur Klärung beitrugen? In der nicht einmal Ursache und Wirkung in einer Weise aufeinander folgten, auf die man sich verlassen konnte? Musste er das überhaupt alles verstehen?

Erinnerungen stiegen hoch an den vergeblichen Aufstieg aus dem Hexental nach Sankt Märgen. An die Begegnung mit dem Fischmenschen am Feldsee mit Chiara. An die verborgene Welt in den Tiefen der Erdmannshöhle. Felix hatte im Nachhinein größte Mühe zu verstehen, was mit ihm passiert war. Doch die andere Welt hatte Gefühle in ihm geweckt, die er so nicht gekannt hatte. Er war zum Himmel emporgestiegen und in die Hölle hinabgestürzt. Er war aufgelöst in allumfassender Seligkeit und bodenlosem Schrecken. War es das, wovon Furrer erzählte? Eine Welt der Gefühle, die so groß und umfassend sein konnten, wie sie der Verstand gar nicht ermessen konnte?

*

Der Tag ging jetzt rasch in den Abend über. Furrer ließ sich immer noch nicht blicken. Felix hatte das Bild vor Augen, als sie auf der Bank am See gesessen hatten. Gegen Ende ihres Gesprächs war mit Furrer nicht nur innerlich eine spürbare Veränderung vorgegangen. So hatte Felix ihn noch nie gesehen, seit er ihm zum ersten Mal begegnet war. Es war, als schimmere durch seine Haut ein Vorbote des Herbstes. Erfüllung, Reife. Eine Ahnung dessen, was bevorstand. Das Ende eines Weges. Felix schüttelte den Gedanken von sich. Die Erlebnisse der letzten Tage, die Gefühle, die in ihm aufgestiegen waren, die Gespräche und die möglichen Erklärungen – all das hatte seine Sinne ebenso gereizt wie seine Fantasie. Was sollte mit Furrer sein? Er war ein besonderer Mensch, der eine besondere Wirkung ausstrahlte. Vor allem war er feinfühliger und offener als die meisten, denen er begegnet war. Wenn ihn etwas bedrückte, würde er es bestimmt sagen.

Als die Sonne hinter dem Bergkamm verschwand, wurde es rasch kühl. In den letzten Tagen war deutlich geworden, dass der Sommer zu Ende ging. Tagsüber war es angenehm warm, die meiste Zeit schien die Sonne vom blauen Himmel. Doch die Anzeichen des nahen Herbstes häuften sich. Immer öfter kam Wind auf, durchsetzt mit kühlen Böen. Das Grün der Wälder wurde matter, als sei es erschöpft von langer Anstrengung, immer mehr Farbtupfer leuchteten auf, erste Blätter taumelten zu Boden.

»Ich weiß nicht, wo ich sein werde«, hatte Furrer geantwortet, als Felix ihn nach dem Winter gefragt hatte. Obwohl es keine Antwort war, hatte es wie eine Vorahnung geklungen. Vielleicht gab es doch etwas, was ihn bedrückte. Aber die Frage galt auch für ihn. Wo würde er selber sein? Würde er hier bleiben oder sich wieder auf die Suche machen? Felix schüttelte den Kopf. Er hatte keine Antwort. Er durfte keine Antwort haben, solange er nicht wusste, was mit Chiara geschehen würde. Alles hing davon ab, was in den kommenden Tagen passierte. Nach Furrers Berechnung noch vier Tage.

Vier Tage.

Als Felix endlich zu Bett ging, war Furrer nicht zurückgekehrt. Er überlegte kurz, ob er ihm einen frischen Tee in sein Zimmer bringen sollte, doch er ließ es sein. Felix musste respektieren, dass Furrer womöglich wirklich für sich sein wollte. Und wenn er etwas zu trinken wollte, würde er von selber kommen. Er legte vorsichtshalber ein dickes Scheit auf die Glut im Ofen, dann kroch er in sein Bett. Obwohl er müde war, fand Felix keine Ruhe. Er war aufgekratzt wie lange nicht. Vor allem das, was Furrer über den Quellhüter erzählt hatte, stieg immer wieder in ihm hoch. Ob er versuchen sollte, ihm ein zweites Mal zu begegnen? Er trug so viel Fragen in sich, vor allem wusste er nicht, wie er Chiara gegenübertreten sollte, wenn er in der Nacht der Waage durch das Tor schritt. Sie kann sich nur selbst helfen. Die Antwort zu seiner dritten Frage hing über ihm wie eine Drohung. Hieß es, dass alles, was er versuchte, von vorneherein zum Scheitern verurteilt war?

Irgendwann stand er auf. Er zog seine Jacke über und legte sich die Schlafdecke über die Schultern. Dann ging er nach draußen. Das Plätschern des Brunnens tönte zu ihm herüber, sonst war es still. Durch die Bretterritzen von Furrers Schuppen drang Licht. Ob der Professor noch arbeitete? Vielleicht war er auch über seinen Aufzeichnungen eingeschlafen. Die Nacht war hell genug, dass er genügend sehen konnte. Felix entschied sich, ein Stück den Hügel hinaufzusteigen. Als er die Kuppe erreichte, kam im selben Moment der Mond hinter den Bäumen hervor. Die helle Scheibe war fast gerundet, der volle Mond war nur noch drei Nächte entfernt. Der Gipfel des Belchen war in silbernes Licht getaucht. Der Himmel darüber war so dunkel, dass es schien, als habe die Nacht die Sterne verschluckt. Das ehemalige Bergrestaurant leuchtete in fahlem Weiß. Felix konnte seinen Blick kaum abwenden. Noch nie war er ihm so nahe erschienen. Er hatte den Eindruck, als könne er jeden Strauch, jeden Fels, jeden Grasbüschel erkennen. Von irgendwoher hörte er ein feines Flüstern, eine Stimme, die er glaubte, schon einmal gehört zu haben. Felix bemühte sich zu verstehen, was sie sagte, doch die Worte ergaben keinen Sinn. Sprach der Berg zu ihm? Oder war es Chiara? Oder doch nur der Wind, der die Blätter über ihm leise bewegte? Eine Weile stand er wie gebannt, dann riss er sich los. Er wusste, dass er sich gedulden musste. Er musste den Worten des Hüters glauben und ihnen folgen. Wenn der richtige Zeitpunkt da war, würde er verstehen.

Ein vertrautes Stupsen in seiner Kniekehle brachte ihn endgültig zur Besinnung. Leo stand neben ihm, schlaftrunken wie es schien und dennoch stets in Sorge, etwas Wichtiges zu verpassen. Seit der Zeit, als Felix für ein paar Tage in den Kellergewölben des Doms in Sankt Blasien festgehalten worden war, war Leo besonders besorgt um ihn. Die drei Tage, die er in der Welt des Hüters verbracht hatte, schienen ihn erneut misstrauisch gemacht zu haben. »Ich gehe nirgendwohin ohne dich«, beruhigte ihn Felix. Im selben Moment dachte er an den Aufstieg zu dem Berg, der vor ihm lag. War es richtig, Leo mitzunehmen? Durfte er das Leben des Hundes aufs Spiel setzen, wenn er selbst nicht wusste, was ihn erwarten würde?

»Auch nicht auf den Belchen«, sagte er entschlossen.

Eine Weile blieb Felix in den Anblick der Nacht versunken, dann kehrte er um. Seine Schafstätte war inzwischen ausgekühlt, doch er spürte es kaum. Er streifte seine Schuhe ab, schlang die Decke um sich und war in wenigen Augenblicken eingeschlafen.

*

Die nächsten beiden Tage waren erfüllt von Arbeit. Nachdem Furrer seinen zuvor errechneten Termin bestätigt hatte, ließ er erkennen, dass er zumindest vorläufig nicht mehr über seine Erlebnisse in der Vergangenheit und über seine Verbindung zu dem Hüter sprechen wollte.

Dennoch waren sie die meiste Zeit zusammen. Das schöne Herbstwetter lud zu ausgedehnten Ausflügen ein. Furrer nahm Felix mit in den Wald und zeigte ihm die Stellen, wo es schmackhafte Pilze gab, auf den Wiesen lehrte er ihn zu unterscheiden, welche Gräser, Blätter und Blüten gut für einen Tee oder als Gewürz waren, und welche man besser stehen ließ. Sie entdeckten die ersten reifen Nüsse an den Haselsträuchern und füllten ganze Kannen mit Heidelbeeren, Brombeeren und den Hagebutten wilder Heckenrosen. Den übrigen Tag verbrachten sie mit Kochen, Putzen, Waschen und Holzhacken. Die Kräuter wurden sortiert und nach ihrer Art in Bündeln aufgehängt, die Pilze gesäubert, geschnitten und zum Trocknen in die Sonne gelegt.

Erst am Abend fanden sie Zeit zu langen Gesprächen. Zeigte sich Furrer zu dem Quellhüter weiter auffällig zurückhaltend, war er doch umso brennender an dem interessiert, was Felix ihm zu erzählen hatte. »Ich habe noch keinen getroffen, der so weit herumgekommen ist wie du. Ich will alles wissen. Von Anfang an. Ich bin sicher, du kannst mir helfen, das Bild fertigzustellen, an dem ich arbeite.«

Felix spürte genau, was Furrer damit meinte. Er hatte alles hinter sich zurückgelassen, um das große Rätsel zu lösen. Es war zu seinem Lebenswerk geworden. Und vielleicht gelang es dem Professor, auch für Felix die passenden Worte zu finden, die ihm immer noch fehlten. Wenn er es richtig bedachte, hatte sein Abenteuer nicht erst begonnen, als er in der Nacht mit Bruno im Güterzug nach Waldkirch fuhr. Tante Veronika hatte den Auftakt gegeben. Die Frau, die er, solange er denken konnte, für seine Mutter gehalten hatte, hatte für ihn die Tür aufgestoßen zu einer Welt, von der er zuvor noch nicht einmal eine Ahnung gehabt hatte. Sein Vater, seine Mutter, Onkel Thomas, Wacker, der alte Wolf – sie waren über Nacht in sein Leben eingetreten. Die verbotene Zone hatte sich vor seinen Augen von einem verstrahlten, für Generationen unzugänglichen Gebiet verwandelt in das Ziel seiner Fantasien und Wünsche.

Während sie am Tisch vor der Hütte am Abend ihren Tee tranken, bekam Felix immer mehr das Gefühl, dass Furrers Weg von seinem eigenen gar nicht so verschieden war. Und er bekam immer mehr die Gewissheit, dass sie beide auf das gleiche Ziel hinsteuerten. Felix versuchte, sich alles möglichst genau in Erinnerung zu rufen. Er begann mit der Nacht, in der er seine Wut und Enttäuschung versuchte, in Flucht und Alkohol zu vergessen, und wie er von der Zaunpatrouille aufgegriffen wurde. Er versuchte, die Nacht in Worte zu fassen, als ihm zum ersten Mal seine Mutter erschienen war, so lebendig und real, als könne er sie mit Händen greifen. Und er erzählte ebenso von der Hinterlassenschaft seines Onkels, die er im Bankschließfach gefunden hatte, wie von dessen unerklärlicher Krankheit, die zu seinem frühen Tod geführt hatte.

An dieser Stelle unterbrach Furrer ihn zum ersten Mal. Besonders die letzten Wochen, die Thomas im Krankenhaus verbracht hatte, ließ er sich noch einmal genau erzählen. »Du sagst, die Ärzte haben seinen frühen Tod auf die Strahlung zurückgeführt?«

»Tante Veronika hat nicht viel darüber gesprochen. Die Ursache war letztlich nicht so wichtig. Das Schlimme für sie war, dass die Ärzte ihm nicht helfen konnten.«

»Das ist traurig«, sagte Furrer langsam.

Felix schien, als husche ein Schatten über das Gesicht des Professors. Was war mit ihm? Konnte es sein, dass er sich an jemanden erinnerte, der ihm nahe stand und der ein ähnliches Schicksal hatte? Doch der Moment ging vorüber und Furrer forderte ihn auf fortzufahren. Felix erzählte von seiner Begegnung mit Wacker, von der Nacht im Freiburger Güterbahnhof und der Fahrt mit dem Dampfzug, der in Waldkirch jäh unterbrochen wurde. Im Nachhinein staunte er über sich selbst, mit welcher Naivität er das Unternehmen begonnen und wie viel Glück er letztlich gehabt hatte. Wenn es schiefgegangen wäre, hätten die Soldaten ihn bereits in Waldkirch aufgegriffen und nach Hause geschickt. Und hätte er Lena nicht getroffen, wäre er mit großer Wahrscheinlichkeit niemals an den Titisee gelangt, seinem ursprünglichen Ziel, das Wacker ihm vermittelt hatte.

*

Am ersten Abend saßen sie bis tief in die Nacht hinein. Die Erlebnisse des vergangenen halben Jahres waren in Felix so lebendig, dass er keine Mühe hatte, sich selbst an Einzelheiten zu erinnern. Im Nachhinein kam es ihm komisch vor, wie er in der Hexenlochmühle, einem einst beliebten Ausflugsziel, den Raum mit Uhren, Schmuck und Halbedelsteinen entdeckt und bewundert hatte. Wie er enttäuscht war, als in der Truhe im Verkaufsraum von den Schwarzwälder Spezialitäten wie Schinken und Salami trotz vakuumverschweißter Verpackung nicht mehr übrig geblieben war als die Reste einer grauen undefinierbaren Masse. Furrer hörte die ganze Zeit aufmerksam zu. Zwischendurch schloss er ein paarmal die Augen, als ob er sich ganz auf das Geschehen konzentrierte, ab und zu fragte er nach. Immer wieder nickte er stumm, so als sehe er sich bestätigt in dem, was er selbst zuvor vermutet hatte.

Obwohl es Felix manchmal zu ausführlich schien, ermunterte ihn Furrer immer wieder, sich möglichst genau zu erinnern. So dauerte es bis zum Abend des zweiten Tages, bis Felix am Ende seiner Erzählung angekommen war. »Den Rest kennst du schon«, sagte er. »Der Friedhof hinter dem Seminarhaus in Todtmoos mit den Aufzeichnungen der letzten Überlebenden, der brutale Hubschrauberabsturz an der Staumauer in Wehr – ich war nahe daran aufzugeben. Der Rhein war zum Greifen nah, von Weitem konnte ich das Schweizer Ufer sehen. An jenem Tag war ich drauf und dran, irgendwie den Sperrzaun zu überwinden und alles hinter mir zu lassen. Doch dann kam Chiara zurück, und ich wusste sofort, dass mein Weg noch nicht zu Ende war.«

Nachdem Felix geendet hatte, trat eine lange Stille ein. Über ihnen funkelten die Sterne am Nachthimmel, der Mond war längst aufgegangen.

»Noch zwei Nächte, bis er voll ist«, sagte Furrer.

Felix spürte, wie sein Herz schlug. Der Tag der Entscheidung rückte immer näher. Morgen würde er alles vorbereiten, dann war es so weit. Das nächste Kapitel seiner Reise stand bevor. Und er wusste nicht, ob weitere folgen würden.

»Eine beeindruckende Geschichte!« Furrer wiegte den Kopf, sagte aber nichts weiter, sondern starrte hinaus in die Nacht.

»Ich habe so viel erlebt. Und ich habe so viele Fragen. Woher kommt die Spinne? Der Gesang? Was ist die Kraft, die hinter allem steht? Willst du mir nicht endlich sagen, was du weißt?«

»Das werde ich.« Furrer stand auf. »Ich habe alles gehört, und ich danke dir für deine Offenheit. Doch ein schnelles Urteil ist kein gutes Urteil. Ich werde die Nacht zu Hilfe holen. Der Schlaf wird alles zusammenfügen.«

Felix konnte seine Enttäuschung kaum zurückhalten. Am liebsten hätte er die ganze Nacht weitergeredet und den Professor mit Fragen gelöchert. Doch er sah ein, dass es so besser war. Auch er blieb nicht länger sitzen. Er trank den kalten Rest seines Tees aus und erleichterte sich in einem Gebüsch ein paar Schritte entfernt. Dann kroch er auf sein Lager und rollte sich zusammen.

Es hatte ihm gutgetan, seine eigene Geschichte nachzuerleben. Mehr denn je spürte er, dass alles, was er erlebt hatte, notwendig war, damit er jetzt hier am Fuße des Belchen angelangt war. Und er spürte wie nie zuvor, dass er kurz vor dem Ziel stand. Noch ein Tag, eine Nacht, ein Morgen …

Nur wenige Atemzüge später war er eingeschlafen.

*

Furrer war ausgesprochen gut gelaunt. So wie fast jeden Morgen stand er bereits am Herd, als Felix aufwachte. Der Tee dampfte in der Kanne, auch der Frühstücksbrei war so weit, dass Felix sofort nach dem Aufstehen mit Essen beginnen konnte. Er konnte es kaum erwarten, bis sie fertig waren und alles aufgeräumt hatten. Furrer spendierte eine zusätzliche Schale voller frischer Beeren und Nüsse, dann gingen sie hinaus und setzten sich an den Tisch. Der Himmel war verhangen, doch es sah nicht aus, als ob es regnen würde. »Das Wetter ändert sich gerne kurz vor Vollmond«, erklärte Furrer, als er Felix' skeptischen Blick sah. »Aber ich schätze, es wird noch ein, zwei Tage halten!«

»Das hoffe ich«, entgegnete Felix. »Der Berg ist mir so schon unheimlich genug. Es ist mir immer noch nicht klar, wie ich dort hochkommen soll.«

»Das besprechen wir später.« Er griff in die Schale und stopfte sich eine Handvoll in den Mund. Felix lehnte ab. Er war gespannt, was Furrer zu seinen Erlebnissen zu sagen hatte.

»Alles, was du erzählst, bestätigt nicht nur meine eigenen Erlebnisse und Forschungen, sondern auch meine Theorie.« Der Professor begann ohne lange Vorrede. »Ist dir schon mal aufgefallen, dass …?« Er unterbrach sich und schüttelte unwillig den Kopf. »Nein, ich muss anders anfangen.« Er legte den Finger an die Nase, dann begann er erneut. »Bedrohung. Gefahr. Tod. Der entscheidende Moment war, als die Behörden erkennen mussten, dass all das nur zum geringen Teil mit dem Reaktorunglück zu tun hatte. Es gab etwas, das niemand zuvor in dieser Weise gekannt hatte. Das niemand erklären konnte. Das sich immer mehr der Erkenntnis entzog, je mehr man versuchte, sich ihm zu nähern. Und dem man keinen Einhalt bieten konnte. Auch ich habe lange geglaubt, es handle sich um ein unbekanntes physikalisch-chemisches Naturphänomen, das ich irgendwann einmal entschlüsseln könne. Doch alles, was ich von dir gehört habe, bestätigt meine Vermutung, die ich in den letzten beiden Jahren entwickelt habe.«

Felix hielt es vor Aufregung fast nicht aus. »Welche Vermutung?«

»Anfangs dachte ich wie alle anderen an eine zerstörerische Macht, doch dann fiel es mir auf. Hast du nicht auch gemerkt, dass die Kraft niemals von sich aus Böses will? Von sich aus tötet? Vernichtet? Noch nicht einmal bedrängt?«

»Das stimmt nicht!«, fuhr Felix auf. »Ich habe viele der schrecklichen Schicksale selbst gesehen! Der Soldat in Waldkirch, der Zug in Bärental, die Toten in Todtmoos. Und mehr als einmal bin ich selbst nur mit Glück davongekommen! Wie kannst du so etwas sagen!«

Furrer blieb ungerührt. »Sie alle waren zur falschen Zeit am falschen Ort. Der Soldat hatte sich von sich aus zu weit vorgewagt. Du wolltest das Hexental hinaufsteigen, obwohl es den Hinweis deines Onkels gegeben hatte, dass der Weg tabu ist. Bruno hat sich am Schluchsee mit seinen Leuten über die Warnungen des Wegweisers hinweggesetzt. Die Menschen im Zug hätten es wahrscheinlich geschafft, wenn die Elektrik nicht ausgefallen wäre. Der Hubschrauber flog in verbotenes Gebiet …«

»Verbotenes Gebiet? Was soll das nun wieder heißen?«

»Überall, wo die Spinne auftritt, ist es ein Zeichen, dass die Menschen dort nicht hindürfen. Wenn sie es trotzdem tun, müssen sie mit den Folgen rechnen.«

»Mit den Folgen! Das sagst du so einfach!«

»Es ist einfach. Seit die Kraft erwacht ist, folgt alles ihrem Gesetz. Halte dich daran, und es ist gut. Brichst du es ...« Furrer atmete einmal tief durch. »Du musst nicht glauben, dass mir diese Erkenntnis leichtgefallen ist. Es stellt alles infrage, woran ich mein Leben lang geglaubt und gearbeitet habe.«

»Aber wie kann das sein?«, sagte Felix nachdenklich. »Es hört sich für mich so an, als stehe eine Art Plan dahinter. Aber das ist unmöglich! Das würde ja bedeuten, dass ...« Er konnte nicht weitersprechen. Ein kalter Schrecken überfiel ihn. Unwillkürlich schaute er nach allen Seiten.

»Es ist so.« Furrers Worte klangen, als kämen sie aus weiter Ferne. »Es gibt nur eine Erklärung. Hinter der Kraft steht ein lebendiges Wesen! Etwas, das weiß, was es tut.«

Felix starrte ihn an. Er wollte antworten, doch er fand keine Worte. Seine Vorstellung reichte nicht, um die Tragweite von Furrers Worten zu erfassen. »Aber was heißt das nun alles?«, stammelte er schließlich mühsam. »Wer ist dieses Wesen?«

Dieses Mal schwieg Furrer lange, ehe er antwortete. »Ob wir es jemals begreifen werden, weiß ich nicht. Aber wenn wir ohne Furcht beschreiben, was geschehen ist, können wir vielleicht erahnen, was sich dahinter verbirgt.« Er griff sich eine Handvoll getrocknete Beeren und kaute bedächtig, ehe er fortfuhr. »Es gibt auch unter den Wissenschaftlern nicht wenige, die die Ansicht vertreten, dass es Grenzen gebe, die der Mensch einhalten müsse. Die Genforschung und der Eingriff in die lebendige Schöpfung beispielsweise. Das Erzeugen künstlicher Menschen. Die Entfesselung der Kräfte, die die Welt zusammenhalten, wie zum Beispiel in den Atomen. Aber die Mahner haben keine Chance. Es scheint in der Natur des Menschen zu liegen, dass er keine Grenzen akzeptiert. Das, was machbar ist, wird gemacht. Oder zumindest versucht. Niemand hält ihn auf. Inzwischen ist es so weit, dass die Menschheit sich selbst zerstören kann. Und den ganzen Planeten dazu.«

Der Professor stand auf. »Wir wollen ein paar Schritte laufen.« Er schlug den Weg zum Weiher ein. Am Ufer wandte er sich zunächst nach links, sodass Felix dachte, er wolle wie an den Tagen zuvor zum ehemaligen Grillplatz auf der gegenüberliegenden Seite laufen. Doch zu seinem Erstaunen bog er nach wenigen Schritten nach links ab in den Wald hinein. Einen Pfad konnte Felix nicht erkennen. Doch Furrer schien schon öfter hier gewesen zu sein. Er ließ seinen Wegweiser stecken und folgte einer bestimmten Richtung schräg den Hang empor. Sie klommen über Steine und Wurzeln und gelangten allmählich immer höher. Nach einer Viertelstunde standen sie am Fuße eines Felsens, der etliche Meter über ihnen emporragte.

»Den Rest müssen wir klettern«, meinte Furrer. »Ist aber nicht schwer.«

Kurz darauf zog sich Felix den letzten Meter nach oben. Der Fels überragte die umstehenden Bäume um ein gutes Stück. Ein Teil war an der Oberseite abgeflacht, sodass man bequem stehen konnte. Erstaunt sah Felix sich um. Vor ihnen lag der Talkessel, der von hier aus noch mehr wie eine von einem Riesen ausgehobene runde Grube aussah. Weit unten glitzerte der See in der Sonne. Ringsum gab es nichts als Wald und Berge, von denen einer besonders hervorragte.

»Der Belchen!« Obwohl ihm der Berg jedes Mal einen gehörigen Respekt einflößte, konnte Felix seine Bewunderung nicht verhehlen. Er beschattete seine Augen, um besser sehen zu können. Die Form des Gipfels war nahezu perfekt. Helle Felsen standen an den Hängen hervor und umgaben die Kuppe wie eine Kette von Schmuckstücken. Nach Westen hin erkannte Felix zum ersten Mal eine etwas tiefer liegende Erhebung, die nach hinten steil abfiel.

»Der Thron des Belenus.« Furrer breitete die Arme aus.

»Er ist wunderschön«, flüsterte Felix.

Eine Weile standen beide in den Anblick versunken. Dann setzte sich Furrer auf einen der großen Steine. »Es geht mir genauso. Es ist wie beim ersten Mal, und dennoch immer wieder neu. Ich kann nicht genug davon bekommen«, sagte er.

»Wie hast du denn den Weg hier hoch gefunden?«

»Vielleicht war es Zufall, vielleicht wurde ich geführt. Ich will es gar nicht wissen. Ich weiß nur, dass ich mich jedes Mal gestärkt fühle, wenn ich hier war.«

»Wolltest du nie hochsteigen?«

»Immer. Jeden Tag. Es ist der größte Wunsch meines Lebens, einmal oben auf dem Gipfel zu stehen!« Furrer atmete tief ein. »Du glaubst nicht, wie oft ich es versucht habe. Von allen Seiten. Doch die Spinne hat mich nie weiter gelassen als bis zu den tiefen Ausläufern. Als ich die Antwort des Hüters entschlüsselt hatte, dachte ich sofort daran, dich zu begleiten.«

Auch Felix ließ sich nieder. »Dann komm doch mit!«, meinte er aufgeregt. »Wir gehen morgen zu zweit!«

»Für dich ist der Weg vorgezeichnet. Aber ob der Berg auch mich eingeladen hat … Ich bin mir nicht sicher. Mein Weg liegt im Dunkel. Ich weiß nicht, wohin die Waage sich neigt.«

Wieder ging von Furrer der seltsame Ausdruck aus, den Felix an der Bank zwischen den Erlen zum ersten Mal wahrgenommen hatte. Es schien, als trage er eine Last, die er mit niemandem teilen konnte. »Was hindert dich?«, fragte Felix vorsichtig.

»Ich kann es nicht erklären. Noch nicht.« Er senkte unmerklich den Kopf. »Morgen werde ich mich entscheiden.«

»Ich würde mich freuen!«, entgegnete Felix. Er kannte den Professor inzwischen so gut, dass er spürte, dass er ihn nicht weiter bedrängen durfte. »Aber erzähle mir doch mehr über das geheimnisvolle Wesen! Woher kommt es? Was will es?«

»Woher es stammt, kann ich nur erahnen. Aber es ist mir deutlich geworden, was es will.«

»Es will Angst und Schrecken verbreiten! Es will den Menschen schaden! Sie vernichten!«

»Oh nein!« Furrer schüttelte energisch den Kopf. »Es reagiert nur. Es antwortet auf das, was die Menschen in Gang gesetzt haben. Es will ihm Einhalt gebieten. Betrachte es wie einen Schäfer mit seiner Herde. Er ist Hüter und Wächter zugleich. Die Wölfe reißen ab und zu eines der Tiere, das entspricht ihrer Natur, das nimmt er in Kauf, solange es dabei bleibt. Aber wenn die Wölfe drohen, die ganze Herde zu vernichten, wird er eingreifen.«

»Das hört sich für mich so an, als ob der Schwarzwald ... sich gegen die Menschen wehrt?«

»Nicht der Schwarzwald. Aber die Wächter. Sie haben lange geschwiegen, doch jetzt sind sie wieder erwacht. Dem Schäfer wird es nicht gelingen, alle Wölfe zu vertreiben. Aber er kann einen Zaun errichten, eine Grenze, die für die Wölfe undurchdringlich ist.«

»Die Spinne!«

»Der Gesang ist die Warnung. Die Spinne ist das Werkzeug.«

Felix dachte eine Weile nach, ehe er erneut fragte. »Aber wenn das Wesen so mächtig ist, warum greift es dann nicht gleich an? Es könnte Erdbeben geben! Vulkanausbrüche! Seuchen! Es könnte zur Abschreckung eine ganze Stadt vernichten!«

»Der Mensch würde sich trotzdem nicht aufhalten lassen. Die Neugier und die Furcht würden ihn immer wieder kommen lassen. Sei es mit Soldaten und Wissenschaftlern, sei es mit Flugzeugen, Panzern und Raketen. Er würde eher alles zerstören als aufzugeben. Die Wächter wissen das und versuchen es daher erst gar nicht. Nein, sie greifen genau dort ein, wo alles seinen Ursprung hat: im menschlichen Willen. Wer sich zu weit vorwagt, überfällt die Lähmung. Alle Vorhaben werden unmöglich gemacht. Es ist, als ob dir die Beine einschlafen. Du kannst nicht mehr stehen und kippst um.«

»Aber wie kann das sein? Wie machen sie das?«

»Die Wächter sind so viel mächtiger, als wir es uns überhaupt vorstellen können. Niemand kann sie verstehen. Aber jeder sieht die Wirkung. Das genügt.«

Wieder dachte Felix nach. Was Furrer erzählte, klang so ungeheuerlich, dass er Mühe hatte, ihm zu folgen. Und dennoch – alle seine Überlegungen stimmten mit dem überein, was er selbst beobachtet und erfahren hatte. Ein Mensch ohne Wille konnte nichts mehr bewirken. Er war hilflos wie ein Boxer, der in ein frei aufgehängtes Fischernetz schlug. Es war so, wie wenn seine Kraft gar nicht vorhanden wäre.

»Eines habe ich noch gar nicht verstanden. Was ist mit dem Strom? Alle Elektrizität ist verschwunden. Sogar die Batterien sind taub. Hat das auch mit den Wächtern zu tun?«

Furrer nickte. »Strom ist eingefrorener Wille. Kraft, die aus fließendem Wasser kommt, aus Windrädern, aus Turbinen und Generatoren. Auch wenn der Mensch bis heute nicht restlos verstanden hat, wie es funktioniert, ist es doch eine der genialsten Erfindungen. Seine Nutzung hat die Zivilisation überhaupt erst so weit gebracht, wie sie heute ist. Aber auch die Abhängigkeit. Mit dem Auslöschen der Elektrizität haben die Wächter den Menschen ihre letzte Waffe geraubt. Nicht einmal von Weitem können sie eingreifen. Keine Drohnen und Flugzeuge, die über den Schwarzwald fliegen, keine Raketen, die Tod und Vernichtung bringen. Kein Fahrzeug, mit dem man in die Sperrzone eindringen, keine Messgeräte, mit denen man nach Erklärungen suchen kann.«

Felix war von Furrers Ausführungen wie erschlagen. So hatte er es noch nie gesehen. Aber es war nicht nur einleuchtend, was Furrer sagte. Sondern es stimmte mit allem überein, was er bisher erlebt hatte. Gerne wäre Felix noch eine Weile geblieben, doch Furrer drängte zum Aufbruch. »Wir wollen nicht zu lange bleiben«, sagte er. »Der Tag ist schon halb um, und es gibt noch einiges zu tun.«

Leo empfing sie mit freudigem Gebell. Felix streichelte ihn. »Wir könnten Hundekekse für ihn backen«, schlug er vor. »Ab und zu ein Leckerli hat er sich verdient.« Leo spitzte die Ohren, als ob er den Sinn der Worte verstand.

»Warum nicht?«, lachte Furrer. »Aber heute nicht mehr. Solange du hier bist, freue ich mich, wenn ich deine Hilfe habe. In den letzten beiden Tagen haben wir so viel geschafft, wie ich es sonst nur in einer Woche hinbekommen.«

»Solange ich hier bin?« Felix runzelte die Stirn. »Spätestens übermorgen werde ich doch hoffentlich wieder hier sein.«

»Schon. Wenn alles gut geht. Aber hast du dir schon überlegt, was du tun wirst, wenn es dir wirklich gelingen wird, Chiara zurückzuholen? Ich kann mir kaum vorstellen, dass du dann bei dem alten schrulligen Professor bleiben wirst!«

Felix erschrak. Natürlich hatte Furrer recht. Falls alles gut ging, würde er als Allererstes nach Hof zurückkehren und Chiara treffen wollen. Doch hatte er bisher überhaupt nicht nachgedacht, was danach kommen würde. Immerhin hatte Chiara viele Mühen auf sich genommen, um ihm nachzufolgen und ihn wiederzusehen. Doch auch wenn sie zusammenblieben – was würden sie unternehmen? Wo würden sie leben?

»Was hält dich ab, wieder nach Hause zu gehen? Niemand zwingt dich, in einer Gegend zu bleiben, wo es mühsam ist zu leben und in der du ständig von Gefahren umgeben bist. Du bist jung, du hast dein ganzes Leben vor dir!«

Felix wusste nicht, was er sagen sollte. Seit er von Freiburg aufgebrochen war, hatte er die ganze Zeit feste Ziele verfolgt. Und er war erfolgreich! Er hatte seine Eltern getroffen, er hatte Chiara befreit. Und Furrer hatte ihm geholfen, das Rätsel des Wegweisers zu lösen und dem Geheimnis der unheimlichen Kraft auf die Spur zu kommen. Doch noch war er nicht so weit, dass er über die Zukunft nachdenken wollte. Er musste Chiara zurückholen. Und noch immer wusste er nicht, wo er den Fischmenschen wiedertreffen konnte.

»Eines nach dem anderen«, sagte er nach einigem Nachdenken. »So habe ich es bisher gemacht, und so werde ich es weiter tun. Frage mich in zwei Tagen noch einmal.«

»Eines nach dem anderen. Das klingt gut. Fangen wir gleich damit an!«

*

Den Nachmittag verbrachten sie ähnlich wie die Tage zuvor. Die Zeit verging rasch mit Arbeiten am Haus und in der Küche. Dazwischen äußerte Felix seine Sorge, ob er denn für den kommenden Tag richtig ausgestattet sein würde. »Ich weiß ja nicht einmal, was mich erwartet!«

Furrer beruhigte ihn. »Am besten wird sein, du lässt alles hier, was dir hinderlich sein könnte. Vielleicht eine Kleinigkeit zu essen und etwas Wasser. Mehr wirst du nicht brauchen. Gut zu Fuß bist du ja.«

»Und Leo?«

»Überleg es dir gut. Der Berg ist nicht steil. Aber du weißt nicht, was passiert.«

Felix dachte kurz nach. »Ich werde es ihm überlassen. Bisher hat er immer richtig entschieden.«

Am späten Nachmittag zogen von Westen her die ersten Wolken auf. Die Sonne verbarg sich, und es wurde kühl. »Wie wäre es mit einem Lagerfeuer?«, schlug Furrer vor. »Ich würde heute Abend gerne wieder draußen sitzen.« Er zeigte Felix eine etwas geschützte flache Stelle in der Nähe des Brunnens. »Ich nehme an, du weißt, wie das geht. Während ich koche, kannst du alles vorbereiten.« Er verschwand in der Küche und ließ Felix alleine zurück.

Felix freute sich. Er hatte lange nicht mehr an einem Feuer im Freien gesessen. Ein paarmal ging er hinter die Hütte, wo an der Hauswand Holz gestapelt war. Dünne Holzscheite zum Anfeuern gab es ebenfalls reichlich. In der Küche gab ihm Furrer eine Packung Streichhölzer. »Davon habe ich genug. Aber gehe trotzdem sparsam damit um. In einer Viertelstunde ist das Essen fertig.«

Zum Glück war es windstill, sodass das Feuer rasch brannte. Felix blies ein paarmal in die Glut, dann legte er ein paar dickere Stücke nach. Kurz darauf erschien Furrer mit zwei Schalen, die er auf einem Holzbrett vor sich trug. »Heiß! So schmeckt es am besten.«

Furrer hatte den Brei dieses Mal etwas schärfer gewürzt. »Eingelegter Bärlauch und wilde Minze. Ich hoffe, es schmeckt dir.«

»Du kennst dich gut aus«, lobte ihn Felix. »Woher hast du eigentlich die ganzen Sachen?«

»Oh, ich habe mich nicht nur mit geheimen Sachen beschäftigt«, lächelte Furrer. »In Hof habe ich viel gelernt, vor allem über Pilze. Die Kräuter wachsen überall wild. Allmählich habe ich ein Auge dafür. Und ich experimentiere gern. Meine Küche ist zwar spartanisch, dafür habe ich einige Fantasie. Ein paarmal hat es mir schon Schweißausbrüche und Bauchweh beschert. Aber meistens klappt es ganz gut.«

*

Nach dem Essen bot Felix an, den Abwasch zu übernehmen. Inzwischen war es dunkel geworden. Das Feuer prasselte und knackte wohlig. Um sie herum tanzten die Schatten über den Berghang, die Hüttenwand und den Brunnentrog. Eine dünne weiße Fahne stieg in den Nachthimmel.

»Das, was du heute Morgen auf dem Felsen erzählt hast ... Du sagst, man wird es nicht verstehen können. Aber du hast doch bestimmt eine Idee? Oder eine Vermutung?«

Furrer antwortete nicht gleich. Er hatte einen Stock in der Hand und stocherte von Zeit zu Zeit in der Glut. Winzige brennende Holzstückchen stoben auf, flogen und erloschen Sekunden später im Dunkel. Furrer sah ihnen nach. Die Wolkendecke war an einigen Stellen aufgerissen, und die Sterne blinkten hervor.

»Die Menschen haben die Welt nicht immer so gesehen wie heute. Siehst du die Sterne? Für unsere Forscher sind es kalte Steinhaufen oder heiße Gaswolken. Unsere Vorfahren wären nie auf eine solche Idee gekommen. Für sie waren es lebendige Wesen, die ihr Leben genauso beeinflussten und wirkten wie Wind und Wasser, Hitze und Frost. Sonne und Mond waren Götter, deren Macht unendlich groß war und deren Willen man gnädig stimmen musste. Doch es gab nicht nur die Gestirne. Die ganze Welt war lebendig. Jede Pflanze, jeder Stein, jeder Fluss, jeder Berg.« Wieder stob die Glut auf.

»Aber es ist doch inzwischen sehr viel erforscht worden!«, wandte Felix ein. »Sogar auf dem Mond sind die Menschen gelandet!«

»Erforscht? Das mag stimmen. Aber wer weiß wirklich, was eine Pflanze zum Keimen bringt? Woher der Mensch kommt und wohin er geht?« Furrer hob ein Holzscheit auf und ließ es wieder fallen. »Schwerkraft! Eine der Grundkräfte der Physik. Das ist die moderne Erklärung. Dabei ist es nichts anderes als eine Beschreibung dessen, was passiert. Das Warum ist und bleibt ein Rätsel.« Er wandte sich zu Felix. »Für unsere Vorfahren war es einfach. Nur ein göttliches Wesen konnte das vollbringen. Alle Religionen sind so entstanden. Heute werden die Götter als Hirngespinste abgetan. Doch es sieht so aus, als sei dies ein Irrtum.«

»Du meinst – die Götter gibt es wirklich?«

»Vielleicht hat sich in den vielen Tausend Jahren gar nicht so viel geändert. Geändert hat sich nur das, was wir glauben. Der Mensch ist ein Geschöpf, das verstehen will. Und er hat versucht zu verstehen, vor allem seine eigene Herkunft. Aus der Vorstellung über die Götter wurden Bilder, aus Bildern Worte. Überall auf der Welt gibt es Mythen, wie alles erschaffen wurde. Das Gilgamesch-Epos aus Babylon, die Genesis aus dem Alten Testament, das Popol Vuh der Maya. All das hat in der Erinnerung Jahrtausende überdauert. Und alle beschreiben sie nicht nur die Entstehung der Welt, sondern die Ankunft des Menschen. Ein neues Wesen. Ein Wesen, das sich seiner selbst bewusst ist. Das Fragen stellt. Und das die Wahl hat – auch zwischen Gut und Böse.«

Es entstand eine lange Pause. Die Wolken am Himmel waren inzwischen fast völlig verschwunden. Die Nacht war klar, überall leuchteten die Sterne, am Horizont kündigte sich der Mondaufgang an.

»Über die Jahre zogen sich die alten Mächte zurück. Es war, als hätten sie ihre Aufgabe erfüllt. Selbst davon gibt es Geschichten! Die Lieder der Skandinavier nennen sie Götterdämmerung. Doch sie sind nicht überall verschwunden. In Irland und in Norwegen scheinen sie noch lebendig zu sein. Es gab schon immer Hellsichtige, die von den anderen als Spinner abgetan wurden. Aber sie konnten diese Welt sehen, die Welt der Feen und Elfen, der Zwerge und Leprechauns, der Trolle und Eisriesen.« Furrer legte den Stock zur Seite, streckte sich und gähnte.

Felix war den Worten des Professors mit großen Augen aufmerksam gefolgt. Im Grunde war es nichts Neues, was er hörte. Manche der Bücher hatte er selbst gelesen. Besonders die Götter- und Heldensagen der Griechen hatten es ihm angetan. Zeus und Apollo, die immer wieder in das Leben der Menschen eingriffen, die Irrfahrten des Odysseus und die Heldentaten des Herakles, die allen möglichen Fabelwesen begegneten. Aber er hatte nie daran gedacht, dass diese Erzählungen wahr sein könnten.

»Glaubst du das alles?«, fragte er irgendwann.

»Glauben? Du hast mich gefragt, ob ich eine Idee habe. Es geht nicht darum, was ich glaube. Ich sehe, was ich sehe. Und für mich sieht es so aus, als seien die alten Mächte wieder aufgetaucht. Ich kann es mir nicht anders erklären. Sie waren verschwunden, weil sie nicht mehr gebraucht wurden. Sie haben ihre Verantwortung an den Menschen abgegeben. Jetzt greifen sie wieder ein.«

Sie saßen noch eine Weile schweigend beieinander, bis Furrer irgendwann aufstand. »Du solltest beizeiten aufstehen«, meinte er, ehe er sich zum Schlafen verabschiedete. »Der Weg ist weit und keiner weiß, wie der Aufstieg zum Gipfel sein wird. Außerdem musst du rechtzeitig herunter, ehe sich das Tor schließt. Ich werde dich wecken!«

Während das Feuer allmählich nach unten brannte, hing Felix eine Weile seinen Gedanken nach. Obwohl er müde war, kam er sich vor wie benommen. Erinnerungsfetzen stiegen in ihm hoch. Carlos Sohn im Lager der Streuner hatte wie selbstverständlich von den Wächtern gesprochen, die in den Bergen südlich der Siedlung die Grenze hüteten. Er dachte an den Mathisleweiher, dessen Zugang ebenso abgeschirmt war wie die Zweribachwasserfälle. An den Quellhüter, für den Zeit und Raum nicht zu existieren schienen. Morgen würde er in diese Welt eindringen, ohne zu wissen, was ihn erwartete. Er würde diesen Mächten hilflos ausgeliefert sein.

Zum ersten Mal seit Langem überfiel ihn Angst.

10. KAPITEL

Felix wachte auf, als Furrer ihn an der Schulter rüttelte. Er hatte tief und traumlos geschlafen. Dennoch sprang er sofort auf. Der vertraute Duft des Morgentees hing in der Luft.

»Ich habe alles noch einmal durchdacht«, meinte Furrer. »Wir sollten bald losziehen.«

Felix brauchte einen Moment, bis er begriff. »Wir? Heißt das, du kommst mit?«

Furrer nickte. »Natürlich komme ich mit. Ich weiß nicht, ob ich jemals wieder eine solche Gelegenheit bekomme.«

Felix strahlte. »Das ist die beste Nachricht seit Langem!« Sofort kehrte sein Optimismus zurück. »Was hast du herausgefunden?«

Während sie ein kurzes Frühstück zu sich nahmen, erklärte Furrer seine Überlegungen. »Wir sollten die Antwort des Hüters genau nehmen. Einen Tag lang ist der Weg frei. Der Vollmond in der Nacht der Waage. Das ist heute Nacht. Also schätze ich, dass wir von Mittag an 24 Stunden haben. Spätestens morgen um die gleiche Zeit müssen wir wieder unten sein.«

»Von heute Mittag an? Aber dann ist ja noch genügend Zeit«, rief Felix. »Die Sonne ist ja noch nicht einmal aufgegangen!« Tatsächlich war es draußen noch dämmrig.

»Wir sollten auf alles vorbereitet sein. Noch wissen wir nicht, ob wir so ohne Weiteres nach oben kommen.«

»Was schlägst du vor?«

»Vom Wiesental aus gab es früher eine Straße bis fast ganz nach oben. Das wäre am einfachsten gewesen, aber dafür wird die Zeit nicht reichen. Wir müssen es direkt von hier aus versuchen. Auf den alten Karten habe ich zwei Wege entdeckt. Der kürzere führt durch den Wald, der andere über Neuenweg, dort, wo du hergekommen bist.«

»Also durch den Wald!«

»Besser nicht. Ich befürchte, dass dieser Weg inzwischen längst zugewachsen ist. Wir können es nicht riskieren, unterwegs umkehren zu müssen. Von Neuenweg aus gibt es eine alte Fahrstraße, die uns ein gutes Stück nach oben bringen wird.«

Felix beschlich sofort ein ungutes Gefühl. Der Gedanke, noch einmal in den Ort zu müssen, gefiel ihm gar nicht. Doch er fügte sich. Er war erleichtert, dass Furrer sich entschieden hatte mitzugehen. Es war besser, wenn er sich ihm anvertraute.

Furrer wies auf die Umhängetasche, die auf der Bank lag. »Ich habe uns schon ein paar Sachen zu essen eingepackt. Dazu eine volle Wasserflasche. Wir können sie abwechselnd tragen. Unsere Messer nehmen wir auch mit.«

»Und ein Seil!«

Furrer runzelte die Stirn. »Ein Seil? Meinst du wirklich?«

»Irgendwie ... Ich fühl mich einfach besser, wenn ich es dabei habe.«

»Wie du willst. Dann wollen wir jetzt los.«

Als sie vor die Hütte traten, war sofort Leo an ihrer Seite. Felix kraulte ihn hinter dem Kopf. Dann atmete er tief durch und folgte Furrer. Der Professor schlug zu Felix' Verwunderung den Weg zum Weiher ein. »Das ist doch eine ganz andere Richtung?«, fragte er erstaunt.

»Nur ein paar Meter am Anfang. Es ist eine Abkürzung.«

Am Rande der Torfinsel wies Furrer auf eine Stelle am Ufer, die dichter bewachsen war als alle anderen. Gras, Laub und Zweige hatten sich im Schilf verfangen und bildeten einen bunten Teppich. »Der Abfluss. Hier laufen wir runter.«

Der schmale Bach war auf den ersten Metern kaum zu erkennen. Der schmale und tiefe Einschnitt war vollständig zugewuchert. Es schien, als fühlten sich Gras, Moos und Büsche entlang des Wassers hier besonders wohl. Zum Glück gab es ein paar Meter oberhalb einen alten Waldweg, dem sie gut folgen konnten. Eine halbe Stunde später traf der Bach mit einem anderen zusammen, der aus einem offenen Tal von Westen her kam. Jetzt wusste Felix wieder, wo er war. Mit gemischten Gefühlen erkannte Felix den Teil des Weges, auf dem die Wölfe hinter ihm her gewesen waren. Wenig später erreichten sie die Steinplatte, von der aus ihn das große Tier beäugt hatte. Jetzt war der Platz leer. Felix war erleichtert, dass Furrer an dieser Stelle den Bach verließ. Er kletterte ein Stück links des Felsens empor. Dort stießen sie auf einen Pfad, der kurz darauf die Landstraße erreichte und auf der gegenüberliegenden Seite einige Meter weiter den Hang hinaufführte. Verwundert sah Felix um sich, als sie die Hügelkuppe erreicht hatten. Der asphaltierte Weg öffnete sich zu einem kleinen Parkplatz, an dessen Rand eine Aussichtsbank stand. Vor ihnen erhob sich der Belchen mit seinem Horn an der Seite, nach rechts fiel der Hang steil ab nach Neuenweg. Häuser, Höfe und das Kirchlein waren gut zu erkennen, ebenso die beiden Straßen, die sich in der Ortsmitte kreuzten. Felix deutete auf die gegenüberliegende Seite des Tals. »Siehst du den Parkplatz? Von dort bin ich heruntergekommen«, meinte er.

Furrer nickte. »Ich kenne die Stelle. Von dort aus könnten wir auch hochsteigen. Aber es würde zu lange dauern, bis wir dort sind.« Er deutete in Richtung Belchen. »Dort sind die beiden Wege, von denen ich gesprochen habe. Den linken kannst du im Wald nur erahnen. Der andere führt hinter dem Ort nach oben. Siehst du die Häuser am Hang? Wenn wir Glück haben, kommen wir auf der Zufahrtsstraße ziemlich weit nach oben. Aber zuerst müssen wir hier absteigen.«

Felix war skeptisch. »Sollten wir nicht unsere Wegweiser benutzen? Als ich herkam, reichten die Ausläufer der Spinne bis ins Dorf hinein!«

»Du hast recht. Wir sind bereits gefährlich nahe. Man kann nie wissen.« Er zog sein Holzstück aus der Tasche und hielt es vor sich, Felix tat es ihm gleich. Doch ihre Vorsicht schien unnötig zu sein. Die Farben zeigten keinerlei Anzeichen von

Veränderung. Auch Leo war nicht anzumerken, dass er etwas Besonderes spürte. Er sprang in der Wiese herum und war eifrig mit dem Erforschen der unzähligen Düfte beschäftigt. Als sie die Mitte des Ortes erreicht hatten, war die Sonne mittlerweile über die Bergkämme im Osten gestiegen. Die wenigen Wolken am Himmel deuteten auf gutes Wetter hin. Der Tag versprach, schön zu werden. »Wollen wir hoffen, dass es so bleibt«, meinte Furrer. »Vor allem heute Nacht. Im September könnte es sonst recht ungemütlich werden.«

Felix zeigte Furrer den Weg, den er heruntergekommen war. »Der Ort war wie zweigeteilt. Dort drüben bei dem Brunnen war die Grenze, bis zu der ich die Spinne gespürt habe.«

»Wir wollen sehen, wie weit wir kommen«, meinte Furrer. »Von da an müssen wir warten, bis sie uns den Weg freigibt.« Mit vorsichtigen Schritten näherten sie sich der Brücke. Furrer hielt seinen Blick fest auf den Wegweiser gerichtet. »Seltsam. Es ist nichts zu merken. Vielleicht hast du dich geirrt?«

»Nein!« Felix schüttelte entschieden den Kopf. »Es war da, ganz bestimmt.« Zu seinem Schrecken sah er, wie Leo mit großen Sprüngen ein Stück die Straße entlanglief. »Leo!« rief er. »Leo, komm!«

Der Hund ließ sich nicht aufhalten. Irgendetwas schien seinen Jagdtrieb geweckt zu haben. Er schlug Haken, drehte sich, hielt plötzlich inne und lief dann zwischen Straße und einem lang gestreckten Bauernhof mit der Schnauze nahe am Boden weiter. Im nächsten Augenblick war er hinter der Hauswand verschwunden.

Felix und Furrer folgten ihm vorsichtig. Immer noch zeigten beide Wegweiser keine Veränderungen. »Das kann nur eines bedeuten«, meinte Furrer. »Die Spinne hat sich zurückgezogen.«

»Glaubst du, dass der Tag der Waage schon begonnen hat? Vielleicht ist der Weg schon frei!«

»Ich weiß es nicht. Dem Stand der Sonne nach zu schließen, ist es noch lange nicht Mittag. Aber es kann sein, dass ich mich getäuscht habe.« Er nickte entschlossen. »Wir sollten uns nicht zu viele Gedanken machen und die Gelegenheit nutzen. Doch wir müssen vorsichtig sein! Ich schlage vor, wir gehen in einigem Abstand hintereinander. Das lässt uns die Chance, rechtzeitig reagieren zu können, wenn unsere Vermutung falsch ist. Ich gehe als Erster.«

Felix folgte ihm mit gemischten Gefühlen. Er traute der Sache nicht. Die Erinnerung an seine Flucht von den Ausläufern des Belchen war zu frisch, als dass er ohne Misstrauen drauflosl aufen konnte. Obwohl Furrer vor ihm lief, umklammerte er krampfhaft sein Rindenstück, so als rechne er jeden Moment damit, dass von irgendwoher das Singen einsetzen und sein Schritt zäh werden könnte. Während sie die Dorfstraße entlanggingen, hielt er gleichzeitig Ausschau nach Leo. Er entspannte sich erst wieder, als er ihn ein gutes Stück entfernt hinter der Terrasse eines Restaurants hervorspringen sah. Dem Hund schien es gut zu gehen. Er rannte auf Felix zu, ließ sich kraulen, schnappte spielerisch nach seinen Hosenbeinen und verschwand pfeilschnell wieder nach vorn. Sie passierten zwei stattliche Höfe, deren Stalltüren weit offen standen, einen mit Jägerzaun umschlossenen ehemaligen Bauerngarten, der vollständig mit Himbeeren überwuchert war, und einen großen offenen Schuppen, vor dem ein Traktor mit Anhänger stand und unter dessen Dach bis zur Decke grobe Bretter gestapelt waren. Von der Kirche, die etwas erhöht stand, blitzten Metallkreuze und Grabsteine des kleinen Friedhofs in der Sonne.

Einen halben Kilometer nach dem Ortsschild beschrieb die Straße eine scharfe Kehre und führte in die Gegenrichtung den Berg hinauf. »Hier geht's ins Wiesental«, sagte Furrer und deutete auf das Straßenschild. »Hier wärst du runtergekommen.«

An dem Hinweis »Keine Zufahrt zum Belchen« vorbei verließen sie die Landstraße und gingen geradeaus weiter. Felix staunte, dass die Nebenstraße gut erhalten war. Obwohl sie sich langsam und vorsichtig bewegten, kamen sie gut voran. Der Weg stieg stetig an. Mehrere Abzweigungen führten zu abseits stehenden einzelnen Höfen und Häusern, an deren Zufahrt zum Teil Schilder mit der Aufschrift »Zimmer frei« hingen. Auf diese Weise gewannen sie rasch an Höhe. An einer Ruhebank für Wanderer machten sie Halt und setzten sich. Felix nahm einen Schluck Wasser und reichte die Flasche an Furrer weiter.

»Gieß mir ein«, bat er und hielt Leo, der rasch herbeigesprungen kam, seine offenen Hände entgegen. Leo schlabberte dankbar, dann trollte er sich, blieb aber in der Nähe.

Sie waren bereits so hoch, dass sie ein gutes Stück über Neuenweg hinaus das Tal überblicken konnten. »Alles Wasser, das vom Belchen herunterkommt, sammelt sich und fließt weiter bis nach Schopfheim und mündet dort in die Wiese«, sagte Furrer, der inzwischen ebenfalls getrunken hatte.

»Schopfheim. Kein guter Ort!« Felix' Herz schlug für einen Moment schneller, als er den Namen der Stadt hörte. Das Lager, die Soldaten, der Arzt. Alles zog wie im Zeitraffer an ihm vorüber.

»Er war nicht immer so.« Furrer beließ es bei dem knappen Kommentar. Stattdessen sah er nach oben und prüfte den Sonnenstand. »Die Sonne ist schon über den Zenit weitergewandert. Ich denke, von jetzt an brauchen wir keine Angst mehr zu haben.«

»Du meinst, der Tag der Waage hat begonnen?« Obwohl sich äußerlich nichts geändert hatte, blickte Felix ehrfurchtsvoll nach oben.

Furrer nickte. »Ich bin mir sicher. Von jetzt an wird sich zeigen, ob wir die Antwort des Hüters richtig gedeutet haben.«

Er stand auf und betrachtete den hinter ihnen emporsteigenden Hang. »Dort drüben ist das letzte Haus. Von da an gibt es keine Straße mehr.«

Felix drehte sich ebenfalls um. Der Belchengipfel war inzwischen nicht mehr zu sehen. Dafür tauchten zwischen den letzten Bäumen steile Felsen auf. Breite Geröllhalden zogen sich von oben bis auf die Wiesen herunter. »Hast du auf deiner Karte ein Weg gefunden, der bis nach oben führt?«, fragte er, als er etwas entmutigt die schroffen Hindernisse vor sich sah.

»Schon. Aber ich befürchte, das wird uns nur wenig nützen. Die gibt es alle nicht mehr. Wir werden klettern müssen!«

»Dann ist es ja doch gut, dass ich das Seil mitgenommen habe«, brummte Felix, als sie sich wieder auf den Weg machten.

Furrer sollte recht behalten. Der letzte Teil des Aufstiegs geriet zu einer mühsamen Kletterei. Dennoch war ihnen das Seil von wenig Nutzen. Von unten her gab es kaum eine Möglichkeit, es irgendwo zu befestigen. Nur wenn es einer der beiden schaffte vorauszuklettern und einen einigermaßen sicheren Tritt zu bekommen, konnte sich der andere hinterherziehen. Vor allem für Leo war es nicht einfach. Er rutschte immer wieder ab und stieß ein verzweifeltes Jaulen aus. Dennoch wollte Felix ihn auf keinen Fall zurücklassen. »Er hat sich entschieden mitzukommen«, meinte er. »Und ich will dafür sorgen, dass er es kann.«

Es gab aber auch Stellen, an denen sie selbst ohne Leo nicht weitergekommen wären. Etliche Felsstürze und Erdspalten versperrten ihnen den Weg. Sie sahen aus, als seien sie erst in jüngster Zeit passiert. Von Zeit zu Zeit prasselten Steinbrocken an ihnen vorbei und rollten in die Tiefe. »Der Berg lebt«, meinte Furrer. »Wir müssen auf alles gefasst sein.«

Felix half Leo, so gut er konnte. Dabei hatte er selbst Mühe. Wenn es einmal Pfade für Wanderer gegeben hatte, war nun nichts mehr davon zu sehen. Ab und zu hatten kleine Waldstücke überlebt, deren Äste und Zweige willkommene Gelegenheiten boten, sich festzuhalten. Doch der Großteil des Geländes war kaum mehr als eine unübersichtliche Öde aus Gras und Steinen mit spärlichen windgepeitschten Buchen, die sich an den Hang duckten. Allmählich wurde Felix nicht nur müde durch die Anstrengung, sondern bekam allmählich Sorge, ob sie das Ganze zeitlich schaffen würden. Die Sonne stand bereits tief im Westen und würde spätestens in einer Stunde den Kamm der Berge erreichen. »Wie weit ist es noch? Was schätzt du?«, fragte er, als er wieder einmal schwer atmend eine der vielen Verschnaufpausen einlegen musste.

»Der Höhe nach zu schließen müssten wir es bald geschafft haben.« Auch Furrer hatte sichtbar Mühe. Sein Gesicht war grau, seine Wangen gerötet. Felix sah mit Sorge, dass er sich immer wieder an das Bein fasste, als ob ihn ein Schmerz quälte, von dem er nichts sagen wollte. Dennoch strahlte sein Blick Zuversicht aus. »Wir sind höher als alle übrigen Berge um uns herum. Bis zum Sonnenuntergang könnten wir es schaffen!« Er wies nach oben, wo eine breite Abrisskante den Blick versperrte. »Ich habe das Gefühl, wir werden gleich mehr wissen.«

Doch je näher sie kamen, desto mehr sah es aus, als hielte der Belchen ein letztes Hindernis für sie bereit. Unter der Kante hatten Wind und Wetter den Hang so weit ausgehöhlt, dass an ein Weiterklettern nicht zu denken war.

»Das sieht nicht gut aus. Wir müssen außen herum!« Furrer sah nach beiden Seiten. »Ich kann nichts erkennen. Warte hier. Ich gehe ein paar Meter, vielleicht gibt es irgendwo eine Spalte oder sonst eine Möglichkeit aufzusteigen.« Er ließ seine Umhängetasche liegen und tastete sich den Fels entlang, bis er aus Felix' Blickwinkel verschwunden war. Nach etwa zehn Minuten kam er zurück.

»Weiter hinten wird es noch steiler. Keine Chance.«

»Also die andere Seite! Irgendwie muss es doch weitergehen!«

»Das wird es.« Furrer nahm seine Tasche wieder auf. Dieses Mal ging Felix voraus, Furrer folgte ihm dicht dahinter, Leo nahmen sie in die Mitte. Sein kläglicher Blick verriet, dass er sich alles andere als wohlfühlte.

Wenige Meter weiter erreichten sie einen Vorsprung, der zuvor die Sicht verdeckt hatte. Sofort sah Felix, dass dies die richtige Seite war. Der Überhang trat zurück in den Berg und gab zum ersten Mal den Blick nach oben frei. Vor ihnen erhob sich die grasbewachsene runde Kuppe des Belchen, ein Stück entfernt von ihnen das Belchenhaus. Felix sah deutlich die Terrasse des ehemaligen Gasthauses, dahinter die Bergstation der früheren Seilbahn. Trotz der guten Aussichten wurde ihre Geduld ein weiteres Mal auf die Probe gestellt. Direkt hinter dem Felsvorsprung, bei dem sie angelangt waren, versperrte ein fast senkrecht abfallender Abhang den Weg. Die Wiese auf der Gegenseite war nur wenige Meter entfernt, dennoch sahen sie keine Möglichkeit, den Hang zu queren. Wieder waren sie gezwungen, einen großen Umweg zu machen. Von dem Felsen aus stiegen sie mühsam ein gutes Stück den Berg hinunter, umgingen von unten das Hindernis und stiegen wieder auf. Die dauernde Kraxelei brachte Felix an seine Grenzen. Waden und Oberschenkel brannten, über Handinnenflächen und Unterarme zogen sich lange Kratzer. Das Ziel vor Augen mobilisierte er seine letzten Kräfte. Als sie endlich das Plateau vor dem Haus erreicht hatten, ließ er sich völlig erschöpft ins Gras fallen.

Auch Furrer konnte nicht mehr weiter. Nur Leo war wie ausgewechselt. Er bellte vor Freude und sprang los, um die Gegend zu erkunden und Erde und Gras unter seinen Pfoten zu spüren.

Nach einer kurzen Atempause stärkten sie sich aus der Wasserflasche. »Wir sind noch nicht ganz oben«, sagte Furrer, der als Erster seine Sprache fand.

»Schon klar.« Felix nickte. »Ein paar Minuten noch.«

Obwohl sie den Gipfel nicht erreicht hatten, war der Blick bereits hier atemberaubend. Selbst die Aussicht, die Felix von der Höhe über Sankt Blasien gehabt hatte, war nicht vergleichbar mit dem, was er sah. Unmittelbar vor ihm lag das Tal der Kleinen Wiese, durch das sie heraufgekommen waren. Die Häuser und Straßen von Neuenweg waren klein wie Spielzeug. Ringsum erhoben sich die Berge und Anhöhen, fast alle dicht bewaldet mit nur wenigen freien Flächen dazwischen. Weit im Westen meinte Felix, einen Turm auf einem der Gipfel zu erkennen. Am Horizont zog sich eine diffuse Kulisse grauer und weißer Schatten. Furrer ließ seiner Begeisterung freien Lauf. Er hatte ebenfalls das schmale Gebäude entdeckt. »Der Fernsehturm auf dem Blauen! Und davor, das ist die Sirnitz, von dort aus führt die Straße nach Badenweiler. Links davon ist der Nonnenmattweiher. Von dort sind wir hochgekommen. Und ganz da hinten, das sind die Alpen! Das Helle, was du siehst, ist Schnee!«

Felix war weniger bewandert in Namen und geografischen Fakten. Er war froh, dass sie es so weit geschafft hatten, und genoss den Ausblick wie eine Belohnung für ihre Mühen. Doch jetzt spürte er auch, dass er nicht zur Ruhe kommen würde. Er war fast auf dem Thron der Sonne und wusste immer noch nicht, was ihn erwartete.

Furrer stand auf. »Die Sonne geht demnächst unter. Wir sollten die letzten Meter weitergehen. Ich bin gespannt, wie es aussehen wird.«

»Der Sonnenuntergang auf dem Belchen?«

»Nicht irgendein Sonnenuntergang. Du wirst es sehen! Hier entlang«, rief Furrer, der mit neuer Energie ausschritt, als habe es den Aufstieg zuvor nicht gegeben. Von der Bank, vor der sie im Gras saßen, führte ein gut erhaltener Schotterweg in einem weiten Bogen um den Berg herum nach oben. Wenige Minuten später hatten sie den Gipfel erreicht.

Felix wusste nicht, was er mehr erwartet hatte. Die Kuppe war abgeflacht und fiel zu allen Seiten sanft ab. Überall wuchs niedriges Gras, ein paar Steine lagen herum. Ein Stück entfernt stand ein wuchtiges Holzkreuz, davor ein steinernes brusthohes Podest, auf dessen flache Oberfläche ein rostbraunes Metallschild festgeschraubt war. Eine Rosette zeigte die Himmelsrichtungen und mit jeweils einem Pfeil die Namen von Städten und anderen Bergen. Zwischen zwei steinernen Podesten lagen die Reste einer verwitterten Bank auf dem Boden. Neben einem Steinhaufen stand ein alter Grenzstein.

Jetzt erst konnte Felix ermessen, wie hoch sie gekommen waren. Nach Norden und Osten drängten sich die Schwarzwaldgipfel, im Süden reihte sich die endlose Kette der Alpen deutlicher hervor. Felix konnte zum ersten Mal die andere Seite des Berges hinuntersehen. Der Hang war dicht mit riesigen Fichten bewachsen und fiel steiler ab als dort, wo sie hochgekommen waren. Am Fuße erstreckte sich ein Tal, durch das sich eine Straße schlängelte. Von Weitem sah Felix die Lichter einer Stadt am Rande der Rheinebene.

Furrer war ein Stück weitergegangen und beobachtete den Horizont. Die Wolken hatten nach Westen hin einen schmalen Streifen freigegeben. Die Ränder leuchteten golden, der Himmel färbte sich zunehmend rosa.

»Wir haben Glück!« Furrer war bestens gelaunt. »Gerade rechtzeitig!«

Sie setzten sich ins Gras und richteten ihre Blicke nach Westen. Zuerst war nur ein schmaler goldener Schimmer zu erkennen, der sich rasch verbreiterte. Kurz darauf senkte sich die Sonne aus den Wolken herab und tauchte alles um sie herum in strahlendes Licht. Für einen kurzen Moment war Felix wie geblendet. Doch dann beobachtete er gebannt weiter, wie die Sonne sich rasch nach unten bewegte. Gleichzeitig verwandelte sich die gleißende Helle in rotes Gold. Die Farben am Himmel änderten sich mit jedem Atemzug. Auf der Unterseite der Wolken krochen rosa Streifen, die wie lange Finger zu Felix herübergriffen und rasch in kräftiges Lila übergingen. Der Sonnenball berührte fast den Kamm der Vogesen.

Furrer stand auf, um noch besser sehen zu können. »Siehst du den Berg dort?« Aufgeregt deutete er in die Ferne.

»Ich sehe ihn. Er ragt ein Stück höher heraus als die anderen. Was ist besonders daran?«

»Der Ballon d'Alsace. Genau dort geht die Sonne unter. Ist es nicht faszinierend?«

Felix nickte. Die Umrisse des Berges traten deutlich hervor. Gleichzeitig hatte er das Gefühl, als griffen die letzten Sonnenstrahlen bis zu ihnen herüber. Für einen Augenblick war es, als hielte ein unsichtbares Band die beiden Berge zusammen.

Dann war der Moment vorüber. Die Sonne tauchte rasch hinter den Vogesen unter. Mit den letzten Strahlen ließ sie das überwältigende Farbenspiel am Himmel aufleuchten, dann war sie verschwunden. Von irgendwoher kam ein kühler Windstoß. Ein paar Krähen flogen aus dem Wald unter ihnen auf und zogen mit lautem Gekrächze über das Tal nach Norden.

Furrer setzte sich wieder. »Es ist tatsächlich wahr! Hast du es gesehen? Direkt hinter dem Belchen!«

Felix sah ihn fragend an. »Was meinst du eigentlich? Der Belchen ist doch hier!«

»Klar. Aber dort auch. Ballon d'Alsace. Elsässer Belchen. Ballon ist der französische Ausdruck für Belchen. Vielleicht, weil er so aussieht. Aber das ist noch nicht alles. Es gibt dort einen Großen und einen Kleinen Belchen. Sogar in der Schweiz gibt es einen.«

»Seltsam.« Felix schüttelte ungläubig den Kopf. »Welch ein Zufall. Der Sonnengott hat wohl mehr als einen Thron gehabt«, konnte er sich eine Bemerkung nicht verkneifen.

»Zufall? Dass ausgerechnet hier in unserer Gegend der Name so oft vorkommt? Bestimmt nicht. Außerdem steckt viel mehr dahinter. Man hat beobachtet, dass die Gipfel miteinander in Verbindung stehen. Zum Beispiel ist der Elsässer Belchen von hier aus gesehen genau im Westen. Wenn du dort oben stehst, kannst du zu jedem Frühlings- und Herbstanfang die Sonne über unserem Belchen aufgehen sehen. Und am Abend ist es umgekehrt. Das haben wir vor ein paar Minuten deutlich gesehen.«

»Na ja. Das ist …«

»Und da ist noch viel mehr!«, unterbrach ihn Furrer. »Zur Sommersonnwende geht die Sonne von dort gesehen über dem Kleinen Belchen auf, und am kürzesten Tag des Jahres gibt es eine Verbindung zur Belchenflue. Die wiederum liegt genáu südlich von hier im Schweizer Jura. Sogar zu den keltischen Jahresfesten …«

Jetzt unterbrach ihn Felix. »Halt, halt! Mir schwirrt der Kopf. Sag mir lieber, was das alles zu bedeuten haben soll. Du glaubst, das hat etwas mit den Kelten zu tun?«

»Es gibt viele, die das als uraltes Kalendersystem deuten, nach dem sich schon unsere Vorfahren gerichtet haben. Für Bauern war es von jeher lebensnotwendig zu wissen, wann die Jahreszeiten wechseln. Diese Tage des Jahres waren heilig und immer von Opfern und Festen begleitet. Übrigens nicht nur bei uns, sondern überall auf der Welt.«

Felix erinnerte sich an den Moment, als er in Furrers Studierzimmer gekommen war. Der Professor hatte der Bedeutung der Antworten des Hüters nachgespürt. »Die Welt der

Kelten. Über die Bedeutung der Feste und Rituale.« »Und an diesen Tagen öffnet sich die Tür zur Anderwelt«, nickte er. »Jetzt verstehe ich.«

Felix schwieg. Mit einem Mal schien sein Vorhaben in einem ganz anderen Licht. Irgendwie schien alles zusammenzuhängen. Der Quellhüter und seine Antworten, die Anderwelt, die Gestirne und Jahreszeiten. Der Thron der Sonne und die Weiße Göttin.

»In Irland gibt es heute noch viele Sagen und Geschichten darüber. Die Kelten waren überzeugt davon«, sagte Furrer nach einer Weile. »Der Hüter hat die Wahrheit gesprochen. Heute ist der Tag, an dem Hell und Dunkel gleich lang dauern. Der Tag, an dem die Waage genau in der Mitte steht.« Er sah nach oben. »Jetzt müssen wir nur warten, bis der Mond aufgeht.«

Felix spürte, wie die Anspannung von ihm wich. Er konnte nichts mehr tun als abzuwarten. Diese Nacht würde alles entscheiden. Es wurde rasch dunkel. Hinter den Vogesen war ein blasser Schimmer zu sehen, von Osten zog die Nacht herauf. In der düsteren Wolkendecke rissen vereinzelt Löcher auf. Ein paar wenige Sterne schenkten gerade so viel Licht, dass die Umrisse des Gipfelkreuzes zu erkennen waren. Furrer hatte seine Decke übergezogen und es sich wieder im Gras bequem gemacht. Wie ein alter Indianer saß er eingehüllt und starrte nach Westen, der untergegangenen Sonne nach. Felix spürte, dass der Professor alleine sein wollte. Er war bestimmt nicht nur mitgekommen, um Felix zu unterstützen. In dieser Nacht würde auch er Antworten auf Fragen suchen, die sein Leben bestimmten. Felix war unschlüssig. Auch er spürte die Kühle der Nacht, doch er achtete nicht darauf. Unruhig lief er ein paar Schritte hin und her und sah immer wieder nach oben. Was war, wenn der Himmel bedeckt blieb? Würde sich die Weiße Göttin dennoch zeigen? Und was sollte er dann tun?

Nach einer Weile suchte er sich den Platz, der ihm der höchste schien, und setzte sich ins Gras. Um ihn herum war Stille. Kein Nachtvogel war zu hören, keine Grille zirpte, selbst der schwache Wind bewegte nur stumm die Luft. Dennoch waren Felix' Sinne hellwach. Sein ganzer Körper schien ein einziges Organ zu werden. Es war, als lösten sich seine Kleider und selbst seine Haut immer mehr auf. Die Grenze zur Welt um ihn verschwand. Er breitete sich aus und wurde größer, seine Arme fassten in die Ferne, sein Kopf war kaum mehr als die zarte Hülle seines Geistes, der nach oben wuchs, bis er an die Grenzen der Welt stieß.

In diesem Moment riss die Wolkendecke auf. Der Wind zerpflückte den Nebel zu kleinen Fetzen, die umhertrieben und sich rasch auflösten. Die Sterne funkelten wie Diamanten auf einem schwarzen Kissen aus Samt. Bleiches Licht erfüllte die Nacht, als der volle Mond über dem Horizont nach oben stieg. Wie gebannt heftete Felix seinen Blick auf die silberne Scheibe, die größer und größer wurde. Ein dumpfes Dröhnen erfüllte die Welt.

»Die Weiße Göttin!«, flüsterte er. »Ich bin bereit.«

Dann stürzte Felix hinauf in das Nichts.

*

Feuer, Wasser, Erde und Luft vereinten sich zu einem Wirbel, der Felix erfasste und mit sich riss. Vergeblich versuchte er, sich zu halten, doch es gab nichts, woran er sich klammern konnte. Er wusste nicht, ob er zum Himmel emporschwebte oder in die Gebeine der Erde hinuntersickerte. Alles Silber war verblasst. Um ihn war nichts als tosendes Rauschen in konturenloser Nachtschwärze, Zeit und Raum flogen durcheinander wie vergessene Scherben zerbrochener Statuen. Hilflos trieb er im Meer des Möglichen. Immer schneller drehte sich der Wirbel, längst hatte ihn ein heilloser Schwindel erfasst, sein Herz, sein Magen, seine Lungen stülpten sich um, formten sich neu, wuchsen über sich hinaus und schrumpften zu bleitrockenen Körnern ohne Zusammenhang. In das Tosen und Toben mischte sich grelles Geschrei vereint mit schmerzhaftem Stöhnen und verzweifeltem Weh uralter Klagen, die längst verstummt waren.

Dann war mit einem Mal alles vorbei. Sekundenlang hallte das Chaos nach, ehe der Schmerz des Echos unendlicher Leere wich. Die Welt war zum Stillstand gekommen. In dem Nichts, das ihn umgab, hockte die Schwärze – fett und konturenlos wie das tiefste Innere der Nacht und fast so unerträglich wie die Stille, die sich in ihre tiefsten Gänge hineingegraben hatte. Seine Finger entrollten sich, tasteten über den Leib auf der Suche nach Erinnerungen. Ein tiefer Atemzug ließ Felix wieder dorthin zurückgelangen, wo er sich selbst vermutete. Seine Lippen zitterten, sein Herz schlug in gleichgültigem Pochen. Langsam öffnete er die Augen, dann noch einmal und noch einmal. Jetzt erst merkte er, dass er auf dem Rücken lag, es war weich um ihn herum, dennoch spürte er Widerstand. Seine Fingerspitzen tasteten nach allen Seiten, nach oben und unten, feuchte Haut, als sei er im Innern einer lebenden Höhle. Er kam weiter zu sich und wurde mutiger, streckte beide Arme aus, drehte sich langsam um sich selbst, stand auf, ging zwei, drei Schritte. Nichts änderte sich.

»Gib mir eine Gestalt, wenn du mich sehen musst.«

Felix erkannte die Stimme. Als er sie das letzte Mal gehört hatte, war sie von der Schlange gekommen.

»Nicht … Nein!« Felix zwang sich, das Bild nicht erscheinen zu lassen. Unwillkürlich hob er die Hände vor das Gesicht.

»Sei nicht töricht. Die Dinge geschehen nur, solange du willst.«

Felix' Herz klopfte heftig. Die Erinnerungen an den Sturm drängten nach oben. Er schloss die Augen und ballte die Fäuste.

Im nächsten Moment war ein leises Lachen zu hören. Felix riss die Augen erneut auf. Er kannte die Alte, die vor ihm erschien.

»Geht doch!« Wieder ertönte das Lachen. »Es scheint, als gefalle ich dir so am besten.« Die Stimme des Hüters war dieselbe geblieben.

»Wo bin ich?«, fragte Felix. »Und wo kommst du her?«

»Hast du nichts gelernt? Weißt du nicht, dass du mit Fragen vorsichtig sein musst?«

»Hätte ich sonst hierhergefunden?«, erwiderte Felix trotzig. »Ich will Chiara finden und sie befreien. Kannst du mir helfen?«

»Wer fragt, sollte die Antworten nicht vergessen. Chiara kann sich nur selbst helfen.«

»Dann zeige mir wenigstens den Weg.« Der Anblick des Hüters in der Gestalt der alten Frau ließ Felix sich über alle Furcht hinwegsetzen.

Für einen winzigen Moment leuchteten die Augen des Hüters auf. »Du bist mutig, das soll belohnt werden. Aber denk daran: Mut ist der Bruder der Blindheit. Vergiss nie, was du willst.« Bei diesen Worten lösten sich die Konturen, das Gesicht des Hüters verflog in bläulichem Nebel. Zurück blieb ein winziger Splitter, der in der Schwärze wie ein glimmender Funke hing.

Felix blickte wie gebannt auf das Leuchten, bis er merkte, dass das Licht von weit her kam. Er streckte die Hand aus, doch er konnte es nicht erreichen. Vorsichtig setzte er einen Fuß nach dem anderen, das Licht wurde größer, ein Spalt riss auf, breitete sich aus, strahlende Helle drang zu Felix herein. Mit dem letzten Schritt trat er ins Freie. Er riss die

Arme hoch. Die plötzliche Helligkeit blendete ihn. Gleißender Schmerz schoss ihm ins Gesicht und unter die Haut. Für ein paar Sekunden blieb er reglos stehen. Auf seiner Haut spürte er Wärme, von Weitem drang das Rauschen von Wasser an sein Ohr. Stück für Stück gelang es ihm, die Augen weiter zu öffnen.

Als Felix sich von seiner Überraschung erholt hatte, fand er sich an einem weiten Strand wieder. Das Meer warf große Wellen ans Ufer, die weit den Sand emporkletterten und sich in Felsen und Klippen verloren. Soweit sein Blick reichte, dehnte sich dahinter ein unendliches Grün von Palmen und Büschen, von Blättern und wuchernden Schlingpflanzen. Hinter ihm ragte ein kahler Hügel, kaum so groß wie ein Haus, halb aus dem Wasser heraus. Der Spalt, durch den er gekommen war, war verschwunden. Stattdessen gab es nichts als nackten Fels, über dem ein paar kreischende Möwen kreisten.

Wo war er? Wohin sollte er sich wenden?

Felix ging ein paar Schritte den Strand entlang. Ein paar helle Muscheln lagen unter seinen Füßen, Büschel von angeschwemmtem Seetang glänzten feucht und leuchteten blaugrün. Ein paar Möwen kreisten über ihm. Doch solange er ging, änderte sich nichts an dem, was er sah. Als der Hügel am Horizont hinter ihm nur noch von Weitem zu sehen war, stieß Felix auf einen schmalen Wasserlauf, der aus dem Urwald herausfloss und sich durch den Sand in Richtung Meer bahnte. Doch auch hier gab es kein Anzeichen, das ihm helfen konnte, eine Richtung zu erkennen. Der Bach kam unter dichtem Buschwerk hervor, das ebenso undurchdringlich war wie der übrige Dschungel zu beiden Seiten.

Felix nahm ein paar Schlucke Wasser. Was sollte er tun? Der Wald war so dicht, dass es ihm kaum gelingen würde, mehr als ein paar Meter hineinzudringen. Zudem würde er sich ohne Richtung in Minuten heillos verirren. Das Meer bildete eine unüberwindbare Barriere, selbst wenn es ihm gelingen würde, ein Floß zu bauen. Der Rückweg war ihm verschlossen. Es würde ihm nichts anderes übrig bleiben, als weiter am Strand entlangzulaufen und zu hoffen, irgendwo hinzugelangen, von wo aus er neue Möglichkeiten fand. Er raffte sich auf und stolperte weiter vorwärts. In der Ferne zog sich aus dem eintönig langen Ufer eine Landzunge heraus, die ein gutes Stück ins Meer ragte. Felix schöpfte neue Hoffnung und hielt darauf zu. Doch das, was er von der Spitze aus sah, ließ seinen Mut sinken. Vor ihm tat sich das gleiche Bild auf: zu seiner Rechten das endlos scheinende Meer, links das ununterbrochen grüne Band, dazwischen der Uferstreifen.

Erschöpft und enttäuscht ließ Felix sich zu Boden fallen. Wie sollte er jemals Chiara finden? War dies überhaupt das Tor, das ihm die Antworten des Hüters vorausgesagt hatte? Oder war er am Ende einer schrecklichen Illusion erlegen, einer Wahnvorstellung, die ihn in der Nacht der Göttin auf einen Irrweg geführt hatte, an dessen Ende nichts übrig blieb als Hoffnungslosigkeit? Als er den Kopf wieder hob, sah er die Möwe. Sie saß auf einem angeschwemmten kahlen Ast und schien die Einzige zu sein, die ihm bis hierher gefolgt war. Sie legte den Kopf leicht schräg und sah ihn mit großen Augen an.

Dann öffnete sie den Schnabel. »Was willst du hier?« Die Stimme klang vertraut.

»Bist du der Hüter?« Felix setzte sich auf.

»Frage nicht immer, was für dich nicht wichtig ist.«

»Wo ist Chiara? Wo bin ich?«

Die Möwe kicherte. »Das sind zwei Fragen. Vielleicht sind es sogar die gleichen.«

»Du hast gesagt, du willst mir helfen!«

»Hilf dir selbst!«

Die Möwe breitete die Flügel aus. »Sieh genau hin!« Sie sprang auf und ließ sich von einem Windstoß nach oben treiben. Sie beschrieb einen eleganten Bogen und flog in Richtung Land davon.

Felix sprang auf und rannte ihr nach, so schnell er konnte. Er hielt seine Augen fest auf den hellen Punkt über sich gerichtet. Schon nach wenigen Metern hatte die Möwe den Rand des Urwalds erreicht. Sie kreiste ein paarmal, als ob sie auf ihn wartete. Dann stieß sie einen heiseren Schrei aus und flog über die Baumwipfel weiter. Ohne zu zögern, brach Felix in das Dickicht hinein. Er stürzte durch Büsche, bog Äste zur Seite und sprang über riesige Wurzeln. Lianen und Dornen streiften ihm über das Gesicht, herabhängende Zweige schlugen ihm entgegen. Er bemühte sich, die Richtung beizubehalten, die ihm die Möwe gewiesen hatte. Doch schon nach wenigen Minuten konnte er nicht mehr erfassen, wie weit er vorgedrungen war. Zu allen Seiten gab es nichts als dichtes Grün. Als er über eine Liane stolperte und fiel, verlor er vollends die Orientierung. Er wusste nicht einmal, aus welcher Richtung er gekommen war.

Tränen von Zorn und Verzweiflung schossen ihm in die Augen. Chiara war in unendliche Ferne verschwunden. Jetzt war es endgültig aus! Der Hüter hatte ihm eine Chance gegeben und er hatte sie nicht genutzt. Er würde nicht einmal wieder hier herausfinden. Er konnte ebenso gut sitzen bleiben und warten, bis er verhungerte. Oder bis ihm zuvor eine Giftschlange oder ein anderes Tier einen frühen Tod bescherte. Er begann zu schwitzen. Er leckte ein paar nasse Blätter ab, die er noch nie gesehen hatte. Sein Kopf senkte sich, sein Blick wurde trübe. Wie durch einen Schleier sah er ein paar große rote Ameisen, die den glatten Stamm eines Baumes hoch- und runterliefen und auf dem Boden die unsichtbare Straße zu ihrem Nest weiter krabbelten. Ein paar von ihnen trugen hellgrüne durchsichtige Blätter, die um einiges größer waren als sie selbst. Sie gaben nicht auf, auch wenn sich ihnen ein

Hindernis entgegenstellte. Felix erinnerte sich an eine andere Welt, an einen anderen Wald, an andere Ameisen. An den riesigen Bau, den er bewundert hatte. Der nur durch die Arbeit vieler zustande gekommen war. Sie geben nicht auf. Daran hatte er damals gedacht, und das schoss ihm gerade durch den Kopf. »Nicht aufgeben!« Er musste handeln, solange er noch konnte. Der Boden unter seinen Füßen war dicht mit Laub und Pflanzen bedeckt, um sich herum reichte sein Blick nur wenige Meter weit. Es blieb ihm nur eine Möglichkeit.

Es dauerte eine Weile, bis er einen Baum gefunden hatte, dessen obere Zweige so hoch waren, dass er über das Palmendach hinausragte. Sobald er die ersten Meter geschafft hatte, fiel das Aufsteigen überraschend einfach. Felix blinzelte, als er die Spitze erreichte. Der Ausblick über das grüne Meer war überwältigend und enttäuschend zugleich. Nirgends gab es irgendeine Lücke, keinen Hügel, keinen Fluss und auch sonst keine Unterbrechung. Ein zweites und drittes Mal ließ er seinen Blick schweifen, Meter für Meter kämmte er langsam den Horizont ab. Vergeblich. Es war mehr ein Gefühl, als dass er es sah. Ein kaum wahrnehmbarer Lichtschimmer zog ihn zu einer Stelle, die nicht weit entfernt vom Strand aufleuchtete. Dieses Mal gelang es Felix, sich die Richtung einzuprägen. Sobald er am Fuße des Baumes angekommen war, kämpfte er sich entschlossen durch das dichte Grün. Es war, als habe sich die undurchdringliche Wand in ihr Gegenteil verkehrt. Lücken taten sich auf, Durchgänge wurden sichtbar, Hindernisse wichen vor ihm zurück. Felix suchte nicht nach Erklärungen, noch achtete er auf die dicke schwüle Luft, die ihn am Atmen behinderte. Er konzentrierte sich ganz auf die Richtung.

Es schien nur wenige Minuten zu dauern, bis sich vor ihm eine Lichtung auftat. Das Gebäude in der Mitte ähnelte einem Schloss, wie er es von Bildern aus Märchenbüchern kannte.

Eine hohe Mauer mit Zinnenkranz, ringsum geschmückt mit Erkern, auf deren spitzen Dächern goldene Kugeln glänzten. In hohen schmalen Fenstern spiegelte sich das Licht. Hinter der Mauer erhob sich ein Turmfried, der weit über die Einfriedung hinausragte und um dessen oberes Ende ein Vogel mit glänzendem Gefieder seine Kreise zog. Um das Schloss gab es einen Wassergraben, darüber führte eine Brücke zu einem mächtigen Tor. Über dem Eingang erwartete Felix ein steinerner Wächter in Gestalt eines Löwenkopfes.

»Du kommst spät!« Die Stimme des Hüters klang streng. Felix sah sich um, doch dieses Mal konnte er niemanden entdecken. Der Kopf starrte unbewegt zu ihm herunter, dennoch schien es, als sei er es, der zu ihm sprach.

»Wo ist Chiara?«, krächzte Felix. »Warum machst du es mir so schwer?«

»Schwer? Wenn das für dich zu schwierig war, wirst du niemals das schaffen, was du ersehnst.«

»Lass es mich versuchen! Ich bin bereit!«

»Dann tritt ein. Wähle sorgsam!«

Wie von unsichtbarer Hand bewegt, schwangen die Tore zur Seite und öffneten sich gerade so weit, dass Felix hindurchschlüpfen konnte. Zu seiner Überraschung erwartete ihn kein Burghof. Stattdessen stand er in einem fensterlosen Raum, kaum größer als ein normales Zimmer. Die Decke war zu einer weiten Kuppel emporgewölbt, die Wände waren weiß und ohne Verzierungen, der Boden war bedeckt mit hellen Marmorplatten. Mitten im Raum stand eine Schale in Form einer geöffneten Blüte. Von ihren Rändern her strömte klares Wasser aus einer verborgenen Öffnung, sammelte sich im Rund und verschwand zur Mitte hin in einen Brunnenschacht, aus dessen Tiefe es leise plätscherte. Als Felix sich weiter umsah, bemerkte er, dass das Eingangstor verschwunden war. Stattdessen waren sternförmig rund um das Wasserbecken Türen in der Wand zu sehen. Drei weiße Türen, die sich in nichts voneinander unterschieden.

Felix schüttelte unwillig den Kopf. »Das soll schwierig sein? Ein merkwürdiges Spiel.« Er ging direkt auf die mittlere Tür zu und zog sie auf. Der Raum dahinter glich in jeder Einzelheit dem Zimmer, das er soeben verlassen hatte. Weiße Wände, drei Türen, der Brunnen in der Mitte. Wieder öffnete Felix die mittlere Tür, wieder gelangte er in denselben Raum. »Soll das ein Scherz sein?« Felix blieb stehen. »Dann eben noch einmal von vorn.« Er drehte sich um, um zurückzugehen, doch die Tür, durch die er gekommen war, war verschwunden. Beim nächsten Versuch zog er die Tür nur so weit auf, dass er hineinsehen konnte. Der Brunnen, die Türen. Er wählte die rechte Tür, die linke, versuchte verschiedene Abfolgen und Kombinationen, doch das Ergebnis war stets dasselbe.

»Wie soll ich wählen, wenn es nichts zu wählen gibt?«, rief er laut, in der Hoffnung, dass der Hüter ihn hören würde. Doch es gab keine Antwort. Felix setzte sich an den Rand der Brunnenschale und dachte nach. Es musste eine Lösung geben. Bisher hatte alles gestimmt, was der Hüter zu ihm gesagt hatte, auch wenn er es nicht immer sofort richtig deuten konnte.

»Wähle sorgsam!« Hatte er es nicht oft genug versucht und zu schnell aufgegeben? Gab es vielleicht mehrere Räume, die er durchschreiten musste, bis er irgendwann doch sein Ziel fand? War es denn überhaupt eine Wahl, wenn das Ergebnis sich nicht unterschied? Er stand auf und lief langsam den Raum nach allen Richtungen ab. Es gab keinen Hinweis, der ihm weiterhelfen konnte. Er fand keine versteckten Öffnungen in der Wand, das Deckengewölbe ragte über ihm wie ein glatter Spiegel, jede Ritze zwischen den Bodenplatten war fest geschlossen.

Der Brunnen.

Erneut trat Felix an den Rand. Das Wasser war klar und hell, auf der Oberfläche kräuselten sich kleine Wellen, in der Mitte öffnete sich das dunkle Loch. Es war die einzige Öffnung, die Felix bisher nicht versucht hatte.

»Wähle sorgsam!«

Felix sah in den Brunnen hinunter. Der Blick reichte kaum einen Meter in die Tiefe, darunter verschwand das Wasser irgendwohin. Ein mulmiges Gefühl beschlich ihn. Er hatte zwar einiges Merkwürdiges erlebt, seit er … Der Gedanke befiel ihn wie ein Schock. Wie lange war er schon hier? Was war dies für eine Welt, in der er gestrandet war? Und woher war er gekommen? Der Sturm hatte ihn in den Abgrund des Vergessens geschleudert, er hatte sich in der engen Höhle wiedergefunden, die Stimme … War es der Hüter, der ihn am Leben erhalten hatte? Oder war er es selber, der zu sich sprach? Es war die Nacht der Göttin, es war die Welt des Vergessens und der Möglichkeiten.

»Ich muss Chiara finden!« Fest und entschlossen kam der Satz über seine Lippen. Es gab nichts anderes. Felix stieg über den Rand der Schale, setzte den Fuß ins Wasser und beugte sich über die Tiefe. Dann nahm er all seinen Mut zusammen und schritt vorwärts. Das Wasser war kühl, aber überraschend angenehm. Mit einer leichten Drehung glitt Felix nach unten. Die Öffnung über ihm verengte sich zu einem hellen Kreis, der rasch verschwand.

Wasser. Wasser überall.

Anders als in der Höhle im Berg verspürte er dieses Mal keine Angst. Er bewegte sich, er konnte atmen, er glaubte sogar, in der Dunkelheit kleine Lichtschimmer glänzen zu sehen. Eine Wolke kalt glitzernder Glühwürmchen umfloss ihn wie Sternenstaub. Die Leuchtkäfer wurden zu schimmernden Fischschuppen, hüllten ihn ein und schufen ihm Form. Seine Arme zogen sich an den Körper zurück, die Finger vereinten sich zu hautbespannten Flossen, seine Beine flochten sich ineinander zu einem schlanken Schwanz, der nach unten auslief und in eleganten Hin- und Herbewegungen die Richtung hielt. Seine Augen weiteten sich, wurden groß und rund, seinem Kopf entsprossen algenartige lange Haare, die bald sein Gesicht umrahmten wie das eines Königs nach hundertjährigem Schlaf.

*

Der Fischmensch glitt sanft in den grünen See, streckte sich nach oben und unten, drehte und wand sich im Spiel der Wellen. Überall war gedämpftes Licht, ohne dass er sehen konnte, wo es seinen Ursprung hatte. Ein leises Singen ertönte, eine einzelne Melodie, die ihm bekannt vorkam. Er sah sich um und erblickte eine Insel, an den Ufern mit Nebel umkränzt. Mit einer eleganten Wendung glitt er darauf zu, er musste sich nur wenig bewegen, sein Körper schien den Weg zu kennen. Am Rand des Ufers stand eine einfache Hütte. Sie schien aus dem feuchten Boden herausgewachsen. Die Tür stand offen, ein schwaches Flackern bewegte das Dämmerlicht. Immer weiter lockte der Gesang, mehr und mehr setzten sich Erinnerungsbilder zusammen an eine Zeit von Glück und Vertrautheit, aber auch an Sorge und Trauer.

»Chiara!«, flüsterte das Wasserwesen. »Ich komme!«

Vorsichtig glitt er ans Ufer. Unter seinen Flossen streckten sich Hände und Arme aus, stützten sich, sodass er sich aufrichten konnte. Seine ganze Aufmerksamkeit richtete sich auf das, was er zu finden glaubte. Nur noch wenige Meter, bis er sein Ziel erreicht hatte …

In diesem Moment zerriss ein kalter Blitz das friedvolle Bild. In den sanften Einklang platzten fremde unangenehme Farbsplitter. Eine grelle Disharmonie mischte sich in den Gleichklang, der sich vor den Misstönen zurückzog, als bereitete er ihm unerträglichen Schmerz. Der Fischmensch reagierte sofort. Aus seinem Schuppenleib griffen unzählige winzige Hände nach dem Eindringling, vereinten sich zu einem klebrigen Netz und fingen ihn ein. Der plötzliche Widerstand ließ ihn taumeln, doch er blieb hartnäckig und haschte nach dem Echo der Melodie wie ein Eroberer nach Gold. Der Fischmensch spürte die Gefahr. Wenn er den anderen nicht aufhielt, würde die Melodie sich endgültig zurückziehen in eine Welt, zu der sogar ihm der Zugang verwehrt war. Der Wille des Eindringlings war stark, aber ungeordnet. Das war seine einzige Möglichkeit. Er musste ihm etwas als Ersatz geben. Etwas, das ihn nicht nur in tiefster Seele erschrecken, sondern ihn auch lange genug beschäftigen würde, bis er für die Aufgabe bereit war.

Der Fischmensch erwartete Felix in der Hütte an einem einfach gezimmerten Holztisch, auf dem eine dunkelgrüne Flasche mit einer brennenden Kerze karges Licht spendete. Jetzt sah er zum ersten Mal, wie er sich verwandelt hatte. Sein schuppiger Leib glänzte grün, türkis und silbern. Nach unten lief er in einen Schwanz über, dessen Ende in eine aufrecht stehende rosa Flosse mündete. Ein Paar kräftige Arme unterhalb der Flossen stützten ihn, sodass er aufrecht sitzen konnte. Als sich der Junge zögernd näherte, warf er die Kapuze zurück, die seinen Kopf bedeckt hatte. Sein altersloses Gesicht umrahmte ein riesiger Bart, die langen Haare hingen algengleich bis weit über die Schultern.

Der Junge erschrak, als er ihm in die Augen sah. »Du bist …« Er begann zu zittern. Ungläubige Furcht spiegelte sich auf seinem Gesicht.

»Sprich nicht weiter!«, donnerte ihm der Fischmensch entgegen. Seine Stimme drang mühelos in den anderen ein. »Sage nicht, was du denkst. Sage, was du willst!«

Felix begann zu schwanken. Er war unfähig, die richtigen Worte zu finden. Dennoch bot er seine ganzen Kräfte auf.

»Wer – sind die Uralten?«

»Du wirst sie hier nicht finden!«

Der andere zuckte zurück wie unter einem heftigen Hieb. Das Lachen des Fischmenschen dröhnte. Gleichzeitig schüttelte er sich und ließ seinen Leib sich zu einer Fülle erschreckender Gestalten wachsen und verformen. Der Boden riss auf und ließ den Schrecken namenloser Tiefe herausquellen.

»Nein!«

Es war zu viel. Der Junge stieß einen markerschütternden Schrei aus und verschwand. Der Fischmensch schickte ihm ein Lachen hinterher.

Dann war es still.

Zu still.

Er wusste, dass er nicht länger verweilen durfte. Und er würde den letzten Schritt gehen müssen als der, der er war.

Das Fischgeschöpf ließ sich zurück ins Wasser gleiten. Sogleich kamen von allen Seiten winzige Fische herbeigeschwommen. Sie saugten, leckten, knabberten an seinem Leib, die Flossen zogen sich zurück und entfalteten sich neu, die Haut über seinem Gesicht straffte sich und glänzte. Felix stand auf und sah mit festem Blick nach vorn. Die Hütte war zurück ins Moos gekehrt und hatte nichts als ein weiches Polster hinterlassen. Am Hang dahinter sah Felix einen schmalen Pfad, der nach oben führte. Er stieg hinauf, vorbei an Sträuchern mit festen dunkelgrünen Blättern, zwischen denen blaue Früchte hingen, und er streifte lange Rispen, die an ihren Enden sternengleich leuchtende Blüten trugen. Er durchquerte eine Wiese, in der sich alle Farben von bläulichem Grau vereint zu haben schienen, und er sah sich gespiegelt in winzigen Tautropfen, die unbewegt an Moosfäden das wenige Licht einfingen, das zu ihnen hindurchdrang. Nebelfetzen spielten um ihn herum, als er den oberen Rand des Aufstiegs erreichte. Dann sah er, dass er sein Ziel erreicht hatte. Er befand sich auf einem nahezu runden Plateau, das auf allen Seiten von hellem Schleier umflossen war. Überall wuchs Gras, von oben strömte helles Licht, auch wenn die Sonne nicht zu sehen war. In der Mitte des Kreises erhob sich ein Hügel, auf dem drei Bäume wuchsen. In einem Kranz von durchsichtigem hellgrünen Farn saß eine Gestalt im Gras auf dem Boden. Das Mädchen hatte den Kopf gesenkt, eine leise Melodie umhüllte sie wie eine seidene Wolke.

»Chiara!«

Felix überströmte ein heißes Glücksgefühl. Für einen Moment blieb er stehen, vollkommen überwältigt. Dann lief er vorwärts.

»Chiara!« Er rief und winkte und eilte auf sie zu. Doch dann hielt er mit einem Mal inne. Sie schien ihn nicht zu hören, denn sie reagierte überhaupt nicht. Wenige Meter vor ihr blieb er stehen. Jetzt erst sah er, dass sie eine Binde über den Augen hatte. Noch einmal sprach er zu ihr, leise und vorsichtig. Doch sie gab keine Antwort. Ein fürchterlicher Gedanke durchzuckte ihn. War sie auch hier nicht mehr als ein willenloses Geschöpf, ohne eigenes Bewusstsein und unfähig, sich mitzuteilen?

»Chiara, ich bin da. Ich bin Felix!« Er trat nahe zu ihr und griff nach ihrer Hand. Dieses Mal traf ihn die Beobachtung völlig unvorbereitet. Seine Hand fand kein Gegenüber, die Finger glitten durch ihren Arm, als sei er nicht mehr als ein Hauch. Entsetzt fuhr er zurück. Was war das? War er einem Trugbild begegnet? Konnten ihn seine Sinne so täuschen? Oder stand er einer weiteren unmenschlichen Prüfung gegenüber? Noch immer hatte das Mädchen den Kopf gesenkt und zeigte keine Reaktion. Erneut streckte Felix seine Hand aus, suchte ihren Arm, ihre Schulter, ihr

Haar. Alles war so wirklich, wie er sie in Erinnerung hatte. Doch jedes Mal griff er ins Leere. Wieder stieg eine Erinnerung in ihm auf. »Chiara kann sich nur selbst helfen.« Die dritte Antwort des Quellhüters. Die Schlange hatte sie am Fuße des Felsens gegeben, die alte Frau in der engen Höhle bekräftigt.

Alles war wahr.

Warum hatte er nicht gehört? Warum hatte er ausgerechnet das Wichtigste verdrängt? Er stand dicht vor seinem Ziel und Chiara konnte ihn nicht einmal wahrnehmen.

Nur sie kann sich helfen.

Aber was hatte dann er damit zu tun? Warum war er hierhergelockt worden, nur um am Ende zu scheitern? War er nicht mehr als ein kleines Gelächter im jahrtausendealten Reigen gleichgültiger Götter? Felix war am Ende. Er wollte schreien, toben und alle Verwünschungen den Unsichtbaren entgegenschleudern. Doch alle seine Kräfte hatten ihn verlassen. Er drehte sich um, taumelte über das Gras und sank am Rande des Platzes zu Boden. Müde hob er den Kopf. Die Gestalt, die Chiara war, saß noch immer reglos vor ihm.

»Ich kann nichts mehr tun«, flüsterte Felix. »Du musst es wollen. Hilf dir selbst. Komm zurück.«

Ein leiser Wind erhob sich, von irgendwo klang das Rascheln dünner Blätter. Oder war es ein Klagen, das Echo des letzten Seufzers, der sich aus einer Brust entrang? Felix nahm es hin, dass sich von hinter den Grenzen der Welt der Gesang erhob, fein zuerst wie ein weit entfernter Gong, dann breitete er sich aus, stärker, kräftiger. Er spannte sich über den Himmel und senkte sich nach unten, vibrierender Wiederhall in allem, was ihn umgab.

Das ist also das Ende. Felix neigte den Kopf zur Erde, er atmete ruhig und schloss die Augen. Der Gesang würde ihn auflösen und mitnehmen, er würde der Spinne begegnen und in die unsichtbare Kraft sinken. Und er würde verlöschen wie eine Kerze. In den Tausend Melodien begann eine Farbe zu leuchten. Einem silbrigen Faden gleich schwang sie sich empor, rief nach dem verlorenen Gegenüber, um sich mit ihm zu verbinden und zu etwas Neuem zu vereinen. Immer wieder drohte sie zurückzusinken, doch sie kreiste in großen Bögen weiter, suchte und fragte. Als sie Felix' Herz streifte, öffnete sich sein Ohr. Er hörte eine Stimme, die er besser kannte als alles andere. Eine Stimme, die Teil seiner selbst war, die er so lange entbehrt hatte. Er setzte sich auf und antwortete. Leise und unsicher zuerst, dann kräftiger und entschlossener. Die beiden Melodien fanden sich, umspielten einander, verschmolzen in nie gekanntem Glücksgefühl. Alle Ängste verschwanden, alle Fragen waren beantwortet. Felix riss die Augen auf. Die Ebene und das Gras waren verschwunden, der Nebel hatte sich aufgelöst. Alles um ihn war zu einem formlosen Etwas zerflossen, das in schillernden irisierenden Farben leuchtete. Inmitten des großen Gesangs stand Chiara aufrecht. Mit einem Lächeln zog sie sich die Binde von den Augen und sah ihn an.

Es begann zu regnen.

*

Das Wasser rann ihm über die Stirn. Seine Haare hingen ihm in Strähnen ins Gesicht. Eine warme Schnauze stieß ihn in die Seite, Leos Zunge leckte ihm wieder und wieder über die Hand. Felix schlug die Augen auf. Über ihm tauchte das besorgte Gesicht des Professors auf.

»Endlich! Ich habe schon befürchtet, du kommst nicht mehr zurück. Es ist höchste Zeit!«

»Was ist los?« Felix stützte sich auf. Der Himmel über ihm glänzte nachtblau, von allen Seiten zogen dicke Wolken auf.

Am Horizont schimmerte ein blasser Streifen über den Bergkämmen im Osten. In seinem Kopf hallte das Echo der letzten Minuten. Oder waren es Stunden? Tage?

»Wir müssen los! Es ist höchste Zeit!«

Felix stand auf. Leo hätte ihn vor Freude fast umgeworfen. Er sprang an ihm hoch und bellte laut.

»Aber warum denn? Es ist ja noch nicht einmal hell!«

Furrer legte den Arm um seine Schulter und bedeutete ihm mit einer Handbewegung, still zu sein. »Hörst du es nicht?«

Felix brauchte ein paar Sekunden, ehe er begriff, was Furrer meinte. Das, was er hörte, war keine Erinnerung, die in seinem Kopf nachklang. Der wunderbare Zusammenklang war verschwunden und dem tiefen, gefahrvollen Summen gewichen, das er nur zu gut kannte. Und das bedrohliche Dröhnen kam von Ferne auf ihn zu.

»Aber das kann doch nicht sein«, stieß er hervor. »Der Tag ist noch lange nicht zu Ende! Hast du nicht gesagt …«

»Der Tag ist richtig, sonst wären wir nie hier heraufgekommen. Aber ich fürchte, dass ich mich verschätzt habe. Er hat viel früher begonnen, als ich vermutet habe. Und er wird nicht mehr lange dauern. Wir sollten so schnell wie möglich absteigen. Wenn uns die Spinne einholt, sind wir verloren.«

Der Regen setzte stärker ein. Der Mond war hinter den Wolken nur zu erahnen. Dafür wurde der Streifen im Osten zusehends heller.

Felix und Furrer liefen los. »Glaubst du, dass der Sonnenaufgang etwas zu bedeuten hat? Ob irgendetwas passieren wird?«, keuchte Felix. Er musste sich konzentrieren, um zwischen den Steinen und dem feuchten Gras nicht auszurutschen.

»Ich weiß es nicht. Aber wir haben keine andere Wahl.«

Nach wenigen Minuten sahen sie schräg unter sich das

nass glänzende Dach des Belchenhauses. Viel weiter reichte der Blick nicht. Die Berghänge um sie herum waren in dichte graue Wolken gehüllt.

Das tiefe Summen wurde rasch stärker. »Wir schaffen es nicht!«, rief Felix. »Der Weg ist zu weit.« Er musste einen Moment stehen bleiben, um zu verschnaufen. Leo blieb die ganze Zeit dicht an seiner Seite. Felix sah ihm an, dass er Angst hatte. Er hielt den Schwanz zwischen den Beinen und den Kopf gesenkt. Sein Fell war nass, doch entgegen seiner Gewohnheit schüttelte er sich nicht.

»Wären wir nur eine Stunde früher losgegangen!« Felix spürte, wie die Verzweiflung in ihm wuchs. Sollte es wirklich so sein, dass am Ende alles vergebens war? Er würde Chiara nie wiedersehen. Er würde nicht einmal erfahren, ob sie sich aus ihrem selbst gewählten Rückzug befreit hatte!

»Wir können die Stunde aufholen! Komm mit!«

»Wo gehst du hin?« Erstaunt sah Felix, dass Furrer nicht den Weg weiterging, den sie gekommen waren, sondern stattdessen auf die Steilkante zulief, unter der sie vergeblich einen Aufstieg gesucht hatten. Jetzt wurde ihm klar, was Furrer meinte. Sofort keimte neue Hoffnung in ihm auf. Von oben konnte man kaum den Boden am Fuße des Abhanges erkennen, doch beide wussten, was sie erwarten würde. »Du hattest recht mit dem Seil!«, meinte Furrer, der es die ganze Zeit zusammengerollt über der Schulter getragen hatte. »Von hier nach unten wird es gehen.«

»Aber was ist mit Leo?«

»Du gehst zuerst. Wir binden dir eine Schleife so um die Schulter, dass du die Hände frei behältst. Ich lasse dich ab, und du trägst Leo im Arm.« Furrer streifte das Seil ab und ging ein paar Schritte, bis er eine geeignete Stelle gefunden hatte. Dicht über der Kante hatte sich eine kleine Buche festgekrallt. Furrer rüttelte an dem Bäumchen, dann befestigte er das eine Ende mit einem Doppelknoten an dem wetterzerfurchten Stamm.

Leo tänzelte unruhig, als Furrer das andere Ende zu einer Lassoschlaufe zusammenband und Felix über die Schultern streifte. »Komm, mein Alter!«, sprach Felix Leo beruhigend zu und nahm ihn auf. »Es wird alles gut!«

Als Felix an die Kante trat und sein Gesicht dem Fels zuwandte, schoss ihm die Erinnerung an Lena durch den Kopf. Seltsam, dass er ausgerechnet jetzt an sie dachte. War es wirklich erst ein paar Monate her, dass sie ihm geholfen hatte, von der Breitnauer Hochebene ins Höllental abzusteigen? Wie es ihr wohl jetzt ging? Was war aus Anna und den anderen Riesles geworden?

»Bist du so weit?« Furrer hatte das freie Seil um seinen Oberkörper geschlungen und zog es stramm.

Felix nickte. Vorsichtig trat er über die Kante und stieß sich ein wenig ab. Sofort gab Furrer Seil nach. Zentimeter für Zentimeter sanken sie über den Überhang abwärts. Leo hielt vollkommen still, bis Felix' Füße wieder Tritt fassten. Die Stelle, an der sie aufgekommen waren, war breit genug, dass beide nebeneinander Platz hatten. Felix ließ Leo herunter, der sich sofort ausgiebig streckte, dann löste er die Schlaufe unter seiner Schulter. Das Seil hatte tief eingeschnitten, doch Felix achtete nicht auf den Schmerz.

»Alles klar!«, rief er nach oben. »Jetzt du!«

Als er nichts hörte, rief Felix erneut. »Es ist nicht schwierig. Ich werde dich von unten abstützen!« Statt einer Antwort kam ihm zu seiner Überraschung das Seil entgegen. Erschrocken bog Felix seinen Kopf nach hinten, um besser sehen zu können, doch das obere Teil des Felsens lag im Dunkel.

»Ist etwas passiert?«

»Lauf los, du musst dich beeilen!« Furrers Silhouette erschien über dem Rand.

»Aber das Seil! Ich verstehe nicht ...«

»Ich brauche es nicht mehr, behalte es. Ich werde hier bleiben.«

Felix war völlig entgeistert. »Was ... was soll das heißen?«

Furrer sprach mit fester ruhiger Stimme. »Vielleicht hast du es schon am See bemerkt. Ich bin sehr schwach geworden und werde nicht mehr lange leben. Alles, was du von deinem Onkel erzählt hast, beobachte ich auch bei mir. In ein paar Tagen, spätestens Wochen wäre es mit mir vorbei. Es ist nicht aufzuhalten. Deshalb bleibe ich hier oben. In den letzten Augenblicken werde ich dem Geheimnis am nächsten sein. Vielleicht verstehe ich dann das, wonach ich gesucht habe. Und jetzt beeile dich! Nutze die Zeit!« Furrers Kopf verschwand.

Ein Steinchen löste sich über ihm, schlug auf den Felsen an seiner Seite und kullerte nach unten ins Dunkel. Dann war es still.

»Furrer!« Felix schrie in die Nacht, so laut er konnte. »Furrer! Professor!«

Keine Antwort.

Wie gehetzt ließ Felix seinen Blick den Überhang entlangwandern. Doch schon wie am Tag zuvor sah er keinerlei Möglichkeit hinaufzugelangen. Felix rief noch ein paarmal ohne Erfolg, dann sank er auf dem schmalen Felssims zu Boden. Ein Gefühl vollkommener Hilflosigkeit überfiel ihn. Alles schien sinnlos. Er wünschte, es hätte diese Nacht nie gegeben. Chiara war so weit entfernt wie zuvor, der Professor verloren. Ein kräftiges Bellen löste Felix aus seiner Erstarrung. Leos Schnauze stieß in seine Seite und forderte ihn unmissverständlich auf weiterzugehen.

»Du hast recht, alter Junge.« Felix stemmte sich hoch. »Wir sollten die Zeit nutzen, falls wir es überhaupt noch können.« Er versuchte, sich in der aufziehenden Dämmerung zu orientieren. Wenige Schritte entfernt entdeckte er das Waldstück, durch das er mit Furrer heraufgekommen war. Er rollte das Seil zusammen, schlang es sich über die Schultern und lief los, so schnell er konnte.

*

Es regnete ununterbrochen.

Felix war sofort nach seiner Rückkehr völlig erschöpft ins Bett gefallen und eingeschlafen. Als er irgendwann zu sich kam, tat ihm alles weh. Seine Arme und Beine waren übersät mit Kratzern und blauen Flecken, der Nagel seines linken Daumens war eingerissen, an seinem Ellbogen spürte er geronnenes Blut. Mühsam richtete er sich auf. Sein Kopf fühlte sich an wie eine Mischung aus Watte und Stroh, ein heftiger Schmerz pochte hinter seiner Stirn. Leo war bei ihm und begrüßte ihn mit freudigem Schwanzwedeln. Felix suchte seine Lieblingsstelle hinterm Kopf und kraulte ihn. Er wusste nicht, wie er vom Berg heruntergekommen war. Vom Moment an, als er die letzten Worte von Furrer gehört hatte, bis jetzt, klaffte ein Loch in seinen Erinnerungen. Doch er war am Leben. Im Zimmer war es fast dunkel. Felix schleppte sich zur Tür und sah hinaus. Der Himmel war grau und wolkenverhangen, der Regen rauschte wie ein einziger großer Guss herunter. Auf dem Boden vor der Hütte suchten sich schmale Rinnsale ihren Weg und fanden sich zu trüben Pfützen.

Es war noch Tag, doch Felix hatte keine Ahnung, wie lange es hell sein würde. Zu seiner Freude fand er im Herd unter der Asche ein paar wenige Glutreste. Er schob sie zusammen, legte eine Handvoll Späne darauf und blies hinein. Als die ersten Flämmchen aufzüngelten, fütterte er so lange mit dünnen Holzscheiten nach, bis er sicher war, dass das Feuer nicht mehr ausging. Dann zog er sämtliche Kleider aus, streifte Schuhe und Strümpfe ab und stapfte nackt zum Brunnen.

Dort wusch er sich Schweiß und Dreck vom Leib und rubbelte mit Furrers grober Bürste seine Haut, bis sie rot anlief. Zurück in der Hütte rieb er sich trocken und zog sämtliche Kleider an, die er in seinem Rucksack fand. Schließlich legte er ein paar kräftige Holzstücke auf das Feuer, dann wickelte er sich in seine Decke und legte sich ins Bett.

*

Am nächsten Morgen wachte Felix mit Fieber auf. Obwohl das Zimmer über Nacht deutlich heruntergekühlt war, glühte seine Stirn. Jede Bewegung schmerzte, er hatte Durst. Er musste all seine Kraft zusammennehmen, um für sich das Nötigste zu richten. Obwohl es immer noch unaufhörlich regnete, ging er hinaus zum Brunnen und holte zwei Eimer mit frischem Wasser. Er stellte sie neben das Bett, dazu einen Becher. Aus den Vorratsbehältern füllte er eine Schale mit Äpfeln, Nüssen und Trockenfrüchten, die er ebenfalls in Griffweite auf einen Stuhl neben sein Lager stellte. Im Ofen legte er so viel Holz nach, dass das Feuer fauchte und laut knisterte. Dann legte er sich erneut hin.

Tage und die Nächte gingen ineinander über. Die ganze Zeit prasselten die Tropfen auf das Dach, unaufhörlich, wie das endlose Rauschen eines fernen Meeres. Felix wusste nicht mehr, ob er wachte oder schlief oder in Fieberfantasien wegträumte. Er schwitzte und fror, sein Mund war zum Verdorren trocken, ehe er sich an das Wasser erinnerte und einen halben Eimer hinunterschüttete.

*

Am Morgen des vierten Tages kam Felix zu sich. Er brauchte eine Weile, bis er merkte, dass der Regen aufgehört hatte.

Durch die angelehnte Tür drang Vogelgezwitscher. Sonst war es still. Felix stand auf und trat ins Freie. Die Luft war angenehm, der Himmel hell und freundlich. Das Gras auf dem Hügel dampfte, Mücken und Käfer taumelten in den Tag. Vom Dach der Hütte rannen die letzten Wassertropfen. Felix hielt den Kopf unter den frischen Strahl, der aus der Brunnenröhre in das hölzerne Becken floss. Er schüttelte sich wie ein Hund, dann füllte er die Eimer auf, ging zurück in die Hütte und erweckte das Feuer zu neuem Leben. Zwei Töpfe stellte er auf. In den größeren schnitt er alles, was er an Essensresten fand – gelbe und weiße Rüben, ein paar Kohlblätter, Kartoffeln und Sellerie. Mit dem zweiten Gefäß wartete er, bis das Wasser einigermaßen heiß war, dann warf er eine Handvoll von den Kräutern hinein, die Furrer immer verwendet hatte. Bald zog ein aromatischer Duft durch den Raum, der in Felix die Kräfte neu weckte. Während die Suppe vor sich hin kochte, setzte er sich mit einem großen Becher Tee an den Tisch vor der Hütte. Die Sonne schob sich über die Baumwipfel, es wurde hell und warm. Leo tollte übermütig durch die Wiese. Er sprang in die Luft, dann machte er sich schmal und flitzte über den Boden wie ein Pfeil, nur um sich im nächsten Moment ein paarmal zu überschlagen und sein Fell im feuchten Gras zu wälzen. Dazwischen bellte und knurrte, winselte und heulte er, als müsse er die zurückliegenden tristen Tage endgültig verscheuchen.

Felix fühlte sich deutlich besser. Er trank einen zweiten Becher, sah zwischendurch nach der Suppe und holte unter dem tief heruntergezogenen Dach des Schuppens frisches Brennholz. Als die Sonne hoch über ihm stand, stieg er auf den Hügel hinter dem Haus. Zum ersten Mal, seit er vom Gipfel heruntergeflohen war, sah er wieder den Berg. Blasses Blau umhüllte die runde Kuppe, die gleichzeitig im Licht glänzte, ein paar wenige helle Wolken zogen darüber hinweg. Der

Thron der Sonne zeigte sich so friedlich wie der strahlende Herbsttag, der sich um ihn ausbreitete. Felix spürte einen Stich im Herzen, als er an Furrer dachte. Ob der Professor sich schon in den Tagen zuvor entschieden hatte, nicht mehr zurückzukehren? Er musste seit Wochen gespürt haben, dass es mit ihm zu Ende ging. Hatte Felix' Bitte, ihn zu begleiten, den entscheidenden Ausschlag gegeben?

Felix wandte sich ab und ging hinunter zur Hütte. Er spürte, dass es wenig Sinn haben würde, weiter darüber nachzugrübeln. Furrer würde nicht mehr zurückkehren. Und Chiara? Er versuchte, sich das letzte Bild zurückzurufen, das er von ihr hatte. Sie war aufgestanden und hatte die Binde abgezogen. Und sie hatte ihn angesehen. Es waren dieselben Augen, die er zum ersten Mal gesehen hatte, nachdem er Chiara aus der eingestürzten Kammer in der alten Scheune befreit hatte. Die Augen, die für ihn zum Fenster in eine neue Welt wurden, hinter denen das Rätselhafte ebenso aufschimmerte wie die Antwort auf alle Fragen.

Felix sah den Weg hinunter, der zum See führte. Der Quellhüter hatte in allem Recht gehabt. Felix hatte es versucht, doch helfen konnte er nicht. Am Ende war ein demütiges Angebot übrig geblieben. Die Wahl war bei Chiara geblieben. Sie hatte die Augen wieder geöffnet, so viel hatte er gesehen. Doch wofür hatte sie sich entschieden?

Während Felix mit großem Appetit die Suppe löffelte, reifte in ihm eine Idee. Noch wusste er nicht, was mit Furrers Hütte und seiner Hinterlassenschaft geschehen würde. Sollte er dableiben und sein Werk fortführen? Oder sollte er zunächst nach Hof zurückkehren und alles der Natur überlassen, die es sich in kurzer Zeit zurückholen würde? Er konnte sich mit der Entscheidung Zeit lassen. Doch er hatte das Bedürfnis, eine Erinnerung zu schaffen, die die Zeit überdauern würde. Er dachte eine Weile nach, dann nahm er Furrers Lieblingsbecher aus dem Regal neben dem Herd und steckte ihn in eine Umhängetasche. Aus der Tischschublade zog er den schmalen Kalender und schlug ihn auf. Unter den letzten Eintrag malte er eine kleine Sonne. Für einen Moment betrachtete er das Datum, dann klappte er das Heft zu und steckte es mit in die Tasche, ebenso wie ein paar Büschel Kräuter, die er von der Decke herabnahm, und eines der dünnen Hölzer, die zum Anfeuern neben dem Herd lagen. Kurz bevor er aufbrach, hatte Felix eine weitere Idee. Er suchte ein scharfes Messer und schnitt eines der Enden von dem Seil ab, das oben am Berg ihre letzte Verbindung gewesen war. Noch einmal sah er sich um. Er entschied sich, eine geflochtene Schale mit einzupacken, dann brach er auf. Leo war an seiner Seite, als Felix vorbei an der Torfinsel den Pfad um den Weiher bis zur gegenüberliegenden Seite ging. Überall war es feucht, schon nach wenigen Schritten waren seine Kleider nass. Beim Anstieg spürte er, dass er geschwächt war, doch die Erinnerung an Furrer setzte seine Kräfte frei. Auf das kleine Plateau schien die Sonne. Felix packte alles aus, was er mitgenommen hatte, dann begann er, Steine zu sammeln. Zum Glück lagen überall auf dem Boden Felsbrocken in unterschiedlichen Größen, sodass er rasch mit dem Bau beginnen konnte. Die größten Steine fügte er zu einem kniehohen Sockel zusammen, in dessen Mitte er die Schale befestigte. Dann legte er alles hinein, was er ausgesucht hatte. »Danke für alles!«, murmelte er, als er das Seilende zwischen den Fingern spürte. Dann türmte er die übrigen Steine darüber, bis am Ende eine kleine Pyramide entstanden war.

Felix deutete hinunter in den Talkessel zum Ufer des Weihers. »Siehst du, dort unten ist deine Lieblingsbank! Hinter der Kurve deine Hütte. Und dort oben …« Er konnte nicht weitersprechen. Er stand auf und wandte sich dem Gipfel des Belchen zu. Eine Weile stand er still und spürte die warmen

Strahlen der Nachmittagssonne auf seinem Gesicht. Dann atmete er einmal tief durch und machte sich auf den Rückweg.

Er überlegte, ob er eine Weile auf der Bank zwischen den Erlen sitzen bleiben sollte, als Leo neben ihm plötzlich sein »Wuff!« ertönen ließ. Felix sah, wie er für einen Moment innehielt, die Ohren spitzte und die Schnauze hoch in die Luft streckte.

»Was ist los, Alter?« Felix streckte die Hand aus. Doch ehe er ihn streicheln konnte, sprang Leo mit einem mächtigen Satz los. Mit wenigen Sprüngen erreichte er den Weg zur Hütte und war in Sekundenschnelle hinter dem Hügel verschwunden. Es dauerte nur wenige Augenblicke, bis Felix verstand. Er folgte Leo mit schnellen Schritten, lief, rannte, keuchte, bis er auf der Kuppe des Grashügels neben der Hütte stand. Vor ihm dehnte sich die Wiese, über die er beim ersten Mal hergefunden hatte. Wie ein Pfeil schoss Leo durch das Gras. Vom Bach her näherten sich zwei Gestalten. Eine von ihnen löste sich und sprang ebenso rasch wie Leo vorwärts. Die andere blieb stehen und winkte mit hocherhobenen Armen. Als Felix rief, winkte sie noch einmal.

Dann lief sie rasch auf ihn zu.

ENDE

DANK:

Am Ende ist es an der Zeit innezuhalten und einen besonderen Dank auszusprechen an die Menschen, die mich neben vielen anderen in besonderer Weise auf meinem literarischen Weg begleitet haben:

Meinen Eltern
Eines der wertvollsten Geschenke, die mir für das Leben mitgegeben wurden, war, sowohl in mir von Beginn an die Neugier und das Interesse an der Natur und den Menschen zu wecken als auch mich immer wieder zu unterstützen, das Erlebte künstlerisch umzusetzen.

Nikolaus Doriszky
Kollege, Wegbegleiter und Freund. Er ermunterte und bestärkte mich, die ersten ernsthaften Versuche zu unternehmen, Poesie und Prosa aufzuschreiben. Der heute noch in unzähligen Gesprächen intensiv gepflegte Austausch war und ist unverzichtbare Grundlage meiner gesamten schriftstellerischen Tätigkeit.

Anne Grießer
Autorin und Krimi-Entertainerin. Sie gab mir als Erste die Chance zur Veröffentlichung und vor allem mit Kurzgeschichten die ersten Schritte in die Öffentlichkeit zu wagen.

Claudia Senghaas
Programmleiterin und Lektorin des Gmeiner-Verlags. Vertrauen, Begeisterung, professionelle Qualität, Einfühlungs-

vermögen, Optimismus – eine Begleitung, wie ich mir keine bessere wünschen konnte.

Rainer Wahl
Er begleitet mich seit Jahren bei Lesungen. Mit seinen kongenialen Improvisationen auf dem Saxofon lässt er jede Veranstaltung für die Besucher zu einem besonderen Erlebnis werden.

Rosemarie Erle
Für alles.

... sowie allen Kolleginnen und Kollegen, deren Erzähl- und Fabulierkunst mich begleitet und inspiriert hat, seit ich begonnen habe zu lesen:
Kurt Held (»Die Rote Zora und ihre Bande«), Karl May (u.a. »Der Schatz im Silbersee«), Roland Kohlsaat (»Jimmy das Gummipferd«), Johann Peter Hebel (»Schatzkästlein des rheinischen Hausfreundes«), Gebrüder Grimm, Alois Theodor Sonnleitner (»Die Höhlenkinder«), Mark Twain (»Die Abenteuer des Tom Sawyer« und »Die Abenteuer des Huckleberry Finn«), Josef Martin Bauer (»So weit die Füße tragen«), Michael Ende (u.a. »Der Spiegel im Spiegel«), Otfried Preußler, Gustav Schwab (»Sagen des Klassischen Altertums«), Hergé (»Tim und Struppi«), H.G. Wells, Hermann Hesse (u.a. »Die Morgenlandfahrt«), John Steinbeck (u.a. »Die Straße der Ölsardinen«), Edgar Wallace (u.a. »Sanders vom Strom«), Gustav Meyrink, Thea von Harbou (u.a. »Metropolis«), Hansjörg Schneider (die Hunkeler-Bücher), P.D. James, Jules Verne, Aldous Huxley (»Eiland«), Ian Fleming, Haruki Murakami, C.S. Lewis (»Die Chroniken von Narnia«), Giovannino Guareschi (»Don Camillo und Peppone«),

John Ronald Reuel Tolkien, Agatha Christie, Selma Lagerlöf, Manfred Kyber (»Die drei Lichter der kleinen Veronika«), Rudyard Kipling (»Das Dschungelbuch«), Gabriel Garcia Marquez (u.a. »Hundert Jahre Einsamkeit«), Pablo Neruda (»Ich bekenne, ich habe gelebt«), Jorge Luis Borges (»Fiktionen«), Thommie Bayer, Rainer Maria Rilke (Gedichte), Christoph Ransmayr (u.a. »Morbus Kitahara«), Ilja Trojanow (»Der Weltensammler«), Hans Bemmann (»Stein und Flöte, und das ist noch nicht alles«), Nigel Hinton (»Im Herzen des Tals«), ...

Nicht zu vergessen einige ausgewählte Filmemacher:

Fritz Lang, Friedrich Wilhelm Murnau, Andrei Tarkowski (u.a. »Stalker«), Theodoros Angelopoulos (»Der Blick des Odysseus«), Werner Herzog (u.a. »Aguirre, der Zorn Gottes«), Peter Weir (u.a. »Picknick am Valentinstag«), David Lynch (u.a. »Lost Highway«), ...

Beide Aufzählungen sind selbstverständlich unvollständig und werden laufend erweitert!